The Hunchback of Notre-Dame

巴黎圣母院

[法] 雨果◎著　杨风帆◎译

天津出版传媒集团
天津人民出版社

图书在版编目（CIP）数据

巴黎圣母院 / (法) 雨果著 ; 杨风帆译. -- 天津 : 天津人民出版社，2016.5（2020.3重印）
ISBN 978-7-201-10481-2

I. ①巴… Ⅱ. ①雨… ②杨… Ⅲ. ①长篇小说—法国—现代 Ⅳ. ①I565.44

中国版本图书馆CIP数据核字（2016）第117449号

巴黎圣母院
BA LI SHENG MU YUAN

出　　版　天津人民出版社
出 版 人　黄　沛
地　　址　天津市和平区西康路35号康岳大厦
邮政编码　300051
邮购电话　（022）23332469
网　　址　http: //www.tjrmcbs.com
电子信箱　tjrmcbs@126.com
责任编辑　刘子伯
印　　刷　北京欣睿虹彩印刷有限公司
经　　销　新华书店
开　　本　880×1230毫米　1/32
印　　张　15.5
插　　页　16
字　　数　496千字
版次印次　2016年5月第1版　2020年3月第5次印刷
定　　价　38.80元

The Palace of Justice Square was overcrowded and packed like a rough sea, which made those people feast their eyes in the street. (P2)

With the audience surrounding the fire, there was a young girl dancing in the middle clearing. (P52)

A beggar was sitting on a vat near the fire—he was the king of beggars, and the vat was his throne. (P73)

When he took the child out of the sack, he found it was pretty ugly as expected. It looked just like a little devil: a tumor on the right eye and the head into his shoulders, along with pectus carinatum and humpback, both legs twisting, but seemed great vitality. (P129)

They were suspended on a cable, with the winch squeaking, the big clock began to shake up slowly. (P134)

Quasimodo thought the manager was asking his career, he replied: "bell-ringer of Notre Dame." (P179)

She approached the poor prisoner quietly, didn't mind the man twisting his body trying to escape from her. She untied a kettle off from her belt, and gently sent to the unfortunate people's parched lips. (P211)

He stood there with a straight face, motionlessly, just watching intently while thinking. (P230)

Suddenly Don·Claude stood up, picked up a pair of compasses quietly and engraved the capital of the Greek word "ANARKH" on the wall. (P247)

The Captain dressed up and was very handsome, with gold and silver beams fringing on collar and cuffs, which was the most fashionable at the time. (P273)

Her heart pulled up tightly, and people heard her sobbing in the dark. "I'll confess whatever you want me to, but just come to kill me!" She replied in a very low voia. (P295)

Quasimodo held the gypsy girl up, like children holding dolls rushed into the church as an arrow, lifting the girl high and shouted in a terrible voice: "Safe!" (P328)

One is made of crystal, crystal clear and dazzling, but has cracks, the water in it has leaked out completly. and the flowers have already withered. The other is an ordinary coarse pottery, but filled with water, and the flowers are still delicate and charming. (P356)

It turned out that two strands of lead-melting water poured towards the crowd in the most densely populated place. The lead-melting water impinged on the crowd, ironing out two smoking black holes, just like bolied water poured into the snow. (P391)

前言

维克多·雨果（1802—1885），19世纪浪漫主义文学运动领袖，人道主义的代表人物，被人们称为“法兰西的莎士比亚”。

雨果出生于法国东部的杜省贝桑松，他的父亲曾被拿破仑的哥哥、西班牙王约瑟夫·波拿巴授予将军头衔，儿时的雨果随父亲在西班牙驻军。雨果从小天资聪明，九岁时开始写诗，10岁回巴黎上学，中学毕业入法学院学习，但他的兴趣在于写作。他15岁时写的《读书乐》在法兰西学院的诗歌竞赛会得过奖，17岁时在“百花诗赛”中得第一名，20岁时出版了诗集《颂诗集》，因歌颂波旁王朝复辟，获路易十八赏赐，之后写了大量异国情调的诗歌。之后他对波旁王朝和七月王朝都感到失望，成为共和主义者，他还写过许多诗剧和剧本，几部具有鲜明特色并贯彻其主张的小说。他的第一部长篇小说《汉·伊斯兰特》问世后，获得了小说家诺蒂埃的赞赏，从此与诺蒂埃结缘，促使了雨果开始逐渐转为浪漫主义，并逐渐成为浪漫派的领袖。

雨果的创作历程超过60年，他的作品包括26卷诗歌、20卷小说、12卷剧本、21卷哲理论著，合计79卷之多，给法国文学和人类文化宝库增添了一份十分辉煌的文化遗产。其代表作是：长篇小说《巴黎圣母院》《悲惨世界》《海上劳工》《笑面人》《九三年》等；诗集《光与影》《静观集》《惩罚集》等；短篇小说《“诺曼底”号遇难记》等；戏剧《欧那尼》等。雨果属于法国人民，同时也属于全世界人民。他的伟大精神、他的不朽作品，是全人类共同的财富！

《巴黎圣母院》是雨果第一部大型浪漫主义小说。它以离奇和对比手法写了一个发生在15世纪法国的故事：巴黎圣母院副主教克洛德道貌岸然、蛇蝎心肠，先爱后恨，迫害吉普赛女郎艾丝美拉达。面目丑陋、心地善良的敲钟人卡西莫多为救吉普赛女郎艾丝美拉达舍身。小说揭露了宗教的虚伪，宣告禁欲主义的破产，歌颂了下层劳动人民的善良、友爱、舍己为人，反映了雨果的人道主义思想。

《巴黎圣母院》这部书的遭禁是在沙皇尼古拉一世统治时期的俄国，因为雨果思想活跃，既有资产阶级自由主义倾向，又同情刚刚兴起的无产阶级的革命，因此保守顽固的沙皇下令在俄国禁止出版雨果的所有的作品。

小说《巴黎圣母院》艺术地再现了四百多年前法王路易十一统治时期的真实历史，宫廷与教会如何狼狈为奸压迫人民群众，人民群众怎样同两股势力英勇斗争。小说中的反叛者吉普赛女郎艾丝美拉达和面容丑陋的残疾人卡西莫多是作为真正的美的化身展现在读者面前的，而人们在副主教克洛德和贵族军人弗比斯身上看到的则是残酷、空虚的心灵和罪恶的情欲。作者将可歌可泣的故事和生动丰富的戏剧性场面有机地连缀起来，使这部小说具有很强的可读性。小说浪漫主义色彩浓烈，且运用了对比的写作手法，它是运用浪漫主义对照原则的艺术范本。本部小说的发表，使雨果的名声更加远扬。

雨果原序

若干年前，本书的作者在参观圣母院，或者更确切地说，在遍索圣母院上上下下的时候，在那两座钟楼之一的一个黑暗角落里的墙上发现了一个手刻的单词：

’ΑΝΑΓΚΗ[①]

这几个大写希腊字母，因年深日久，已经发黑，并且深深地嵌进了石头里。它们的形状和姿态，都显示着某种为哥特式所固有的神奇的特征，仿佛要人明白它们出自一个中世纪人之手。这个词所蕴涵的那种悲凉的宿命观，更是深深地震撼了作者。

作者寻思再三，反复猜测，想知道那个痛苦的灵魂到底是谁，又为什么定要在这座古老教堂的额头上留下这个罪恶或不幸的印记，并迟迟不愿离去？

再后来，那堵墙又重遭涂抹，或者是打磨，反正已弄不清究竟是哪一种原因了，从此，字迹便消失不见。近两个世纪以来，各座中世纪的绝妙建筑无一不遭受此种待遇。破坏来自四面八方，里里外外到处残破不全。神父们乱涂乱抹，建筑师们乱刮乱磨，然后是民众跑来把它们夷为平地。

因此，刻在圣母院幽暗钟楼上的神秘单词，以及这个单词所忧伤地显示着的不为人知的悲惨命运，都消失不见了，只剩下本书作者一些捕风捉影的回忆。在墙上写下那个词的人，早在几百年前就已随风而逝了；墙上的词也已消失无踪了；也许，教堂本身也会很快从地面上消失了吧。

一八三一年三月

① 希腊语：命运的意思。

一八三二年定本附记

曾有人错误地宣告，说本版将添加若干“新”的章节。其实，应该说是“未曾发表”的章节。因为人们往往把“新”字理解为“新写的”，但加进本版的这几章却不是“新写的”。它们与本书其他各章同时写成，着手于同一时期，来源于同一思想，一直都是《巴黎圣母院》原稿的组成部分。再说了，作者实难想象，一部作品完成之后，如何还能事后添枝加叶，这并不是件随心所欲的事。作者认为，一部小说产生时，它的各章节一定是同时产生的；一部剧作诞生时，它的各场景也一定是同时诞生的。不要以为，你们称之为小说或戏剧的那个神秘的小天地，其组成部分可以随意决定。它们应是一气呵成，一次定型，以后再随便嫁接或焊接上个什么，都只会损害作品的整体性。作品一旦写就，便不可再修修补补，随意增删了，如同婴儿一旦出世，无论是男是女，均已注定，父母也无能为力了。它属于阳光和空气，是死是活，只能由它去了。要是您的著作失败了，那也随它去吧，不要再在其上增添章节了；要是您的书不完整，那是您的错，您本该在创作时就让它完整的；要是您那棵大树盘曲虬结，那您再怎么努力也无法使它通顺了；要是您的小说有病，那么它本已生命垂危，您回天无术；要是您的戏剧生来便少了一条腿，请顺其自然，千万别折磨它，给它装上一条假腿。

因此，这次增补进去的几个章节，并非是为重印而特意写的，这一点，本书作者希望读者能明白。它们之所以从未收进以前各版，原因很简单。《巴黎圣母院》初版之时，这三章[①]的原稿不小心弄丢了。要么重写，要么只能随它去了。好在这三章中，只有两章篇幅较长，都是关于艺术和历史的，作者认为，少了它们，不会对小说或戏剧的实质造成太大的损害，读者不会觉察出来的。知道这个秘密的，只有作者本人，因此，他决定放弃。再说了，若是必须说实话，作者当时的确有点懒散，不堪重写那丢失的三章的重负。他认为，有这个时间，还不如另写一部小说呢。

今天，这丢失的几章全都找回来了，于是，他抓紧机会，让它们一一归复原位。

因此，本次的版本展现给读者的将是作品的全貌，是作者当时想象和写就的样子，无论是好是坏，无论是流芳百世或是昙花一现，只要是作者原

---

① 指第四卷的第六章和第五卷的第一、二章。

封未动的样子即可。

对那些尽管颇有鉴别力，但却一味追求着《巴黎圣母院》中曲折的剧情和悲惨的结局的那些人来说，这重新找回的几个章节，或者并无多大价值。可是，也许会另有一些人，乐于研究本书中蕴涵着的美学哲学思想，从小说中探索出那些并非小说的东西，并透过诗人的创作，津津有味地追寻出历史学家的体系和艺术家的宗旨，哪怕是被人当做狂妄之辈也在所不惜。

如果说，《巴黎圣母院》是一部值得补全的作品，那么，为了上面这一些特别的读者，我们在本版中加进了这三章，使《巴黎圣母院》更为完整。

现在，建筑艺术正日趋衰落。这一至尊艺术，今日无可避免地走向灭亡，这是作者在某一章中表达他关于艺术的见解。很不幸，这种看法在他头脑中根深蒂固，是深思熟虑的结果，但作者觉得有必要声明一下：他热切希望将来终有一天，他的看法被证明是错误的。一切艺术形式，都对尚处于萌芽状态的富于天才的新一代寄予厚望，种子既已播入犁沟，丰收定然在望！然而，作者仍在担心，建筑艺术这一块古老的土地会失去生机，（而原因，读者可能会从本版的第二卷中看出来。）这块土地，好几个世纪以来一直是培育艺术的最佳土壤。

但是，如今的青年艺术家们生机勃勃，聪明健壮，可以说是前程远大，以至于在当今的建筑学校中，尽管教官令人生厌，但仍在不知不觉中不由自主地培养出一批批优秀的学员。这就好比是贺拉斯①提到的那位陶工，只想制造一只砂罐，可事与愿违，出来的却是双耳瓮。“轮子一动，却做出来了一只大瓮。”②

可是，不管建筑艺术的将来怎样，也不管我们年轻的建筑艺术家们将来会以何种方式来挽救他们的艺术，不管怎样，在新的建筑尚处于期待之中时，还是让我们好好保护古代的建筑吧！如有可能，我们应当向全民族灌输对民族建筑艺术的热爱。作者宣称，本书的主要目标之一正在于此，他一生的奋斗目标之一也在于此。

也许，《巴黎圣母院》为那些迄今仍对中世纪辉煌艺术一窍不通的人开阔了视野，也为那些对此不屑一顾的人展现了某种真实的现象。不过，作者认为他自告奋勇甘愿担当的这一任务还远没完成。他再三地为古代建筑辩护，高声斥责那些亵渎、破坏、玷污的行为。他将一如既往，乐此不疲。他

---

① 贺拉斯：古罗马著名诗人，代表作为《诗艺》。

② 原文为拉丁文，意为学生青出于蓝而胜于蓝。

已保证要经常提到这个问题，他一定会做到的。他还要坚持不懈地维护那些被各种艺术流派和学院派的圣像破坏者们极力攻击的历史性建筑。眼见中世纪艺术落在一帮什么人手里，眼见今日那一帮只懂涂泥抹灰之辈怎样地对待这一伟大艺术的遗迹，真是叫人心痛！对于我们这些看到了他们的胡作非为却只会大吼几声的文明人来说，这是怎样的一种耻辱！这里所说的事情，并不仅仅发生在外省，而且发生在巴黎，在我们家门口、窗户底下，在这座伟大的城市，在文化昌盛之邦，在出版、言论、思想自由之都。这种事情，几乎每天都在发生着。在我们的眼皮底下，在爱好艺术的巴黎公众的眼皮底下，当着那些对他们的胆大妄为而手足无措的批评家的面，这类破坏活动竟公然被策划、探讨、研究着，并安安稳稳，平平静静地开始着手了。在我们结束这篇序言的时候，我们忍不住要列举几桩事例：最近，他们拆毁了大主教府，那座府邸式样简陋，也就算了，可他们却连带拆毁了相邻的主教府，那可是十四世纪遗留下来的稀世珍品，那些破坏分子居然良莠不辨，统统都毁掉了。现在，有人听说要把凡赛纳宫那精妙绝伦的小教堂夷为平地，要在那里建造一个什么石头防御工事，可连当年的多梅尼尔[①]都用不着那样！波旁宫这堆破烂，耗费了巨资去修缮、恢复，而圣小教堂里优美的彩绘玻璃，却被大风刮得东倒西歪。在圣雅克·德·拉·布谢堂教堂的钟塔上，近两天搭起了一副脚手架，不一定哪天就要抡镐大干一场了。已有一个泥瓦匠，在司法宫两座庄严的塔楼之间盖起了一幢白色的小房子；还有一个泥瓦匠，打算下手随意阉割、砍伐圣日尔曼·代·勃雷这一有着三座钟塔的中世纪修道院。当然，还会有一个泥瓦匠，会来拆毁圣日尔曼·俄吉华教堂的。所有这些自诩为建筑师的泥瓦匠们，都领着政府或国库的饷钱，身穿绿色制服。他们趣味低级，损害高雅艺术。尤为令人伤心的是，当作者写作本文时，他们当中的一个正在处置杜伊勒里宫，另一个则在菲立贝尔·德洛姆的正面上砍了一刀。这位先生如此厚颜无耻，强行在文艺复兴时代最优美的建筑中塞进他蠢笨无比的东两。这可不是我们这个对丑闻见多不怪的时代的一桩普通的丑闻了！

一八三二年十月二十日

巴黎

① 多梅尼尔：一七七六——八三二，法国将军。曾在一八一四年抵御第三次反法盟军的战役中受命保卫凡赛特。

目录 Contents

第一卷

一、司法宫大厅

三百四十八年六个月零十九天前的今天，巴黎的市民被旧城区、大学区和市民居住区（新城区）三重城垣里教堂中轰鸣的钟声惊醒了。

在历史上，一四八二年一月六日那一天，实在无法引起人们的任何记忆。那件事情，虽然一大早就让巴黎居民及教堂的钟声喧闹不止，但是实在不值得过于大惊小怪。庇卡底人和勃艮第人并没有来进攻，也并非要进行抬圣骨盒的仪式，拉斯葡萄园的学生并没有起来暴动，“尊贵无比的国王陛下”也并非要进行入城仪式，那些男男女女的盗窃犯并没有要被巴黎的司法官判以漂亮的绞刑，而那些戴着十五世纪流行一时的羽毛盛装的使臣们也并非要到来。只不过为了王太子与弗朗德勒的玛格丽特公主的联姻，有一支特殊的人马——弗朗德勒的使臣们，就在两天以前来到了巴黎。波旁红衣主教笑容满面地迎接了那帮满身土气的弗朗德勒市政官，并在他的波旁府邸用许多“讽刺剧、寓意剧与笑剧”来热情招待他们，以便能讨好国王。然而，一场瓢泼大雨将其房门口雅致的帘幔浇得不成样子，这使得主教大人异常厌烦。

用让·德·特洛瓦的话来说，一月六日这一天，对巴黎全体市民来说是喜气洋洋的一天，因为自古以来，这一天始终是主显节[1]与愚人节合二为一的无比隆重的日子。

在一四八二年一月六日那一天，不仅将在河滩边的广场上点燃节日篝火，还将在布拉克小教堂的墓地里种上五月树，并在司法宫的礼堂里上演圣迹剧。巴黎总管的差役，穿着漂亮的紫色毛质短棉袄，在胸前佩了个白色大十字，头天就在各十字街口吹起喇叭，大声向巴黎市民宣告总管府的通知。

因而，成群结队的市民们，在早早关上家门、店铺以后，男男女女，扶老携幼，从各个地方赶向那三个地点。人人都有自己的主意，有的去看篝火，有的去看五月树，而有的则去看圣迹剧。一月是看篝火的最佳时节，这一点是从古遗传至今的共识，而圣迹剧，由于在司法宫上演，四处有遮盖，干燥暖和，所以大部分巴黎市民都涌向篝火和圣迹剧的场所，这是爱看热闹的巴黎市民颇为聪明的一点。至于布拉克小教堂墓地里的那株可怜的五月树，则是纸花稀疏，在一月的严寒中瑟瑟发抖。

两天前来到这儿的弗朗德勒的那些使臣们，要来司法宫观看圣迹剧，并且同时观看挑选丑人王。市民们都知道这一消息，因而赶向司法宫四周大街小巷的人尤其多。

尽管这间大厅在当时被号称为世界上最大的礼堂（确实，索瓦尔[2]那时还没有测量过蒙塔吉城堡的大厅），想要在那天挤进大厅里却是无比艰难。司法宫广场上人满为患，水泄不通，像一片波涛汹涌的大海，这让那些临街的巴黎市民们得以站在窗口大饱眼福。五、六条通向广场的大街，好比五、六个河口，无时无刻不是人流滚滚，涌入大海。如同海浪拍击海岸上突出的岩石一般，逐渐壮大的人流不停地冲击着广场四周的房屋和无规则的墙脚。司法宫是一座壮观巍峨的哥特式建筑，两股人流在其正中央高大的台阶上不断

① 主显节：据圣经说，耶稣曾三次向世人显形，天主教称为“三王朝拜节”，至今仍在一月六日举行。

② 索瓦尔：法国历史学家。

上上下下，从台阶中段开始，被劈成两半，顺着两侧的台阶奔泻而下。如同飞流泻入河海一般，这两股人群组成的流水不断地汇入广场。由叫喊声、笑闹声和无数双脚的践踏声合成的巨大的喧哗声，时而凶猛异常，那人流一波波地从后向前推向台阶，时而缓缓退缩，导致人群中不断引起骚动，形成一层层的漩涡：原来是总管府的弓箭手跑来维持治安，骑警骑着马来维持秩序。这个传统由巴黎总管府传到保安队，又传到骑警队，再传到当今巴黎警察队，真是妙不可言。

成千上万的人头出现在家家户户的大门口、窗户前、窗洞里、屋顶上。善良、平静而诚实的市民们，带着心满意足的表情，注视着司法宫，注视着喧闹的人群，因为有好多巴黎市民，至今仍只是袖手旁观，看看热闹就能满足的人。如果眼前的高墙后面正在发生什么大事，那么看着高墙本身也是件令人兴味盎然的事。

如果展开想象的翅膀，让我们这些一八三〇年的人们能够回到十五世纪，和这些巴黎人混杂在一起，那么和他们一起挤挤绊绊、拉拉扯扯、磕磕碰碰地挤进那个本来宽敞，而在一四八二年一月六日这天却显得异常拥挤不堪的大厅，或许是件很有趣味、颇有魅力的事情。

我们对某些古老的东西感到新奇，恰恰是因为它的古老，尽管它确实很古老。

读者若能和我们一起夹杂在这群身着罩衫、短袄或是短裙的嘈杂人群中挤入大厅，那会有什么样的感受呢？若是读者同意，我们不妨来尽情想象一番。

首先，是耳际轰鸣，头晕眼花。在我们头顶上是漆成天蓝色的木雕贴面，饰以金色百合花图案的双排尖拱圆顶；在我们脚下是黑白两色相间的大理石地面。几步开外，是一根巨大无比的柱子，其后又是一根巨柱，一根接着一根。在大厅里，共有七根柱子纵向支撑着双排尖拱在横向正中的落点。柱子周围都放着一些东西：前四根周围是杂货摊，出售闪闪发光的玻璃器具和金属饰品，后三根周围是橡木板凳，早已被诉讼人的短裤及代讼人的长袍所磨平。大厅周围，从法拉蒙[1]起的历代法国国王的雕像，沿着高高的外墙，在门与门之间，窗与窗之间，柱与柱之间，排成没有尽头的队伍。其中，有闭目垂臂的懒散国王，也有昂首冲天、双臂高举的好斗君主。尖拱的长窗上镶着五光十色的玻璃；宽敞的出入口安装着华美精致的门扉。所有的这一切，从拱顶、柱子、墙壁、窗框，到护板、雕像，自上至下无一不涂上炫丽的天蓝色和金色。然而，早在当年，这金碧交辉之色已显暗淡，后来到一五四九年，已被灰尘和蜘蛛网所淹没，全然没有当年的风采了，尽管杜布厄尔[2]还是按照传统大加赞美。

现在，请各位想象一下，在一月份惨淡阳光的映照下，一股人流涌进这个宽广的长方形大厅，五颜六色、吵吵闹闹，不断地沿着墙壁移动，绕着柱子打转。到这儿为止，想来各位读者已对我们将要更进一步描述其有趣细节的画面有了一个大概的印象了。

毋庸置疑，如果亨利四世不是被拉瓦亚克所暗杀，那么，司法宫的档案里就不会存有他的档案，他的共犯们也不会由于利害关系而去销毁那些档案，而那些放火犯也不会在想销毁那些档案但无计可施之时，干脆放火焚烧了档案室。要火烧档案室就得火烧司法宫。要不是这样，一六一八年的大火灾也就不会存在了。古老的司法宫，连同它的大厅，也就会依然耸立。这样我就不必细细描述，读者也不必阅读这些描述。我会对读者说：“你们自己去看吧！”这情况可以说明一个道理：但凡重大事件，往往难料其结果。

当然，非常可能的是：首先，拉瓦亚克并没有任何共犯；其次，即使他有，他的共犯们其实与一六一八年的那场大火灾毫无牵连。若是这样，失火的原因便可有两种其他说法，而两者都是言之有理的。其一，如大家所知，那颗一尺宽、一肘高的燃烧着的大星星，恰好于三月七日午夜以后从天上坠落，掉在司法宫屋顶上。其二，见于岱奥菲[3]的这四行诗：

---

① 法拉蒙：传说中法国的第一位君主，生活在公元五世纪。

② 杜布厄尔：生于一五二九年，一五四九年开始过修道生活。

③ 岱奥菲：法国诗人。

悲惨之极的游戏，
司法女神在巴黎，
吞下太多的贿赂，
自把殿宇来烧掉。

关于司法宫一六一八年的失火事件有以上三种政治的、自然的、诗的说法，无论我们如何看待这三种说法，不幸的是，司法宫无疑是失火了，这是个事实。由于这次大火灾，更由于连续多次的修缮工作几乎清除了幸免于火的一切残余，所以今天的司法宫早已所剩无几了，法国历代君王这幢最早的住所也就所剩无几了。在美男子菲利浦[①]在位之时，司法宫这位卢浮宫的长兄，就已岁数不小了。人们甚至去那儿寻找国王罗贝尔所兴建的、为艾尔加杜所描述过的宏伟建筑的遗迹。一切都已无影无踪了。圣路易在其中“成就了婚事”的那个机要室怎么样了？他“穿着紫红羽缎上衣、棉毛布的宽马甲和黑呢外套躺在地毯上，同若安魏耶[②]一起审理案件”的那座花园怎么样了？哪儿是西吉斯蒙皇帝[③]的寝宫？还有查理四世的？还有“没领地的约翰”[④]的寝宫呢？哪儿是查理六世颁布大赦令的那道楼梯呢？马赛尔当着王太子的面杀害罗贝尔和香槟元帅的那块石板又在哪儿呢？伪教皇贝纳迪克特的诏书被撕成粉碎的那道小门又在哪儿呢？那些穿戴可笑的带来诏书的人，又是从哪儿走出去向全巴黎认罪的呢？那曾金碧辉煌的大厅，连同那些尖拱、雕像、柱子，以及那些由于复杂的雕饰而显得支离破碎的巨大拱顶，如今又在哪儿呢？那间金色的房间又在哪儿呢？它的门前曾有一头垂着脑袋，夹着尾巴的石狮，就像所罗门[⑤]座前那些狮子一样，姿态恭顺，

① 菲利浦：即菲利浦四世。
② 若安魏耶：历史学家，圣路易的宠臣。
③ 西吉斯蒙皇帝：日耳曼皇帝，取法国公主为后。
④ 没领地的约翰：英国国王，在位期间，对法王菲利浦二世作战失败，丧失英国在法国的大片领地。
⑤ 所罗门：古代以色列国王。

以示暴力要服从正义。那些漂亮的门扇和花玻璃窗如今何在？那些曾使比斯哥特认输的錾花的铁器如今又何在？杜昂席的那些精工木器呢？……时间流逝，岁月交替，这些奇迹受到了怎样的摧残啊！什么东西代替了这一切，代替了这样丰富的高卢历史，这样珍贵的哥特艺术？代替艺术的，只有笨拙的圣·热尔维教堂大门道的建筑师——德·布罗斯先生沉重的扁圆拱；至于历史，只有巴推[①]之流那关于柱子的喋喋不休、摇唇鼓舌的回忆。

其实，这些又算得了什么！——言归正传，且说名不虚传的古老司法宫的名不虚传的大厅。

在那宽广无比的长方形大厅的两头有着不同的摆设：一边是那著名的大理石桌子，其长度、宽度和厚度都无与伦比、闻所未闻，正像早先土地赋税籍上那种令卡冈都亚[②]大感兴味的文体所描写的："此大理石真乃举世无双！"另一边是那座小教堂，里面有路易十一在圣母像前跪着的塑像。他还叫人把查理大帝和圣路易的塑像从大厅的法兰西国王塑像群中搬了出来，移到小教堂，全然不顾那样做会留下两个空壁龛。他觉得，这两位在天堂里绝对赫赫有名的圣王，可为自己增添光彩。小教堂是六年前建造的，非常新，建筑别致，翅像精美，雕刻细腻，一派优雅迷人。这标志着哥特式艺术时代业已结束，现在正朝着十六世纪中叶文艺复兴时期充满幻想和魅力的建筑艺术殿堂迈进。尤其是门楣上那个透亮、精致优美的圆花窗堪称杰作，宛若花边缭绕的星星。

大厅中央有座看台，面门靠壁，上面铺着金线锦缎，台上开了个专用入口，实际上是那间金饰的卧室靠走廊的一个窗口。这个看台是专为邀请弗朗德勒的使臣和其他大人物来看圣迹剧而搭起的。

一大早，那张大理石桌子就布置好了，因为按例来说，圣迹剧一定得在那儿演出。华丽的桌面已被法院书记官们的鞋跟划得伤痕累累了，现在又用木板搭起了一个非常高的笼子，最顶上的那层木板充当舞台，笼身用布围起来，到时当更衣室用。至于舞台，整个

① 巴推：以诡辩著称的律师。

② 卡冈都亚：巨人，以食量著称。

大厅都能看得见。更衣室和舞台之间，有一个梯子，不太雅观地露在外面，是供演员们演出时爬上爬下的，梯子很陡峭。所有不同的角色、曲折的剧情和惊人的突变，都是事先安排好后才爬梯子上场的。早期的戏剧艺术和舞台布景是何等的天真可爱啊！

无论是行刑还是过节，司法宫大法官的四大卫士，都分别负责把守大理石桌的四个角。

因为要迁就弗朗德勒的使臣们，演出得到司法宫的大钟敲响中午十二点时才开始，虽然这对演戏来说似乎太晚了点。

但是，许多巴黎市民还是一大早就赶过来了。在这些老实巴交，爱看热闹的人群中，好些人天蒙蒙亮就起来了，站在司法宫的大台阶前，冻得瑟瑟发抖。有些人甚至横躺在大厅门口的地上过了一夜，只为了能及早抢入大厅。人渐渐多起来，犹如河水泛滥，开始沿着墙壁上涨，围着七根巨柱膨胀，一直漫到柱顶、横梁和窗台上。人们一个挨着一个，挤挤撞撞，互相踩踏着，犹如被关在了笼子里，透不过气来，浑身难受。总之，凡是建筑物和雕刻上突出的部位，都站满了人。人人等的急不可耐且极度疲乏，胳膊肘稍稍碰了一下，钉铁掌的鞋跟稍稍踩了一下，都会引起争吵，加上难得有一天可以为所欲为、胡言乱语，因而在弗朗德勒使臣到达之前，一切都成了发泄的对象：那些弗朗德勒的使臣们、巴黎市总管、波旁红衣大主教、奥地利的玛格丽特公主、教堂的差役们，还有那冷和热、那坏天气、那巴黎主教和丑人王、那柱子和塑像、那紧闭着的大门和那打开的窗子。总之，这一切使成群的学生和夹杂在人群中的差役们大为高兴。他们嘲讽、戏谑，使人们更是怒火中烧，咒骂不绝，这种恶作剧的方法更是增添了大家的乖戾情绪。

在人群中，还有一批爱恶作剧的快活分子，打掉了一扇窗户的彩绘玻璃，坐到墙头上去，放心大胆地看看大厅里，再看看广场上，边看边开玩笑。很容易看得出来，这些年轻的学生们一点也不觉得厌倦和疲乏，从他们模仿别人的动作中，从他们响亮的笑声中，从他们和大厅两边的伙伴们互相打招呼和嘲讽叫骂的声音中，也看得出来，为了使自己开心，他们想要从现在的状况中折腾出一些闹剧来，从而使他们能够耐心地等待那另一场戏的开演。

“准是你呀，约翰·孚罗洛·德·梅朗狄诺！”人群中有一个头发褐黄，面孔漂亮又狡猾的小伙子，高高地站在一根巨柱的顶上喊道，“你干吗不取名叫磨坊的约翰呢？瞧你那两只脚，像风磨的四个翅膀。你来了有多久了？”

被称作风磨的那一位，是个淘气大王，身材矮小，头发金黄，面庞俊秀，此刻正坐在一个斗拱上。“真是可怜！快有四个钟头啦！但愿能把它算到我下阴间时的净罪时间里就好了。我来这儿时，西西里国王的八个唱诗人正在小教堂里高唱七点钟举行的弥撒曲的第一节呢！”孚罗洛回答道。

“那些人唱得多好啊！”那一位又接口道，“嗓子比他们的尖帽子还要尖！国王在为圣约翰先生举行弥撒之前，应去问问他爱不爱听别人用普旺斯省的口音来唱拉丁文的赞美诗。”

窗户下边人群中有个老妇人尖声叫道：“原来是为了这回事，圣上才雇用那些可厌的唱诗人啊！我问问你，这到底是怎么回事？一次弥撒就得花掉一千个巴黎里弗[①]！而且还是从巴黎菜市场上卖海鱼的地方收取来的！”

“住嘴，老婆子！”有个板着脸孔的胖子捂着鼻子站在这个卖鱼妇的旁边，斥责道，“是得举行一场弥撒，你总不希望圣上再生病吧？”

“说得好！吉尔·勒科尼阁下，王室皮货店老板！”一个盘踞在斗拱上的小个子学生喊道。

听到“王室皮货店老板”这个倒霉的称呼，所有的学生都哈哈大笑起来。

“长角的，长角的勒科尼先生！”有的叫道。

“长角长毛的！”又有人这样喊。

柱顶上的那个淘气小子接口道：“哎，怎么了？有什么可笑呢？可敬可佩的好人吉尔·勒科尼先生，可是王室总管约翰·勒科

① 巴黎里弗：法国古代的货币单位。

尼的弟弟，凡赛纳森林首席护林官马耶·勒科尼的公子，他们个个都是巴黎的好公民，个个都是新郎官，父子相传啊！”

大家更是大肆戏闹。老胖子皮货商作声不得，极力想摆脱四面八方向他投来的目光，尽管憋得满头大汗，气喘如牛也是没有用。他就像一支夹在木头里的楔子，越努力咬得越深，反而使他那由于羞耻和愤怒而充血的大胖脸在周围人群中更加显眼了。

终于，有一个同他一样五短三粗，道貌岸然的胖子前来解他的围。

“混账！”他叫道，“学生怎可这样对一位市民讲话！想当年，谁要敢这样，肯定免不了受一顿鞭打，然后再被活活烧死！”

学生们都一个个嚷开了。

“哟，是谁在唱这个调调儿呀？是哪个丧门星呀？”

“哦，那人我认识，”一个学生说道，“是安德里·米斯尼哀老板。”

“因为他是大学城中惹人讨厌的四大书店老板之一。”另一个学生接口说。

“在他的铺子里，什么都是用四来计算的，”第三个学生嚷嚷道，“四个学区，四个学院，四个节日，四个学监，四个选举人，四个书店老板。”

约翰·孚洛罗接口说：“那好，就让他尝尝那见鬼的‘四’的厉害吧！”

“我们要烧毁你的书，米斯尼哀！”

“我们要痛打你店里的伙计，米斯尼哀！”

“我们要伤你老婆的心，米斯尼哀！”

“那位胖乎乎的善良的乌达德太太啊！”

“你要是不在了，她会依然又亮丽又快乐的！”

“你们统统都去见魔鬼吧！”，安德里·米尼斯哀老板不满地嘀咕道。

“闭嘴，大老板！”仍悬吊在柱顶雕饰上的约翰·孚洛罗说道，“要不我就从这儿掉下来，小心你的脑袋！”

好像要估量柱子的高度和那促狭鬼的体重似的，安德里老板抬头望了一望，并默默地算了算那体重与下跌速度平方的乘积，就乖乖地住了口。

约翰大获全胜，异常得意地继续说：

“虽然我是副主教的弟弟，但我言出必行！”

“我们大学生可真是不错！在今天这样一个日子里，竟未得到任何人对我们特权的尊重！新城区有五月树和篝火，旧城区有圣迹剧、丑人王和弗朗德勒的使臣们，而我们大学城里却什么没有！”

“可莫贝尔广场倒是挺大的！”待在窗台上的一个学生接过话头。

“打倒校长、选举人和学监！”约翰高呼道。

“今天晚上，应该用安德里老板的书来点燃加雅空地上的篝火！”另一个说道。

“还有书记们的桌子，也一块烧了！”他边儿上的一个人接口道。

“还有教堂差役们的棍棒！”

“还有各院长们的痰盂！”

“还有学监们的大肚皮！”

“还有选举人的票箱！”

“打倒呀！”小约翰在一旁大声呼应，“打倒安德里老板、差役们和书记们！打倒神学家、医生和经学博士们！打倒学监、选举人和校长！”

“天哪，世界末日到啦！”安德里老板捂上耳朵，低声喃喃道。

“说校长，校长到！瞧，他正好刚走进广场！”窗口上的学生中有一人喊道。

大家纷纷扭头向广场望去。

“真是我们那可敬的蒂博校长吗？”磨坊的约翰·孚洛罗问道。他攀附在大厅内部的一根柱子上，看不见外面的情况。

“真的是他，”大伙儿答道，“是他本人，我们的校长大人蒂博先生！”

那果真是校长，他和大学城的主要人物排队去欢迎使臣们，此刻恰好从司法宫广场走过。学生们挤到窗口，用嘲讽的掌声来欢迎他们。校长一马当先，首当其冲，真够他受的！

“您好啊！校长先生！您好！”

“这个老赌鬼来这儿干吗？他舍得放下他的骰子了吗？”

“瞧他在骡子背上摇摇摆摆的样子！耳朵比骡子耳朵还长！”

“嘿，您好，蒂博校长先生！浑蛋蒂博！老糊涂！老赌鬼！”

“愿上帝保佑您！昨晚您手气一定不错吧？”

“瞧啊，多么衰老的一张脸！准是因为熬夜疯赌而发青发乌，跟挨了打似的！”

“倒霉的蒂博，屁股冲着大学区，急急忙忙往哪儿赶呀？”

“准是去蒂博多代[①]街找个好去处！”磨坊的约翰大声喊道！

这双关妙语，引得众人鹦鹉学舌、声如雷鸣，并报以热烈掌声。

“校长先生，魔鬼赌坊的常客，您是要去蒂博多代街找个好去处吗？”

接着，大伙儿又开始嘲笑起那些大学区的要员们了。

“打倒教堂差役们！打倒执仗手们！”

“喂，罗班·普斯潘，那个家伙是谁啊？”

“吉贝尔·德·许里，‘吉贝尔杜·德·索里亚科’，他是俄当学院的名誉校长。”

“给，我的鞋，你占的位置比我好，快把它扔到他脸上！”

“打啊！今天是会有烂苹果打到头上的啊！”

“打倒那六个身穿白褂的神学家！”

“就那边几个呀？我还以为是圣热纳维埃夫学院为了胡尼采邑送给巴黎城的六头大白鹅[②]呢！”

① 蒂博多代：骰子大王蒂博的谐音。

② 白鹅：在英文中有“傻瓜”的意思。

"打倒医生们啊！"

"打倒毫无意义的争论和玩笑！"

"圣热纳维埃夫学院的校长，快接住我的帽子！确确实实，你有愧于我，把我这诺曼底人的名次当人情送给了小阿伽略·法札斯巴达，一个布尔日省人，实际上是意大利人。"

"太不公平了，"所有学生齐声叫道，"打倒圣热纳维埃夫学院校长！"

"喂，若相·德·拉朵大师！喂，路易·达于耶！喂，朗贝·阿克特芒！"

"魔鬼快掐死那个德国学区的学监吧！"

"还有圣小教堂里那些披灰头巾着灰袍的神父们！"

"还有那些穿灰毛皮大褂的！"

"呀，艺术大师们！多么美丽的黑斗篷，多么美丽的斗篷！"

"哈，校长长了条漂亮的尾巴！"

"真像是赶去同大海结婚的威尼斯公爵啊！"

"约翰，瞧！圣热纳维埃夫主教堂的神父们也来啦！"

"让他们见鬼去吧！"

"克洛德·绍尔长老！克洛德·绍尔博士！您这是去哪儿呀？找玛丽·拉·日法尔德吗？"

"她可是格拉蒂尼的芸香。"

"她呀，正在给流氓头儿铺床呢！"

"她卖一次身得四个德尼埃[①]。"

"或者只是光在嚷嚷！"

"您要不要她当您的面卖身啊！"

"同学们，瞧啊！西蒙·桑甘先生，皮卡迪的选举人，他带着老婆坐在骡子上呐！"

"实在是带了个黑色的忧虑啊！"

"西蒙先生，好样的！"

---

① 四个德尼埃：拉丁文的四文钱。

“早上好，选举人先生！”

“晚上好，选举人太太！”

“他们想看什么都能看到，多快活啊！”约翰·孚洛罗叹道，他还是高高盘踞在斗拱之上。

就在这时，挨骂的大学区书店老板安德里·米斯尼哀凑到王室皮货商吉尔·勒科尼老板的耳边说道：

“先生，我跟您说，世界末日快到了！学生这样胡闹实在是太过分了。本世纪的种种发明，像什么大炮呀，火炮呀，射石炮呀，特别是印刷术——这一来自德国的瘟疫，把一切都毁了。手抄本与图书都不复存在了。印刷术把图书行业给毁了，世界末日已到了！”

“天鹅绒衣料越来越流行，从这一点上我也能看出这个兆头。”皮货商接口道。

时钟恰好在这时候敲响了十二点。

“啊！……”大厅里所有的人异口同声地叫了起来。学生们也住了口。接着全场骚动起来，你挪我动，伸脖晃脑，咳嗽声和擦鼻涕的声音汇合在一起，震耳欲聋；每个人都在调整位置，设法安顿下来，成伙成堆，踮着脚尖。然后一片寂静，所有的人都伸长脖子、张大嘴，盯着那张大理石桌子。然而什么动静都没有，只有司法宫的四个差役一动不动地把守着四个桌角，如同四尊彩绘塑像。众人又把视线转向弗朗德勒使臣们专用的看台，但是台门紧闭着，台上空无一人。

大伙儿从一大早起一直在等待三件事：中午，弗朗德勒使臣和圣迹剧，然而只有中午准时来赴约。

这实在是太过分了。

一分钟、两分钟、三分钟、五分钟，一刻钟都过去了，人们还是什么都没等着。那张大看台上毫无动静，舞台上也是杳无人影。此时，人们的烦躁不安逐渐升级为愤怒，一时间怨声四起。一开始声音倒是不太大，仅仅是嘀咕：“圣迹剧！圣迹剧！”渐渐地，脑子发热，一场暴风雨眼看就要来临，沉闷的雷声在人群上空不停地轰鸣。磨坊的约翰首先发难，点燃了导火线，像一条蛇似地盘绕在柱头，憋足了劲大声吼道：

“圣迹剧！让弗朗德勒使臣们见鬼去吧！”

人群一齐鼓掌，并大声附和：

“要圣迹剧！弗朗德勒使臣们见鬼去吧！’”

“马上上演圣迹剧，”约翰又大声叫道，“否则我主张把司法宫大法官吊死！这也算得上是一出喜剧，寓意剧！”

“说得好！”众人高声叫道，“先把那几个当差的吊死吧！”

人群中一片欢呼。那四个可怜鬼吓得脸色煞白，面面相觑。人群朝他们冲了过去。眼看着那根不太牢靠的木栏杆即将被压断。

情况万分紧急！

“冲啊！快冲啊！”人群从四面八方呼应着。

就在这个时候，上面描写过的那个更衣室的门帘掀开了，走出一个人来。群众像中了魔法似的，全场停止了喧闹，愤怒变成了好奇。

“安静！安静！”

那人提心吊胆，浑身发抖，边走边施礼，慢慢移到了大理石桌子边上。越靠近桌子，他的腿弯曲得越是厉害。

这时，人们已渐渐安静下来，只剩下轻微的议论声。这总是难免的。

“各位市民们，我们非常荣幸，能在主教大人面前上演一出异常优美的寓意剧，名叫《圣母玛丽亚明断记》。在下扮演朱庇特[①]，此刻主教大人正陪同奥地利公爵先生派来的尊敬的使臣们，在波代门聆听大学校长的欢迎演说。稍有耽搁，等尊贵的主教大人一到，演出马上开始。”

说真的，要不是朱庇特出面调停，大法官那四个可怜的差役将会丢掉性命。如果说，我们有幸炮制了一个颇为可信的故事，我们也就能够有幸在圣母玛丽亚面前对之负责，引用“不要主神[②]出面

① 罗马神话中的最高神，又是雷电神。

② 指朱庇特。

干涉”这一古训来批评我们是不合时宜的。再说朱庇特大人的那身戏装非常漂亮，吸引了观众的注意，使他们逐渐安定下来。朱庇特身穿缀有镀金大纽扣的黑天鹅绒锁子胸甲，头戴饰有镀金银扣的尖顶铁盔。若不是他半张脸抹了胭脂，半张脸又被大胡子挡住，若不是他手执金光闪闪、缀满了金银箔片的硬纸卷筒（内行人一看便知那是代表闪电），若不是他赤着双脚，像古希腊人一般缠上绑脚彩带，他的那身装扮，威武得很，实在可以同贝里公爵[①]卫队中的布列塔尼弓箭手一较高低了。

二、皮埃尔·甘古瓦

然而，随着他的演说，他那身打扮所激起的观众的满意心情和赞美之情，渐渐地消散了。当他最后很不识相地说到“主教大人一到，演出马上开始”时，雷鸣般的倒喝彩声把他的声音完全淹没了。

“马上开演圣迹剧！马上开演圣迹剧！”众人大声高喊，而磨坊约翰的嗓门最尖、最亮，划破了这一片嘈杂，像尼姆合奏团中高音笛声般异军突起，“马上开始！”

“打倒朱庇特！打倒波旁红衣主教！”罗班·普斯潘和其他一些盘踞在窗台上的学生一起大声高喊。

“立即开演寓意剧！”群众高声呼应着，“立即开演！马上开演！再不演就吊死那些演员和红衣主教！”

可怜的朱庇特吓得呆若木鸡，虽然脸上抹了月因脂，仍是一片煞白，连手中的雷电也掉了下来。他摘下头盔，忙不迭地施礼，浑身哆嗦，语无伦次地说道：“红衣主教大人……使臣们……弗朗德勒的玛格丽特公主……”他说得结结巴巴，实际上是害怕被吊死。

等主教大人来了再开演吧，群众会吊死他；不等吧，主教大人会吊死他，他左右为难，只见死路一条，那就是绞刑架。

还好有个人过来解了围，承担起责任，使他摆脱了闲境。

① 贝里公爵：法国卡佩家族王子。

此人早就站在栏杆里边大理石桌子周围的空当里。他背靠着一根粗大的柱子，人们的视线被挡住，所以谁也没注意到他那又细又长的身影。这人又高又瘦、金发白肤，虽然还很年轻，额头和双颊上却已有了皱纹。他目光炯炯，嘴角含笑，身穿一件破旧的、磨得发亮的黑哔叽呢衣服。他走到桌子跟前，冲倒霉的朱庇特打了个手势，可那一位早已吓晕了，根本没看到。

“朱庇特！哦，我可怜的朱庇特！”这个人又向前走了一步说。

朱庇特依然没有听见。

瘦高个子的金发男子终于不耐烦了，凑到他跟前吼道：“米歇尔·吉博伦！”

“谁在叫我？”朱庇特这才如梦方醒，问道。

“是我。”那个穿黑哔叽呢衣服的人答道。

“啊！”朱庇特说。

“马上开演，”黑衣人又说道，“按群众说的做，大法官那边由我负责去说，红衣主教那边南大法官去说。”

朱庇特大大地松了口气。人们还在对他大叫大嚷，他扯着嗓门叫道：“各位市民们，我们马上就开演！”

“太好了，朱庇特！鼓掌吧，市民们！”学生们大声高喊着。

“妙啊！妙啊！”众人齐声附和。

掌声震耳欲聋。朱庇特已经退回幕后去了，可欢呼声依然没有停止，震得大厅发颤。

而那位了不起的黑衣人，像我们高乃依老先生说的那样“化风暴为平静”后，便谦逊地退回到那根柱子的阴影中。有两个姑娘站在观众前列，注意到了他与米歇尔·吉博伦（朱庇特的扮演者）的秘密谈话。要不是她们硬把他从阴影里拉出来，他肯定还要待在那里，一动不动，沉默不语，不让人看见。

“大师……”她们中的一位姑娘招招手想让他过去。

“亲爱的丽埃纳德，别这样叫，”另一位姑娘说道。她长相俊俏，水灵灵的，穿上节日盛装以后更显得好看。“人家又不是神学士，只不过是个普通人而已，不应称他为‘大师’，而应称为‘先生’。”

“先生。”丽埃纳德又叫道。

陌生人走近栏杆，忙问道：“两位小姐有什么事吗？”

丽埃纳德非常不好意思，忙说：“没什么，是我的同伴吉斯盖特·拉让新想同您说话。”

“不，”吉斯盖特羞得满脸通红，“是丽埃纳德叫您‘大师’来着，我对她说应叫您‘先生’。”

两位姑娘都低下了头。而那个陌生人巴不得能与她们聊天，笑吟吟地望着她们问道：

“两位小姐，你们真的没有什么要说吗？”

“哦，确实没有。”丽埃纳德说。

“没有什么。”吉斯盖特说。

高个子金发年轻人向后退了一步，打算走开。可是，那两个姑娘非常好奇，不想让他离开。

“先生，”吉斯盖特急忙问道，决心一旦下定，就如同水闸被打开一样，“您是否认识在圣迹剧中扮演圣母的那位大兵？”

“您说的是朱庇特的扮演者？”陌生人道。

“对，就是，”丽埃纳德说，“她多傻啊！这么说，您认识朱庇特了？”

“米歇尔·吉博伦？”陌生人回答说，“认识，女士。”

“他的胡子可真叫漂亮！”丽埃纳德说。

“他们待会儿演的戏不知好不好看？”吉斯盖特怯生生地问。

“非常好看，小姐。”陌生人肯定地说。

“演些什么呢？”丽埃纳德又问。

“《圣母玛丽亚明断记》，是一出寓意剧，小姐。”

“啊！没有看过。”丽埃纳德又说。

然后有片刻冷场，接着陌生人打破了沉默：

“新编的寓意剧，以前从未上演过。”

“也就是说，”吉斯盖特接口道，“这与两年之前，教皇特使来时上演的戏不一样了，那出戏里，有三位美丽的姑娘扮演……”

“美人鱼。”丽埃纳德接了下去。

“而且一丝不挂。”小伙子加了一句。

丽埃纳德难为情地低下了头，吉斯盖特看了看她，也低下了头。小伙子却笑着往下说：

“观众可是大饱了眼福。可今天的寓意剧是专为弗朗德勒的公主殿下编的。”

“戏里有没有牧歌？”

“多半没有。”陌生人说，“体裁不同，寓意剧里可不能唱牧歌，滑稽戏还差不多。”

“那真是太可惜了！”吉斯盖特又说，“上一次，在单孔桥喷泉边上，有一些男女在打架，一边唱拉丁圣歌和牧歌，一边表演各种身段。”

“这对于教皇特使来说是合适的，但未必适用于公主。”陌生人冷淡地说。

“在他们身旁，”丽埃纳德又说，“几个低音乐器奏出了优美的乐曲。”

“为了让过路人解乏，”吉斯盖特接着说道，“喷泉从三个口子里喷出葡萄酒、牛奶和调和饮料，人们可以随便喝。”

“单孔桥下面过去不远的地方，”丽埃纳德又说，“在特里尼代，正上演着一出耶稣受难的哑剧。”

“这个我也记得清清楚楚！”吉斯盖特嚷道，“耶稣被钉在十字架上，一左一右各有一个强盗守着！”

这两个喋喋不休的女子回想起教皇特使入城的情况，不由得兴奋起来，争着说话。

“再往前一点，在画家门口，还有一些人也穿戴得非常讲究。”

“还有呢，在圣婴泉那边，那个猎手带着一群汪汪叫的狗，吹着号角，追逐着一头母鹿。”

“在巴黎屠宰场，临时搭起了一座戏台，上演进攻狄哀普城堡的戏！”

“教皇特使打那儿经过时，戏台上正演攻城，把英国佬都给宰了。”

“在沙特雷门对面，也有些了不起的人物。”

“还有钱币兑换桥[①]上挂满了帐子帘子。”

“当教皇特使经过那儿时，桥上放飞了两百多打各种各样的鸟儿，真是好看极了，是吧，丽埃纳德？”

“今天的更好看。”听着她们的谈天，陌生人颇觉不耐烦，好不容易抓住机会插话。

“您能保证？”吉斯盖特问道。

“当然！”他回答道，接着又洋洋得意地补充道，“两位小姐，我就是剧本的作者。”

“真的？”两位姑娘大吃一惊。

“那当然！”他不无骄傲地说，“确切地说，是我和约翰·马尔尚。他锯断木板，搭好戏台，而我则编写剧本。我是皮埃尔·甘古瓦。”

就连《熙德》的作者皮埃尔·高乃依自报家门，也不会像他那般自负。

读者应能注意到，从朱庇特退回到帷幕后到新编剧的作者突然自报身份，引起吉斯盖特和丽埃纳德一片赞美之情为止，已经过了好一段时间了。真是奇怪，几分钟前还吵吵嚷嚷的人群，只凭那名演员的担保，此刻却温顺地静候着开戏。这证明了一条真理：要使观众耐心等待，最好向他们宣布戏马上就要开演。

然而，那位名叫约翰的大学生并没有睡着。

“哎，喂！”正当全场观众在吵吵闹闹后安静地等着戏开演的时候，他突然叫道：“朱庇特，圣母，可恶的骗子们！你们存心开玩笑吗？演戏呀，马上开演！否则我们可又要开始闹一场了。”

不容再拖延了。

一阵悦耳动听的乐声从戏台里传出来，幕掀开了，跳出四名演

① 钱币兑换桥：中世纪有许多钱币兑换商在桥上摆摊或设店。

员。他们花面文身、涂脂抹粉，爬上充当上、下场门的粗糙木梯，登上棚顶舞台，在观众面前排成一行，深深鞠躬行礼。于是，乐声消失，圣迹剧正式开演。

观众对那四个角色扮演者的鞠躬报以热烈的掌声，然后全场肃静，演员开始念出场白，这一点，我们就不再细细描述了。观众留心演员的服装更甚于他们所扮演的角色，这种情况以前如此，现在依然如此，当然，事实本来也应如此。这四个人都穿着半黄半白的衣服，仅仅在衣料上有所不同：第一人穿的是件金银两色锦袍，第二人是丝绸，第三人是麻布，第四人则是棉布。第一人右手执一剑，第二人手拿两把金钥匙，第三人拿着一杆秤，第四人拿一把铁锹。尽管这些标志已是非常明显，但是怕有些懒鬼不愿动脑筋，所以另在袍子的下摆上用粗大的黑色字母绣出各自的身份。锦袍上是“我是贵妇”，绸袍上是“我是教士”，麻袍上是“我是商女”，布袍上是“我是农夫”。只要稍有判断力，就能认出来：两名穿短袍，戴翘边软帽的是男演员，即农夫与教士；而另外两名穿长袍，戴头巾的则是女演员，即商女和贵妇。

除非是有心装不懂，才会看不懂这个韵味十足的戏文序幕台词：农夫与商女是一对，教士与贵妇是一对。这两对幸福的夫妻，共同拥有一条金海豚[①]，想把它送给当今世上最美的女人。于是，他们走遍世界各地，寻访这位美人，先后否定了戈贡德女皇、鞑靼可汗的女儿瑞比蓉德公主等人。最后，他们这四位来到司法宫的大理石戏台上歇息，并为这儿公正的观众朗诵了许多警句和格言——完全足够文学院的学生用来应付考试、进行辩论、练习决断、学习修辞、拟订条例，甚至稳稳当当地获得他们的学位和等级。

所有的一切都非常美妙。

在这四个角色争着向观众倾吐这些隐喻之时，没有人的耳朵比剧作者——也就是刚才忍不住向那两个漂亮姑娘自报家门的皮埃尔·甘古瓦的耳朵竖得更尖了，也没有人的心能比他的心跳动得更快了，也没有人的脖子比他的脖子伸得更长了，也没有人的目光比

① 海豚：这儿指王太子，因为法文中，两者都用同一词。

他的目光更为惊慌了。他从两位姑娘身边走开，退回到他原来待的柱子后面，待在那儿细细倾听、观看、品味着。戏剧开场时热烈的掌声依旧回荡在他的心里，看到全场鸦雀无声，自己的思想从演员口中逐一落到观众狂喜的沉思中去时，他整个儿出了神。可敬的皮埃尔·甘古瓦！

可惜的是，甘古瓦刚把这醉人的欢乐与凯旋之杯举到唇边，杯中就落下了一滴苦汁，他那如痴如醉的狂欢被完全破坏了。

没有一个人注意到这个挤存人群中衣衫褴褛的乞丐，他肯定未能从身边别人的口袋里找到足够的补偿，就想找个显眼之处坐下来，好吸引别人的目光及施舍。正当台上的演员们还在演唱开幕词的时候，他沿着看台柱子一直往上爬，到了看台栏杆下面的檐板上就一屁股坐了下来。他那破衣烂衫及右胳膊上令人恶心的脓疮，一下子招来了观众的注意与怜悯。他坐在那儿，一言不发，一动不动。

他一声不吭，因此序幕照常顺利进行着。要不是高踞在柱顶的约翰偏偏看到了这乞丐的装模作样而禁不住放声大笑，本来是不会有什么大乱子的。这年轻的淘气鬼不管这是否会打断演出，扰乱观众的凝神倾听，兀自兴冲冲地嚷嚷道："看啊！有个半死不活的乞丐！"

正值全场一片肃静，这句话就像是朝着满是青蛙的池塘扔了块石头，或向一群鸟儿开了一枪，实在是大煞风景。甘古瓦触电似的抖了一抖，序幕也因此而中断，所有人都齐刷刷地朝那乞丐望去，人群像炸开了锅。可他毫不慌张，反而把这场乱子当做生财之道，半闭眼睛、悲切切地说："行行好吧，先生太太们！"

"哎，我敢断定，"约翰说道，"这可不是克洛潘·图意弗嘛！啊呀，朋友，你腿上的疮怎么跑胳膊上去了呢？"

说这话的同时，他手法敏捷地扔出一枚小银币，恰好落到乞丐用长疮的胳膊圈着的脏乎乎的破毡帽里。这乞丐不躲不避，也不理他的嘲弄，继续用悲切切的声音喊着："行行好吧，先生太太们！可怜可怜我吧！"

这个场面大大干扰了观众的注意力，然而以罗班·普斯潘和大学生们为首的观众们，冲着他俩热烈鼓掌，欢迎这一刚刚插入序幕中间的奇特的二重唱：大学生的尖嗓门和乞丐低沉的唱圣诗的声调。

甘古瓦很不高兴，他先是一愣，然后冲台上的演员拼命喊道："演下去呀！真见鬼！演下去呀！"他甚至不屑看一眼那两名捣乱者。

这时，他觉得有人在拽他的外衣边儿，便转过身来，心里憋着火，笑也笑不出来。然而不容他不笑：是吉斯盖特·让拉新的秀美的手臂，透过栏杆伸出来拉住了他，借此引起他的注意。

"先生，"这姑娘问道，"他们还会演下去吗？"

"那当然。"甘古瓦答道，这个问题让他很不高兴。

"那么，先生，您能否给我讲解……"

"他们还会演什么？"甘古瓦打断她，"那您听下去就知道啦！"

"不，先生，是他们到现在都演了些什么。"

好像被人捅破了伤疤似的，甘古瓦差点儿没蹦起来。

"这姑娘真是笨！"他气呼呼地低声说。

从这一刻起，他对吉斯盖特的印象一落千丈。

此时，演员们已遵循他的命令继续开始了。群众看到重新开演，便都在凝神细听着。但剧情突然被截成两段，纵使又接上了，很多美妙的词句却已错过，而这些，都是甘古瓦费尽心机写出来的。人们逐渐安静下来，那个学生也不说话了，乞丐自顾数着帽子里的钱，演戏又占了上风。

这实在应是部很好的作品，只要稍作改动，就算是在今天上演也会效果不错。尽管剧情冗长空泛，但脉络一清二楚，合乎惯例。心地坦诚的甘古瓦非常懂得这一点的妙处，并暗自得意。如我们所能想象到的一般，这四个寓意人物走遍了世界三大部分，但还是未能找到合适的人来托付他们的金海豚，他们有点累了。演到这儿，台上开始众口交赞这条大鱼[1]，并用了成千上万个奇妙的隐喻来暗示他就是弗朗德勒的玛格丽特公主的未婚夫。据说到昂布瓦斯[2]就惨淡地结束了，丝毫未考虑农夫、教士、贵妇、商女已为他绕遍了地球。上面提到的王太子年轻英俊、身强力壮，而且是“法兰西之狮”的儿子，是一切王室美德的渊源。我认为，这个大胆的隐喻是值得称赞的，何况这一天上演戏剧本是为了祝贺王室订婚。戏剧里经常有关于动物的演出，因此把一只海豚比作一位狮王的儿子，想来不会引起什么大惊小怪。

这一类少见的潘达尔[3]式的搭配表明了剧作者的昂扬热情。不过，按批评家所言，诗人尽可以简洁一点，用不了二百行就可以表达这一美丽的构想了。然而，总管大人命令，圣迹剧得从正午演到下午四点，台上总得有话可说才行，更何况观众好像很有耐心地听着呢。

正当贵妇与商女吵得不可开交之时，农夫突然冒出来一行绝妙好诗：

我从未在森林里见过如此雄姿勃发的野兽！

这时，看台上一直不合时宜地紧闭着的专用门，忽然更是不合时宜地打开了，守门人用响亮的声音宣布道：“波旁红衣主教大人到！”

三、波旁主教大人

可怜的甘古瓦！即使是圣约翰教堂里所有的双料大爆竹一齐爆炸，即使二十支火神枪一齐发射，即使比里炮塔上有名的蚊形炮突然轰击（在一四六五年九月二十九日，也就是巴黎被围的那一天，它一炮打死了七个庇卡底人），即使庙门里库存的全部弹药一齐爆炸，在这个激动人心的庄严时刻，也比不上“波旁红衣主教大人

① 大鱼：指海豚。海豚在法文中同太子共用一词。

② 昂布瓦斯：王太子诞生的地方。下文“法兰西之狮”指国王。

③ 潘达尔：古希腊抒情诗人，歌颂作者。

到”这几个字那样震动他。

倒不是说他害怕或看不起红衣主教大人，他既不懦弱，也不傲慢。换今天的话来说，他本应是这样的一种人：高尚坚决、克己稳重、中庸温和、理智开明，然而又十分尊敬红衣主教大人。他们这一类可贵的哲学家从来未曾缺乏过。智慧如同亚里安娜①一样，给了他们一团线，使他们能从开天辟地时代起，顺着滚动的线团穿过人类事物变幻的座座迷宫。每个时代都有这一种人，他们始终不变，也就是说，始终能适应各个时代，当然，甘古瓦不算以内。不过，如果我们把这份荣誉归为甘古瓦所得的话，他可能应是十五世纪这一类哲学家的代表。正是他们的这种精神，指导着杜·布厄尔神父，使他能在十六世纪写出了这样值得永志不忘、代代相传的话：“从籍贯上说，我是个巴黎人，可从言论上说，我是个自由派，因为‘巴黎人’这个词在希腊文里就是‘自由派’的意思。我对红衣主教大人们和太子贡蒂殿下的叔父和兄弟们讲话时，也谈到言论自由，同时对他们怀着无比的尊敬，从不开罪他们的任何一个随从，尽管他们的随从人员极多。”

因此，红衣主教的驾到给甘古瓦带来了不愉快，并非是他对大人有所仇恨或轻视。恰恰相反，我们的诗人很通人情世故，上衣也太破了，但他并不担心他的序幕里有太多的隐喻，更不怕那些高贵的大人听到他对法兰西狮王长子的称颂。然而，在诗人们崇高的胸怀中，私心绝不占主要地位。我想，诗人们的天性可以用“十”这个数字来表现。假如让化学家们来分析，如同托伯雷②所说，定会发现里面九分是自尊心，只有一分是私心。然而甘古瓦的几分自尊心在听众狂热的赞美声中极度膨胀，就在看台门打开，红衣主教进来之时已达到了惊人的程度。刚才我们分析的诗人天性中的那一分难以察觉的私心，早已被过度膨胀的自尊心所扼杀，消失得无影无踪了。可私心是一种极其可贵的

① 亚里安娜：希腊神话中克里特国王的女儿，爱上了代庇，授以红线使他走出了迷宫。

② 拉伯雷：文艺复兴时期法国作家，人文主义者。

组成部分，缺乏了这种对现实和人类的感情，诗人们便不可能脚踏实地。甘古瓦能够高兴地感觉到、看到、触摸到全场观众的狂热情绪，这对他来说是种莫大的享受，虽然他们都是些无赖、贱民，但那又有什么关系呢？他们被祝婚诗里洋洋洒洒的长篇大论所惊呆，如痴如醉。我敢说，甘古瓦本人也和观众一样心醉神迷，但表现形式有别于拉封登。拉封登在他看自己的喜剧《佛罗伦萨人》时，问别人："这些歪诗是哪个浑蛋写的？"而甘古瓦则会欣然询问身旁的人："这部佳作出自谁之手？"现在，可想而知，红衣主教突然大煞风景地驾临，甘古瓦会有什么样的想法了。

他担心的事偏偏发生了。红衣主教大人的进场引起了一场骚动，人人都把脑袋转向专用看台，嘴里不停地喊："红衣主教！红衣主教！"台上说些什么根本听不清，倒霉的序幕只好再一次停下来。

红衣主教在看台的入口处停留了一会儿，漫不经心地看了看全场，这时，喧哗声变得越来越大。人人都想好好看看红衣主教，恨不得能把自己的脖子搁到别人的肩膀上。

红衣主教果然是个出众的人物，看他比看任何一出喜剧都值得。他叫查理，是波旁红衣主教，也是里昂大主教、伯爵，还是高卢首席主教。他弟弟，波热的领主皮埃尔，娶了路易十一的大公主，因此他与王室是姻亲。此外，他的母亲阿涅丝是勃艮第人，因此与莽汉查理[①]也有姻亲关系。这位高卢首席主教，天生是块做官的料，他性格中最鲜明的特点便是对权势的阿谀奉承、忠心耿耿。所以，可想而知，这双重姻亲关系为他带来了多少麻烦！他的心灵之舟，不知绕过了多少暗礁，才不至于被路易十一和莽汉查理这两座暗礁撞得粉身碎骨。当年的纳姆公爵和圣波尔大都督就是被这两个沙西德和锡拉[②]的魔鬼吃掉的。幸亏上帝保佑，他才一路顺风，平安

---

① 莽汉查理（1433—1477）：勃艮第公爵。

② 沙西德和锡拉：两个危险地带，前者为漩涡，后者为暗礁，暗喻王室间的险恶关系。

地抵达罗马，当上了红衣主教。然而，虽然他已到达港口，也正因为他现身在港口，每当他回想起他自己饱经沧桑、升降沉浮的政治生涯时，总不免心有余悸。所以，他常说，一四七六年对他来说是“黑暗又光明”的一年，因为这一年，他母亲与表兄勃艮第公爵相继去世，丧母之痛也因勃艮第公爵的去世而减轻了不少。

不管怎么说，他仍算得上是个大好人。他开怀畅饮莎里约王家葡萄园酿的美酒，和善对待理查德家的俏娘子和托玛斯家的骚娘们，乐于对漂亮姑娘比老婆子施舍更多，过着他快活无比的红衣主教的日子。因此种种，他颇受巴黎百姓的喜爱。他每次出门，身边总有一帮主教和修道院院长同行，他们个个出身名门，风流倜傥，放浪形骸，大吃大喝，挥霍无度。圣日尔曼・多克塞尔教区虔诚的信徒们晚上经过波旁府邸那灯火通明的窗户时，不止一次地听到，那些在白天为他们念诵经文的人，在一阵玻璃杯的交错声中唱起曾被三次加冕的教皇伯努瓦的酒神颂来，这使他们大吃一惊。

想必是他的素得人心，才使他进来的时候没有遭到观众的嘘声。他们刚才还怨声载道，认为在选举丑人王的日子，不必对红衣主教表示敬意。但巴黎市民不爱怀恨在心，更何况刚才他们已使得圣迹剧提前开演，已赢了红衣大主教一个回合，因此他们已是非常心满意足了。况且，红衣主教大人仪表不俗，又穿着漂亮得体的红色长袍，也就是说，他已赢得了所有妇女的心，也就是一半观众的好感。一位红衣主教，长相俊美，衣着合体，只因他耽误了演出的准时开场而斥责他，这好像不太公道，而且有失妥当。

他走上看台，向观众致意，脸上带着大人物惯有的那种微笑，慢慢走向他那张猩红的天鹅绒座椅，一副心不在焉的样子。他随从的主教和修道院院长们——如今我们称之为幕僚——跟在他身后走上看台，引起了观众加倍的好奇与喧哗。人人抢着说出他们的名字，对他们指指点点，至少，他们认识其中的一个：这一位是马赛主教阿罗丹先生，假如我没记错的话；那一位是圣德尼的副主教；这一位是圣日尔曼教堂的神父罗贝尔・德・内斯比纳斯（路易十一一名情妇的放荡不羁的兄弟）。他们不是认错了人，就是故意把名字念得怪腔怪调的。至于大学生们，则一直骂不绝口。要知道，这一天本是他们的好日子，是他们的胡闹节、狂欢节，是大学生书记团与学校一年一度大摆筵席的日子啊！在这一天，怎么胡闹都可以，再说了，人群还有几个愚蠢的爱饶舌的女子：西蒙娜·加特里英、阿涅丝·拉加丁和罗宾娜·比埃德布。如此良辰佳日，又有教会人士及浪荡女人做伴，难道还不能随心所欲地发发誓，骂骂上帝吗？所以他们免不了会恣意妄为。在这一片喧闹声中，那些大学生的咒骂或粗话最为吓人，因为平时他们怕圣路易的炮烙酷刑而整整憋了一年啦！倒霉的圣路易，他们在他的司法宫里是何等地旁若无人啊！看台上新到的人，穿灰袍的，或是白袍的，紫袍的，无一不成为他们嘲弄的对象。至于那磨坊的约翰·孚洛罗，因为是副主教的弟弟，就大胆地选中穿红袍的加以攻击。他紧紧盯住红衣主教大人，扯开大嗓门喊道："用美酒浸泡的袍子啊！"[①]

我们向读者详细介绍的这些细节，被一片嘈杂声给盖住了，看台上的人并未注意到。既然红衣主教不怎么在乎，那么这一天的肆意胡闹已成惯例。红衣主教心事重重，有一桩烦心事，那就是弗朗德勒的使臣们，紧紧跟在他的后面，几乎与他同时走上看台。

红衣主教并不是个深谋远虑的政客，因而并不去考虑他的表妹玛格丽特公主同他的表兄——维埃纳的王太子查理结婚所会产生的后果，或是奥地利公爵与法兰西国王之间的友善关系能维持多久，或是英国国王会如何对待他傲慢无礼的女儿，这一切都不令他担心。他照旧每天享受着莎里约王室葡萄园生产的美酒，从来没有料到过，路易十一也会真诚地送给爱德华四世[②]几瓶这样的酒（当然，其配方已由夸克纪埃医生稍作改动了），并能在有朝一日摆脱了爱德华四世的挟制。"奥地利公爵大人备受尊敬的使臣们"并未让红衣主教怎么烦心，但却在另一方面让他头痛。他，一位红衣主教，法国人，酒席上的活宝，却要去盛情款待那些爱喝啤酒的弗朗德勒人，那些土里土气的乡下小吏，并在大庭广众之下与他们平起平

① 原句为拉丁文。

② 爱德华四世：英国国王，一四六一至一四八三年在位。

坐，这实在够让他受的。若不是为了讨好国王，他才不会去做这种苦差。所以，当守门人大声通报："奥地利公爵大人的使臣到！"他便朝大门转过身，摆出了世上最优雅的姿态。不必说，全场的观众也把目光转向了门口。

奥地利马克西米连[①]的四十八名使节排成两行，由圣倍尔丹的副主教与金羊毛法令[②]的掌管人约翰神父带领，神色庄重地步入大厅，这与波旁那帮教会人士截然不同。场子里顿时一片肃静。来客依次把他们怪诞的名字和不足道的官衔告诉守门人，守门人听不明白，便胡乱地向观众转达，让人听了忍不住偷偷地笑。他们是卢凡市的执政官何埃洛甫阁下，布鲁塞尔城的执政官克雷·代居尔德阁下，弗朗德勒的议长彼尔·德巴埃斯大人，安维尔市的市政官约翰·戈兰阁下，刚城的首席执政官乔治·德·拉英埃尔阁下和吉尔多甫·封·代尔·阿克阁下，还有比埃倍格先生，约翰·比埃克先生，约翰·蒂玛耶日尔先生等等。反正不是执法官、市政官、市长，就是市长、市政官、执法官。他们个个腰板挺得笔直，端足了架子，穿着丝绒和锦缎，戴着缀有塞浦路斯金线球的黑天鹅绒帽子。总之，一个个都长了张弗朗德勒的漂亮面孔，庄重严肃，像极了伦勃朗[③]夜景画中黑色背景上那些坚毅有力、强壮严肃的人物。这些人好像把一切都写在脸上：谨慎、勇敢、干练、忠诚、贤明，正如他们的国王马克西米良在诏书上说的一样。

不过，有一人是例外。他看上去清秀、聪明、机警，他那猴子脸最适合当外交家。但红衣主教向这人面前走了三步，对他深施一礼，可那个人不过是"居约姆·韩，刚城市参议员和俸禄享有者"。

当然，没有几个人知道这位居约姆·韩是何许人。他是个罕见的天才，若能生存大革命时代，必能总领群伦、叱咤风云，可在

---

① 马克西米连：同路易十一同时代的德国皇帝。

② 金羊毛法令：勃艮第公爵菲利浦在一四二九年于布鲁日颁布的一条法令。

③ 伦勃朗：十七世纪荷兰名画家兼雕刻家，善于表现光影。

十五世纪却只能搞些小小的阴谋，如同圣西蒙公爵①说的“以挖墙脚为生”。他经常替路易十一出谋划策，合伙捣鬼，被认为是欧洲第一“挖墙脚专家”②。观众一点都不知其中原委，看到红衣主教对这个其貌不扬的弗朗德勒官员如此有礼，深感惊奇。

四、雅克·科勃诺尔老板

当这位刚城参事与红衣主教大人互相鞠躬、低声寒暄的时候，一个身材高大、肩膀宽阔、脸庞圆阔的人凑了过来，打算同居约姆·韩并肩走上看台，就像一条看门狗紧跟着狐狸一样。这个人身穿皮袄、头戴毡帽，站存那些穿天鹅绒衣服的人当中，异常触目。门卫把他挡在外面，以为他是个走错了地方的马夫。

“喂，朋友！这儿不让过！”

那穿皮袄的人把他的肩膀推开。

“你这家伙想干什么？”他大声吼道，使得全场都在注意他们这奇特的对话，“你没看见我同他们是一起来的吗？”

“您的姓名？”

“雅克·科勃诺尔。”

“身份？”

“袜店老板，刚城的三链记袜店。”

守门人犹豫不决。通报市长或执政官倒还说得过去，可要通报一个袜店老板，就有点困难了。红衣主教坐立不宁，所有的人都在一旁听着、看着。为了调教这些弗朗德勒的野蛮人，好让他们在公众面前像样一点，这两天来他可是费了九牛二虎之力，但这个洋相可够让他难堪的。这时，居约姆·韩狡黠地笑了笑，凑到守门人身边，压低了声音说：

“给刚城执政官的秘书雅克·科勃诺尔通告。”

---

① 圣西蒙公爵：法国历史学家，所写的《回忆录》记下了路易十四时代的宫廷生活。

② 此处暗指里通外国。

“守门人，”红衣主教大声重复，“通报刚城执政官的秘书雅克·科勃诺尔先生！”

这一下可坏事了。本来居约姆·韩一个人可以把这件事处理好的，可是科勃诺尔听到红衣主教的话就不干了。

“不，我向上帝的十字架发誓！”他用打雷般的声音喊道，“你听清楚了，我是雅克·科勃诺尔，刚城的袜店老板！一字不多，一字不少。我对上帝的十字架起誓！袜店老板，挺好的吧？大公爵先生还不只一次在我的袜子堆里寻找他的手套[①]呢！”

全场一片哄笑和赞叹。巴黎人向来能马上听懂俏皮话，因此这话大受欢迎。

何况，科勃诺尔出身平民，同周围的观众一样，他们之间能马上进行情感的交流，甚至可以说毫无障碍。弗朗德勒袜店老板的高傲语气，对那些高官贵人来说是种侮辱，但却能激起平民心中的尊严感，这种感觉在十五世纪时还是模糊不清的。这个袜店老板同他们一样是平民，但刚才却敢于向红衣主教挑战！而他们却只会尊敬和顺从别人，从红衣主教到他的差役们、到圣热纳维埃夫学院的院长以及他们的卫士、随从、随从的奴仆！想到这些，他们心里觉得很舒服。

科勃诺尔傲慢地向红衣主教施了一礼，红衣主教也还以一礼，因为这个科勃诺尔虽是一介平民，却连路易十一也畏服于他的凛凛威风。然后，他们俩各自坐下。而居约姆·韩，这个被菲利浦·德·果明[②]称为“聪明又狡猾的家伙”的人，则微笑地看着他们，一副意味深长、高人一筹的模样。红衣主教羞愧不已，而科勃诺尔则非常泰然，也许，在他看来，袜店老板这一称号不比其他任何头衔差。玛丽·德·勃良第夫人（也就是即将联姻的玛格丽特公主的母亲），对这个袜店老板异常畏惧，甚至胜过对红衣主教的畏惧！因为正是这个袜店老板，煽动民众起来同莽汉查理的女儿[③]的宠

① 法语“手套”一词与“刚城”一词读音相同。

② 果明（1447—1511）：法国编年史家，路易十一的亲信和顾问。

③ 查理的女儿：均指玛丽·德·勃良第夫人，奥地利大公的妻子。

臣们作对，而当弗朗德勒公主[1]跑到绞刑架上为她的宠臣们苦苦求情时，也正是他，一句话就让民众不为她的眼泪与哀求所动，而这一切，均与红衣主教大人无关。这位袜店老板，只要稍微动一动穿着皮衣的胳膊，显赫一时的居耶·德·安倍古老爷和居约姆·雨果老爷就脑袋落地了！

而那倒霉的红衣主教，还得陪着身边的客人，继续忍受下去，把这杯苦酒喝完。不知大家是否还记得戏剧开场时那个爬到看台栏杆下突出部分上去待着的乞丐？即使贵宾到来，对他也没有丝毫影响，他仍不声不响地坐着。主教和特使们一个接一个涌进看台，坐了下来，如同弗朗德勒的青鱼被一条条装进桶里一般。乞丐却仍是自由自在地坐在那儿，甚至还在柱盘顶上跷起了二郎腿，这样的傲慢无礼，实在是令人叹为观止。一开始，大家忙着看别的，谁也没注意他，而他，根本就不清楚大厅里发生的事情，依然若无其事地摇晃着脑袋，在一片喧哗声中不时地喊着："可怜可怜吧！"一次又一次，机械地重复着。也许，他是在场的所有观众之中，唯一没有扭头去看科勒诺尔与守门人争执的人了。然而，这位刚城的袜店老板，恰巧选了看台第一排坐下来，正好在乞丐头顶上方。当他看到这个乞丐时，细细地端详了一番，便友好地拍了拍他满是补丁的肩头，这使观众们大吃一惊。观众本来对这个袜店老板颇有好感，现在所有的目光正盯着他，看到他对乞丐如此友好，均惊讶不已。乞丐转过头，两人四目相对，一见如故，脸上都露出满心喜悦的神情。然后，他俩全然不顾观众的反应，手拉手低声交谈了起来。克洛潘·图意弗的那身破衣烂衫，衬着看台上铺着的织锦缎子，宛如一条肉虫子趴在一个金黄鲜润的柑橘上。

这一稀奇古怪的现象，引得全场狂喊乱叫，欣喜不已，红衣主教很快就发觉了。他微微俯下身，但从他那个座位上，只能隐隐瞥见图意弗所穿的那身脏兮兮的乞丐服。于是，他想当然地以为，是乞丐要饭引起了这场乱子，如此的胆大妄为令他怒不可遏，当下大声喊道："司法宫大法官在哪儿？快把这浑蛋扔到河里去！"

---

① 弗朗德勒公主：均指玛丽·德·勃艮第夫人，奥地利大公的妻子。

“我发誓！红衣主教大人，这位是我的朋友！”科勃诺尔仍是握着乞丐的手，说道。

“好啊！太好了！”观众喊道。从此刻起，科勃诺尔老板在巴黎也会像在刚城一样深受群众欢迎了，因为正如菲利浦·德·果明所说的，“这样有气概的人敢于目无法纪，定然会深得民心。”

红衣主教气得咬牙切齿。他俯身向坐在身旁的圣热纳维埃夫学院的院长低声说道：

“大公殿下派来给玛格丽特公主联姻的使臣可真是叫人哭笑不得啊！”

“大人您彬彬有礼地款待这帮弗朗德勒蠢猪们真是种白白的浪费！”院长回答说，“这叫做‘置明珠于群豚前’[①]也。”

红衣主教微微一笑，说：“倒不如说是‘置群豚于明珠前’也。”

听到这句俏皮话，所有在座的教士们无不笑得前仰后倒。红衣主教呢，因为他的挖苦话大受欢迎，觉得与科勃诺尔打了个平手，所以心里一下子舒坦多了。

现在，我们的读者中间，用当今流行的话来说，有些既善于形象思维又懂得逻辑思维的人，那么，是否允许我们问一问：他们能否清楚地设想，当我们要求他们集巾注意力的这个时刻，司法宫宽敞无比的长方形大厅内是个什么样的情景？

大厅中央，靠西墙搭着一个宽大的铺着金色锦缎的华丽看台。随着守门人尖细的通报声，一队神情庄严的人物鱼贯而入，从一道尖拱小门登上看台。在看台的前几排位置上，已经坐着不少头戴貂皮帽、丝绒帽或红缎帽的达官贵人。看台上一片静穆，气象庄严，看台下面、周围、对面，到处都挤满了人，到处是一片嘈杂。观众的数万双眼睛盯着看台上的每一张脸，数万张嘴轻语着台上的每一个名字。毫无疑问，这个场面非常有趣，很值得一看；但是，在大厅那边，在另一头那个草草搭成的木头台子上面和下面，各有四个

① 原文为拉丁文，上句的“玛格丽特”在拉丁文中有“明珠”之意。

木偶般的人站着，他们在干吗？台子旁边有个人，脸色苍白，穿了件破旧的黑大褂，他又是谁呢？天哪，亲爱的读者，是皮埃尔·甘古瓦和他的开场序幕！

我们已把他忘得一干二净了！

而这正是他最为担心的事。

从红衣主教进来那一刻起，甘古瓦就一直在忙个不停，以挽救他的开场诗。他先是吩咐那些不知所措的演员们继续演下去，而且要加大嗓门，但谁也没有在听，他只好让他们又停了下来。剧情已被打断了快一刻钟了，他手忙脚乱，不停地奔走，招呼吉斯盖特和丽埃纳德，鼓动周围的观众继续看戏，可是，一切都是徒劳。没有一个人不看着红衣主教、那些使臣们和看台，那里才是全场唯一吸引注意力的地方。我们不得不抱歉地指出：红衣主教大人的驾到，造成了如此可怕的骚动，分散了观众的注意力，也是因为观众对开场诗已有点厌烦了。更何况，看台上与戏台上演的都是同一出戏：即农夫与教士，贵妇与商女的冲突。许多人宁愿看着他们穿着红衣主教的袍子，科勃诺尔的外衣，有血有肉、活灵活现地呼吸、动作，彼此推推搡搡，也不愿看他们涂脂抹粉，穿着不伦不类的、甘古瓦为他们设计的半黄半白的大褂，稻草人般地走来走去，说些韵文十足的对话。

然而，我们的诗人看到场子里稍稍恢复秩序以后，便想出了一个补救的办法。

“先生，干吗不从头再演一遍呢？”他转身向身边一位看上去颇有耐心的胖子说道。

“什么呀？”那人问。

“哎，圣迹剧呀！”甘古瓦说。

“随您的便呗！”胖子说。

没有人表示反对，甘古瓦就觉得够了，自己出马，开始在人群中大声呼喊，尽量使别人相信他是观众的一分子：“从头开演圣迹剧！从头开演圣迹剧！”

“活见鬼了！”磨坊的约翰叫道，“那边都在说些什么呀！

（因为甘古瓦装出四个人的声音在喊。）同学们，你们看！圣迹剧不是演完了吗？他们还想从头再演一遍，这哪行啊！”

“不行！不行！”所有学生齐声高呼，“打倒圣迹剧！打倒它！”

可这时，甘古瓦却更是起劲，喊得震天响：“从头开演！从头开演！”

这一番折腾引起了红衣主教的注意。他向离他几步远的一名身穿黑衣的大个子说：

“司法官先生，这帮家伙们难道被关进圣水瓶[①]里了吗？怎么鬼哭狼嚎的？”

这位司法宫大法官是个司法界的蝙蝠，既是兽类中的老鼠及会飞的鸟类，又是审判官和士兵。

他诚惶诚恐地走近红衣主教大人，唯恐主教发脾气，结结巴巴地解释群众恣意妄为的原因：中午已过，大人还没有到，演出被迫提前开始。

红衣主教哈哈大笑了起来。

“老实说，换了大学校长也没法把他们怎么样。您认为呢？居约姆·韩阁下？”

“大人，”他问答道，“我们躲过了前半部戏，可以说是占了便宜啦！”

“还让这帮家伙演下去吗？”司法官问。

“演！当然演下去！”红衣主教说，“我倒是无所谓，我可以趁此机会读读我的日课经。”

司法官走到看台边上，挥挥手让观众静下来，然后高喊道：

“市民们！村民们！有人要求从头开演，有人要求停止演出，为了满足这两方面人，红衣主教大人下令继续演下去！”

双方只好让步，不过剧作者和观众都因此对红衣主教心怀不满。

---

① 这儿套用俗语：“魔鬼关在圣水瓶里似的瞎折腾。”

于是，台上的演员重新打起精神开始对话。甘古瓦希望观众能好好看他那后半部分戏，但这个希望很快就如同其他幻想一样破灭了。不过，不管怎样，观众总算是安静下来了。可是，有一点甘古瓦忽略了，那就是：当红衣主教宣布继续演戏的时候，看台上还有好多位子仍然空着。在弗朗德勒的使臣们就座之后，别的人还在陆续到来，守门人还在不断地大声通报他们的姓名和头衔身份，到处一片闹哄哄。读者们尽可以想象一番：正当一场戏演到一半时，在两个诗韵之中，或是就在一行诗中间，守门人尖声怪气地夹入这样一段插曲：

“雅克·沙尔莫吕阁下，国王的宗教法庭检察官！”

“约翰·德·阿雷，巴黎巡夜骑兵队办事处的守卫和武官！”

“加约·德·吉诺亚克老爷，骑士，布鲁沙的爵士，圣上的炮兵统领！”

“德厄·阿盖阁下，国王的骑士，顾问和管家，法兰西海军总司令，凡赛纳森林的护林官！”

“德里·勒·梅西耶阁下，巴黎盲人院总管！”

凡此种种，不一而足。

越来越让人受不了！

这种古怪的伴奏乐曲，搅得戏很难演下去，然而戏本应是越来越精彩了，现在却没有人在好好地听，这一点让甘古瓦尤为气愤。这部作品，文笔优美，情节生动，设计巧妙，确实是部杰作。正当四个开场的角色不知所措地悲叹不已的时候，维纳斯女神“凌波微步”①地出现了，她身穿华丽短袄，上面绣着巴黎城徽上的船形纹章。既然这条海豚应是献给第一美人的，那么她便亲自来向他求婚。雷鸣般的掌声响起，那是朱庇特从后台鼓掌为她助威，眼看女神就要胜利了，就要嫁给王太子了。突然，剧情异峰突起，来了一位身穿白衣，手拿雏菊的小姑娘，（一望而知，她是弗朗德勒公主的化身），前来同维纳斯一较高低。最终结局是，维纳斯、玛珞丽特和全体人员一致同意请求圣母公正裁判。此外，剧中还有一个比

① 原为拉丁文，意为女神步伐轻盈。

较重要的角色，就是扮演美索不达米亚的国王堂·倍德尔的人，但由于演出多次被打断，谁也想不起他在剧中究竟起了什么作用。所有演员都是从那架梯子上爬到台上来的。

可是，一切都被毁了。如此美妙的演出却根本没有人感兴趣，也没有人理解。红衣主教一进场，观众的目光就像被一条看不见的魔线所牵引，从大理石戏台拉到了看台上，从大厅南侧拉到了西侧。观众的眼睛盯在那儿，一动不动，着了魔似的。那些新到的贵宾和他们奇怪的名字、长相和服装，都不断让人分心。这一切可真叫人伤心啊！那出可怜的圣迹剧已是无人问津，被遗弃在一旁了，除了吉斯盖特和丽埃纳德因甘古瓦拉她们袖子时偶尔掉转头，除了他身边那位颇有耐心的胖子，谁也没在听。甘古瓦现在只能看到一个个观众的侧面。

眼见他自己那座光荣的诗歌大厦一块又一块土崩瓦解时，甘古瓦是多么的悲痛啊！想想看，不久之前为了提前开演圣迹剧，观众差点儿跟司法官大干一场！而现在剧上演了，他们能听见了，却一点儿也不在乎，可演出开始时大伙儿是齐声欢呼、狂热鼓掌、热烈欢迎的啊！观众向来喜怒无常，一变再变。想想看，刚才他们险些吊死那几个司法宫的差役，多么甜蜜的时刻呀，要是甘古瓦能回到那个时刻就好了。

守门人粗声怪调的独角戏总算收场了。让甘古瓦颇为欣慰的是，所有的贵宾都已到齐。演员们于是安安稳稳地继续演了下去。突然，那个刚城的袜店老板科勃诺尔一下子站了起来，在大家专心听戏的时候发表了一通令人讨厌的演说：

“巴黎的市民们！乡绅们！我发誓，我不清楚，我们现在在这儿干什么？当然，在那边的台上，有几个人好像在打架，我看得一清二楚。这就是你们所谓的圣迹剧吗？但这实在是太没意思了。他们光斗嘴，却不动手，我等他们动手，足足等了一刻钟，可是只有第一拳，没有第二拳。这些胆小鬼，只会耍嘴皮子，不敢真动手。要是能把伦敦或是鹿特丹的角斗士请来，那才好呢！那拳头才真叫打得嘭嘭响，就连广场上也能听到。这几个家伙真是没用，但他们至少应跳一段摩尔人的舞蹈，或是其他什么的，原先我听说的并不是这个呀！我是来庆祝愚人节，选丑人王的，我们刚城也有丑人王，我敢发誓，在这方面，我们并不比你们落后！不过，我们是这样干的：我们把许许多多的人聚集在一起，然后，人人轮流着从一个雕花窗洞里伸出头来，向大伙儿扮怪相，谁扮的怪相最丑，得到众人的喝彩，谁就被选为丑人王。就是这样，玩得非常开心！你们想不想试一试我家乡的办法？无论如何，总胜过听这些没劲的唠叨。谁都可以做鬼脸，当然，那几位演员愿意试一试也可以。各位市民们，怎么样？反正这儿有好多长相奇特的男男女女，咱们尽可以按弗朗德勒的方式来大笑一场的。再说了，我们中有些脸的确丑得非凡，定能做出异常漂亮的怪相！”

甘古瓦想骂他一顿，可是他又惊又怒又气，一时什么话也说不出来。况且，这些低贱的市民被他称作“绅士”，心中异常受用，对这位袜店老板的提议大为赞赏，任何反对都是徒劳的。除了听之任之，什么办法也没有。甘古瓦双手捂着脸，恼羞之极，恨不得能像第芒特[①]画的阿加曼依一样，用一件斗篷把自己的头蒙起来。

五、卡西莫多

一转眼之间，万事俱备，只等着实施科勃诺尔的主意了。所有的人都一起动手，市民、书记、学生，人人都出了力。大理石桌子对面的那座小教堂被选作扮怪相的场所。漂亮的玫瑰花小窗洞上的一块玻璃被砸碎了，露出圆形石头框框，正好让参加比赛的人从那里伸出头来。人们也不知从什么地方弄了两只大桶过来，好歹把它们叠了起来，因为站上去才能够得着那个窗框。众人规定，每个参赛的人员，无论是男是女，必须先把脸蒙住，躲在小教堂里，直到出场。只有这样，才能保证他们做的鬼脸、怪相能达到完美无缺的效果。不一会儿，小教堂里就已挤满了参赛的人，那扇门随即关上。

① 第芒特：公元前五世纪的希腊画家。

科勃诺尔坐在他的位子上，从容不迫地发号施令、指挥、安排一切。这阵吵吵闹闹，使得红衣主教非常不高兴，甘古瓦也一样。借口有事，红衣主教率领全体随从退场，说是要去做晚祷。而那帮观众，尽管在他到来之时万分激动，现在却对他的离去无动于衷。只有一个人注意到了红衣主教的退场，那就是居约姆·韩。观众的注意力，如同太阳一样，不断地变换着方向：出自大厅一端，在中央稍作停留，现在又移到另一端了。大理石桌子和那铺着锦缎的看台，已完成了其历史使命，现在该轮到路易十一的小教堂来大放光彩了。大家胡言乱语，装疯卖傻，一片嘈杂。现在，场子里只留下弗朗德勒的使臣们和巴黎市民了。

怪相表演开始了。第一张丑脸伸出窗口，眼皮翻转，露出红色的里子，嘴巴大张，额上皱纹密布，很像时下流行的帝国轻骑兵式的靴子。这副尊容，引得观众捧腹大笑，乐不可支，要是游吟诗人荷马听到了，一定会把这些村镇百姓当做神仙的。整个大厅像一座奥林匹克山[①]，而对于这一点，甘古瓦的那位倒霉的朱庇特可是比谁都清楚。接着，第二张怪脸，第三张怪脸，一个接着另一个，观众笑声不绝，高兴得直跺脚。这个场面有着难以言喻的魅力，令人心荡神移，今天上层社会中的读者很难体会到这一点。请各位自己想象一下，一连串各式各样的脸，极像是各种不同的几何图形，三角形的、梯形的、圆锥形的、多面形的；外加各种不同的表情，愤怒的、放浪的；还有各种不同的年龄，从小脸发皱的新生儿到满脸起皱的垂死老人，再加上各种各样的野兽一样的耳鼻嘴脸。请各位想象一下，这就好像是日尔曼·比隆[②]在新桥上雕塑的所有稀奇古怪的石刻鬼神雕像，都突然复活了似的，也好像是威尼斯狂欢节里所有的假面人物一个个出现在你的望远镜面前，并目光灼灼地瞪着你。总而言之，活脱脱一副鬼趣图。

狂欢愈演愈烈，更接近弗朗德勒式了。邓尼埃[③]纵有生花妙笔，

① 奥林匹克山：希腊神话中众神居住的地方。

② 日尔曼·比隆：法国雕塑家。

③ 邓尼埃：十六世纪弗朗德勒画家。

也难画其千姿百态。请各位想象一下，沙尔瓦多·罗沙用他画两军鏖战的笔力去画酒神祭日的狂欢，或许你们能稍有体会。场内没有男女之分，也没有使臣和学生之分，也分不出谁是克洛潘·图意弗，谁是吉尔·勒科尼，西蒙娜·加特里芙或罗班·普斯潘了。人人都放纵嬉戏，无拘无束，一切都消融在举世放浪之中。每一张口都在狂呼乱喊，每一双眼睛都闪闪发光，每一张脸都怪模怪样，每一个人都装腔作势。而从窗口露出来的一个接一个的鬼脸，龇牙咧嘴的，犹如一根根投入烈焰中的柴火，搅得人群沸腾不已。在这群嘈杂的人群中，不时发出一些尖锐、凄厉的嘶嘶声，如同火炉上冒出来热气的声音，又像是苍蝇振翅的嗡嗡声。

“哟！真够倒霉的一张脸！”

“天哪，瞧那副鬼脸！”

“根本不行！”

“换下一个！”

“居约姆·莫吉比，瞧那个牛头，就差两只角了。他可不能当你老公！”

“又来了一个！”

“教皇的肚子！这算什么鬼脸呀！”

“啊呀！这是犯规，应该露出自己的本来面目！”

“该死的彼埃雷特·加勒彼特，她可真行！”

“妙极了！妙极了！”

“我笑得都快喘不过气来了！”

“瞧这一位，耳朵太大，伸不出来了！”

如此等等，不一而足。

当然，不能忘了我们的老朋友约翰。在这群魔乱舞之时，他仍旧待在柱子顶端，跟水手坐在桅杆顶上似的，狂舞乱摆，那种疯狂劲儿实在叫人难以相信。虽然他的嘴巴张得大大的，却发不出什么声音。倒不是他的声音被吵闹声盖住了，再吵的声音他也不怕，而是他的声音大概已达到人类听觉的极限。据索比所说是每秒钟一万二千次，据比奥所说是八千次。

至于可怜的甘古瓦，最初他很沮丧，但很快就恢复了平静，并昂然顶住了命运的嘲弄。“继续往下演！”他第三次冲他那些说话机器（演员们）高喊着，并在大理石桌子前来来回回不停地走动。他忽生奇想，也想要到小教堂的窗洞里去亮个相，冲那些不知好歹的观众扮个鬼脸，消消心中的怨气。但接着又想：“不行，这样做未免有失身份，算了吧，不报复了，斗争到底吧！我倒想看看最终鹿死谁手，是怪相，还是文学。应该说，人民对诗还是有极大的兴趣的。”他反反复复不停地安慰自己。

唉！只可惜，现在戏剧唯一的观众就是他自己。

更糟糕的是，刚才他还能看到观众的侧面，而现在，只能看到他们的后背了。

不对，另外还有一个人仍然面对着戏台，原来是那个颇有耐心的胖子。刚才，在紧急关头，甘古瓦曾征求过他的意见。至于另两位姑娘，吉斯盖特和丽埃纳德，则不知跑哪儿去了。

这位唯一的观众的忠心耿耿，让甘古瓦大为感动。这位好人趴在栏杆上，一副昏昏欲睡的样子。甘古瓦走了过去，一边搭话一边轻轻拉扯他的胳膊。

“先生，多谢了！”

“谢我什么呀？”胖子打了个哈欠说道。

“我知道，您没法好好听戏，因为那边吵得太厉害了。不过，您别担心，您将会流芳百世的。您叫什么来着？”诗人说道。

“雷诺·夏托，巴黎大堡的掌印官。愿为您效劳，先生。”

“在这儿，您是文艺女神的唯一代表。”

“先生，您过奖了。”大堡掌印官说。

“只有您用心听戏了。”甘古瓦问道，“您认为这出戏怎么样？”

“哎！哎！挺轻松的。”胖胖的掌印官敷衍地回答道，一副睡眼惺忪的样子。

恰好此时，掌声雷动，夹杂着轰然欢呼，打断了他们的谈话，甘古瓦不得不满足于这一个赞语了。丑人王选出来了！

“太好了！太好了！真是太好了！”四面八方一片狂呼。

这时候，一副怪相出现在窗洞里，真可谓丑陋无比！观众的想象力在狂欢节中被大大地激发了出来，为心目中的丑八怪提出了极高的要求。但迄今为止，在圆形窗洞中露相的那些丑面孔，无论是五角形、六角形，还是奇形怪状的，都没能达到这个要求。只有刚才在窗洞中露出的那张脸，才真是丑得高超绝伦，丑得奇妙无比，丑得令人眼花缭乱，因而一下子就中了头彩。科勃诺尔老板亲自带头鼓掌。乞丐克洛潘·图意弗——天知道他有多丑，可也只能自愧不如，我们自然也只好甘拜下风。

他那张脸，丑得无以复加，实难描述：鼻子是个四面体，嘴巴像个马蹄，小小的左眼上挡着浓密如杂草的棕红色眉毛，右眼被一颗大肉瘤完全盖住了，牙齿横七竖八，东缺一块西少一角，就跟墙垛口似的，嘴唇粗糙不平，一只象牙般的獠牙龇出来，下巴一劈两半，尤其是面部的表情，混杂着狡狯、悲伤与惊恐。所有这一切，乱七八糟地组合在一起，要多难看，有多难看。

全场欢声雷动。观众争先恐后地冲进小教堂，把这个上天赐福的丑人王抬了出来。这时，众人个个惊得目瞪口呆，他的那副丑模样竟是本来面目。

更确切地说，他整个人就是一副怪模样。棕红色的头发耷拉在他的大脑袋上，两肩之间拱起个硕大无比的驼背，得靠前面的鸡胸才能保持平衡。大小腿异常扭曲，只有两个膝盖还能并到一块，从正面看去，就像两把大镰刀，刀柄在膝盖那儿会合。宽大的脚板，肥硕的巨掌，身材奇形怪状，却充满着活力、勇气，敏捷异常。他是个奇特的例外，公然嘲弄了力和美来自和谐这一固定法则。这个人就是刚当选的丑人王。

简直是把一个巨人打碎之后又重新胡乱拼凑了起来。

这个独眼巨龙出现在小教堂门口，厚厚墩墩，纹丝不动，其高度与宽度几乎相等，正如某个伟人所说的一样：底座呈正方形。他穿了件半红半紫的大氅，上面缀满了银色钟形花，加上他那无与伦比的丑陋，观众一下子就认出了他是谁，并异口同声地喊了出来：

“是敲钟人卡西莫多！是卡西莫多！圣母院的驼背！独眼龙卡西莫多！瘸子卡西莫多！真是太棒了！”

可怜的家伙，有那么多的绰号，任人挑选。

“孕妇可得注意！”学生们喊道。

“想怀孕的也得小心！”[①]约翰接口说。

女人们果真用手捂住了脸。

“哎！这个丑猴子！”一个女人叫道。

“又丑又坏！”另一个接着。

“是个魔鬼！”还有一个说。

“真倒霉啊！我住在圣母院附近，整天整夜都能听见他在屋檐上转悠。”

“还带着猫！”

“他老待在别人的屋顶上。”

“从烟囱口向我们施厄运。”

“那天晚上，他在我家窗口冲我扮鬼脸，吓死我了，我还以为是个男的呢！”

“我敢说，他是去参加魔鬼联欢会的。有一次，他居然把扫帚掉在我家屋檐上了。”[②]

“呸，这驼子的丑脸！”

“呸，这丑恶的灵魂！”

“呸！呸！呸！”

然而，男人们却乐不可支，鼓掌不已。

卡西莫多成了众矢之的，可他阴沉、庄重地站在小教堂门口，一声不吭，任凭别人赞美。

有一名大学生，大概是罗班·普斯潘吧，居然跑上前去，冲着他的脸狂笑。卡西莫多把他拦腰抱起，顺手扔到了十步开外的人群中，依然一言不发。

科勃诺尔老板大为惊奇，走过去说：

---

① 暗示卡西莫多对妇女不怀好心。

② 中世纪传说中，巫师、巫婆都是骑着扫帚、带着猫去参加魔鬼聚会的。

"上帝啊！我发誓，你是我生平所见的最美的丑八怪！你不仅可以在巴黎，还可以在罗马称王称霸。"

说着，他高兴地伸手拍拍他的肩膀。卡西莫多依然一动不动。科勃诺尔接着说：

"你真是太棒了。我想带你出去美餐一顿，就算要花掉我十二个崭新的图尔银币[①]，我也在所不惜。你看如何？"

卡西莫多依然不声不响。

"妈的！难道你聋了吗？"袜店老板说道。

确确实实，卡西莫多是个聋子。

但是，科勃诺尔的做法渐渐惹得他不耐烦了。他猛然转过身来，冲着袜店老板，牙齿格格发响。科勃诺尔吓得连连后退，像哈巴狗儿见了猫似的。

于是，丑人王的周围马上空出了一个大圆圈，半径十五步之内没有人敢靠近。有个老太婆对科勃诺尔说，卡西莫多确实是个聋子。

袜店老板发出了弗朗特勒人粗犷的大笑："聋子！天哪，这才是独一无二的丑人王！"

"哟，我认出他是谁了，"约翰大声喊道，"他是我那副主教哥哥的敲钟人。"为了能好好看看卡西莫多，他终于从柱子顶上爬了下来。

"你好，卡西莫多！"

"讨厌的家伙！"罗班·普斯潘说。他刚才被摔了个大跟斗，心里还是很不痛快。"他呀，一出现，是个驼子；一走动，是个瘸子；一睁眼，是个独眼；一开口，是个聋子。——嗨，他的舌头呢？这个讨厌的波里菲姆[②]。"

"他想说话时，他会开口的，"那个老妇人说，"他的耳朵是敲钟敲聋的，他不是个哑巴。"

---

① 图尔银币：十三世纪法国图尔市的钱币，在十五、十六世纪流通于法国全境。

② 波里菲姆：古希腊神话中最凶猛的独眼巨神。

“哎，实在太可惜了！”约翰叹道。

“还有他那只多余的眼睛。”罗班·普斯班道。

“那可不一定，”约翰颇有高见，“独眼龙可比瞎子惨多了，因为他知道自己缺少了什么。”

这会儿，所有的学生、差役与乞丐、扒手一起，列队向法院书记室走去，在那儿折腾了一番，找出一顶纸板冠冕和一件可笑的丑人王的长袍。卡西莫多听任他们摆布，显然很满不在乎。然后，大家叫他坐在一张五颜六色的担架上，十二个丑人团会员把他扛了起来。看到别人个个漂亮端正、身材挺拔，可是却走在自己那双畸形的脚下，卡西莫多脸上的阴郁尽扫，露出了苦涩又欢乐的表情。接着，这支乱哄哄的破衣烂衫的队伍开始出发。按例，他们先得绕司法宫走廊转一圈，然后再到大街小巷去兜兜风。

六、艾丝美拉达

我们非常欣慰地告诉各位读者，尽管发生了上面所述的种种事情，甘古瓦和他的戏却一直不为所动，硬是顶了下来。在他的鼓舞下，那些演员们没有停止演戏，而他自己也继续凝神欣赏着。既然那场哄闹是无法避免的，他决心坚持到底，把戏演完，或许观众会回心转意的。卡西莫多，科勃诺尔以及丑人王那些闹哄哄的随从人员大声嚷嚷着离开了大厅，看到这些，甘古瓦心中升起了希望。然而观众也跟着那帮人匆匆忙忙跑掉了。“太好了，所有的讨厌分子都走光了！”他暗自想。但不幸的是，一眨眼工夫，大厅里便几乎空无一人了，因为观众正是他所认为的讨厌分子。

不过，大厅里确实还留下了一些观众。他们东一个、西一个、零零散散、三五成群地围在柱子周围，都是些老人、妇女和儿童。他们实在受不了那份吵吵嚷嚷，所以留了下来。有几个学生，依然骑在窗口上，恋恋不舍地朝广场眺望着。

“也罢，”甘占瓦心想，“我还有这么多的观众，他们想听完我的圣迹剧。虽然为数不多，但却都很有修养。”

过了一会儿，圣母该出场了。那时，应有一场效果惊人的交响乐，然而却一支乐曲也没听到。甘古瓦这才发觉，他的乐队也已随着丑人王的队伍游行去了。

他只得认命，心想："就不要乐曲了吧！"

他似乎听到有一群人在议论他的作品，于是赶紧走进去，只听到了零碎的片言只语：

"秦多阁下，您知道德·纳姆先生的那瓦尔公馆吗？"

"当然知道，不就在布拉克小教堂对面嘛！"

"我跟您说，财政局刚刚把它租给了历史学家居约姆·亚历山大，年租金是六个巴黎里弗零八个索尔。"

"房租涨得可真够厉害的！"

"哎，算了吧，"甘古瓦叹了口气，"总算另外那些人还在听戏呢！"

"喂，同学们！"一个跨在窗口上的讨厌鬼大叫道，"艾丝美拉达！艾丝美拉达在广场上！"

这一下子，像着了魔似的，大厅里剩下的人都涌向窗口、爬上墙头，以便能看个清楚，嘴里还不停地喊："艾丝美拉达！艾丝美拉达！"

同时，能听到外面掌声雷鸣。

"艾丝美拉达，这是什么意思？"甘古瓦失望地交叉着双手，"天哪！现在又该轮到这窗子大出风头了！"

他转过身，才发现大理石桌上的演出已被打断了。这个时候，应是朱庇特带着雷电出场，可他却傻乎乎地站在舞台下面。

"米歇尔·吉博伦！"诗人愤怒地喊道，"你怎么搞的？还傻立在那儿干吗？快，该你上场了！"

朱庇特却回答说："有个学生把梯子搬走了！"

甘古瓦看了看，果真如此。他作品巾的情节和结尾经此一折腾，看来是再也无法接上啦！

"都是些浑蛋！"他低声自语道，"可是他要这梯子干呢？"

"当然是为了看艾丝美拉达！"朱庇特可怜兮兮地答道，"他说了声‘嘿，这架梯子没人用。’就把它给搬走了。”

这是最致命的一击。但甘古瓦除了认命之外别无他法。

“你们都统统给我滚蛋！”他冲演员们吼道，“要是待会儿我能领到赏钱，少不了你们一份。”

于是，他垂头丧气地败下阵来。不过，他走在人群的最后面，像是位吃了败仗仍坚守到弹尽粮绝才撤退的大将军。

他一边爬着司法宫那七拐八弯的楼梯，一边咬牙切齿地嘀咕道：“这帮巴黎佬都是些蠢猪！说是来听圣迹剧，却压根儿都没好好听！他们对任何人都有兴趣，像克洛潘·图意弗，红衣主教，科勃诺尔，卡西莫多等等，还看魔鬼，却不想看圣母玛丽亚！这帮东游西荡的家伙！早知如此，我不如多送几个圣母玛丽亚给他们！我呢，本来应该来看人脸的，却尽看些人的后背！我本是诗人，却被当做卖狗皮膏药的！想当年，荷马曾在希腊村镇讨过饭，纳松[①]遭流放，死在莫斯科人中间！不过，他们说的那个“艾丝美拉达’是什么意思，我还是不明白。我要是明白，就让魔鬼扒去我的皮！可这到底是什么话呢？准是古埃及的诅咒语！”

① 纳松：罗马大诗人，后被迫离开祖国，死于俄国。

第二卷

一、从沙西德到锡拉

一月份，天很早就黑了。甘古瓦从司法宫走出来时，街上已经一片昏暗了。天黑得早，这让他很高兴，因为他巴不得能走在一条黝黑无人的街上，以便自己能好好想一想，用哲学家的思维方式安慰安慰他那受伤的诗人的心灵。况且今夜他无家可归，而哲学是他唯一的栖身之处。他初次尝试戏剧便大败而归，这使他不敢同到草料港对面的水上谷仓街的那个寓所去。这个房间，是他从巴黎牲畜税承包人居约姆·杜克斯·西尔老板那儿租来的，已经有六个月没付房租了。他本以为总管大人会为他的贺婚诗而赏他一笔钱，他便能还给西尔老板他所欠的那十二个巴黎索尔的房钱。而现在，他的全部财富——把他的短裤、衬衫和尖顶帽统统算在一起，也不过值一个索尔，他该怎么办呢？他先在圣小教堂的库房监狱的小门洞罩待了一会儿，盘算了片刻，想细细考虑一下到底在巴黎的哪一条街上过夜。他想起，上星期曾在鞋店街某位法院顾问家门口见过一块供骑马用的垫脚石，那时他就曾经想，这块大石头大可为一名乞丐或一位诗人当枕头使呢！感谢上帝让他想出了这个奇妙的主意！旧城中那些相似的古老街道，都曲里拐弯的，像桶场街、老呢绒街、鞋店街、犹太街等等，至今依然岿然不动，那可是有十来层呢！正当他准备穿过司法宫广场走向那迷宫似的旧城区时，忽见丑人王游行队伍也正从司法宫里出来，举着明晃晃的火把，大叫大嚷着冲他走了过来，他那支乐队也在里边。目睹这个场面，他那受伤的自尊心不仅又隐隐作痛。他匆忙逃之夭夭。他编的戏备受冷落，令他心酸不已，一切能令他回想起白天庆典的事物，都能给他带来剧烈的痛苦，使他的伤口流血不止。

他想从圣米歇尔桥经过，但是桥上有好些儿童拿着花炮和冲天炮跑来跑去地放。

“讨厌的焰火！”甘古瓦一边发着牢骚，一边赶紧折回，想从钱币兑换桥上走。桥头堡上挂着三面旌旗，上面画着国王、王太子和弗朗德勒的玛格丽特公主，另外还有六面小旗，上面画着奥地利公爵、波旁红衣主教、德·波热亲王、让娜·德·法朗士夫人①、波旁的私生子亲王②，还有一个叫不出名字的人。大大小小的旌旗被火把照得通亮，群众同观着，赞叹不已。

“画家约翰·富尔波可真走运啊！”甘古瓦长叹一声，掉头走了，看也没看一眼。他前面有一条黑乎乎的街，非常幽静，看来能在那里逃过这个庆典日子里的一切嘈杂和辉煌。他一头钻了进去。可不一会儿，他一脚撞上了什么东西，一个趔趄，他摔倒了。原来是五月树。为了庆祝这个隆重的日子，一大清早，法院书记们就把它送到了院长门口。真是倒霉，但甘古瓦勇敢地忍受下来。他爬起来，走到塞纳河边，走过民庭小塔楼和刑庭大塔楼，沿着御花园一直往前走，直到一片没有铺石板，污泥深达脚踝的河滩上。他已走到了旧城区的西头，与渡牛岛隔着一道窄窄的白水，这个小岛如今早已被新桥和桥上的铜马所替代，在夜色里呈现出庞大的黑暗身影。他久久地看着这个小岛，岛上有微微的灯光，隐约可见摆渡人晚上栖身的那蜂窝似的小房子。

“摆渡的船夫是多么幸运啊！”甘古瓦忖道，“你并不盼望光

---

① 法朗士夫人：路易十一之女。

② 私生子亲王：名叫路易，查理七世私生子，也是路易十一的私生子弟弟。

荣，也不必写什么贺婚诗！什么皇家的婚事，什么勃艮第公爵夫人们，都与你无关！除了四月份你那草地上开放的供你作牛饲料的雏菊，你还认识什么别的雏菊！而我呢，虽然是个诗人，却被人嘲笑，冻得要死，还欠别人十二个索尔。我的鞋已破旧透亮，鞋底足以用来做你那盏风灯的灯罩玻璃。谢谢你，摆渡的船夫！是你的小屋使我眼清目明，使我忘记了巴黎！”

他正想得出神，一声巨大的爆炸声把他从诗意的梦幻中惊醒了。原来是幸福的摆渡人为了庆祝节日，放了一个比圣约翰节爆竹还要大的双响大爆竹！

这一爆竹声令甘古瓦毛发倒竖。

“该死的节日！”他叫道，“你果真不放过我！天哪，居然一直追到了船夫的小屋里！”

看着脚下的塞纳河，他忽然产生了一种可怕的冲动：

“哎，河水要是能暖和点，我真想跳下去啊！”

于是，他下定了决心。既然他躲不开丑人王、约翰·富尔波的画、五月树、花炮、焰火，那么，干脆到狂欢节的中心去，到格雷沃广场去！

“到那里去，至少我能在篝火旁暖暖身子。说不定还能在市民区国王甜食点心柜子那儿，赶上些残羹冷炙呢！”

二、河滩广场

河滩广场昔日的痕迹，如今已是很难辨认了。只有广场北角上那座美丽的小钟楼还在，可它也遭污泥灰粉遮盖，往昔那生动的浮雕早已面目全非，也许，不久它也将消失踪影，淹没在巴黎那些雨后春笋般迅速涌现的高楼大厦之中。巴黎的古老建筑，有好多已被吞噬了。

谁要是从河滩广场走过，也会和我们一样，朝这座夹在两所路易十五时期的不伦不类的房屋中的可怜的塔楼看上一眼。我们很容易在脑海中想象出它原来所属的那个建筑群的原貌，从而进一步想象十五世纪古老的哥特式广场的全貌。

当年的格雷沃广场，也应和现在一样是个不规则的四边形，一边是河岸，另外三边耸立着一排排又高又窄的阴暗房屋。他们展示了从十五世纪回复到十一世纪（即中世纪）的各种住宅建筑的完整风貌。在白天，我们可以观赏形形色色刻在房屋上的木雕或石雕。从在那个时代起取代了尖拱窗户的框框窗户，到被尖拱取代的罗马式半圆拱窗户，应有尽有。在制革街这边，沿着塞纳河，有一座古老的罗兰塔楼，上面几层都是尖拱窗户，二楼仍是清一色的半圆拱窗户。夜里，这一排排房屋参差不齐的屋顶的黑影，犹如锐利的锯齿，绕着广场一一排开。两百多年来，房屋已翻修过无数次。那时的房子与现代的房子的根本差异之一就在于：今天的建筑物，大都脸朝广场和街道，而从前却是山墙、房屋整个儿转了个向。

一座式样混杂的笨重建筑，耸立在广场东边的中央，它由彼此重叠的三个部分组成。它先后有三个名字，足以说明其历史、修造目的和建筑方式。查理五世接位前曾在那儿住过，所以被称作“太子宫”；它又曾当过总管府，所以又被称为“百货商场”；它是由一排粗大的柱子支撑起它那三层楼的，所以还被称为“柱屋”。只要巴黎这种大城市里有的，在那儿就一定能找到：一座用来祷告上帝的小教堂，一间用来接见或在必要时严词驳斥国王使臣的大厅，在顶楼上还有一个兵器库。巴黎市民深深懂得，光是祈祷和辩护是无法保证市民的权利的，所以他们总是在总管府的顶楼上储备一些生了锈的上好火枪。

早在当年，景象凄凉的河滩，今天依然如故。它在人们心里引起了极为悲惨的记忆：多米尼格·波卡多尔那阴沉沉的总管府替代了原先的柱屋；广场中央的碎石路上耸立着一座永久性的刑台和绞刑架——按当地人所说是一个“法官”和一架“梯子”。这两件刑具的作用非凡，迫使路过的人们转开目光，不忍目睹。多少年来，那些活蹦乱跳的生命在这里断送了，而且五十年后发生的一种“圣瓦耶热病”也始于此。那并不是真的病，而是担心被绞死的病，但它依然是最可怕的，因为它并非出自天意，而是来自人为。

三百年前的死刑曾把它那些铁轮、石头绞架和一切常备器具深深嵌进路面，塞满了各个地方：雷沃广场、菜市场、王妃广场、德·特拉瓦尔十字架、猪市、骇人听闻的隼山、都头栅栏、猫场、圣德尼门、尚波市场、波代门和圣雅克门。至于总管、主教、教务会、神父和享有司法权的修道院院长们的无数的“梯子”，还未计算在内，更未算上直接把犯人扔入塞纳河的酷刑。

令人欣慰的是，当年到处泛滥的死刑，如今已渐渐消失。那些异想天开的酷刑、美不胜收的刑罚，已如甲胄般一片片地脱落了，不复能每五年更换一次大堡里拷打犯人的皮革床架。今天，这一切古老的酷刑已被取缔，几乎完全被驱逐出我们的法律，我们的城市。我们一部又一部地加以驱逐，一处又一处地将其赶走，只剩下格雷沃广场一个不光彩的角落，只剩下那一座可怜的断头台，偷偷摸摸、局促不安、羞愧难当地站在那儿，整天提心吊胆，一干完坏事就溜，生怕被别人当场捉住。

三、以德报怨

当甘古瓦到达河滩广场的时候，他早已冻得浑身发僵了。他是从风磨桥上走过来的，以避开钱币兑换桥上拥挤的人群和约翰·富尔波的画。不料，巴黎主教的几台水磨子在他经过时溅了他一身水，把他的长罩衫弄得里外透湿。剧本的惨遭失败，让他觉得自己比平时更怕冷，于是急急忙忙向广场中央那烧得正旺的篝火奔去。可是，已经有许许多多人围着篝火，形成了一个圈。甘古瓦是个真正的戏剧诗人，见此情景，不免自言自语地独白起来：

“可恶的巴黎佬！他们居然把火给挡住了，可我实在太需要烤烤火了！我的鞋湿透了，而那该死的水磨居然还淋了我一身水！讨厌的巴黎主教，装那些鬼磨子干吗？难道主教想当农夫？真是太邪门了！如果我的诅咒能让他如愿以偿，那我马上就诅咒他，还有他的大教堂和他的水磨子！看看这帮子懒汉肯不肯给我挪个位子！他们这帮家伙都在干些什么呀！在烤火，好不舒服！在看着一堆柴火燃烧，好不壮观！”

走近一看，他才发觉，这烤火的圈子似乎太大了点，离火也太远了点。看来，这么多的人，并不光是来看柴火燃烧的壮观美景的！

观众围着火，中间有块空地，有个少女正在跳舞。

虽然甘古瓦是个怀疑派哲学家和讽刺诗人，但眼前那光彩夺目的景象简直令他目眩神迷。天哪，这姑娘究竟是人，是仙，还是天使？

她个儿不高，但身材苗条挺拔，因此看上去挺高的。她肤色微黑，若在白天看，定会像安达卢西亚和罗马妇女一样发出美丽的金色光泽。她那双安达卢西亚式的小脚，套在俏丽的鞋子里，显得小巧自如。她脚踩一条随随便便铺着的旧波斯地毯，飞舞着，旋转着，修长的双腿，乌黑的长发，闪闪的明眸，不时地闪过你的面前，令你眼花缭乱。

周围的观众个个看得瞠目结舌。她狂舞着，滚圆洁白的双臂把巴斯克手鼓高高举过头顶，敲得蹦蹦响。俊俏、纤弱的脸庞蜜蜂似的活泼地转动，金色胸衣平滑无纹，色彩鲜艳的裙子随风鼓胀，双肩坦露，衣裙飘舞，双腿秀美，黑发如漆，明眸如火——恰似下凡的仙女。

甘古瓦心想：“天哪！她是个火精，是个山林女神，是个天使，是酒神巴克科斯的女祭司！”

恰在此时，“火精”的一条辫子松开了，一个黄铜发卡滚到地上。

“哦，不对，她只是个吉卜赛女郎！”他说。

一切幻想统统消失了。

她又开始跳起舞来。她从地上拿起两把剑，用剑尖顶住前额，让它们朝一个方向转动，而她自己则向另一个方向旋转。确确实实，她是个吉卜赛女郎。虽然甘古瓦的幻想已经消失了，但这场景仍是魅力无穷。篝火发出了强烈的红光，照耀在周围观众的脸上，跳跃在吉卜赛女郎微黑的额头上，又把微弱的火光和晃动的人影投射到广场深处，映照在柱屋那黑乎乎、皱巴巴的门上，投射在绞刑架的石头支杆上。

在这成千上万张被火光映得通红的脸庞中，有一张严峻、沉着、阴郁的男人的脸，这张脸上流露出来的神情比其他任何人更为专注。他被周围的人挡住了，看不到穿了什么衣服。他的头发已掉得差不多了，只在太阳穴两边还有几撮稀稀疏疏的花白头发，但实际上他还很年轻，至多三十五岁吧。他的高高宽宽的额头上已有了皱纹，但他那双深陷的眼睛里却闪烁着不同寻常的青春的火花，充满了活力和情欲。他目不转睛地盯着吉卜赛女郎。这个十六岁的少女狂舞着、旋转着，所有的人都很高兴，而他却越来越陷入沉思，越来越阴沉了。他不时地微笑一下，叹息一声，可那笑容看来比叹息还要痛苦。

姑娘跳得上气不接下气，终于停了下来。观众爱怜地看着她，拼命鼓掌。

“加里！”吉卜赛女郎喊道。

这时，甘古瓦看到一头浑身洁白的小山羊跑了上来，它神态敏捷机灵，双角和四蹄都染成了金色，脖子上还挂着一个镀金项圈。刚才，这头小山羊一直蹲在地毯的一个角上，看着女主人跳舞，所以甘古瓦没注意到它。

“加里，该看你的了！”姑娘又喊道。

她坐了下来，神情优雅地把巴斯克手鼓递到小山羊面前，温柔地问：

“加里，现在是几月份？”

山羊抬起前脚，在小鼓上敲了一下。一点不错，现在正是一月份。观众又一次鼓掌。

“加里，”姑娘把鼓翻了一面，又问，“今天是几号？”

加里抬起金色的前脚，在鼓上连敲了六下。

“加里，”姑娘又把鼓翻了一面，问道，“现在几点了？”

加里连敲了七下。就在此时，柱屋的大钟敲响了七点钟。

观众惊叹不已。

“这里面定是施了妖术！”一个阴阳怪气的声音从人群中冒了出来，正是那个死盯着姑娘的秃顶男子喊的。

吉卜赛姑娘浑身一抖，转脸去看。可是，场上掌声雷鸣，盖住了那个阴阳怪气的声音。这热烈的掌声使她完全忘了这件事，只顾着继续询问她的小山羊：

“加里，巴黎手枪队队长居夏尔·大雷米阁下在圣烛节[①]游行时是个什么样子？”

加里用两条后腿站了起来，一面咩咩地叫，一面斯文端庄地走了几步。看到手枪队队长利欲熏心的假虔诚被模仿得如此惟妙惟肖，观众忍不住哈哈大笑起来。姑娘被越来越热烈的掌声壮了胆，又问山羊：

“加里，国王宗教法度检察官雅克·沙尔莫吕阁下是怎样布道的？”

小山羊坐在后腿上，咩咩叫了起来，一面用前腿作出古怪的动作，它的腔调、神态，活脱一个沙尔莫吕本人，只除了他那蹩脚的法文和拉丁文。

观众报之以更加热烈的掌声。

那个秃顶男人又叫了起来：“亵渎神明啊！”

吉卜赛姑娘又一次转回头去，说道：“呸！你这个坏蛋！”然后，她把下嘴唇伸得老长，噘了噘嘴——这好像是她的习惯性动作，转过身去，开始托着手鼓向观众收钱。

大大小小的银币和铜币雨点般地扔到了鼓里。她很快便转到了甘古瓦跟前。他下意识地把手伸进口袋，她赶紧停了下来。“见鬼！”诗人咕哝了一声，原来他口袋中空空如也。可是那美丽的姑娘还站在那儿等着，大眼睛盯着他，把手鼓递到他眼前。甘古瓦急得满头大汗。

要是他现在口袋里能有座秘鲁金矿，他一定会把它献给这位姑娘的，只可惜，他并没有金矿，而且，那时候美洲还未被发现。

---

① 圣烛节：西方在2月2日举行圣烛节仪式，为一年所用的蜡烛祷告。

“还不快滚开，埃及蝗虫[①]！”从广场最黑暗的角落传出来一个尖嗓门。

姑娘吓了一跳，赶紧转身。这一回不是那秃头的声音，而是个女人的尖嗓门，丑恶又虔诚。

这尖叫声使得姑娘胆战心惊，却使一大群在那儿闲逛的孩子们乐得手舞足蹈。

“哦，是罗兰塔里的那个老太婆，隐修的麻袋女 在喊叫哪！敢情她还没吃晚饭？我们去看看食摊上还有什么剩的，给她拿点去。”孩子们大笑大嚷着。

人们一窝蜂地向柱屋冲去。

趁着那姑娘惶恐不安之际，甘古瓦赶紧溜掉了。孩子们的叫嚷声提醒他记起自己也还没吃晚饭，便也向食摊赶快跑去。可是，他跑不过那些顽童们。等他跑到那儿时，所有的食品都被一扫而光了，连五索尔一斤的面包渣也没剩下。留给他的只有墙上那几株夹在玫瑰花丛中的纤细的百合，当然，那是不能当晚餐的。

不吃晚饭就睡觉固然令人扫兴，但没有晚饭吃且不知该去哪儿过夜更令人难熬。没有面包，没有床铺，甘古瓦现在正是处于这一可怜的境地。自己需要的一切都没有，令他觉得人生实在太艰难。他早就发现了一条真理：朱庇特是在他愤世嫉俗的心态下创造了人类，所以哲学家的整个一生中，思想总是受命运的嘲弄。就他本人而言，他从没像今天这样倒霉过。他肚子饿得咕咕叫，就像被闲者在敲投降鼓，这一招数实在不怎么高明，居然用饥饿来迫使他的哲学投降。

正当他沉溺于忧郁的思绪中不可自拔时，他听到了一阵奇异却又柔情万分的歌声。是那个吉卜赛女郎在唱。

她的歌声清脆嘹亮、纯洁空灵，那样轻盈飘忽，不可捉摸，丝毫不亚于她的舞蹈和她的美貌。一开始是持续不断的如鲜花怒放的音乐，是出其不意的美妙乐章，接着是一些音调又尖又细的简单乐句，然后是一串和谐悦耳、连夜莺也甘拜下风的跳跃音阶。时而高

① 埃及蝗虫：指流浪的吉卜赛姑娘。

八度，时而低八度，柔和波动，如同姑娘的胸脯般一起一伏。随着歌声的起伏转折、千变万化，姑娘姣美的脸蛋上，忽而激情奔放，忽而庄重纯净，变幻莫测、难以捉摸。她简直一会儿是个疯子，一会儿又是个王后。

她唱歌的语言，甘古瓦听不懂，就连姑娘本身，也未必知道是什么意思，因为她唱歌时的表情与歌词的内容好像没什么关联。比如下面的四句诗，由她来唱则异常欢快：

在一根大柱子里面，
找到了一箱子财富，
里面有崭新的旗帜，
画着吓人的丑面孔。[①]

过了一会儿，她又接着唱：

看这些阿拉伯勇士，
看起来雕像般神气，
全身披挂手执宝剑，
肩上背着精致弩弓。[②]

听着如此奇特的歌曲，甘古瓦热泪盈眶。但她的歌声如此欢快，像小鸟般无忧无虑，安宁平和。

吉卜赛姑娘的歌声搅乱了甘古瓦的苦思冥想，如同天鹅搅乱了水波一般。他静心细听、满心欢喜，忘记了一切。几个小时以来，他第一次感到不再那么痛苦了。

然而好景不长。

刚才打断吉卜赛姑娘舞蹈的那个女人，这时又来捣乱了。

“住嘴，该死的蝉！”声音仍是从广场最黑暗的角落里传出来的。

那可怜的“蝉”声戛然而止，甘古瓦赶紧用手捂住了耳朵，

① 原为西班牙文。
② 原为西班牙文。

叫道：

“哦，讨厌的破锯子，把琴给锯断了！”

这时，其他的观众也和他一样不满地抱怨起来，不止一人喊道：

“麻袋女见鬼去吧！”恰好此刻，丑人王游行队伍来到这儿，分散了众人的注意力，否则，那个不露面的大煞风景的老怪物定会为此而付出代价的。丑人王队伍高举着火把，吵吵嚷嚷地穿过了大街小巷，来到了河滩广场。

各位读者是看着这支队伍从司法宫出发的，一路过来，队伍不断壮大。巴黎所有无事可干的无赖、小偷、流浪汉都参加了进来，因此到达格雷沃河滩广场时，队伍已是浩浩荡荡，蔚为壮观了。

走在队伍最前头的是流浪汉。埃及公爵骑马打头，伯爵们步行护卫，替他拉着马缰，扶着马鞍。后面跟着吵吵嚷嚷的平民们，男男女女肩头上都背着小孩。所有的人，无论是公爵、伯爵，或是平民百姓，均穿着破衣烂衫。接下来是“黑话王国”[①]，法国形形色色的小偷、乞丐，按等级排列，最卑微地走在最前头。他们四人一排向前慢慢走着，每个人都带着他们在这个奇特社会中的特殊等级标记。他们大部分是残疾人，有的跛足，有的断臂，有的冒充失业，有的假装朝圣，有的被疯狗咬过，有的头上长了癣，还有头部受伤的、手拄拐杖的、背酒瓶行乞的、偷鸡摸狗的、遭火灾的、破了产的、假装伤兵的、小要饭的、当帮凶的和得麻风的，等等，等等。人数之众，名目之多，即便荷马复生也难以尽举。在麻风病乞丐和一些乞丐长老们之间，能隐约看到乞丐大王，那个“大加约斯”[②]蹲在一辆两条小狗拉着的小车上。在“黑话王国”之后，是“加利利帝国”。他们的皇帝居约姆·卢梭穿着酒迹斑斑的大红袍，前呼后拥，威严高傲地走着。一群江湖艺人要枪弄棒地为他鸣锣开道，他的权杖手、侍从和财政人员随从在左右。走在最后的是司法宫的

① 黑话王国：由流浪汉、乞丐、小偷组成，主体是乞丐。因讲黑话，故称“黑话王国”。

② 大加约斯：指流浪汉。

小书记们，带着饰有纸花的五月树，奏着疯狂的音乐，燃着黄色的大蜡烛。在这群人正中央，丑人团的会员们抬着一顶轿子，轿上插满了蜡烛，就连瘟疫流行期间圣热纳维埃夫教堂的神座也比不上。新当选的丑人王——圣母院的敲钟人卡西莫多，手执权杖、身穿道袍、头戴皇冠、神采飞扬地坐在轿上。

这支稀奇古怪的队伍每一部分都有其独特的乐曲。埃及人[①]弹奏着木琴，把非洲手鼓敲得震天响。不谙音律的黑话王国的臣民们，只能弹弹七弦琴，吹吹羊角，拉拉十二世纪的三弦琴。至于伽利略帝国呢，也不见得比他们高明到哪儿，他们只能勉强拉拉简陋的、代表早期艺术的尚停滞于“来”、“拉”、“咪”的三弦琴。至于丑人王的周围呢，最高音，次高音和高音三弦琴齐鸣合奏出那个时代最为壮观的音乐。可惜呀，不知我们的读者是否记得，这正是甘古瓦的乐队。

打从司法宫出来，及至河滩广场，笔者实难描述卡西莫多脸上由阴转晴，由愁苦丑陋、晦气可厌到心花怒放、神采奕奕的转变过程。这可是他平生头一次自尊心得到了满足。在此以前，他备受欺凌，由于地位卑贱而受蔑视，由于形象丑恶而遭唾弃。正因如此，现在他像一位真正的教皇一样，享受着人群的欢呼，尽管他双耳什么也听不见。他一向受到别人的憎恶因而也憎恶他们。而现在，他是君王，他们是子民，所以尽管他们只是些乌合之众、丑八怪、拐子、小偷、乞丐，那又有什么关系呢？讽刺的喝彩也罢，玩世不恭的敬意也罢，他都统统收下了，况且，我们不能不承认，观众对他确实有所畏惧，因为这个驼子相当健壮，罗圈腿健步如飞而且诡计多端。这三点特性大大削弱了玩笑中的荒唐成分。

至于这位新当选的丑人王如何去理解自己此刻的心情以及他在别人心里引起的感受，就非笔者力所能及的了。在这个非人形的躯壳中寄居的灵魂，必定是闭目塞聪的，所以，即使有感受，也必然是模糊不清、一片混沌的。只不过，现在的他被欢乐冲昏了头脑，

① 埃及人：指流浪汉。

被骄傲支配了一切，他那忧郁而不幸的脸庞也居然容光焕发了。

正当卡西莫多如痴如醉、喜气洋洋地经过柱屋时，有个人怒气冲冲地从人群中冲了出来，一把抢过了他手中那丑人王的标志——镀金的木质权杖。看到这个，所有的人都大惊失色。

这个冒冒失失，胆大包天的男人，正是刚才混迹于人群中看吉卜赛姑娘跳舞，并对可怜的姑娘大加威吓的那个秃头。他身上套了件教士的长袍。他一冲出人群，甘古瓦就认出了他，失声惊呼道："奇怪！这可不是我的业师堂[①]·克洛德·孚罗洛副主教嘛！他想对这个独眼的家伙怎么着？他会被吃掉的！"

果不其然，随着一声可怕的惊叫，卡西莫多跳下了轿子。妇女们纷纷转过脸去，不忍心看到副主教被撕成碎片。

但是，卡西莫多一下子跳到那个神父之前，看看他，然后跪了下去。

神父掀掉了他的冠冕，折断了他的权杖，撕碎了他那金光闪闪的皇袍。

卡西莫多依然低着头，合起双手跪着。

接着，他俩谁也不开口，互相打起奇怪的手势和动作来。副主教怒气冲冲地站着，威胁恐吓，咄咄逼人，而卡西莫多却谦卑地、顺从地跪着、恳求着。其实，只要他愿意，他伸出大拇指就能把这个神父碾成粉末。

最终，那副主教粗暴地摇了摇卡西莫多有力的肩膀，打了个手势让他跟着走。

卡西莫多站了起来。

丑人团的人发了好一阵子呆，忽然才想起要捍卫他们这位被如此猝不及防拉下宝座的君王。于是乎，埃及人、小偷们、乞丐们和所有的小书记们都围上前，冲着副主教吼叫。

卡西莫多挺身站在神父之前，握起巨灵之掌，像发怒的老虎一样磨响利牙，恶狠狠地瞪视着胆敢进攻的人。

① "堂"：是冠于贵族僧侣等人姓名前的称呼，即"阁下"、"老爷"。

神父恢复了他阴沉、庄重的神态，向卡西莫多做了个手势，默默地离开了。

卡西莫多走在他前面，为他开路。

他们穿过人群，走出了广场。一大帮游手好闲的观众还想跟在他们后面。于是，卡西莫多又走到他后面，为他殿后。他厚墩墩的身躯、怪模怪样的表情、倒竖的毛发、紧绷的四肢、野猪般的獠牙、猛兽般的咆哮，无不使人畏惧。他手脚一动，眼睛一瞪，众人都赶紧退开了。

他们钻进了一条又窄又黑的小巷，谁也不敢尾随在后面。光是卡西莫多那咬牙切齿的恶神相，就足以令人却步了。

“真不可思议啊！”甘古瓦说道，“可是，我又该去哪儿蹭晚饭呢？”

四、夜盯美人梢，必有麻烦事

怀着不顾一切的勇气，甘古瓦开始跟上了吉卜赛姑娘。他看见她牵着山羊，拐进了刀剪街，他也跟了进去。

他暗自心想道：“为什么不呢？”

跟踪一个去向不明的美貌女子，最能激起人的想象力，这一点，甘古瓦这个巴黎街头讲求实际的哲学家早已想到了。为了服从另一个人的异想，他甘愿放弃了自己的自由意志，而那个人却毫无察觉。这种介于奴性与自由之间的混合起来的随心所欲的独立和盲目的服从，非常适合甘古瓦。因为甘古瓦这样的人，是个优柔寡断的复合体，不偏不倚，兼容并存，在世间万事两端间执平，在人类的各种习性间摇摆不定，结果使它们彼此制约。他经常乐于把自己比作穆罕默德的坟墓，受两股反方向磁场的吸引，永远在高低之间、上下之间、穹隆和地坪之间、天顶和地底之间晃来荡去。

要是甘古瓦迄今仍活着，他一定会恰如其分地恪守在浪漫主义与古典主义之间。

然而，非常可惜，他不能像原始人那样活上三百岁。他留下的空白无人填补，这在今天更令我们痛惜。

再说了，在不知该栖身何处时，在街上盯梢，尤其是盯女人的梢——甘古瓦最乐意这样做，真是最好不过了。

因此，他紧紧跟在那姑娘后面，若有所思。市民们正匆匆回家，当天色已晚，准许照常营业的小店也已打烊，姑娘便加快了脚步，漂亮的小山羊也一路小跑地跟着。

“她总会有什么地方住吧？”甘古瓦暗暗想道，“而吉卜赛女郎向来心肠都很好。谁知道呢！……”

他欲言又止，没让自己的想法暴露出来，可是这当中包含着多少难以启齿的奇思艳想啊！

最后几家市民也在准备关门了。当甘古瓦匆匆经过时，听到了他们聊天的片言只语，打断了他种种美妙的遐想。

有两个老头在交谈。

“蒂波·菲尼克尔老板，您知道今年天气很冷吗？”

（甘古瓦可是一入冬就感觉到了。）

“可不是嘛，波尼法斯·迭若姆老板！今年冬天是否会每捆柴卖到八个索尔，跟两年以前，八十年的冬天一样？”

“嗨，那算什么！一四七〇年那年冬天，从圣马丁节到圣烛节一直都结着冰呢！天气冷得吓人，法院大厅里的书记们都没法做审讯记录，因为每写三个字，鹅毛笔尖上的墨水就冻住了！

再过去一点，有两个邻屋妇女手执蜡烛在窗口攀谈，夜雾使蜡烛噼啪作响。

“布德拉格太太，您丈夫告诉您那件倒霉事了吗？”

“没有啊！什么事，居尔刚太太？”

“沙特雷法庭公证人吉尔·戈丹先生的马遇上弗朗德勒使臣们的仪仗队，吃了一惊，把塞勒斯丹修会的修士菲立波. 阿弗里约撞倒啦！”

“真有这事？”

“那当然了！”

“市民的马闯祸，太不可思议了！要是骑士的马，那还差不多！”

话音刚落，窗户就关上了，但甘古瓦的思路也已被打断了。

多亏了一直走在他前面的吉卜赛姑娘和加里，他毫不费劲地找回了思路并很快又衔接上了。这是一对纤巧、文弱、楚楚动人的造物，那纤小的细足、苗条的身段、婀娜的体态、优雅的举止，甘古瓦几乎把她俩混入一体了：一样的聪明善良，像少女一般；一样的轻盈灵活，像小山羊一般。

走着走着，天越来越黑，人越来越少。宵禁的钟声早已敲响，在碎石路面的街道上很难得碰到一个行人，或是瞅见一丝灯光。跟着吉卜赛姑娘，甘古瓦走进了错综复杂的迷宫——那古老的圣婴公墓周围纠缠不清的小巷、街口和死胡同，好像一团被猫抓乱了的线团。“这些不讲逻辑的街道！”甘古瓦叹道。他在这千转百回的罗盘路中走得晕头转向，可那吉卜赛姑娘却寸步不乱，似乎熟门熟路，脚下毫不犹豫，越走越快。至于甘古瓦，已经是完全迷失了。要不是转过一条街，看到了菜市场那根巨大的八角形耻辱柱上雕花尖顶的黑影投射在维尔代雷街的一家亮着灯的窗户上，他还真不知自己在哪儿。

他早已引起了姑娘的注意。她好几次惴惴不安地掉头看他。有一次，在一家面包铺前，她甚至冷不丁停下脚步，借着门缝里透出来的灯光，从头到脚地打量他一眼。接着，甘古瓦看见她像在格雷沃广场上那样噘了噘嘴，自顾自地又朝前走。

她这一噘嘴，令甘古瓦思虑再三，这个娇憨的表情中定然包含着嘲讽与轻视。于是，他低下了头，放慢了脚步，与姑娘拉开了距离。然后，她拐进了另一条街，他看不见了，但是听到她尖叫了一声。

他赶紧冲上前去。

那条街一片漆黑，但在拐角圣母像下面有一个铁笼子，里面点着一盏油灯。借着那微弱的光亮，甘古瓦看到有两个男人正搂着吉卜赛姑娘，怕她喊叫，又用劲堵她的嘴，而她在拼命挣扎着。可怜的小山羊吓得要死，抵着两只角，不停地咩咩叫。

“快来救人啊，巡逻队队员们！”甘古瓦一边大声喊，一边奋不顾身地冲了上去。抱住姑娘的两个人中有一个转过身来，是卡西莫多那张可怕的脸！

甘古瓦没敢再上前一步，但也没有逃之夭夭。

卡西莫多走上前来，反手一推，就把他打出四五步远，摔倒在石板地上。接着，他一手托着吉卜赛姑娘，如同托着一条丝带一般，轻轻巧巧地拔腿就溜，转眼就没了踪影。另一个男人也跟在后面跑掉了。可怜的山羊哀叫着跟在后面而去。

“救命哪！救命哪！”不幸的姑娘拼命呼喊。

“站住，浑蛋！还不把这臭娘们给我放下！”突然从邻近的街口冲出一名骑士，喝声宛如一声惊雷。

这人全副武装，手执双刃长剑，是国王御前侍卫队长。

卡西莫多吓呆了。骑手一把抢过姑娘，横放在马鞍上，等驼子回过味儿，想抢回姑娘时，十五六名弓箭手举着长剑正好赶到。这是国王御前侍卫队的一支小分队，奉巴黎总管罗贝尔·代斯杜特维尔老爷之命，前来检查巡视。

卡西莫多当即被包围住、抓住、然后被紧紧捆绑住。卡西莫多怒吼着、咆哮着，口吐白沫，牙齿咬得格格响。他那张因发怒而益显狰狞的丑脸，要在白天，肯定能把这一小队人马吓跑，然而，在晚上，他最可怕的武器——他的丑陋狰狞却难施其威。

趁他们扭打之际，他的伙伴偷偷地溜了。

吉卜赛姑娘翩然地从马上坐了起来，两手勾住年轻军官的肩膀，凝眸注视了他一会儿，为他的俊俏面庞和刚才的鼎力相助而深深感动。然后，用比平时更温柔、更甜蜜的声音主动打破了沉默：

“军官先生，请问尊姓大名？”

“弗比斯·德·沙多倍尔，国王御侍队队长。愿为您效劳，我的美人儿。”军官挺直了腰板答道。

“多谢了！”她说。

弗比斯用手捻了捻他的小胡子。姑娘趁此机会，箭一般地滑溜下马，跑得没影儿了。

就连闪电也没她跑得快。

队长命令把卡西莫多捆得再紧些，并骂道：“教皇的肚脐！我宁愿扣下那个臭娘们儿！”

“有什么用呢，队长！”一个巡逻员答道，“黄莺飞跑了，却留下了蝙蝠！”

五、麻烦接踵而来

甘古瓦昏迷地躺在拐角圣母像前，动弹不得。渐渐地，他苏醒了过来。最初一阵子，他有点迷迷糊糊，吉卜赛姑娘和小山羊的形象同卡西莫多的铁拳同时浮现在他眼前，虽然仍是半梦半醒的，心中却充满了甜蜜的感觉。不一会儿，他感到挨着石板的那部分身体奇冷无比，这使他猛然惊醒了过来，脑子也清楚多了。“我身上这股子凉气从何而来的呢？”他忽然想道。这才发现他自己几乎是躺在一条阴沟里。

“见鬼的驼背独眼龙！”他咬牙切齿地嘟哝着。他想爬起来，可是他摔得太重了，头晕眼花的，体力不够，只得待在原地。好在手还能自由活动，便只能捂着鼻子随它去了。

“肮脏的巴黎啊！”他想（他觉得这条阴沟将会是他今夜的栖身之所了。）“要不是做梦，谁会待在这儿呢？”①

“巴黎的烂泥真是太臭了！其中必定有好多碳酸盐和硝酸盐。况且，这可是尼古拉·弗拉梅尔阁下和炼金术士的看法……”

“炼金术士”这个词让他突然想起了副主教克洛德·孚罗洛，记起了刚才那个暴力的场面。在两个劫持者之间拼命挣扎的吉卜赛姑娘，卡西莫多那个逃走的同伴，而副主教那阴沉高傲的面容也模模糊糊地掺和在其中。②“这可真是奇怪！”他心想。于是，从这个基础出发，他开始构筑起一幢离奇荒唐的城堡，哲学家搭的纸牌城

---

① 见拉封丹《寓言集》中的《兔子和青蛙》。

② 由炼金术士联想到副主教，是因为甘古瓦知道他也搞这种鬼名堂。可参看以下第七卷第四章。

堡。然后，他又一次猛然回到了现实之中，叫了出来："哎哟，冻死我了！"

确实，那地方越来越冷，实在是待不得了。沟中流淌的每一滴水都带走甘古瓦体内一分热量。尤其不好的是，他的体温已快接近阴沟里那冰凉的水温了。

猝然间，又有另一种不同性质的苦恼向他袭来。

一群孩子——就是那些一直光着脚丫子在巴黎满街跑的小野人，永远被叫做"流浪儿"的捣蛋鬼们，也就是那些我们小时候放学回家时，每当看到我们裤子没破便向我们扔石头的小家伙们，大笑大叫地向甘古瓦躺着的地方跑来，毫不在乎是否会把街坊四邻吵醒。他们拖着一个莫名其妙的口袋，穿着木鞋，光是走路的声音就能把死人都吵醒。甘古瓦既未完全死去，就拼命撑起了身体。

"喂，恩纳坎·丹代歇！喂，约翰·潘斯布德！"孩子们尖声嚷嚷着，"拐角上那个卖破铜烂铁的商人老厄斯达谢·慕邦最近死了，我们偷来了他的草垫子，正好可用来点篝火。今天可是欢迎弗朗德勒使臣们的大好日子啊！"

他们刚好走到甘古瓦身边，说干就干。谁也没有看见他，顺手一扔，草垫子恰好扔在了他身上。同时，有个孩子揪下一把稻草，正准备凑到圣母像下的油灯上点燃。

"天哪！"甘古瓦低声道，"莫非这下子又要让我热个够吗？"

眼前他已难逃水火夹攻的命运了。在此千钧一发之际，他拼命挣扎起来，其模样不亚于那些不愿被煮死的、没命挣扎的假钞制造者。他一跃而起，捡起草垫子扔向顽童，接着便赶快跑掉了。

"圣母啊，卖破铜烂铁的商人的鬼魂来啦！"

呼啦一下子，孩子们跑得一干二净了。

于是，草垫子独霸战场。宗教裁判官倍尔孚雷神父和加罗扎特都曾经一致肯定，次日，该地区的神父以隆重的仪式把草垫子捡回来，送进了圣奥波蒂纳教堂的宝库。从此，一直到一七八九年[①]，那

---

① 法国资产阶级大革命时，查封没收教会财产。

个教堂管圣器的人每年都靠它赚了很多钱。据说，在一四八二年那个颇值得纪念的晚上，即一月六日到一月七日那个晚上，圣母像大显神灵，吓跑了厄斯达谢·慕邦死后为跟魔鬼开玩笑而故意捣蛋地躲在草垫子里的阴魂。

六、摔罐成亲

甘古瓦撒腿狂奔，慌不择路，脑袋磕碰在拐角上好多次，跨过好几条水沟，穿过许多小巷、死胡同以及街口。他想要在菜市场那些曲里拐弯的旧石板小巷中夺路逃命，惊恐万状地踩遍了“一切道路，大街小巷”——拉丁文的美妙说法。跑了老半天，我们的诗人突然停下了脚步，上气不接下气，脑中冒出了一个两难推理，挥之不去。他自言自语，用手捂着额头：“皮埃尔·甘古瓦先生，您这么没头没脑地瞎跑一气，其实那些小家伙们怕您，不亚于您怕他们哩！我跟您说，刚才您向北边跑时，好像听到他们穿着木鞋的脚步声向南边去了。反正，二者必居其一：或者是他们被吓跑了，在惊慌中肯定扔下了草垫子，那不是您从今天早上起就一直寻找的过夜床铺？这是圣母送给您的，因为您为她编写并胜利地演出了一场圣迹剧，这是她对您的答谢；若孩子们没被吓跑，一定已点燃了草垫子，那正是让您用来烤火，给你暖暖身子，烘干衣服，这正是您所需要的。好床也罢，好火也罢，总之这草垫子是天赐的。或许正是为了这个，好心的圣母玛丽亚才打发走了厄斯达谢·慕邦的。而您，却像庇卡底人逃避法国人似的，没命地乱逃，却把一直在找的东西弃之不顾，可真是傻透了！”

于是，他掉转身来，用心摸索方向，耳朵鼻子都警觉地留着神，力图找回那床天赐的草垫子。然而，一切均是徒劳。错杂毗邻的房屋，绳盘索结的街道，令他一再迟疑，犹豫不决。这些黑乎乎的街巷，叫他进退两难，即使陷入比杜尔内尔大厦那座迷宫也不至于这样。终于，他没了耐心，气呼呼地嚷道：“讨厌的街巷！都是魔鬼照着他那铁爪修建出来的！”

喊过后，他稍稍轻松了点。恰好这时，他发现有一道红光出现在一条长巷的尽头，他一下子就振奋起精神了。"赞美上帝！"他说道，"它在那儿！是我的草垫子在燃烧！"他把自己当做在黑暗中迷失了航向的水手，虔诚地补充道，"致敬，圣母的星光！"[①]

然而，我们实在没法得知，他这句赞美是念给圣母听的，还是念给草垫子听的。

这条狭长小巷是斜坡路，弯弯曲曲，没铺石板，越走越泥泞、倾斜。这时，他发现了一桩怪事——小巷中并非空无一人。沿途隔三差五地有一些奇形怪状、模模糊糊的东西在向前爬动着，像笨重的昆虫在夜里从一根草茎到另一根草茎爬向牧童的篝火那样，向着长巷尽头那摇曳不定的亮光爬去。

一旦口袋中一文不名，就容易冒险。甘古瓦继续前进，不多一会儿就赶上了其中爬得最慢、落在最后的那条毛毛虫。再走近些，才发现是个可怜的没腿的人，就像一只只剩下两条细细的前脚的蜘蛛，用两只手跳着走。当他走到这人面蜘蛛身边时，那家伙抬起头，悲切地对他说："先生，行行好吧！行行好吧！"

"最好让魔鬼抓了你去！"甘古瓦说道，"要是我能听懂你的话，让魔鬼把我也抓去吧！"

他径直向前走着。

他又走到一群蠕动着的庞然大物之中。仔细看了看其中一个，原来是个双重残废，又跛又缺臂的人。他全靠一套复杂的拐杖和木头腿支撑着身体，看上去像一副自动的泥瓦匠的脚手架。甘古瓦向来擅长高雅的古典比喻，于是在心里把它比作乌尔冈[②]的活动三脚架。

当他走过时，这只活动的三脚架向他脱帽致敬，不过他把帽子托到了甘古瓦的下巴底下，像理发师举着一个刮胡子的盘子，同时冲着他的耳朵大声叫道："骑士先生，行行好，给两个钱买块面

① 原为拉丁文。

② 乌尔冈：罗马神话中奇丑无比的火神。

包吧！”[1]

“看来，这个人也是在同我说话呢！”甘古瓦说道，“可我实在听不懂。他要是能懂，那可是比我幸运多了！”

忽然，他脑筋一转，不由得拍了拍额头：“对了，他们今天上午说的‘艾丝美拉达’到底是什么意思呢？”

正当他想快点儿走路时，又有一个什么东西挡住了他的去路。这个什么“东西”，或者不如说这个什么“人”，原来是个瞎子，长着犹太人的胡子，个子非常矮小。他正向四周挥舞着一根棍子，他的狗冲着甘古瓦狂吠着。那人用匈牙利人的鼻音向他喊着：“老爷，行行好吧！”[2]

“太好了！”甘古瓦说道：“总算有人会讲基督徒的语言了！尽管我口袋中空空如也，还老有人向我要求布施，我定是长了一副乐善好施的模样。我的朋友，（说着他转身面对那个瞎子）上个星期，我刚刚把我最后一件衬衫也卖掉了！既然您听得懂西塞罗的语言，那就是说：‘上个星期，我刚刚把我最后一件衬衫也卖掉了！’[3]”

说完，他转过身，继续赶路。可那瞎子也与他同时加快了步伐，还有另外两个残废人——没脚人和没臂人，也匆匆忙忙赶了上来。钵子和拐杖敲击着地面，一路响了过来。他们三个紧紧地跟着甘古瓦，跌跌撞撞地向他唱道：

“行行好吧！”[4]瞎子唱。

“可怜可怜我吧，先生！”[5]没脚人唱。

“给点儿钱买块面包吧！”[6]跛子接过来反复唱道。

“啊呀，这可真是座巴别塔吧！”[7]甘古瓦捂上耳朵叫道。

---

① 原文为西班牙语。

② 原文为拉丁语。

③ 原文为拉丁语。

④ 原文拉丁文。

⑤ 原文为意大利文。

⑥ 原文西班牙文。

⑦ 指使用各种语言的地方。

他拔脚就跑。瞎子、跛子和没腿人也跟在他后面跑。

随后，他往街道深处跑，但越来越多的瞎子、跛子和无腿人紧紧围上了他。他们有的缺臂、有的独眼，有的长疮生麻风，从屋子里、地窖里、气窗口里涌了出来，吼叫着，呼号着，跌跌撞撞，一拐一拐地向长巷尽头的光亮爬去，就像雨后泥泞中的蜗牛。

甘古瓦始终无法甩开那三个追赶者，也不知这种情况会如何发展下去。他吓得昏头昏脑，在人群中乱窜，绕过跛子，跨过无腿人，在这如蚂蚁倾巢而出的畸形人堆里跌撞，如同一位受困于暗礁中的英国船长。

他想退回原路，可已经来不及了，他身后已被堵得水泄不通。那三个乞丐紧紧盯着他，他只能继续向前走。不可抵挡的洪流冲击着他，推动着他，甘古瓦又惊又惧，觉得这一切就像一场可怕的梦。

终于，他走到了那条街的尽头。那儿是一个宽阔的广场，千万点光亮在混沌的夜雾中闪闪烁烁。甘古瓦赶忙冲上广场，希望能撒开腿飞奔，甩开一直紧盯着他的那三个残废的魔影。

“你往哪里走，家伙！”[①]跛子扔掉拐杖，大吼一声，迈开飞毛腿追了上来。

同时，无腿人也站了起来，把他那笨重的铁皮包边的钵子扣在甘古瓦头上。而那个瞎子，则睁开双眼，凶光闪闪地盯着他。

“天哪，我这是在哪儿呢？”吓坏了的诗人问。

“在圣迹区[②]。”第四个幽灵靠上前来，说道。

“上帝啊！”甘古瓦说道，“我亲眼看到，瞎子能看、跛子能跑，可上帝又在哪儿呢？”

众人一片狞笑。

可怜的诗人举目四顾，他的的确确是在那骇人听闻的圣迹区

---

① 原文为西班牙文。

② 圣迹区：旧时巴黎的一区。该区集中了大量乞丐、无赖及流浪汉，他们装成各种魂废外出行乞，回区后即恢复正常，仿佛突然因“圣迹”而治愈一般，故名。

里，在这么晚的时候，从来没有一个好人进去过。这个神奇的圈子，沙特雷法庭的官儿们和总管府的官儿们若胆敢冒险进去，定然有去无回。这是小偷的地方，是巴黎市民脸上难看的脓包；这也是一条阴沟，每天早晨，污水从这里流出去，到了晚上，各国首都大街小巷的无赖、乞丐和流浪人又臭气冲天地回到那里。这个阴森森的蜂窝，井然有序的社会的所有寄生虫，每天晚上都满载而归地回到这儿。弄虚作假的医院，吉卜赛人，还俗的僧人，失足的学生；所有的民族，西班牙、意大利、德意志的残渣；一切的宗教，犹太教、基督教、伊斯兰教、偶像崇拜者的残渣。他们白天敷上假伤口出去行乞，晚上摇身一变成为强盗。总之，这是个巨大的化妆室，那个时代巴黎大街小巷上演的偷盗、卖淫和暗杀案件这类永恒的喜剧，其演员都是在这里上装和卸装的。

这是一个很大的、奇形怪状的广场，地面铺砌得很拙劣，跟当时巴黎所有的广场一样。广场上火光点点，到处是篝火，成群结队的形状怪异之人围在火边取暖，走来走去，又吼又叫。尖锐的叫声，小孩的哭声和女人的说话声混杂在一起。在火焰的衬托下，他们的头和胳膊显出稀奇古怪的黑影，不时地看到一条狗跑过去，但却像个人，又看到一个人跑过去，但却像条狗。在圣迹区，如同在群魔殿里一样，种族和地区的界限都没有了。不分性别，不分年龄，不分人畜，不分健康与疾病，一切都是共有的。所有的都混杂、搅和、重叠在一起，合而为一，有难同当，有福共享。

尽管慌乱不安，借着微弱的火光，甘古瓦还是看清了广场周围的一切。广场边上是一排排破旧不堪的老房子，满身蛀孔，面目可憎，每座房子都有一两个有亮光的天窗。在黑暗中，这些房子像巨大的老太婆的脑袋，排成一圈，陕着眼睛在注视着群魔乱舞的场面。

这地方，奇形怪状，光怪陆离，爬行类的东西聚集着，仿佛是个闻所未闻的新世界。

那三个乞丐，像三把钳子似地紧紧夹住了甘古瓦，一大堆其他人围着他叫嚷着，震耳欲聋，他越来越心惊胆战。倒霉的甘古瓦努力振奋起精神，想弄清楚今天是不是星期六。[①]但一切都是徒劳的，他什么也记不起，什么也想不起。他什么也不敢相信，飘忽在所看和所感之间，不断地向自己提出这样一个难以解答的问题："如果我存在，这一切都是怎么回事？如果这一切存在，那我又是怎么回事？"

正在这时，一声清晰的喊声划破了嘈杂喧嚷："带他去大王那儿！带他去大王那儿！"

"天啊！"甘古瓦喃喃低语，"这里的大王，必定是一只公山羊。"

"去见大王！去见大王！"所有的人都大声叫嚷着。

人们拖着他往前走，谁都想伸出爪子来拉他。可那三名乞丐无论如何也不放手，硬是从那帮人手中把他夺了回来，大吼大叫道："他是我们的！"

诗人的那件上衣，原本已非常破旧，禁不住这番争夺，当下就完蛋了。

当他被前后簇拥着穿过那可怕的广场时，晕眩感已渐渐消失了。不一会儿，他便开始适应了这儿的气氛，头脑也完全清楚过来了。起初，有一股烟雾——也可以说是一层水汽，从他诗人的头脑里，或者干脆说是从他空空的肚子里升了出来，在他与周围的事物之间弥漫着，他只能在梦境般的深渊里，隐约看到这些物体。在那黑暗世界里，一切轮廓都在颤抖，一切形体都在狞笑，一切事物都在重叠，变得硕大无比，如龙似虎，化作了怪兽，化作了幽灵。渐渐地，幻想消失了，他的目光不再那么迷乱，眼中的一切景象也不再那么夸张了。周围的现实世界使一切都清楚明白，不断地刺痛他的眼睛，撞痛他的双脚。他刚刚信以为真的那个恐怖的诗意境界的想象一一被摧毁了。终于，他清楚地发现，自己并非在黄泉路上，而是在污泥浊水之中；此刻推搡着他的并非是魔鬼，而是小偷；遭遇危险的并非是他的灵魂，而是他的性命（因为他身上没有盗贼与

① 指西方传说，魔鬼们都在礼拜六晚上举行安息日狂欢会。

好人之间最有效的调解灵药——金钱）。正当他更加贴近，更加冷静地观察这群魔乱舞的场面时，不料却一下子从那个地带跌落到一家下等酒店里。

圣迹区实际上是个下等酒店。只不过因为是盗贼的聚集之所，一切都染上了鲜血和葡萄酒的颜色而已。

甘古瓦终于被那些破衣烂衫之徒押送到了目的地。然而，此刻他所看到的一切，无法让他重新回到诗的境界，即便是地狱的境界也不相适宜。这是一个极端粗俗、冷酷无情、下流肮脏的下等酒店。假如这事不是发生在十五世纪，我们该说甘古瓦是从米开朗琪罗①那里一下子跌到了卡罗②时代。

在一块宽大的圆形石板上，有一堆篝火在熊熊燃烧，火舌从一只空的三脚架上窜出来，火堆周围随便乱放着几张破桌子。桌子的角怪模怪样地交切着，看来，那个安放桌子的人根本没学过几何学。桌上有几只闪闪发亮的大酒罐，装满了葡萄酒和麦芽酒，许多醉鬼围桌而坐，由于火光的映照与酒的热力，一个个满脸通红。其中，有个大肚皮的快活大汉，正粗鲁地搂着一个笨拙肥胖的妓女在亲热。一个假扮的士兵——用他们的黑话来说，一个诡诈的人物，正一边吹着口哨，一边解着假伤口上的绷带，好让他那健壮有力然而从一大清早起就被千缠万裹的膝盖好好放松一下。对面，有一个假疮鬼，正在准备调和白菜汁和牛血，以便明天用来涂到他的“天赐”的伤腿上。较远的两张桌子那儿，有个穿着整套朝拜服装的假香客、真强盗，正带着鼻音，用唱圣诗的声调吟唱“圣后”的哀诉。还有一个地方，有一个老癫痫乞丐正在教一个小乞丐如何装病：口嚼肥皂即能口吐白沫。旁边，有一个假水肿病人正在弄平他身上的肿胀，臭不可闻，害得同桌正在争抢当晚偷来小孩的四五个女人连忙捏住鼻子。凡此种种场面，正如两个世纪以后索瓦尔所说的，“朝廷认为非常有趣，堪供国王消遣。可用作四幕宫廷芭蕾剧

① 米开朗琪罗（1475—1564）：意大利十六世纪大雕塑家、画家和诗人。

② 卡罗（1592—1635）：法国十七世纪画家、诗人，擅长描写巴黎下层社会。

《黑夜》的前奏，在小波旁宫里上演。”有个曾在一六五三年看过这出剧的人后来补充说：“圣迹区的诸般变幻莫测，从未如此惟妙惟肖、淋漓尽致地上演过，为了此事，彭斯拉德[1]还专门写下优美的诗句呢！”

放浪的笑声和淫荡的歌曲随处可闻。人人自得其乐，自说自话，骂骂咧咧，不听别人说什么。酒罐子碰得叮当响，引起一阵阵争吵，破罐子片碰着了人，又把原本破烂的衣服挂得更是破破烂烂。

一条大狗蹲坐着，看着火，有几个孩子也在凑热闹。那个偷来的孩子在不停地哭哭啼啼。另外，有一个四岁的胖娃娃，一声不吭地坐在一张高高的凳子上，两腿悬着，下巴勉强够到了桌子边。还有一个孩子，正一本正经地用手弄着蜡烛上流下来的油，在桌子上乱涂乱抹。最后，还有一个非常瘦小的小家伙，蹲在烂泥里，正用瓦片刮着一口大铜锅，身子几乎都埋在锅里了。瓦片乱擦着锅，发出一种极为难听的声音，若是斯特拉第瓦瑞阿斯听了准会晕过去。

有一个乞丐正坐在火堆旁的一只大桶上，他就是乞丐大王，而酒桶则是他的宝座。

那三个揪住甘古瓦的人把他推到了酒桶前面。饮酒狂欢的嘈杂人群一时静了下来，除了那个小孩依旧刮着他的锅。

甘古瓦不敢抬头，也不敢喘口气。

“脱掉你的帽子，你这家伙！[2]”三个人中有一个冲他叫道。

另一个人一把抓下了他的帽子，不顾甘古瓦是否已听懂了刚才那句话。虽然这是顶破帽子，但遮遮太阳、挡挡风雨还是挺管用的，甘古瓦只能叹了口气。

这时，高高在上的乞丐王开始向他说话了。

“这小子是怎么回事？”

甘古瓦哆嗦了一下。这个声音，尽管因为语带威胁而显得颇有

① 彭斯拉德：法王路易十四时的宫廷诗人，备受宠爱。

② 原文为西班牙语。

声势，但还是令他想起了另一个声音，即今天上午，在观众中间大喊“行行好吧”，致使圣迹剧受到第一次冲击的那个声音。

他抬头一看，此人果然是克洛潘·图意弗。

克洛潘·图意弗穿着王袍①，但衣服上的补丁却依然如故，没多一块，也没少一块。他手里拿着一根橡皮鞭，胳膊上不见任何疮伤。那根皮鞭，是当时值勤官用来维持秩序的名叫“赶人鞭”的那一种。他戴着一顶帽子，顶上封口，四边加檐、又高又紧，很难说是一顶童帽呢，还是王冠，两者太相似了。

然而，当甘古瓦认出这个乞丐王就是在司法宫广场上捣乱的那个老乞丐时，心中反而生出了一丝希望。

他结结巴巴地说道：“大人……老爷……陛下……我不知该如何称呼您。”他的称呼逐级递升，到了顶点，便不知该怎么往上升或往下降了。

“阁下，陛下，或者朋友，你爱怎么称呼都可以，不过，得快点儿！你有什么要为自己辩护的吗？”

“为自己辩护！”甘古瓦想道，“我可讨厌这个说法。”他期期艾艾地说：“我是今天上午那个……”

“别磨牙了！”克洛潘打断了他，“小子，快报上你的姓名，少说废话！听着，你面前有三位强大的君王：我，克洛潘·图意弗，土恩之王，黑话王国的君主，大加约斯的传人；他，那个头上裹着一块破布的黄脸老头，是埃及和吉卜赛公爵马蒂亚斯·韩加蒂·斯比加里；还有那个胖子，那个正在与妓女打情骂俏的人，是加利利帝国的皇帝居约姆·卢梭。我们三个，是你的审判官。你不是黑话国成员，却闯入了我们的地盘，侵犯了我们在巴黎的特权。你必须接受处罚，因为你不是一个胆小鬼、三只手或是沿街游荡的人——即你们正人君子所谓的扒手、乞丐和流浪汉。但你是这样一类的人吗？为自己辩护吧！说出你的身份来！”

甘古瓦答道：“可惜啊，我没有那份荣幸！我只是那个

① 王袍：乞丐王的王袍是缀满了补丁的五颜六色的破衣服。

编写……”

“够了！”不等他说完，图意弗便喝道，“你将被绞死！再简单不过了，正派的市民先生们！你们怎样对待我们的，我们就要怎样对待你们！这就叫做以其人之道，还治其人之身。这可不是件舒服的事，但那是你自找的。我们很乐意能不时看见正派人脑袋套在绞索中不断地龇牙咧嘴的场面，这样才叫公正！来吧，朋友，快快乐乐地把你的破衣烂衫分给这些小姐太太们吧！我马上就下令吊死你！乞丐们看到会很开心的。你呢，快把钱包拿出来，好让他们买点儿酒喝喝。要是你还想假正经一下，那边捣盐的石臼里有一个石像，是我们从圣比埃尔·俄·倍甫教堂偷来的，我给你四分钟时间去向它祷告一番。”

乞丐王这番演说真叫人心惊胆战。

“说得太好了，我用我的名誉起誓！”加利利皇帝一面把酒罐子砸碎了以便垫稳桌子，一面起劲地叫道，“克洛潘·图意弗讲起道来，赛过那教皇老头儿！”

“各位皇上，各位君王”，甘古瓦冷静地说，不知怎的，他的信心又恢复了，语气也更坚定了，“你们不会想到，我叫皮埃尔·甘古瓦，是个诗人。今天上午在司法宫演出的圣迹剧，就是我写的。”

克洛潘说道：“啊，我想起来了，原来是你啊，伙计！我也在那儿哩！但是，怎么着，朋友，难道因为上午你让我们看了场令人腻味的寓意剧，你就有理由不被吊死了？”

“看来，我是脱身不得了。”甘古瓦暗暗想。但他还不想放弃，还要试一试，于是他说：“为什么诗人就不能列入流浪者的行列呢？我实在是不明白。伊索就是流浪汉，荷马当过叫花子，而墨久里[①]则是个小偷……”

“你讲话像念咒语，纯粹是想来糊弄我们，”克洛潘打断了他的话，“别装腔作势了，乖乖地等着被绞死吧！”

① 墨久里：古罗马神话中的盗神，但并不属于诗人行列。

“对不起，土恩王陛下，”甘古瓦反驳着，寸土必争，“我是应该被绞死的……不过……请等一等，听我说……您总不至于不容我分辩就把我吊死吧……”

可是，周围的喧哗声太大了，他的声音被完全盖住了。那个刮锅子的小男孩越刮越来劲。更倒霉的是，一个老太婆刚把一只煎锅放在烤得通红的三角架上，里面装满了牛油。肥油受热后噼啪直响，就像一群儿童吵吵嚷嚷地在狂欢节追赶戴假面具的人。

克洛潘·图意弗好像同埃及公爵和加利利皇帝商量了一会儿，但那时加利利皇帝已是烂醉如泥了。接着，他大声喊道：“别吵吵啦！”可是，那大锅和牛油煎锅依然如故，继续进行着它们的二重唱。于是，克洛潘一气之下跳下大桶，一脚踹向大锅，连锅带小孩踢出十步开外，他又朝油锅踹了一脚，牛油都泼了出来，浇在了火上。然后，他又庄重地回到了宝座上，丝毫不理会孩子的哭哭啼啼与老婆子的骂骂咧咧——她的晚饭已化作了一缕缕白烟。

图意弗做了个手势，公爵、皇帝、大大小小的乞丐、小偷们都围了过来，在他身边形成半圆形。甘古瓦站在圈子中央，仍被死死地揪着。一眼望去，这个半圈里的人都穿着破衣烂衫，戴着假首饰，手拿铁叉、斧头，一个个喝得迷迷糊糊，站立不稳，裸露着粗壮的胳膊，脸上脏兮兮的，毫无光泽，神情呆滞。在这个乞丐帮的圆桌会议中央，克洛潘·图意弗像元老院的议长，大贵族的国王，红衣主教会议的教皇一般，君临臣下，驾驭着全场。他坐在高高的酒桶上，神态傲慢狂暴，眼睛凶光闪亮，流露出无赖汉种族那特有的畜类气质，简直是一群猪之中出类拔萃的头猪。

克洛潘长满老茧的手摸着丑陋的下巴，对甘古瓦说：“听着，我们没有理由不绞死你。确实，没有人会喜欢这事儿，当然，这也很自然，你们市民们对它还不太习惯，把它看得过于玄乎了。其实，我们并不是故意为难你。有一个方法现在可以救你，你愿不愿意加入到我们之中？”

眼看性命难保，甘古瓦已是听天由命了，听到这个建议，如同抓了根救命稻草，连忙说道：

“那当然啦，我非常愿意。”

“你愿意成为一名扒手吗？”克洛潘又问。

“是的，很愿意。”甘古瓦答道。

“你是否愿意承认你是自由市民的一份子？”土恩王又问。

“承认。”

“愿意当黑话王国的臣民？”

“愿意。”

“流浪汉呢？”

“也愿意。”

“真心诚意的？”

“真心诚意。”

“我要告诉你，即便如此，你仍得被吊死！”

“活见鬼！”诗人说。

“不过，”克洛潘又沉着地接下去，“不是现在，而是以后，仪式会更加隆重，费用由巴黎市支付，派一些好人，用漂亮的石头绞刑架绞死你。对你来说，这多多少少算是种安慰吧！”

“希望能如你所说。”甘古瓦答道。

“还有其他的好处。当了自由市民，你就不必像巴黎市民那样交清洁费、救济金和街灯税了。”

“但愿如此，”诗人说，“我同意。我乐于当个流浪汉、乞丐、自由市民、小偷，您让我当什么，我就当什么。其实，我早就是了，土恩王陛下，因为我是个哲学家。哲学家包含一切，哲学家什么都干，您知道。”

乞丐王皱了皱眉头，说道：

“你把我看成什么人了，我的朋友？你说的是什么鬼话？匈牙利犹太人的黑话吗？我可听不懂希伯来语。做犹太人是当不成强盗的，我现在连偷盗也不愿干了，我杀人！厉害吧？割喉咙，我干；割钱包，我不干！”

克洛潘越说越生气，越说越简短。好不容易，甘古瓦才插进了话表示道歉：“陛下，请原谅，我说的并非希伯来语，而是拉丁语。”

“你给我听着，”克洛潘勃然大怒，“我不是犹太人，我要下令吊死你，我以犹太人的大肚子起誓！还有那个站在你身边，冒充破产商人的小犹太人，希望能有一天，能看到他和一枚伪币一样，被钉死在柜台上。本来他就是一枚伪币嘛！”

他一边说着这话，一边指着那个满脸胡子的小个子匈牙利犹太人，就是先前曾对甘古瓦说“行行好吧”的那个人。他听不懂别的语言，只见到乞丐王对他大发雷霆，吓得目瞪口呆。

终于，克洛潘慢慢地平息了怒火，又对诗人说：

“小子，这么说，你真愿意当流浪乞丐了？”

“当然！”甘古瓦答道。

脾气乖戾的克洛潘又说道：“光是愿意还不行，有好的愿望并不一定能有用，只对进天堂有好处，而黑话王国与天堂是截然不同的。为了进黑话王国，你能证明你自己不是毫无用处的，所以你得表演一下掏假人的腰包。”

“您让我掏什么，我就掏什么。”甘古瓦回答。

克洛潘大手一挥，几个乞丐从圈子里走了出去，不一会儿就拖回了两根木桩。木桩底端是两根宽木条做成的十字架，便于固定在地上。他们在两根木桩的上端架了根横木条，一个可以移动的轻便绞刑架就做好了。一转眼工夫，绞刑架就在他眼前安装完毕，看得甘古瓦慨叹不已。什么都齐备了，就连绞索，也已在横梁底下悠悠地晃动着了。

“他们究竟还要什么呢？”甘古瓦忧心忡忡，忐忑不安地想。正在这时，他听到一阵铃声，这令他大为安心。原来几个乞丐又搬来一个假人，正把他吊在绞索上。这假人身穿红衣，身上挂满了大大小小的铃铛，哪怕是三十头加斯第骡子披挂起来也完全足够了，看上去有点像用来吓唬鸟雀的稻草人。这千百个铃铛，随着绳索摇荡，叮叮当当响了好一阵子，后来慢慢没了声息，同时那个假人也停止了晃动，服从了取代滴漏计和沙时计的钟摆规律。

克洛潘指着假人脚下一张晃晃荡荡的小凳子，对甘古瓦说：

“站上去！”

“你要我的命哪！”甘古瓦抗议道，“这会摔断我的脖子的。您那凳子，两只脚一只高一只低，一只是六个韵，一只是五个韵，长短不一，如同马尔蒂亚[①]的两行体诗歌一样。”

“快上去！”克洛潘又叫道。

甘古瓦站了上去，脑袋晃动，手臂摇摆，好不容易才在上面站稳。

“现在，你踮起左脚尖，右脚勾住左腿。”土恩王又发令道。

“天哪，”甘古瓦叫道，“您莫非想让我断胳膊断腿吗？”

克洛潘摇了摇头。

“听着，小子，你废话太多了！这件事两句话就能说清楚。照我说的做，踮起脚尖，这样你才够得着假人的口袋，然后把手伸进去，把钱包掏出来。要是能一个铃铛都不响就干完了这件事，你就合格了，可以当你的流浪汉了。接下来的八天，只要揍揍你就可以了。”

“我的天哪，我尽量不去碰那些铃铛，”甘古瓦叫道，“可是，万一我碰到了铃铛呢？”

“那你就死定了，听明白了吗？”

“一点儿都不明白。”甘古瓦答道。

“好，我再告诉你一遍。你要去掏假人的口袋，把钱包拿出来，并且不能碰响任何一个铃铛，否则就是死路一条。现在明白了吗？”

“不，陛下，我还是不明白。鞭打和绞死，哪一样对我来说更好呢？”

克洛潘接下去说：“你不是想当乞丐吗？当乞丐，就得习惯于挨打，揍你是为了你好，这不就是好处吗？”

“真是太感谢了！”诗人回答说。

“那么，快点儿吧！”乞丐王说着，用脚把大桶蹬得像鼓一样咚咚响，“快干吧，快去掏！我最后一次警告你，只要听见一声铃

---

① 马尔蒂亚：拉丁诗人。

响，你就得代替假人被绞死。”

克洛潘的一番话，赢得了黑话王国公民的热烈拥护。他们围着绞刑架，排成一圈哈哈大笑着，毫无同情之心。甘古瓦发现，自己成了他们取乐的对象，为此，他绝不轻饶他们。他已没有任何退路，只能靠运气了，只盼能侥幸顺利完成他们强迫他干的事。他决定碰碰运气。他先是向那个假人虔诚地祈祷了一番，因为，也许，他比那些小偷乞丐们易受感动呢。在他眼中，那无数带着铜舌的小铃铛，就如一条条毒蛇的血盆大口，随时准备嘶嘶做声、咬他一口。

“啊，难道这些小小的铃铛就能决定我的生死吗？一次最轻微的晃动都会要了我的命啊！”甘古瓦双手合十，祈祷着，“小铃铛啊，千万不要响啊！小铃铛啊，千万别晃动啊！小铃铛啊，千万别颤抖啊！”

他还想最后挣扎一番，问道：

“万一有风了怎么办？”

“一样要吊死你！”图意弗毫不犹豫地说。

再无任何生机了，既不可能缓刑，也无其他任何借口了。于是，甘古瓦毅然决然地踮起了左脚，右脚勾住了左腿，伸出了一只胳膊……可是，正当他的手快碰到假人时，他那只支撑着身子的脚，在那只有三条腿的凳子上晃动了一下。他下意识地想抓住假人，却一下子失去了平衡，扑通一声摔在了地上；而那假人，经他那一推，打了个转，接着在两根木桩中摇摆起来，成千上万只铃铛响成一片，震得甘古瓦头晕眼花，同时也决定了他的命运。

“真倒霉！”他摔下去时喊了一声，然后趴在地上一动不动，跟死了似的。

“把这个浑蛋给我拉起来，狠狠地绞死！”克洛潘·图意弗恶魔般的声音在他头上轰鸣，伴着催命的铃铛声和可怕的狂笑声。

他从地上爬了起来。假人模型已经解下了，留出了空位子等着他。

乞丐们把他拖到了小凳子上，克洛潘把绳索套上他的脖子，拍着他的肩说道："再见了，朋友。纵使你狡猾如罗马教皇，这一回你也无可逃脱了！"

他想喊"饶命"，但举目四望，每个人都在狞笑，毫无希望，于是话到嘴边又咽了下去。

"倍勒维尼·代多阿尔，爬到横梁上去。"克洛潘向一个身材高大的乞丐说道。那个人应声而出。

倍尔维尼·代多阿尔敏捷地爬上了横梁，不一会儿就坐在甘古瓦的头顶上了。甘古瓦抬头一看，不禁毛骨悚然。

克洛潘又说："现在，等我一拍手，红脸安德里，你就把凳子拱倒；法朗索瓦·尚特·普律尼，你就死死抱住那家伙的腿；倍勒维尼，你就压住他的肩膀。你们三人同时出手，听懂了吗？"

甘古瓦听得浑身发抖。

"你们都准备好了吗？"克洛潘·图意弗对那三个乞丐说。这三个家伙正准备随时冲上去，如同三只蜘蛛扑向一只苍蝇。克洛潘不慌不忙地用脚尖把几根没烧着的柴火踢到火堆里去。倒霉的甘古瓦还在心惊肉跳地等着受刑呢。过了一会儿，克洛潘又问道："准备好了吗？"他张开双手，再过一秒钟他可就要拍手了。

突然，他停了下来，好像想起了什么。"等一等，"他说，"我忘了一件事……按照惯例，在绞死一个人之前，先得问问有没有女人要他。小子，这可是你的最后一次机会，你得与一个女乞丐或是麻绳套结婚。"

这条吉卜赛法律，在读者看来可能十分荒谬，但今天依然被写在古老的英国法典里。要是不信，可以参看《倍林通观察报告》。

甘古瓦重新燃起了希望。半个小时以内，这是他第二次死里逃生了。为此，他都不敢轻易相信了。

克洛潘又坐回到他的宝桶上，大声喊道：

"好啦！女人们！娘儿们！不管是女巫，还是她们的雌猫，只要是母的就行！你们当中有需要这个浑蛋的婊子吗？喂，戈莱特·拉夏洪！伊丽莎白·徒万！西蒙·若度因！喂，玛丽·比埃德普！多勒·拉龙格！贝拉德·法努埃尔！喂，米谢尔·吉拉伊！咬耳朵的克罗德！马居新·纪罗乌！好啦，伊莎博·蒂埃里！来，你们都过来，好好看看他，白白送你们一个男人，谁想要啊？”

正处于惊魂不定的悲惨境地的甘古瓦，模样显然不怎么讨人喜欢。女乞丐们对这个建议根本就无动于衷。这可怜的人听得到她们在嚷嚷：“我们不要！不要！快绞死他，我们大家好开心开心！”

不过，还是有三个女人从人群中走了出来，上来仔细地打量他。第一个姑娘脸庞四方，胖胖的。她仔细地看了看哲学家那件千疮百孔的破上衣，上面的破洞甚至比炒栗子的烤锅还多。“破布条儿！”胖姑娘做了个怪脸，向甘古瓦抱怨道，“你的斗篷呢？”“弄丢啦！”甘古瓦答道。“帽子呢？”“被人抢走啦！”“你的鞋呢？”“鞋底都快磨穿啦！”“你的钱包呢？”甘古瓦结结巴巴地说：“哎，我身上一分钱也没有。”“那么，你就准备被绞死吧！快说声谢谢！”胖姑娘说完便转身就走。

第二个又老又黑，皱纹满脸，奇丑无比，就算是在这丑人聚集的圣迹宫里也颇为出众。她围着甘古瓦转来转去，甘古瓦吓得要命，生怕她会害了自己。幸好，她口齿不清地嘀咕了句“太瘦了”，便走掉了。

第三个姑娘很年轻，相当娇嫩，人也不难看。可怜的人低声向她哀求：“救救我吧！”姑娘同情地端详了他一会儿，然后低下头，摆弄着裙子，拿不定主意。这可是他的最后一丝希望了，甘古瓦眼睛一眨不眨地盯着她。姑娘终于说话了：“不，不行啊！居约姆·龙格汝会揍我的。”她也走回人群里去了。

“小子，你可真是不幸啊！”克洛潘说道。

随后，他在大桶上站直了身子，大声喊道：“没有人要他吗？”他模仿着拍卖行商人的样子吆喝着，众人被逗得大笑不已。“没有人要？第一遍——第二遍——第三遍，成交啦！”他转向绞刑架，点了点头。

倍勒维尼·代多阿尔，红脸安德里，法朗索瓦·尚特·普律尼，一齐走到甘古瓦跟前。

“艾丝美拉达！艾丝美拉达！”就在这时，人群中响起了一片呼喊声。

甘古瓦浑身一震，向发出欢呼声的地方转过脸去。人群闪开来，让路给一位光彩照人的姑娘。

她就是那个吉卜赛姑娘。

“艾丝美拉达！”甘古瓦自言自语，目瞪口呆，激动万分，这个咒语般的名字让他一下子想起了白天的每一件事情。

这个姑娘，实在不一般，就连圣迹区的群众也被她不可抗拒的妩媚和美貌征服了。她所到之处，一片安静，男女乞丐都温顺地给她让路，他们粗野凶恶的脸也因她而容光焕发。

她步履轻盈地走到了甘古瓦面前，后面跟着她那漂亮的小山羊加里。她静静地端详了片刻，看着半死不活的甘古瓦。

“您想吊死他吗？”她神情严肃地转问克洛潘。

“是的，姐妹，”土恩王答道，“除非你愿意嫁给他。”

她又噘了噘漂亮的下嘴唇。

“好，那我要了他。”

听了这话，甘古瓦深信不疑：他从早上起就一直在做梦，现在仍是梦中。

虽然，这个转变非常令人高兴，但确实太快了点。

绳索被解开了，甘古瓦从凳子上走了下来。他太激动了，不得不坐下来。

埃及公爵一声不吭地抱来了一只瓦罐，吉卜赛姑娘把它递给了甘古瓦，说道：“把它摔在地上吧！”

瓦罐被摔成了四瓣。

这时，埃及公爵把两手分别搁在他们头顶上，说道：“兄弟，她是你的妻子；姐妹，你是他的丈夫了。婚期为四年。行了！”

七、新婚之夜

不一会儿，我们的诗人已身处一间尖拱顶的房间，坐在一张便于从旁边的高食柜里拿东西的桌子跟前了。房间里暖意融融，门窗紧闭。看来，还会有一张很像样的床，还能与这个漂亮的姑娘亲密地单独相处！这场奇遇简直令人不可思议！他真的开始以为自己是童话中的人物了，不时地看看四周，好像要搞清楚那两头怪兽拉着的火焰车是否还在那儿。只有这种仙车，才能一下子把他从地狱带进了天堂。有时，他死死盯着他上衣上面的破洞，以便抓住现实，免得完全神志不清。他那在幻想世界中飘来荡去的理智，全靠这一条线维系尘世了。

那小女在屋里走来走去，或是挪动上下小板凳，或是同加里说说话，时不时地噘了噘嘴，完全忽视了他的存在。终于，她坐到了桌子边上，甘古瓦可以细细观察她了。

各位读者，我想，你们都有过童年，也许更为幸运的是，你们现在还是孩子。你们一定不止一次地沿着潺潺的流水，在晴朗的日子里，从一个草丛到另一个草丛，追逐一只美丽的蓝色或绿色蜻蜓，而它们却飞无定向，轻擦着树梢而过。就我而言，我曾整天乐此不疲，那是我一生中最有意义的日子。请回想一下，你们那时一定抱着无比迷恋的好奇心，全神贯注地盯着那嗡嗡叫着的旋风似的小东西，那对紫色或蓝色的翅膀翩翩飞舞，轻轻旋转，飘忽的形体由于极其迅速的运动而难以捉摸，如同罩上了一层薄纱。那个会飞的生物，在你眼中，是多么的虚幻和难以置信啊，无法捕捉，难以分辨。可是，当蜻蜓歇息在芦苇尖上时，你们就能屏住气，仔细地观察它薄若蝉翼的翅膀，色彩变幻的长袍，一对水晶眼球。那时，你们是多么惊诧，生怕它们的形体会重归虚无缥缈，它们的生命会重新化作梦幻！只要回想起这些，你们就不难体会到甘古瓦此刻的心情。在此以前，他只在歌舞喧嚣的人群中见过她一眼，而此刻，艾丝美拉达终于向他现身了，看得见也摸得着。

他越来越沉迷于梦幻之中。他两眼朦胧地看着她，自言自语道："难道这就是所谓的'艾丝美拉达'吗？下凡的仙女，大街上的舞女！那么实在又那么虚幻！一点不错，正是她断送了我上午的圣迹剧，然而也是她今天晚上救了我的命！我的天使，我的恶魔！……她确实漂亮非凡！她必定非常爱我，才会不顾一切地救下我！……但是，我始终不太明白，我怎么成了她的丈夫了！”说着，他猛然抬起头，恢复了现实感，他的性格和哲学向来是以现实为基础的。

他姿态优美地走向姑娘，眼中和心中都装着这个念头，想对姑娘大献殷勤。姑娘吓得直往后退：

“您要干什么？”

“这还需要问吗？我亲爱的艾丝美拉达。”他用充满感情的声音说道，这声音连他自己听来都觉得诧异无比。

“您这是什么意思？”吉卜赛姑娘睁大眼睛看着他。

“怎么啦，难道我不属于你吗，我温柔的可人儿？你不也属于我吗？”甘古瓦说道。一想到只需对付圣迹区中一种惯常的规定时，他便越来越热情洋溢了。

他一边说，一边天真地搂住了姑娘的腰。

吉卜赛姑娘的无袖短衫像鳗鱼皮一样从他手中滑过。她用力一蹦，跳到了房间的另一端，随便又站直了身子，手中握着一把尖刀，甘古瓦都没来得及看清尖刀的来处。她动了怒，神态高傲，噘着嘴，张着鼻孔，两颊红得像苹果，两眼闪闪发亮。同时，那只美丽的小山羊跑到她面前，拱卫着她，一副挑战的架势：两只尖尖的金色漂亮犄角耸立着，盯住甘古瓦。

这一切都发生在转眼之间。

我们的哲学家傻傻地站在那儿，目光痴呆地一会儿看看姑娘，一会儿看看山羊。天哪，可爱的蜻蜓化作了黄蜂，只想着蜇人。

“圣母啊，这两个泼妇！”诗人惊魂甫定，终于能开口了。

“您的胆子也太大了点！”吉卜赛姑娘也打破了沉默开口说话。

甘古瓦笑眯眯地说：“请原谅，小姐，可是，您不已经要了我作您丈夫了吗？”

“难道我眼睁睁地看着您被吊死？”

“这么说，您同我结婚，只是为了救我，没有其他含义了？”甘古瓦大失所望地说，他自作多情的幻想一一破灭了。

“那您还希望我有什么其他含义呢？”

甘古瓦咬了咬唇，“好吧，”他说，“在情场上，我并非像自己所认为的那样百战百胜！不过，您为什么又让我砸破那个瓦罐呢？”

这当儿，艾丝美拉达和小山羊仍然凝神戒备着，一个用匕首，一个用犄角。

“我们和解吧，艾丝美拉达小姐。我不是大堡的书记，不会多管闲事地对您说，您不应该违背总管大人的明令禁止，私下在怀里揣把尖刀。要知道，诺爱勒·莱斯克里万就是因为携带一把刀，一星期之前被罚了十个巴黎索尔。不过，这事与我毫不相关，我们还是来谈谈正事吧。我以天堂的名义发誓，不经您的同意，我绝不挨近你。可是，您得给我点吃的。”

实际上，甘古瓦并不是很贪恋女色的，这一点同代斯普奥先生[①]一样。他不习惯于用那种突然袭击的方法抢夺少女，他不是那样的骑士或军官。对于爱情，也像对其他事情一样，他愿意等待时机，伺机而动。况且，现在他正饥肠辘辘，一顿美味可口的晚餐，外加美人做伴，恰似在一场艳遇的序幕和结尾之间加入了一段绝妙的插曲。

吉卜赛姑娘没吭声，只是又高傲地噘了噘嘴，像小鸟一样扬了扬头，然后放声大笑起来。那把小巧玲珑的尖刀突然消失了，像出现时一样，甘古瓦依然没能看清楚蜜蜂把它的刺藏在了何处。

不一会儿，桌子上摆出了一块黑面包，一片腌猪肉，几只皱巴巴的苹果，还有一瓶啤酒。甘古瓦狼吞虎咽起来，把铁叉和陶瓷盆子弄得叮当响，好像他的情欲已全部化作了食欲。

姑娘静静地坐在他对面，看着他吃晚饭。很显然，她心不在焉，在想别的事，时时露出笑容，一面用手轻轻抚摸着懒洋洋地伏在她膝盖上的小山羊。

烛光昏黄，照着这梦幻般的景象。

食欲得到满足以后，甘古瓦才发现桌上只剩下一只苹果了，他

---

① 代斯普奥先生：法国十七世纪诗人和评论家，讽刺时髦女性。

不好意思地说："您不吃点儿吗，艾丝美拉达小姐？"

她不作声，只是摇了摇头，若有所思的眼神盯着房间的尖拱顶。

"她到底在想什么鬼事情啊？"甘古瓦心想，眼睛也向她望的地方望去，"拱顶上那个石刻的丑脑袋，不会让她如此出神。真见鬼！难道我还不如它？"

"小姐！"他提高音量喊道。

她依然毫无反应。

"艾丝美拉达小姐！"他更大声地喊道。

仍然是白费力气。甘古瓦无法唤醒姑娘，因为她的心不在这里。幸好，那只小山羊帮了他的忙。它轻轻地扯扯主人的衣袖，吉卜赛姑娘这才从梦中惊醒，忙问道："加里，你要什么？"

"它饿了。"甘古瓦答道，为又搭上了话而兴奋不已。

艾丝美拉达撕了点面包，开始喂它。加里优雅地在她的掌心吃了起来。

怕她又陷入梦幻之中，甘古瓦赶紧提出了一个微妙的问题：

"那么，您真不想要我当您的丈夫了？"

"不要。"姑娘睁大眼睛看着他，大声说。

"情人呢？"

"也不要。"姑娘噘了噘嘴。

"那朋友呢？"甘古瓦接着问。

"也许吧。"姑娘看着他，思考了片刻说。

"也许"这个词，向来为哲学家所看重，这给了甘古瓦勇气。

"那么，您知道友谊是怎么回事吗？"他问。

"是的，像兄妹那样。"姑娘答道，"两个人的心灵相碰但并不合二为一，就像手上的两根手指头一样。"

"那么爱情呢？"

"啊，爱情！"姑娘两眼闪亮，声音颤抖，"那是两个人合二为一，是一个男人和一个女人融合为一个天使。那是天堂啊！"

当这个街头舞女说这话的时候，显得出奇地美，这种美同她言词中洋溢着的东方式的魅力是非常协调的，这使得甘古瓦大受感动。她那玫瑰般的嘴唇微微泛着微笑；率真而宁静的额头因为若有所思而略显暗淡，如同镜子上被呵了一口气以后显得模糊不清；她那长长的黑睫毛低垂着，眼睛里闪着一种难以形容的光芒，使她容貌楚楚，秀色可餐。这正是后世拉斐尔在画圣母像时，追求处女、母亲和神灵三者神秘合一的最佳原型。

甘古瓦穷追不舍地盘问着：

“什么样的男人才能打动您的芳心呢？”

“必须是个男子汉。”

“那我呢？我怎么样？”

“男子汉应是头戴铁盔，手拿利剑，靴跟上马刺金光闪闪。”

“那就是说，没有马就不是男子汉了？您是不是爱上什么人了？”

“您是指爱情？”

“对，爱情。”

她沉思了片刻，神情古怪地说：“不用多久，我就会弄清楚了。”

“为什么不能是今晚呢？”诗人柔情万分地说，“为什么不能是我呢？”

“我只会爱上一个能保护我的男人。”

甘古瓦刷地红了脸，知道再说什么也无济于事了。显然，姑娘是指两个小时以前他未能在危急关头给她太多的帮助。今晚，一系列的奇遇把这件事给冲淡了，现在才想起来。他用手拍了拍额头，说道：

“对了，我本该从那件事谈起的。请原谅我一时疏忽了这件事。小姐，您是怎样从卡西莫多的魔爪下逃出来的？”

听到这个问题，吉卜赛姑娘不寒而栗。

“天哪，那可怕的驼子！”姑娘双手捂住脸，浑身哆嗦，好像冷得不得了。

“的确可怕，可您是怎样逃脱的呢？”甘古瓦不肯放松地追问着。

艾丝美拉达叹了口气，笑了笑，默不作声。

甘古瓦拐了个弯问道："那么，您知道他为什么要跟踪您吗？"

"不知道，"姑娘回答说，接着又追问道，"可您不也是吗？您又为了什么要跟踪我呢？"

"老实说，我也不知道。"甘古瓦回答说。

沉默了一会儿，甘古瓦一直用小刀在桌子上划来划去，姑娘微笑着，仿佛在看墙壁另一面的什么东西。忽然，她用含糊不清的声调唱起歌来：

当色彩斑斓的小鸟
唱得疲倦了，而大地……

突然她停了下来，开始抚弄着加里。

"您这头小山羊可真可爱！"甘古瓦说。

"它是我的妹妹。"她回答说。

"人们为什么叫您'艾丝美拉达'呢？"

"我也不知道。"

"您真的一点都不知道吗？"

她从怀里掏出一串用印度楝树粒串成的念珠，上面吊着一个长方形的小香袋。香袋用一层绿绸子包着，散发出浓郁的樟脑味，中间有颗仿翡翠玻璃的大绿珠子。

"可能是因为这个吧。"她说。

甘古瓦想去拿这个香袋，但姑娘往后一退，说道：

"这是我的护身符，不能随便碰，你会破坏它的魔法，或者会被它的魔法蛊住。"

诗人更是好奇了。

"可这是谁给您的呢？"

姑娘一根手指放在嘴上，又把香袋揣进怀里。他试着问了些问题，但她不搭理他。

“艾丝美拉达到底是什么意思？”

“不知道。”她说。

“是什么语言呢？”

“可能是埃及语吧。”

“我也是这么想的，”甘古瓦说，“您不是法国人吧？”

“我不太清楚。”

“那您父母呢？”

她唱起了一支古老的歌谣：

父亲是只雄鸟，
母亲是只雌鸟。
我渡河用不着小舟，
我渡河用不着小船。
父亲是只雄鸟，
母亲是只雌鸟。

“这支歌真好听，”甘古瓦说道，“您是几岁时来到法国的？”

“很小很小的时候。”

“巴黎呢？”

“是去年。八月底的时候，我们从教皇门进了城，当时我看见芦苇丛中有只黄莺飞向天空，我就说：‘今年冬天会很冷的。’”

“去年确实够冷的。一整个冬天，我冷得直往指头上呵气。这么说，您天生会未卜先知？”

“不。”她又爱理不理了。

“那个被你们称为埃及公爵的人，是你们地区的首领吗？”甘古瓦很高兴地又交谈起来了。

“对。”

“就是他给咱俩主持了婚礼呢。”他小心翼翼地说道。

“可我至今还不知道您的姓名呢！”她又习惯性地噘了噘嘴。

“我的姓名？如果您真想知道，那么我叫皮埃尔·甘古瓦。”

“我知道有一个名字更漂亮。”姑娘说。

“您可真坏！”甘古瓦说，“不过，您说吧，我不会生您的气。等您以后熟悉了我的话，或许您会爱上我呢。既然您如此信任我，告诉了我您的身世，我想，我也应该谈谈我的身世。我叫皮埃尔·甘古瓦，是戈内斯地方公证所佃农的儿子。二十年前，巴黎城受困时，父亲被勃艮第人吊死了，母亲被庇卡底人剖腹杀死了。从此，六岁的我便成了孤儿，光着脚流浪在巴黎大大小小的碎石路面上。我不知道自己是怎样挨过了六岁到十六岁之间那段日子的。这边的水果商给我一个李子，那边的面包店老板给我一片面包。到了晚上，我故意让巡查的把我抓进牢房，这样，我就可以睡在牢房里干燥的稻草堆上了。尽管这样，我还是长大了，瘦得要命，正如您现在看到的一样。冬天，我躲在桑斯大主教府邸的门廊下面晒太阳，我觉得圣约翰的篝火却非得在三伏天才点燃真是不合时宜。到了十六岁，我想找个差使干事，前前后后什么都试了试。我当过兵，可不够勇敢，我做过神父，可不够虔诚，再说我喝酒也不行。实在无汁可施，我只好去伐木场当木工的徒弟，可我身体又不行。其实，我比较合适当个老师，可我当时一字不识，但这不是最主要的理由。后来，我发觉自己什么都干不了。不过，既然什么都不行，我干脆当个自由诗人，胡诌几句韵文算了。这种职业，任何无业游民都可以当，总比当小偷强盗要好。不过，当时还真有几位强盗朋友劝我去偷去抢呢！有一天，我有幸遇见了圣母院那位可敬可佩的副主教大人——堂·克洛德·孚罗洛神父。多亏了他的关照，勉励，我才有今天，成了一个货真价实的文人，通晓拉丁文，从西塞罗的《论职责》到塞勒斯丹教派神父的解罪经，我无一不知晓，哪怕是经院哲学、诗学、韵律学和炼金术等等，我也很在行。今天上午在司法宫大厅上演的圣迹剧，人山人海，大受欢迎，在下就是该剧的作者。我还写过一本书，印出来足足有六百多页，是有关一四六五年那颗大彗星的——就是差点让一个人发疯的那颗。我在其他方面也颇有建树。因为我多少知道点木工活，所以参加了约翰·莫格制造大炮的工作。您知道，就是那东西在试放那天，在夏昂东桥发生爆炸，炸死了二十四个看热闹的人。您看，作为一个配偶，我还是蛮不错的。我还会好些有趣的戏法，以后可以一一教给您的小山羊。比如说，模仿一下巴黎主教大人，那该死的伪君子，他在磨坊桥下放了那么多水磨，溅得我满身透湿。还有，我的圣迹剧，假如能有报酬，那可是一大笔钱呢！最后，我得跟您说，我随时愿为您效劳，我本人，我的才学，我的思想；我希望能与您共同生活，做夫妻也罢，当兄妹也罢，只要您乐意，一切遵从您的意愿。”

然后，甘古瓦打住不说了，期待着他这番长篇大论能打动姑娘。但是，她的眼睛一直盯着地面。

“弗比斯，”她低声说着，转向诗人，“您知道弗比斯是什么意思吗？”

甘古瓦很高兴能趁此机会卖弄一下自己的学问，尽管他不太明白他的演说与这个问题之间有什么联系。他神气活现地回答说：

“这是一个拉丁词，‘太阳’的意思。”

“太阳！”她跟着说了一声。

“这是一位天神的名字，是个很英俊的弓箭手呢。”

“天神！”吉卜赛姑娘又重复了一声，语气中透着深情和若有所思。

恰好这时候，她的一只手镯掉到了地上。甘古瓦赶紧弯腰去捡，等他站起来时，姑娘和山羊已不见了。他听到门被锁上了，那是一扇小门，可能通向隔壁。甘古瓦被反锁在了屋子里。

“她起码得给我留下一张床吧？”我们的哲学家自言自语道。

他在屋内走了一圈，没有发现合适的床具，只有一只长木箱尚能躺一躺。可那木箱盖上雕刻着花纹，甘古瓦躺下去后，身上坑坑洼洼的，极不舒服，跟躺在阿尔卑斯山脉上的那个米克俄梅加[①]感觉差不多。

---

①米克俄梅加：法国作家伏尔泰小说中的一个人物，是个巨人。

第三卷

一、巴黎圣母院

即使在今天，巴黎圣母院也依然是一座雄伟壮观的建筑。尽管它历尽沧桑，容颜却依旧风华不减。然而，时间和人类既不尊重奠定第一块基石的查理曼大帝，也不尊重砌下最后一块石料的菲利浦·奥古斯特皇帝，并且一次又一次地毁坏和残害这一可敬的丰碑。所有这一切，无不让我们痛心疾首，愤慨不已。

在这位衰老的教堂王后脸上，每一条皱纹旁边都有一个伤疤，正好应上一句拉丁文，我干脆这样把它译出来：时间是盲目的，人类是愚蠢的。

假如我们有功夫和读者一起仔细观察这座古老教堂蒙受的种种破坏，我们就会发现，时间带给它的破坏远不如人类带给它的多，特别是那些搞艺术的人。我称之为“搞艺术的人”，是因为近两个世纪以来，不断有人被号称为建筑艺术家。

我们先举几个比较重要的例子吧！首先，建筑史上确实很难找出比它的前墙更壮丽辉煌的例子。正面那三个尖顶拱形的大门；那一长排有二十八位穿着旧绣花长袍的君王神龛，正中间那巨大的玫瑰花窗，左右各有一叶侧窗，如同祭师和助祭师陪同神父一样，那高耸的、秀气的、用细巧柱子支撑着笨重平台的三叶形回廊，以及那两座黑沉沉的巨大钟塔：有石板前檐，上下叠成壮观的五层，每层在整体的宏伟中各自独立又互相协调。这一整体展现在我们眼前，既复杂又统一，浩浩荡荡，有条不紊，连同无数的雕刻、塑像，以及雕镂装饰，简直像是一支庄严宏大的交响曲。它是人类和民族的巨大工程，浑然天成又复杂细致，一如它的姐妹《伊利亚特》和《罗曼赛罗》这两部杰作。它是一个时期通力合作的奇特产物，每一块石头上都可以看出天才艺术家和工匠的奇思异想。总之，它具有双重特性：既永恒又多变，虽为人所创造，却如神创造的一般，强大而富饶。

在这里，我们只是描述了一下教堂前墙的风采，实际上，整个教堂都是这样的，乃至于中世纪所有基督教堂都是这样的。这一类来源于其本身的艺术，既合乎逻辑，又比例协调、相辅相成。量一量脚趾头，就知道了巨人的身高。

让我们回到巴黎圣母院的正面前墙。在今天，当我们满怀虔诚地瞻仰这一庄严雄伟的大教堂时，它却依然令人生畏，正如某些编年史家所说的："其雄伟壮观，令见者无不悚然。"[①]

然而，这堵前墙，现在已经缺少了三件重要的东西。第一件是以前把它从平地上高高抬起的那十一级台阶，第二件是供在三座拱门神龛里的雕像，第三件是二楼回廊上，二十八个更早的，从西尔得倍尔到手拿象征帝国版图的圆球的菲利浦·奥古斯特等法国帝王。

然而，随着时间的推移，石阶慢慢消失了，因为内城地面不可阻挡地缓缓升高了。巴黎地面的上升，虽然吞没了这十一级使教堂显得巍峨壮观的台阶，但时间回报给教堂的可能比它夺走的更多：几个世纪的沉淀，使教堂正面色泽益加深沉幽暗，而文物，唯其古老，才愈显美丽。

然而，是谁把那两排塑像拆除了？是谁让一个个神龛空空地等待着？是谁在中央大门的正当中新修了一个不伦不类的尖拱？又是

① 原文为拉丁文。

谁在比斯戈耐特的蔓藤花纹旁边筑起了一道丑陋笨重的十五式木雕门？是人，都是人，是当代的建筑师们和艺术家们。

如果我们走进教堂内部去看一看，是谁推倒了巨大的克利斯朵夫的塑像？本来，它是同类塑像中的佼佼者，正如司法宫大厅鹤立鸡群于其他厅堂，斯特拉斯堡尖塔傲然藐视其他钟楼一样。还有，在教堂的本堂和唱诗室里，曾有着不可胜数的小雕像，或跪或站、或骑马，男男女女，老老少少，还有帝王、主教和卫兵；有石头的，有大理石的，有金的，有银的，有铜的，甚至还有蜡制的。是谁把它们粗鲁地毁掉了？这绝不是时间。

还有，是谁拆除了富丽堂皇陈列着圣骨盒和圣物盒的古老的哥特式祭坛，代之以刻着天使头像和片片云彩的笨重大理石棺材，使它不忍目睹，像是从神思谷修道院和残废军人院拆下来的一块石头？是谁这般愚蠢，把刻错了年代的笨重石头，嵌放进加洛林王朝时期艾尔康居斯修筑的石板路？难道不是路易十四为了完成路易十三的宿愿？

又是谁，用一些冷冰冰的白玻璃取代了那些令人目眩神迷的彩绘玻璃？这些从拱门圆花窗到半圆形后殿之间的鲜艳彩色玻璃，曾让我们的先辈们一再流连，不忍离开！要是十六世纪的唱经班歌手看到那些野蛮的大主教，把黄色粉末涂上他们的大教堂时，又会有什么感想呢？他会想到，只有刽子手，才会向牢房上涂抹这种颜色！会想到，由于皇室总管的背叛，小波旁宫也被抹上了这种颜色！正如索瓦尔所说的那样：“这种黄色涂料质地精良，久不褪色，名不虚传，大可推广，一个世纪以后依然完好无损。”然而，唱经人定会逃开，因为那地方已不再神圣，而是污秽不堪。

倘若我们一直向大教堂的顶部走去，不去理会沿途这些数不清的对古代文明的种种摧残，爬到顶上时，才发现再也看不到那挺立在楼廊交点处的可爱的小钟楼了。这座小钟楼，纤细、勇敢，高插云霄，不亚于旁边圣小教堂的尖顶——同样也被毁了，压倒了其他所有的钟楼，挺拔、尖峭、剔透且钟声洪亮。在一七八七年，一位“品味高雅”的建筑师砍去了它的顶部，并且认为贴上一块锅盖似的大铅皮，就可以万事大吉，完好如初了。

中世纪卓越的艺术就是这样在世界各国惨遭灭顶之灾，尤其是在法国。从这些遗迹和废墟上，可看出三种不同程度的“创伤”。首先是时间在不知不觉中留下的创伤，遗址表面到处都是裂痕，锈迹斑斑。其次是政治和宗教革命带来的破坏，他们盲目疯狂，气势汹汹，蜂拥而至地扑向中世纪的艺术，撕碎它美丽的外衣——雕镂花纹，拆毁了圆花窗，砸烂了美丽的项链——阿拉伯装饰花纹和一连串的小雕像（不是出于宗教的原因，就是出于政治的原因）。最后是那些越来越蠢笨可笑的时新式样所造成的损害，从“文艺复兴”时期那些杂乱无章，一味追求华丽的风尚开始，层出不穷，把建筑艺术引向必然的衰败。时尚导致的破坏，更甚于革命。这些式样，破坏了艺术枯瘦的骨架，把利刃捅进活生生的肢体，进行截割、分解、切削和杀戮，杀死了建筑物，使它的形体不合逻辑，失去美观和象征性。然后，人们又对建筑物进行脱胎换骨的改造，但时间和革命都没有如此放肆。凭着“高雅的情趣”，哥特式的建筑物虽已伤痕累累，却依然被装上昙花一现的毫无艺术趣味的东西，加上大理石的纽带、金属小球、各种椭圆形、螺旋形、涡形的装饰物，还有帷幔、花环、流苏、石刻火焰、青铜云彩、圆嘟嘟的小爱神、胖乎乎的小天使。所有这一切，如同一场麻风病，在卡特琳·德·梅迪西[①]的小祈祷室中兴风作浪，吞噬了中世纪艺术的容颜。两个世纪以后，在杜巴依[②]的客厅里，艺术又一次备受凌辱，终于不堪折磨、含冤而死。

综上所述，导致哥特艺术面目全非的破坏因素有三种：表面上的双手伤痕和拆裂，是为时间所赠；暴力损害，伤筋动骨的破坏，是拜从路德[③]到米拉波[④]时期的革命所赐；至于截割、肢解、骨架错

① 卡特琳·德·梅迪西：法国享利二世之妻，三个儿子先后当过国王。查理九世幼时垂帘听政，颇具才干。

② 杜巴依：路易十五的情妇，法国大革命时死于断头台。

③ 拜从路德：德国的宗教改革领袖。

④ 米拉波：法国大革命时期著名的政治家和演说家。

位、修修补补，则是教授们为了模仿维特依维尔[①]和韦略尔[②]那种野蛮的希腊罗马式工程而造成的。学院派扼杀了汪达尔人所创造的这一辉煌艺术。时间和革命的破坏，至今还是光明正大的，然而继之而来的一大帮受人委托、被人指定宣过誓的建筑师们，趣味低级，缺乏判断力和鉴赏力，糟蹋了艺术，用路易十五的菊苣形替代了那具有巴特农神殿[③]光荣色彩的哥特式花边。这好比蠢驴还要向奄奄一息的狮子重重地踢上一脚，也好比老橡树本已凋零衰落，毛毛虫却还要来蛀食，把它咬得七零八落。

抚今忆昔，不胜慨叹！想当年，罗欠尔·赛那里曾把巴黎圣母院同艾法斯那座举世闻名的狄安娜神殿相提并论。狄安娜神殿是古代异教徒的朝圣地，曾使艾罗斯特拉特因之流芳百世，而赛那里却认为圣母院这座高卢主教堂"无论长度、宽度、高度和结构，都比那座神庙更为卓越不凡。"只可惜，罗欠尔·赛那里的时代早已一去不复返了。

不过，巴黎圣母院实在称不上是一座风格完整的建筑物，无法把它归入某种类型。它既不是一座罗曼式的教堂，也不是哥特式的教堂，它并不是一个建筑典型。同杜尔尼斯大寺院不同，巴黎圣母院不以半圆拱腹为枢纽，没有那敦实宽广的间距和又圆又大的拱顶，也没有那种冰冷冷，空荡荡的简朴庄严。它也不同于布尔日大教堂，既不是那种华丽、轻盈、形状繁多、杂乱无章、枝叶茂盛的尖拱化建筑，也不是那种阴暗神秘、低矮幽深的被半圆拱腹压垮了的古老建筑。那些建筑，除顶棚以外，几乎可以说都是埃及式的，教堂的装饰是象形的，是用来作祭祀并具有一定的象征意义。菱形，锯齿形的图案很多，花卉图案很少，动物图案更少，人像更是少得可怜。这些教堂，只能是主教的作品，而非建筑师的创造，它们是最早变了态的建筑艺术，全部有着从西罗马帝国到征服者居约

① 维特依维尔：公元前一世纪罗马建筑理论家，代表古典风格。

② 韦略尔：意大利著名建筑师和理论家，著有《论建筑五大列》，代表文艺复兴时代风格。

③ 巴特农神殿：建于公元前五世纪，是雅典人祭祀雅典娜的神殿。

姆的神权政治和军事纪律的烙印。同样，巴黎圣母院也不属于那种高大轻盈、有着大量彩绘玻璃和雕塑的教堂之列：那些教堂形体尖峭，姿态强悍，是政治的象征，散发着市镇的气息；但它又是艺术作品，奇幻奔放，任性自由，变化莫测。它们是建筑艺术的第二次变异，不再是象形的，不再是仅供祭祀或是一成不变的，而是富于艺术魅力的，进步的，非常大众化的，始于十字军东征归来，终于路易十一时代。巴黎圣母院既非第一类那样纯粹是罗马式的，也非第二类那样纯粹是阿拉伯式的。

它是一种过渡时期的建筑。当那位沙克逊建筑师正要在圣母院中堂竖起第一批柱子时，十字军东征带来的尖拱式样，已抢先一步占据了地盘，胜利地高高盘踞在支撑开阔圆拱的那些罗曼式柱子的顶端。从此，教堂的其余部分都照尖拱式样来建造了。然而，这种式样才初出茅庐，未经考验，不免时有躲闪，畏首畏尾，有时放大，有时压缩，还不敢像后来许多奇妙的大教堂顶部那样，放胆尖耸，若针似矛。这可能是受了近旁那些粗壮笨拙的罗曼式柱子的影响吧！

尽管如此，这一类从罗曼式向哥特式过渡的建筑物，仍然弥足珍贵，颇值研究，不亚于那两种单纯的式样。它们体现了艺术的某种细微的变化，若没有它们，就会显得中间脱节。这正是尖拱式样与圆拱穹窿相结合的产物。

而巴黎圣母院，正是这种变异的一个珍奇样本。这座可敬的古老建筑的每一个面，每一块石头，都不仅是我国历史的光辉的一页，更是世界科学艺术史的光辉篇章。在这里，我们只谈主要的——比方说，北边那座精妙无比的小红门，达到了十五世纪哥特艺术的最高水平，可中堂那些粗壮笨重的柱子，却让人想起了加洛林时代的圣日尔曼·代·勃雷教堂。而这两者之间，相距近六个世纪，甚至是那些炼金术士们，也能从那种大拱门的象征中发现这一学科令人满意的概述，而圣雅克·德·拉·布谢里教堂对他们来说，则是这门学科的最好体现。因此，罗曼式修道院、炼金术教堂、歌特艺术、沙克逊艺术，无一不使人回想起格雷果瓦七世[①]时代的笨重圆柱子，路德先驱尼古拉·弗拉梅尔[②]的神秘象征主义，教皇统治下的一统天下和帮派分裂，圣日曼·代·勃雷教堂，圣雅克·德·拉·布谢里的教堂等等。所有的一切，经过糅合、融合，都混杂在圣母院的建筑之中。巴黎古教堂主体可以说是一切古老教堂的奇特混合体：头是这座教堂，肢体是那座教堂，臀部又是另一座教堂。

我们要再说一遍，这种混合型结构的建筑物，对于艺术家、考古学家和建筑学家来说，依然是颇具价值，令人神往的。它使我们感觉到，建筑艺术是多么的原始淳朴，从蛮石建筑，埃及金字塔和印度巨塔中，我们都能看到这一点。伟大的建筑物，不是个人的创造，而是社会的作品，不是天才的神来之笔，而是人民的智慧结晶，是一个民族多个世纪以来的沉淀和堆积，是人类社会不断进步而遗留下来的产物。总之，它如同地质层一样，每个时代的洪流都在这不朽的建筑物上增添沉土，每个种族都把自己的那一层铺在上面，每一个人都添砖加瓦。海狸与蜜蜂都是这样为自己筑窝造房的，人也是这样的。巴别塔[③]，建筑术的巨大象征，就是这样一座巨大的蜂房。

伟大的建筑物，像大山一样，都是多个世纪的产物。往往是，建筑物还没完成，但艺术业已改变，中断的工程悬而待决[④]，然后随着变化了的艺术不紧不慢地继续施工。而新的艺术，一旦碰见了不起的建筑物，就会紧紧抓住，黏附不放，吸收同化，随心所欲地加以发展，只要可能就把它竣工。这样，按照平静的自然法则，大功告成，毫不费力，顺顺当当，不产生任何的反作用。这是一种新的

---

① 格雷果瓦七世：罗马教皇，一〇七三至一〇八三年在任。

② 尼古拉·弗拉梅尔：巴黎大学获师傅称号的作家，他因联姻而得到的巨大财富，被说成是靠炼金术而发财的。

③ 巴别塔：传说中的巨塔。《圣经》上说，亚伯拉罕的子孙曾想从这座巨塔爬上天去。

④ 原文为拉丁文。

嫁接，一种不断再生的生长发展，直至欣欣向荣。若干种不同层次的艺术先后融合于同一建筑物身上，完全可为一部部皇皇巨著提供素材，乃至一部人类通史。人类、艺术家、个人在这些未署作者姓名的庞然大物跟前太过于渺小，人类的聪明才智已深深地为它所吸收、概括、总结。人类只是泥瓦匠，而时间，才是真正的建筑师。

在这里，我们姑且只谈谈欧洲基督教的建筑——这位东方伟大建筑艺术的小妹妹。这一建筑时间上晚于东方建筑工程，像一块巨大的地质层，可分为三个层次，彼此独立又相互交叠：罗曼层、哥特层和文艺复兴层（或者称希腊—罗马层）。半圆拱在最古老、最深厚的罗曼层，希腊圆柱则处于最现代的文艺复兴层，尖圆拱则处于两者之间。有些建筑，单一而完整，一眼便能看出纯属于其中某一层次。耶米埃日大教堂、兰斯大教堂、奥尔良圣十字架教堂都是这一类型。但是，那三层的边沿部分，却像光谱的颜色一样，相互掺杂、混合，从而形成了复杂的、过渡性的建筑物。其中有一座，下部为罗曼式，中部为哥特式，头部则为希腊罗马式，这是因为修建时间过长，用了将近六百年。这种类型的建筑物非常罕见，艾达普的主塔就是这样一个典范。但是，两种风格混杂的建筑物却很常见，巴黎圣母院即属此类。它的主体为尖圆拱状，但它最初的一些柱子，却同圣德尼教堂的大门和圣日尔曼·代·勃雷教堂一样，属于罗曼层。还有波歇韦尔那可爱的半哥特式大厅，只在中部以下才体现出罗曼风格。而卢昂大教堂，要不是它中央钟楼的尖顶属于文艺复兴时代，本可视作完完全全的哥特式建筑。

不过，话又说回来，这一切差异和不同只是涉及了建筑物的表面，只不过是艺术换了层皮而已。基督教堂的结构本身并未受到太大的影响，内部的架构、各部分之间的逻辑排列，并未被触动。一座主教堂，无论其外表如何，人们总能在下面找到罗曼式大教堂，或者，至今能看到其雏形。罗曼大教堂，按照规律在地面上一成不变地发展着。两个教堂永远不偏不倚地交叉成十字，十字顶端呈半圆形，作为唱诗室。那些侧面的过道，总是作为内部通路，也安放有小祭坛，这是一种横向的，可来回走动的场所，主殿由柱廊与它相通。这一原则确认之后，小教堂，门户，钟楼，尖塔的数目便可随着时代、民族、艺术的变化而变化。只要能保证提供祭祀所需要的一切，建筑术便可随心所欲了。雕像、彩绘玻璃窗、玫瑰花窗、阿拉伯花纹、锯齿形雕刻、斗拱、浮雕之类，都可按照喜好，协调地随意组合。因此，这些建筑物，虽然外观上五光十色，千变万化，而内里却井然有序，严格统一。树干总是一成不变，而树叶却是千姿百态。

二、巴黎俯瞰

刚才，我们试图对巴黎圣母院进行了一番修复，以便能让它那奇妙的原貌再次显现出来，令读者大饱眼福。对于它那在十五世纪曾经拥有，如今却消失殆尽的极具魅力之处，稍加了点评。然而，我们却忘掉了最重要的一点，那就是，巴黎圣母院的钟楼顶端，是俯视整个巴黎城的最佳场所。

一道陡峭的螺旋梯，沿着厚厚的墙壁盘旋而上，在黑暗中摸索良久，终于来到了一个居高临下，阳光充足，和风吹拂的平台上（共有两个平台）。瞬时，一幅壮观美丽的图景尽收眼底。多么独特的奇观啊！我们的读者中，要是有谁有幸见过一座完整统一的哥特式城市，便不难想象了！在今天，这一类城市已为数不多，如巴伐利亚的纽伦堡城，西班牙的维多利亚城，还有一些更小的（如果它们能被保存下来的话），如布列塔尼的韦特列城，普鲁士的诺霍桑城。

十五世纪的巴黎，早在三百五十多年以前，已是一个大城市了，然而我们这些普通的巴黎民众，却一直误以为巴黎是在那时期以后才逐渐扩展了地盘。实际上，从路易十一起，巴黎扩展的面积不超过三分之一，但它美丽的容颜却被大大地破坏了。

大家都知道，巴黎的雏形——即现在所谓的老城区，是在一座摇篮状的小岛上。小岛的河滩，是它最早的城墙，塞纳河，则是它最早的护城河。小岛有两座桥，一南一北，桥上各有桥头堡，既是门户，又是堡垒，右岸的称大锈，左岸的称小堡。几个世纪以来，巴黎始终隔居在岛上。后来，从第一王朝[①]时起，由于小岛的拥挤狭窄，巴黎便跨过塞纳河向两岸侵进。于是，除了大、小堡之外，河岸两边的田野里开始竖起了第一堵城墙和钟楼。那道城墙，上个世纪还有迹可寻，如今却只有历史上遗留下来的几处地名可供回忆了，如波代门，或叫波多瓦耶门或巴戈达门[②]。城市不断地从中心向外扩张，房屋越来越多，慢慢地蚕食，淹没了这道城墙。为了阻挡这股洪流，菲利浦·奥古斯特修建了一道新堤坝，把巴黎圈在这一高大结实的城塔之中。一百多年过去了，这个围墙内的房子越来越多，楼上加楼，互相挤轧，好像水库里的水那样不断向上涨高。房屋一个个争先恐后，争高比层，就像液体受压，不断向上喷射，谁都想把脑袋搁到邻居的肩上，以便能自由呼吸新鲜空气。街道越来越窄，越来越挤，所有的空地都造满了房屋，空地就此消失了。最终，房屋跳过了菲利浦·奥古斯特城墙，就像越狱的囚犯，兴高采烈地在平原上撒着欢儿。然后，它们在那儿安顿下来，在田野里开辟花园，过着悠然自得的日子。从一三六七年起，城市更多地向郊外扩张，有必要再造一堵新城墙，尤其是塞纳河的右岸。于是，查理五世造了一堵新的城墙。然而，像巴黎这样的城市，是不会停止扩展的，也只有这样的城市，才有资格成为首都。这样的城市，如同一片盆地，全国的地理、政治、道德和智慧都汇集在这儿，还包括一个民族的自然习惯。因此，可以说，它们是文明之井，或是一条沟渠，商业、工业、智慧、居民，一个民族的一切元气、一切生命、一切灵魂，都在这儿过滤、沉积，世世代代，点点滴滴，延绵不断。于是，查理五世的城墙，早在十五世纪末，也同菲利浦的城墙一样，被跨越，超过，乃至被远远地抛在了后面。到了十六世纪，由于新城的逐渐兴起，查理五世城墙越陷越深，最终退入了老

① 第一王朝：即墨洛温王朝，约从公元466—768年。

② 原文为拉丁文。

城区。因此，可以说，早在十五世纪，巴黎就已摧毁了三座城墙，它们呈同心圆分布，可以说，早在叛教者朱利安时代起，就可从大堡、小堡身上看出这一点。强大的城市先后撑破了四道城墙，就像孩子渐渐长大，撑破了去年的旧衣裳。在路易十一时代，还可以在房屋高耸的汪洋大海中，看到一个个化为旧墙遗迹的古城楼，犹如洪水之中冒出的一个个小山尖，又像是沉陷在新巴黎下面的古巴黎群岛。

从那时起，巴黎又有了一些不幸的变化，不过，只是又跨越了一道城墙而已。那是路易十五修建的。这座污秽可怜的城墙，倒是同修建它的国王十分相称，而且诗人也唱得非常合适：

巴黎高墙深锁，人民悄声哀叹。

到了十五世纪，巴黎分为三个截然不同又各自独立的城区：旧城区、大学区和新城区。每一个城区，均有自己的面貌、专长、习俗、特点和历史。旧城区盘踞在小岛上，历史最久，面积最小，是另外两个城区的母亲，它夹在它们中间，像是一个夹在两个高挑美丽的姑娘中间的老太婆。大学区位于塞纳河左岸，从杜尔内尔塔一直到内斯尔塔，前者即今日的酒市所在地，后者即今日造币厂所在地。大学城的围墙占据着当年朱利安修建浴池的那片乡野，把圣热纳维埃夫山冈圈在了里面。在今天先贤祠的位置，是这座高低起伏的城墙的最高处——教皇门。新城区位于塞纳河右岸，是三个城区中面积最大的一区。沿着塞纳河，它的堤岸断断续续，从比里塔到木塔，也就是说从现在的丰谷仓到杜伊勒里宫。塞纳河左岸的杜尔内尔塔和内斯尔塔，右岸的比里塔和木塔，统称巴黎四塔，是塞纳河切人巴黎的四个点。与大学区相比，新城区（市民区）更是深入乡野，而圣德尼门和圣马丹门，正是新城区城墙的最高点，迄今没有改变过。

正如我们刚才所说的，巴黎这三个城区，都各自独立为一城，各司其事，有失完整，从而无法完全脱离另外两座城。旧城区教堂林立，新城区宫殿毗邻，大学区学院遍布。如果我们对旧巴黎那些次要的特征和市政管辖权的混乱不堪避而不谈，只从总体上泛泛而论，那么旧城区归巴黎主教，新城区归巴黎市长，大学区归大学校长所管。巴黎总管——代表王室而非代表市府，则统管一切。旧城区有巴黎圣母院和大医院，新城区有卢浮宫、总管府和菜市场，而大学区，则有索邦神学院和教士草场。大学生们在塞纳河左岸，他们在教士草场上犯了罪，得送到小岛上的司法宫受审，到右岸的隼山接受处罚。除非大学校长认为大学在这一点上比国王权力大，因而出面干涉，把有罪的学生带回校园绞死，这一点在学校城区也算是一个特权吧。

（顺便提一下，学生只有通过造反、暴乱，才能从国王那获取一些特权——有的比上述特权有利得多。自古以来，人民不造反，国王是不会开恩的，这是一条永不变更的真理。有一个古代文献，谈及民众对国王的忠诚时，曾明明白白地指出："人民虽曾多次造反，不忠于国王，但他们的忠诚最终仍为他们赢得了不少特权。"①）

在十五世纪时，巴黎城内的水域中曾有五个小岛。卢维耶岛，从前丛林茂密，如今只剩干枝枯木。母牛岛和圣母岛，荒无人烟，乃巴黎主教的领地，只有一座破木棚屋（十七世纪，人们将这两岛合二为一，重新修建，即今天的圣路易岛）。还有旧城区所在的那座小岛以及它尾端的渡牛岛，渡牛岛后来沉到新桥底下的泥泞中去了。在那时，旧城区小岛上有五座桥，三座在有岸，即石头的圣母桥和钱币兑换桥，木头的风磨桥，两座在左岸，即石头的小桥和木头的圣米歇尔桥。桥上都建满了房屋。大学城有六座城门，是菲利浦·奥古斯特下令修建的，从杜尔内尔塔开始，先后是圣维克多门、波代门、教皇门、圣雅克门、圣米歇尔门和圣日尔曼门。所有这些城门，不仅固若金汤，而且美观大方，坚不可摧。新城区也有六个城门，是查理五世修建的，从比里塔开始，依次为圣安东尼

① 原文为拉丁语。

门、庙门、圣母丹尔门、圣德尼门、蒙马尔特门和圣奥诺雷门。它们也同样坚固结实，精致漂亮。巴黎的城墙下，有一条又宽又深的壕沟，绕城一周，水来自塞纳河，冬汛期间，水流奔腾。晚间，城门紧闭，塞纳河两头被两根粗大的铁链封锁住，巴黎城便可高枕无忧了。

俯视巴黎三个城区，无论是旧城区、新城区还是大学区，均是街道纠缠不清，错综复杂。第一眼看去时，你会觉得这三个城区是合成一体的。两条长街，笔直地从南到北，从一头到另一头，平行地铺展开来，沿着与塞纳河垂直的方向，把三个城区贯穿、连成一体。居民们不停地从一个区涌向另一个区，挤成一片。第一条长街，左起圣雅克门，右至圣马尔丹门，它在大学区的那一段被称为圣雅克街，在旧城区的那一段为犹太街，在新城区的那一段为圣马尔丹街，它跨过塞纳河的两座桥为圣母桥和小桥。第二条长街从大学区的圣米歇尔门一直到新城区的圣德尼门，塞纳河左岸那段叫竖琴街，在岛上那段叫制桶场街，右岸那段叫圣德尼街，它跨过塞纳河的两座桥为圣米歇尔桥和钱币兑换桥。尽管这两条街名目繁多，其实始终不过是两条街，但它们是巴黎城最主要的两条大街，其余的街道，都是从这里引出或汇总到这里的。

这两条大街横贯巴黎，为整个首都所共有，新城区和大学区还各有自己的主街，与塞纳河平行，同两条大街垂直。所以，在新城区，可从圣安东尼门笔直地走到圣奥诺雷门，在大学区，可从圣维克多门笔直地走到圣日尔曼门。这两条大马路与那两条主要的大街交叉，形成一张总网络，巴黎的各条街道从这里向四面八方放射开去。此外，在这张迷宫般的网络图中，可以看出两条密集的宽街道群，一个在大学区，一个在新城区，犹如两束鲜花，盛开在那些桥和城门之间。

这张平面几何图形上的东西，有些至今依然存在着。

那么，在一四八二年，从巴黎圣母院钟楼上俯瞰巴黎，又会是怎样的一幅景象呢？下面，我们试图来描述一番。

当游人气喘吁吁地爬上了这个高高的钟楼，往下一看，首先会被重重叠叠的屋顶、烟囱、街道、桥梁、广场、尖塔和钟楼弄得晕晕乎乎。各种物件，大的、小的、重的、轻的，一一呈现在眼前：石料山墙、锐角屋顶、墙脚里突出的尖楼、十一世纪的石头金字塔、十五世纪的石板尖顶方塔、城堡主楼光秃秃的圆形塔、教堂饰满花纹的方塔。目光长久地穿梭在这令人目不暇接的迷宫里，从彩绘雕刻门面，木头骨架门面、扁圆大门到屋外架空楼梯的普通民房，直至当时仍竖立着柱廊式高塔的卢浮宫，无一不独具匠心、美妙奇异、合情合理、娇俏多姿，无一不闪烁着艺术的光辉。但是，当你凝神静气，仔细审视时，还是可以分辨出几大主要的建筑群。

首先是被索瓦尔称作“城岛”的旧城区。虽然他在书中废话连篇，但有时也会有几句优美的词句：“城岛如同一条大船，在塞纳河上顺流而下，于河中央陷落泥沙而搁浅。”前面我们已经说过，在十五世纪，这条大船被五座桥联结在岸上。这船形的城岛也引起了纹章学家的兴趣，因为巴黎古老城徽采用船形纹章，据法凡和巴斯基耶的说法，是因为城岛像船，而非诺尔曼人的围攻巴黎城。对于那些懂得纹章的专家们来说，任何纹章都是一道题，一种语言。这些纹章，记载了中世纪后半叶的全部历史，正如罗曼教堂的象形文字记载了前半叶的历史一样。这是神权象形文字以后，封建政权的象形文字。

因此，旧城区是头朝西、尾朝东地展现在眼前的。面向船头，就只能看到鳞次栉比的古老屋脊，它们上面是圣小教堂后殿的铅皮圆屋顶，好似圆滚滚的大象的臀部驮着这座教堂的钟楼。这座钟楼，设计最为大胆，装饰最为精美，木工最为细巧，外形雕刻最为细致，通过镂空的圆锥形塔顶，碧空一览无遗，为一切钟楼所不及。圣母院门前，有一个漂亮的前庭广场，周围是许多老房子，附近有三条街都通向这里的广场。广场的南侧，矗立着中心大医院，前墙到处都是裂痕，黑乎乎的，屋顶好像布满了疱痕和疣子。然后，在左右东西边，在旧城区狭窄的地盘上，有二十一座教堂，钟楼高耸入云，时代不同，风格迥异，大小不一。有罗曼式的圣德尼·居·巴教堂又低又矮且遭虫蛀的钟楼，还有圣比埃尔·俄·倍甫教堂和圣朗特利教堂细如针尖的钟楼。在圣母院背后，北边是哥特式回廊的修道院，南边是半罗曼式的主教府邸，东边是“滩地”的荒凉尖角。在密密麻麻的房屋群中，还可以根据当时屋顶上常有的透空的高 僧帽状石脊，分辨出各座宫殿的最高窗口，同时还可分辨出查理六世时期巴黎市赠与雨维纳尔·代·于尔森①的那座宫殿。再过去一点是巴吕市场那屋顶抹着柏油的简陋木棚，再远些，是老圣日尔曼教堂新修的半圆形唱诗室，到一四五八年逐渐伸展到了费白韦斯街上。另外，还可以不时地看到一个人来人往的十字街口，一根竖立在某个街角的耻辱柱，还有一段菲利浦·奥古斯特时代铺设的漂亮石板路，正中划出专供骑马的凹道，但是，在十六世纪，这条路被翻修成很糟糕的所谓的“同盟路面”的碎石马路。还可以看到一个罕见人影的后院，楼梯上带着那种十五世纪常有的，如今还能在布尔多雷街道上看到的有点半明半暗的角楼。最后，在圣小教堂右侧，面向西边，是司法宫的一排坐落在河边的塔楼。旧城区的西角上是皇家花园，同中老树参天，牛渡岛隐而不见。至于塞纳河，从圣母院的钟楼上俯视下去，只能看见城岛两侧的河水，塞纳河被大桥遮住了，大桥又被房屋遮住了。

放眼这些大桥，可看到这桥上布满了房屋，屋顶发绿，那是因为水汽太多，长了青苔。越过桥梁，向大学城眺望，首先引起注意的是一群低矮粗壮的塔楼，那就是小堡。它的门洞敞开着，恰好能吞没小桥的末端。如果你把目光从东到西，从杜尔内尔塔拉向内斯尔塔眺望，便可以看见长长一排有雕花小梁、彩绘玻璃的重重叠叠的房屋。路两边市民住房那曲曲折折的山墙，一眼望不见尽头，但时常被一街口所切断，有时会露出一座石头府邸的正面或墙脚。这一类府邸，常是雄踞一方，前有院子后有花园，有厢房和正屋，跻身于密集狭窄的民房之中，犹如贵人老爷夹杂在一群乡巴佬之间。在河边，有五六幢这样的府邸。其中有洛林府邸，它与圣倍尔那丹学院共同使用附近的杜尔内尔塔的高大围墙。还有内斯尔府邸，主

① 雨维纳尔·代·于尔森：一三八八年任巴黎市长（1360—1431）。

塔建在巴黎边缘，尖尖的屋顶一年中有三个月以它黑黑的三角墙挡住火红的太阳，好像把太阳挖去了一角似的。

塞纳河这一侧，商业远不如那一侧发达，但是学生比手工匠要多，而且也更吵闹。严格说来，大学区这边，只有从圣米歇尔桥到内斯尔塔那一段才有堤岸——码头，其他部分要么是光秃秃的河滩，如倍尔那丹修道院那一带，要么是一大片浸在水中的房屋，如两桥之间的一带。

从早到晚，河边都有洗衣妇，叫着，说着，唱着，用力捶打着衣服，喧闹声一阵接一阵，和现在完全一样。说起巴黎的生活乐趣，这可算是其中不小的一桩了。

大学城看起来连成一片，从一端到另一端，形成一个统一、紧密的整体。成千上万的屋顶，密密麻麻，棱角分明，此起彼伏，差不多都是按照同一个几何图形建造的，从高处看来，像是同一物质的结晶群。街巷七拐八拐，像坑坑洼洼的沟壑，但并未把这一大片房屋切割得七零八落。四十二所学校相当均匀地四处散布。这些美丽的建筑物，屋顶式样五花八门，高耸入云，其实同贫民的屋顶出自同一类艺术，只不过是同一种几何图形的平方或立方而已。因此，这些形形色色的屋顶，使整个建筑群看上去杂而不乱，补其所缺又不画蛇添足。几何学本就是一种和谐美学。几家漂亮的府邸，以其壮丽的形象，高高盘踞在左岸秀丽如画的顶楼之上，如纳维尔客栈，罗马客栈，和今天已不复存在的兰斯客栈。另外，还有使艺术家们感到欣慰的克吕尼府邸，如今依然存在，然而几年前，有些蠢驴竟然把它的顶楼砍掉了。在克吕尼府邸旁边，有朱利安修造的公共浴场，是一座有着漂亮圆拱的罗马式宫殿。还有很多修道院，它们与府邸一样美丽伟大，但更为虔诚肃穆。首先引人注目的，是倍尔那丹大修道院与它的三座钟楼，还有圣热纳维埃夫大教堂今天犹存的方塔，它的其余部分已被毁掉，确实是令人叹惜！还有索邦神学院，既是学校，又是修道院，至今只剩下令人赞叹不已的教堂主殿和优雅的四边形的马居韩修道院，旁边是圣伯努瓦修道院。在这个院子里边，就在本书出版第七版、第八版之间，有人草草地修盖了一座剧院。接着是方济各会修道院，它与三座巨大的山墙并列着，还有奥古斯丹修道院，它那优美的尖塔是巴黎这一段，从西面算起继内斯尔塔之后的第二个锯齿形建筑。那些学院，实际上是修道院和尘世之间的联系，它们位于一排排的府邸与修道院之间，朴素而优雅，雕刻不像宫殿那样轻浮，建筑风格不像修道院那样刻板。哥特艺术在它们身上得到了尽善尽美的发挥，在华丽与朴素之间很好地保持着平衡，可惜的是，这些文物建筑如今已荡然无存了。大学区中教堂林立，座座壮观辉煌，体现了不同时代的风格，从朱利安时代的环形圆拱到圣塞维兰的尖拱。它们高高耸立在其他房屋之上，好像要为这和谐的整体再添一份和谐，不时突出一些高低不一的锯齿状尖塔、镂空的钟楼和纤细的尖顶。这些尖塔、钟楼、尖顶的线条，也无非是锐角形屋顶的华丽夸大而已。

大学城地面起伏，圣热纳维埃夫山在东南角形成一个巨大的鼓包。狭窄拥挤的街道（现在是拉丁区）和大片房屋从这个山顶散向四面八方，还有些房屋，有的跌下去，有的爬起来，杂乱无章地一直伸展到河边。从圣母院塔顶看下去，无数黑点来来往往，纵横交错，不断向前蠕动，那是从远方高处所见的人群的样子。

这无数的屋顶，尖顶以及古怪的建筑交叠扭结在一起，使大学城的外墙变得奇形怪状，七歪八扭。从它们的空隙中间，能隐隐看到一大段长满青苔的城墙，一座坚固的圆塔，和一道作为碉堡似的有雉堞的城门，那就是奥古斯特城墙。墙外是绿茵茵的草地，长长的道路，沿途有些乡村小屋，越远越稀少。这些城郊小镇中，有些还颇具规模、相当重要。从杜尔内尔塔开始，首先是圣维克多镇。它那横跨比耶勿尔河上的单拱桥，修道院中胖子路易[①]的墓志铭，还有那座十一世纪时期顶上有四个小钟楼的八角形尖塔教堂（在埃达普也有同样的一座），至今仍然保存着。其次是圣马梭镇，它有三个教堂和一个修道院。然后，左侧越过戈普兰磨坊和它那四堵白墙，就到了圣雅克镇，它的十字路口有一个雕刻精美的十字架。镇

① 胖子路易（1081—1137）：即路易去世。

内有座圣雅克·居·俄巴教堂，是有着哥特式尖顶的可爱建筑物。还有圣马格洛瓦教堂，中殿建于十四世纪，拿破仑曾用它来堆放干草。还有郊野圣母堂，里面有拜占庭式的镶嵌画。接着，是坐落在旷野中间的查尔特勒修道院，这座富丽堂皇的建筑与司法宫建于同一时代，有若干分隔开来的小花园。越过少有人迹的沃凡尔废墟，向西眺望，眼光就落到了那个有着三个岁曼式尖顶的圣日尔曼·代·勃雷修道院。在那时，圣日尔曼镇已人口众多，有近二十条街了。高耸在镇的一角上的，是圣须尔比斯修道院尖峭的钟楼；旁边，是圣日尔曼镇方形的市集，现在已是正规的商场了。镇上还有修道院院长的耻辱柱，一座漂亮的顶上有铅制圆锥体的小圆塔。然后是小山岗上的磨坊和麻风病院那孤单丑陋的小房子，不太容易看见。在它们前面，是制瓦厂和通到公共面包烘炉房的瓦窑街。不过，最让人目光久久不忍移开的，还是修道院本身。这家修道院，气派美观，形象威严，既像教堂，又像领主府邸，巴黎历任主教都以在此住宿一夜为荣。建筑师赋予它光彩夺目的外表，给了它精致的雕花窗、优美的圣母堂、宏大的住舍、广阔的花园、狼牙铁闸和吊桥，还有看似切入了四周青草地的雉堞围墙，以及一座座带有亮灿灿的武士甲胄和金光闪闪的主教披风的庭院。所有这一切，都围绕在三座牢固地坐落在哥特式后堂顶上的高耸入云的半圆形尖塔周围，构成了一幅壮丽的远景图。

饱览了大学区的景致，再转身看看右岸的新城区，你会发现景色顿时一变。的确，新城区比大学区大多了，它不仅仅是个区，而是清楚地分成若干大块，这一眼就能看出来。首先，在东边现在依然称为沼泽地的那个地方，宫殿随处都是，以前，加米罗仁曾引诱恺撒深入此处腹地。这组房屋一直延伸到河边。有四座几乎连成一片的府邸，汝耶府、桑斯府、巴尔波府和王后行宫。它们的石板屋顶上耸立着尖削的塔楼，倒映在塞纳河中。这四座建筑，完全占据了从农南第耶尔街到赛勒斯丹修道院之间的空隙，而那修道院优雅别致的尖顶塔楼，映衬得这四座府邸的山墙和雉堞轮廓愈显幽深。挨着水边，有几所发绿的破房子，但它们并不挡住视线，仍能看到这些豪华宫殿那漂亮的前墙边角，带石框的十字形大窗，挤满塑像的尖拱门廊，棱角分明的高墙脊背。所有这些美妙的建筑奇思异想，使人感到哥特艺术在建造每一座传世之作时都在翻新花样。在这四座府邸的后面，是令人惊叹的圣波尔宫，它的院墙伸向四面八方，宽阔无比，形状多变，有时像座受困于城墙和栅栏之中的城堡，有时像一座为大树掩映的吉尔特勒修道院。在这里，法国国王可以同时招待二十二位与太子和勃艮第公爵同等地位的王子及他们的侍从与随行人员，还没算上其他贵族老爷、到巴黎来访的神圣罗马帝国的皇帝，以及宫中的狮子——那些在这座行宫里另有居所的宠臣。需要说明一下：当时，王子居住的套房不得少于十一个厅室，从豪华的客厅到祈祷室，应有尽有，外加那些走廊、洗澡间、蒸汽浴室以及其他“备用场所”，更不用说那些专用花园、厨房、食物贮藏室、配餐室和公用餐厅了。还有家禽饲养场，内设二十二个作坊，研究从烧烤到配兑酒水的各种技艺。有各种各样的娱乐场所，如槌球、网球、铁环球等等。还有鸟棚、鱼池、动物园、马厩、牛圈和图书馆、军械库、冶炼场。当时的王宫以及卢浮宫、圣波尔宫，就是这个样子的，真可谓是城中之城。

从我们所站的圣母院钟楼望去，圣波尔宫的一半几乎被刚才所说的四座府邸给挡住了，但看起来还是巍峨壮观、令人惊叹！查理五世把小米斯府、圣摩尔修道院院长府和艾达普伯爵府并入了自己的王宫，并用带有彩绘玻璃窗和小圆柱的长廊把它们同千宫主体巧妙地连结了起来，但仍然可以看出是三个附属部分：小米斯府屋顶边上围了一圈花边状栏杆；圣摩尔府有一个大塔楼，还有若干堞孔、枪炮眼和铁麻雀[①]，像一座堡垒，在其撒克逊式的大门上，两个吊桥的切口之间，刻着这位修道院院长的盾形纹章；艾达普伯爵府，它的圆柱形主塔上部已倾斜，参差不齐如鸡冠。在圣波尔宫，老橡树到处可见，三五成丛，好像一棵棵巨大的菜花。池塘里波光粼粼，清澈明净，天鹅在水上嬉戏。目光所及，还能看到一些风景

① 铁麻雀：城墙外动防备敌人爬墙的突出物。

如画的庭院。还有狮子宫，撒克逊式的低矮柱子支撑起它那低矮的尖拱，一道道铁栅栏里仿佛有永不消停的狮吼声。尖顶上色彩成片成片剥落的玛丽亚礼赞楼，凌驾于这一切之上。它的左边是巴黎总管的府邸，两旁有四幢精巧的小楼，正中深处，才是真正所谓的圣波尔宫。自查理五世以来，建筑师们不断给它添加新的饰物，两个世纪中，凭着奇思异想，出现了越来越多的附加物：小教堂的各种拱顶，走廊上的各种山墙，无数随风旋转的风信标，以及两座毗邻的高塔。塔的圆锥形顶盖下面围着一圈雉堞，看起来像是两顶卷着沿的帽子。

我们的目光继续在这不断向远方伸展的环形宫殿中搜寻，越过那仿佛是新城区住宅群中一条深谷的圣安东尼街，眼光就落到了安古勒姆府邸上——通常我们只谈主要的建筑物。这是一座修建多年，经历了数个朝代的庞大建筑，有些部分还是洁白如新，在整个建筑中显得很不和谐，看上去就像一件蓝色衣服上打了块红补丁。这座宫殿，式样时髦[①]，屋顶却又高又尖，布满了精雕细刻的天沟和闪闪发光嵌着金铜丝的铅皮，图案千奇百怪。这金银相间的奇特屋顶，优美地矗立在破败不堪的古代建筑之中。旧建筑古老粗壮的塔楼，好似衣襟敞开的大肚子，上上下下全是裂缝，中间鼓胀如酒桶。再往后，是杜尔内尔宫，它尖阁林立，塔尖直冲云天。它空灵神奇，魅力无穷，无论在世界的哪个地方，哪怕是在相波尔[②]或阿朗波拉[③]，也没见过这么多尖塔、小钟楼、烟囱、风信标、螺旋梯，还有那些楼台庭阁，那些宛如从一个模子里出来的镂空灯笼，那些高下错落、参差不齐、仪态万方的纺锤形塔楼。所有这一切，组成了一个硕大无比的石头棋盘。

杜尔内尔宫右侧，是巴士底城堡。成群的黑漆漆的塔，一个挨着一个，沟堑环绕，互相嵌入，像是被一根粗绳捆在了一起。城堡

① 时髦：指文艺复兴时期的风格，与又尖又高的哥特式风格不符。
② 相波尔：位于法国布卢瓦市，当地有弗朗索瓦一世所建雄伟宫殿。
③ 阿朗波拉：西班牙格拉纳达地方摩尔王族著名的宫殿及园林。

的主楼上，枪眼比窗子还多，吊桥老是悬着，铁闸永远关着，那就是巴士底狱。一个个黑鸟喙似的东西从雉堞中间伸出来，远看似槽檐，实际却是大炮。

在这可怕的巴士底城堡旁边，在它的炮口之下，是深掩在两座城楼之间的圣安东尼门。

从杜尔内尔宫到查理五世的城墙之间，庄稼繁茂青翠，花园绚丽多彩，处处是地毯般的茵茵绿草，那是农田和御花园。花园中林木郁葱小径曲幽的地方，便是路易十一赐给夸克纪埃的著名的迷宫花园——代达罗斯花园。这位医生的观象台耸立其间，如一根孤零零的大柱，顶端有一间小屋，他在这小屋里曾进行过可怕的占星术研究。

那地方，如今已成了王宫广场。

如同我们刚才所描述的，我们尽量使读者对宫殿区有了个初步的印象。然而，位于新城东端，在查理五世城墙和塞纳河相交之处，是拥挤的住宅区，其中心是一大片的民房，右岸旧城区里的三座桥梁就是从这儿开始修建的。有了桥，就会有民房，然后才会产生王宫。密密麻麻如蜂窝般的市民住宅，虽然拥挤杂乱，却有种独特的美。在一个国家的首都，民房的屋顶像大海的波浪一般的蔚然壮观，确实了不起。那些街道，纵横交错，千姿百态，以菜市场为中心，星星般地散发着光芒。圣德尼街和圣马尔丹街连同一条条支巷，犹如两棵大树，枝繁叶茂，盘根错节。还有许多曲里拐弯的小胡同，像灰泥街，玻璃街，第克塞昂德里街等等，遍布全区。也有一些美丽的建筑，突出在这个一堵又一堵山墙凝成的楼阁之海的石头波浪之中。钱币兑换桥的小堡便是其中一例，这座桥的背后可以看见塞纳河在风磨桥的磨盘下白浪翻涌。那个时代所见的小堡，已不是背教者朱利安时代那样的罗马式城楼了，而是十三世纪封建时代的风格，石头异常坚硬，哪怕是用铁镐刨上三个小时也啃不下拳头那么大一块来。圣雅克·德.拉.布谢里教堂富丽堂皇的方形钟楼，四角布满雕刻而颇显柔和，在十五世纪虽然未能完工，但也相当可观了。今天，有四只怪兽蹲在塔顶的四个角上，当时可没有，是一五二六年雕塑家何尔特安放上去的，为此，他获得了二十法郎的酬金。怪兽有点像斯芬克斯，让新巴黎来猜猜旧巴黎之谜。还有那朝向河滩广场的柱屋，我们曾向读者介绍过，还有圣热尔韦教堂，后来换上“趣味高雅”的大门，被弄得面目全非。圣梅里教堂，它那古老的尖拱造型几乎和半圆拱腹一模一样；圣约翰教堂，它那壮丽的尖顶几乎无人不知。还有其他二十座历史丰碑，它们心甘情愿地让自己的奇观湮没在狭窄、深邃、黝黑的街巷迷宫之中。另外，还有那些在十字街口比绞刑架更大的石雕十字架，以及越过层层屋顶能远远看见其围墙的圣婴公墓，中央菜市场的耻辱柱——从高松纳里街两个大烟囱之间可以见，位于终日人来人往的特拉瓦尔十字架广场的绞刑架，简陋房屋环绕的小麦市场，从这里那里不时犹能辨认出的威严的菲利浦·奥古斯特城墙的残垣断壁——淹没在那些房舍和爬满常春藤的破烂城楼，倾塌的拱门之间，码头上千百家的商店和一个个鲜血淋淋的屠宰场。塞纳河上，从干草港到主教法庭一带，船行如梭。这样，想来对于一四八二年新城区中央这个梯形地区的面貌，读者应有个大概的印象了。

除了宫殿区和住宅区以外，新城还有第三种面貌，即从东到西成排的修道院，沿着城界，几乎贯穿了全境。这些修道院和小教堂位于巴黎边界上碉堡城垣的后面，形成了第二道城墙。

紧挨着杜尔内尔宫的花园，在圣安东尼街和旧圣殿街之间，是圣卡特琳修道院和它广阔的农田，一直延伸到城墙底下。在新旧圣殿街之间，有一群孤零零的高大挺拔而又阴森可怖的塔楼，宽阔的院墙上筑有雉堞，那是圣殿骑十修道院①。在新圣殿街和圣马尔丹街之间，是花园环绕的圣马尔丹修道院，这座设防的漂亮修道院内，炮楼林立，钟楼犹如三重法冠，其巍峨壮丽与固若金汤，唯有圣日尔曼·代·勃雷教堂才可与之相媲美。在圣马丹尔街与圣德尼街之间，是三一修道院的地盘。最后，在圣德尼街和奥格耶街之间，是女修道院，旁边就是圣迹区的破烂屋顶和行将倒塌的院墙。在这条

① 圣殿骑士修道院：该院是圣殿骑士团的驻地。骑士团创于一一一九年。

虔诚的修造院组成的链条上，这是唯一的一个世俗环节。

在右岸密集的屋顶中，还可划出自成一体的第四个区域。它位于城墙西角和下游河岸之间，又是一群宫殿和府邸，紧贴在卢浮宫脚下。菲利浦·奥古斯特所建的这座庞大建筑旧卢浮宫，主塔周围环绕着二十三座塔楼，其他众多的小塔还未计算在内，远远望去，似是镶嵌在阿朗松府邸和小波旁宫的哥特式屋顶之上。这条多塔巨龙，巴黎的守护神，它那二十四个头永远昂立着，包着铅皮或是用石板铺成的身躯直直地挺着，浑身金光闪闪，以惊人的形式结束了新城区西边的地理布局。

就这样，被罗马人称为“巨岛”的广阔的市民住宅区，其左右两侧各有一排宫殿，分别是杜尔内尔宫和卢浮宫，北边是一长条的修道院和农田，一眼望去，混沌一团。这无数的建筑物的犀顶，有的用瓦片，有的用石板，层层叠叠，错落有致，形成无数条奇怪的链条。在这些屋顶之上，则是右岸四十四座教堂的钟楼，刺花纹身，精雕细刻。数万条街道纵横交错，一边以方塔高墙为界，一边以横跨一座座大桥、穿梭着一条条小船的塞纳河为界。这就是十五世纪的巴黎新城区。

城墙外侧，紧挨着城门的地方，有几个小镇，不过比大学区外侧的小镇要少些，也更分散些。巴士底城堡后面，有二十来所简陋的房屋，聚集在有着奇异雕刻的孚班十字架和郊区圣安东尼修道院的扶壁拱架周围。接下来是隐没在麦田之中的波班占尔村。然后是古尔第耶那开设了几家小酒馆的快乐小村庄。圣洛朗镇，远远看去，它教堂的钟楼像是与圣马尔丹的那些尖塔连成一气了，再过去是圣德尼镇和它那高大广阔的圣朗德尔修道院。在蒙马特尔门外，是白墙环绕的谷仓，后面是蒙马特尔山。当时，在这石灰石山坡上，教堂的数量与磨坊一般多，但后来只有磨坊了，因为现今社会只需要维持生命的面包。最后，从卢浮宫过去，在草场上可以望见圣奥诺雷郊区，它在当时已具相当规模了。还可以看见一片苍翠的小布列塔尼村和猪市，市场中心屹立着一个圆形的大灶，伪币制造者就在这里被投入开水锅，活活烫死。在古尔第耶村与圣洛昂镇之间荒凉的平原上，你可能已经注意到低矮的小土丘顶上有个建筑物，从远处看，活似一排倒塌的柱廊矗立在一片荒坍的地基上。然而，它既非巴特农神殿，也非奥林匹克山上的朱庇特神庙，它是隼山绞刑架。

这么多的建筑，我们力求简明地加以介绍，使读者对老巴黎有个大概印象，如果没有因此使它支离破碎，那么，我们就再啰唆几句，加以概括。城岛位于中央，状如巨龟，盖满鳞状瓦顶的桥梁则如乌龟从灰屋顶的龟壳中伸出来的脚爪。左边是形状不规则的梯形大学区，坚固茂密，紧凑嘈杂。右边是那个似巨大的半圆形的新城区，其间花园和历史性建筑林立。这三大部分——老城区、新城区和大学区，无一不是街巷交错纵横，数不胜数。塞纳河，按杜·布厄尔神父所称为“乳娘河”，流经巴黎全境——岛屿、桥梁拥塞，船只川梭往来。巴黎四周是广阔的田园，各式各样的农作物和美丽的村镇星罗棋布。左边有易瑟镇，沃凡尔镇、孚日阿尔镇、蒙乌日镇以及那有方塔和圆塔的让第耶镇等等。右边是其他二十来个村镇，从贡符朗镇一直到主教城。天边山峦环绕，好像给这块盆地镶上了一道边。在远处，东边是凡赛纳森林和它那七座四角塔；南边是比赛特地区和它那锐顶塔群；北边是圣德尼城馒和它的小尖塔；西边是圣克鲁堡和它的主塔。这就是一四八二年，乌鸦柄落在圣母院钟楼时，所能俯瞰到的巴黎。

然而，正是这座城市，伏尔泰却说：“在路易十四之前只有四座美丽的建筑。”那就是：索邦神学院的圆屋顶、慈惠谷女修道院，近代的卢浮宫和现已无据可考的另一座也许是卢森堡宫吧。幸好，尽管如此，伏尔泰还是创作了《老实人》，但他仍然是历史长河中最善于发出魔鬼般笑声的那个人。不过，这却可以证明：即使是一个旷世奇才，也可能有他一窍不通的艺术。莫里哀把拉斐尔和米开朗琪罗称为“他们那个时代的米勒[①]”，不就自以为给了他们极高的荣誉了吗？

① 米勒：十七世纪法国名画家。

我们还是回过头来，继续讲一讲十五世纪的巴黎吧。

当时的它，不仅美丽和谐，而且是中世纪历史和建筑艺术的产物，是一部凝聚为石头的编年史。它是一座由罗曼式风格和哥特式风格的建筑物构成的城市。然而，罗曼式建筑早已不复存在，只剩下朱利安公共浴池，仍透过中世纪厚厚的地层冒出头来。至于哥特式建筑，即使挖掘得深入地下，也难觅其踪影。

五十年后，巴黎那严格却又丰富多样的整体之中，又添上了文艺复兴的一笔。它那令人目眩神迷的奇思异想和各种建筑式样，为巴黎带来了无数新奇的东西：罗马式半圆拱腹，希腊式圆柱，哥特式扁圆拱，以及柔和精美的雕刻，奇特的阿拉伯图饰和叶形花纹，还有那和路德同时代的异教建筑艺术。巴黎可能会因此而变得更美，虽然一眼望去已不再那么和谐了。然而，这一光辉灿烂的时期并未长久。文艺复兴是大公无私的，它不满足于只是建设，它还要进行破坏。的确，文艺复兴需要空间发展自己。因此，哥特式的巴黎仅在一段时间内是完整无缺的。圣雅克·德·拉·布谢里教堂还未竣工，人们已经开始拆毁卢浮宫了。

从此以后，这座伟大的城市日益改观。那曾经取代了罗曼式巴黎的哥特式巴黎，到头来也被人取代了。可是，谁又能说得清楚，取代了它的又是什么样的巴黎呢？

在杜伊勒里宫，那是卡特琳·德-梅迪西的巴黎①，在市政厅，那是亨利二世的巴黎，这两座建筑至今仍是趣味高雅的。在王宫广

① 我们痛苦而愤怒地看到，有人想扩大、改建，重修这座伟大绝妙的宫殿，也就是说，想摧毁它。现代的建筑师们，都是粗手笨脚的，根本没有资格去碰文艺复兴时代这类娇弱、精致的杰作。我始终希望，他们没有这个胆量。再说，拆毁杜伊勒里宫，现在已不仅仅是一种连汪达尔醉汉都会脸红的粗暴行为了，而是一种背叛行径。杜伊勒里宫不仅仅是十六世纪的艺术杰作，也是十九世纪历史的一页。这座宫殿，不再属于国王，而是属于人民的。还是让它保持原先的样子吧！我们的革命，已两次在它前额上留下了烙印。它的两堵前墙，一堵上有八月十日的弹痕，另一堵上有七月二十九日的弹痕。这座宫殿是神圣的。——一八三一、四、七，巴黎作者原注。

场，是亨利四世的巴黎，那儿有砖砌的前墙、石板的屋顶和石头的墙脚，还有那三色的房屋。在慈惠谷女修道院，那是路易十三的巴黎，这是一种低矮胖壮的建筑，穹顶好像提花篮的手，柱子若患鼓胀病，圆屋顶像个驼背，真叫人莫名其妙。在残废军人疗养院，那是路易十四的巴黎，宏大华丽、金光闪闪、冷漠淡然。在圣须尔比斯修道院，那是路易十五的巴黎，上下密布石头螺旋梯、绸结、彩带、细穗和菊苣形饰品。在先贤祠，那是路易十六的巴黎，整个一个罗马圣比埃尔教堂的劣等仿制品，所有建筑缩成一团，美感全失。在医学专科学校，那是共和国时代的巴黎，一座希腊罗马式的混合建筑物，看上去像古罗马的圆形剧场或古希腊的巴特农神殿，仿佛是公元三年米诺斯统治时期建筑学上所谓的“穡月式”。在旺多姆广场，那是拿破仑的巴黎，用大炮铸成了一根铜柱，使巴黎壮观不凡。还有，在交易所，那是复辟时代的巴黎，一排雪白的柱廊支撑着平滑的檐壁，总体呈正方形，花掉了近两千万。

上述纪念性建筑中的每一个，在各个城区都有一定数量的民房，在风格、式样、姿态上与它们相似，行家一眼便能看出，并确定其年代。只要善于观察，即使是一个门槌，也能从它那儿发现一个世纪的灵魂和帝王的相貌，甚而他们敲门的样子。

因此，今天的巴黎，已没有统一的面貌了。它汇集了几个世纪的建筑风格，而最美的已经消失了。现在的首都，无非是房屋占地面积扩大了，那是些什么样子的房屋呀！照巴黎现在的发展速度，盛行一时的式样每隔五十年就要更新一次。而巴黎建筑物的历史意义，每日都在自行消失。文物性建筑越来越少，人们似乎是眼睁睁地看着它们正在被普通房屋渐渐吞没。我们的祖先有一个石头的巴黎，而我们的子孙，将只有一个石灰的巴黎了！

至于现代巴黎的建筑物，我们就不去描绘了，这并非是说我们不愿去赞美它们。苏孚洛先生的圣热纳维埃夫大教堂，的确像一块空前绝妙的萨瓦省糕点，而石头建筑，则从未有那样好过。光荣的荣誉勋位团的建筑，也可称得上是块可口的奶油蛋糕。小麦市场的圆屋顶，好比一顶扣在一架大楼梯上的英国骑师的鸭舌帽。圣须比尔斯修道院的两座钟塔，犹如两根巨大的单簧管，式样普通之极，塔顶上歪歪斜斜，皱皱巴巴的电报线，倒是非常可爱！圣罗克教堂的拱门华丽壮观，堪与干达的圣托马教堂相媲美，它的地下室里还有一个耶稣受难的浮雕像和一个木头镀金的太阳。这类东西确实奇妙无比。植物同里的迷宫彩灯也是相当高明。至于交易所大厦，其柱廊是希腊式的，而门窗的圆拱却是罗马式的，大拱顶是文艺复兴式的。毋庸置疑，它是一座合乎规矩、非常纯正的文物建筑，它的顶楼就可以证明这一点。这种即使在雅典都难以见到的漂亮的顶楼，线条笔直，异常优美，上面耸立着一个个雅致的烟囱。我们还须指出，一个建筑物的构造特征，一般说来应符合其用途所需，让人一看便知其派何用场。但是，当我们看到一座建筑物，可同时充当一座王宫，一个下议院，一个市政厅，一所学校，一片驯马场，一所神学院，一个仓库，一个法庭，一所博物馆，一个军营，一个墓同，一座神殿，一个剧场时，我们也不应太惊奇了。眼下，这座建筑暂且先用作交易所！此外，一座传世之作还应与当地的气候相适应，交易所显然是专为我们那阴冷多雨的天气而建造的。它有一个近乎东方式的平坦的屋顶，以便在冬天下雪时打扫起来容易些，当然，造犀顶本来就是为了便于打扫。所以，我们刚刚提到的那个用途，它真是非常合适：在法同当交易所，在希腊可用作神殿。当然，正面那座会破坏优美线条的大时钟，着实让建筑师们煞费苦心，才把它藏了起来。另外，反过来，又围绕建筑物修造了一圈柱廊，每逢举行庄严宗教盛典的日子，证券经纪人和商业掮客便可在那儿高谈阔论、争执不休。

所有这些建筑，都非常富丽堂皇。此外，还有许多漂亮有趣，富于变化的街道，如意弗里街。假如有一天能从气球上俯瞰巴黎，我相信一定能看到丰富多彩的线条，无穷无尽的细节，形形色色的面貌，就像能在棋盘上一般，看到某种寓伟大于简单的出人意料之外的美。

尽管现在的巴黎五光十色，令人赞叹不已，但我还是希望你能在头脑中重建十五世纪的巴黎。透过篱笆般耸立着的令人惊讶的尖顶、圆塔和钟楼而照进来的阳光是多么的美妙！还有塞纳河，多么神奇地奔流在这广阔的城市中央，遇到沙洲尖角而分，碰到拱桥则合，形成黄中间绿、色彩变幻胜似蛇皮的一摊摊河水，滚滚而流。然后，再试着设想一下旧巴黎哥特式风格的剪影，清晰地呈现在湛蓝的天际，不计其数的烔囱周围弥漫着冬雾，使巴黎看起来若隐若现。接着，请在黑夜里，看看光明和黑暗如何在迷宫般的建筑中交织成趣，再投下一线月光，让巴黎显出朦胧的身影，让无数的大塔楼从浓雾中探出脑袋，或者，再重新展现它那浓黑的侧影，使那些尖顶与成千上万个尖角重新复活，再把这比鲨鱼的牙齿还要参差不齐的黑色剪影凸现在傍晚昏黄的天幕上——然后，你再比较一下。

假若你想得到一个现代巴黎所无法给你的古代巴黎的印象，那么，请在复活节或圣灵降临节那个早晨，趁着旭日东升，爬上某一可俯视全城的高处，去看看那教堂钟声齐鸣的神奇吧。你看吧，天空刚发出信号——那是太阳光造成的，成千上万的教堂便一齐颤动起来。起先是零零星星的钟声，从一个教堂传到另一个教堂，好像演奏开始前乐师彼此打招呼。接着，你会突然看到——耳朵似乎也有了视觉，看到同时从每座钟楼里升起一根根声响的圆柱，一片片和声的云烟。起初，每口钟的振动声笔直上升，纯净无杂音，在灿烂的晨空中似乎是彼此独立的。随后，它们逐渐壮大融合，汇成一曲气势磅礴的交响乐。现在只有一大块响亮的颤音，源源不断地从成千上万的钟楼升腾而起，在城市上空回旋、飘浮、波动、跳跃，并且震耳欲聋，传到了天的尽头，绵绵不绝。但这和声的海洋并非一片嘈杂，它既深沉洪亮，又清澈透明。每一组音符自成体系，从钟楼中蜿蜒而出，跟随着木铃和巨钟，时而低沉，时而尖厉。你可以看见，八度音从一座钟楼跳到另一座钟楼。铜钟声似长了翅膀，轻盈地飞动着，直冲云霄，而木钟声，则如同折了翅断了翼，瘸着脚从木钟上跌落了下来。

圣厄斯达谢教堂的七口大钟，音阶丰富，忽上忽下，变幻无穷，令人惊叹不已。清亮的音符像光一样从四面八方飞来，作了三、四次光辉的转折，像闪电一般地消失了。那边，圣马尔丹教堂嘶哑尖利地歌唱着，另一边，卢浮宫以低沉的男性声音吟唱着，而这边，则是巴士底狱悲惨枯竭的调子。皇宫的排钟朝各个方向不停地发送着辉煌的颤音，圣母院沉重的钟声有节奏地撞击着这颤音，犹如铁锤敲击铁砧，迸发出阵阵火花。不时地，可看见圣日尔曼·代·勃雷的三重钟乐飞扬升腾，然后，这雄壮的乐声渐弱，让位给突然升起的圣母颂。圣母玛丽亚修道院的这曲乐声，骤然暴发，如星光火花，闪闪烁烁。在这一切底下，在合奏的最深处，依稀可辨教堂内部的歌声，从拱顶各个颤动着的毛孔里渗透出来。——确实，这是一曲颇值一听的歌剧。一般说来，白天从巴黎发出的喧哗声，是它在讲话，夜里是它在叹息，而现在，是城市在歌唱。因此，请不妨侧耳细听这钟乐的齐奏：那五十万人的喃喃细语，塞纳河水的永恒呜咽，风声的无尽叹息，以及天际山岭上四座森林那管风琴般遥远而低沉的四重奏。接着，从中心钟乐中，把那些过于嘶哑、尖厉的声响消除干净。然后，请告诉我，世界上还有比这更丰富、更欢乐、更辉煌、更壮丽的乐曲吗？你哪里见到过这样的音乐大熔炉，听到过这支在三百尺高空同时奏响的石笛，看到过这样一座浑然天成的乐队城市，感受到过这样暴风骤雨般的交响乐呢？

第四卷

一、善良的人们

在这个故事发生的十六年前，在复活节后第一个星期日的早上，做过弥撒之后，有人把一个小生命放在圣母院前庭左侧的那张正对着圣·克利斯朵夫的雕花木床上。自从一四一三年以来，安东尼。代·艾沙尔骑士老爷的石像就一直跪在圣像前，虔诚地仰望着他，一直到人们肆无忌惮地把圣像和信徒一起推倒。按照惯例弃婴都应放在这张床上，以求各位公众大发慈悲，谁想要孩子，尽可以抱走。在木床前有一个铜盆，让公众施舍。

公元一四六七年复活节后第一个星期日的早上，一个活生生的小东西被放在了这张床上，好像格外引人注目，激起了周围一群人的好奇心。他们之中大部分是已上了年纪的妇女。

站在第一排，深深弯下腰看着木床的那四个妇女，穿着带风帽的灰色长袍，一看便知是某个修女团体的信徒。我认为，史册应该把这四位神秘可敬的女士的名字流传下来，她们是：阿涅丝·拉埃尔姆、让娜·德·拉特尔姆、昂西埃特·拉·戈蒂叶和戈歇尔·拉·维奥兰特。她们四个人都是寡妇，是爱丁·俄德里小教堂的老修女。今天，她们是得到了会长的允许，遵守比埃尔·达耶教规，前来听布道的。

不过，如果说这四位修女是遵守了比埃尔·达耶的教规的话，那么，可以肯定，她们十分开心地违背了米歇尔·德·伯拉奇的规定和比萨红衣主教的规章了，因为这两者都是严格要求保持沉默的。

“这是什么呀，我的姐妹？”阿涅丝一面问着戈歇尔，一面端详着那个小生命。这小东西被众人的目光吓着了，在床板上哇哇大哭，并不断地扭动着身子。

“这是什么样的世道呀！”让娜说，“要是现在都像这样生孩子的话！”

“对于孩子的事，我不太在行。不过，看到这样一桩事儿，可真是罪过呀。”阿涅丝接着说。

“她哪像个孩子呀，阿涅丝。”

“这是只发育不全，尚未成形的小猴子。”戈歇尔指出。

“这可是个奇迹啊！”昂西埃特补充说。

“那么，这是拉塔尔星期日以来的第三个奇迹了，”阿涅丝说，“我们上次看到的奇迹——那件在俄贝尔·维叶尔圣母院里一个假香客遭惩罚的事，离现在不到一个星期，而那是这个月的第二个奇迹了。”

“这个所谓的弃婴，可真是个真正的丑八怪。”计娜说。

“他的哭声会把唱经人的耳朵给震聋，”戈歇尔又说，“别哭个没完没了，小家伙！”

“真想不到，是兰斯的主教把这个小怪物送给了巴黎的主教！”戈蒂叶双手合十道。

“我想，”阿涅丝说，“这是个畜生，是犹太人与母猪生下的东西，反正不是基督的孩子，应扔进水里淹死，或扔到火里烧死！”

“真希望没有人愿意领养它。”戈蒂叶补充说。

“天哪，沿河小巷尽头紧挨主教府邸的育婴堂的奶妈们太可怜了，”阿涅丝叫道，“他们也许会把这怪物送到那儿去喂养！换了我，宁愿喂一个吸血鬼！”

“可怜的拉埃尔姆，她真是太天真了！”让娜说，“我的姐妹，您没有看出来，这怪物至少四岁了，它不会对你的奶头感兴趣的，而愿意啃烤肉叉子。”

“这个小怪物”——我们也只能这样称呼它，的确不是个初生儿。这是一块瘦骨嶙峋不成形的小肉团，装在一条麻袋里，扭个不停，只有头露在外面，麻袋上是当时巴黎教主居约姆·夏尔蒂耶姓名缩写字母组成的图案。那个脑袋异常丑陋，只看见一大堆的红头发、一只眼睛、一张嘴和几颗牙齿。那眼睛在哭，那嘴巴在嚎，那几颗牙齿好像只想咬人。它整个身子在粗布麻袋中挣扎，使围观者越来越多，来去不断，一个个目瞪口呆。

阿洛伊思·德·贡德洛里耶夫人，一位有钱的贵妇人，高帽子的角上挂着一条长长的纱巾，手里搀着一名漂亮的六岁的小女孩，路过这儿时也不禁停了下来。她在木床前看了看这可怜的小生灵，而她那可爱的女儿佛勒尔·德丽丝，用漂亮的小手指着木床上常年悬挂的牌子，拼读着“弃婴放置处”。

贵妇厌恶地掉转了脑袋：“真的，我还以为这儿只放置孩子呢。”

她顺手往铜盆里扔了一枚弗洛林银币，然后转身就走。那银币砸得盆子里的铜币叮当响，引得艾丁·俄德里小教堂的那四个修女睁圆了眼睛。

过了一会儿，国王的大法官，庄严博学的罗贝尔·米斯特里果尔经过这里。他一手拿着一本巨大的弥撒书，一手挽着他的妻子——居叶梅特·美雷斯夫人。这样，他身边就有了两个调节者，一个是精神的，一个是肉体的。

他细细注视了那可怜的小东西一会，说道：

“弃婴！显然是遗弃在弗来吉多河[1]边上的！”

“他只有一只眼睛！”居叶梅特夫人说，“另外那只眼睛上有个大肉瘤。”

---

① 弗来吉多河：指地狱里的河。

“那可不是瘤子，”罗贝尔·米斯特里果尔阁下说，“那是个卵，里面藏着一个跟他一模一样的魔鬼，而这个魔鬼又有一个卵，卵里藏着又一个魔鬼……”

“您怎么知道的呢？”居叶梅特问道。

“我一眼便能看出。”

“大法官先生，”戈歇尔问道，“您看这个所谓的弃婴预示着什么呢？”

“最大的灾难。”米斯特里果尔答道。

“哦，天哪！”人群中有个老妇人叫道，“去年就发生过瘟疫，现在可真是雪上加霜了！这阵子，听说大批英国军队快要在阿尔弗勒登陆啦！”

“这么说，王后九月份就来不成巴黎了，”另一老妇人说，“可现在生意本来就不好做了。”

“我认为，”让娜·德·拉特尔姆嚷道，“最好把这小怪物扔到火堆上，而不是放在木床上，这样或许对巴黎市民更好些。”

“一堆烧得旺旺的柴火！”

“这样也许更稳当些。”米斯特里果尔说。

这时，有个年轻的神父在一旁默默地听着修女们和大法官的高谈阔论。此人神情严肃，额头宽大，眼光深邃。他默默地拨开人群，看了看这个“小怪物”，向他伸出了胳膊。这正是时候，因为这帮虔诚的信徒已正舔着嘴唇想象着那“烧得旺旺的柴火了”！

“这个孩子我收养了！”神父说。

他用长袍把孩子一裹，抱走了。观众无不目瞪口呆地看着他离去。不一会儿，他便消失在圣母院教堂通往修道院的红门外了。

一阵惊讶过后，让娜·德·拉特尔姆附在拉·戈蒂叶的耳边说：

“我的姐妹，我不是早跟您说过嘛，这个年轻的克洛德·孚罗洛神父可是个巫师呢！”

二、克洛德·孚罗洛神父

确实，克洛德·孚罗洛不是一个等闲之辈。

他出身于中等阶层，按照十五世纪不得体的说法，就是高等市民或小贵族中产家庭。这个家族从巴克雷兄弟那里继承了蒂尔夏浦领地，这地方原属于巴黎主教。十三世纪时，为了领地上的二十一所房屋，引起了不少的法律纠纷。作为这个地方领主的克洛德·孚罗洛，是一百四十一位自称在巴黎及其近郊享有领主权益的贵族之一。他的名字，早已被登记在唐加维尔府邸（属法朗索瓦·勒芮）和杜尔学院之间的郊区圣马尔丹教堂的契据簿中了。

在很小的时候，克洛德·孚罗洛的父母就决定让他一生从事神职。他学会了拉丁文，学会了低头走路和低声说话。从小，他就被父亲送进大学区的朵尔西神学院，在祈祷书、拉丁文和希腊语词典的陪伴下渐渐长大。

好在，克洛德本身就是个忧郁严肃、认真刻苦的学生，热心好学。而且一学就会。他从不在课间休息时大吵大嚷，很少涉足孚瓦尔街饮酒作乐，根本不知道什么叫做“打别人耳光，揪人家耳朵”[①]，也没有在一四六三年那次被编年史家们称作“大学区的第六次骚乱”的学生暴动中露过面。他很少嘲弄蒙塔居学院和多尔芒学院的学生，尽管前者常常身穿一种叫“卡佩特”的短斗篷，并因此而美名远播，后者常常剃个光头，领助学金，身穿青蓝紫三色的粗呢大衣——按照四重冠红衣主教的说法，是蓝色或褐色。

相反，他学习勤勉，常去约翰·德·波维街那些大大小小的学校听课。当圣比埃尔. 德·瓦尔神父——当时第一流的学者，修道院院长——在圣旺德雷热西尔学堂作教会法典的宣讲时，他常看到的第一个学生便是克洛德·孚罗洛。他总是紧贴讲台，背靠柱子，带着墨水瓶，咬着笔杆，膝盖上放着角质写字板，伏在裤子已经磨损的膝盖上写着，冬天，不时地往手指上呵着热气。每星期一早

① 原文为拉丁语。

晨，歇甫·圣德尼学校的大门刚刚打开，神学博士米尔斯·底斯里耶先生便总看到克洛德·孚罗洛第一个气喘吁吁地赶来听他讲课。因此，这位年轻的神父博学多才，十六岁时，在神学方面已比得上一位教堂的神父，在经学方面已比得上一位教会里的神父，在教育学方面已比得上一位索邦神学院的博士了。

神学结业后，他又攻读法典，从《格言大全》到《查理曼法令汇编》。他如饥似渴，孜孜不倦，一本接一本地啃读着教令，如伊斯巴尔的主教代阿朵尔、渥尔姆的主教布夏尔，以及夏尔特尔的主教伊乌文三人的教令，然后是教皇格雷果瓦九世的教令集，俄诺雅三世的书信《论思辨》[①]。从六一八年阿桑尔主教开始到一二二七年格雪果瓦教皇为止的那个时期，是民法与宗教法斗争与发展的漫长而动荡的时代，他居然把这些教令条例都搞得清清楚楚，记得明明白白。

攻完法典，他又致力于医学和自由学科[②]，研究草药学、膏药学。他成了发烧、挫伤、骨折、脓肿方面的专家。雅克·代斯巴尔夸他为内科医生，理夏尔·艾兰夸他是外科医生，他也取得了各门艺术的学士、硕士和博士学位。他还深入拉丁语、希腊语、希伯来语这三座当时很少有人涉足的神圣殿堂。他废寝忘食、如痴如狂地汲取、积累着知识，在十八岁时，已精通了神学、法律、医学和自由学科等四大学科了。在这个年轻人看来，人生的唯一目标就是：求知。

大约就在这个时期，一四六六年的夏天，一场异常炎热的天气招致了一场大瘟疫，在巴黎子爵领地已有四万多人丧命。据约翰·德·特渥依斯所说，其中有“国王的星象师阿尔努尔老爷这样博学多才、机智善良的人”。大学区里到处传说，蒂尔夏浦街瘟疫尤为猖狂，克洛德的父母正是住在这条街上自己的领地里。这位年轻的大学生闻讯大惊失色，急忙跑回家去。他父母已于头天晚上病

---

① 原文为拉丁语。

② 自由学科：指文法、伦理、修辞、算术、几何，天文和音乐。

故，只有他那尚在襁褓中的小弟弟还活着，睡在摇篮中无人照料，大哭大闹着。这个孩子，是克洛德家庭留给他的唯一亲人。年轻人抱起了小弟弟，满腹心事地走出了家门。从前，他的生活中只有科学，现在，他开始接触真正的人生了。

这场灾难，是克洛德一生的转折点。他，一个十九岁的孤儿，一位长子，却成了一家之主，一下子从学校的梦幻中被召回到了现实之中。于是，他满怀怜惜地专心抚养起他那个小弟弟，他对他产生了一种强烈的爱，甚至愿意为他献出一切。这个年轻人，以往只知道喜爱书本，这样甜蜜与奇特的人间亲情对他来说珍贵无比。

于是，他倾其全部热爱专心抚养着他的小弟弟。这种感情发展到了一种奇特的地步，任他那新鲜单纯的灵魂里，如同初恋一般。他从小离开了父母，对双亲印象不深。他把自己封闭在书本之中，简直像隐修一样，贪婪地学习一切，研究一切，一心一意想在科学中提高发展自己，在文学中丰富充实自己，还完全来不及考虑自己的感情的重要性。这个突然从天而降的小弟弟，这个无父无母的可怜的小家伙，使他变成了另外一个人，使他发现，世上除了索帮神学院的理论和荷马的史诗，还是另外一些东西：那就是人间的亲情、爱情，没有了这种温情，没有了爱，生命不过是一个没有上油的干涩齿轮，轧轧响地乱转着。在他那个年纪，幻想一个接着一个，他以为只要有来自家庭和血统的感情就够了，以为只要有一个需他去爱的小弟弟便能充实他的一生了。

于是，他以一个深沉、炽热、专注的人的全部激情爱着他的小弟弟。这个可怜纤弱，长相俊俏，粉红娇嫩的小生命，这个长满一头卷曲金发的小弟弟，深深地打动了他的心。在这儿，除了另一个孤儿的依托之外，这个小生命无处可依。克洛德一向喜好严肃思考，便怀着无限的恻隐之心，考虑起如何把约翰抚养成人。他无微不至地精心呵护着小约翰，仿佛他是什么异常脆弱珍贵的东西似的。对于这个孩子，他不仅是长兄，而且是慈母。

还没断奶，小约翰便没了母亲。于是，克洛德找了个奶妈来喂养他。除了蒂尔夏浦那个领地之外，他还从父亲那里继承了一座属于让第耶的方形堡的磨坊。那磨坊在一座小山上，靠近文歇斯特城堡。磨坊女主人自己正奶着一个漂亮的小家伙，而且那地方离大学区也很近，于是，克洛德便亲自把小约翰送到她那儿去喂养了。

从此以后，他便觉得有了负担，对待生活也更认真严肃了。他常常想起他的小弟弟，这不仅是他的安慰，而且是他学习的目的。他在上帝面前起誓，他终身不娶，不要孩子，决心用全部的热忱来照顾抚养自己的小弟弟，以他的幸福和前程作为自己的幸福和前程。因此，他更加专心致志于他的神职工作。由于他才华出众、博学多艺，又是巴黎主教的家臣，使每座教堂都向他敞开了大门。才二十岁，他便得到罗马教廷的特许，被授予神职，成为巴黎圣母院最年轻的神父，而且还掌管着那个因为弥撒做得很晚而被称为“懒人祭坛”的圣坛所的职务。

从此，他更是埋头于心爱的书本之中，只有走一小时长路到磨坊奶妈那儿去时，才舍得放下他的书。他的学识之渊博，求知之渴切，在当时是非常罕见的，加上他年纪轻轻，很快便在修道院里赢得了尊敬和钦佩。他博学多才的名声，从修道院传到了民众中间，悄悄地走了样，变成了“巫师”，这在当时是常见不鲜的。

复活节后的第一个星期天早上，他去“懒人祭坛”做了弥撒以后正往回走。“懒人祭坛”就在唱诗室右侧通往中殿的小门旁边，靠近圣母像。围着弃婴床的那几个老妇人的高谈阔论引起了他的注意。

于是，他走近了那个可怕可厌，生命受到威胁的不幸的小可怜。小家伙那样凄惨，那么丑陋，惨遭遗弃，使他想起了自己的小弟弟，心里闪出了一个念头：要是他死了，他心爱的小约翰也可能会被扔到弃婴床上，像现在这个小家伙一样可怜。他不由得心头一震，产生了恻隐之心，赶忙把小婴儿抱走了。

当他把孩子从麻袋中抱出来时，才发现果然长得奇丑无比。那模样简直像个小魔鬼：左眼上长了个瘤子，脑袋陷入两肩之间，鸡胸驼背，双腿蜷曲，不过看上去很有生命力。尽管无法听懂这孩子嘴早嘟嘟囔囔说的话，但他的哭声和响亮的叫声却显得相当健壮有力。这孩子的异常丑陋，更激发了克洛德的同情心。他暗暗发誓，为了弟弟一定要把这孩子抚养成人，将来小约翰万一犯了什么罪，就可以用自己为他做的这件善事来将功折过。可以说，这是他用弟弟的名义作的一次慈善投资，他想事先为弟弟攒下一笔善行义举，以防哪一天小淘气缺少这笔通向天堂的唯一有效的买路钱时可供急需。

他给养子行了洗礼，取名为“卡西莫多”[①]，可能是为了纪念他收养这个孩子的日子，也可能是要用这个名字来表明小家伙是多么的可怜，残废而发育不全。确实，这小家伙独眼，驼背，罗圈腿，只能算勉勉强强具备了人形。

三、圣母院的敲钟人[②]

到了一四八二年，卡西莫多早已长大成人了。由于他养父克洛德·孚罗洛的大力推荐，他已成为圣母院的敲钟人好几年了。而克洛德，由于他的恩主路易·德·波蒙阁下的保举，已当上了若札斯副主教。至于波蒙，由于他的保护人奥里维·勒丹的推举，在一四七二年居约姆·夏尔蒂耶死后当上了巴黎主教。而奥里维，由于上天的恩赐，当上了国王路易十一的理发师。

就这样，卡西莫多成了圣母院的敲钟人。

时光流逝，敲钟人和教堂之间渐渐产生了一种难以形容、难分难解的亲密关系。由于他不明的出身和奇丑的相貌，这可怜而不幸的卡西莫多从小就被禁锢在这多重的桎梏之中，与世隔绝。久而久之，他已习惯于对掩护他的教堂外所发生的一切不闻不问。随着他的成长与发育，圣母院对于他来说，是卵、窝、家、祖国和宇宙。

确实，在这个生灵和这座建筑之间，存在着某种神秘的、先定的和谐。在他小的时候，看到他歪歪斜斜，跌跌撞撞地走在教堂昏

① 本义原是复活节后第一个星期天。

② 原著本章题目为位丁文，意为：养着怪兽的人自己更怪。现采用本意最初的标题。

暗的拱顶之下时，他那人面兽身的模样会让人以为他是从阴暗潮湿的石板地上生出来的爬行怪物。罗曼式的柱顶雕饰曾在那石板上投下了多少奇形怪状的阴影！

有一次，当他无意地抓住钟塔上的绳索，吊在上面摇响大钟时，他的养父克洛德觉得好似看见一个孩子开始牙牙学语了。

就这样，他一直按照教堂的模式发育成长，吃在里面，睡在里面，几乎足不出户。每时每刻，他无不受到教堂神秘的影响，以至于他酷爱教堂，几乎把自己嵌入教堂，成了它不可分割的一部分了。他身上向外鼓出的地方——假若我们可以这样来形容——正好嵌入教堂陷下去的部分。他不止是教堂的住客，还是它的天然成分，甚至可以说，他是按照教堂成形的，如同蜗牛按照外壳成形一样。这儿，是他的洞穴、外壳和住所。古老的教堂和他之间有种心电感应，相互吸引，意气相投，外表相像，使得他紧紧黏附于它，就像乌龟黏附在甲壳上一样，那凹凸不平的教堂正是他的甲壳。

不必我们提醒，读者也自然不会从字面上来理解这些比喻的。我们在这里使用了如此多的比喻，无非是为了表达一个人同一座建筑物之间那种奇特、匀称、直接、宛如同体的结合。同时，也无须说明，在那样长的亲密相处过程中，他对教堂的一切是何等的熟悉！这座建筑物正是他最好的栖身之所，没有一个深处他没去过，没有一个高处他没爬过。有好多次，他只抓住塑像的突出部位，便爬上了教堂前墙的最高处。人们经常看见他像一只爬行在陡峭墙壁上的壁虎，在两座钟塔外面攀登。这两座钟塔又高又险，令人生畏，像一对可怕的双生姐妹，但他常常爬在上面，既不头晕目眩，也不害怕，身子连晃都不晃一下。钟楼在他手下如此听从他的摆布，如此地易于攀登，似乎是被他征服了。由于长年累月地跳跃、爬行和深入这座教堂的悬崖峭壁之中，在某种程度上，他似乎成了羚羊或猴子，正如意大利南部海边的孩子，还没学会走路，就学会了游泳。

不仅他的身子如此，他的灵魂，似乎也是按照这座教堂而塑造成形的。这是个什么样的灵魂呢？在这样畸形的躯体之下，在这样狂野的生命之中，谁也说不清楚。卡西莫多生来便是独眼、驼背、瘸腿。克洛德费了好大的劲，用了很大的耐心，才教会他说话。然而，命运偏偏要嘲弄这个可怜的弃儿。十四岁的时候，卡西莫多成了圣母院的敲钟人，钟声震破了他的耳膜，他成了聋子。这样，人身上的残疾他可谓一样不缺了，可是，大自然留给他的唯一一条开向外部世界的大门，也从此关闭了。

这道门一关闭，那仍能渗透到卡西莫多灵魂深处的唯一的欢乐与光明也就此被截断了，他从此坠入了无边的黑暗。可怜的卡西莫多变得极度忧伤，他的郁结心绪同他的残疾身体一样，无可救药了。由于怕人讥笑，从他发现自己变聋那天起，他便决定缄口不语了。所以，某种程度上来说，耳朵一聋，他也就哑了，只有独自一人时才会破例。克洛德·孚罗洛好不容易才把他的舌头打开，他现在又坚决地把它重新扎了起来。久而久之，他的舌头像生了锈的铰链，僵硬笨拙，以至于非开口不可时，已不会说话了。

假若现在我们能试着穿过卡西莫多坚硬的外壳，触及他的灵魂深处，假如我们能探测这个残疾躯体的最深处，假如我们能点亮一把火炬，照亮这个不透明躯体，探寻这不透明生灵黑暗的内心角落，去洞悉它的一些暗角和死巷，出其不意地用强光照亮他那被深锁在巢穴深处的灵魂，我们必定会发现：这不幸的灵魂正缩成一团，发育不全，就像威尼斯铅矿里的囚徒，在太低太矮的匣子般的石头房子里挨到老死。

身体畸形，头脑也必定是残缺的。卡西莫多的心灵几乎同他的身体一样畸形残缺，他简直感觉不到身上有个灵魂在骚动。他对于外界事物的印象，都是经过大幅度的折射后才获得的。他的头脑是个特殊的介质，一切想法进入其间，出来时便面目全非。经过这番曲折的思考后所得到的印象，当然是杂乱无章，混乱散漫的。

于是，他经常产生幻想，出现判断上的失误，思想胡乱游荡，一会儿疯疯癫癫，一会儿愚不可及。

这样一种倒霉的生理构造，必定带来不良的后果。首先是扰乱了他对物体的视角。他对接触的事物几乎没有任何感觉，外部世界对他来说比我们要远得多。

其次，由于他的不幸，他变得异常凶恶。

他的确凶恶无比。因为他的性格很孤僻！而这种孤僻又来源于他的奇丑无比的外表！他的性格的形成，如同我们一样，是有逻辑可循的。

他力大过人，这也是形成他那凶恶脾气的一个原因。俄伯斯也曾说过："坏孩子力大无比！"①

可是，我们应当公正地说，他的凶恶并非是与生俱来的。自从他降临人间，他所感受到、而后又看到的只有别人的嘲弄、厌恶和排斥！对他来说，他听到的一切，都是讥讽和诅咒！长大后，在他的周围，除了仇视还是仇视！他染上了所有人都有的凶恶，他用别人伤害自己的武器去对付别人。

总之，不到万不得已，他不愿把脸转向别人。对他来说，教堂就是他的一切。里里外外的帝王、圣徒和主教的大理石雕像，至少不会冲他哈哈大笑，而是安详、和善地注视着他。其他的那些塑像，虽然丑陋狰狞，它们也不会嘲笑他，因为他自己和他们是同类人，他们宁愿去嘲笑别人。圣徒是他的朋友，并为他祝福；妖魔是他的朋友，做他的庇护者。因此，他常常向他们说说心里话，有时可一连几个钟头，蹲在一座塑像前，孤独地同它谈心。一见有人来，便拔脚就逃，就像唱小夜曲时被人撞破了私情的情人。

对他来说，圣母院教堂不仅是他的社会，还是他的宇宙，他的整个的大自然。那些画着永不凋零的花草的彩绘玻璃，就是他的花园；那撒克逊式柱顶上石刻的树叶和鸟雀，就是他梦中的如织绿荫和婉转鸟鸣；教堂的巨大钟楼，就是他的崇山峻岭；钟楼脚下喧腾如海潮的巴黎，就是他一望无际的大海。

在这座慈母般的建筑之中，他最喜欢的是那些大钟。它们唤醒了他的灵魂，促使他伸展开他那一直可怜巴巴不得舒展的双翅，使他有时也能感到欢欣。他喜爱那些钟，时常抚摸它们，同它们交谈

① 原文为拉丁文。

并理解它们。那些从交叉通道尖塔中的排钟，到正门钟楼里的大钟，他都爱不释手，满怀柔情。十字窗上的那个钟楼和那两座钟塔，犹如三个大鸟笼，其中的大钟好似他喂养的鸟儿，只为他而鸣唱。尽管这些钟使他成了聋子，但母亲往往偏爱那些让她含辛茹苦的孩子。

确实，钟声是他唯一能听到的声音。正因如此，正门钟楼的那口大钟，他最是喜爱。每逢节日，万钟齐鸣，犹如一群爱说爱笑的少女，而在她们当中，他最喜欢的是玛丽。她高悬在南边的塔楼里，只有它的妹妹雅克琳陪伴着她。雅克琳小一点，笼子也小一点，就紧挨着玛丽。而雅克琳，则是那位把她赠送给教堂的约翰·蒙居塔大人以他老婆的名字命名的。尽管捐了这口钟，他还是没能逃脱在隼山上被砍掉脑袋的命运。北边那座钟楼里有六口钟，另外还有六口更小的钟在大堂与耳堂相交处顶上的钟楼里。此外，还有一口木钟，只在复活节前的星期四晚饭后到复活节前夕的早晨这段时间内才敲响。因此，卡西莫多在他的后宫里拥有十五口钟，其中大钟玛丽则是他的最爱。

我们很难想象出，在大钟敲响，万钟齐鸣的日子里，他是多么的快乐！每当副主教放他去敲大钟，对他说声“去吧！”，他就急急忙忙地爬上钟楼的旋梯，比别人下楼的速度还快。他气喘吁吁地跨进四面通风的钟室，痴情地凝神端详着大钟，温柔地同它交谈，用手抚摸它，仿佛它是一匹即将远行的骏马。爱抚过后，他大声命令钟楼下层的钟助手们开始动手。它们都悬挂在缆绳上，绞盘轧轧作响，那口大钟开始慢慢晃动起来。卡西莫多心跳加快，眼睛紧紧地盯着它摇摆。

“哇！”他忽然疯狂地大笑起来，大钟越摆越快，幅度越摆越大，卡西莫多的眼睛也越睁越大，越来越亮。最大角度的摆动终于开始了，整座钟塔都在颤抖，一切都在轰鸣；从根基的木桩到屋顶上的梅花装饰以及木架、铅板、石块，全都咆哮起来。于是，卡西莫多激动得满口白沫直溅，跑过来跑过去地跟着大钟一起摆动。那口大钟发了疯，张开它的青铜巨口，似挣脱铁链的猛兽，向钟塔的左右两廊摇动，喷出暴风雨般的咆哮声，四里之外都能听到。卡西莫多待在这张大嘴面前，随着钟的来回摆动蹲下去又站起来，吞吸着这无坚不摧的气息，时而看看二百尺以下人来人往的广场，时而望望一秒又一秒捶击他耳朵的巨大铜舌。这是他唯一能听见的话，唯一扰乱他绝对寂静的心灵的声音，他像小鸟沐浴在阳光中一样陶醉在这钟声里。突然，他像大钟般地发起疯来，眼光狂热，等巨钟来到他跟前时，像蜘蛛扑向苍蝇一般一下子吊在钟上。他悬空吊在深渊上面，随着大钟剧烈晃动，同钟一起拼命地摇来晃去，双手抓住青铜怪兽的耳朵，双腿紧紧夹住钟身，用脚跟驱动着它，以整个身子的冲击力和全身的重量，使大钟摇得更快。此时，整个钟楼在颤抖。他咬着牙齿，大声吼叫，红发直竖，胸膛中发出拉风箱的声音，两眼喷火，巨钟在他身上喘息般地嘶鸣。此时此刻，大钟与卡西莫多都已不复存在，只有梦幻，只有旋风，只有暴雨，仿佛是骑着音响在腾云驾雾，又仿佛是灵魂在驾驭着飞翔的巨兽。这是个半人半钟的怪物，是附在大铜怪身上的阿斯朵甫。①

这个非凡的怪人，使整个教堂充满了某种特别的生机。似乎从他身上散发出一种神秘的气息——根据老百姓越传越邪乎的说法——使得圣母院所有的石头都有了生命，使古老教堂的五脏六腑都激动起来了。只要有他在教堂，人们就会觉得门道里和走廊上的上万个雕像都活了起来，动了起来。确实，教堂已成了他俯首帖耳的生物，一得到他的命令便发出洪亮的声音。卡西莫多宛如一个幽灵，时时刻刻吸附在它身上，也充溢在整个教堂里，使得整个教堂开始呼吸起来。他无所不在，分布在教堂的每一个地方。有时，人们惊恐地看见一个异样的侏儒在钟楼最高处攀登、蠕动，探身向虚空下滑，又从一个檐角跳到另一个檐角，伸手在墙上魔鬼饰雕里去搜索：那是卡西莫多在掏老鸦窝。有时，又会在主教堂某个阴暗的角落里看到一个皱眉蹙额、缩成一团的怪物：那是卡西莫多在沉

① 阿斯朵甫：英国传说中的王子。有个仙女送他一只号角，发出的声音极为尖厉可怕，别人都难以忍受。

思。有时，会在钟楼下面看到一个大脑袋和畸形的四肢在一条绳索上拼命摇晃：那是卡西莫多在敲晚祈祷钟或三下钟。有时，在夜里，会看到一个可怕的影子在钟楼顶部那排环绕着底下半圆形后堂的、纤巧如镂空花边的栏杆旁边：那又是卡西莫多，圣母院的驼背。于是，附近的女人都说，整座教堂都具有某种神怪的、超自然的可怕东西，这里那里大张着无数双眼睛和嘴巴。人们仿佛能听到，那些伸长脖子、张大嘴巴、日夜守护着教堂的石犬、石蛇、石龙在狂吠乱叫。若逢圣诞之夜，当那口大钟嘶声呼唤虔诚的信徒们去做热烈的午夜弥撒时，教堂阴沉的门墙上弥漫着一种气氛，好像大门把人们一口吞了下去，而玫瑰花窗，则张大眼睛悄悄地盯着他们。这一切都是因为卡西莫多的存在！古埃及人会把他奉作这座庙殿的神祇，中世纪人会认为他是魔鬼，其实，他是灵魂。

因此，那些知道卡西莫多存在过的人们，竟会觉得如今的圣母院实在已是一片荒芜、毫无生机、死气沉沉了。他们觉得有些东西已不复存在了。教堂这座巨大的躯体，如今只剩下骨架，灵魂已飘然远去，只留下它曾经待过的地方，就好像只有两个眼洞而没有眼珠的一具头骨。

四、狗和主人

但是，也有一个人卡西莫多并不憎恨，而是非常敬爱。他对这个人的爱，甚至超过他对教堂的爱，那个人就是克洛德·孚罗洛。事情很简单。他是由克洛德·孚罗洛收养，抚育成人的。小的时候，每当恶狗和顽童在他后面追赶，他总是在克洛德的膝下寻求庇护。克洛德教他学会了说话、读书和写字。后来，克洛德让他当上了圣母院的敲钟人，把大钟嫁给了他，就像是把朱丽叶嫁给了罗密欧。

因此，卡西莫多对克洛德的感情是深厚的、热情的、无边无际的。虽然养父经常脸色阴沉，对他态度严厉，虽然他的话简单生硬，不容置辩，但他的感激之情从未消减过。卡西莫多，是副主教最谦卑的奴仆、最温顺的侍者、最机警的卫士。可怜的敲钟人耳朵失聪后，他和克洛德之间便建立起了一种只有他们才懂的神秘手语。这样，副主教便成了卡西莫多唯一能保持沟通的人。在这个世界上，他只同两样东西有联系：圣母院和克洛德。

副主教对敲钟人的权力之大，敲钟人对副主教的依恋之情，是什么也比不上的。只要克洛德一个手势，或为了使他高兴，卡西莫多可以从圣母院钟楼顶上往下跳。卡西莫多精力异常充沛，却交由另外一人盲目支配，这实在令人惊讶不已！这里面有儿子的孝心，仆人的眷恋，也有一个灵魂对另一个灵魂的迷惑。这是一个可怜的、畸形的、笨拙的残疾人对一个聪明的、高贵的、深刻的有权之人的低眉垂目、摇尾乞怜。最后，超乎这一切的，是知恩图报。这种想法已被推至极点，实难比喻，更难见于人类。因此，我们说，卡西莫多对副主教的爱，超过所有犬、马、大象对其主人的爱。

五、克洛德·孚罗洛（续）

一四八二年，卡西莫多大约有二十岁了，克洛德大约是三十六岁。一个长大了，一个快要衰老了。

克洛德已不再是当年朵尔西神学院的天真单纯的学生，不再是小弟弟的柔弱保护人，也不再是博学多采但不通人生的爱思梦的年轻人了。他成了一位严肃阴沉的神父，一位人类灵魂的掌握者，他成了若扎斯的副主教，巴黎主教手下的第二个头目，蒙莱里和夏多弗尔的首席神父，领导着一百七十四位乡村本堂神父。他面色阴郁，令人生畏，经常交叉着双臂，低垂着头，庄严而若有所思地缓缓走过唱诗室高高的尖拱的下面，只让人看到他光秃秃的大脑门。这让唱诗室里穿白袍和短衫的孩子们和圣·奥古斯丹的教友们，以及圣母院的晨弥撒神职人员不寒而栗。

尽管成了副主教，他并没有忘记他的学问和对小弟弟的抚养，这是他全部生活的主要目的。然而，这两件甜蜜的事情里也渐渐有了苦涩的味道。如同保尔·第阿克尔曾说过的那样：“日子一长，最香的猪油也会发臭。”[①]小约翰由于在磨坊里长大，因此有了“磨坊的约翰”的绰号。他并没有按照哥哥的期望发展。克洛德希望他成为虔诚、听话、博学、光荣的学生，而他呢，偏偏像有些树苗，枉费园丁苦心浇灌，偏不朝向空气和阳光，而朝着懒惰、放荡和无知的方面伸出嫩枝。他活脱是个小魔鬼，放荡不羁，让克洛德大伤脑筋；但是，他又聪明机智、幽默风趣，常常引得克洛德忍俊不禁。克洛德把他送到了当年自己曾待过好多年的朵尔西神学院。当年，由于克洛德的出色表现，这个姓氏被奉为荣耀，而如今，由于小约翰的捣乱，已被认为是种耻辱，这一点让副主教大为痛心。为此，他常常责骂小约翰，小家伙则默默地听着，毕竟这孩子心地善良，就像我们经常能在喜剧中见到的那样。不过，责骂过去之后，他依旧任性随意，放浪不羁，胡作非为。有时，他会故意去欺负一位新人学的“雏鹰”，以示欢迎，这一可贵的欢迎新生的传统一直流传迄今。有时，他会唆使一帮子学生，冲入哪家小酒店，而那些学生则如听军令，按照传统痛打酒店主人，欢天喜地地大吃一顿，连地窖里的大酒桶也一个不剩。于是，朵尔西神学院副学监恭恭敬敬地给堂·克洛德送上一份漂亮的拉丁文报告，上面还有一条令人大伤脑筋的批注：“纵酒，直接引起了一场斗殴。”[②]后来，有人说他行为放纵，是格拉蒂尼街[③]的常客。对于一个十六岁的少年来说，这一切实在太可怕了！

由于这一切伤透了克洛德的心，他只能更加狂热地投入科学的怀抱——至少，这个姐妹不会当面嘲笑你，只要你对她尽心，她总会有所回报，尽管有时这回报是微不足道的。于是，他的学习越来越渊博，随之而来的是，作为一个神父，他越来越严谨，而作为一个人，却越来越悲伤。对于我们每一个人来说，我们的才智、道德和气质之间，有着某种平衡关系，这种关系不断发展，只有在生活中出现重大变故时才会中断。

---

① 原文为拉丁文。
② 原文为拉丁文。
③ 格拉蒂尼街：这条街为妓女街。

克洛德·乎罗洛早在青年时代便已学遍了人类那正面的、外在的、合法的一切知识，因此，除非他认为“一切都到了尽头”[①]，否则，他只能继续往前，为他永不满足的求知欲寻找精神食粮。古时候有种对“自啮尾巴”的蛇的比喻，这用于做学问也非常贴切。克洛德·乎罗洛对此似有切身的体验。有些人断言说，当一个人穷尽了人类合法的知识[②]以后，便会涉猎非法知识[③]的禁区。据说，他已把智慧树的一切苹果尝遍，或者仍未餍足，或者尚饥饿，最后竟去吞食禁果。读者知道，无论是索邦神学院的讨论会，还是圣伊尔圣像学院的自由艺术家会议；无论是圣马尔丹学院的宗教法辩论会，还是圣母院圣泉旁边的医生集会，他都每逢必到。那四位伟大的厨师——即四门学科——所烹调、提供给智慧的一切允许品尝的美味佳肴，他都已一一品尝过，并在尚未觉得饱时就厌倦起来了。于是，他只能往前、往深、往下挖，一直挖掘到这门学科已穷究过的物质极限之下。他甚至把自己的灵魂弃之不顾，深入洞穴，坐在炼金术士和星相家们聚集的神秘桌子旁边。这张桌子，在中世纪时，曾坐过阿威罗伊[④]和巴黎主教居约姆以及尼古拉·弗拉梅尔。这门学问，在东方还一直有所发展，在七支烛台的照耀下，它一直延伸到所罗门[⑤]，毕达哥拉斯[⑥]和查拉图斯拉特[⑦]身边。

无论对错，反正大家是这样认为的。

副主教定是常到圣婴公墓去。那儿有他的父母和一四六六年那场瘟疫中死去的另一些人。不过，他对竖立在父母坟上的庄严的

① 原文为拉丁文。

② 原文为拉西文。

③ 原文为拉西文。

④ 阿威罗伊：伟大的阿拉伯哲学家和医学家，原名为伊本·路西德，西欧把他的名字拉丁化，称他勾“阿威罗伊”。其哲学者作涉及唯物论和泛神论，因而被巴黎大学和罗马教廷判刑。

⑤ 所罗门：古希伯来君主，毕生致力于国政，其智慧长期流传在东方各国。

⑥ 毕达哥拉斯：古希腊普名哲学家和数学家。

⑦ 查拉图斯拉特：古波希的宗教改革者，通译琐罗亚斯德。

十字架的虔诚之心，远及不上他对旁边尼古拉·弗拉梅尔和克洛德·倍尔奈尔墓上那些稀奇古怪的图案的热心。

人们一定常常在伦巴第街上看到他悄悄溜进作家街和马里沃街拐角处的一间小房子里。这所房子是尼古拉·弗拉梅尔建造的，自他一四一七年左右去世之后，便一直无人居住。小屋已有些倾塌，因为单是各国的炼金术士和方士们在墙上刻下他们的大名这一点，就已使墙壁破败不堪了。有几个住在附近的人，甚至说他们曾从一个通风口里看到克洛德副主教在两个地窖里掘土翻地，那地窖的拱壁上，是尼古拉·弗拉梅尔本人随便涂鸦的无数诗句和象形文字。据说，尼古拉·弗拉梅尔把"炼金石"藏在地窖里了。所以，两个世纪以来，从马吉斯特里到巴西菲克神父这些炼金术士们，一直在那儿乱翻乱掘，直到终于有一天房子解体，沦为尘埃。

可以肯定，对于圣母院那个有象征意义的大门廊，克洛德抱着一种特殊的感情。这座大门廊是巴黎主教居约姆写在石头上的一页难懂的文字，他本人定会因此而被罚入地狱，因为这座教堂的其他部分都在高唱圣歌，而大门廊却是如此地邪恶。据说，克洛德还深入探究了圣克利斯朵夫的巨型塑像——这座高高耸立在圣母院前庭入口处，被群众戏称为"灰衣先生"的谜一般的塑像。也许，大家都已发现，克洛德经常在教堂门前的广场栏杆上一坐就是好几个小时，没完没了地观看教堂大门上的雕刻，有时是那些倒擎灯盏的轻佻童女们，有时是那些举着灯盏的聪明童女们。有时候，他在估量左门上那只乌鸦的视角，它正在向教堂里面的某一点凝视着，点金石若不是藏在尼古拉·弗拉梅尔的地窖里，则肯定藏在乌鸦凝视的地方。我们顺便说一句，在那个时候，圣母院受到了克洛德和卡西莫多两个人截然不同的深深的爱恋，真是一种奇迹。一个是半人半兽，离群索居，以他的本能热爱着圣母院那统一和谐的宏伟壮丽；另一个博古通今，想象丰富，以他的炽热情感爱着圣母院的寓意、神话性及所蕴含的意义，爱着它前墙上各种雕刻所表示的象征含义，犹如羊皮稿纸上第二次文字下面隐藏着的第一次文字。总之，他爱圣母院向人类智慧提出的永恒的难题。

最后，可以肯定的是，副主教在教堂里搞了个极小的密室，就在那座可俯看格雷沃广场的钟楼里，紧挨着放钟的木笼。据说，不经他允许，谁也不准进去，哪怕是主教本人。这间小房子，几乎位于钟楼顶端，与乌鸦为邻，是当时的主教雨果·德·贝尚松[①]修建的，他曾在里面施行巫术。小密室里究竟有些什么秘密，这谁也不知道，但是，在夜里，常常能从格雷沃河滩广场上看见：钟楼背后的一个小窗口内红光若隐若现、断断续续，不像灯光，而更像火光，仿佛人的呼吸般一起一伏。在黑暗中，在那么高的地方，人们对此奇怪不已。于是，附近的老太太们便说："那是副主教在拉风箱，火光一闪一闪的准是来自地狱。"

然而，这一切仍不足以证明他确实在搞巫术，不过那里常闪出烟雾，便让人猜测里面有火，因此副主教名声不太好。不过，我们须声明一下，埃及的那些科学，或是魔术、巫术，哪怕真是与人无害的，在提交圣母院主教法庭审判时，再没有比副主教更凶猛的敌人，更无情的告发者了。他这样做，也许是真正地厌恶，也许是贼喊捉贼，但无论如何，教务会议那些博学多才的成员们认定了副主教是个敢拿自己的灵魂去地狱冒险、堕入了歪门邪道、在神秘科学的黑暗中苦苦探索的人。老百姓对这一点也心知肚明。稍有眼力的人，都把卡西莫多当做魔鬼，把克洛德当做巫师。敲钟人显然是来给副主教效劳一段时间的，期限一到，他便会带走副主教的灵魂，作为报酬。所以，尽管副主教清心寡欲，但在那些宗教的虔诚信徒看来，他仍然臭名昭著，即使再无经验的人，也能嗅出他是一个巫师。

如果说，随着年龄的增长，他的学问越来越深不可测，那么，他的灵魂也同样深不可测。至少，当我们只有透过层层的阴云才能看到他的灵魂时，我们是可以这样猜测的。是什么使他过早有了光秃的脑门和宽大的额头？是什么使他经常低垂着头？又是什么使他的胸中充满了叹息？为什么他的嘴角时常浮现痛苦的微笑？为什么

---

① 雨果·德·贝尚松：即比尚西奥雨果二世（1326—1332）——作者原注。

他的双眉总是愁苦地蹙在一起，似两头欲争斗的公牛？为什么他仅剩的一些头发已呈花白？又是为了什么，他眼眶里时而闪露火光，使他的眼睛宛如火炉壁上凿出来的两个窟窿？

凡此种种内心苦苦求索的征候，在这个故事发生的时代，尤为明显、强烈。不止一次，副主教在教堂里独自徘徊，目光咄咄逼人、奇特无比，吓得唱诗班的孩子们落荒而逃。不止一次，在做祈祷时，他旁边的神父发现他在单旋圣歌[①]中加入了一些别人听不懂的东西。不止一次，家住滩地，给神父们洗衣服的妇人们，异常惊讶地发现若扎斯副主教的白法袍上有指甲或手指抠掐的痕迹。

此外，他变得越来越道貌岸然，以身作则了。由于他的身份地位及性格的关系，他一向不近女色，现在似乎更加仇恨女性了。只要一听见女人丝绸衣服的窸窣声，他就拉下帽子挡住眼睛。在这方面，他尤为小心谨慎，以至于在一四八一年十二月，国王的女儿波热夫人来访圣母院时，他郑重其事地反对让她进门，并向主教提出一三三四年圣巴尔代勒迷守夜节[②]黑皮书上的规定：任何妇人，无论老幼贵贱，一律不准入院。[③]主教不得不引用罗马教皇特使俄多的法令：贵族妇女不在此列，不应将其拒之门外。[④]但副主教固执己见，认为教皇的法令颁布于一二〇七年，早于黑皮书约一百二十七年，事实上已被后者所取代了。最后，他拒绝同公主见面。

此外，人们还注意到，有好长一段时间，他异常地讨厌埃及女人和吉卜赛女人。他恳求主教颁发一条命令，禁止吉卜赛女人在圣母院门前的广场上击鼓跳舞。同时，他还查阅宗教法庭那些潮湿发霉的档案，搜集男巫女巫利用公羊、母羊和母猪兴妖作法而被处以火焚或绞死的案例。

---

① 原文为拉丁文：赞美那雷霆万钧之力。

② 守夜节：此节在八月二十四日举行。圣巴尔代勒米是基督十二使徒之一。

③ 原文为拉丁文。

④ 原文为拉丁文。

六、不得民心

上面已经提到过，圣母院附近的居民，不论是贵族、贱民，还是成人、小孩，都不太喜欢副主教和敲钟人。因此，每当克洛德和卡西莫多一起外出，仆随主后，穿过圣母院周围那些寒冷、阴暗、狭窄的街道时，总受到无休止的冷嘲热讽、挖苦攻击，除非克洛德昂首挺胸，高高抬起宽阔而威严的前额，吓得那帮家伙噤若寒蝉。然而这种情况极为少见。

他们在四坊邻居中的处境，倒是颇似雷尼埃[①]描写的两个诗人的处境：……

形形色色的人跟在诗人的后面，就像鸟雀叽喳着追赶猫头鹰。

有时候，是某个小顽童为图一时之乐，冒着生命危险把一支别针插进卡两莫多的驼背。有时候，是某位美丽活泼的姑娘，故意擦拂副主教的黑袍，冲他恶作剧地唱着："抓呀，抓呀，魔鬼被抓住了！"还有些时候，是一群坐在教堂台阶上的脏兮兮的老太婆，当副主教和敲钟人经过时，大声叫嚷着以示欢迎："咦，来了两个人，一个长相丑，一个灵魂丑！"要不然，就是一群学生或一帮正在玩造房子游戏的孩子，一看到他们便一拥而上，用传统的拉丁语向他们大叫："看哪！

看哪！克洛德和跛子！"[②]

然而，这些嘲讽和叫骂，神父和敲钟人往往是注意不到的。卡西莫多耳朵太聋，克洛德心思过重，哪里听得见这些优美的颂词！

---

① 雷尼埃（1573—1613）：法国讽刺诗人。

② 原文为拉丁文。

第五卷

一、圣马尔丹修道院的负责人

堂·克洛德大名鼎鼎。于是，在波热夫人被他拒绝接见后不久。就又有人慕名而来了。这件事在他的记忆中留下了深刻的烙印，使他长时间难以忘怀。

那是一个晚上，他刚从办公室回到圣母院修道院内自己的密室里。那小房间里到处是一片灰尘，除了几只放在角落里的封好的玻璃小药瓶之外，再没有什么神秘奇怪的东西。字迹在墙上随处可见，但那都是些摘录于优秀作品中的虔诚的宗教警句，或是纯粹的科学术语。副主教就着三只嘴的铜烛台的亮光，坐在一张堆满了手稿的大台子前，靠在打开了的俄诺里雅斯·德·俄当所著的《论宿命和自由意志》上。他一边沉思，一边逐页翻阅着一本刚刚拿来的对开的印刷品，这也是他房间里唯一的印刷品。就在他刚刚进入梦幻般的境界时，门被人叩响了。“谁呀？”这位学者就像一只被抢走了肉骨头的饿狗一样喊道。“是您的朋友雅克·夸克纪埃。”一个声音在门外回答。听罢，他走去开门。

来者果然是国王的医生。他大约五十来岁，狡黠的目光使生硬的面孔显得还不算太死板。和他同来的一个人站在他的旁边，两人都穿着紧紧包在身上的用腰带束着的灰鼠皮青色长袍，戴着同样颜色、同样质地的帽子。衣袖遮住他们的手，袍裾盖着脚面，帽子掩着眼睛。

“上帝保佑，先生们！”副主教一边让他们进来，一边说道，“真没想到二位在这么晚还会大驾光临。”他在礼貌地寒暄的同时，却以不安和探询的目光注视着御医和他的同伴。

“这个时辰对于拜访蒂尔夏浦的克洛德·孚罗洛这样杰出的学者应该还不算晚呀！”夸克纪埃医生回答。他每一句话的结尾都拖腔拉调，再加上他特有的外省人的口音，听起来像拖着长后裾的礼服一样庄严。

于是医生与副主教开始了互相对对方的赞扬。这种赞扬按照那个时代的惯例而言仅仅是学者们交谈的开始，这并不能阻止他们之间刻骨的憎恨。其实，如今也是一样。一位学者对另一位学者的赞美之词只不过是一杯掺有胆汁的甜水罢了。克洛德·孚罗洛在赞美雅克·夸克纪埃时，特别提到了在他令人艳羡的御医生涯中，能从国王的每一场病中得到若干物质利益。这是一种比追求点金石要可靠得多的更高明的炼金术。

“夸克纪埃大夫，我非常高兴听到令侄，我尊敬的皮埃尔·维尔塞先生升任主教，他不是在亚米昂做主教吗？”

“是的，副主教先生。全凭上帝的恩赐。”

“您知道吗？圣诞节那天，院长先生您带着审计院的那帮人，看起来有多气派！”

“我只是副院长，堂·克洛德。唉！不过如此罢了。”

“您那幢正在圣安德烈·代·亚克街上建造的豪华住宅进展到什么程度了？简直可与卢浮宫相提并论呀。那棵刻在门上的杏树和用绝妙手法雕成的‘杏——树’两个有趣的字[1]真是让我喜欢极了！”

“唉！我在这个工程上花费了好多钱呀，克洛德先生。等到房

① 法语“杏树”L'abricotier断开即成A L'Abri-Cotier，A L'Abri有隐蔽、掩护之意，双关意是“在杏树掩护之下”，这里克洛德是讽刺夸克纪埃有国王做靠山。正是俗语所说的“大树底下好遮荫”。

子施工完毕时，我也快成一个叫花子了。”

“嗨，监狱和司法宫不都是您收入的来源吗？另外还有克罗居各种铺面的租税。那些房屋、商店、客栈加起来可是头让您挤也挤不完奶的奶牛啊！”

“可我今年在那块领地上并没得到什么利益呀！”

“那特里爱尔，圣雅姆和圣日尔曼·昂·雷耶的税收带给您的利益向来都是丰厚的呀。”

“只不过一百二十里弗罢了，而且还不是巴黎里弗。”

“您还有固定的做国王参事的收入嘛。”

“话是这样说，克洛德先生，可那块波利尼领地不管年景怎样，每年的收入都不到六十个金币，徒有一个名气罢了。”

堂·克洛德在恭维雅克·夸克纪埃时，带着一种凄苦和冷酷的微笑，充满了讥讽和刻薄的语气，就像一个清高却不走运的人，为图一时快乐而取笑一个富有的庸人。可后者却浑然不知。

“我以自己的人格起誓，”克洛德最后握住他的手说道，“您身体健康使我由衷的高兴。”

“谢谢您的关心，克洛德先生。”

“对了，”克洛德似乎想起了什么，突然高声说，“陛下的身体怎么样了？”

医生看了一眼他身边的同伴，回答说：“他的医药费总是交不够数。”

“夸克纪埃老兄，”他身边的人问道，“果真如此吗？”

这个陌生人吐出来的充满诧异和不满的话，把副主教的注意力吸引了过来。其实，克洛德从那个怪人迈进屋门起就一直在留意他。既然那个人有资格陪伴着夸克纪埃医生，那么他就有若干条理由来悉心应付雅克·夸克纪埃——国王路易十一那极为能干的医生。

当夸克纪埃把那个人介绍给他时，半点兴奋也没有出现在他的脸上。——夸克纪埃说：

“堂·克洛德，这位教友对您仰慕已久，很想来拜望您，所以我就给您带来了。”

副主教用他那锐利的眼光注视着夸克纪埃的同伴，问道：“先生是研究科学的吧？”他发现在那陌生的眉下也有一种充满怀疑的、深沉的、并不亚于自己的目光。

这是一个中等身材的六十岁上下的老人，看上去并不健康，身体虚弱——在微弱的灯光下只能判断出这些。他的外表虽然和普通市民没什么两样，但却有些严厉，蕴含着某种威力，十分突出的眉毛下闪烁着仿佛从洞穴深处射出的炯炯的光芒。尽管拉下来的帽檐一直遮到鼻子，但从下面也依然可以感觉到他那非同凡响的宽阔的额头正在运转着。

他亲自来回答副主教的问题。

“尊敬的阁下，”他严肃地说道，“我久仰您的大名，今特来向您请教。我只是一个进入学者家里之前必须先脱去鞋子的外省乡绅。我的姓名应该让您知道。我是杜韩若长老。”

“乡绅怎会叫这样一个古怪的名字？真是奇怪！”副主教思忖着。然而，他那绝顶聪明的大脑已感觉到来人的威严和地位，也猜测到他那隐藏在皮帽下的大脑绝不比自己逊色一丝一毫。克洛德那阴郁的脸上由于雅克·夸克纪埃在场而不得不发出的谄媚的笑容因这庄重的面孔的出现而逐渐消失，就像天边的薄暮渐渐融入黑夜。他默然地重又坐在大椅子上，脸阴沉着，手托着前额，胳膊仍旧放在桌上他惯放的地方。沉思了一会儿，他摆手让客人坐下，开始问杜韩若长老：

“请问先生，您是要提什么方面的问题？”

“我是病人，阁下，病得很重，”杜韩若回答，“我专程前来向您讨教医学方面的问题，因为人们都说您是转世的艾斯居拉普。[①]”

“医学！”副主教摇了摇头。他似乎又想了想，说道：“既然您的名字叫杜韩若长老，那请您转过头去。您会发现我早已把答案

① 艾斯居拉普：古希腊神话中的医药之神，太阳神阿波罗之子。

写在墙上了。”

“医学是梦幻的女儿。——雅北里格[①]”。扭过头去的杜韩若长老抬眼便看到这样几个字。

这会儿，原本就对同伴提出的问题感到有气的夸克纪埃大夫听到堂·克洛德的回答便更加忍耐不住了。他俯身以极低的、不让副主教听到的声音对杜韩若长老说：“我早说过，他是个疯子。可您还非要来看他！”

“可是，雅克大夫，”长老面带苦笑用同样低的声音说，“也许这疯子说得有一定道理。”

“您看着办吧！”夸克纪埃冷冷地甩了一句，然后对副主教说，“堂·克洛德，您倒是不会转弯抹角，您根本不把希波克拉特[②]当做一回事，就像猴子不会被一颗胡桃束缚住一样。医学是梦幻！我想医生们会禁不住向您扔石头的，如果他们在场的话。照此推理，您是不承认血液会受到刺激性药品的影响，肉体会受到油膏的影响了！同样不承认人们称之为世界的、由花卉和金属组成的、为了医治不断生病的人类而存在的永恒药箱了！”

“我否认的只是医生，而不是药物和病人。”堂·克洛德不动声色地说。

“这样说来，风湿是内脏的皮疹是错的了，用烤熟的老鼠热敷可以治疗枪炮伤也是错的了，适当注射年轻人的血液可以使老人恢复青春，这都是荒诞不经的了，角弓反张会带来前弓反张、二加二等于四也是无中生有的了？”夸克纪埃有些控制不住情绪了。

“我对事情有自己的看法。”副主教冷冷地说。

夸克纪埃气得脸都涨红了。

“好啦，好啦，我的好夸克纪埃，”杜韩若长老从中调解道，“副主教阁下是我们的朋友，咱们都消消气吧！”

“归根结底，他就是个疯子！”夸克纪埃小声嘀咕，但已经平

① 雅北里格：公元前四世纪的新柏拉图派哲学家。

② 希波克拉特：古希腊名医。

静了许多。

“您可真让我为难，克洛德先生。”杜韩若长老沉默了一会儿说道，“我是特意为我的健康和命运之星两个问题来向您请教的。”

“阁下，”副主教说，“我对医学和占星术都不感兴趣，您真的没有必要爬楼梯受累，如果您仅仅为此而找我的话。”

“果真如此？”杜韩若惊讶地说。

夸克纪埃勉强地笑了笑。

“现在您看出他是个疯子了吧，”他对杜韩若长老轻声说，“他居然都不相信星相学！”

“如果像你们那样认为的话，每个人头上都有一道像绳子一样的星光牵着了？”克洛德继续说道。

“那什么可以让您相信呢？”杜韩若长老高声喊道。

犹豫了一下，接着，副主教的脸上又露出了一个阴沉的微笑，似乎在对自己刚才的回答作出否定：“我信上帝！”

“我们的主！”杜韩若长老边划十字边补充道。

“阿门！”夸克纪埃自语。

“尊敬的阁下，”杜韩若接着说道，“我为您有如此虔敬而坚定的宗教信仰感到由衷的高兴。可是，作为一个具有渊博学识的人，您难道真的渊博得连科学也不再相信了吗？”

副主教没有光彩的眼睛重又燃起炽热的火光，他紧紧抓住杜韩若长老的胳膊，辩解道，“不是的。我并不是不承认科学。我长时间用指甲抠着泥土在地上爬行，地道的无数坎坷的小路我都经历过了，我绝不会看不见闪烁在距我很远的黑暗的地道尽头的一线亮光，那是光辉灿烂的中心实验室的反光，在那里，坚忍顽强的睿智的人类做出的事情让上帝都感到吃惊。”

杜韩若插言道：“您究竟认为什么是真实和肯定的呢？”

“炼金术。”

“没错，堂·克洛德，”夸克纪埃又叫起来，“炼金术固然有它一定的道理，可您又何必诬蔑医学和占星术呢？”

“你们那关于人和天的科学都是虚无缥缈的！”副主教不容置疑地说。

“这下，艾比达须斯[①]和迦勒底[②]可是一齐被您否定了。”医生冷笑着反驳道。

“雅克阁下，请您听好，我所说的可都是肺腑之言。陛下并没有把代达罗斯花园赐给我用来观察天象，因为我不是御医。——您别生气，听我继续说。——医学太无边无际，姑且把它放到一边。就说您能从占星术中得出什么真理吧，您能告诉我那些直上直下的线有什么特别的地方？齐鲁夫数字与泽费洛德数字又有什么用处？

“莫非您连锁骨的亲和力和由此产生的通灵术都统统否认吗？”夸克纪埃并不死心。

“这您就错了，雅克先生。炼金术的新发现比你们那没有实效的符咒要现实得多。你们难道能否认下面这些结论吗？——在地下埋藏若干年之后的冰会变成水晶。铅是金属之鼻祖（因为黄金是光明而不是金属）——铅只要经历以二百年为一个周期的四个周期的演变，就会从铅的状态依次变为雄黄、锡和银。这难道不是无法否论的事实吗？至于相信什么锁骨、满线[③]和星辰的人，就和相信黄鹂会变成鼹鼠、麦粒会变成鲫鱼的中国人同样可笑！”

夸克纪埃嚷道：“我研究过炼金术，我敢断定……”

可正在兴头上的副主教没有让他说下去。

“医学、占星术和炼金术我都学过。唯一的真理就是它（他边说边把上文描述过的布满灰尘的玻璃小药瓶放在台子上），它同样

① 艾比达须斯：古希腊城市，濒临爱琴海，医药之神艾斯居拉普神庙所在地，病人云集，想以祈祷来治愈所患疾病。

② 迦勒底：巴比伦王国的一部分，位于美索不达米亚，那里很早就开始研究天文学，并以天文学著称。

③ 满线：参照上文所说，每道星光都是系在人头上的一根线。

是唯一的光明。希波克拉特和于拉尼亚[1]都是一个梦，而艾尔美斯[2]却是一种思想。黄金是太阳。谁能炼造黄金，谁就能成为神仙了。这才是举世无双的科学。医学和占星术我都研究过，但我认为，那都是虚无缥缈的。人类的躯体和星辰都是神秘莫测的！”

他兴奋地跌坐在安乐椅里，像是产生了某种灵感，处于振奋的状态中。杜韩若长老悄悄地注视着他。夸克纪埃默默地耸耸肩，一个劲冷笑着，没完没了地低声说：“真是个疯子！”

“那么，”杜韩若长老突然发问道，“您那神奇而美妙的目标达到了吗？您炼成黄金了吗？”

“如果那样的话，”副主教边考虑边缓慢地回答，“那法兰西国王就不是路易十一而是我堂·克洛德了。”

杜韩若长老的眉头紧锁了一下。

“刚才我说了些什么？”堂·克洛德轻松地笑了笑说，“当东方帝国能被我重建的时候，我对法兰西王位还有什么兴趣呢？”

“太棒了！”长老说。

“啊，可怜的疯子！”夸克纪埃低声嘟哝着。

副主教好像只是为了回答自己的问话一样继续讲下去：

“可是，我的脸和膝盖还得在地道里被擦破，我还要继续爬行。我进去了，但领略得并不全面，只是隐约窥见而已。我只能一个字一个字地拼，而不能通读。”

“等到您能通读的时候，”杜韩若问道，“您就可以把黄金炼造出来了吗？”

“毫无疑问！”副主教非常肯定。

---

① 于拉尼亚：九位文艺女神之一，掌管天文地理。

② 艾尔美斯：希腊神话里神的信使。罗马神话里则称之为麦丘利。但希腊人也把埃及的月亮神称作“三倍伟大的艾尔美斯”。他们把一切科学艺术的发明都归功于他，他也是一系列巫术、占星术、炼金术著作的作者。在四世纪时这些著作在宗教界引起了一场大论战，但只有少数篇章流传下来。一四七一年这些篇章译成拉丁文，一八六三年译成法文。雨果在这里把“艾尔美斯”一词当做神秘学说的代名词使用，他同时也把“代达罗斯”和“俄耳浦斯”当做古代神秘学说的代名词使用。

“如果是这样的话，我真想把您的书学会，连圣母都知道钱对我来说是多么重要。请您告诉我，尊敬的阁下，您的科学该不会亵渎圣母或者与她作对吧？”

“我是谁的副主教？”堂·克洛德以高傲的态度、平静的语气回答道。

“阁下，您说得非常好。您能教我吗？让我们一起拼读吧！”

克洛德立刻像教皇一样神圣，带着撒母耳[①]般的威严，说道：

“老人家，我们需要的岁月也许不是您的生命所能达到的，因为我们要穿越种种神秘的事物。现在您的头发就已经花白了！可只有满头青丝的人才可以进入地道，这样的人从地道里走出来的时候，恐怕也得满头白发了。老人的满脸皱纹不被科学所需要，因为我们的双颊会因求知而凹陷，我们的形容会因求知而枯槁，我们的脸庞也会因求知而变得干涩。不过，如果您无法抑制自己求知的欲望，在这样的高龄还要学习，还渴望读懂先人们留下的艰深的作品，那我将尽我所能帮助您，您就来找我好了。我不会让您这样一个年近古稀的老人去探索先哲艾阿朵居斯[②]谈起过的金字塔的墓室，不会让您去攀登巴比伦的砖塔，也不会让您去拜访艾克林加印刷神庙里白色大理石的神殿。我跟您一样，没有见过以色列王陵破碎的大门，没有见过仿照塞克拉的神圣式样修建的迦勒底人的结构，也没有见过早已不复存在的所罗门庙宇。我们手头现有的艾尔美斯的著作的片断便是我们要阅读的全部。我将给您讲播种者的象征——克利斯朵夫的塑像，讲圣小教堂门前那两个天使（一个把手伸到水罐里，另一个的手伸向云端）的象征意义……”

夸克纪埃听到这里，又来了兴致，全然没有刚才被副主教声势夺人的驳斥搞得狼狈不堪的样子，洋洋得意地就像一个学者对另一个学者讲话一样打断了他：“喂，克洛德，好友，象征不是数字。

① 撒母耳：率领以色列人打败非利士人，立为以色列的士师，事迹见《旧约·撒母耳记上》。

② 艾阿朵居斯：古希腊史学家，号称史学之父。

俄耳甫斯[①]被您错当成艾尔美斯了。”

“是您弄错了，”副主教郑重地反驳。“代达罗斯[②]是屋基，俄耳甫斯是墙壁，艾尔美斯才是建筑物本身。这是一个不可分割的整体。情况就是这样。”“您想什么时候来就什么时候来吧，”他转过身对杜韩若说，“我要让您把当年尼科拉·弗拉梅尔遗留在炼金坩埚里的金屑同巴黎居约姆的黄金进行一下比较。我要把‘柏里斯特拉[③]’这个希腊词的神秘含义讲给您听。但首先我要把这张字母表的大理石字母和这本书的花岗岩页面教会您。居约姆主教教堂和圣约翰圆形教堂的正门是我们要最先去看的，接着去参观圣小教堂，然后去拜访马里沃街尼古拉·弗拉梅尔的故居，去圣婴公墓看他的坟墓，去他的两座在蒙莫昂塞街的医院，我要教会您读铸铁厂街圣热尔韦医院四个大铁栅栏门上的象形文字。我们要一起去领略圣果姆教堂、圣热纳维埃夫.代·阿尔当教堂、圣马尔丹教堂、圣雅克·德.拉.布谢里教堂……正面的奥秘。”

头脑聪明、眼光敏锐的杜韩若似乎早已对堂-克洛德的这番演讲不知所云了，便插言道：

“上帝呀！您讲的到底是些什么书呀？”

“这就有一本。”副主教回答。

小屋的窗子被他打开了，他顺手指向窗外的圣母院大教堂。在星际辽阔的夜空中，展现出黑色身影的，圣母院的两座钟楼、石头拱顶尖角和巨大圆顶，与蹲在城市中央的双头巨怪斯芬克斯十分相像。

① 俄耳甫斯：希腊神话里有名的歌手，但这里的俄耳甫斯指的是古希腊的一种哲学思潮，一种称之为俄耳甫斯的神秘教理，创立于公元前六世纪。这是一种泛神论的思想，它关心灵魂的得救和来世的幸福，提倡禁欲主义。到了公元五世纪，这一教理就和毕达哥拉斯的轮回转生说以及雅典附近爱勒齐斯的神秘学说合而为一，变成一种神秘教理。这里雨果借用来作为神秘

② 代达罗斯：希腊神话中的建筑师和雕刻家，迷宫的建造者。这里用来指历史遗存的建筑艺术，研究其中的神秘寓意，可达到法力无边，点金成石。

③ 柏里斯特拉：希腊神话里山林水泽女神，维纳斯的随从，后来变成鸽子。

沉默的副主教凝视了一会儿这宏伟的建筑，接着，伴随一声长叹，他左手指向圣母院，右手指着那本放在桌上的打开了的书，目光忧郁地在书上停留片刻之后便转向教堂，说：

“唉！这一个将要把那一个消灭掉！”

急奔到书跟前的夸克纪埃不由惊叫起来：“这有什么可怕的，我以为是什么呢！不就是安东尼奥·科布尔格尔一四七四年在纽伦堡出版的《圣保罗书信注疏》吗？又不是新版。这是格言大师皮埃尔·伦巴第著写的呀。难道仅仅因为它是印刷品？”

“非常正确！”克洛德回答。他弯曲的食指放在那本由闻名遐迩的纽约堡印刷厂印刷的书上，站在那里，一副若有所思的样子。片刻之后，他又补充了几句艰深难懂、让人无从理解的话：“唉！唉！大的可以被小的打败。一块岩石可以被一颗牙齿咬碎。尼罗河的鳄鱼能被老鼠咬死，鲸鱼能被箭鱼扎穿，建筑物也能被书摧毁！”

“这人是个疯子。”雅克大夫一遍又一遍地低声向他的同伴重复这句话。这次他的同伴也回答道：“我看的确如此。”这时，修道院熄灯的钟声敲响了。

两位客人准备离开，因为在钟声敲响的时刻，修道院里不能有任何外人滞留。在向副主教告辞时，杜韩若长老说：“阁下，我非常尊重您，因为我敬慕那些学问家和绝顶聪明的人。请您明天以求见杜尔的圣马尔丹修道院负责人的名义到小塔宫找我。”

回到自己的房间，惊恐万状的副主教记起了一段圣马尔丹修道院契据集中的文字：“圣马尔丹修道院的负责人，即法国国王，他应届司库之席，按惯例可做议事司铎，并像圣沃南提斯一样，领受小额俸禄。”至此，他终于明白杜韩若长老是什么人了。

据说，路易十一每次到巴黎来都要与副主教倾心交谈的习惯就是从这时养成的。并且奥里维·勒丹和雅克·夸克纪埃开始嫉恨国王对堂·克洛德的信任。而雅克·夸克纪埃则以自己独有的方式来报复国王。

二、“这一个将把那一个消灭”

为了搞清楚副主教所说的“这一个将要把那一个消灭掉”和“这本书将要把那座建筑消灭掉”这两句深奥的话所蕴含的哲理，请大家允许我们做一下停顿。

按照我们的理解，这一意思可以从两个方面来阐释。首先，这是神父思想的一种。这是僧侣们面对新的代理者——印刷术所产生的恐惧。这是站在古登堡[①]伟大的印刷品跟前的圣殿上的人们所产生的眩晕和恐慌。这是印刷语言对讲道和手稿、讲道语言和手稿语言所产生的一种无形的巨大的压力，就好像是一只看到天使莱戎张开六百万只翅膀的燕雀因巨压而感到的麻木。这是预言家发出的惊呼，因为他们已经听到觉醒了的人类在窃窃私语，并发现他们在蠢蠢欲动，已经看出将来教义要被智慧所取代，信仰要被舆论所摧毁，人们要摆脱罗马。这是看到被印刷术所攫取的人类的思想将在神权政治的水槽里被蒸干的哲学家们所作的预言。这是在观察青铜破城缒时感慨“塔快要倒了”的士兵所感到的恐怖。这意味着一种权力将要取代另一种权力。其涵义就是：“教堂将被印刷品所摧毁。”

在此基础上我们认为，还有另一层蕴含在第一层简单的意思下面的更新的意思。它是第一层意思的一个延伸，不易被发现，却易引起争论。它不再是神父、学问家和艺术家的见解，而纯粹是一种哲学观点。它预示着人类将不再用同样的材料，以同样的方式来书写他们的思想，因为人类的思想不仅在改变内容，同时也在改变其表现方式。哪怕是十分坚固持久的用石头书写的著作，也终将被用纸张印刷出来的更加坚固、持久的著作所取代。因此，副主教深奥的话语中还有表示一种艺术将要取代另一种艺术的第二层涵义，坦白说来就是：“印刷术要消灭建筑艺术。”

其实，建筑艺术从原始社会到公元十五世纪（包括十五世纪）一直是人类伟大的书册，是在不同发展阶段的人的力量和智慧的主

① 古登堡（1400？—1468）：德国印刷工人，发明活版印刷术。

要表现。

首先人们感到大脑负荷过重，一些口头传诵和转瞬即逝的知识因无法装入人类记忆的杂乱而饱和的行囊而被遗失在路上的时候，人们就采用最自然、最醒目、也是最持久的方式，把它们写在地面上，每一座纪念碑都是那个时代传统的凝结。

最原始的纪念碑，用摩西的话说，只不过是一些“没有被铁器碰过的”普通岩石。和任何文字一样，建筑艺术是以字母表开始的。一个字母就由一块插到地里的石头所代表，而每个字母都是一个象形文字，就如同柱子顶上装有柱头一样，每个象征文字的上面都有一组思想。同一时代的世界各地的原始人类无不这样做。在亚洲的西伯利亚和美洲的潘帕斯草原均可看到克尔特人[①]的“竖石”。

接下来就用叠石头搭配花岗岩音节、组合言语的方法创造了词。克尔特人的古石冢和直立的巨石围墙是词，伊特鲁立亚[②]的古冢是词，希伯来人的古墓也是词。有些词是专有名词，这类词以古冢为代表。有时在空间宽阔而又有很多石头的地头，就写成了一个句子。卡纳克[③]人用巨石堆在一起而写成的句子就已经很完整了。

最后，就开始写书。就像树叶掩没了树干一样，产生了象征的传统又被象征所覆盖。这些蕴含着人类信仰的，不断增多的，日趋交错、复杂的象征已经无法为早期的纪念碑所容纳，溢得到处都是。对于这些古老的纪念碑而言，即便要表达像它们一样匍匐在地的无所修饰、简单朴素的原始传统都已经很费力了。象征需要在建筑物上成长壮大。于是，随着人类思想的发展，建筑艺术也在不断地完善自己，把这个居无定所的象征主义用一种可以看得见、摸得着的永恒形式固定下来，同时自己也变成了法力无边的巨人。当力量的代表代达罗斯在测量的时候，当智慧的代表俄耳甫斯在歌唱的时候，柱子、拱廊、金字塔作为字母、音节、词的象征，在某个几

① 克尔特人：是公元前十至十三世纪西欧的主要居民。“竖石”是他们用来祭祀的巨石。

② 伊特鲁立亚：古意大利居民。

③ 卡纳克：古埃及南方名城比底斯废墟上的两大村落之一。

何定理和诗律的推动下，合为一体，组成句子，在地面上上升下降、排列组合，一层层冲向天际，直到写出美妙的反映一个时代主题思想的最好的书卷——也是最好的建筑，如印度的艾克林加神庙，埃及的拉姆雪昂金字塔，及所罗门神庙。

动词，作为主要的概念，不仅仅体现在建筑物的内部，而且也体现在它的外形上。例如所罗门神庙就是圣书本身而绝不仅仅是圣书的封面。神父们能在这座神庙里有着同样内容的每一间紧闭的大厅外面相继看到那些出现在眼前的有形的动词。他们就这样注视着这个被表达的动词的种种变化，从一座祭台间看到另一座祭台间，直到最后在神庙的圣幕那里，他们看到了它那属于建筑艺术的最具体的形式，那就是圣约柜[①]。动词就这样蕴含于建筑物中间，而它的形象却像盛有木乃伊的棺材上面画有人的肖像一样停留在建筑物的外表上。

建筑的形式连同他们所选择的地点，无不体现出它们所代表的思想。所要表现的象征性的东西可以是优雅的，也可以是阴郁的，人们根据不同的需要有不同的表现：希腊人为了使山峰看起来更为和谐，就在山顶上修一座庙宇来衬托；印度人为了营造一排排由花岗岩大石像托起的奇形怪状的地下塔群，就开山劈岭地去实现目标。

正因为如此，建筑从印度斯坦最古老的塔群到科隆的大教堂，在世界最初的六千年里，已经成为人类伟大的书面语言。所有宗教的象征连同人类全部的思想在这部巨书和它的纪念碑上都保留了其灿烂夺目的一页——这，是无法否认的。

任何文明都是从神权政治开始而以民主告终。统一要由自由来

① 圣约柜：这里作者把建筑艺术的发展和句子的构成作对比。作者认为原始社会的建筑如同字母，后来有所发展，就好比进到单词阶段，到宏伟的教堂出现时也就等于构成了一句完整的句子。在句子里动词是相当重要的，而在教堂里最神圣的地方是祭台间里的圣约柜，这是安放摩西十诫的地方，所以作者把圣约柜和动词相比。

继承这个法则，也得在建筑艺术表述的范围内。在我们能够固守这一观点的前提下，就没有必要去相信泥水工程的全部意义仅在于修建庙宇，仅在于表现神话和成为司祭的象征，仅在于把作为法则的神秘的十诫书用象形文字写在这些石头的篇页上。如果建筑艺术的意义局限于此而不再表现人类精神的新面貌，那它正面写得满满的篇页，反而将是一片空白，它的作品将遭到大肆删节，它的书也就谈不上完整了，因为人类社会说不定就会碰到这样一天：在白南思想下面，原本神圣的象征失去了影响甚至消失了，人会躲避神父，宗教的面目受到了哲学与制度的肿瘤的侵蚀。不过建筑艺术的作用还没有局限于此。

因为中世纪和我们的距离不算太远，可以使我们看得更清楚一些，所以我们以此为例。神权政治从中世纪初开始统治欧洲，梵蒂冈[①]以自己为中心在围绕朱庇特神殿的旧罗马的废墟上重建一个新罗马，基督教利用从古代文明的废墟中找到的社会的各个层次重建以僧侣制度为基石的新等级社会。神秘的罗曼建筑艺术就是在这一片混乱中，在基督教氛围的笼罩下，在蛮族人的推动下慢慢地从古希腊和古罗马建筑艺术的残垣断壁中涌现出来，从发出汩汩的声音到显现出了具体的形象。这是埃及和印度宗教建筑的姊妹，这是天主教永恒不灭的纯正的标记，这是体现教皇对天下的统治的经久不变的象形文字。事实上，这阴沉的罗曼建筑风格是那个时代的全部思想的体现。神权的威力和统一，宗教的严密和绝对，格雷果瓦七世[②]的存在，在任何地方都可以感觉得到。到处是神父，而不是普通百姓；到处是特权阶层，而不是平民。就在这种情况下，十字军开始了远征。这是场波澜壮阔的群众运动。每一场大规模的群众运动都会传播出自由思想，无论其原因和目的是什么。新生事物就这样诞

① 梵蒂冈：罗马教廷所在地。

② 格雷果瓦七世：罗马教皇(1073—1085)，他让僧侣战胜了目耳曼帝国，迫使德皇亨利四世向他投降。

生了。随之就出现了雅克农民运动、布拉格贵族运动、神圣联盟[①]这三个动荡不安的时代。在这惊涛骇浪中，神权摇摇欲坠，统一分崩离析。人民在封建制度要求和神权平分秋色的斗争中，顺其自然地登上历史舞台，最后像往常一样，得到了狮子的一份，因为我叫狮子[②]。因此，领主制度在僧侣制度中孕育着，而公社制度又在领主制度下一点点地成长。欧洲的建筑风貌随着其整体面貌的变化而发生了变化。和文明一样，建筑艺术也翻开了新的一页，准备在新的时代精神下谱写新的历史篇章。建筑艺术被十字军远征带回到了尖拱式样中，相应地，国家也回到了自由的状态下。于是，罗曼建筑艺术随着罗马帝国的分崩离析而逐渐消亡。离开了大教堂的象形文字把魅力展现给封建制度，成为装饰在领主城堡上的文章。而昔日极其死板的教堂本身，在市民、公社和自由的袭击下，从神父的怀抱中逃脱，落入艺术家的手掌中。教堂在艺术家主观意志的支配下被重新建造。他们需要的是随心所欲，想入非非，而把什么神秘性、神话、什么清规戒律甩得无影无踪。只要有教堂和祭台，神父们就感到满足了。周围的四面墙属于艺术家。建筑艺术这部书属于想象，属于诗歌，属于人民，而不再属于僧侣，不再属于宗教，不再属于罗马。因此，仅仅用了三个世纪的时间，这一新的建筑艺术就在具有六、七百年历史的罗曼建筑艺术长期停滞不前之后，发生了层出不穷的迅速变化，这一变化更给人以极其深刻的印象。这时的艺术迈着巨人的步伐不断前进，充分发挥着才能和独创精神的人民群众从事着从前主教们所从事的工作。如果说宗教建筑艺术的条条框框还能在新的象征下而被发现，那也不过是寥寥可数的凤毛麟角而已，因为每一代人都在抹去各大教堂扉页上的罗曼象形文字，而把自己的一行字留在这部书上。宗教的遗骸在人民的帷幔下是难以再现了。那时的建筑师们的肆无忌惮，为所欲为，是我们难以想象

① 法国这三个运动代表着三个世纪，雅克农民运动发生在一三五八年，布拉格运动发生在一四四〇年，是法国贵族反对王权的斗争，神圣联盟是指十六世纪法国的天主教联盟。

② 原文为拉丁语。“狮子的一份”，即最大最好的一份。

的，甚至连对教堂也毫不例外。男女修士无耻交欢的图案被编织在巴黎司法宫壁灯厅的柱头上；挪亚的奇遇被赤裸裸地刻在布尔日修道院的大门下；一个手握酒杯，公然耻笑修道院众僧侣的长着驴耳朵的醉醺醺的修士被画在波歇韦尔修道院盥洗室的墙上。在那个年代，建筑师们享有和当今新闻所享受的自由一样的用石头刻写思想的特权。这是建筑艺术的自由。

这一自由得到过最大限度的发扬。有时一道门廊、一座建筑的前墙，甚至整座教堂都呈现出一种与宗教崇拜相去甚远的，甚至与教会分庭抗礼的象征意义。巴黎的居约姆早在十三世纪就写下了这种叛逆的篇页，此外十五世纪的尼古拉·弗拉梅尔也写过类似之作。屠宰场圣雅克·德·拉·布谢里教堂完全是一座处于对立面的教堂建筑。

当时思想的自由程度也就局限于此了。因此，也只能在这些以建筑物命名的书籍上把这些思想全部书写下来。假若敢以手稿的形式出现，这些思想肯定难逃被刽子手当众焚毁的噩运，如果这样，表现为书籍的思想就要在表现为教堂建筑的思想的目睹下惨遭蹂躏了。既然思想以建筑形式来表达是唯一的出路，那么在世界各地，人们的思想都争先恐后地涌向建筑。这样，才出现了遍布于欧洲的无数主教堂，其惊人的数量，即便在核实之后也令人难以置信。整个社会的物质力量和精神力量都汇聚在建筑这一点上。就这样，建筑艺术以为上帝建造教堂为理由以惊天动地的气势向前发展了。

于是，凡是极具诗人天赋的人，无一例外地成为建筑师。散落于民间的天才，就像处于青铜盾牌之下的硬壳一样，无处不受到封建制度的压抑，他们除了在建筑艺术中寻找出路、谋求发展以外，别无选择，其《伊利亚特》就只能以主教堂为表现形式。其他的所有艺术都必须处于建筑艺术的支配下，都必须服从于建筑艺术。创造出伟大作品的艺术家们层出不穷。建筑师，同时又是诗人和大师，他们身兼雕塑家、画家、乐师各职：作为雕塑家，就要为这伟大的作品的门面精雕细刻；作为画家，就要为它的窗玻璃增光添彩；作为乐师，就要为他把钟撞响并吹奏管风琴。即使是在手稿中也不得不以苟延残喘的诗歌或“散文”形式的颂歌投入建筑的怀抱，因为它们也不愿别人对自己一无所知。归根结底，这与在希腊的宗教节日中埃斯库罗斯[①]的悲剧所起的作用，与在所罗门神庙上演《创世记》[②]所起的作用没有什么区别。

这样一来，建筑术在印刷术被古登堡发明出来之前，一直是最为普遍和主要的语言。这部在东方开卷的花岗岩大书，由古希腊和罗马续写，在中世纪得以完成。而且，在中世纪时进入我们视野的种姓等级制度被民众建筑所取代的现象，在历史的各个重大时代都以古人类智慧类似的运动方式得以重现。若要把这条法则讲清楚，恐怕要写好几本书，在这里，我们只能举其概要了。在远古历史的诞生地——东方，腓尼基建筑在印度建筑之后出现，并且是阿拉伯建筑的有着强健身体的母亲；在古代，在埃及建筑之后是希腊建筑的崛起，其余的什么那伊特鲁立亚风格和巨石堆砌只不过是埃及建筑的变体，而罗马风格又仅仅是加上迦太基圆屋顶的希腊建筑而已；到了现代，罗曼式建筑又被哥特式建筑所取代。把这三个系列分析一下，就可以发现：神权、种姓等级，统一、教条，神话、上帝是印度建筑、埃及建筑和罗曼建筑这三位长者身上共同具有的象征；而无论腓尼基建筑、希腊建筑和哥特式建筑这三个小字辈的形式如何多变，我们也可以说：自由、人民和人是它们所共有的含义。

我们总是从印度、埃及或罗曼建筑中感觉到，而且只能感觉到神父的存在，无论这个神父是叫婆罗门[③]、麻葛[④]还是教皇。而人民建筑艺术却并非如此，神圣感在它身上显得不那么浓重，富丽堂皇却是它更加鲜明的特征。商人的味道溶入了腓尼基建筑中；共和主义

① 埃斯库罗斯（前525—前456）：希腊悲剧之父。

② 《创世记》：这里的《创世记》不是《圣经》中的文字记载，而是古犹太人口头相传的。

③ 婆罗门：印度古代的僧侣贵族。

④ 麻葛：古波斯琐罗亚斯德教祭司的称号。

的存在可以在希腊建筑中感觉得到；而市民的气息则从哥特建筑中散发出来。

一成不变、停滞不前、因袭传统、墨守成规是神权建筑艺术的普遍特征，它习惯用晦涩的象征性符号把人和自然的千姿百态表现出来。那只有内行才能看懂，对于外行人无疑是难以理解的天书。此外，必须严格遵循这些书中的每一种建筑形式，纵然其丑陋无比，但都有其特定的含义。印度、埃及或罗曼建筑的图案及雕塑都是不可能改动的，因为任何变动都是对它们的一种亵渎。僵化的教条已经犹如第二次石化一样渗入这些建筑的石头中。与之相反，人民建筑艺术则以多姿多彩、变化无穷、富于创造、永不停滞为其普遍特征。已经极大地挣脱了宗教束缚的人民建筑艺术，开始对雕塑的装饰及阿拉伯图案的造型进行不断的改善，并考虑着如何美化自己，把自己打扮得更漂亮。紧跟时代并产生了人性的这种艺术，又把人性与神的象征融合在一起，使其在神的象征下再生。于是就出现了仍然属于象征，但却和大自然一样容易理解的可以被每一个灵魂、每一个头脑、每一种想象力看得懂的建筑物。在神权建筑艺术和人民建筑艺术之间有着可以与神圣语言[①]和通俗语言、象形文字和艺术、所罗门和费狄亚[②]之间的区别相提并论的差异。

如果抛开那上千种证据和不值一提的异议，而把迄今为止的那些简要的叙述来总括一下，人们就会发现一直到十五世纪，建筑艺术都一直是每一种复杂思想的表达形式，一直是人类最主要的记录。人类的一切思想和宗教的一切法则都有自己的建筑物，人类的每一种重要的思想最终都被建筑艺术写在石头上。这是因为一切曾经激励过一代人的思想无论是宗教的还是哲学的，都希望能够世代流传下去，以激励另外几代人。可手稿的耐久性实在让人怀疑，而一座建筑物才是一部经久耐用的书！要毁掉那些写下的语言，只需要一把火或者一个残暴的人，但若没有一次社会革命或一场人间的战争，是休想毁掉那些刻在建筑物上的语言的。古罗马的大剧场曾

① 神圣语言：一般指拉丁语或希伯来语。

② 费狄亚：古希腊最大的雕塑家。

经被野蛮人践踏过，古埃及的金字塔或许会被洪水淹没。

整个情况到了十五世纪就大不一样了。

一种能永久流传的方式被人们发掘了出来。它在比建筑艺术更耐久更坚固的基础上，也更为简单更为便利。建筑艺术从它的宝座上走了下来。古登堡的铅字即将取代俄耳甫斯的石头文字。

书籍将要摧毁建筑。

人类历史上最重大的事件是印刷术的发明，一切革命的源头也是印刷术的发明。人类的表达方式因印刷术的发明而彻底更新，人类的思想也随之以一种新的形式取代了原有的形式，这条从亚当以来就一直作为智慧的象征的蛇彻底蜕去旧皮，换上新皮。一旦思想以印刷品的形式来表达，那它就比任何时候都更难摧毁。它与空气混合在一起，四处飘散，无处不在，无法捕捉，无从毁灭。在建筑术占主导地位的时代，它像一座大山，凭借着强大的威力成为一个时代、一个地区的统治者。如今它像一群自南飞翔的鸟儿，在飞向四面八方的同时占据了空间各点。

我们再强调一遍，在这种情况下，思想就更加难以被摧毁，这又有谁看不见呢？它从原初的凝滞而变成现在的富有生命力。它以不朽取代了持久。一座庞大的建筑物可以被人们夷为平地，而这样的无所不在的东西又如何才能够被彻底消灭呢？即便一场洪水涌来，山脉可以被它汹涌的波涛所吞没，而只要还有一条小舟存在于水面上，鸟雀就可以停落在它的船头，与它一同漂游，一同迎来洪水退去的时候，而且还会继续飞翔。新世界在这片混浊中诞生的时候就将看到：世界被淹没了，但它的思想却以极强的生命力在空中展翅飞翔。

既然这种表达方式最为简单、最为方便、最易被人们所掌握；既然这种方式最便于保存而不必受一大堆包袱的拖累，也不必带上零七碎八的东西；既然我们知道用建筑来表达思想所付出的代价是数吨黄金、如山的石料、成林的木头、无数的工人及多种艺术的调动；既然用书来表达思想只需若干纸张、一些墨水和一支毛笔，那么人类选择印刷术而放弃建筑，又有什么奇怪的呢？如果一条河流的河床是因为在其下面挖了一道沟渠而截断的话，那么原来的河床必然被河流所舍弃。

由此可见，建筑艺术的干涸、衰退、贫乏是从印刷术的发明开始的。潮水的低落、生命的枯萎是我们可以切实感觉到的，时代在弃建筑艺术而去，人类的思想在弃建筑艺术而去。印刷机在十五世纪时还太弱小，它那柔弱的生命仅仅是把仍然强大的建筑艺术那过剩的生命力攫取过来一点儿而已，所以这种冷却在当时还几乎无法觉察得出。然而，到十六世纪，就可以很容易地从建筑艺术身上找到其弱点了。社会思想已经基本上无法在建筑艺术上表达出来，它由高卢的、欧洲的、土生土长的艺术，变成了希腊的、罗马的艺术，变成了古典艺术，就这样古今混淆、真假不分，实际上是对古代的模仿和对现世的欺骗。这种对颓废主义的倾向，却被称为复兴①，但也算得上壮丽的倾覆，虽然这古老奇特的精英，像逐渐沉落的夕阳一样被美因兹②雄壮的脊背所淹没，但在接下来的一段时间内，却仍然把它的余晖投映在那拉丁拱廊和柯林斯柱廊杂合的堆砌上③。

我们就是把这西下的夕阳误认为东升的旭日。

然而，一旦建筑艺术丧失了自己在艺术世界中的主宰和独霸的地位而变得平淡无奇，那它也就失去了让其他艺术受控于自己的力量。于是，其他艺术纷纷把建筑师的束缚挣脱掉，竞相获得了自由，开始了自己的跋涉，它们从此各自为政，各行其是，切实感受到了这次分离带给自己的利益，也得到了发展壮大的机会。从此，雕塑艺术、绘画艺术、音乐就成为了雕刻、彩绘、卡农④发展壮大的结果单位的独立王国。就好像在亚历山大⑤死后，一个帝国便分裂成为以原来的省为单位的独立王国。

---

① 复兴：称文艺复兴。

② 美因兹：德国城市，在莱茵河左岸。

③ 指恢复罗马和希腊风格，雨果认为这种“复兴”只是杂合的堆砌。

④ 卡农：复调音乐写作技法之一，用卡农手法写成的乐曲称“卡农曲”。初期常用作宗教乐曲。

⑤ 亚历山大：这里暗示马其顿王国，在亚历山大大帝病死后，迅即瓦解，在帝国故地，相继产生了若干“希腊化”国家。

于是，就诞生了十六世纪的光彩夺目的精英——拉斐尔、米开朗琪罗、约翰·古戒[①]和巴来斯特里纳[②]。

各种思想在各种艺术获得了自由的同时，也纷纷挣脱了枷锁，获得解放。中世纪的异教分子已经把一缕缕伤痕留在了天主教的身上。宗教的统一在十六世纪被打破了。宗教改革在印刷术被发明之前，只体现为教会的分立，而在印刷术被发明之后，便以一场革命的形式出现在世人面前。异教如果离开印刷机便立刻会变得软弱无力。也许是命中注定，也许是天意使然，不管怎样，古登堡都无可否定地是马丁·路德的奠基人。

那时，建筑艺术随着中世纪太阳的西落，随着哥特式的天才在艺术地平线上永远的消失，也渐渐地失去色彩，褪去光环，慢慢地消逝了。建筑物被自己身上的蛀虫——印刷的书蛀空，吞食了。它变得形容枯槁，逐渐被剥落，慢慢地凋零，它已经丧失了一切价值，贫乏至极，一无所有。它的身上再也体现不出什么，人们甚至不能再因它而回忆起另一个时代的艺术。它被人类的思想所抛弃，也因此被其他的艺术所抛弃，还原到自己的本来面目。它认为正是由于艺术家的缺乏才使建筑物被粗制滥造，才使彩绘玻璃被普通玻璃所代替，使雕刻家被石匠所替代。永别了，一切的特色和活力！永别了，所有富于生命力和充满智慧的东西。从一个抄本蹒跚到另一个抄本的建筑艺术，就像工场里可怜的乞丐一样。米开朗琪罗，这位曾经把万神庙[③]重现于巴特农神殿上的艺术巨人，在认为建筑艺术于十六世纪就注定灭亡的时候，有过一个最后的绝望的挣扎，那就是使罗马的圣比埃尔教堂屹立在世人的面前。这是有独存价值的伟大工程，这是建筑艺术最后的杰作，这是在那本宏伟的合上了的石头记事册下面，由那位伟大的艺术家亲笔留下的签名。米开朗琪罗永远地离开了，而在幽灵与阴影中苟延残喘的建筑艺术又做了些什么呢？它把罗马的圣比埃尔教堂紧紧盯住，极力地模仿，甚至

① 约翰·古戒：法国著名雕塑家。

② 巴来斯特里纳：意大利著名作曲家。

③ 万神庙：古罗马著名庙宇，在那里祭祀基督教所有的神。

对其进行歪曲。这真是种让人感到悲哀的怪异的举动。罗马的圣比埃尔教堂在每个世纪都有呀。慈惠谷修女院是十七世纪的，圣热纳维埃夫大寺院是十八世纪的。罗马的圣比埃尔教堂在每个国家也都有呀。伦敦有，彼得堡有，巴黎甚至有两三座。这是一种正在衰落的伟大艺术留下的微不足道的遗嘱，是它在临终前返回到孩童时代时所说的毫无意义的话。如果我们去深入研究十六世纪到十八世纪建筑艺术的一般情况，如果我们能暂时把刚才所说的那些特殊的有纪念价值的建筑抛到一边去，那么我们一定会观察到同样的低沉，同样的衰落。建筑物的建筑形式从弗朗索瓦二世以后渐渐消失，而几何形式就如同一个瘦骨嶙峋的病人的骨架一样随之产生。几何图形的冷峻的线条代替了那些具有艺术性的美丽的线条。一座建筑物变成了一个多面体的几何图形，而不再是一座建筑。于是建筑艺术又费尽心机地去把那种裸露掩盖起来。掺杂在一处的希腊式二三角楣和罗马式三角楣，就构成了巴特农神殿式的万神庙，构成了罗马的圣比埃尔教堂。这就是由石头砌成四角的亨利四世的砖房，是他的王官广场，是他的太子广场。这就是路易十三的那些厚重、矮小，如同骆驼一样顶着一个又低又矮的圆拱形屋顶的教堂。这就是那个像四国大学[①]的意大利劣等赝品的马扎兰式的建筑艺术。这就是死板、没有血色而且使人发厌的路易十四的宫殿和朝臣们的长排营房。最后是路易十五时代的菊形花纹和细面条般的装饰，以及全部的弊病和废物，使得这一陈旧、残缺却又经过精心布置的建筑艺术完全变了形。由于几何形建筑的发展而使从弗朗索瓦二世到路易十五这一时代的情况变得越发不可收拾。现在的艺术已经是皮包骨头，气若游丝。

而印刷术在此时又变成了什么样子呢？它在建筑术不断衰落的情况下，吸收了从那里流失的生命力，开始不断地壮大，扩张。印刷术之所以在十六世纪便与失势的建筑术起而抗争，并把它置于死

① 四国大学：马扎兰是意大利的红衣主教，曾任路易十三的第一任首相。四国大学是他所创办的。

地，是因为人类把以前投入在建筑物上的精力全都投入到了书本上。印刷术到十七世纪便已经确立了霸主的地位，它那稳如磐石的胜利足以让整个世界都去迎接一个崭新而伟大的文学时代的到来。到十八世纪，它经过在路易十四王朝的长时间的休整，把紧握于手中的路德的旧剑递给了伏尔泰，然后怒吼着冲向已被其把建筑的表现形式消灭掉了的古老欧洲。它到十八世纪接近尾声时已经把一切统统荡平，并将在十九世纪开始新的建设。

我们现在不禁要问，两者中哪一种艺术真正代表了三个世纪以来的人类的思想？哪一种充分地体现了人类的思想？哪一种思想在表现了人类思想在文学和经院哲学领域的嗜好的同时又表达了其广阔、深刻而普遍的运动？哪一种又在一往无前地、不留余地地与人类这个阔步向前的千足怪兽重合？是建筑术还是印刷术？

答案是后者。建筑术已经不可挽回地死去，这个事实是大家务必要正视的。杀死它的凶手正是印刷出来的书籍。不能耐久而且价格高昂是它被杀死的原因之所在。每一座古教堂的建成都意味着亿万巨资的消耗。若要把托体于建筑的书籍重写一遍，若要使千万座建筑互相拥挤的局面重现，若要使纪念性建筑物林立的时代再度回来，需要多少资金的投入？请大家想一想。——据一个目击者说，那时候“世界仿佛在振动自己的身躯，褪去自己仅能遮身蔽体的旧衣服，换上教堂的白色新装”（格拉倍·拉居尔孚斯①）。

印刷一本书的耗资微不足道，而且速度很快，还能够在广阔的时间和空间内流传！即便整个人类的思想都顺着这个斜坡滑下去，也并不让人感到奇怪。然而，这并不意味着今后建筑艺术将不再有一座壮丽的纪念碑和一两件孤零的杰作在这里或那里出现。这是完全有可能的，就像在建筑艺术主宰世界的时候，出现过以全民族的力量用行吟诗积累、融合而成的《伊利亚特》和《罗曼司罗》、

① 格拉倍·拉居尔孚斯：十一世纪上半叶的修士，著有九百年以来的《编年史》。原文中有一段拉丁文引语，与上文内容重复，从略。

《摩诃婆罗多》[1]和《尼伯龙根之歌》[2]一样，在印刷术主宰世界的时候，也会偶尔有一根以全军的力量用缴获的大炮熔铸而成的圆柱出现在世人面前。正如在十三世纪但丁的作为一样，到二十世纪也会有才华横溢的建筑师在那里大显身手。只是所谓的“社会的艺术”“集体的艺术”“占统治地位的艺术”这些桂冠到那时将不再属于建筑艺术。伟大的诗篇、伟大的建筑、伟大的人类创作将不再以建筑物的形式，而是以印刷品的形式出现在我们面前。

从今往后，建筑艺术也许会重振旗鼓，但它已经永远不再有主宰世界的可能。它将受到原本从它而来的文艺规律的支配。两种艺术的位置将转换一下。可以肯定地说，能够同历史丰碑媲美的真正的诗篇在建筑艺术统治的时代是罕见的。在印度，毗耶婆[3]的风格绮丽而奇特，卷帙浩繁，就像浮屠一样让人无以体会。在东方的埃及，诗歌就如同建筑物一样，具有宏伟而安详的线条。在古希腊，诗歌显得美丽而庄严、宁静而肃穆。在基督教的欧洲，诗歌则把天主教的庄重，人民大众的纯真，以及一个更新时代所呈现出的繁荣昌盛的局面表达得无所不至。《圣经》如同金字塔，《伊利亚特》如同巴特依神庙，荷马如同菲迪亚斯。但丁是十三世纪最后的一座罗曼教堂，莎士比亚则是十六世纪最后的一座哥特主教堂。

如果概括一下上文并不算完整的叙述的话，那建筑艺术和印刷术，石质的圣经和纸质的圣经便是人类的两部书，两本备忘录和两份遗作。诚然，那雄伟庄严的花岗岩书会让我们怀念，那些用柱廊、塔门、方柱所表达的宏伟文字会让我们怀念，那从盖奥甫斯[4]金

① 《摩诃婆罗多》：一译《玛哈帕腊达》，印度古代梵文叙事诗，意思是“伟大的婆罗多王的后裔”。

② 《尼伯龙根之歌》：日耳曼史诗，计九千余行，大约从八世纪至十二世纪陆续成为今日的形式。

③ 毗耶婆：印度传说中的圣人、最伟大的诗人、仙子。相传是他编成《吠陀》，所以又称其为“吠陀广博”。

④ 盖奥甫斯：古埃及第四王朝的国王，他建造了最大的金字塔。

字塔到斯特拉斯堡[①]钟楼的踏遍世界、抚平岁月的人造山峦会让我们怀念。这段刻写在大理石篇页上的历史应该重温一下。这部由建筑艺术写就的巨著应该被阅读、被赞美。但是，由印刷术制造的大厦的伟大也是无法否认的。

这座大厦高大无比。忘记了是哪位统计家说过，如果把那一本本自古登堡发明印刷术以来所有印刷出来的书籍堆积起来，足可以填满地球和月球之间的距离。不过，我们要讲的不是这方面的伟大。当我们费尽心思，想找一个贴切的能够涵盖迄今为止所有印刷品的比喻，我们应该会想到一座占据整个世界的巨型建筑物。为营造这座大厦，人类在不懈地努力，可它硕大的脑袋还依然在茫茫雾海中隐藏着。一切想象犹如金色的蜜蜂，带着花蜜，在这座大厦中麇集，因为它是全部智慧的蚁冢，是一切想象力的蜂房。外观大厦，数以千计的楼层高耸入云。大厦内部，一洞洞科学的暗窟纵横交错，通向楼道。修饰在大厦表层的阿拉伯图案、圆花窗和齿叶变化多端，层出不穷，令人眼花缭乱。那里的任何一部作品都各有千秋，各具神韵，即便它看上去很不羁，很孤立，也一切都是那么和谐，那么让人无可挑剔。从莎士比亚大教堂到拜伦[②]清真寺，在这个人类思想的大都会里，挤满了无数个杂乱无章的小尖塔。某些没有记载的人类创作的建筑艺术的古老标题，被重新写在了大厦的根基上。用荷马白色大理石雕成的残浮雕位于大门的左侧，竖起七颗脑袋的用多种语言写成的《圣经》位于大门右侧。再过去，是昂首挺立的《罗曼司罗》七头蛇，另外还有由《吠陀》[③]和《尼伯龙根之歌》混合在一起的奇怪的东西。尽管如此，这座奇妙绝伦的建筑也还是永远没有竣工的一天。为营造这座大厦，印刷机这部庞大的机器，不断地从社会的智慧中吸取汁液，然后不停地把新的材料加工出来。人类也为此劳作在脚手架上。泥瓦匠成了每一个人的称号。最微不足道的人也都在为大厦添砖加瓦，尽自己力所能及的一份责

① 斯特拉斯堡：法国城市，市内有著名的教堂及钟楼。

② 拜伦（1788—1824）：英国诗人。

③ 《吠陀》：印度最古老的宗教文献和文学作品的总称。

任。就连雷蒂夫·德·拉·布列塔尼也把一筐石灰背了过来。每天都会砌高一层砖石。除了每个作家个人独具特色的作品之外，集体的创作也加入其中。《百科全书》是十八世纪的代表，《箴言报》是大革命时期的杰作。当然，这座大厦也是一座无止境盘旋而上的塔形建筑物，这其中有各种语言的混杂，蕴含着整个人类不懈的努力、不倦的耕耘以及通力的合作。这是人类智慧最完美的庇护所，可以用它来对付入侵的蛮人，也可以在其中躲避汹涌而至的洪水。这是人类第二次建造成功的巴比塔。

第六卷

一、对古代司法的公正而客观的评述

在公元一四八二年，贵族罗贝尔·代斯杜特维尔称得上是福星高照，身为骑士的他又身兼倍因领主、芒什省易弗里、圣安德里两地的男爵、御前顾问、侍卫和巴黎知事数职，从他领受这一美差的那年，也就是彗星①从天空划过的一四五六年起，到现在已经有十七年了。这个差事虽然也算是个官职，但却更像一大块被赐给的领地。若阿纳·勒姆纳斯说那是一个“可行使极大之治安权力，并享有多项特权的要职”②。任期是从路易十一国王的私生女与同为私生子的波旁先生缔结婚约的那一年算起，一个贵族如此受到国王的信任，这在一四八二年是件十分显眼的事情。就在身为巴黎总管的雅克·德·维耶被罗贝尔·代斯杜特维尔取代的那一天，约翰·朵威取代艾尔叶·德·多埃特成为最高法院首席法官，约翰·雨维纳·代·干尔森接替皮埃尔·德·莫尔维里耶成为法兰西掌玺大臣，勒尼奥·代·多尔夏把皮埃尔·皮伊挤掉，当上了御前常任诉状审查官。自从巴黎总管这个宝座被罗贝尔·代斯杜特维尔坐上以

① 这颗彗星出现时，波尔雅的叔父，教皇加利斯特下令普遍举行祈祷。一八三五年它再次出现。——原注。

② 此处引文是拉丁文。

后，首席法官、掌玺大臣、常任诉状审查官就一届届地换个不停。但他却牢牢地把持着这个职位，其有力的凭据就是委任状上所写的“准予连任”这四个字。可见他同这个职位结合得是多么好，已经成为它的化身了。路易十一是一个嫉妒心强、吝啬而又谨慎的国王，为了保持自己权力的灵活性，他总是频繁地任命和撤换官员。而他的这种谋算却被罗贝尔·代斯杜特维尔巧妙地躲避过了。除此之外，罗贝尔·代斯杜特维尔还为儿子谋得了自己职位的继承权，两年前，骑士盾手——雅克·代斯杜特维尔便开始扮演京城总管的常任书记长这个角色了。这真是稀罕之至！这真是皇恩浩荡！罗贝尔·代斯杜特维尔曾经公然地把抗议的大旗举向“公共福利同盟”，可见他的确当过一名合格的士兵。他曾经在十四XX年王后光临巴黎的时候，把一只非常出色的蜜饯公鹿献给了她。他同国王宫廷的骑士总监特里斯丹·莱尔米特交情甚笃。因此，罗贝尔阁下的日子是非常好过的。首先他的进款是非常可观的，这些进款就像他的葡萄架上结的那些过盛的葡萄一样还附带着总管的民事案与刑事案的注册收入。此外，沙特雷法庭的民事案和刑事案的收入，曼特桥与果尔倍依桥的无数笔小额税收以及巴黎技术学校的技术费、执照制造费和食盐过秤费等都是他进款的来源。他还会身穿精美战袍，带着骑兵队，在穿半红半褐色袍子的市政官员中间炫耀，从中体会到一种特有的快乐（我们至今仍可以从他那诺曼底的瓦尔蒙修道院前坟墓的雕刻上，以及蒙来里他那有凸纹的高顶盔上看到这种战袍）。他还拥有高不可攀的权力，沙特雷法庭的十二个执达吏和两个助理办案员，十六个部门和十六个委员，门房与瞭望塔，沙特雷法庭的监狱看守以及四个有封邑的执达吏，一百二十个骑兵，一百二十个执杖手，所有的这些都在他的全权管理之下，还有他的夜间巡逻队，骑士分队，前卫队与后卫队也在他的管辖范围内。这难道不算什么吗？初级和高级审判权也由他执掌，不算宪章里规定的“初级审判权”，即巴黎子爵领地及所属七个封邑的最高司法权，他还拥有处理示众、绞刑、拖刑的权力。这难道不算什么吗？他每天在大沙特雷法庭里，在菲利浦·奥古斯特的圆拱下安排和处理事务，还有什么工作比这更舒适的吗？他每天晚上到王宫附近加利利街上他妻子昂布瓦斯·德·洛埃夫人可爱的别墅里去解除疲劳，而在此之前却把某些穷鬼打发到“艾斯果使里街那所小房子”去过夜，难道还有什么事情比这更惬意的吗？至于他妻子的那座小别墅，“据说它有十一英尺长，七呎四寸宽，十一英尺高，是被巴黎历任总管和参议员们用来做监狱的”。

罗贝尔·代斯杜特维尔阁下在行施作为巴黎子爵和总管所应拥有的特殊审判权的同时，还充满热情地亲自参与国王的大审。每一颗被刽子手砍下的稍微有点儿身份的人的脑袋无不经过他的批示。把纳姆先生从圣安东尼的巴士底狱送到菜市场斩首的，是他；把圣·波尔先生带到格雷沃广场弃市的，也是他。当总管先生听到圣·波尔的怒吼时，感到十分的开心，因为他从来就没有喜欢过这位提督先生。

所有这一切，对于使他生活幸福并享有荣耀而言，当然是绰绰有余的，而且终究会使他有那么一天，能够在巴黎总管列传中占据醒目一页的一天。我们能够在这部列传中看到，居约姆·德·昂加斯特把大小萨伏瓦宫买下了，干格·奥布里奥住在颇克皮克大厦里，吴达尔．德·维尔纳夫在屠宰场大街上有一套房子，居约姆·蒂波赠给圣热纳维埃夫教堂的修女们几所他在克洛潘街上的房子，如此等等。

一四八二年一月七日早晨，一觉醒来的罗贝尔·代斯杜特维尔心情坏到了极点，尽管他有诸多的有利条件可让自己生活得平静而愉快。至于心情不好的原因，他自己也说不清楚。是因为他那蒙特里式腰带把自己肥胖的身体束得太紧，以至于像一介武夫？还是因为他预感到自己的官俸将被国王查理八世扣除三百七十里弗十六索尔八德尼埃？或是因为他看见窗下走过四人一排的一大帮不穿内衫，戴着无顶高帽，腰上挂着钱包，别着酒瓶的乞丐对他大声嘲笑？或仅仅因为天色过于灰暗？读者可以随意选择一种答案，而我们则直截了当地说，他仅仅是因为心情不好而心情不好。

况且，这是令所有人都厌倦的一天——节日的第二天，尤其是对于这个必须负责把巴黎街头一切抽象的和具体的因节日而造成的垃圾统统扫净的总管而言，更是如此。而且他还要赶到大沙特雷法庭去审判。可我们早就觉察出，法官们总是让自己的心情在开庭那天糟透，然后以国王、法律和正义的名义，把一肚子怨气发泄到某个倒霉蛋身上。

然而，在他出席之前，庭审就开始了。按照惯例，依旧是由他的民事法庭、刑事法庭和特别法庭的助手们作为代理法官。几十个人挤在沙特雷法庭的一个阴暗角落里，被一道结实的橡木栅栏和墙壁夹着的男女市民，在早晨八点钟就在饶有兴味地观看民事和刑事法庭的审判，真是内容丰富，其乐无穷！这场审判由他的助手，沙特雷法庭助理办案员孚罗韩·巴马尔倍第昂主持，并被他搞得一发不可收拾。

又小又矮的审判室是拱形的，总管的座位是由放在首席的一张刻有百合花的桌子和一把雕花橡木大靠椅组成，现在是空着的。代理审判官孚罗韩坐在左边的一张板凳上，下首坐着正在做记录的书记员。民众坐在对面，许多身着饰有白十字的紫天鹅绒驼短袄的执达员站在门口和桌子前。市民接待室的两名执达员在桌子后面一道紧闭着的矮门前站岗，他们穿的是红蓝相间的万圣节[①]短衫。一月的惨淡日光从镶在厚厚墙壁上的一道尖拱式的窗户射进来，照在两幅让人忍俊不禁的“画面”上，一幅是悬饰在拱穹中央的面目可怖的石头魔鬼像，另一幅则是坐在那张位于厅首的百合花板凳上的法官。

请大家想象一下坐在公案前的沙特雷法庭助理办案员孚罗韩·巴尔倍第昂的那副尊容吧。他被左右两堆卷宗夹在中间，双脚落在棕色粗呢袍的下摆上，缩在白羊羔皮袄里的头被两只胳膊托着，眉毛白得像是从白皮袄上剪下来的一样，看上去粗暴的脸涨得通红，眼睛不停地眨着，下垂的两个脸蛋的肥肉和双下巴连在一起。

但这位助理办案员有一个审判官不应该有的“小小”的缺陷：

① 万圣节：每年的十一月一日，第二天早死人节。

他是个聋子。然而，孚罗韩阁下照样有板有眼地进行终审判决。的确，只要做出专心听的表情对于审判官来说就足够了。这是对一名公正执法官的唯一重要的要求。由于我们这位令人尊敬的法官根本不会因为声音的干扰而分散注意力，所以他对于这个要求可谓是具有得天独厚的条件了。

可这次却有一个铁面无私的人在对面的旁听者中间冷漠地监督着他的一举一动，他不是别人，就是我们昨天提到的那个学生——我的朋友磨坊的约翰·孚罗洛。这个“浪荡公子”，除了无法在教授的讲台前找到他的影子外，随便在巴黎的什么地方都能遇上他。此时，他正在冷笑着对身边的伙伴罗班·普斯潘评论着眼前发生的事情，他低声说道：

“瞧，那不是新市场懒汉院的花魁女约翰娜东·杜·比宋吗！这老东西连她也处罚，简直是岂有此理！他不仅耳朵不好使，恐怕连眼睛也瞎了！人家不就是戴了两串念珠吗，就被他罚了十五索尔还加四个德尼埃，这也太过分了吧！那个又是谁？是铠甲匠罗班·谢甫德维尔！就因为他技艺出众而当上了这个行当的师傅？——算是他付的人行费吧。——嘿！还有两个贵人站在这帮人中间呢，是艾格勒·德·苏安和干丹·德·梅里！这两个候补骑士可是基督之身①啊！他们还掷过骰子来着。唉！什么时候能看见我们校长在这里向国王交纳一百巴黎里弗的罚金呢！巴尔倍第昂真不愧是个聋子，下手如此不讲情面！——我倒真愿意去做个像我哥哥那样的副主教，假如我能通过这种手段戒掉赌博的话。我可是个嗜赌如命的人，我可以赌它个昏天黑地，生死都与它在一起！衬衫输掉了还可以用生命做赌注！——圣母！那么多姑娘！一个挨着一个，漂亮的像小绵羊一样！这些人，我全都认识！有昂布瓦斯·莱居也尔！依莎波·拉·贝奈特！贝拉德·吉霍当！这帮贱人居然系着镀金的腰带，实在是应该挨顿教训！罚款！罚款！罚她们十个索尔！——啊！看法官那又聋又蠢的丑样子！啊，孚罗韩这个笨蛋！啊，巴尔倍第昂这个傻瓜！他跑到桌子前面来了！打官司的

① 原文是拉丁文。指着基督、天主起誓，为不敬的话。

人和案子都被他吃了，他大吃大嚼，被撑得要死。那些罚金，没收来的没人要的东西，税款，诉讼费，置产手续费，薪俸，赔款及其利息，用刑、蹲监所收的费用，对他来说就像圣诞节的甜饼和圣约翰节的杏仁饼一样！真是个猪猡！——喲，又来了一个小贱货！是蒂波·拉·蒂波德，绝对没错，就是她！八成就为她是从格拉蒂尼街来的吧！——这又是哪个家伙？难道是纪埃弗华·马朋！他是个弓弩手，恐怕他是诅咒天主了吧！——拿钱来，拉·纪波德！拿钱来，纪埃弗华！两人都得挨罚！这个聋老头！他准把两件案子搅和错了！他八成得罚婊子诅咒上帝的钱，罚那个弓弩手卖身的钱！不信，咱们赌一赌。——留神，罗班·普斯潘！准又要被他们给押上来了！动用了这么多的兵卒！朱庇特在上！猎犬大规模出动，准是碰上难缠的主儿了。怕是一头野猪！——果真是个难缠的家伙，罗班！真是头野猪呀！——长得可真壮呀！——天啊！原来是我们昨天的王子，我们的丑人王，我们的敲钟人，我们的驼背独眼龙，我们的丑鬼！原来是卡西莫多！”

没错，的确是卡西莫多。

卡西莫多被捆得严严实实，被候补骑士亲自率领的军警包围着，监视着。他除了丑陋的自身外别无其他，而那骑士却穿着前后都绣着图案的衣服，胸前绣的是法兰西纹章，背后绣的是巴黎纹章。人们充满敌视的原因仅从这一点就可以看清楚了。神情沮丧的他平静得一声不吱。只是偶尔对束缚他的绳索投上愤怒的一瞥。

他也不时地用十分暗淡的目光向周围望两眼，妇女们对他指指点点，拿他取笑起来。

这时助理办案员孚罗韩接过由书记官呈递上来的控诉卡西莫多的案宗，煞有介事地翻阅起来。他看过后，仿佛义思考了一会儿。他早已通过审讯前的常规性准备而提前知道了被告的姓名、身份和所犯的罪行，这样他就不会因审讯过程中的疑难之处而过于显露他的耳疾，因为他已经为某些能够提前预料到的问题准备好了解释的方法和答案。对于他而言，案宗就好像是一条为瞎子做向导的狗。但偶尔出现的几个缺乏连贯性的省略符号或难以解释的问题也会使他耳聋的缺陷暴露出来。即便如此，也依旧不会损失到他的名誉，只不过某些人觉得很深奥，而某些人又觉得很笨拙罢了。无论如何，他都不能被人当做聋子，哪怕别人说他笨拙或深奥。基于这个原因，他特别注意在公众面前隐瞒自己耳朵聋的事实，以至于他自己也被瞒住了，而且要比瞒其他人更容易一些。每一个驼背的人都会仰起头来，每个结巴都会大吹大擂，每个聋子也都会低声细语。他只不过觉得自己的耳朵有些听不清楚罢了，就连这也得是他在充分自省的时候，对公共舆论做出的妥协。

他把卡西莫多的案宗仔细琢磨了一会儿之后，往后一仰脑袋，微闭双眼，拿出一副更加威严、更加刚直不阿的样子，到这一步，他已经又聋又瞎了。如果不具备这两个条件中的任何一种，都称不上是完美无缺的法官。他就是以这样一种威严的姿态，开始了审问：

“叫什么名字？”

然而，这时出现了一个未曾“被法律所预见”的奇怪的情况，那就是：一个聋子在审问另一个聋子。

卡西莫多只是默不作声地继续盯着法官，因为他无法料及自己会被问一些什么问题。法官既然是聋子，而且并不知道被告也是个聋子，还以为他已经像那些正常人一样回答了问题，于是仍保持着那种迂腐的姿态，沉着地接着问下去：

“很好，多大年龄了？”

卡西莫多还是无从开口。法官就又凭着自己的判断问下去：

“那么你是做什么的？”

回答他的仍然是沉默。这时听众不禁面面相觑，小声嘀咕起来。

“好了，”法官以为被告已经对第三个问题做出了回答，仍然泰然自若，不为所动地接着说：“你因以下三条罪行被控至本庭，第一，你在深夜扰乱治安；第二，你欲对一名轻薄女子进行骚扰；第三，你心怀鬼胎，想要触犯国王陛下的侍卫弓手。你务必对以上所提的问题一一交代清楚。——书记官，你把被告所说的话都记下了吗？”

这个该死的问题一提出，全场从书记官到听众，发出一阵哄笑。就连两个聋子也有所察觉，因为笑得是如此的剧烈、疯狂，感染力实在太大了。卡西莫多轻蔑地耸了耸驼着的脊背，转过身来，同他一样吃惊的孚罗韩阁下还以为观众是被他的什么不敬的回答逗得大笑，加上卡西莫多的一耸肩，他更加肯定自己的判断，于是，虎着脸大骂：

“放肆的家伙！就凭你这种回答也该判你绞刑！你意识到自己是在跟谁说话了吗？”

这样的斥责丝毫没有减弱全场笑的程度。大家都感到莫名其妙，被这奇怪至极的场景逗得前俯后仰，就连身着制服的，有着痴呆本性的市民厅什长们也忍不住了，他们本来是黑桃[①]的。只有卡西莫多还丝毫不明白周围是怎么回事，依然保持着一本正经的样子。已经出奇愤怒的法官为慑服被告并迫使听众恢复对自己的敬畏，决定继续使用恶狠狠的腔调。

“这样看来，你这个十恶不赦的家伙居然不把沙特雷法庭的助理办案官、巴黎地方治安的代理长官放在眼里了！他奉命惩奸除恶，督导各行各业，禁止垄断，纠察不良行为，维护道路设施，禁止贩卖动物，监测各种木材，清除城市污染，杜绝空气中的传染病，总之，他在没有俸禄也不指望得到任何报酬的情况下日理万机。你难道不知道我是巴黎总管阁下的助手，并兼任专员、调查员、督导员、考查员的孚罗韩·巴尔倍第昂吗？我拥有司法、检查、管理、初审等权力……”

聋子对聋子谈的话是无法打断的。只有上帝才知道他要在何时何地才能结束这滔滔不绝的演讲，如果不是他背后那扇小门突然敞开，巴黎总管先生亲自走进来的话。孚罗韩目睹总管大人走进来，也并没有把话头紧急刹住，只是半侧着身，对总管阁下解释自己刚

① 黑桃：扑克牌的黑桃花色的J，在法语里，从来源上说，原为“仆役”、“随从”之意，后转为“骑士”。在扑克牌上，画的是手执矛戟的武士，形象痴呆。

才对卡西莫多如倾盆大雨般的训斥："阁下，"他说，"在下请求对被告严重蔑视法庭的行为予以严惩。"

呼哧呼哧喘着粗气的他说完这句话又坐在了椅子上，在他面前摊着的羊皮纸都被他额头上滑落下来的豆大的汗珠打湿了。他不断地擦拭着。罗贝尔·代斯杜特维尔以一个手势让卡西莫多引起注意。在这个表意明确的手势启发下，聋子似乎明白了他的意图。

"你这浑蛋，被送到这儿的原因是什么？"总管凛然地向他发问。

可怜的聋子终于不再沉默，用嘶哑的声音回答："卡西莫多。"他还以为总督问他叫什么名字呢！

答话与问话是驴唇不对马嘴，大家"轰"的一声又笑了。气愤不已的罗贝尔先生厉声吼道：

"你居然连我都不放在眼里，可恶的家伙！"

卡西莫多还以为总管问他的职业，便回答道："圣母院敲钟人。"

"敲钟人！"总管阁下声嘶力竭地说。我们在上文已经提到，他一觉醒来时，心情就坏到了用不着这些风马牛不相及的回答来煽风就能点着火的程度了。"我叫人拉你去示众，你这个敲钟人，我要用藤条敲断你的脊梁骨，就像你敲钟一样。听清楚了吗？浑蛋。"

"如果您问我多大了，"卡西莫多以自己的思维方式继续回答，"到圣马丁节那天，我就满二十岁了。"

总管阁下在这样沉重的打击下，实在不得不爆发了。

"啊！你这浑蛋，居然捉弄起总管我来了！执杖手先生们，把这个无赖捆到河滩广场的柱子上，先给我往死里打，然后再让他转一个小时。我以上帝尊贵的头颅发誓，我要跟他把这笔账算到底！我要让四个宣过誓的号手，使巴黎子爵领地的七个城堡都知道这个判决结果。"

书记官马上开始拟判决书的草稿。

这时，磨坊的约翰·孚罗洛在他所处的角落里脱口喊道："上

帝的肚子！判得太绝了！”

总管闻声转过头来，又一次对卡西莫多投去了喷火的目光。“我听见他刚才骂了句‘上帝的肚子’。书记官，你再给他加上十二巴黎德尼埃作为骂人的罚金，用其中的一半为维修圣厄斯达谢教堂出点力。这个教堂是我特别尊敬的。”

只用了几分钟的时间，判决书就写好了。全文简洁明了。那时，蒂波·巴耶议长和国王的律师何吉·巴尔纳还没有对巴黎总管和子爵的实施法进行过修正。这两位法学家在十六世纪初提出的诉讼程序这片大森林在当时也没有对他们的实施法有过任何阻挡。判决书中的一切都写得明确、清楚而便捷。只要人们从那儿一直走向目的地，置于每条路尽头的轮盘、绞刑架和刑台很快就会出现在每个人的面前。由此人们至少可以知道自己面临的将是什么。

总管在书记官递上来的判决书上盖了大印，然后又走到听众席上转了几圈，心里巴不得在一天内就用人把巴黎所有的监狱都装满。约翰·孚罗洛和罗班·普斯潘一起在角落里偷偷地笑，而卡西莫多则漠然地看着周围的一切，眼睛里流露出了一种惊讶的目光。

书记官就在孚罗韩·巴尔倍第昂读罢判决书并准备签名的空隙仿佛被感动了似的，突然对那个莫名其妙地背上一身罪名的可怜鬼发起了同情之心，他指着卡西莫多，俯身对着助理办案官的耳朵说：“此人是个聋子。”希望以此来减轻对卡西莫多的刑罚。

他以为孚罗韩会对自己和同样有残疾的人大发怜悯之心，以达到减轻卡西莫多罪行的目的。可首先，如我们上文所说的，孚罗韩并没有想到自己的缺陷会被别人所猜到；其次，书记官所说的任何一个字都没有进入他的耳朵，因为他聋得实在太厉害了。然而他却“啊！啊”地回答着，好像听明白了似的。“原来是这样，我还不知道呢。既然如此，那就不同了，应该多让他示众一个钟头。”

于是，他签上了自己的名字，——在这样修改过的判决书上。

“太好了！”罗班·普斯潘依旧对卡西莫多抱有怨气，“该教训他！再让他以后欺侮人。”

二、老鼠洞

请读者允许我们把大家重新带回到河滩广场，昨天，我们和甘古瓦为了跟踪艾丝美拉达而离开了这里。

现在是上午十点。前一天的狂欢节为这里的一切都留下了标记。垃圾、缎带、碎布条、羽冠的碎毛、灯笼的蜡烛油、公众夜宴的残屑被弄得遍地都是。为数不少的到处“闲逛”的市民，把焰火的余灰用脚翻来翻去，心荡神移地在柱屋前面回忆起前夜美丽的帷幔，虽然今天只剩下了钉子，但仍然充满回味地端详着。推着酒桶的卖苹果酒和麦酒①的人，在一堆堆的人群中穿行而过。几个为正事而忙碌的人匆匆走过。站在店铺门前的商贩们互相打着招呼，聊着天。昨天的节日、御使、科勃诺尔、丑人王是每个人都在谈论着的内容。大家你争我抢地说着，看谁的话最滑稽，看谁的笑声最响亮。这时，骑在马上的四名什长飞奔而来，站在了耻辱柱的四个面上。许多呆立在广场上闲得发慌的“闲人”都被吸引了过来，巴不得有个行刑让他们过过眼瘾呢！

既然已观赏过了这出在广场各处同时上演的闹剧，那么让我们现在开始转移注意力，如果看看那座位于堤岸西角上罗朗塔楼的半哥特、半罗曼式建筑，就会发现在正面拐角上有一部被放在破屋里遮雨的公用精装祈祷书。可以把手伸过用来防小偷的栅栏进去翻阅。在这部祈祷书旁边有一个狭小的、面向广场的、由两道铁杠交叉拦着的尖拱形的窗洞，空气和日光可以通过这唯一的透气孔，部分进入一间小室。这是一间没门的，凿在塔楼底层厚厚的墙壁上的小室。室内死一样的沉寂，斗室的安静在外面人头攒动、人声鼎沸的全巴黎最为吵闹和拥挤的广场的对比下更加显得深沉和凄凉。

三百年来，这间斗室一直闻名巴黎。当年它是由罗兰塔楼的罗兰德夫人命人在自家墙壁上凿出，然后把自己永远地关进去，用来悼念阵亡于十字军中的父亲。她把这个属于自己的豪华宅第的其余一切都捐赠给了穷人和天主，只把这间堵死了门、气窗冬夏敞开的

① 麦酒：早期的啤酒，但做法与今日不同。

陋室留给了自己。肝肠寸断，一心等死的贵妇在这座提前修筑的坟墓里为父亲的灵魂日夜祈祷了整整二十年，她坐卧在灰堆里，连一块石头做的枕头都没有。穿一个黑色口袋的她靠窗台上的面包和水来维持生计，这都是由那些从这儿经过的好心人留下的。也就是说，她在把自己的财富施舍殆尽之后，就靠别人的施舍过活。她在自己行将就木之前，留下一份遗嘱，说这间屋门永远只赠给那些悲痛的妇女，只要她们常常到这儿虔诚地为自己或为别人祈祷，只要她们心甘情愿地选择这种活埋自己的方式来消除痛苦或忏悔罪过，那么无论是母亲、寡妇还是女儿，都可以成为这间斗室的拥有者。她死后拥有了一个由那时的穷人用泪水和祝福操办的葬礼。但是，使他们感到万分遗憾的，是这个女人未能被列入圣徒的行列，因为她没有靠山。于是那些不同程度地为邪说所迷惑的穷人们希望，在罗马办不到的事情会在天堂里顺利地办成；教里既然不允许这样，那他们索性向天主祈求对死者的恩典。而大多数人只是把罗兰德夫人遗留的不值钱的东西当做圣品，并对她保持一种圣洁的怀念。巴黎城则为这位望族贵媛在她隐居的陋室旁边安置了一部公共祈祷书，以供那些偶尔驻足祈祷的路人使用，好让他们在祈祷的时候想到布施，从而不至于使罗兰德夫人的洞穴中的继承人——那些可怜的坐关女人被饿死或被人遗忘。

这类坟墓在中世纪的城市中并不罕见。你经常会在繁华的市场、在马路中央、在马蹄和车轮的底下碰到一口井、一个地窖或是一个只有铁栅栏和气窗而没有门的小屋，一个甘愿沉浸于无尽的哀叹和赎罪中的日夜在里面祈祷的人会映入你的眼帘。这幅怪异的画面，这个介乎房屋和坟墓、城市与墓地之间的可怕的小屋，这个把最后一滴油熬尽于黑暗之中的灯盏，这个与世隔绝，和死人一样的躯体，这一声声在石头匣中永无休止的祈祷，这张永远朝向另一个世界的面孔，这对紧紧贴在墓壁上的耳朵，这双已被另一个太阳照亮的眼睛，这个颤动在墓穴中的细若游丝的生命，这个幽囚在牢房中的肉体，这个禁锢在肉体中的灵魂，这一声声由备受肉体和花岗岩束缚和煎熬的灵魂发出的声音，这种气息，所有的这一切都会使我们心潮跌宕，久久无法平静。而那个时候的人却并非如此，他们对一个宗教行为不会去做面面俱到的分析，只会表示一下怜悯和悲哀，因为他们的思想并不复杂，也懒得去推理。他们不大愿意表示同情，也从不对内心的痛苦加以分析，他们只是笼统地对待事物，以牺牲为荣耀，甚至会把牺牲像神圣一样供奉。经常会有人从洞口看一看里面赎罪的人是否还有生命，并送给他点儿吃的，但却从不问他从什么时候开始过这种死人般的生活，当然也不会问他叫什么名字。如果有外地人问起是谁在这个地窖里等待死亡，人们就按照这个人的性别回答："这是隐修士"或"这是隐修女"。

那时的人没有空谈，没有夸张，也没有放大镜，就这样全凭肉眼来观看生活。在当时，还没有发明那种用来观察物质和精神的显微镜。

人们对城市中心的这种隐修所并不感到有什么奇怪，就像我们在上文说过的，它们到处都是。在巴黎，几乎每一所向上帝祈祷和忏悔的小屋子都有人居住。仿佛这些空着的小屋会显出信徒们的冷淡似的，所以圣职团们绝对不会坐视不管。如果没有忏悔人在里面居住，麻风病人也会被他们安排进去。除了格雷沃广场上的这所小屋之外，隼山和圣婴公墓的墓窖里还各有一所，另外还有一所不知居于何地，没准会在克吕雄府邸里吧！——我这样以为。别的地方还有许多，虽然那些建筑早已不复存在，但人们可以通过传说而寻觅到他们的遗迹。这种隐修所在大学区里也可以找得到，有一个中世纪的约伯之流的人物，每天都在圣热纳维埃夫山上的一个水井深处把七篇忏悔的赞美诗唱了一遍又一遍，就这样不间断地唱了三十年，每到晚上便唱得更加嘹亮。至今，走进"能言井街"的考古学家们，还依旧能感觉到他的歌声呢！

我们应该声明，在罗兰塔的这间小屋里，从来没有断过苦修人。它很少出现有一年或两年时间无人居住的现象，自从罗兰德夫人死后，很多来这里哭诉父母、爱人，或者自己的罪过的妇女都是一直哭到死去。那些连与他们毫无关系的事情也要参与、凡事都要插一手的巴黎人，居然敢说很少在她们中间看到寡妇！

一句拉丁文铭志按照当时的习俗被刻在墙上，用来向从那儿路过的有知识的人阐释这间小室的用途。这种用镌刻在门楣上的一句简短的话来解释建筑物的用途的习俗，一直延续到十六世纪中叶。例如，在今天的法国，“沉默与希望”[1]这几个字也可以在杜尔维叶领主宅第监牢的小门顶上看到。在爱尔兰，“强大的盾牌，领主的救星”[2]被刻在孚尔特居城堡大门上面的纹章下面。在英格兰，“宾至如归”[3]被热情好客的戈倍伯爵写在府邸的主要人口处。因为，在那个时代，每一座建筑物本身都是一种思想的表达。

因为罗兰塔楼那面墙上凿出的小室没有门，所以人们就把两个粗大的罗曼字“你祈祷[4]”刻在了窗口下面。

从不转弯抹角，全凭良知来判断事物，宁愿把路易大帝[5]翻译成圣德尼门的老百姓，便把“老鼠洞”作为这个阴暗、潮湿的地洞的名字。这个名称也许没有罗曼原文那么庄重高雅，但却更加形象。

三、关于玉米饼

这段故事发生的时候，是有人居住在罗兰塔的小屋里的。只要听听这三位好朋友的谈话，您就知道屋子里住的是什么人了。她们正好是在我们请您对“老鼠洞”引起注意的时候，从沙特雷门沿着河岸向格雷沃广场走去。

这三位妇女中，有两位的衣着显示出她们是有身份的巴黎妇女。她们那方头黑底的黄皮鞋，她们那绣着彩色花纹，并把腿肚和脚踝紧紧裹着的白丝袜，她们那麻毛混纺的红蓝条花相间的裙子，

---

① 原文为拉丁语。

② 原文为拉丁语。

③ 原文为拉丁语。

④ 此处的罗曼门是大写的TU，ORA. 它和法文的老鼠洞Trou aux Rats一词读音相近。

⑤ 路易大帝：即法国路易十四。

她们那带有精美饰物的白围巾，最突出的是她们那类似于如今的乡下妇女和俄国近卫军投弹兵戴的那种把丝带和花边装饰在帽角上的帽子，这一切都表明她们是介于奴役们口中称呼的“太太”和“夫人”中间的女人，她们属于富裕的商妇阶层。她们的脖子上没有戴金十字架，手指上也没有戴戒指，但一眼就可以看出她们单单是因为怕被罚款而并不是因为贫穷。和她们的打扮差不多的同伴，却有某种一看便知的具有外地人气派的装束和姿态。可以从她那束在腰部的腰带推断出她来巴黎的时间并不长，何况她的围巾打着褶，她那系着缎带结子的鞋，还有那横的而不是直的裙子条纹，诸如此类的荒谬之处，实在和高雅趣味有所出入。

为首的两个巴黎妇女以一种特别的步伐向前走着，正是这种步伐可以让外省妇女领略到巴黎人特有的傲慢与气派。那个外省妇女手里搀着一个手握一大块饼的胖乎乎的男孩。

对不起，我们有必要说明一下，他之所以用手巾把嘴捂着，是因为他感到天气实在是很冷。

孩子不停地跌倒，就这样“迈着摇晃不稳的步子”（维吉尔语）落在后头，他母亲急得大喊大叫。其实他压根儿就没看脚下的石板路。一双眼睛只顾盯着手中的烙饼。他只是用温柔的目光看着它，而并不敢咬，显然是有什么重要的原因阻止他这样做。那位母亲可实在有点残忍，她何不亲手拿着那块饼，而非要把这胖乎乎的小男孩弄成一个坦塔罗斯[①]不可呢？

三位太太（只有对贵族妇女才能称“夫人”）走着走着，便抢着说起话来。三人中年纪最小，也是最胖的那一位，对外省妇女说：

“马耶特太太，咱们得快点走。我真怕错过了时间。沙特雷那边有人说，他马上就要被押到耻辱柱了。”

“什么呀！您说的不对，乌达德·米斯尼哀太太！”话头被另

① 坦塔罗斯：是古代里底亚国王，因为得罪众神，被罚永远忍饥受饿，想喝水时水就从嘴边流掉喝不着，想采果子时树枝就高举起来采不到。

一个巴黎妇女接了过去，“我们的时间很充裕，因为他要被绑在耻辱柱上待两个小时呢。您见过耻辱柱吗，亲爱的马耶特？”

“我在兰斯见过。”外省妇女说。

“唉，这算什么呀！你们兰斯的耻辱柱只不过是一个破笼子，也就被乡下人转来转去[①]。没劲透了！”

马耶特不服气地反驳道：“只转乡下人？我们可没少在兰斯的呢绒市场上见到体面的凶犯，亲妈都被他们杀了呢！乡下人？吉尔维斯，您可太瞧不起人了！”

为了维护家乡的耻辱柱的尊严，外省妇女差点要发脾气了。多亏为人严谨的乌达德·米斯尼哀太太及时把话题岔开：

“对了，马耶特太太，弗朗德勒使团给您留下的印象怎么样？这样漂亮的使臣，您也在兰斯见过吗？”

“我承认，”马耶特回答，“这样杰出的弗朗德勒人，只有在巴黎才可以见得到。”

“这么说，您还看见使团中那个高个子的袜子商了？”乌达德问。

“看到了，”马耶特说，“他的神气活像下凡的农神。”

“那么那个长着一张像露在外面的光肚子一样的脸的胖子，还有那个吊着一对小细眼，四分五裂的红眼皮上栽满像蓟草的刺球一样的硬毛的小个子，您也都看见了？”吉尔维斯再次问道。

“最神气的就是他们的马了，”乌达德说，“全身上下都披挂着他们那里最时髦的服饰。”

她的话立刻被外省女子马耶特打断了。该是她显示自己知识广博的时候了。“嗨！亲爱的，假如六十一年在兰斯举行的加冕仪式被您参观了的话，您就不会这么说了。那是十八年前的事了，王公大臣和御林军们骑的都是一色儿的宝马！他们的马衣和马披真是令人眼花缭乱，有镶黑貂皮的大马士革呢和织金细呢的，有镶紫貂皮的丝绒的，还有挂着金铃银铃、镶金嵌银的！天啊，那得花多少钱啊！还有那些坐在马上的侍童，也是一个赛一个地漂亮呀！”

---

① 一种刑罚，详见下文。

“即便如此，”乌达德冷冷地说道，“弗郎德勒御使的马也还是一流的！而且昨天商会会长请他们到总管府吃的晚饭，准备了糖杏、甜酒、香料以及那么多美味！”

“我的好邻居，您说了些什么呀？”吉尔维斯冲她叫道，“他们的晚饭是在红衣主教府的小波旁宫吃的呀！”

“不对，是在总管府！”

“的确是在小波旁宫！”

“就是在总管府，”乌达德尖刻地反驳她，“可不，还是斯古阿伯尔博士用拉丁语向他们发表的致词呢，他们听后都特别满意。这是我那宣过誓的书商丈夫亲口对我说的。”

“可确实是在小波旁宫，”吉尔维斯以不亚于她的尖刻说道，“可不，红衣主教大人的牧师还送给他们好多东西呢！有十二夸尔白色、紫红色和鲜红色的甜酒；二十四盒双层的蛋黄铺面的里昂杏仁蛋白糕；每支两斤重的大蜡烛送了二十四支；还有六桶最好的白色和紫红色的波纳葡萄酒。这些都是有力的证据。是我那做市民厅五厅长的丈夫对我说的。就在今天早上，他还品头论足地把弗朗德勒御使同约翰教士和特莱比绒德皇帝的御使比较来着，这些人的耳朵上还戴着耳环，是先王在世时从美索不达米亚来的。”

根本听不进去这些的乌达德继续反驳她：“他们确确实实是在总管府吃的晚饭，摆设了那么多的糖杏和肉是人们前所未见的。”

“我跟您说，他们是由城防什长勒·塞克护卫着，在小波旁宫用餐的。这一点，恰恰是您弄错了。”

“我跟您说，是在总管府。”

“是在小波旁宫，亲爱的！而且，还用幻灯片把‘希望’两个字照在了大门上。”

“就是在总管府！在总管府！于松·勒瓦尔还为他们吹奏了笛子呢！”

“告诉您，不是这样！”

“告诉您，就是这样！”

“告诉您，真的不是这样！”

好心的胖女人乌达德还要反驳，如果继续争论下去，口角之争恐怕就要升级了，这时马耶特突然冒了一句："你们看挤在桥那头的那帮人中间有个什么？那么多人在那儿看呢！"

"果真是这样呢，"吉尔维斯把话接了过去，"一定是小艾丝美拉达和她的小羊在演戏，我都听见小鼓的声音了。马耶特，快点儿呀！快拉着你的儿子使劲跑吧！昨天你见到了弗朗德勒御使，今天吉卜赛姑娘也该被你看到了，你来巴黎不就是为了看热闹吗！"

听完她的话，马耶特一边匆匆赶路一边下意识地抓紧她儿子的胳膊，同时嘴里说道："吉卜赛姑娘！天啊，上帝保佑我吧！我的儿子可别被她拐去呀！厄斯达谢，快来！"

她不顾一切地离开码头，向格雷沃广场跑去，直到那座桥被她远远地甩在后面。孩子都被她拽得跌倒了，她才停住脚步，嘴里大口大口地喘着粗气。这时，乌达德和吉尔维斯也赶了上来。

"你的想法可真够奇怪的！"吉尔维斯说，"你的孩子可能被吉卜赛姑娘拐去呢？"

马耶特摇了摇头，一副若有所思的样子。

"对吉卜赛女人有这种看法的还不只她一个人呢，"乌达德说，"那个修女也是如此，这才是更奇怪的呢！"

"你指的是哪个修女啊？"马耶特问道。

"唉，就是居第尔修女啊！"乌达德回答。

"是谁？"马耶特又问，"居第尔修女是什么人？"

"就是'老鼠洞'里的隐修女啊！你连这都不知道？真不愧是个土生土长的兰斯人。"乌达德一连串地说道。

"怎么？"马耶特不死心，"我们要去送的饼就是给她的吗？"乌达德肯定地点点头，又说道：

"的确如此。等我们到了格雷沃广场，你就可以透过那个小窗口看见她了。她对那些敲着手鼓给人算命的埃及流浪人的看法，同你别无二致。真不知道吉卜赛人和埃及人是怎么把她给吓着了。可是你呢，马耶特，你怎么也一见他们便扭头就跑呢？"

"啊，"马耶特支吾了一声，双手捧着孩子圆圆的脑袋，说道：

“我不想重蹈巴格特·拉·尚特孚勒里的覆辙。”

“啊，我的好马耶特，这么说你是要讲一个故事给我们听了。”吉尔维斯边摇着她的胳膊边说。

“那好吧，”马耶特点点头，“你们可真是巴黎人呀，连这个都不知道！你们就好好听着吧，——可也用不着为了听故事就不走了呀，——巴格特·拉·尚特孚勒里在十八年前也和我一样，是个漂亮的姑娘，我们都十八岁。如今我三十六岁了，拥有丈夫和儿子，是一个丰满、鲜艳的母亲，而她却什么也没有了，当然这全是她的错。其实，从十四岁开始，她就在毁灭自己。——她的父亲是个兰斯河上的吟游诗人，名字叫居倍尔多。那年，查理七世[①]举行加冕仪式时，乘船沿着我们的维斯尔河顺流而下，从西耶里去米松，同在船上的还有比塞尔太太[②]，为国王吟诗助兴的就是巴格特的父亲。当巴格特还是个孩子时，她的老父亲就去世了。从此，只有母亲和她相依为命。她母亲的哥哥马蒂厄·布拉东先生去年才过世，他是巴黎巴亨卡兰街上的铜器具商人。你们看，她倒是个出身不错的女人。她的母亲是个善良而平凡的人，只教给巴格特一些做小工艺品的技能。还好，她长得很结实，但她们的生活仍一贫如洗。兰斯城维斯尔河边的“苦刑”街，就是她们的住处。请注意，我认为巴格特遭遇厄运的原因就在于此。六十一年，也就是上帝保佑着的我们的国王路易十一加冕的那一年，年轻美丽的巴格特整天说说笑笑，唱唱跳跳，尚特孚勒里[③]是大家对她共同的称呼。可怜的姑娘！她为让大家注意到她的牙齿，总是咧开嘴笑，因为她的牙齿长得近乎于完美。可是，乐极总会生悲，美丽的眼睛会因漂亮的牙

① 查理七世：路易十一的父亲，一四二二年开始当国王，但到一四二九年才加冕。

② 比赛尔太太：即法国抗英民族英雄贞德（1412—1431），一四二九年，在兰斯为查理七世加冕。

③ 尚特孚勒里：法文中，“尚特”即“歌唱”，“弗勒里”是“像鲜花般美丽的”。

齿而迷失方向。尚特孚勒里恰恰应了这句话。她的家道在父亲死后就衰落了。她和母亲艰难度日。母女俩替人家做针线，六个德尼埃是她们一周最多的收入，连现在的两个金币都顶不上。当初查理七世加冕时，她的父亲唱一支歌就能挣十二个德尼埃，这种日子是一去不复返了。六十一年（路易十一加冕的那一年）冬天，天气格外冷，她们家又没有生火的木柴，可尚特孚勒里的脸色却红得更加迷人了，平时喊她'巴格特'的那些男人们中的一些开始叫她'巴格丽特'了，就这样，她开始堕落了。——厄斯达谢，你想咬那块饼了是不是？——很快，我们就发现了她的变化。一个星期天，我们在教堂里看到了戴着一个金十字架的她。你们看看，那年她才十四岁！——她的第一个情人是在离兰斯不到四分之三里[①]路的地方有一座钟楼的小果尔芒特耶子爵，第二个是御马军需官亨利·德·特里安古老爷，第三个的地位低一些，是骑兵希亚尔·德·博利翁。越往下数，地位就越低，有为国王切肉的奴役耶里·阿贝雍，有太子殿下的理发师马塞·德·佛雷比，还有御厨师代勿南·勒·慕昂。再往后更是些年老无能的，她居然连老吟游诗人居约姆·拉新和掌灯人提耶里·德·梅尔都不嫌弃。可怜的尚特孚勒里就这样变成了一钱不值的妓女。这又有什么办法呢，两位太太？就在当今国王加冕的那同一个六十一年，王宫的民兵王[②]的床就是她给铺的。——就在那同一年啊！"

叹了口气的马耶特用手把眼睛里滚落的泪水擦了擦。

"这也听不出与埃及女人和孩子有何相干呀，"吉尔维斯说，"这故事有什么特别的地方吗？"

"着什么急呀？"马耶特继续说道，"您马上就会听到关于孩子的事儿了。十六年前的圣保罗日，也就是六六年，巴格特生下了个小女孩。不幸的女人！她欣喜若狂！孩子是她早就有过的渴望。她那对她总是睁一只眼，闭一只眼的老母亲已经过世了。在这个世

① 里：法国古里，一古里相当于今天的四公里，下文出现的"里"均为法国古里。

② 民兵王：在国王旅行时，行使监督妓女和骰子赌博的权力。

界上，她是个没有人爱也不爱别人的人。她变成这个样子，已经有五年的时间了，可怜的巴格特在这人间孤苦伶仃，到处被人瞧不起，被人唾骂，她不仅挨军人的打，而且还要受穿着破烂的小毛孩子的嘲弄。后来，她年满二十岁了。二十岁，对于一个妓女而言，已属于风烛残年了。仅凭卖弄风骚赚到的钱，并不多于当年做针线活的收入，况且，脸上每一道皱纹的增加，都意味着一个银币的减少。寒冷的冬天又令人难以忍受，炉膛里已经没有木柴烧过的痕迹，碗柜里就连面包都极少见得到了。可是她已经因为那种生活而变得懒惰，手工活已与她无缘了，可越懒惰，就越得从事那种职业，这使得她比任何人都痛苦。——至少圣雷米的本堂神父先生在解释为什么衰老之后的这种女人会比别的穷苦女人更加挨饿受冻这个问题时，是这样说的。”

“说得一点儿都不错，”吉尔维斯赞同道，“可埃及人又在什么地方呢？”

“你不要那么心急吗！吉尔维斯。”乌达德显得比较有耐心。“如果故事一开始就让人什么都明白了，那结尾还有什么听头呢？马耶特，请您继续讲这个可怜的尚乎特勒里的故事。”

马耶特接着说：

“反正伤心欲绝的她觉得自己很不幸，她没完没了的哭，连腮帮子都陷下去了。不过，在这种蒙受耻辱、轻浮狂荡而又孤苦伶仃的生活中，她总觉得如果这个世界上有个东西或有个人能爱她，并被她所爱的话，那种耻辱、轻狂、孤单就不会如此纠缠她了。只有纯真无邪的孩子才值得她去爱，才会去爱她，这个人一定是个孩子——她是在试着爱一个小偷之后，才认识到这一点的。那小偷是唯一一个不嫌弃她的人，可过了不长时间，她发现连小偷都瞧不起自己。——情人或孩子是妓女用来占据自己心灵的必需品，连这都不能拥有的妓女实在是不幸中之不幸了。——情人，已经是不可能被她拥有的了，于是孩子便成了她全部希望之所在。她是个虔诚的教徒，于是她整天祈祷天主把一个孩子赐给她。天主大发慈悲，终于赐给了她一个孩子。她就别提有多高兴了。她痛痛快快哭了一场，把孩子抱过来，亲过去，没个消停时候。她用自己的乳汁喂孩子，给孩子用床上唯一的毛毯做了个襁褓，自己反而感不到寒冷和饥饿了。她又焕发了青春！老姑娘做了母亲便都是如此。她又有了顾客，一些浪荡风流的男人重又回到了她的身边，她用自己出卖肉体的钱给孩子买衣服、头巾、花边衬衣、缎帽子什么的，唯独想不到自己还缺一床被褥。——厄斯达谢先生，我早就跟您说过，不许吃那块饼。——她没能给小女孩一个姓氏，因为她自己早就没姓了，而只给她取了个教名——阿涅丝。用来包裹孩子的绫罗绸缎，肯定比真正的公主还多！不说别的，单是她的一双缎子做的小鞋，国王那儿就绝对没有重样的。这可是她使出浑身解数，点缀了众多的饰物，亲手刺绣和缝制的，跟圣母穿的袍子比起来也差不到哪去。它还没有我的拇指长，是世界上最可爱的一双粉红色小鞋。要不是亲眼看到孩子的小脚丫从里面抽出来，谁也不会相信它们能被穿进去。她那双脚小得真让人心疼，那粉乎乎的肤色比做鞋面的粉红缎子都漂亮！——这小手小脚比世界上的任何东西都美丽。乌达德，等您有了孩子就会明白的。”

“我是巴不得要个孩子，”乌达德叹了口气，说道，“可也得等安得里·米斯尼哀先生高兴才行啊！”

“而且，”马耶特又说道，“巴格特的孩子可不止是小脚长得好看呢！我在她刚满四个月的时候，见过她一面，简直和小爱神没什么两样！眼睛有那么大，漆黑油亮的头发都已经打成卷儿了。等她长到十六岁，保准是个深色皮肤的小美人儿！她母亲爱她一天胜似一天，都要发狂了。她成天抚摸她，亲吻她，痒痒她，给她洗澡，打扮，恨不能含在嘴里！她为上帝赐给自己这样一个孩子而高兴得忘乎所以了。特别是那双漂亮的、粉红色的小脚丫，总让她看不够，美不够！她经常把嘴唇贴在小脚丫上，亲个没完没了。她整天观察着这双脚，从不感到厌倦，她惊叹于这双小脚的完美，一会儿把鞋给她穿上，一会儿又脱下来，以一种怜惜无比的心情教她在床上走路，她恨不得把这当做圣婴的脚而永远跪着给她穿鞋、脱鞋。”

“故事真是吸引人，”吉尔维斯低语，“可埃及人究竟在什么地方啊？”

“快要来啦！”马耶特回答，“一天，兰斯来了一伙非常古怪的骑马人。是乞丐和流浪汉，由他们的公爵、伯爵带领着，全国到处走。他们长着黝黑的皮肤，打着卷儿的头发，银耳环吊在耳朵上。女人长得比男人还难看。那些女人从来不在黑乎乎的脸上罩点什么东西，把小坏种背在身上，肩头系着麻线织的旧粗布的披肩，把头发梳了个马尾巴。那些手脚蜷着的孩子，连猴崽子都会给他们吓着。这是天主教社会所唾弃的一伙儿人！他们从下埃及经过波兰来到了兰斯。听说教皇让他们作了忏悔，让他们在世上流浪七年而且不许睡床，以此作为他们赎罪的表现。因此他们称自己为‘晦罪者’，身上散发着臭气。他们之所以信奉朱庇特，并可以向所有挂十字架和戴法冠的大主教、主教和神父索取十个杜尔里弗，是因为他们从前是沙拉逊人[①]，这一权利是由教皇的一道训谕赐给的。他们以阿尔及尔国王和德意志皇帝的名义到兰斯来给人占卜。单凭这一点，就足以阻止他们进城。于是，他们一群人就在勃安纳门附近，在从前石灰窑边的一座今天尚存的磨坊的土堆上自愿地搭起帐篷，驻扎了下来。兰斯城内的人竞相观看。他们给人占卜、算命都极其灵验。他们简直能把犹大说成是未来的教皇。[②]同时，一种可怕的说他们偷钱包、掳孩子、吃人肉的谣言也流传开来。聪明人一边不让傻瓜到那儿去，一边自己偷偷地去。简直掀起了一阵狂热。事实上，红衣主教听了他们所说的事都会感到吃惊。母亲们听了埃及女人给自己解释刻在孩子手掌上的异教语和土耳其语，并作出各种奇妙的预言，都感到很得意。这一个的孩子被她们说得能当皇帝，那一个的是未来的教皇，另一个的又将是明天的元帅。于是，好奇心便在可怜的尚特乎勒里脑子里产生了。她急切地想知道孩子的命运，没准亚美尼亚皇后或是其他什么高贵的头衔会属于她漂亮的小

---

① 沙拉逊人：中世纪欧洲人对阿拉伯人或西班牙等地的穆斯林的称呼。

② 犹大是出卖耶稣的人，当然与基督教的教皇是格格不入的。

阿涅丝呢。她把孩子抱去见埃及女人，她们一个劲地抚摸孩子，夸孩子漂亮，并用黑乎乎的嘴唇吻她，尤其在看了她的手相之后，更是赞不绝口。唉，母亲的高兴劲儿就甭提了！那双漂亮的小脚和漂亮的小鞋更加让埃及女人们爱不释手。不满一岁的孩子长得圆圆胖胖的，已经开始学着说话，会向母亲咯咯地傻笑，还会做出各种各样的像天使一样可爱的动作。可一见到埃及女人，她却被吓得直哭。母亲没完没了地亲她，离开的时候仍心满意足地回味着埃及女人的预言：她的小阿涅丝是个美人、圣女，是未来的皇后。她满心以为自己抱回了个皇后，在回到苦刑街的破房子里后，仍然欢喜得要命。第二天，她趁孩子还没醒，便把门轻轻推开，让它虚掩着，找到一位在晒衣场街居住的女邻居，对她讲日后会有英国国王和埃塞俄比亚大公侍候小阿涅丝就餐，还告诉了她许多让人目瞪口呆的事情。当她走在家里的楼梯上的时候，还满心以为孩子没有睡醒，因为她没有发出任何声音。当她发现房门敞开的程度比她离家时大好多的时候，她犹豫了一下，还是进去了。可怜的母亲！她发疯似的扑到床前……床是空着的，孩子不见了。除了一只小鞋外，什么也没有留下。她跌跌撞撞地冲出屋子，跑下楼梯，歇斯底里地把头往墙上撞，扯着嗓子哭喊：‘是谁抱走了我的孩子？我的孩子在谁那里呀？’除了冷清的街道、偏僻的房子外，谁都无法回答她。她就像可怕的丧失理智的疯子，就像凶恶的丢失幼崽的野兽一样挨门挨户地东寻西找，整整一天都没有停下来，大街小巷被她走遍了，整个城市也被她找遍了。气喘吁吁的她，披头散发的样子可真让人害怕。她的泪水都要被眼睛里冒出的火焰烤干了。她抓住一个行人，就喊道：‘谁把我的女儿还给我，我就侍奉他，侍奉他的狗。我的心被他吃了，也无所谓。我的女儿！我漂亮的小女儿！’碰见圣雷米的本堂神父，她就说：‘神父先生，只要您把孩子还给我，我愿意用手指头挖地！’真让人于心不忍哪，乌达德！我亲眼看见检察官朋斯·拉加布都，一个铁石心肠的人都落泪了，他说：‘这个母亲太可怜了！’晚上，回到家里的她听一个女邻居说，有两个埃及女人在她出去的时候，偷偷摸摸地上了楼，怀里好像抱着一包东西，然后又慌里慌张地下了楼，关好门，跑掉了。她们走后，孩子的哭声仿佛就从她的屋里传了出来。开心的母亲笑着飞跑到楼上，冲开房门，定睛一看——真是太恐怖了，乌达德，映入她眼帘的不是那上帝赐给她的，红润鲜艳的小阿涅丝，而是一个跛足、独眼、驼背、四肢扭曲、吱吱叫着的非常难看的小怪物，而且还在地板上一瘸一拐地胡乱走着。吓得她连忙用手捂住眼睛。'啊！我的女儿是不是被那些女巫变成了这个可怕的小畜生啊！'小罗圈腿立刻被人们抱走了。她会因为那个小东西而发疯的！那一定是被某个埃及女人生下来又抛弃了的怪物，大约四岁左右的他讲着一口没有人能听得懂的怪话。尚特孚勒里在那个她曾经全身心爱过的一切所留给她的唯一的东西——小鞋跟前跪了下来。她就这样跪着，半天也不动一下，不说话也不呼吸，大家都觉得她就这样死去了。突然她的身体又颤抖起来，似乎在用一颗破碎的心把那只宝贵的鞋吻了又吻，然后吐出一长串期息。告诉你们，我们所有的人都哭了。她不停地说：'你在哪儿啊？我的小女儿！我漂亮的小女儿！'这些话听起来简直让人肝肠寸断。直到现在，想起这些话都禁不住落泪。我们的孩子就是我们的骨血，这是你们知道的。瞧你多幸福呀，我可爱的厄斯达谢！他有多乖还不为你们所知呢！他昨天对我说：'我要当一名近卫骑兵！'啊，我要是把你失去了，厄斯达谢！唉，不说了，还继续说她吧。尚特孚勒里冷不丁地站了起来，把兰斯所有的街道都跑遍了，还一边喊着：'到埃及人的帐篷去！到埃及人的帐篷去！让那些女巫被兵士烧死！'那些埃及人闻声而逃了。没有可能追上他们，因为天已经黑下来了。第二天，人们在离兰斯两里远的地方，发现了在大火中残留的巴格特女儿的几条丝带，几滴血和马粪零星散落在格安和底洛依之间的灌木林中。前一天晚上恰是周六，人们断定那孩子一定是被在灌木林中举行安息日会的埃及人同巫神倍尔日比特一起吃掉了，正如巫师们通常所做的那样。知道了这些可怕的情况，尚特孚勒里也不哭了，只是嘴唇像要讲话而又讲不出来似的动呀动的。她的头发在第二天就全白了，第三天，她就消失了。"

“这个故事确实让人感到恐怖，”乌达德说，“听了这故事，勃艮第人也会掉眼泪的。”

“现在的我不认为你害怕埃及人或吉卜赛人[①]是件怪事了。”吉尔维斯说。

“刚才你迅速把孩子带走以便躲开埃及人是对的，”乌达德又说。“听人家说，他们也是从波兰来的呢。”

“不对，”吉尔维斯纠正她，“听说，西班牙和卡塔卢尼亚才是他们的家乡。”

“也许是卡塔卢尼亚吧，”乌达德说，“我总是搞不清波兰、卡塔卢尼亚和瓦洛尼亚这三个地方。但可以肯定的是，他们的确是埃及人。”

“肯定没错，”吉尔维斯附和着说，“他们长有用来吃小孩的长长的牙齿。艾丝美拉达的小羊会玩那么多的鬼把戏，这也挺邪门的，要是她也时不时地撅起嘴来吃吃小孩的话，我也不会感到太吃惊的。”

马耶特只是悄无声息地走着，她好像想出了神，这种作为一个悲惨故事的延续的冥想，只有被传递到内心最深处，才有停止的可能。此时吉尔维斯却问她：“尚特弗勒里后来的结局是什么样的呢？”马耶特没说什么，直到吉尔维斯边叫她的名字，边摇她的胳膊，而且又问了一遍，她才仿佛从沉思中走了出来。

“尚特孚勒里结局如何？”她把这话机械地重复了一遍，因为这句话在她的印象中还是第一次听到。等到她把这句话的意思完全弄明白之后，便连忙回答：“她后来下落不明。”

停顿片刻之后，她又补充说：

“有人说她在天亮时分从老巴寨门走出了兰斯城，也有人说她是在黄昏时分从佛雷相波门走出城去的。一个穷汉在一块田地里的石头做的十字架上，发现了她的金十字架挂在上面，这块田地以前是用来举行集市的。就是这个金十字架，这个由她的第一个情人，

① 古卜赛人：本书中的埃及人和古卜赛人都是属于流浪民族。

仪表堂堂的果尔芒特耶子爵在六十一年送给她的饰物把她给毁了。巴格特从不舍得把它卖掉，即使在她最穷困的时候。她对它就像对待自己的生命一样。因此，当大家看到这个被抛弃了的十字架的时候，都以为她一定不在人间了。可房特酒店那边的人却说见过她往巴黎那边去了，是光着脚踩着卵石走去的。如果事实真的如此的话，她准是从维尔斯门出城的。反正怎么说的都有。如果她真的是从维尔斯门出城去了，我倒是真替她高兴，这样她就会从这个人世间走出去了。”

“我怎么不懂您的意思呢。”吉尔维斯说。

“维尔斯，”马耶特苦涩地笑了笑说，“那是一条河的名字呀。”

“可怜的尚特乎勒里，”乌达德战战兢兢地说，“她被淹死了！”

“淹死了！”话头被马耶特又接了过来，“当亲爱的居倍尔多老爹唱着歌，穿过丹格桥，乘船顺流而下的时候，怎么会想到他亲爱的女儿有一天却不乘船，也不唱歌地从桥下过去了呢？”

“那只小鞋又怎么样了？”吉尔维斯问。

“同她的母亲一起消失了。”马耶特回答。

“连小鞋也是如此的可怜！”乌达德感慨道。

多愁善感的胖女人乌达德，本来打算就这样陪马耶特一起感叹下去。可好奇心颇强的吉尔维斯，却仍有没提完的问题。

“那个小怪物呢？”她冷不丁冒出这么一句话。

“什么小怪物？”马耶特反问道。

“被巫婆们拿来和尚特乎勒里的小女儿交换，并扔在她家里的那个埃及小怪物！他被你们怎么处置了？我真希望他也被你们扔进河里算了。”

“并非如此。”马耶特答道。

“那，难道是烧死了？”吉尔维斯还想刨根问底，“也别说，这样对付巫婆崽子更好一些！”

“我们没把他怎么样，吉尔维斯。充满爱心的大主教阁下把邪恶从他身上赶走，为他祈求幸福，小心翼翼地赶走他身上附着的魔鬼，然后送他到了巴黎，十分关心这个埃及孩子，把他放在圣母院门口的木床上，像对待弃婴一样照顾他。”

“这些个当主教的！”吉尔维斯小声嘀咕，“凭着自己有学问，做事就是和别人不一样！把魔鬼的崽子当做弃婴一样照顾，乌达德，你说，这算怎么回事！那小怪物绝对是个魔鬼，毫无疑问！得，马耶特，他被送到巴黎之后又怎么样了？依我看，没有人会要他了，哪怕最善良的人。”

“我不清楚，”马耶特答道，“我丈夫就在那时买下了离兰斯城两里的倍须记录所的公证人的职位，恰巧有两座塞尔内地区的地堆挡住了兰斯主教堂的钟楼，使我们无法望见它，从此我们就再也不过问这件事了。”

三位高贵的太太边说边走到了格雷沃广场。可能是她们在想心事的缘故吧，在走到罗兰塔的公用祈祷书时，也忘记了停下，而直接朝耻辱柱走去，这时的耻辱柱已经被围得水泄不通了。要不是小厄斯达谢——马耶特手里牵着的六岁的胖儿子突然提醒了她们此行的目的，她们或许已经忘记了老鼠洞，忘记了她们原打算去那里祈祷的事情，因为眼前的景象已把她们完全吸引住了。

“妈妈，”仿佛有某种灵感使小厄斯达谢感受到已经把老鼠洞错过了，于是他禁不住说道，“我现在可以吃那块饼了吗？”

如果小厄斯达谢再多几分机灵，或者说他不那么贪吃的话，他或许应该等到老鼠洞和玉米饼被塞纳河的两道河弯和内城的五座桥远远隔开的时候，等到他回到大学区内，拉瓦期斯夫人街上安德里·米斯尼哀先生家里的时候，才提出这样一个冒昧的问题：“妈妈，我现在可以吃那块饼了吗？”

而厄斯达谢此时提出这个问题，无疑是冒昧的，所以一下子就吸引了马耶特的注意。

“可不是，隐修女被我们忘到一边去了！”她停了下来，“我得把饼给她送去，你们把老鼠洞的位置告诉我！”

“这就过去，”乌达德显得很感兴趣，“这可是行善积德呢！”

可厄斯达谢所希望的却并不是如此。

他一边左右轮流耸肩膀，一下下轮番扭耳朵，一边叫：“哎呀，我的饼呀！”在这种场合下，他显然在表示自己极大的不满。

三位太太转身往回走。罗兰塔楼就在眼前的时候，乌达德对她们说：“待会儿，咱们可别都把头伸进去看，那样隐修女会被吓着的。

你们装作读祈祷书的样子，我先往窗洞里看一看。隐修女对我有点儿印象，我叫你们时，你们再过来。”

于是，她自己向窗洞口走去。她在把头伸进去的同时，深切的同情从她脸上的每一个部分显露了出来，在一瞬间，面部表情就由快活变成黯然，脸色也仿佛由阳光变成了月色。她的面部肌肉微微颤抖，眼眶里浸满了泪水，仿佛马上就会哭了似的。片刻之后，她把一个手指头按在嘴上，做了个让马耶特过去的手势。

异常激动的马耶特踮着脚悄悄地走过去，仿佛是要去看望一个垂危的病人。

两位太太屏住呼吸，一动不动地站在窗洞口的铁栅栏边，向老鼠洞里张望，映入眼帘的是一幅惨不忍睹的画面。

异常狭窄的小屋，宽度似乎比深度要大，尖拱形的顶子看上去很像主教帽子的内衬。铺着石板的地面显得光秃秃的。一个女人坐在，或者不如说蹲在小屋的角落里，下巴顶在膝盖上，双腿被双臂紧紧抱住，整个躯体缩成一团。一件棕色的大皱褶粗布袍胡乱地穿在身上，披在脸上的花白的长发沿着两条腿一直垂到脚下，一眼望去，就像是一个黑黝黝的三角形怪影投在小屋黑乎乎的幕布上。她被从窗没事里射进来的光线截然分成两种色调，就像在梦中或在戈雅[①]那独具特色的作品中可以见到的那种幽灵，一半阴暗，一半明亮，面色苍白、阴森可怖的她，蹲在坟墓上或靠在黑牢的铁栅栏上，一动也不动。这既不像女人，也不像男人；既不像生物，也不

① 戈雅（1746—1828）：西班牙著名画家。

像一个有形的具体的物体；而是一个真实种下虚幻的交织体，就像光明和黑暗交织在一起一样。那瘦削而冷酷的面孔还隐约可以从她那垂到地面的长发下辨别得出，稍稍露在粗布袍外的一只光着的脚板在坚硬冰冷的石板地上抽搐。这一点儿依稀可从丧衣裹卷之下所窥见的人形，使人不寒而栗。

这个犹如钉在石板地上一样的形体，没有动作，没有思维，没有气息。在寒冷的一月里，赤着脚，蜷缩在冰冷的花岗岩上的她，只穿着一件薄薄的粗布衣，就这样在一个没有火取暖的囚室的阴影中忍受煎熬。凛冽的寒风一个劲地从斜斜的窗洞里吹进，却透不进一丁点的阳光。她似乎已经完全丧失了感觉，根本就觉察不出痛苦的存在。她仿佛已经像寒冬中的冰块、囚室中的石头一样冷酷麻木。目光呆滞的她，双手紧紧抱在一起，冷眼看过去，像是个幽灵，再看一眼，却感觉像一尊石像。

她那青色的嘴唇偶尔也会微微地张开，好像是在呼吸，然后就机械地颤抖着，如风中的枯叶一般。

她那悲凄的眼睛里偶尔也会闪出一道目光，一道深沉、悲切、执着却又不可言状的目光，她目不转睛地盯住小屋里一个从外面看不见的角落。这个悲伤的灵魂的所有阴郁的想法似乎都被这道目光引向某一个神秘的物体。

这就是那个因其住处而被叫做“隐修女”的生灵，她又因其穿着而被称作“麻袋女”。

此时，吉尔维斯已经与马耶特和乌达德站在了一起。三位太太一齐往窗洞里望去。尽管小屋内微弱的光线都被她们的脑袋挡住了，但她们仍未引起那可怜的女人的注意。“别惊动她，”乌达德低声说，“她正沉思呢，像是在做祷告。”

与此同时，越来越感到不安的马耶特使劲地打量着这个女人。看到她瘦得皮包骨头、形容枯槁、蓬头垢面，马耶特的眼中噙满了泪水，她禁不住说道：“这可太奇怪了。”

她把脑袋从窗洞口的栅栏伸进去，终于看清了那可怜的女人目光投向的角落。

待她缩回脑袋时，已是泪流满面。

“这个女人被你们叫做什么？”她向乌达德问道。

“我们叫她居第尔修女。”乌达德回答。

“可我却叫她巴格特·拉·尚特孚勒里。”马耶特平静而缓慢地答道。

乌达德听罢大惊失色。马耶特便把一个指头竖在唇前，示意她也探头进去看。

乌达德按她的意思做了。在被隐修女阴郁的目光死死盯住的角落里，她见到了一只粉红色缎面的饰满金银片的小鞋。

站在乌达德身后的吉尔维斯也往里看。然后三位太太一起流着眼泪，望着那可怜的母亲。

可是，她们深情的目光和悲伤的泪水都没能分散隐修女的注意力。她依然把双臂抱在一起，紧闭着嘴唇，目光呆滞地看着那个角落。她就这样盯着那只小鞋，任何一个了解她身世的人看到这一幕，都会肝肠寸断的。

三位太太仍旧不发一言，她们甚至连声都不敢出。她们面对着这可怕的沉默，感受着这巨大的痛苦，体会着这种不知世间万物，只把一件东西装在心中的深切感情，就好像是在复活节或者圣诞节那天祭典天主一样的庄严。默不作声的三个人凝神屏息，几乎都要跪下了。她们感觉自己好像是在主的纪念日那天走进了教堂一样。

吉尔维斯是三个女人中好奇心最强的一个，因此比较不善于体会事物。她为了让隐修女开口，终于说话了：“喂！嬷嬷！居第尔嬷嬷！”

她这样一次高似一次地喊了三遍。可隐修女纹丝未动，既不开口，也不看她，好像泥塑木雕一样地连气也不喘。

乌达德则以更为温柔、亲切的声音喊道：“嬷嬷！居第尔嬷嬷！”

她还是一动不动地保持着沉默。

“真是个怪人！”吉尔维斯叫道，“连雷都打不动她！”

“没准是聋了吧？”乌达德叹息着说。

“或许是眼睛看不见了，”吉尔维斯补充说。

“也许是死了，”马耶特接着说。

是的，这个麻木、沉睡、呆滞的肉体即便还有灵魂存在，也是外部器官所无法感觉到的，因为它已经退缩、隐藏到深渊里去了。

“那只能把这块饼搁在窗洞上了，”乌达德说，“可又会被小孩拿走的。怎么做才能使她清醒过来呢？”

再说小厄斯达谢，就在这一刻之前，他的注意力都一直在一个由大狗拖着的，刚刚开过的小车子上，当他突然发现领着他的三个大人正在往窗洞里望着什么的时候，强烈的好奇心驱使他爬到一块界碑上，踮着脚把圆圆的红扑扑的脸贴在窗洞上，喊道：“让我也看看呀，妈妈！”

小男孩那清澈、新鲜、响亮的童音进入隐修女的耳朵之后，她突然打了个寒噤，就跟弹簧似的猛地转过头来。伸出那两只仅仅剩下骨头的手把额头上的头发掠开，注视着那孩子，眼睛里流露出惊讶、痛苦和绝望。但这道目光在片刻间就消失了。

她忽然大喊了一声：“啊，我的上帝呀！”说完又把低下来的脑袋埋到两膝之间。从胸腔里发出的嘶哑的嗓音，似乎要把胸膛都撕裂了。“至少，”她又说道，像在自言自语，“别的孩子别被我看见呀！”

孩子却极其懂事而又庄严地说了句：“您好，太太。”

然而，这一下震惊好像把隐修女唤醒了。她浑身一阵剧烈的哆嗦，从头到脚都抖个不停，上下牙齿直打架，大腿被两肘箍得紧紧的，双脚被双手紧握着，像是要捂捂脚，她把头微微抬起来，叫道：

“啊，好冷的天呀！”

满怀同情的乌达德说：“你要个火吗，可怜的太太？”

她拒绝性地摇了摇头。

“这样吧，”乌达德边说边递给她个小瓶子！“这儿有点甜酒，为了让身子暖和点儿，你就喝两口吧。”

她看看乌达德，又摇了摇头，却说：“水！”

“不行，嬷嬷，”乌达德坚持道：“凉水在一月里是不能喝的。我们特地给你做了玉米饼，你就吃点儿，再喝点儿甜酒吧！”

她却把马耶特递给她的饼推开，说：“黑面包！”

“得，”产生几许怜悯的吉尔维斯解开羊毛披风，说道：“把这个披上吧，它会比你的外衣暖和点儿。”

她还是拒绝，就像对待甜酒和饼一样，又说道：“我要麻袋！”

善良的乌达德说：“可你多少总看出来了点儿吧：昨天过节呢。”

“我看出来了，”隐修女说，“我的水罐已经两天没有水了。”

她沉默了一会儿，又说：“我被节日给忘了。这没有错。既然我都不想这个世界，那它又为什么要想我呢！熄灭了火之后，灰也是冷的。”

接下来，她的脑袋又耷拉下去，靠在膝盖上，好像是因话讲多了而感到疲乏。善良朴实的乌达德自认为她这句话是在抱怨太冷了，就幼稚地说：“您是需要火吧？”

“火？”麻袋女用一种奇特的嗓音回答，“那你们能让那已经在地下住了十五年的可怜的小女孩也烤烤火吗？”

声音颤抖，四肢战栗的她，眼睛闪出一丝亮光，跪立起来。忽然，她那苍白瘦削的手伸向那个一直以惊奇的目光盯着她的小男孩，叫道：“埃及女人要来了！快把孩子抱走！”

说完，她跌倒在地上，脸朝着地面，额头撞在了石板地上，发出了类似于两个石头撞击一样的声音。也许她死过去了，三位太太都这样认为。而过了一会儿，她们看见她用四肢爬到那只小鞋所在的角落里，她又动了！这时除了能听见千万个亲吻，千万声叹息，间杂着哭泣和好几下脑袋撞墙的声音外，她们再也无法看见她，也不敢再往里张望了。突然，三位太太的身体因惊讶而剧烈地抖动了一下，那最后一下碰得奇响无比，此后就再也没有听到任何声音。

“难道她想自杀？”吉尔维斯壮着胆把头伸进窗口，喊道：

“嬷嬷！嬷嬷！居第尔嬷嬷！”

“居第尔嬷嬷！”乌达德也一起喊道。

“啊，上帝呀！她一动不动了！”吉尔维斯惊叫着，“她该不会死去了吧？居第尔！居第尔！”

“等一等，”已经泣不成声的马耶特努力说道，随后便俯下身子冲窗口喊道，“巴格特！巴格特·拉·尚特乎勒里！”

马耶特突然向小屋里喊出这个名字简直比一个小孩让一个无意点燃的爆竹灼痛了眼睛还可怕。

全身颤抖着的隐修女，用光着的脚板直挺挺地站了起来，她那投到窗口的炯炯目光把马耶特、乌达德、吉尔维斯和那个小孩一起吓到码头的栏杆边去了。

“呵，呵！”她恐怖地大笑一声，把自己凄惨的面孔贴到了窗口的铁栅栏上，说道：“喊我的是哪个埃及女人啊？”

这时，她的眼前出现了刑台上的一幅景象，她把两只胳膊伸向栅栏外边，可怕地皱起眉头，用垂危病人那种上气不接下气的声音吼道：“埃及女人！原来是你呀！是你这偷小孩的女人在喊我呀！好哇你！你去死吧！去死！去死！去死！”

四、一滴水，由一滴眼泪回报

隐修女的这几句话，称得上是把在各自舞台上同时展开的两个情景汇合到了一点。一个是老鼠洞，我们刚才已看到了；另一个是我们立刻要讲到的，发生在刑台上的故事。我们刚才已经看到：第一个场面的证人只有那二三位太太。第二个场面，则有上文提到过的围观在格雷沃广场的刑台和绞刑架周围的群众做见证了。

四名军警从上午九点起就在刑台的四个角上摆好了姿势。纷至沓来的观众，把四名军警团团围住，因为他们估计虽然不会是绞刑，但至少也会有鞭刑、刵刑[①]或其他什么的，总是有看到货真价实的刑罚的希望。这就迫使军警像那时候的人所说的那样，不停地用

① 刵刑：割耳朵的刑罚。

警棍或马屁股把他们往外压。

观众并没有表现出特别的不耐烦，因为他们在等候观看公开刑罚方面是训练有素的。他们借观赏刑台来消磨时间。这刑台由立方形的砖石砌成，十来尺高，中空，橡木转盘平放在顶端的平台上，通往这座平台的是一道优雅的叫做“梯子”的非常陡峭的砖石台阶。绑在转盘上的犯人双膝跪着，双臂反剪。在这个小建筑体的内部藏有一个绞盘，木轴在绞盘的带动下，会让转盘也一同旋转起来，并能始终保持水平。旋转中，广场各个部位的观众都可以连续不断地看到犯人的脸。所谓的“转”犯人就是如此。

格雷沃广场的刑台远不及菜市场的刑台美观，这是大家已经看到的。建筑艺术和宏伟气派都谈不上。既没有带铁十字的屋顶和八角灯，也没有带有饰花和叶板的耸立在屋顶边缘的细圆柱以及长满奇虫怪草的檐槽，更谈不上镂花的木构架和精雕细刻的浅浮雕了。

只有四面窄而高的毛石墙和两个砂石内壁，以及矗立在两边的石头绞刑架，光光秃秃，面目狰狞，瘦骨伶仃。

格雷沃广场的刑台对于爱好哥特式建筑的人来说，并不是什么美味佳肴。好在爱看热闹的中世纪的人不大在乎一根刑柱是否美观，因为他们对建筑艺术不感兴趣。

犯人终于被押送过来了，他被绑在囚车的后部。当军警把他抬上刑台顶端的平台上，用绳索把他捆在转盘上的时候，一阵震耳的口哨声、笑声和喝彩声从全场爆发了出来，因为此时广场各个角落的观众都已经看见了他，并认出他就是卡西莫多。

确实是他。这种旧地重游的感觉，实在是让人感到奇怪。昨天在这个地方，他还在埃及公爵、土恩王和加利利皇帝的陪同下，接受万众的欢呼致敬，被一致推选为众丑之王。可以肯定的是，人群中没有一个人明确地意识到了这种反差，包括他自己，昨天的胜利者，今天的阶下囚在内。可惜甘古瓦同他的哲学却没见过这种场面。

刚过一会儿，国王陛下的司号员米歇尔·卢瓦尔便做了个让大家安静的手势，然后大声朗读了根据总管的命令草拟的判决书。接着，那些穿短袖风帽号衣的部下们就被他带到了平台的后面。

连眉头也不皱一下的卡西莫多神情漠然。铁索和皮条八成已经勒进皮肉里去了，按当时的刑事判决术语的说法，可谓是“捆绑至严至实”，所以他也不可能作任何反抗。至今，我们这个崇尚人道主义，而且温良谦和的文明民族仍在使刚手铐（先不说苦役场和断头机），便是那时的蹲监狱、服苦役的传统余风犹存的很好的见证。

那些军警就这样把卡西莫多牵着、推着、扛着、抬着，捆上绳子再绑上索子，而他却没什么反应。野人或白痴的惊愕是人们可以从他脸上发现的唯一的东西。耳聋是人所共知的，可人们现在觉得他的眼睛好像也瞎了。

他任凭军警把他拽到转盘上，让他跪下。他的外衣和衬衣都被剥掉了，整个上身都露了出来，他任凭他们怎样摆布自己。他们又换了一套皮带和环扣来捆绑他，他一切都配合得不错，只是犹如被送往屠宰场的把耷拉在车帮上的脑袋摇个不停的牛犊一样时不时地大声喘着气。

这时，跟着他过来的约翰·孚罗洛对他的同伴罗班·普斯潘说：“瞧这笨蛋还不如盒子里的金乌龟聪明，他什么也不懂！”

当卡西莫多的鸡胸驼背和硬皮上长满浓毛的双肩暴露在人们面前时，大家笑得前俯后仰。正当大家兴奋至极点的时候，一个又矮又壮的穿着官府制服的男人登上平台，站在犯人身边，随即他的名字便在观众中传播开来。这就是沙特雷法庭宣过誓的掌刑吏比埃拉·多尔得许。

刚一上去，他就把一个黑色的沙漏时计放在刑台上的一个角落里。红色的沙子满满地被装在沙漏上面的瓶子里，并向下面的容器中漏下去。接着，他把两色对半的披风脱掉。于是，一根吊在他右手上的细皮鞭便显露在人们面前，它那疙疙瘩瘩、编绞成束的白色的长皮条闪闪发亮，尖端挂满了一个个金属爪。他把左手伸出来，挽起右胳膊的衬衫袖子，漫不经心地一直挽到腋下。

这会儿，约翰·孚罗洛撑着罗班·普斯潘的肩膀把长满金色卷发的脑袋高高探出在人群之上，喊道："快来看呀！女士们！先生们！我哥哥若扎斯副主教的敲钟人卡西莫多要被迫挨鞭子啦！瞧这古老的东方式建筑，圆屋顶背在背上，两条腿长得像两根弯弯曲曲的柱子！"

又是一阵哄笑，笑得最起劲的就是儿童和少女。

行刑吏终于跺了跺脚，转盘随即旋转起来。被捆绑着的卡西莫多摇晃起来。一种惊呆的神情突然从他那畸形的脸上显现出来，围观的人们笑得更起劲了。

卡西莫多高耸的脊背随着转盘的旋转被送到了比埃拉先生的面前，他猛地抬起右臂，在空中发出毒蛇般嘶嘶叫声的细长的皮鞭狠狠地落在了可怜人的肩上。

直到此时才惊醒过来的卡西莫多，噌地跳了起来。他终于明白是怎么回事了。既惊讶又痛苦的他在束缚中扭动着身躯，脸部剧烈地抽搐着，面部肌肉几乎紊乱了。但是，他没有呻吟，一声也没有。他只是左右躲闪着，晃动着，使劲向后仰着脑袋，就像一头被牛虻猛螫腰侧的公牛一样。

皮鞭没完没了地一下接一下抽过来。转盘旋转个不停，皮鞭像雨点一样落在身上。终于，一道道细流顺着他驼着的黑皮肩膀上滴下——血，喷出来了，在空中嘶鸣、飞旋着的细长的皮鞭把血滴溅得到处乱溅，连围观的人们都切身感受到了。

卡西莫多看上去多少恢复了点儿刚才的冷静沉着，他悄无声息地在挣脱束缚，好像并不费劲的样子。他眼睛里冒出火一样的灼人的目光，只见他筋脉鼓起，四肢蜷曲，皮条和链子瞬间就被他挣开了。他的力气是那么大，那么出人意料，那么不可想象。唯独总管府的旧镣铐只是轧轧地响了几声，却还在他身上。这时，他的面部表情由呆笨变成了痛苦和懊丧，他显得筋疲力尽了，仿佛死去一样地闭上双眼，把头耷拉到胸前。

此时，无论是不停地从他身上流出的血，还是落在他身上的加倍疯狂的皮鞭，或是沉醉在行刑里的施刑长发作出来的怒气和可怕的皮鞭在挥动时发出的嘶嘶响声，再也没有什么能引起他轻微的动作，他从此就再也不动了。

最后，一个黑衣打扮，从开始行刑就站在石级旁边的沙特雷法庭守门人把一根乌木杖伸向钟漏，随着轮盘转动的停止，施刑人放下了手中的鞭子。慢慢地，卡西莫多睁开了眼睛。

终于把鞭笞挺过去了，那该死的施刑人的部下把他的肩膀冲洗干净，并把某种治愈创伤的速效药膏涂在他身上，然后又往他身上扔了一件大概是神父穿的披风似的黄衣服。这时，被血染红了的皮鞭上的血滴才被比埃拉·多尔得许抖落在石板地上。

可卡西莫多的罪还没全部受完，他还要在刑台上挨一个钟头——被孚罗韩·巴尔倍第昂十分详尽地在罗贝尔·代斯杜特维尔的判决书上添加的那一个钟头。真是得好好赞赏一下约翰·德·居门[①]的“聋即愚蠢”这句关于生理学和心理学的古老戏言呢！

于是钟漏又被拨转，那驼背又被绑在了刑台上——为了把刑罚执行到底。

身处社会中的人民，尤其是中世纪的人民，就像身处家庭中的孩子一样，他们长时间徘徊在无知的原始状态里，徘徊在道德与智力的幼稚阶段，这句形容儿童的话：“这种年纪的人缺乏怜悯心。”也可以用来形容他们。

卡西莫多的确是被大家厌恶着，因为种种理由，这一点读者已经从我们这儿知道了。看见他在刑台上出现，人们都觉得很开心，他刚才受酷刑的那个悲惨景象，除了给他们提供一桩趣事，使他们的厌恶情绪表现得更为恶毒以外没有别的什么，因为人群中没有谁有理由或者觉得有理由去怜悯一下圣母院的这个可恶的驼子，这样一来，没有一个人会为他的遭遇而心肠变软。

因此，人们形形色色的报复活动在公诉（借用法官们至今沿用的行话）完毕之后，就彻底开始了。女人们仍旧和在大厅里一样，骂得最凶。她们有的恨他太坏，有的恨他太丑，反正对他都有恨，

① 约翰·德·居门（1592—1670）：捷克作家，人文主义者，现代教育的创始人。

只是后者对前者火气更大。

“喂！基督教的叛徒！丑八怪！”一个骂道。

“骑扫帚的家伙！”另一个喊道。

“瞧那漂亮、悲惨的鬼脸，”又一个吼道，“如果是昨天，你就又能当丑人王了！”

“好啊，”一个老妇人把话接了过去，“那就成了刑台上的鬼脸了。绞刑架上的鬼脸什么时候也能让我们看看呀？”

“何时才能顶着你的大钟进坟墓呀？你这该死的敲钟人！”

“每天给我们敲钟的就是这个魔鬼！”

“喂！聋子！独眼！驼背！魔鬼！”

“孕妇一见到你那张脸，就得流产！你可比任何堕胎药都管用呢！”而那两个学生，磨坊的约翰和罗班·普斯潘，则起劲儿地唱着古老的歌谣：

一根藤条！
对付恶汉！
一捆木柴！
对付丑八怪！

嘘声、笑声、骂声此起彼伏，每个人都把骂人的最大劲使了出来，不断地把石头向刑台扔去。

狂怒的观众不仅把愤怒表现在言词上，也充分展现在脸上，所以耳聋的卡西莫多还是感受到了。况且，扔向他的石头也表明了他们咧着嘴的笑也是出于恶意的。

起初，他还尽力忍着。他可以咬牙挺住执行吏的皮鞭，可当面对群众犹如虫豸般的狂蜇乱咬时，他就像西班牙阿斯杜里地区的不在乎斗牛士的进攻，却会被狗和标枪激怒的公牛一样，渐渐地失去了耐性。

他先是慢慢地环视人群，把恐吓的目光投向他们。可是目光因他被束缚着也显示不出什么力量，无法赶走咬他伤口的苍蝇。于是，狂怒的他扭来扭去，用力挣扎，想挣脱束缚，那陈旧的轮盘被他弄得轧轧作响。随之而来的是群众更为疯狂的讥笑和嘲骂。

看到束缚自己的枷锁无法被挣脱，那可怜人就又平静下来。只是不时地把胸膛鼓起，愤怒地哼一声。羞赧之色在他脸上根本就找不到。他不知道羞耻为何物，不仅没有被社会同化，反而更加接近自然。况且，丑到那种程度的他，还会对耻辱那么敏感吗？然而，他那丑陋的脸上却因愤怒、仇恨和绝望而渐渐笼罩起一层阴云，随着密度的增加，仿佛蓄满了电流，化作无数道电光，在独眼巨人那只眼睛里，发出闪闪的亮光。

然而，当人群中穿过一个骑在骡背上的神父时，几许阳光从这个乌云密布的脸上显现了出来。当远远地瞥见这个神父和这头骡子时，这可怜的犯人便稍稍温柔了些。此刻他面带微笑，充满和蔼、宽容和一种难以形容的柔情，而片刻之前，他还是全身抽搐，怒不可遏。这个不幸的人仿佛见到了救世主一样，向他致敬，但是，正当骑骡人足以凭借渐渐靠近刑台的骡子而认出犯人时，那神父却垂下了眼皮，就像急于躲避会令他难堪的要求，避免自己被一个身处此境的可怜虫认出，并接受他的致敬一样拨转方向，催促坐骑疾步向来时的路走去。

这位神父正是堂·克洛德·孚罗洛副主教。

于是，卡西莫多额际落下了更加浓密的乌云。他脸上的微笑虽然保留了一段时间，但已掺杂着苦涩而显得沮丧、忧伤。

时间渐渐逝去。一直心如刀割，受尽了虐待、嘲弄，还险些被乱石砸死的他，已经被绑在那里至少有一个半钟头了。

突然他又不顾一切地在镣铐下挣扎起来，身下的整个木架都因其用力过猛而晃动着。到目前为止还一言未发的他，此时用嘶哑的嗓音怒吼道："渴！"这一声更像犬吠而非人声的怒吼，不仅打破了他自己固守的沉默，就连全场的嘲骂声都被它压倒了。

但这声惨叫非但没有引起围观人群的同情，反而使刑台四周的巴黎市民更加开心。说实在的，原本善良的巴黎百姓作为一个整体出现时，并不比残酷的流氓团伙善良到哪去。那个无非是由最底层的平民百姓组成的团伙，我们已经领读者见识过了。在可怜的犯人周围，除了讥笑他居然还想喝水的声音之外，没有人发话。也难怪如此，此刻他那满脸涨红、汗流如注、目光慌乱、嘴角因愤怒和痛苦泛着白沫、舌头吐出一半的模样，与其说是让人可怜，还不如说是让人既想笑，又害怕。还得说句实在话，刑台令人恶心的阶梯周围弥漫着的如此强烈的偏见，使任何一个走近它的人都像沾上了一分羞耻，这种气氛足以使人群中某个想给这可怜虫倒上一杯水的好心人望而却步。

过了几分钟，卡西莫多环视人群，目光中充满了绝望。他又一次喊道，“水！”这一次的声音更加令人心碎。

全场又是一阵哄笑。

“给你这个喝！”罗班·普斯潘叫道，把一块在阴沟里浸湿的抹布迎面向他扔去。“给，坏聋子！你的恩人是我呀！”

“给你，”一个女人把一块石头扔向他的头。“看你还在半夜敲你那下地狱的鬼钟把我们吵醒！”

“好呀，小子！”一个想用拐杖去打他的跛子吼叫道：“你还敢把厄运从圣母院的钟楼上到处散布吗？”

“把这一罐子都给你，去喝吧！”一个往他胸脯上扔破罐子的男人喊道：“那个从我老婆跟前走过，就让她生下一个双头儿的就是你！”

“我的猫还生下一只六条腿的小猫！”尖声怪叫的一个老太婆抓起一块瓦片向他砸去。

卡西莫多第三次喊道：“水！”此时已是上气不接下气了。

就在这时，他发现人群闪开了，一个服饰古怪的姑娘走了进来。她身后跟着一只金角小山羊，手里拿着一面巴斯克小鼓。

一道亮光从卡西莫多的独眼中闪过。他昨晚想要抢走的就是这个吉卜赛姑娘。他隐隐约约感觉到这一暴行就是使自己此刻受罚的原因。其实跟这一点儿关系也没有，他仅仅是因为自己听不见，而且审判他的法官也和他有同样的毛病才受到如此重的处罚。不过，此刻他对她是来报仇的这一事实深信不疑，她会和别人一样给自己

以沉重的打击。

果然，眨眼间她已经迅速登上了梯子。他被愤怒和怨恨压得喘不上气来。他真希望自己的眼睛能够发射雷霆，把这刑台震个粉碎，使还没来得及爬上刑台的吉卜赛女郎摔到下边去。

她无声无息地走近那可怜的犯人，不在乎他正枉自扭曲身体试图躲开她。只见她把一个水壶从腰带上解下来，轻轻地往那不幸人焦渴的嘴唇边送过去。

于是，大滴的泪珠在他那犹如火烧的、迄今完全干涸的独眼中转动，慢慢夺眶而出，顺着他那畸形的、由于绝望而长时间抖动的脸庞流下。这也许是那苦命人平生第一次掉下眼泪。

这时，喝水似乎已经被他忘记了。噘起了小嘴的吉卜赛姑娘有点不耐烦，但又笑着把水壶贴到卡西莫多紧闭着的嘴唇上去。

口舌干得像火烧火燎一样，索性他就大口大口地喝着。

喝完以后，可怜的人大概是想亲亲这美丽的、救了他性命的小手，便伸出了他那乌黑的嘴唇。但是，姑娘好像是害怕被野兽咬着一样，急忙缩回了手，也许是因为她想起了昨夜的恐怖而心存戒备吧。

于是，可怜的聋子以一种充满责备和不可名状的伤感的眼光目不转睛地望着她。

一个如此丑恶可怜的家伙，竟有幸被这样一个漂亮、鲜艳、纯洁、迷人而又那么娇弱的姑娘充满热情地救助，这动人的情景因发生在刑台上而更加动人了。

“好极了，好极了！”被感动了的观众一起拍着手喝彩。

正是在这会儿，刑台上的吉卜赛姑娘被隐修女从她那洞穴的小窗口望见了，于是她恶狠狠地沮咒道：“该死的埃及女人！去死！去死吧！”

五、关于玉米饼故事的结局

脸色苍白的艾丝美拉达摇摇晃晃地从刑台上走了下来。那隐修女的声音还在她耳边回荡："埃及的女扒手！下来吧！你下来吧！你还会有上去的那天的！"

人们悄声议论："麻袋女又发脾气啦！"随后便谁也不言不语了。人们向来是把这一类妇女当做神圣来尊敬的，没有一个人愿意去打扰那日夜祈祷的人。

卡西莫多获释的时刻到了，人群随着他被松绑而纷纷散去。

马耶特和两个同伴一起往回走，刚走到大桥边，马耶特似乎想起了什么似的，突然停下来问道："对了，那块玉米饼呢，厄斯达谢？"

"是这样的，妈妈，"孩子回答道，"一条大狗在你同老鼠洞里那位太太讲话的时候跑了过来，咬了我的饼一口，所以我也就吃起来了。"

"怎么，先生，"她说道，"你把它吃得一干二净了吗？"

"是狗把它吃掉的，妈妈，"孩子使劲强调，"我不让它吃，可它不听我的，所以我就吃了，就这样。"

"好一个可怕的孩子！"面带微笑的母亲嗔怪道，"乌达德，你知道吗？我们花园里所有的樱桃由他一个人就能全吃光了。怪不得他爷爷说他是个当元帅的料。厄斯达谢先生，我可得好好教训你！快走吧，小胖狮子！"

第七卷

一、对山羊倾诉秘密的危险

转眼间，几个星期又过去了。

这是三月上旬的一天。阳光依然明媚灿烂，光彩夺目，虽然迂回修辞法的祖师爷巴塔[①]先生还没有把太阳喻为“擎蜡烛的大公爵”。风和日丽的一个春日，暖意融融，整个巴黎城的人都走出家门，广场上，街道上，就像过节一样人来人往，熙熙攘攘。在这样一个明媚、温暖而宁静的日子里，要去欣赏巴黎圣母院的大门的话，有一个时间最合适不过了。那就是这座古教堂被快要落山的太阳面对面照着的时候。越来越西斜的落日的余晖缓缓地从广场上撤离，顺着圣母院的正面冉冉升起，阴影上面凸现出成千上万的圆浮雕，而中央巨大的圆花窗却红光闪烁，就像在熔铁炉照射下的塞克罗平[②]的独眼睛一样。

目前正是这样的时刻。

巍峨的大教堂被夕阳染红了。几个如花似玉的姑娘正在一幢坐落于对面广场和前庭街交汇处的富丽堂皇的哥特式住宅的门厅上方

① 巴塔（1544—1590）：法国诗人。

② 塞克罗平：希腊神话中的独眼巨人。

的石头阳台上说说笑笑，显得万般娇媚和轻狂。长长的头巾从她们珠围翠绕的尖帽顶上一直垂到脚后跟；质地考究的绣花胸衣，把她们的玉肩遮住，却又按照当时诱人的风尚，微微露出少女美丽的胸脯；质地考究得令人惊叹的外衣，和比外衣更华丽、更珍贵的衬裙，使她们个个如花团锦簇般。她们的这些服饰，不是绫罗绸缎的，就是天鹅绒的。特别是从她们又白又嫩的手上便可以知道她们过着饭来张口、衣来伸手的优越生活。从这一切的一切，便可以轻而易举地得出结论：她们都是富贵人家的千金小姐。她们是孚勒尔·德·丽丝·贡德洛里耶小姐和她的朋友们：狄安娜·德·克利斯丹依，阿默洛特·德·蒙米歇尔，高兰布·德·加耶枫丹和年幼的德·尚谢勿西耶。她们这些大家闺秀当时都聚在寡妇贡德洛里耶家里，等候将在四月份来到巴黎的波热殿下和波热夫人。他们将挑选几个贵族小姐给玛格丽特公主做傧相，然后在卡底弗朗德勒使臣那儿迎接公主。三十里内的上等人家中的好些人已经把女儿托付在巴黎阿洛伊思·德·贡德洛里耶夫人那严谨而令人敬佩的管束之后，因为他们都盼望自家的女儿能获得这种荣幸。贡德洛里耶夫人是前王室弓箭队军官的寡妇，她和女儿一起在巴黎巴尔维广场她自己的房子里居住着。

一个挂满黄地金条纹的华丽帏幔的房间和这些姑娘所在的那个阳台是紧连着的，房间内有成千种奇特的描金涂色雕刻嵌在大天花板那些平行的灿烂的横梁上。这房子的主妇是一个方旗骑士①的妻子或遗孀，这一点可以从挂着华丽铠甲的刻有雕饰的衣架上，可以从放在双层食橱顶上的一个彩陶野猪头上看得出来。在房间尽头有一个高大的壁炉，壁炉上刻满了盾牌和勋章，贡德洛里耶夫人就坐在壁炉边的一把红色天鹅绒安乐椅上。她大约五十五岁左右，从她的服饰和面貌上都可以看出这一点。一个神情相当骄傲的青年笔挺地站在她旁边，略显轻浮虚伪的气质也掩饰不住他是那种会让女人们

① 方旗骑士：是能召集足够附庸参战而有权举方旗的领主。

一见倾心，而严肃的男人和星相家一见就会耸肩膀的美男子。这青年骑士的穿着类似于本书第一卷里那个朱庇特的装束，是那种金碧辉煌的近卫弓箭队长的服装，在这里，我们就不必多说了。

小姐们有的坐在屋里带金角的乌德勒支[①]丝绒锦团上，有的坐在阳台上雕刻着花卉人物的橡木小凳上。她们在给一大张绣花帷幔刺绣，一人把一只角拉着摊到自己的膝头上，剩下的好大一块拖曳在铺盖地板的席子上。

她们窃窃私语，欲笑还止的样子表明了有男士在场，凡在这种情况下，女人们莫不如此。这位男士本身却似乎并不怎么介意，虽然他在场就足以挑动这些女人们的虚荣心，虽然他处在一群竞相吸引他视线的绝色佳人中间，但他的全部注意力似乎都在用麂皮手套揩拭腰带的环扣上。

老夫人总是时不时地对他低语些什么，然后他就以一种笨拙而且勉强的礼貌的态度尽最大努力去回答。面带微笑的阿洛伊思夫人，总是做一些饶有深意的小手势，有时在低声与队长说话的同时，就向女儿孚勒尔·德·丽丝瞟上一眼。从这种情景可以看出他们之间有姻戚关系，那青年与孚勒尔·德·丽丝是订了婚的。可是，我们从那青年脸上尴尬而且冷淡的表情可以判断出他们之间并没有爱情可言，至少对他来说是这样的。他的为难和厌烦全都写在脸上——这样的心情会被我们今天的城防部队的小军官极为直白而畅快地表达为："真他妈的累人！"

这位可怜的母亲丝毫没有看出青年军官对此并没有兴趣，只是一味地替女儿操心，时不时地提醒他注意孚勒尔·德·丽丝做活儿的手指是多么的灵巧美妙。

"快看，侄儿，"她拉拉他的衣袖，低语道："你看她这会儿弯腰的样子！"

"是呀。"年轻人回答。说完，便沉默下来，一副恍恍惚惚，

---

① 乌德勒支：荷兰城市。

冷冷冰冰的样子。

过了一会儿，女儿又该弯腰了，阿洛伊思夫人再次不失时机地对军官说：

“到哪儿去找像她这样可爱、妩媚的模样呀？还有哪位姑娘的皮肤比她更白皙，头发比她更金黄的吗？还有谁的手指功夫比她还高吗？她那表现出天鹅般优雅仪态的脖子，难道不令人神魂颠倒吗？有时候，连我都会嫉妒你呢！你这个小家伙，可真是个有福气的男人！你难道不崇拜她的美貌，不为她而发狂吗？”

“当然！”军官虽然如此回答，但他的脑子里却明显想着别的。

“那你去跟她说话呀！”阿洛伊思夫人边说边推他的肩膀，“去和她随便聊聊。你现在怎么这么胆小了呢？”

我们可以对读者保证，在这位队长的性格中，胆小既不是优点，也不是缺陷，不过他还是按照吩咐做了。

“亲爱的表妹，”他叫了一声，同时走了过去，“您绣在壁毯上的是什么图案？”

“亲爱的表哥，”乎勒尔·德·丽丝带有怒气地回答，“这是海神的洞府，我都对您说过三遍了。”

她显然比母亲清醒一些，卫队长的态度冷漠和心不在焉都已被她感觉到了。卫队长似乎觉得应该找点儿话题，便问：

“这些海王什么的，是绣给谁的呀？”

“是绣给圣安东尼修道院的。”乎勒尔·德·丽丝头也不抬地说道。

卫队长把壁毯的一角捧起来，问道：

“这个鼓着腮帮吹喇叭的胖武士是谁呀，表妹？”

“他是特西多①。”

从乎勒尔·德·丽丝的简短的回答中，可以感觉到她的余怨未

① 特西多：海王之子，是人身鱼尾的神。

消。年轻的小伙子立刻意识到自己必须对她说些悄悄话，一些讨好的话，哪怕是废话什么的。于是，他弯下腰去，把他能想象出的最温柔、最知心的话说了出来："亲爱的表妹，请转告您的母亲，别总穿着那身刺绣纹章的长袍子了！"那是我们的祖母在查理七世那个时代穿的衣服，现在已经不时兴了。把什么铰链和桂枝当做纹章绣在长袍上[①]，岂不成了会动的壁炉架子了吗？跟您说实话，现在再也没有人以坐在自己的旗帜上而骄傲自豪了。我对您发誓！"

孚勒尔·德·丽丝抬起美丽的眼睛，生气地看了他一眼，轻声说道："您就为这个向我发誓吗？"

这时，好心的阿洛伊思夫人看着交头接耳、窃窃私语的两个人，已经乐得心花怒放了。她边摆弄着祈祷书上的搭扣，边自言自语："这幅爱情画卷是多么动人啊！"

越来越感到尴尬的卫队长，只好又把关于壁毯的话题拣了起来，称赞道："这做工实在太精美了！"

听到这话，另一个身穿蓝缎裙，皮肤白皙的金发美人高兰布·德·加耶枫丹，怯生生地说了句充满试探的话："罗歇·居容大厦的帏幔您见过吗，贡德洛里耶小姐？"她表面是在问贡德洛里耶，而内心却希望英俊的卫队长回答。

"是不是卢浮宫洗衣女工花园所在的府邸呢？"狄安娜·德·克利斯丹笑着问道。她很愿意笑，因为她的牙齿很漂亮。

"巴黎古城墙的一座大箭楼也在那里呢！"娇艳漂亮，拥有一头鬈曲棕发的阿默洛特补充道。就像狄安娜喜欢咧嘴笑一样，她喜欢的是莫名其妙地叹气。

"我亲爱的高兰布，"阿洛依思夫人开口道："你说的是查理六世时代，属于巴格维勒先生的府邸吗？的确有一些非常漂亮的立经挂毯可以在那儿看到。"

---

① 铰链（good）和桂枝（laurier）中间加一个e，就成了贡德洛里耶（Gondelaurier），是该家族名称，同时也是代表该家族的两种徽记。

“查理六世！查理六世国王！”捻着小胡子的年轻的弓手队长嘀咕道：“我的天哪！老夫人的脑袋里尽装一些陈旧而古老的事情。”

“那些挂毯的确漂亮极了，”贡德洛里耶夫人又接着说，“那简直是稀世珍宝，手工精致极了！”

一直站在阳台上从栏杆的梅花格里向广场张望的又细又瘦的七岁小女孩倍韩日尔·德·尚谢勿西耶突然在这时惊叫起来：“亲爱的孚勒尔·德·丽丝教母，快来看呀！有个敲着手鼓的漂亮姑娘在广场上跳舞哩，好多人都在那儿看呢！”

人们果然听到了巴斯克手鼓清脆的颤音。

“是个吉卜赛姑娘。”孚勒尔·德·丽丝懒洋洋地望了一眼广场，说道。

“去看看！咱们去看看！”那几位活泼可爱的女伴喊着，一起跑到了阳台上。对未婚夫的冷淡闲惑不解，而打不起精神的孚勒尔·德·丽丝跟在她们后面，慢腾腾地走了过去。那位未婚夫却感到浑身轻松，因为他和孚勒尔·德·丽丝小姐的尴尬谈话终于被这个小插曲打断了，他就像一个刚刚下岗的士兵一样，心满意足地回屋去了。他一想到不久就要结婚，心情就会变得十分沮丧，但从前他并不这样，他曾经一度认为能效劳于美丽的孚勒尔·德·丽丝小姐是十分愉快和令人心醉的，可现在他已经觉得腻烦了。他是个性情不稳定的人，虽绷有一个高贵的出身，但由于长时间置身于行伍之间，也染上了不少大兵习气，趣味也变得庸俗。下等酒店和关于酒店的一切，才是他真正喜欢的。他只有在说粗话、向女人献殷勤、拈花惹草、情场得意时，才会像水中的鱼一样轻松自由。他因为过早地闯荡江湖和对兵营生活的习惯而把从家里受到过的良好教育和学到过的高雅的举止风度抛到脑后了，在戎装的摩擦下，漂亮的贵族外衣已日渐褪色。但他仍常来看望孚勒尔·德·丽丝小姐，因为舆论还是多少要顾及一些的，可在她家里，他浑身都感到不自在。首先，他留给未婚妻的爱情实在是少了又少，因为大部分已被他四处抛撒掉了。其次，他总是提心吊胆，因为一和守旧、规矩和古板的漂亮女士在一起，他就怕控制不住自己说惯了脏话的嘴巴，把下等酒店的污言秽语溜出来，那可就有好果子吃了。

此外，他又因自己有着堂堂的仪表和考究的服装而感到骄傲，这又和以上的特点搅和在一起，你们尽可能发挥自己的想象力吧，我只不过是一个讲故事的人罢了。

他沉默了好一会儿，或许想些什么或许大脑一片空白，当他的未婚妻忽然转身对他说话时，他正心不在焉地靠在雕花壁炉上。总之，姑娘也仅是因为他总是心存戒备而感到生气罢了。

“亲爱的表哥，你跟我说过，你曾经把一个吉卜赛小姑娘从十二个强盗手里救了出来，就在两个月前的某个晚上你巡夜的时候，是吗？”

“是这样的，亲爱的表妹。”队长说。

“那你过来看看，”她说道，“这个在巴尔维广场上跳舞的流浪姑娘可能就是她。你看认识吗，弗比斯表哥？”

这已经有和解的含义了，因为她是叫着他的名字邀请他到自己身边来的，弗比斯·德·沙多倍尔队长（从第一章开头，读者一定就看出是他）拖着缓慢的脚步走向阳台。“快看，”温柔地把手搭在弗比斯胳膊上的孚勒尔·德·丽丝说道，“你的那个流浪姑娘是正在那边人堆里跳舞的小姑娘吗？”

“没错，一看见她的小羊儿，我就认出来了。”

“呀，多么漂亮的小羊啊！”合着手的阿默洛特赞美道。

“它那两只犄角是真金的吗？”倍韩日尔问道。

“是不是去年从吉巴尔门进城的那些吉卜赛人里面的一个？”一直纹丝不动地坐在安乐椅上的阿洛伊思夫人说话了。

“如今，那道城门已叫做地狱门了，我的母亲大人。”孚勒尔·德·丽丝轻声道。

贡德洛里耶小姐知道，她母亲那种谈论老古董的话是被青年队长所深恶痛绝的。没错，他已经在恨恨地冷笑了：“吉尔巴门！吉尔巴门！因为她想起了查理六世国王才会想起吉尔巴门！”

“教母！”滴溜溜的眼睛转个不停的倍韩日尔忽然望着圣母院的塔顶说：“那上面穿黑衣服的男人是谁呀？”

姑娘们全都抬头望去，在靠北边的朝向格雷沃广场的那座钟塔的栏杆上，的确有个男人倚在那里，他的衣服和用双手支着的脸孔都可以被清楚地看到，那人是个神父。他呆呆地凝视着广场，像一尊雕像似的纹丝不动。

那种目光，犹如一只鹞鹰，注视着刚刚发现的鸟窠。

“那是若扎斯的副主教先生。”孚勒尔·德·丽丝说。

“你真是好眼力呀，这么远你就把他认出来了！”加耶枫丹赞道。

“他似乎在观察那跳舞的小姑娘呢！”狄安娜·德·克利斯丹依说道。

“那吉卜赛姑娘可得留神呀，”孚勒尔·德·丽丝说，“吉卜赛人一向是不被他所喜欢的。”

“那个人这样看她，可太遗憾了！”阿默洛特·德·蒙米歇尔有点替她抱不平，“她舞跳得多棒呀！”

“弗比斯，我的好表哥”，孚勒尔·德·丽丝忽然说道：“既然这个流浪的小姑娘和你认识，你就示意她上来吧。我们会为此而感到高兴的。”

“对，就这么办！”姑娘们鼓掌道。

“但这样做可傻了点儿！”弗比斯说道，“我根本就不知道她叫什么名号，再说她早就把我这个人给忘了。但我可以试试，如果小姐们真的愿意的话。”说完，他就从阳台栏杆上探出身子，喊道：“小姑娘！”

正巧，姑娘这时没有敲手鼓。她向声音传过来的地方回过头去，看见弗比斯，眼睛里投射出一种闪亮的光。舞蹈动作也随之停了下来。

队长又喊了一声："小姑娘！"并且招手示意她上来。

姑娘一直望着他，脸颊仿佛被一团火燃烧着，腾地一下红了，接着，把手鼓夹在腋下，从惊讶不已的人群中缓缓穿过，向弗比斯所在的那栋房屋的大门踉踉跄跄地走去，目光迷乱的像一只抵挡不住蟒蛇魅力的小鸟。

片刻之后，帷幔被掀开了，红着脸的吉卜赛姑娘手足无措地站在客厅门口，小口地喘着粗气。低垂着两只大眼睛，不敢再迈前一步。

倍韩日尔鼓起掌来。

可是，跳舞姑娘一动也不动地在门口站着。她的出现对这群姑娘产生了不小的震动。固然，姑娘们心中都被一个朦胧的愿望激荡着，她们都梦想着英俊的军官能倾心于自己，只要他在场，她们就会不自觉地以那漂亮的军制服为卖弄风情的目标，虽然她们谁也不肯承认，但从她们的一言一行、一举一动中随时可以发现她们之间正展开一场无声的竞争。她们的美貌不相上下，她们在用同等的武器竞争，每个人都希望胜利属于自己。现在，这个均势被吉卜赛姑娘的到来打破了。艳丽惊人、不同凡响的她，一在房门口出现，就仿佛散发出她独有的光辉。在这拥挤的客厅里，在这幽暗的帷幔和炉壁的映衬下，光艳万分的她比在广场上更为美丽动人，好像是一支火炬被人从太阳底下拿到了黑暗之中。那几位贵族小姐不由被这耀眼的美刺痛了眼睛。没有一个人不感到自己的美貌因她的到来而受到了挫伤。所以，她们在没有招呼彼此的情况下，无不把阵线——请允许我这样说——立刻转变了。因为她们是心有灵犀而又敏感之至的。只要是女人，就具有一种比男人快得多的互相理解和感应的速度，这是她们的本能。几位小姐无不犹如突然闯进一个敌人一样，空前地团结起来。整个一杯水可以被一滴葡萄酒染红；一群美貌的女子全因为一个更美貌的女子的到来而染上某种不快的情绪——特别是只有一位男士在场的时候。

所以，迎接吉卜赛姑娘的只是一张张冷若冰霜的面孔。她们从上到下把她打量了一番，然后彼此看了看，一言不发。她们相互之间是非常了解的。而此时激动万分的吉卜赛姑娘正等着有人和她说话，连眼睛都不敢抬一下。

第一个打破僵局的就是卫队长了："说真的，这才是个真正的美人呢！"他那惯有的自负可以清楚地从语调中感觉得出。"您说呢？亲爱的表妹？"

稍有头脑的人，都会用极低的声音表达这种赞美。因为它从本质上来讲，对于驱散女人的嫉妒心毫无用处。此时的她们面对吉卜赛姑娘，已经是个个醋意十足。

"还不错！"孚勒尔·德·丽丝用一种温柔却又明显包含蔑视的语气说道。其他姑娘们则窃窃私语。

为女儿抱不平的阿洛伊思夫人似乎也显得醋意十足。她对那小舞女说："你过来，小姑娘！"

"你过来，小姑娘！"倍韩日尔也摆出一副滑稽的庄严架势，模仿着说道，其实，倍韩日尔的个子刚够得着她的腰。

吉卜赛姑娘向这位夫人走去。

"漂亮的小姑娘，"向她靠近一点的弗比斯，有点夸张地说道，"您还认得我吗？不知道我有没有这种殊荣……"

"啊，是的。"她打断他的话，无限温情地抬头向他笑了笑。

"她记得可真牢。"孚勒尔·德·丽丝评论道。

"可是，"弗比斯接着说，"那天晚上你是被我吓着了，才跑那么快的吗？"

"啊，不。"

孚勒尔·德·丽丝伤心透了，因为在这两句简短的回答中，包含了无尽的情意。

“我的美人，”卫队长的舌头明显轻松了许多，只有与街头女郎讲话时，他才能这样，“那天您把一个独眼驼背的可恶的怪物留给了我。他好像就是主教的敲钟人吧？他生就一副怪模样，据说是副主教的私生子。他名字多得我都说不全，什么‘四季’啦，‘复活节万花’啦，‘封斋前的星期二’啦，一个比一个有趣。全是以敲钟的节日命的名。他居然连您也敢抢，好像您是给那些教堂执事们解闷用的，简直太过分了！你说那猫头鹰到底想把您怎么样？”

“我不知道。”她回答。

“说他是无礼冒犯，不算过分吧！一个敲钟的，竟玩起上等人的把戏，像一位子爵那样抢姑娘家，罕见之极！不过，他也算受了罪了，比埃拉·多尔得许是不会把一个无赖轻易放过去的，他可是个出了名的野蛮汉子。如果您感兴趣，那我告诉您，他已经干净利索地把敲钟人的皮给扒下来了。”

队长的这番话使刑台的场面浮现在她眼前，她不由得自语：“那人可真可怜！”

“牛角尖！”队长听了放声大笑。“您的同情就像是一支插在猪屁股上的羽毛。我愿有个像教皇一样大的肚子，如果……”

“对不起，小姐们！”他猛地把话头刹住，“我想我快要说傻话了。”

“呸，您打住吧，先生！”加耶枫丹依说道。

“他居然用她那下等人的语言同她说话！”孚勒尔·德·丽丝低语。她的怒火越燃越烈。当她看到卫队长被吉卜赛姑娘吸引住了，特别是看到他得意忘形地用单脚在原地画了个圈，谄媚地说：“我以灵魂发誓，这真是个漂亮姑娘！”时，她的怒气更是有增无减，因为她的未婚夫简直充满了大兵式的粗野和傻气。

“瞧她那衣服，不伦不类的！”狄安娜·德·克利斯丹说道，又露出了她那漂亮的牙齿。

其他几位姑娘似乎是受到了狄安娜的启发，开始把目光投向吉卜赛姑娘身上的弱点。既然她的容貌无可挑剔，那就攻击她的服饰好了。

“不过也是，小姑娘，”蒙米歇尔说，“你是从哪里学的这样不穿胸衣，不戴颈饰就满街乱跑呢？”

“再看她那短得吓人的衬裙！”加耶枫丹补充道。

“亲爱的，”孚勒尔·德·丽丝充满尖刻地讽刺道，“您就不怕警察因你戴着镀金腰带而把你抓走？”

“小姑娘，”克利斯丹依冷漠地笑笑，依然没忘露出牙齿，“你可以少挨一点儿太阳烤的，如果你本分一点儿，把你的胳膊用衣袖遮住的话。”

这些姑娘，一个个如花似玉，但却像一条围着街头舞女盘旋、扭动、滑行的毒蛇一样，恶语相加，出口伤人，要想招架住这个场面，非得有一个比弗比斯的智商还要高的人。她们的外表妩媚动人，内心却残酷无情。她们冷言冷语，把吉卜赛姑娘的奇装异服从里到外讽刺了个够。无休无止的哄笑、凌辱，没完没了的讽刺。吉卜赛姑娘遭受的不仅有那倾盆大雨般的嘲笑，还有那好似一群把金针扎进美丽女奴的胸脯上取乐的古罗马贵族小姐般的倨傲的垂怜和充满恶意和目光，她们就像一群扇动着鼻翼，瞪大了灼热的眼睛的优雅的猎犬一样，围着一只可怜的母鹿转来转去。它们之所以停留于此，是因为主人用目光制止它们吞食。

一个卑微的街头舞女在这些贵族小姐面前，又能算得了什么！她们根本就不在乎她的存在，就像在议论一件肮脏、卑贱却又美丽的东西一样，在她的面前品头论足。

那吉卜赛姑娘不是察觉不出这些冷嘲热讽。愤怒的目光不时在她的双眼中闪烁，她的脸颊也动不动就涨个通红。她似乎想说句损她们的话，但话到嘴边又忍了回去。她只是轻蔑地噘了噘嘴——这是个读者早就熟悉的动作，然后就始终保持缄默。呆呆站在那儿的她望着弗比斯，目光中流露出顺从、忧悒、温和，更洋溢着幸福和柔情。她仿佛害怕被人赶走似的竭力克制着自己。

弗比斯倒是站在吉卜寒姑娘这边，带着一种半怜惜、半粗鲁的神气。

“别管她们，小姑娘！”他把金马刺碰了一下，说道，“对于你这样一个漂亮的姑娘而言，古怪和简陋的装饰都是无足轻重的。”

“我的上帝！”褐色头发的加耶枫丹苦笑着说，天鹅般的脖子高高挺起，“我看一碰上吉卜赛姑娘，王室弓箭手先生的眼睛就容易着火啦！”

“可不是吗？”弗比斯说。

队长的这句无心的话，就好像是扔出来一块石头，但却不知会落在何处。高兰布笑了，狄安娜·阿默洛特和孚勒尔·德·丽丝也笑了起来，后一位几乎是哭着笑的。

吉卜赛姑娘听了高兰布·德·加耶枫丹的话后，眼睛就一直望着地板，而此时她真是高兴极了，把眼睛抬起再次望着弗比斯。

看见这个情景，老夫人莫名其妙地恼怒起来。

“圣母呀，”她忽然叫道，“我身边跑来个什么东西呀！啊，该死的畜生！”

原来是来寻找女主人的那只小羊儿，它往女主人那儿跳的时候，两只犄角把那贵妇人坐下时滑在脚上的毛毯给碰着了。

这倒是个转移大家注意力的机会，吉卜赛姑娘把小羊牵到自己身边，一句话也没有说。

这时，兴奋的倍韩日尔跳起来嚷道：“啊！这个小羊儿不就是有金脚爪的那只吗？”

跪在地上的流浪姑娘把脸贴在可爱的羊头上，别人会以为她是在向羊儿道歉，请它原谅自己这么长时间没和它在一起。

这时狄安娜对高兰布耳语道：

“哎呀，上帝！这个姑娘就是带着母山羊的那个女人呀！我怎么没早一点认识到呢？听说她是个巫婆，她的母羊会要鬼把戏呢！”

“那正好，”高兰布说，“该让这母山羊给我们表演一个把戏，让我们也开开心吧！”

狄安娜和高兰布便一起冲吉卜赛姑娘说：

“让你的小母羊给我们表演一个吧，小姑娘！”

“您的话，我不大懂。”吉卜赛姑娘回答。

“演一个把戏，一个魔法，总之，一种巫术！”

“我不明白！”她抚摸着那漂亮的小羊，低声地叫道：“加里’加里！”

这时，孚勒尔·德·丽丝问吉卜赛姑娘：“这是什么呀？”她的手指向一只挂在山羊脖子上的绣花小荷包。

“这是我的秘密。”吉卜赛姑娘抬起大眼睛望着她，认真地回答。

“你的秘密是什么呢？我倒是十分想知道。”孚勒尔·德·丽丝思忖道。

“那么，吉卜赛姑娘，”那位好夫人这会儿又生气了，“如果你同你的山羊都不肯表演个节目给我们看，那你们为什么要来这儿呢？”

一声也不吭的吉卜赛姑娘缓缓地走向房门口，但是随着她与房门的接近，小姑娘就像被一块无形的磁石吸引了一样，把步子放得更慢了。忽然她停住了，回头望着弗比斯，眼睛里噙满了泪水。

“上帝呀！”弗比斯喊道：“你不能就这样走掉了呀。快回来，好歹给我们表演点什么。先问一下，你叫什么名字呀，我的小美人？”

“拉·艾丝美拉达。”目不转睛望着弗比斯的吉卜赛姑娘答道。

姑娘们听到这个古怪的名字，笑得前仰后合。

“瞧！叫这么个可怕的名字，还是个姑娘家！”狄安娜小姐说。

“就是吗！这除了是女巫还能是什么呢？”阿默洛特接着说。

“亲爱的，”阿洛伊思夫人郑重其事地说道，“你这名字该不是被你父母从洗礼的圣水盘里钓出来的吧？”

在他们说话的当儿，趁别人不注意，倍韩日尔用一块杏仁饼把小山羊引到房间角落里去了好一会儿了，她俩很快就成了好朋友。小姑娘在强烈的好奇心驱使下，从小山羊的脖子上把皮袋解下来打开，把里面的东西全都倒在席子上。原来里面是分着刻在一块块黄杨木小板上的一组字母。小姑娘刚把这些个小玩意摊在席子上，就惊奇地发现,其中的几个字母被小山羊用金爪子拣了出来，轻轻挪动，以一种特殊的顺序排列开来。这大概就是它的鬼把戏之一吧。眨眼的工夫。一个词便组好了。似乎提前受过训练的山羊干这活儿一点儿也不费劲。倍韩日尔忽然双手合十，惊叹道：

“孚勒尔·德·丽丝教母！你看山羊都干了些什么呀！”

急匆匆的孚勒尔·德·丽丝跑过去一看就气得颤抖起来，地板上的字母排成了这几个字：

弗比斯

“山羊写的真是这个吗？”她哑着嗓子问道。

“没错，教母。”倍韩日尔答道。

那孩子还会写字，所以这一点毋庸置疑。

“原来她的秘密就是这个！”孚勒尔·德·丽丝心想。

母亲、姑娘们、吉卜赛姑娘和军官都随着小姑娘的惊叫跑了过来。

看到山羊干了蠢事，吉卜赛姑娘如同犯了错的孩子，站在卫队长面前直发抖，脸上红一阵白一阵的。卫队长则既满意又惊奇地冲着她笑。

“弗比斯！”惊愕的姑娘们互相嘀咕着：“这不是卫队长的名

字吗？”

孚勒尔·德·丽丝把矛头转向傻站着的吉卜赛姑娘：“你的记性可真好！”说完便哭了起来。“啊，”她用美丽的双手把脸捂住，伤心地喃喃着，“这是个女巫！”同时还有一个更为苦涩的声音从她心底里发出：“这更是个情敌。”

说完便昏了过去。

“我的心肝，我的宝贝！”吓坏了的母亲喊道，“滚开，该下地狱的吉卜赛女人！”

艾丝美拉达用最快的速度收起那些倒霉的字母，向加里招招手，便一起穿过一道门，走了出去。与此同时，有人把孚勒尔·德·丽丝从另一道门抬了出去。

弗比斯队长成了孤家寡人。他在两道门中间犹豫了片刻，便从吉卜赛姑娘的那道门走了出去。

二、有着明显区别的神父和哲学家

刚才被姑娘们看见的倚靠在钟塔顶上看吉卜赛姑娘跳舞的神父，就是副主教堂·克洛德·孚罗洛。

我们的读者是否还记得副主教阁下留给自己的那间塔上的密室呢？（说起来，我不能肯定它是否是如今在两塔起基的平台上，从东边一丈高的地方，在方形窗口那里依然可窥其内部的那一个。这间小屋显得破旧而空洞，墙壁粉刷得一塌糊涂，到处装饰着像如今教堂前墙一样的黄色雕刻。我猜想蝙蝠和蜘蛛一定是经常占据着这间小密室，所以双重同歼就是那倒霉的虫豸所必须遭受的了。）

副主教每天都在太阳还有一个钟头就要落山的时候，沿那座钟塔的楼梯爬上去，走进密室，把自己关在里面，有时还在那里过夜。那天，他来到休息室的矮门前，把钥匙从挂在身边的小荷包里取出，刚把它插进锁孔，就听到了从巴尔维广场传来的鼓声和响板声。那间小密室，只有一个开向教堂屋脊的窗口。克洛德·孚罗洛急忙把钥匙放回荷包，过一会他就像那些姑娘们见到的那样阴森深沉地站在钟塔顶上。

他板着脸站在那里，一动不动，只是目不转睛地观看着，同时又在思考着。他的脚下是整个巴黎城：有成千座建筑的顶楼和秀丽山冈的圆圆轮廓，有桥下曲折的河流和街上涌动的行人，有云彩和烟雾，也有和圣母院挤在一起的高高矮矮的屋脊。但在这座城市里，只有一个地方吸引着副主教的注意，那就是巴尔维广场，在广场的人群中，只有一个人让副主教有兴趣去观察，那就是吉卜赛姑娘。

很不容易把副主教目光的性质说清楚，也很难知道那其中熠熠的火光是从何而来。这种目光很凝滞，却又透出一种迷惘和狂乱。全身僵立的他是那样的深沉，只有偶尔机械似的战栗使他像风中的大树一样微微颤动，他撑着栏杆的双手却比栏杆更像石头，嘴角上存留着僵死的微笑，整个面部也抽搐起来，——看见这一切，简直可以说，克洛德·孚罗洛整个人中，唯一活着的就是他的两只眼睛。

吉卜赛姑娘欢快地跳着，手鼓旋转在她的指尖上。她一边跳着普罗旺斯的沙拉邦德舞[①]一边把手鼓向空中扔去。她动作矫捷，身姿轻盈，表情欢乐，丝毫没有觉出那狠狠落在自己身上的可怕的目光的分量。

她被观众包围着。不时，有个身穿红黄参半宽袖短衫的男人上来打圆场，然后又回去坐在一张距姑娘几步远的椅子上，把山羊搂在怀里，把它的头夹在两膝中间。这个男人大概是姑娘的同伴。站在高处向下望的克洛德·孚罗洛把他的面容看得并不清楚。

看见这个陌生人之后，副主教的脸色更加阴沉，注意力也好像分在了这个男人和吉卜赛姑娘两个人身上。突然，他挺直了身体，全身颤抖着悻悻然自语道：“她一向是一个人的，这个人又是

① 沙拉邦德舞：一种三拍子的西班牙舞。

谁呢？”

于是，他急步奔到螺旋楼梯的盘旋拱顶之下，快速跑了下去。当他从微微开启的钟笼小门经过的时候，不觉一惊，因为他瞥见在石板屋檐上一个大百叶窗似的窗口那儿伏着的卡西莫多，也在眺望着广场。养父的经过并没有被他发现，因为他完全沉浸在深沉的静观之中。一种异样的表情从他狂乱的眼睛中流露出来。——“怪事！”克洛德心里琢磨，“难道他观察的也是那个吉卜赛姑娘吗？”他边想边往下走。几分钟之后，副主教心事重重地穿过钟楼底部的侧门来到了广场。

他夹杂在被平鼓声吸引来的观众中间，问道：“吉卜赛姑娘到什么地方去了？”

“不清楚，”一个人在旁边回答，“她片刻前才不见的。我想，她是被他们叫到对面房子里跳舞去了。”

刚才，地毯上的蔓藤花纹还被吉卜赛姑娘婆娑的舞影遮没着，而此刻这地毯上只剩下了那个穿红黄参半衬衫的男人，却不见了吉卜赛姑娘。那男人在走圆场，不过是为了挣几个小钱罢了。只见他涨得通红的脸向后仰着，反剪着双手，脖子绷着，用牙齿叼着一把拴了只猫的椅子，这只从街坊上一个女人那借来的猫被他吓得叫个不停。

这个汗流浃背的“杂技演员”顶着由椅子和猫构成的金字塔，从副主教面前经过。副主教失声叫了起来：“圣母呀！皮埃尔·甘古瓦，你在干什么呀？”

这可怜的家伙听到副主教严厉的声音，大惊失色，顿时乱了套。他那椅子和猫组成的建筑稀里哗啦地砸在了围观的观众们头上，激起了一片久久无法平息的叫骂声。

如果他不是在副主教的示意下，在混乱之中跑到教堂躲起来的话，猫的女主人和脸部受伤的观众没准会找皮埃尔·甘古瓦先生（因为这人的确是他）算账，他可就惨透了。

这时空无一人的大教堂光线暗弱。几个小礼拜堂中像星星似的亮起了点点灯光，而正堂四周的回廊里一片昏暗，拱顶已是漆黑一团。只有在夕阳的水平光线照射下的大教堂正面的大圆窗犹如一堆在阴影中闪闪发光的钻石，它的无数种颜色的光线一直投射到正堂的另一头，形成令人目眩的万道霞光。

他们走了没多远，克洛德神父忽然停下来，往柱子上一倚，严厉的目光直逼甘古瓦。甘古瓦倒是不害怕这种目光，只是为穿着小丑服装的自己被这样一个严肃而博学的人撞见而感到丢脸和惭愧。神父的目光是严峻、冷静和锐利的，没有一丁点的嘲笑和讽刺。沉默被副主教率先打破了。

“皮埃尔先生，你给我过来，有许多事情都需要你向我解释一下。首先，您有差不多两个月的时间一直不露面，是怎么回事？而现在您却穿着奇装异服在大街上出现了，这难道很正常吗？一半红、一半黄，整个一个戈德培苹果。”

“先生，”甘古瓦可怜兮兮地说，“衣服确实不太雅观，我这个打扮也被您看见了，比一只顶着葫芦的猫还难看，简直羞死人了。这个样子不好，我也知道，就像一个毕达哥拉斯派哲学家，存心等着巡捕来棒打衣服底下发痒的骨头。可是，我又能怎么办呢，尊敬的先生？都是我那件紧身外套不好，刚一入冬，它就怕事，于是我就被它抛弃了。它借口说自己该到大破烂筐里去休息了，因为它已变成碎片。您让我怎么办呢？老学究狄奥瑞纳提倡的那种赤裸着行走的文明又是现在所无法达到的。况且，现在寒风刺骨，人类总不能在这寒冷的一月就迈出新的一步，并且获得成功吧！我是在拿了这件自己送上门来的短袖外套后，才把那件又旧又破的黑罩衫丢掉的。对于我这个严密的人来说，那件破罩衫已远不能严密遮体了。所以，我只好穿上小丑的服装，变成圣吉雷斯特[①]那样了。我是落难的书生，您说我该如何是好呢？阿波罗[②]不是还替亚代梅来斯[③]喂

① 圣洁雷斯特：古罗马的殉教者。

② 阿波罗：古希腊罗马神话中的太阳神和一切艺术之神，又名弗比斯。

③ 亚代梅来斯：古代菲尔国王。

过猪吗？”

“这下您有个好行当了！”副主教又说。

“先生，我也承认顶着椅子耍猫没有搞搞哲学、写写诗、对着炉堂吹吹火，或从天上收收火①像样。所以，我刚才被您批评时，心慌意乱、手足无措得就像毛驴见了烤肉叉一样。可是先生，我又有什么办法呢？我总得生活呀。最优美的亚历山大诗歌，对于嘴巴而言，还不如一块布里奶酪有价值呢！您知道，我写了一部有名的婚礼赞歌，是献给玛格丽特·德·弗朗德勒公主的，可是，市里分文不付，说是写得不好，就像用四个先令就可以打发原稿克勒斯的一部悲剧似的。眼瞅着我就要饿死了。我就对自己还算比较结实的颌骨说：‘你可以通过卖力气、耍杂技来自己养活自己。’我跟着乞丐学会了二十来种大力士的把戏，也与他们成了好朋友，现在，我白天汗流浃背地用牙齿赚些面包钱，晚上再用牙齿咀嚼挣来的面包。当然，我承认，人生下来并不是以敲手鼓和顶椅子作为谋生的手段，把我的智能这样使用也是很可悲的。但是，尊敬的先生，我不能光过日子，还得挣钱吃饭呀！”

堂·克洛德静静地听着。忽然，一道敏锐而犀利的目光从他深陷的双眼中射了出来，甘古瓦感到这目光把他的心灵深处都探究遍了。

“说得不错，皮埃尔先生，可您又如何跟那个吉卜赛跳舞女郎在一起了呢？”“怎么？”甘古瓦说，“我是她丈夫，她是我妻子呀！”

神父阴沉、忧郁的眼睛像火一样燃烧起来。

“你这无赖，竟做出这种事来！”他抓住甘古瓦的胳膊，气愤地喊道，“你去碰这种姑娘，你难道被上帝遗弃到这种程度了吗？”

“先生，我以死发誓，”浑身发抖的甘古瓦说道，“我从来没

① 收收火：炼金术语。

有碰过她，我向您保证，如果您为这个而担心的话。”

“那您怎么说你们是夫妻呢？”神父说。

甘古瓦赶快把读者已经知道的他冒险去到圣迹区以及他的碎罐婚礼那段经历简明扼要地说给他听。他还说到每天晚上那姑娘都像第一晚一样阻止他亲近，所以这是一个没有结果的婚姻。最后，他说道：“这是一桩痛苦的事，其全部原因就在于和我结婚的是一个圣女。”

听了甘古瓦刚才的话而平静了许多的副主教问道：“你的话是什么意思？”

“要把这些讲清楚可就难了。”诗人回答，“那是因为迷信的缘故。我的妻子是一个被抛弃或是捡来的孩子——当然这两回事没什么区别，这是那个被我们称为埃及公爵的老家伙告诉我的。她的脖子上戴着个符咒，有人说她会在某一天凭着这个符咒找到她的父母，但那个符咒会因为她丧失贞洁而失去魔力。单单这件事就足以使我们都保持着纯洁了。”

“那么，”克洛德的脸色越来越好看了，“你相信别的男人没碰过她？”

“堂·克洛德，一个男人又能把迷信怎么样呢？那个东西稳稳当当地坐在她的脑子里呀。我本来认为，几乎没有几个吉卜赛妇女能保持着那种修女般的贞洁，因为她们是那么的容易接近。但她不同。首先，埃及公爵可能是打算把她卖给什么女修道院吧，所以保护着她；其次，她部落里所有的人都把她当做圣母一样地尊敬；最后，是她自己经常视总管的禁令于不顾，把一把匕首藏在胸前，如果你接近她的身体，匕首就会被她举在胸前。这样看来，她是受着三重保护的。我告诉你，她可是一只不好惹的黄蜂！”

副主教继续着对甘古瓦的问话。

按照甘古瓦的说法，拉·艾丝美拉达除了她那特别的扁嘴之外，称得上是一个迷人的温顺的又没什么危害的姑娘。天真热情的她对一切都很热心，尽管她什么都不懂。她不明白男人和女人的差别，即便在梦里也弄不清楚。她就是那种特别喜欢跳舞、喜欢热闹、喜欢新鲜空气的人。她很像一只脚上长着看不见的翅膀，生活在永远的回旋空间的蜂王。长期的流浪生活，是她养成这种性格的原因。甘古瓦偶然间知道了西班牙和卡塔卢尼亚都已被她走遍，而且一直走到西西里。

他甚至相信，她所在的那个吉卜赛流浪群曾经把她带到了阿尔及尔王国，这个国家位于阿加以地区，是这个地区伸向阿尔巴尼亚和希腊的一角，另一个角通往君士坦丁堡，伸向西西里海岸。甘古瓦说，在摩尔的白人酋长由阿尔及尔国王来做的那个年代，那些流浪人都是他的臣民，都从属于他。艾丝美拉达的确是在很小的时候由匈牙利来到法国的。几句行话、各种各样的奇异歌曲和想法都是由这姑娘从那些地方带来的，她的语言是复杂的，她那半巴黎式半非洲式的服装同样是复杂的。因为她善良，性格愉快，姿态活泼，也因为她的歌声和舞蹈，所以她常去的那些地方的人们都很喜欢她。她相信全城里只有两个人恨她，一个是每当姑娘从她那经过都要挨骂的可恶的罗兰塔隐修女，另一个是每当碰到他的眼光和听到他所讲的话都会感到害怕的神父。她每每提及这两个人，都会感到恐怖。听到后一种情况时，副主教感到非常不安。然而这些没被甘古瓦注意到，这位无忧无虑的诗人仿佛因那两个月的经历而忘记了和吉卜赛姑娘初识的那天晚上的奇异情节及副主教出现在那个场合时的情景。不过她从来不替人算命，不会受到那些吉卜赛妇女常遭遇到的巫术案件的牵连，所以她没有什么可值得担心的。对于她而言，甘古瓦虽然不算个丈夫，但却也算是个兄长。总之，这位哲学家为忍受那种柏拉图式的婚姻，是付出了极大的努力来培养耐性的，不管怎样，住处和面包总算有了。每天早晨，他几乎都是和吉卜赛姑娘一道离开乞丐王国，结伴而行；在街头演出的时候，就帮她收收钱；每天晚上，又和她一起回到同一个屋檐下，她把自己关进小屋里，他则心怀坦荡地进入梦乡。总之，他认为这是一种充满幻想的宁静的生活。况且，在灵魂深处，吉卜赛姑娘也未必是哲学家所唯一迷恋的，与对她的爱平分秋色的，是他对山羊的爱。那只受过训练的山羊，是一个温顺、聪明而又有灵性的可爱动物。这种在中世纪很普遍的驯服的、能使观众惊叹不已的动物，却常常导致主人遭受火刑。然而，这只金蹄山羊玩的所谓的妖术，只不过是天真的游戏罢了。甘古瓦在向副主教解释细节的时候，副主教似乎兴致很高。山羊只要看到转向它的平鼓的某个部位，就会做出预期的动作。这都是被吉卜赛姑娘训练出来的。在这方面，她似乎很有特长，教山羊用活字母拼写“弗比斯”，只用了两个月的时间。

“弗比斯！”神父说，“为什么要拼写这个词？”

“我不了解，”甘古瓦回答，“她独处时，总是小声念叨这个词，也许是一个她认为具有某种神秘魔力的咒语吧。”

“你敢肯定这不是一个人的名字，而仅仅是个咒语？”克洛德又问，向甘古瓦投去锐利的目光。

“会是谁的名字？”诗人问。

“这我又如何知道？”神父说。

“也许这些流浪的人们信奉邪教，崇拜太阳，所以才特别以这个词为重。至少，我这样认为，阁下。”

“我还没有像您一样把这一点清楚地认识到。”

“反正这对我没什么影响。随她便，她愿意怎么念‘弗比斯’，就怎么念吧。但有一点可确信无疑，加里对我的爱和对她的爱几乎是等同的。”

“加里是什么？”

“是山羊的名字。”

手托着下巴的副主教，似乎陷入了沉思。过了一会儿，他忽然猛地转向甘古瓦：

“您向我发誓，您绝没碰过她？”

“谁？”甘古瓦不解地问，“是山羊？”

“什么山羊？是那姑娘。”

“我向您发誓，我从来没有碰过我的妻子。”

“您是否经常单独和她在一起？”

“每天晚上可以在一起待上一个小时整。”

堂·克洛德锁紧了眉头。

“哦！哦！单独在一起的一个男人和一个女人是不会念主祷词[①]的。”

“我以灵魂发誓，即使我念《我的主》、《圣母颂》和《信仰上帝，万能的主》，也不会被她所注意，就像一个教堂不会被一只母鸡所注意一样。”

“以您母亲的灵魂向我发誓，”副主教粗暴地重复说道，“连您的手指尖都没碰过这个女人。”

“我还可以用与此紧密联系的我父亲的灵魂发誓。可是，尊敬的阁下，我也想提一个问题。”

“说吧，先生。”

“您和这件事有什么关系？”

副主教愣了一会儿，苍白的脸涨得像大姑娘的脸颊一样红，然后显得很尴尬地说：

“听我说，皮埃尔·甘古瓦先生，我之所以关心您，是因为我知道您还没有注定被打入地狱，我这是为您好。您只要和那个吉卜赛姑娘稍有接触，就会沦为撒旦的奴隶。您只要接近那个女人，就会遭殃，因为众所周知，灵魂总是被肉体所毁灭的。就是这么回事。”

“我倒是试过一回，”甘古瓦搔着耳朵说，“那是新婚之夜，可我碰了个钉子。”

“这种不规矩的行为，你居然也做过，啊，皮埃尔先生？”神

① 原文是拉丁文。

父铁青着脸说。

“还有一次，”诗人微笑着说，“临睡前，我透过锁孔往里看了一下，恰恰看到了一位只穿着内衣，光脚踩在帆布床上的举世无双的绝色佳人，她脚下的床竟无半点响声。”

“滚到魔鬼那里去吧！”目露凶光的神父大喊了一声。本来洋洋自得的甘古瓦被他一把将肩膀揪住，推到了一边。随后，他甩开大步，钻到了教堂最阴暗的拱顶之下。

三、圣母院的钟

自从卡西莫多那个早晨在刑台受了刑之后，人们便发现他敲钟远远没有从前那么热情了。在那之前，他要敲早祷钟、晚祷钟、高音弥撒钟、婚礼钟、洗礼钟，遇到什么事都要敲钟，那一长串弥漫在空气中的钟声，仿佛交织成了一幅织锦。那座古老的教堂就像被永恒的欢乐笼罩着一样，颤动着，震荡着。人们觉得那些铜嘴里有一个喧闹的精灵在不停地歌唱。而现在那个精灵仿佛离去了，悄无声息的大教堂好像死掉了一般。不管是节日或丧日，都只有表示仪式的单调的钟声，既枯燥又乏味。原来内部的风琴声和外部的钟声可以构成教堂的二重奏，可现在只剩下风琴声了。那些钟塔里似乎没有了音乐家，而只剩下卡西莫多一个人孤独地生活着。他到底是为什么而苦恼呢？难道他的心头依旧盘旋着刑台上的耻辱与失望？难道他的灵魂还在受到施刑人鞭子的打扰？难道他全部的热情——他对那些钟的热情都已被那悲惨的酷刑消灭光了？或者，难道在圣母院敲钟人的心里有了一个玛丽的情敌？难道这个更美丽更可爱的人使那口大钟同她的十四个姐妹遭到了冷淡？

在那美妙的一四八二年，天使报喜节到来了，这一天在三月二十五日，是个星期二。卡西莫多在那个空气清新、微风习习的日子里，觉得自己似乎恢复了一些对那些钟的爱。于是，他登上了北钟楼。与此同时，教堂所有的门都被下面的教堂执事敞开了。那时候，教堂所有的门都是用皮革贴在非常结实的木料上做成的，镀金的铁钉镶在门的四周，“巧夺天工”的雕刻被镶嵌在门的外围。

卡西莫多来到顶楼的钟屋之后，注视了一会儿那六口钟，就像在为某个陌生的已在他心里将他和钟隔开的东西呻吟一样，忧伤地摇了摇头。然而，当他把钟摇晃起来，感到六口铜钟在他手下摆动，看到八度音符在音乐的阶梯上像树枝上的小鸟一样跳来跳去时，当他感到自己被音乐之魔——这摇晃着的金光闪闪的宝匣，释放出密接的和声、颤音、清音的精灵抓住的时候，他又变得开心起来。心花怒放，红光满面的他把一切都忘记了。

他拍着手，走来走去，从一根绳子跑向另一根绳子，就像一位在鼓励着聪慧的音乐大师的乐队指挥一样，用声音和手势为六位歌手加油。

“加把劲，加布西耶，加把劲呀，”他喊道，“把你的声音释放到广场上去。今天过节呢！蒂波，你太慢啦，不许偷懒。加劲，加劲，懒东西，难道你被锈死了吗？来，快点，再快点，要快得不让人看出你的摆动。让他们都被震聋吧，就像我一样。对，对，蒂波，就这样，好极了！居约姆，居约姆，你是最大的一口钟，可是奏得却没有巴斯居耶好，它可是最小的一口钟呢，我保证大家认为你没有它来得响亮！对，对，我的加布西耶，再响一些！哎呀！，你们这两只麻雀，在上面干什么呀？一点声音都没发出来！今天是天使报喜节，这么明媚的阳光，应该由一阵很好的钟乐来配合。可怜的居约姆，我的胖朋友，你连气都透不过来啦！”

那些钟在他全心全意的调教下，就像一群被赶骡人吆喝着的西班牙骡子一样摇摆着漂亮的腰肢，一个赛一个地使劲跳跃着。

忽然，透过挡着钟塔的山墙的石板，他向着广场望去，只见一位穿着古怪服装的姑娘，在地上铺了一条毯子，一只小羊走过来在毯子上站好，一群观众便围拢在她的周围。看到这个景象，他就像是被溶化的树脂凝住的空气一样，把自己对音乐的热情也冻结住了，于是，他改变了主意。他转身背对着那些钟，蜷伏在石板的单斜檐后面，一动不动，只是用那梦沉沉的温柔的目光盯着吉卜赛姑娘，这种目光就是副主教曾经为之惊讶的那一类型。这时那些已经被他遗忘的钟便一齐停了下来，本来爱听这些钟声的人正在钱币兑换桥上快乐地倾听着，而此时只好失望地快快走开了。这正好像是一只刚刚被一块肉吊起了胃口、得到的却是一块石头的狗。

四、宿命

就在这同一个三月中的一个早晨，又是一个春光明媚的日子，大概是二十九日，星期六，时值圣厄斯达谢纪念日，我们的年轻朋友，大学生，磨坊的约翰·孚罗洛在穿衣下床的时候，突然发现裤兜里的钱包空空如也，一个钱币的响声也听不到。“可怜的钱包！”他把钱包从裤腰的口袋里掏出来，说道：“怎么搞的！连一分钱都没有了！难道你被骰子、啤酒和爱神掏得一干二净啦？瞧你，就像泼妇的胸脯一样，干瘪瘪、皱巴巴的！西塞罗①先生和塞伦加②先生，你们把那些发硬的书籍撒得满地都是，可我要问你们，尽管我比铸币总管和钱币兑换桥上的犹太人都清楚一枚王冠埃居等于多少巴黎币，一枚新月埃居等于多少图尔币，可这有什么用？现在我身上空无一文，连去压一次双元都不行！啊！西塞罗总督，单凭一些怎样但是的确是事实③之类的模棱两可的说法是无法摆脱这种灾难的呀！”

他哭丧着脸把衣服穿好。边系鞋带边产生了一个念头，但他把这念头给赶跑了。可它自己又回来了。做着激烈思想斗争的他，连

① 西塞罗：（前106—前43）：古罗马政治家、雄辩家和哲学家。公元前五十一年任西里西亚总督。

② 塞伦加（约前4—后65）：古罗马哲学家、戏剧家，新斯多葛主义的主要代表主之一。

③ 原文为拉丁文。

背心都穿反了。最后，他索性把帽子甩在床上，喊道："算了！不管它。我立刻去找哥哥。一顿训斥是在所难免的，可也总会得到一个银币吧。"

于是他急忙穿上金线棉锻皮里宽袖大衣，把帽子捡起来，带着一线希望，向屋外走去。

他穿过竖琴街，向内城走去。经过小猎庭街的时候，他的鼻子被不断转动的烤肉叉发出的香气逗得直痒痒，他向那独眼巨人般的烤肉店瞥去了爱恋的目光，这就是曾经迫使那个结绳派僧侣卡拉塔齐罗纳发出悲怆的呼喊："这些小酒馆的确了不起啊[1]！"的那家烧烤店。可是，身无分文的约翰买不了早点，只能长叹一声，钻进了小沙特雷的门拱，它护卫着内城的人口——几座庞大的排列成巨大双梅花形的塔楼。

按照当时的习俗，应该顺手扔一块石头去砸倍西内·勒克韦尔的石像，可他此时连这都顾不上了。这个倍西内·勒克韦尔就是那个在查理六世时代把巴黎出卖给英国人的叛徒。他的脸也因为这一罪行而被石头砸得稀烂，被污泥涂得一塌糊涂，三百年来他就像被钉在永恒的刑台上一样，在竖琴街和比席街的交汇之处受着折磨。

走过小桥，穿过新圣热纳维夫大街，磨坊的约翰先生就站在圣母院门前了。忽然，他又踌躇起来，在勒格里先生的塑像前踱了一会儿，忐忑不安地念叨："挨骂是肯定的了，可银币却没有把握拿到。"

他伸手把一位从修士后院走出来的堂守拦住，问道："若扎斯的副主教先生在什么地方？"

"我想，"堂守回答，"你在钟楼上那间密室里可以找到他，但除了教皇和国王派来的人外，最好别去打扰他。"

"见鬼！"约翰拍手说道，"还可以去看看那出名的巫术室！这样的机会可真是太难得了！"

---

① 原文为意大利文。

这样一想，他就把心横了下来，迅速冲向一道小黑门，开始爬那弯弯曲曲的通向钟楼顶层的楼梯。“我就要看见了！”他边走边自语道，“我以圣母起誓！我可敬的兄长的密室里制作地狱烹饪，把点金石用大火煮羊。上帝！我才下稀罕那什么点金石。对我来说，它普通得和一般的石头没什么两样。和世界上最大的点金石比起来，我宁愿在他的炉灶上找到复活节的猪油炒鸡蛋！”

爬到小圆柱走廊后，他稍事休息，不知骂了多少句“他妈的”，使劲诅咒着这走不完的楼梯。然后他又穿过许久产对外开放的北钟楼那扇狭窄的小门继续往上爬。刚刚走过钟屋，一个砌在侧面的小平台出现在眼前，一扇低矮的尖顶小门位于小拱顶之下，透过对面圆形楼梯壁上的箭眼可以看到巨大的门锁和结实的铁框架。时至今日，如果哪位好奇，想看看这道门的话，还可以在发黑的墙上看到一排白色的刻字“我崇拜果拉里。一八二九年，西仁签署。”而且“签署”两字是原文中就有的。

“唉！八成就是这个地方了。”约翰说。

钥匙还在锁孔里插着。身边就是门。约翰轻轻把门推开，从门缝里把脑袋伸了进去。

读者一定翻阅过伦勃朗的美妙画册吧，他是画家中的莎士比亚。在那么多的美妙作品中，谁看了那幅描绘浮士德博士的铜板腐蚀画都会被其折服。那幅画画的是一间阴暗的小屋，有一张桌子放在屋子中央，桌子上摆满了丑恶东西：骷髅头、地球仪、蒸馏瓶、圆规、象形文字羊皮书等等。桌前站着身穿肥大的宽袖长袍，头戴压到眉毛的皮帽的博士，从中只能看见他的半个身子。正从大椅子上站起的他，好奇而恐惧地注视着一个巨大的光环，两只紧握的拳头撑在桌子上。那由许多神奇的字母组成的光环就在对面墙上，就像太阳光谱一样在黑暗的房间中闪烁。照耀着这间小屋的魔法般的太阳似乎在发抖，闪烁着神秘的光辉。这情景虽美丽，却又令人毛骨悚然。

约翰壮着胆子从那半掩着的小门把脑袋伸进去，出现在眼前的是与浮士德小屋非常相似的一方天地。小屋同样是阴暗的，几乎没什么光亮。也有一把大椅子和一张大桌子摆在屋内，桌上有圆规和蒸馏瓶，一些动物骨架吊在天花板上，一个在地上旋转的地球仪，还有一些混杂在一起的马头瓶和短颈大瓶，金色叶子在瓶里兀自抖动，在涂满图形和文字的皮纸上搁有若干个骷髅头，一大摞巨卷手稿完全摊开，似乎毫不在乎那容易破裂的羊皮纸的边角。总之，都是些科学垃圾，而且灰尘和蜘蛛网在这堆破烂上随处可见。唯独没有那道由字母组成的光环和一位像老鹰注视太阳一样静观烈火熊熊的幻景的出神入化的博士。

不过，这间小屋里并不是空无一人，在一把安乐椅上坐着一个用手肘靠着桌子的男人。约翰面对的是他的背影，只能看见他的肩膀和后脑勺，但那个秃头是他不难认出的，那个永远的削发式头颅是大自然赐予的，好像是用来表现副主教的无与伦比的圣职的外貌特征。

约翰一眼就把他哥哥认了出来，不过他极轻的推门声使得堂·克洛德对他的到来丝毫没有察觉。好奇的学生便借此观察了一番这个小房间。起先，椅子右边的窗口下的一只大火炉没有被他注意到，从窗口射进来的阳光从一张又大又圆的蜘蛛网穿过，在窗子的尖拱上雕镂出一个有趣的大菊花形。在网的中央盘踞着这位虫豸建筑家，像轴心似的一动不动。小玻璃药瓶、曲颈瓶、椭圆瓶等各种各样的瓶瓶罐罐杂乱地放在火炉上。约翰看见连口小锅都没在火炉上摆着，不禁感慨起来。“这套厨具可真够新鲜的呀！”他想道。

而且火炉里连个火星都没有，仿佛很久没生过火了。约翰在一堆化学仪器里看见了一个玻璃面具，它上面布满了灰尘，好像被人遗忘了似的放在角落里，每当副主教做危险实验时，这个面具就会用来挡住他的面孔。一只同样满是灰尘的风箱放在它的旁边，上面有铜刻的铭文“灵感，要有信心”。

墙上还有许多炼金家常用的铭文，有用墨水写在上面的，有用金属刀刻在上面的，哥特文、希伯来文、希腊文和罗马文混在一起，就像互相交错着的参差不齐的树枝和交战中的戈和矛一样一个盖住一个，旧的字迹被新的字迹所盖没，那的确可以称得上是一切哲学、一切梦幻、一切人类学问的杂乱的混合。其中有一个在其余字迹上闪亮的字，就像一堆戈矛中的一面旗子一样。由中世纪人撰写的不错的拉丁或希腊的格言短句在其中占了绝大部分，例如“从何时？从何地？”

“对人来说人是怪物。”“星星座、名称、神明。”“一本伟大的书，一次巨大的痛苦。”“智慧要敢于追求。”“需要的时候就会产生思想。”[①]等等，等等。有时又是一个希腊字[②]，它没有半点明显的意义，或许包含着修道院制度的痛苦的暗示。有的是写成六音步诗句的圣职训 规：“你是靠了上天之力才能统治大地[③]。”还有一些杂乱的希伯来草书，约翰只认得极少的几个希腊字，所以他看不懂。星星、人像、动物图形和交叉三角形在这些文字中间随处可见，就像猴儿用饱蘸墨汁的笔把这张墙壁画弄得乱七八糟、一塌糊涂。

这个密室的其他部分也是一派破败的景象。随处乱放的炼金器具积满了灰尘，这使人想到屋主人心里一定想着别的事情而好久没考虑工作了。

此时，屋主人正在读一本手抄作品，上面插有许多古怪的图画，他似乎正被一个念头纠缠而不能静下心来思索。至少约翰这样认为。他听见像在梦游一样的副主教，在不连贯的沉思中，将心事大声讲了出来：

---

① 这些格言原文是希腊文和拉丁文。

② 这个希腊字的意思是“强制的饮食作息制度，就像竞技者要遵守的那一种”。

③ 训规的原文是拉丁文。

“是的，玛鲁这样说过，查拉图士特拉这样训诫过。火生下了太阳，太阳生下了月亮。宇宙的灵魂是火，它所有的原子不断形成无数细流，向地球倾泻流注，光就产生于这些细流在空气中的交汇点，黄金则产生于它们在地球上的交汇点。”“光和黄金是由火凝集而成的两种东西。在这两种相同的物质之间，只有可见与可触、液体与固体、气体与冰块之间的差异，这并不是梦幻。”“这是自然界中的一般规律。但是怎样用科学去把这种一般规律的秘密探寻出来呢？怎么，是黄金发出的光照在了我的手上吗？这些原子按照某种法则扩散开去，只要按照另一种法则把它们凝结起来就行啦！”“怎么办？”“有人曾经幻想把一道阳光藏起来。”“阿威罗伊。”“是呀，是阿威罗伊。”“阿威罗伊曾经把一道阳光埋在了清真寺的可汗陵墓左边的第一根柱头底下，但没有人掘开那墓穴看看在八千年后，那个实验是否成功了。”

“该死！”一旁的约翰说道，“为了一个银币还要等这么久！”

“……曾经有人想过，”副主教依旧在自言自语，如做梦一般，“不如用一道天狼星的光去试验更好些。但是别的星辰的光和天狼星的光混在一起，要想发现它是很困难的。弗拉梅尔断言：用地狱的火去试验就比较简单。”“弗拉梅尔，这是哪个预言家的名字呀！弗拉马——噢，弗拉马就是火，原来如此。煤炭里有宝石，火里有黄金。”“但是要想把它取出来，该怎么办呢？马吉斯特里认为有些妇女的名字适合在做试验的时候念出来，因为它们具有非常甜蜜和神秘的魔力。”“咱们把玛鲁的话读一读吧：‘在尊重妇女的地方，神从心里欢喜；在轻视她们的地方，祷告上帝也没用。“女人的嘴唇是流水，是一道阳光，是永远纯洁的。”“一个女人的名字应该是甜蜜的，可爱的，虚幻的，结尾就像祷告辞里用的字一样，是一长串的元音字母。”“是呀，这位学者说的在理，事实上，玛丽亚，索菲亚，艾丝美翥……见鬼！总想这些！”

书被他使劲合上了。

他把额头用手按住，仿佛想赶开那使他痛苦的念头，随后他在桌子上放了一枚钉子和一把小铁锤，锤柄上刻着些怪诞的字句。

“长时间以来，”他苦涩地笑笑，“我的实验之所以一次次地失败，就是因为那种想法像烙在我脑子里的烙铁一样挥之不去。我甚至连伽斯阿朵尔的秘密都发现不了，他制作的那种不用油、不用灯捻就能燃烧的灯，实在是一个很简单的东西！”

“见鬼！”约翰在心里说道。

“所以说，”神父接着说，“一个人只要有一点点邪念就会变得软弱进而疯狂！啊！我该被克洛德·倍尔奈尔取笑了，尼古拉·弗拉梅尔一刻也未被她勾引，使自己不去进行伟大的事业！什么！塞西埃雷的魔锤在我手中！这可怕的犹太法学博士在他的小室里，每当用这把锤子敲一下这枚钉子，被他诅咒的仇人哪怕距他两千里也得被他的打击推入地下而被大地吞噬。哪怕是法国国王，如果某个晚上无意间把他的大门撞了一下，也得被巴黎的街道埋至膝盖。……这些事发生了不过三百年。唉，现在我手里也有钉锤和钉子，可它们在我手中还不如锉刀在刃具匠手中可怕！……不过，关键是把塞西埃雷敲钉子的时候念的咒语找到。”

“跟没说一样！”约翰心里道。

“试试看吧！”副主教继续说下去，“如果成功的话，就可以看见 蓝色的火花从钉子头上冒出。……艾芒—亚当！艾芒—亚当[①]！不对！……西日阿尼！西日阿尼[②]！……但愿这枚钉子能把每一个叫弗比斯的人的坟墓劈开！……见鬼！又总是这个念头！”

他愤然把铁锯扔开，随后瘫坐在椅子上，趴在桌子上，一大堆书籍材料把他挡住了，使约翰无法看见他，在这段时间内，只有一只勾曲着搁在一本大书上的痉挛的拳头才可以被看得见。忽然，

① 艾芒—亚当：巫师在赴安息日会时念的咒语，意思是“这里—那里，这里—那里”。

② 西日阿尼：一个精灵的名字。

堂·克洛德站起身来，静静地拿起一把圆规，把这个大写的希腊字：'ANATKH刻在了墙壁上。

“我哥哥疯了！”约翰心想，“写Fatum[①]岂不简单许多？希腊文并不是为人人所懂的。”

副主教又转回身来坐下，就像是个发烧的病人，因为头太沉重了似的，只好伏在放在桌子上的两只手上。

大学生观察着哥哥，惊讶万分。向来自由自在，无拘无束的他还不知道在这个世界上除了自然法则之外，还有其他法则。他内心激情的湖泊从来都是干涸的，因为想爱就爱，听凭情欲自然发泄的他，每天早晨都要广泛开辟新的渠道。他当然无从知道，找不到出路的人的情欲会像大海那样汹涌澎湃，翻滚沸腾；会堆积膨胀，满溢漫流；会爆发为内心的抽搐和无言的啜泣；会撕心裂肺，直到把海堤冲垮，泛滥成灾。约翰误把表面上严峻冷漠、脾气暴躁、难以接近的哥哥当成了冷血动物。天真的大学生哪里知道，沸腾、汹涌、深沉的熔岩就隐藏在这个像埃特纳火山[②]那样常年积雪的额头下。

我们对约翰此刻是否已经意识到这一点无从知晓，但，他再幼稚，也会明白自己不应被克洛德发现，因为他无意中窥视到哥哥最隐秘的灵魂，看见了不该看见的事。于是，当副主教一恢复一动不动的姿势，他便悄然把脑袋缩回，在门后走动几步，装作有人来的样子，给主人一种客人来了的感觉。

“进来！”副主教在屋里喊道，“进来，雅克先生。我故意在门上留了钥匙，我一直在等您。”

大学生壮胆向屋里走去。在这样的地点，来的却是这样的一个客人，副主教显得非常尴尬。坐在椅子上的他，哆嗦了一下。“怎么，约翰，居然是你？”

---

① 此为拉丁文，即希腊文'ANATKH之意，命运。

② 埃特纳火山：欧洲最高的活火山，常年积雪。

约翰则嬉皮笑脸地说："反正都是个开头的。"

这时，平素的严厉表情已经重新出现在堂·克洛德的脸上。

"你来这里干什么？"

"哥哥，"约翰竭力装成可怜、谦恭、得体的大学生，以天真无邪的姿态，挥动着手中的帽子，说道，"我是来求您……"

"求我什么？"

"求您给我一点我很需要的教诲。"他本想接着说，"和一点儿我更需要的钱。"但他没敢把这后半句说出口。

"先生，"副主教冷冷地说，"你让我感到很不满意。"

"唉！"大学生叹了口长气。

堂·克洛德把椅子转过来一点，直盯着约翰："我很高兴，在这里看到你。"

这句开场白实在可怕。一顿臭骂是在所难免了。

"约翰，每天你都要被告上几状。阿倍尔·德·拉蒙相小子爵为什么会被你打得鼻青脸肿，究竟怎么回事？"

"哦，"约翰说，"那可是件大事！是那个坏家伙，觉得自己是侍童就了不起，故意骑着马在污泥里狂奔乱跑，学生们被他溅了一身污泥。"

"那你为什么又把马西耶·法尔吉的袍子撕破了呢？"副主教又问，"那人说'都撕光了[①]'"。

"嗨，我只不过撕破了一件劣等的像太古式样的小斗篷罢了！"

"人家说的是袍子[②]，不是小斗篷[③]。你懂拉丁语吗？"

约翰不出声了。

"这就是现代人的文化水平。"神父摇着头，说道："拉丁语

① 原文是拉丁文。

② 原文是拉丁文。

③ 原文是拉丁文。

几乎听不见了，古叙利亚语又没人能听懂，希腊语更糟透了，就连最有学问的人也会把一个希腊字跳过去不读，还不觉得知识贫乏。还说什么此乃希腊文，无法辨认[①]。”

大学生猛地抬起头，显得很坚定的样子，说：“兄长在上，我能把墙上那个希腊词的意思用最纯正的法语向您解释吗？”

“什么词？”

“’ANATKH”

一丝红晕从副主教蜡黄的脸上泛起，就像对外界预示着内部隐藏着汹涌岩流的火山口上的烟雾一样。但大学生似乎没注意到这些。

“那好，约翰，”哥哥说道，似乎费了很大劲才说出这几个字。“你说它的意思是什么？”

“宿命。”

克洛德的脸色已经变得煞白，可约翰还继续他的解释，脸上一副漫不经心的样子。

“还有下面这个希腊词，与它同出于一个人之手，是‘淫秽’的意思。您看，我的希腊语是否还过得去？”

副主教没有回答。这段希腊语解释把他引入沉思。被宠爱的孩子的种种撒娇手段都是小约翰所熟悉的，此时，在他看来是提出特殊要求的最恰当的时机。于是，他拿出极其温柔的腔调，开口道：

“您果真那么讨厌我吗，亲爱的哥哥？您用不着为我打一两次架而大动肝火，我也不知道自己打了哪个小孩子，哪个小崽子，何家顽童[②]，我只是开个玩笑罢了。亲爱的哥哥，您瞧，我的拉丁文也不赖吧？”

然而，这些虚似的甜言蜜语并没有往常一样在严肃的大哥身上起作用。奶油蛋糕是被猎狗所不齿的。副主教仍没有打开紧锁的

① 原文是拉丁文。

② 原文是拉丁文。

眉头。

“你到底要干什么？”他生硬地问道。

“怎么说呢？唉，干脆我实说了吧，我需要点钱。”约翰壮着胆说道。

听了这个坦率的回答，副主教顿时和颜悦色起来，以一副师长和慈父的姿态说：

“你是知道的，约翰先生，我们像蒂尔夏浦领地的收入并不好，把那二十一所房子的租金和别的捐税全部加起来，只有三十九个巴黎里弗十一索尔六德尼埃。虽然这比巴克雷修士那时候要多一半，可也并不算多呀。”

“我要钱。”约翰并不被他所左右。

“你知道的，我们那靠近主教管区的二十一所房子是要拆的，这是官府的决定。要想赎回来，需要付给尊敬的主教两个值六巴黎里弗拘金马克。可你也知道，我还没攒够这两个金马克呢。”

“我只知道我需要钱。”约翰第三次说道。

“你要钱想干什么？”

听了这话，约翰重新装出温柔可爱的样子，因为他仿佛看到了点光芒。

“亲爱的哥哥，你听我说呀，我来求您，绝不是为了乱花钱。我不会把您给我的钱花在酒店里，也不会用来买件花锻衣服穿在身上，带着听差们在巴黎大街上出风头。这些都不是。哥哥，我是要用它来做好事的。”

“什么好事？”克洛德问道，带着几分惊诧。

“我有两个朋友想给圣母升天会的一个寡妇的孩子买襁褓布。我也得出一份，那需要三个银币。”

“你那两个朋友是谁？”

“皮埃尔·拉索梅尔和巴甫第斯特·克罗格·阿瓦松[①]。”

① 这两个名字的意思是刽子手和赌徒。

“嗯！”副主教说，“这两个家伙要能做好事，神坛上也就能放爆竹了！”

约翰为自己挑选这两个人做朋友而感到倒霉，可是他此时明白，已经太迟了！

“还有，”敏锐的克洛德继续追问：“什么襁褓布得花三个银币？还是买给什么寡妇的孩子？那寡妇从什么时候起有了一个包在襁褓里的婴儿呀？”

“算了！”约翰再次试图把僵局打破，说道：“直说吧，我就是需要钱，今天晚上到爱情谷去看依莎波·拉·蒂耶里。”

“你这个不要脸的东西！”教士喊道。

“‘淫秽’的东西。”约翰说。

也许是故意捣蛋的约翰，把这个希腊词从密室的墙上搬了下来，对神父却起了奇怪的作用。他咬着嘴唇，面红耳赤代替了愤怒。于是，他说：

“你给我滚出去，我在等一个人。”

约翰再一次努力争取：

“亲爱的哥哥，您至少也得给我点钱吃饭吧！”

“你那格阿纪昂的教令课学到什么程度了？”堂·克洛德问道。

“我把作业本丢掉了。”

“那拉丁文学得如何？”

“有人把我的贺拉斯讲义偷去了。”

“亚里士多德呢？”

“说真的，哥哥。不是有个神父说，任何时代的异端邪说都是在亚里士多德的形而上学中寻求依托吗？让它滚到一边去吧！我才不想让自己的宗教被他的形而上学毁掉呢！”

“年轻人！”副主教又说，“上次国王入城的时候，有个名叫菲利浦·德·果明的贵族侍从，把他的家训就绣在马鞍上，我劝你好好想想这句话：‘不劳动者不得食。’”

约翰半天没吭声，手拽着耳朵，眼睛瞅着地面，一脸不高兴的表情。突然，他敏捷得跟鹡鸰似的转向克洛德：

“亲爱的哥哥，这么说来，我是不可能从您这得到一个银币去面包铺买一块面包了？”

“不劳动者不得食。”

副主教无动于衷，仍然如此回答。听了这话，约翰就跟哭泣的女人一样，把脸用双手捂住，以绝望的腔调叫道：“呵嗬呵嗬呵嗬咦！”

听到这声怪叫，克洛德大吃一惊，问道：“你这是什么意思，先生？”

“什么意思？”约翰反问，不知羞耻地用刚被自己的拳头揉搓完，此时显出流泪的红色的眼睛看着克洛德。“这是希腊话呀！是埃斯库罗斯写的用于充分表达痛苦的抑抑扬格[①]诗句呀！”

说到这儿，他又突然哈哈大笑起来，那滑稽的样子把副主教也逗笑了。其实，这全是克洛德自己的错，谁叫他把孩子娇惯成这样的？

看见哥哥笑了，约翰胆子更大了，又说：“亲爱的哥哥，我的靴子都破了，您看世界上还有比我这后跟拖舌头的靴子更具悲剧色彩的吗？”

副主教立刻又恢复了原来的严厉面目。

“那我叫人送您一双新靴子好了，钱是没有的。”

“我只要一个银币，哥哥！”约翰继续央求道，“我一定会把格阿纪昂背个滚瓜烂熟！我要坚定对上帝的信仰！我还要在科学和品德方面都朝着毕达哥拉斯的方向努力！可是，您可怜可怜我，给我一个银币吧！您难道真愿意我被饥饿吞食掉吗？饥饿可就在我的面前，大张着它那黑洞洞、臭不可闻、深不可测的嘴，连鞑靼人以

① 抑抑扬格：一种轻一轻一重的格律。

及修士的鼻子都比不过它呢！”

堂·克洛德把他那满是皱纹的脑袋摇了摇，还是说：“不劳动者……”

约翰的叫喊把他打断了。

“算了，见鬼去吧！快乐万岁！我要去打架，把瓶瓶罐罐都打碎，还要下酒馆，玩姑娘！”

说着，他把帽子朝墙上一下扔了出去，把手指打得像响板一样啪啪响。

副主教看着他，脸阴沉得吓人。

“约翰，你丧失了灵魂。”

“这么说，用依壁鸠鲁的话说，我缺少一个由无名的东西构成的玩意儿了？”

“约翰，你应该好好悔改才好。”

“这个么……”学生看看他的哥哥，又看看炉灶上的蒸馏瓶，“这里的一切，包括思想和瓶子，都稀奇古怪！”

“约翰，此时的你正站在一个很滑的山坡上，你知道自己要向哪里滑去吗？”

“向酒店滑去。”约翰说。

“酒店是通向刑台的。”

“那不过是个很一般的灯笼罢了。也许，狄奥瑞纳打着这个灯笼，就能找到他要找的人了！”

“刑台是通向绞刑架的。”

“绞刑架就好比一个天平，人在一头，整个的大地在另外一头，做个人真是件美事。”

“绞刑架是通向地狱的。”

“那可是一团熊熊燃烧的烈火。”

“约翰呀约翰，你这样下去，不会有好结果的。”

“开场好就足够了。”

这时，楼梯上有脚步声响了起来。

“别出声！”副主教用一根手指按住嘴，说：“是雅克先生来了！约翰，你听我一句，”他又低声说，“你永远也别把在这儿看到和听到的东西说出去！你快到那个炉灶里躲躲，千万别出声。”

钻进炉灶的约翰，在里面忽然想出了个好主意：“顺便说一句，克洛德哥哥，要想我不出声，您得给我一个银币。”

“嘘——，我答应你。”

“现在我就得要。”

“好，统统拿去吧！”满肚子怒气的副主教把钱包扔给了他。房门恰在约翰钻进去时打开了。

五、两个身穿黑衣的人

来者穿着黑袍，脸色阴沉。我们的朋友约翰（如我们所料，他在那个角落里已把姿势调整好，以便能随心所欲地看见和听见外面的一切）第一眼就把注意力放到了来人的服装和忧郁的脸色上，然而，他的面孔上却散布着一种猫和法官所特有的虚情假意的温和。六十来岁的他满脸皱纹，灰白的头发，雪白的眉毛，眼睛眯缝着，嘴唇耷拉着，有一双又肥又大的手。约翰往洞里靠了靠，因为他觉得来人不过如此，不是医生，就是法官，而且鼻子和嘴相距甚远，这是个愚蠢的标志。想到要以这样一种难受的姿势，和这样乏味的人一起度过漫长的时间，约翰感到十分沮丧。

副主教迎接客人时，甚至连身子都没抬起来。他示意客人在门边的一张小板凳上坐下，好像还在想着刚才的事，所以没有说话。过了一会儿，他才以一种居高临下的口吻对客人说：

“您好，雅克先生。”

“您好，先生！”黑衣人也问候了一句。

一个喊“雅克先生”，另一个却绝妙地称“先生”，这两者之间存在着如同“老爷”和“先生”，“天主”和“国王”之间的差异，很明显，这是老师和学生之间的对话。

副主教又不说话了，雅克先生也不敢打扰他。双方都沉默了一会儿之后，副主教问："哦，对了，您成功了吗？"

"唉，先生，"另一个无奈地笑笑，"风箱一直被我拉着，除了黄金之外，要多少灰，就有多少灰。"

"我指的不是这个，"堂·克洛德摆了摆手，有点儿不耐烦的样子，"我问的是你手中的那位巫术师的案子，沙尔莫吕阁下。他不是什么审计院的厨师总管，被您称作马克·塞奈纳来着？他招供自己在搞巫术了吗？您的审问成功了吗？"

"唉，没有！"雅克先生又带着无奈的苦笑回答："我们什么都没得到，因为这人比石头还硬。反正我们就要送他去猪市煮一煮了，也等不到他开口那天了。不过，我们正在努力，为使真相大白，不惜一切代价。他现在已经完全垮了。我们把一切办法都用尽了，就像老喜剧作家柏拉图[①]所说的：面对着刺棒、铁板，桎梏和十字架，面对着皮条、锁链、牢房、颈枷和套索，[②]但都没有一丁点作用。这个人真是可怕，我们无异于白费劲。"

"在他家里，您发现了什么新东西没有？"

"有，"雅克先生把钱包掏出来，道，"这张羊皮纸就是。我们看不懂上面的字。刑事律师菲利浦·勒里耶倒是在调查布鲁塞尔康代斯坦街的犹太人案件时学过一些希伯来语，可他也看不懂。"

雅克先生边说边把羊皮纸展开。"把它给我。"副主教说道。他看了看这张纸，叫道："雅克先生，这可全都是妖术呀！'艾芒—亚当'，这是参加群愿会时，冥河鬼发出的叫喊。'通过自身，与自身同在，在自身之中！'[③]这是把地狱的鬼再铸起来的指示。'啊嗨，吧嗨，吗嗨！'这是医术，是药方，专治被疯狗咬

① 柏拉图（约前254—前184）：古罗马喜剧家。也有人说此处是指古希腊哲学家柏拉图（前427—前348或347）。

② 原文为拉丁语。

③ 原文是拉丁文。

的。雅克先生，您可是教会法庭的国王的检察官，这张羊皮纸可是该下地狱的！”

“看来我们得对那家伙再做一次拷问了。还有，”雅克先生又掏着钱包，说道，“在马克·塞奈纳家里搜出的还有这个！”

这是一个罐子，与堂·克洛德炉灶上的那些罐子同属一个家族。副主教叫道：“这是炼金罐呀！”

“我跟您直说，”雅克先生说道，又带着他那笨拙而畏畏缩缩的笑容，“我把它也在炉灶上试过，但没有成功，就跟我的那个一样。”

副主教开始研究这个罐子，“这上面刻的是什么字？‘呵歇，呵歇！’这是赶跳蚤臭虫的声音。这马克·塞奈纳可真是个文盲！我就知道！您是无法用这个造出黄金来的。只是在夏季里，把它放在您的床上倒还不错，就这些！”

“那是我们没弄清楚。”国王的检察官说，“我刚刚在上楼之间把大门研究了一番，难道您能肯定门上雕刻着的物理学著作是朝市医院翻开的？那七个在圣母脚下的人像里面，翅膀长在脚上的就是麦丘利吗？”

“当然可以，”神父肯定地回答，“这是意大利博士奥古斯丹·尼孚在著作中提到的。他把一切都交给了一个大胡子魔鬼。但，咱们得下楼去，我给您按照实物讲一讲。”

“谢谢，先生。”沙尔莫吕深深地鞠了一躬。“对了，差点忘记了！您希望何时把那小巫婆抓起来？”

“哪个小巫婆？”

“您知道的，就是那个藐视教会法庭的禁令、每天都在圣母院门前跳舞的吉卜赛姑娘。她还带着一只小母羊，这只小羊有魔鬼附在身上，长着魔鬼一样的两只角，认识字，还会写字，而且会算术，比毕加特里斯都强。这流浪姑娘单凭这只羊就该被处死。我已经准备好审讯了。您吩咐吧，说办就办。但说实话，这姑娘长得可是真漂亮！她那黑眼睛是世界上最美丽的，比埃及宝石还美！您看，什么时候我们可以下手？”

副主教的脸色变得惨白。

“到时候我再通知您。”他结结巴巴地说，声音小得几乎听不见。接着，他又强自说出：“您只管那个马克·塞奈纳就行了。”

“请您放心好了，”沙尔莫吕微笑着说道，“我一回去，就把他绑在皮床上。但那家伙是魔鬼投胎而来的，连比埃拉·多尔得许都被他拖得疲倦了，要知道，他的手比我的还要大呢！正如柏拉图说的：假若把你光着身体绑着，倒挂起来，净重足有一百磅。[①]我们得给他上绞索了，那是最厉害的刑具。”

好像又陷入沉思的堂·克洛德埋头对沙尔莫吕说：“比埃拉阁下……雅克阁下……我是说，您还是管你的马克·塞奈纳吧！”

“是呀，先生。他可得遭点儿罪了，那可怜的人。去参加群魔会？那是什么滋味呀！他也该知道查理曼的这条法令：‘一个半狗半女人的吸血鬼，或者是一个狡猾的姑娘！’[②]还有什么审计院的厨师呢？至于那个叫什么艾丝美拉达的小姑娘，我听您的命令。啊，经过那大门道底下时，您还说要给我讲教堂进口处那个浮雕的园丁的象征意义呢！他是象征播种人吗？唉，您在想什么呀，先生？”

深深思索着的堂·克洛德，已经听不见他说话了。沙尔莫吕顺着他的视线看去，发现他的目光落在一个横在窗口的大蜘蛛网上。正在这时，蜘蛛网恰好把一只飞到自己身边的、正迷迷糊糊寻觅着三月阳光的苍蝇给粘住了。那只躲在网中央的大蜘蛛，随着蛛网的振动，急忙爬到苍蝇旁边，用两只前腿将它折成两半，随后就用可怕的角去打它的脑袋。“可怜的东西！”检察官边说边伸出手去救它。这时，他的胳膊被忽然惊醒了的副主教抓住了。

---

① 原文是拉丁文。

② 原文是拉丁文。

“顺其自然吧，雅克阁下。”他喊道，身体剧烈地抖动着。

检察官的胳膊好像被铁钳夹住了似的，惊骇地转过头来。神父那狂乱、呆滞、闪亮的目光一直盯在苍蝇和蜘蛛这一对可怕的东西上。

“啊，是啊！一切的象征就在于此。”神父吼道，声音似乎牵动了五脏六腑，“刚刚出生的苍蝇，在兴高采烈地飞舞，它在寻找春天，呼吸新鲜空气，感受自由。可不幸的它挂上了圆窗户，可恶的蜘蛛就爬了出来！可怜的跳舞女郎！可怜的注定要倒霉的苍蝇！随它去吧，雅克先生，这是宿命的安排！唉，克洛德，你是蜘蛛！你也是苍蝇！你向着科学、光明和太阳飞翔，你只想呼吸新鲜空气，只想到达永恒真理的青天白日中！但是，当你扑向这耀眼的天窗，向外边的光明世界、智慧世界、科学世界冲去时，你这个没头脑的博士，盲目的苍蝇，难道没看见这张横在你和光明之间的由宿命安排的这张微妙的蜘蛛网吗？不幸的狂人！刚才你还奋不顾身地扑上去，现在却头破膀折，挣扎不已，这全是那命运的铁钳的造化！雅克先生！雅克先生！随蜘蛛去吧！”

“我向您保证，”摸不着头脑的沙尔莫吕看着他说，“我绝不再碰它了。可也求您把手松一松，先生，您的手和铁钳不相上下。”

副主教什么都没听见，眼睛依然没离开天窗：“啊！不知天高地厚的家伙！即使你能用小翅膀将罗网挣脱，就一定能到达光明了吗？别做梦了！横拦在所有哲学和真理之间的，还有那硬于青铜的更远的窗玻璃，那透明的障碍，那水晶似的墙壁，你又如何过得去呢？啊！科学是虚妄的！曾有多少个像苍蝇一样飞舞的仁人志士从远道而来，结果被撞得头破血流；又有多少科学体系一窝蜂似的撞上这永恒的玻璃！”

副主教突然停住了。他不知不觉地被这些想法又带回到了科学上。他似乎恢复了平静。雅克·沙尔莫吕不失时机地提了一个问题："先生，您什么时候才能帮我炼金呢？我都快失去耐性了。"这使他完全回到了现实中。

"雅克先生，"副主教摇摇头，苦笑着说道，"还是去读读米歇尔·普塞吕斯写的那本《关于能力的对话以及魔鬼的活动》[1]吧！我们现在做的事情并不是完全清白无罪的。"

"小声点，先生，"沙尔莫吕低声说，"其实，我也是这样想的。但我又不能不搞点炼金行当，因为我不过是个年薪三十个杜尔银币的教会法庭的王室检察官罢了。不过，我们说话必须得小点声。"

正在这时，磨牙咀嚼的声音从炉灶底下传来，引起了沙尔莫吕的注意，他向来是有疑心病的。

"这是什么声音？"他警惕地问道。

原来是躲在那里觉得烦闷、难受的约翰，找到了一块干面包和一块变质了的三角形奶酪，在大口地吃着，既可解饿，又有事干。因为他饿极了，所以每一口都咬得很起劲，那过大的声音自然引起了检察官的警觉。

"那是我的一只猫，"副主教急忙解释道，"好像在吃一只老鼠什么的。"

沙尔莫吕对这一解释颇感满意。

"倒也是，"他礼貌地笑了笑，"几乎每一个伟大的哲学家都有他 们的宠物。您知道塞尔维雅斯[2]所说的'守护神无处不在'[3]这句话吧？"

然而，害怕约翰再弄出什么声响的克洛德先生，便向他那得意门生提醒道："咱们还得去研究大门上的那几个雕像呢！"于是两人向屋外走去。里面的约翰也长舒了一口气，他正担心膝盖上快要

① 原文是拉丁文。

② 塞尔维雅斯（前578—前534）：传说中的罗马第六世国王。

③ 原文是拉丁文。

被下巴骨压出印记了呢！

六、公开诅咒别人的结果

“上帝！我们赞美你！”从炉灶里爬出来的约翰先生欢呼道，“那两只猫头鹰终于走了！‘呵歇，呵歇’！‘啊嗨，吧嗨，吗嗨！’这些跳蚤，疯狗，见鬼去吧！我都被他们腻味死了！脑袋像钟楼一样嗡嗡响，还得啃变质的奶酪！快点下楼去呀！用哥哥钱包里的钱买酒喝！”

他看了看宝贝钱包，目光中充满了柔情和赞美。然后又把衣服整了整，把皮靴擦了擦，把衣袖上的炉灰掸下去，吹了曲口哨，单脚转了一圈，把密室环顾了一下，以便找点儿可以拿走的东西，接着顺手从炉子上拿了几个彩色玻璃护身符，好送给依莎波·拉·居耶里做首饰，最后把门拉开，门没锁，可能是他哥哥对他最后的慈悲吧。而他却仍让门开着，算是对他哥哥开的最后一次玩笑吧。一切办好之后，也像只鸟一样一蹦一跳地跑下楼梯。

在黑洞洞的楼梯上，他碰到一个什么人，可能是卡西莫多，他听见那家伙嘟哝着让他过去，这件事让他觉得非常滑稽，于是他狂笑着往下跑，笑得连腰都直不起来，一直笑到广场上。

他感觉自己又回到了地面上，就跳了几下，喊道：“啊！多么可爱而可敬的巴黎石板路呀！那鬼楼梯，即便雅可布的引路天使也会因为走了这段楼梯而憋个半死！我竟然会钻到这么高的石头螺旋梯里去，也不知当时怎么想的！难道就为了吃点长了毛的奶酪，再透过一个窗洞看着巴黎的钟楼？”

他走了几步，看见了正在专心致志研究大门上一个雕刻的那两只猫头鹰：堂·克洛德和雅克·沙尔莫吕先生。他轻手轻脚地靠近了点，只听副主教低声对沙尔莫吕说：“这金边青石上的约伯肖像是按照巴黎居约姆的指示刻上的，约伯是炼金石的象征，这块石头要变得完整也该受点考验和折磨。正如雷蒙·吕勒所说：‘灵魂要想获救，就要以特殊的形式保存。’[①]”

“对我来说，没什么不同，”约翰说，“我有钱包就行了！”

这时，一种又大又响的咒骂声从他身后传来：“上帝的血呀！上帝的身体呀！倍尔日比特的肚脐呀！教皇的名字呀！喇叭和雷霆呀！”

“我敢以灵魂发誓，”约翰叫道，“这肯定是我的朋友弗比斯队长。”

副主教正在给检察官讲一个故事，是关于池塘里因为藏了一条龙尾巴而冒出一缕烟和一个国王的头颅的故事。讲着讲着，弗比斯的名字飘进了他的耳朵，克洛德的身体抖了一下，不再讲下去，在沙尔莫吕惊讶目光的注视下转过身去，只见他的弟弟约翰正同一个高个儿军官在贡德洛里耶府邸门口谈话。

那确实是弗比斯·德·沙多倍尔队长先生，此时他像个邪教徒似的，背靠着未婚妻家的墙脚，不停地咒骂。

“啊呀，弗比斯队长，”大学生抓住他的手说，“你骂得可真痛快呀！”

“喇叭和雷霆呀！”队长说道。

“把它们冲着你自己吧！”大学生喊道，“你这么一大堆好字眼是从哪里学来的，我的好队长？”

“原谅我，约翰，我的好朋友，”弗比斯摇着他的胳膊说，“我正骂在兴头上，一匹奔跑着的马是没法立刻停住的。我刚刚离开那些假正经的女人的家，每次走出来都得骂一通。我要不骂出来的话，肯定得憋死过去。”

“你觉得去喝酒怎么样？”大学生问道。

听到这个提议，队长似乎平静了下来。

“我没意见，可我没钱。”

“我有呀！”

① 原文是拉丁文。

“别吹了！给我看看！”

约翰又庄严又爽快地把钱包在队长眼前炫耀了一番。这时，惊呆了的沙尔莫吕被副主教落在一边。克洛德跑到离约翰他们几步远的地方观察着，那两个人的全部精力都在钱包上，而没有在意他。

“约翰，”弗比斯嚷道，“你装着的钱包，不过是水中的月亮，只能让人过过眼瘾罢了，其实根本不存在。我敢打赌，你那里装的不过是些石子儿！”

“这就是我钱包里的石子儿，磨得我胳肢窝都疼了！”约翰回答，一副冷漠而不屑的样子。说着他像正在救国的罗马人一样，往身边的路碑上抖了一下钱包。

“还是真的呢！”弗比斯轻声惊叹，“有银盾、大银币和小银币，有两个就值一杠尔的铜钱，还有巴黎德尼埃和真正的鹰币！……真让人眼花缭乱呀！”

约翰仍旧一副庄严而矜持的样子。地上掉了几个鹰币，队长刚要弯下腰去捡，被约翰拉住了，只听他说：“别管它了，弗比斯·德·沙多倍尔队长！”

弗比斯数了数钱包里的钱，认真地对约翰说：“约翰，知道吗？这共有二十三个巴黎索尔呢！昨晚，你在割嘴街把谁的钱给抢了呀？”

约翰甩了甩满头的卷曲金发，眯缝着眼睛，不屑地说：“本人还有一个傻乎乎的副主教哥哥呢！”

“上帝的喇叭！”弗比斯叫道，“是那个可敬的人呀！”

“咱们去喝两杯吧！”约翰说。

“去哪儿呢？”弗比斯说，“去‘夏娃的苹果’酒家吗？”

“不，卫队长。就去‘老科学’吧！那是个谜一般的名字，我喜欢这名字。”

“让什么‘谜’见鬼去吧，约翰！‘夏娃的苹果’里的酒好。而且，它的门前还有一棵向阳的葡萄架，喝酒时看着它特别开心。”

“那好，就去夏娃那看它和它的苹果吧！”大学生边说边挽起弗比斯的胳膊，“我得更正一下，亲爱的卫队长，刚才您好像提到‘割嚼街’来着。这个名字显得粗鲁了点儿，现在，人们已经不那么粗鲁了，叫它‘割喉街’。”

两个好朋友把钱收好，向‘夏娃的苹果’走去。副主教在他们后面跟着。

副主教尾随着他们，脸阴沉着，一副惊恐不安的样子。难道弗比斯就是他？自打上次和甘古瓦谈过话以后，他的每一根神经都一直被这个该死的名字纠缠着。这个人叫弗比斯，不管他是否是那个人，仅就这个充满魔力的名字就足以让副主教心神不宁。于是，他就怀着急切的焦虑悄悄地跟在这两个粗心的朋友后面，偷听他们的谈话，并把他们的一举一动都收在眼底。他们说话的声音奇高无比，根本就不怕自己的秘密被旁人听到，所以听清他们所说的话对副主教来说再容易不过了。他们谈论的内容不外乎决斗、姑娘、酒壶、胡闹等等。

走到一条街的拐角处时，一阵巴斯克手鼓的声音从附近的十字路口传来。只听队长对学生说：

“雷电来了！快走！”

“弗比斯，你怎么啦？”

“我怕吉卜赛姑娘看见我。”

“哪个吉卜赛姑娘？”

“就是带着只小羊的那个。”

“是艾丝美拉达？”

“没错，就是她。她那鬼名字总让我记不住。我会被她认出来的，咱们得快走，我可不想在大街上和她搭讪。”

“怎么，你认识她？”

说到这，弗比斯冷笑了一声，这一幕被副主教记在了心罩。他俯身对约翰耳语了几句。接着，他摇晃着脑袋，得意地大笑起来。

“你没骗我？”约翰问。

“我以灵魂对你发誓。”弗比斯说。

“今天晚上？”

“对，今天晚上。”

“你肯定她会来吗？”

“约翰，你该不会疯了吧？这种事有什么好怀疑的？”

“弗比斯队长，你这家伙可真有福气！”

他们的全部谈话被副主教尽收耳中。牙齿被他咬得吱吱响。可以看出他哆嗦了一阵。他像个醉汉一样停靠在一块界石上，然后再度跟上那两个乐颠颠的小浑蛋。

当他把两个人追上时，话题已经改变了。他听到他们在扯着脖子唱一首古老的歌谣：

小方格街的傻孩子，
叫人当牛犊一样吊死。

七、妖僧

大学区柳条筐街和首席律师街的交汇处，就是闻名遐迩的“夏娃的苹果”酒店所在地。那是位于底层的一间大厅，拱底是由一根漆成黄色的粗木柱支撑着，虽然低矮，却也相当宽敞。厅内的墙上挂有光亮的锡酒壶，桌子摆得满满当当，宾客络绎不绝，妓女成群结队。临街是一排玻璃门窗。一个葡萄架就在门旁边。门上方有一块画有一个女人和一只苹果的铁皮，装在一根铁轴上，在风的吹动下，不时发出哐当的响声。长时间的风吹雨淋，铁皮已经生锈了。而这家酒店的招牌，恰恰就是这个风信旗般的铁皮。

在夜幕的笼罩下，街口黑沉沉的。从远处看上去，烛火通明的酒店，就像一个在黑暗中发出熊熊火光的铁铺子。玻璃窗上有个破洞，碰杯、吃喝、咒骂和吵架的声音就从这个破洞里传出。门窗玻璃被热气腾腾的大厅蒙上了一层薄雾，透过薄雾，可以看见百来张模糊不清的脸，不时传出一阵阵笑声。匆忙赶路的行人经过这喧闹的窗口，连看都不看一眼。偶尔有一个破衣烂衫的小男孩，踮着脚够到窗台往里面看，并喊着"酒鬼，酒鬼，去见鬼！"这句当时追赶酒鬼时喊的流行语。

然而，却有一个人就像寸步不离岗位的哨兵一样在这家喧闹的酒店门口徘徊，不停地朝里面张望。他披着件斗篷，把鼻子也遮住了。这件斗篷是他为了遮挡三月夜晚的寒冷，或是为了掩盖自己那神父脸面在酒店附近的一家旧货铺里现买的。他不时地停下来，站在装有铁丝网的蒙着水汽的玻璃窗前，往里面望望，竖起耳朵听听，还轻轻地跺跺脚。

终于，酒店的大门被打开了。似乎，他就是在等这个。两个酒客从里面走了出来。他们快活的脸孔被门里射出的亮光映得红红的。披斗篷的人立刻走到街对面的一个门廊下，偷偷地观察着他们。

"哎呀！"其中的一个人说，"我得去赴约了，七点马上就到了。"

"我告诉你，"另一个舌头都不好使了，"我不住在坏话街上，而是住在约翰白面包街。——你要说不对，头上就得长角。——众所周知，骑过一次熊的人就不会再怕它了，可你的鼻子就像总看着狗熊街上烤鸭的中心医院前的圣雅克一样，总是向着有甜味的地方闻。"

"约翰，你喝醉了。"另一个说。

"随你说什么，弗比斯，"约翰歪歪扭扭地回答道，"但已经可以肯定的是，柏拉图的侧面很像猎狗。"

这一对一定已经被读者认出来了，正是队长和大学生。显然，他们也已被那个在暗中监视他们的人认出了。他放慢脚步跟着他们，队长被学生拖着，路走得歪歪斜斜，队长的头脑还保持着清醒，因为他的酒量比同伴大些。一直对他们的谈话很留心的穿斗篷的人，在他们全部有趣的对话里抓住了下面几句：

“你这个酒鬼，不会直着走吗？大学生先生！我们得分手了，现在已经七点了，你知道，我还得同一个女人约会呢。”

“那你别管我不就结了吗？星星和火花我都看见了，你就像那笑开了花的丹浦马尔丹的城堡一样！”

“我以祖母的瘤子发誓，约翰，你讲的话太傻、太可笑了。不过，约翰，你还有剩钱吗？”

“没有了，队长先生，它只是个如此小的钱包呀。”

“约翰，我的朋友，你知道，我是在圣米歇尔桥头上和那小姑娘约会，我只能带她到法洛代尔家去，还得付房钱呀！赊欠，在长白胡子的老娼妇那儿是行不通的。行行好吧，约翰！难道我们喝光了一包钱吗？你手边连一个小钱都没剩下吗？”

“在那桌美味佳肴里，我们的良心被很好地消磨了几个钟头呢！”

“去死！我要疯了，约翰，你倒是告诉我，还剩多少钱呀？看在上帝的面上，给我吧！否则我可得搜你口袋了！你会害麻风，像约伯一样，会生疥疮，像恺撒一样！”

“先生，玻璃厂街在加里雅谢街的一头，蒂克赛昂德里街在另一头！”

“对极了，约翰，我亲爱的朋友，我可怜的伙伴，好，对呀，加里雅谢街，可你醒醒吧，看在上帝面上，我只要一点钱，现在七点已经到了。”

“别吵，安静点儿，听听这歌：

当老鼠吃猫的时刻，
阿哈就要被国王统治；

当那温暖辽阔的海，
在夏至那天结起冰来，
人们就会看到，
阿哈城的人从冰上逃开。”

“好啦，异教徒，你怎不用你母亲的肠子上吊！”弗比斯边喊边把他往墙上使劲一推，那醉鬼便跌倒在菲利浦·奥古斯特的石板路上了。弗比斯用脚把约翰踢到上帝在每个街角上给穷人预备的、富人称之为垃圾堆的枕头上，作为酒徒，他心里还是有一点同情心的。他把约翰的脑袋在一棵白菜根上放好，学生的鼾声立刻轻轻地响了起来。可队长仿佛余怨未消似的，向已经睡熟的约翰骂道：“这样，你正好可以被经过的魔鬼的车子带走了去！”说完，便头也不回地走了。

那穿斗篷的男人并没跟上他，好像不知如何是好似地在那熟睡了的学生跟前站了一会儿，深深地叹了口气，便依旧去赶那队长。

我们也学学他，让约翰在星光的善意看护下睡吧，如果您愿意。我们也去跟踪那两个人吧。

弗比斯队长走到圣安德烈·代·阿克街，发现身后有人跟踪，便猛地回头看了看，只见一个人影沿着墙根过来，随着他停而停，随着他走而走。对此，他丝毫没有觉出不安。“啊，呸！”他自语道，“我是分文皆无的。”

走到俄当学院门前，他站住了。这就是他所谓的开始学习的地方。由于他作为顽皮学生的习惯犹存，所以每次经过这座建筑物，他都要侮辱一下大门右边的红衣主教比埃尔·倍尔特昂的雕像，让他体会一下贺拉斯讽刺文中普里阿普斯的那种痛苦的感觉。他每次都干得很卖力，以至于都快把塑像下面的题词搞掉了。这一次，又像往常一样，他在塑像前停下了脚步。恰好一个人也没在街道上。当他漫不经心地扣衣服时，一个黑影向他走来，缓慢的速度足以使卫队长看清楚这人披着斗篷，戴着帽子。那影子走到他身边，便把脚步停住，直挺挺地站着，比倍尔特昂的塑像还稳当。然而，这个人影盯着弗比斯，两眼闪出像猫的眼睛在夜里发出的磷光一样的目光。

生性勇敢，手握长剑的卫队长本不在乎个把毛贼。可是他面对的是一个行走的石像，一个石化的人，心里有点发毛了。他模模糊糊地想起了许多当时流传的关于巴黎街头有妖僧在夜里游荡的传说。呆呆地站了几分钟之后，他终于强装笑颜，打破沉默：

“先生，如果您如我所希望的那样，是个强盗的话，就请另寻高明吧，因为我是个破落户的子弟，您抢劫我就像是鹭鸶啄核桃。这所学校的小教堂里可有银镶的上等的木头十字架哩！”

影子从斗篷里伸出一只手，像鹰爪搏击一样，把弗比斯的胳膊抓住。同时，说道：“弗比斯·德·沙多倍尔队长！”

“见鬼！”弗比斯惊诧道，“连我的名字您都知道！”

“我不仅知道您的名字，”影子用一种类似于从坟墓中发出的声音说，“我还知道今晚您有个约会。”

“对呀，”弗比斯回答，目瞪口呆。

“是在七点钟。”

“还差一刻钟。”

“在法洛代尔家里。”

“没错。”

“是在圣米歇桥开客栈的那个。”

“按经文上的说法，应该叫圣米歇尔大天使。”

“你这邪恶的东西！”影子低吼道，“是同一个女人？”

“我承认！”

“她名叫……？”

“拉·艾丝美拉达。”弗比斯轻轻松松地说，他又逐渐恢复了那股子轻浮劲！

听到这个名字，影子狂怒地摇晃弗比斯的胳膊。

“你撒谎！弗比斯·德·沙多倍尔队长！”

气得满脸通红的卫队长，极其猛烈地往后一蹦，把抓他胳膊的铁钳子挣脱了，神色高傲地握住剑柄。面对着这个狂怒的人，影子依然阴沉而静立不动，——任何一个看到这个场面的人，都会惊恐万状。这好像是唐·璜与石像[1]之间的搏斗。

“基督和撒旦！”卫队长叫道，“我沙多倍尔的耳朵里还没怎么听到过这种诽谤的话！你敢说第二遍！”

“我说你撒谎！”黑影冷冰冰地说。

卫队长咯吱咯吱地咬着牙齿。此时他的眼中只有一个人和一次侮辱，而把什么妖僧，什么幽灵，什以迷信统统抛在了脑后。

“嘿！好极了！”他结结巴巴地说道，嗓音有些哽咽，因为人在生气时和害怕时一样会发抖。他颤抖着把剑拔了出来，“就在这儿，马上出剑！快！出剑！出剑！血洒街面！”

然而，影子却一动不动。看到队长拉开了架势，他只准备着自卫，与此同时，他无限痛苦地说道：“弗比斯队长，您把约会给忘了。”

像弗比斯这样的人，发脾气时就像烧开的奶油羹，要把它压下去，只需一滴凉水就可以了，所以就这么一句简简单单的话，他就把手中寒光闪闪的剑放下了。

“卫队长，”影子接着说，“只要您再被我碰上，不管是明天，后天，一个月后，还是十年以后，我都会割断您的喉管！不过现在，您先赴约去吧！”

“此话有理，”弗比斯自我解嘲道，“在赴约的过程中，既有姑娘，又有宝剑，可谓双至的福分了，干吗要为了一个而丢弃另一

① 唐·璜与石像：唐·璜是西班牙传说中的贵族青年，从中世纪即已开始流传的唐·璜传奇的最后结局是：这个以勾引女人为能事的浪荡子诱奸了一个有夫之妇（或已订婚的少女，或寡妇），致使被欺骗的男人死后的石像把唐·璜拘到地狱里去了。

个？何不两者兼得？”

他的剑重新入鞘了。

“快赴约去吧！”陌生人又一次强调。

“先生，我很感激您能通情达理。”弗比斯有点尴尬地回答。“本来！咱俩等明天再拼个你死我活也不算晚吗！让亚当老人家给我们的这身皮被戳个千疮百孔。您能让我再快活一刻钟，对此，我感谢不尽。我真想在与美人作乐前把您捅到水沟里，这样让女人等一等也更显男士的风度。不过，把比武挪到明天更为保险一些，因为我看您也是条好汉。”说到这，他抓耳挠腮道，“唉，不幸的是，我身上一分钱也没有！没法付那破房子的租金，可那老婆子对我又不信任，还必须得先付钱。”

“喏，拿去付房费吧！”

弗比斯感到一枚大钱币由陌生人冰冷的手里转到自己手中。他在情不自禁接过钱的同时，也握住了那人的手。

“天呀！”他惊叫道，“您真是个好人！”

“但我有个要求，”那人说，“您得证明自己是对的，而我刚才说错了。所以我得看看那女人是不是您说的那位，只要把我藏存一个什 么角落里就行了。”

“那没什么，”弗比斯回答，“我们要租的是圣玛尔泰房间，您可以躲在旁边的‘狗窝’里随便看。”

“那我们走吧，”陌生人说。

“我愿意听您的，”队长说，“我不清楚，魔鬼老爷本人是否是您。不过，咱们今晚就做个好朋友。明天，我会一并还清欠您的所有债务，既包括钱债，也包括剑债。”

他们又开始匆匆赶路。片刻之后，他们就走到圣米歇尔桥上了，潺潺的流水声已经就在脚下。那时，桥上建有许多房子。“我先带您进去，”弗比斯对同伴说，“然后我再去小沙特雷附近找我的美人，她应该在那等我。”

那人没言声。从两人开始同行到现在，他一语未发。弗比斯停在一扇矮门前，使劲敲门。这时，一丝亮光从门缝里透出来。“谁呀？”一个牙齿漏风的声音说道。“上帝的身子！上帝的脑袋！上帝的肚子！”队长回答。门立刻开了，一个手拿老油灯的老婆子出现在他们面前，老油灯和老婆子都颤颤悠悠的。弯腰曲背的老婆子不停地抖，穿得破烂不堪，一块破布裹在头上，长着两只小眼睛，手、脸和脖子上爬满了皱纹，嘴唇因牙齿的残缺而下陷，一撮撮白毛长在嘴巴周围，使她看起来就像一只受了甜言蜜语诱惑的老猫。屋内也破破烂烂的，和她没什么区别。墙上涂着白垩，黑乎乎的天花板，残缺不全、结满蜘蛛网的壁炉，几张摇摇欲垮的破桌椅摆在屋子中间，一个脏乎乎的小男孩正在灰堆里玩耍。屋子里头有一道直通天花板上的翻板活口的楼梯，实质是木头梯子。弗比斯那位神秘的同伴自打进入这贼窝似的陋屋起，就把头篷一直拉到眼睛上。而队长却像撒拉逊人一样骂骂咧咧，与此同时，又赶紧亮出一枚“像太阳那样闪闪发光”（雷尼埃语）的金埃居，说道：“圣玛尔泰房间。”

老妇人连忙把他视作贵宾，把银币放进抽屉，也就是刚才陌生人给弗比斯的那枚。在她转过身子的当儿，刚才还在玩炉灰的脏孩子便灵巧地从抽屉里拿走银币，而代之以一片他从柴火上摘下来的枯叶。

老妇人伸手示意那两个被她称作绅士的人跟着她，先爬上楼去的她便把那盏灯放在箱子上，弗比斯对此再熟悉不过，便把一扇通往黑暗小间的门打开。“进去吧，朋友。”他对同伴说道。陌生人悄无声息地按他的吩咐进入那个陋室。他刚进去，门就被重新关上了。他听见弗比斯上了门闩，然后和老妇人一道下楼去了，灯光也消失了。

八、临河窗子的特别用途

克洛德·孚罗洛（我们的读者可比弗比斯聪明多了，一定早已看出黑影不是别人，正是副主教）在被队长关进去的小黑屋里摸索了一会儿。这是一间小阁楼，是利用建筑师偶尔在顶楼和拦墙间留下的角落盖成的。弗比斯称之为陋室的这个小房间既没窗户也没通风口，是三角形的。

从两边往上斜的屋顶，使人无法在屋里站直，正在发烧的克洛德只得在脚下沙沙作响的石灰和尘土之间缩着。他把从地面上摸到的一片玻璃贴在额头上，玻璃的凉意使他略感安慰。

至于有什么念头掠过副主教阴暗的灵魂？那只有他自己和上帝知道了。

我说不清楚究竟是哪种命运的安排使所有这些形象和怪事出现在他的思想里，如拉·艾丝美拉达、弗比斯、雅克·沙尔莫吕、任凭他躺在泥泞中而无心顾及的小弟弟约翰、他的副主教袍子、或许还有他的名誉（此刻它正在法洛代尔的屋子里受着折磨），但事实就是这些念头在他的头脑里搅成了可怕的一团。

他像过了一个世纪似的等了一刻钟，忽然他听见木板楼梯响了，有人上楼了。这时，又有一道亮光透了进来，因为楼上的活门开了。

那朽坏的陋室的门上有一个洞，而且还挺大。为看清楚隔壁房间的情景，他便把脸贴在那洞上。只见脸孔像猫的老妇人手里拿着灯，率先从那道活门上了楼，接着上来的是捋着胡髭的弗比斯，第三个则是那漂亮而可爱的拉·艾丝美拉达。在神父眼里，她就像是一个从地上升起的光辉的幻象一样。克洛德战栗起来，脉搏剧烈跳动，一片云雾在眼前展开，周围的一切都好像在轰鸣和旋转，他什么都看不见也听不见了。

当他清醒了些时，弗比斯和艾丝美拉还坐在那只米箱上，已是单独相对，那盏灯就在身边，灯光使副主教把两张年轻的脸和一张位于陋室尽头的简陋的床铺尽收眼底。

床边有一个满是洞眼的窗户，就像被暴雨打坏了的蜘蛛网一样。透过那些洞眼，一角天空和远远地卧在像绒毛一样的云堆上的月亮可以被望得到。

那个脸颊羞红、神色慌乱的姑娘不停地喘着粗气，低垂下来的长长的睫毛，在羞红的脸颊上投下阴影。她只是以一种羞涩、楚楚动人的姿态，伸出手指，把断断续续的线条画在板凳上，然后再看看手指。她机械地做着这套动作，却不敢抬眼望望那一脸欢欣的军官。她的脚无法被看见，因为小羊蹲坐在上面。

卫队长打扮得非常英俊，金银穗束缀饰在衣领和袖口上，这在当时是最时髦的。

堂·克洛德要想听到他们交谈是相当费劲的，因为他的血液在太阳穴里沸腾翻滚，发出一片嗡嗡的响声。

（其实，他们之间的情话是相当乏味的，无非是把“我爱你”反复念叨着罢了。这句话要是不配点什么“装饰音”的话，在旁听的不相干的人听来，是非常平板，非常单调的，不过，克洛德可不是漠然的旁听者。）

“啊，弗比斯老爷！”姑娘垂着眼睛说，“您可别瞧不起我，我觉得自己这样做不好。”

“瞧不起您，我的美人！”军官神气十足地回答，话语中充满了柔情，“我怎么会瞧不起您呢？这从何说起呀？”

“因为我一直尾随着您。”

“至于这一点，我可和您有不同的看法，小美人儿。我应该恨您，而不是瞧不起您。”

“恨我？”姑娘不知所措地看着他，“我哪点儿做错了呢？”

“您让我那样地求您！”

“唉！”她叹了口气，道：“这是因为我会找不到父母的，如果我违背誓言的话。那样，护身符就不灵了！……可那又算什么？难道我现在还需要父母吗？”

说着，她用两只水汪汪的充满喜悦和柔情的黑眼睛直视着队长。

“您在说些什么呀？我不懂。”弗比斯叫道。

艾丝美拉达半天没言语，然后流着泪叹息道：“唉！——老爷，我爱您！”

本来弗比斯在这个散发着纯洁的芬芳和童贞魅力的姑娘身边有点儿局促不安，可一听到她这样的爱情表白，胆子便大了起来，“您爱我？”他边狂喜地叫嚷着边伸手把吉卜赛姑娘的腰搂住了，这个机会一直是他所等待的。

看到这一幕，神父把掖在胸襟里面的匕首的锋刃用指尖试了试。

“弗比斯，”吉卜赛姑娘把卫队长紧箍在她腰上的手轻轻挣脱开，说道，“您是个好人，正直、侠义、英俊。我的性命是你救的。我只是一个流落在波希米亚的可怜的孩子，早就梦见过自己被一个军官搭救。在结识你之前，我就梦见了你，我的弗比斯。我梦中的人也是穿着漂亮的军装，佩戴长剑，仪表堂堂，和您一模一样。您叫的是一个美丽的名字，我爱您的名字，我爱您的剑。弗比斯，您把剑拔出来吧，我想看一看。”

“幼稚的孩子！”队长笑着说，同时把长剑拔了出来。

吉卜赛姑娘看着剑柄、剑身，充满好奇地审视着剑柄上的缩写姓名，说道：“您是一位佩剑的勇士，我爱我的队长。”边说边轻轻地吻着剑。

弗比斯趁机吻了一下她那美丽的低垂的脖颈。姑娘忽地跳了起来，脸红得像一颗熟透的樱桃。而黑暗中的神父则咬牙切齿。

“弗比斯，”吉卜赛姑娘说，“让我跟您说话。我想看看您那高大的身躯，听听您的马刺响，您往前走几步。您真英俊！”

队长心满意足地笑笑，讨好地站了起来，嗔怪道："真是个孩子！……不过，美人，我穿大礼服的样子你见到过吗？"

"唉．没有，"她答道。

"那才叫真正的英俊呢！"

弗比斯走过来，紧紧地偎坐在她身旁。

"听我说，亲爱的……"弗比斯小声道。

吉卜赛姑娘充满孩子气地用美丽的小手轻轻拍打他的嘴，带着股傻劲，充满了幸福。"不，不，我不听。我只要您说爱不爱我？您爱我吗？"

"我的天使，居然问我爱不爱您！"队长半跪在她面前，喊道："我爱您，从来只爱您一人。我的肉体，我的血液，我的灵魂，全都是为您，全都属于您！"

他一气呵成，一个错儿也没有，因为这种话已经不知被他在类似的场合重复过多少遍了，已经被他背得滚瓜烂熟了！听了这番热情的表白，吉卜赛姑娘那天使般幸福而纯洁的目光投向了顶棚，那肮脏的顶棚仿佛就是苍天。她喃喃自语："啊！这一刻就是死了也好呀！"卫队长却趁这个好时机又吻了她一下。角落里可怜的副主教又心揪了一阵。

"死去？"卫队长喊道，感情冲动。"您都说些什么呀？我美丽的天使！这正是应该好好活着的时候，否则大神朱庇特也只是个孩子了。这样幸福的事情才刚刚开始就死去，怎么会呢！不是这样的，别开玩笑！听我说，亲爱的西米娜……艾丝美拉达……抱歉，我有点记不太清楚，因为你这名字太像撒拉逊人。就像一个缠得我动弹不得的刺丛。"

"我的天，"姑娘楚楚可怜地说道，"我还以为这个特殊的名字很动听呢！既然不被您喜欢，我就改叫葛东好了。"

"唉，这点儿小事有什么好伤心的，小美人儿。我会慢慢习惯这个名字的，记住以后自然就不别扭了。听着，亲爱的西米娜，我

被您深深迷住了。这回和以前不一样，我对您的爱是真的。有个小妞会被我气得发疯的。”

“她是谁？”姑娘打断他的话，充满醋意的样子。

“这无关紧要。”弗比斯说，“您爱我吗！”

“嗯！……”她说。

“这就足够了。您会看到，我也是多么的爱您。要是我无法让您成为世界上最幸福的人，但愿被大魔鬼海神奈普顿用大铁叉叉死。什么时候，咱们找一个漂亮的小屋子住着，我让我的弓手在您的窗下列队站好。他们都是骑兵，米农队长的士兵们可是被他们所不齿的。他们手中拿着钩矛、长矛还有长铳。我要带您去茹利的仓库看巴黎人中的怪物。那可好玩儿了。披盔甲的士兵有八万名，穿白甲胄的有三万名，还有的穿着紧身短大衣或锁子胸甲，各个行业的旌旗有六十七面，高等法院、审计院、将军库、造币厂的都有。总之，全都是鬼东西！我还要带您去王宫大厦里看凶猛的狮子。女人们都喜欢看这些。”

姑娘已有好一会儿没听他说的是什么，只是随他的声音在美梦中神游，沉浸在美妙的遐想之中。

“啊，我一定会让您幸福的！”队长边说边把吉卜赛姑娘的腰带轻轻解开。

“您不要这样！”她嗔怒道。梦中的她被现实惊醒。

“没什么的，”弗比斯回答，“我只觉得，我们在一起的时候，您应该把这身怪诞的街头装束脱掉。”

“我们在一起的时候呀，我的弗比斯！”姑娘无限柔情地说。

她又进入幻想之中了。

见她这样的温柔，队长胆子更大了，一把搂住她的细腰，她并没有拒绝，于是弗比斯把她的胸衣轻轻解开了，被弄乱的颈饰发出细微的响声。吉卜赛姑娘那从薄纱中裸露出来的褐色而浑圆的美丽肩膀就像在天边的薄雾中升起的月亮。看到这一幕，神父激动得都要窒息了。

对弗比斯放肆的行为，她好像并无察觉。大胆的队长的眼里闪着不可抑制的欲火。

“弗比斯，”姑娘突然把脸转向队长深情地说，“把您的宗教讲给我听听，好吗？”

“我的宗教！”队长哈哈大笑，“为什么要讲我的宗教呢？难道要我介绍你加入吗？”

“为了我们能够结婚呀。”她回答。

一种惊异、轻蔑、不在乎和放肆的表情从队长的脸上浮现出来。

“啊，呸！”他说，“为什么一定要结婚呢？”

脸色苍白的吉卜赛姑娘，伤心地把头垂在胸前。

“漂亮的小情人儿，”弗比斯温柔地说，“结婚有什么大不了的？一桩傻事罢了！难道我们的爱会因为少了几句在神父那儿念的拉丁文而减少吗？”

他紧紧靠着吉卜赛姑娘，说着这些话，声音轻柔无比。他将她细弱柔软的腰身重又抱紧，爱抚着，目光更加火辣辣的，这一切预示着弗比斯就要进入那种连朱庇特本人都会发呆的时刻，每到那时，好心的荷马都不得不叫一片云彩来帮忙。

堂·克洛德那鹰隼般的眼睛透过全是裂缝的门板把这一切都看得清清楚楚。这位皮肤棕黑、两肩宽阔、一向守着修道院的严肃和贞洁的神父，此刻在这爱情、黑夜和逸乐的景象面前，也战栗起来。他的脉管里仿佛被那任凭男子调戏的美女灌入了铅的溶液。他钻到那些松开的别针底下，眼睛里冒出淫荡的妒火。此刻，任何一个看见他那贴在门缝前的面孔的人，都会认为他是一只在笼子里观看狼吞食羚羊的老虎。他的瞳孔犹如点燃的蜡烛，从门缝里透出闪亮的光。

突然，吉卜赛姑娘的护胸被弗比斯猛地一下扯开了。面色苍白、一直沉浸在梦中的可怜的孩子忽然惊醒了，连忙挣脱那大胆妄为的军官，瞟了一眼裸露的脖子和肩膀，羞得满脸通红，赶忙把胸脯用交叉起来的两只胳膊遮住。静立不动的姑娘如果没被灯光照着，没准会被认为是一座羞怯的塑像。她的眼睛依旧低垂着。

她脖子上挂着的那神秘的咒符被弗比斯碰得显了出来。正巧他想找个理由去重新接近刚才被他吓着的美人，于是便问道："这个东西是什么？"

"别碰它！"姑娘急忙回答，"它是我的守护神。只有它，才能帮我找到亲人，但前提是我能保持贞洁。啊，弗比斯老爷，请放开我！妈妈！我可怜的妈妈！您在哪里？快救救我！弗比斯老爷，把护胸还给我！求求您了！"

"哼！"弗比斯后退了一步，冷冷地说道，"小姐！这下我清楚了！您并不是真的爱我！"

"我不爱您！"可怜而不幸的姑娘喊道。同时把卫队长拉坐到身旁，揽着他的脖子说，"亲爱的弗比斯，您可真坏！居然说我不爱您！难道您想把我的心撕碎吗？那好吧！把我拿去，一切都拿去吧！随便您把我怎样！我是您的。护身符和妈妈跟您比起来，都不算什么！我的妈妈就是您！因为我爱您！弗比斯！亲爱的弗比斯！是我呀，是那个不被您嫌弃的小姑娘！她来了，自己找您来了！您看看她！您看到了吗？我的一切都属于您——我的弗比斯，我的灵魂、肉体、生命、整个人都是您的！如果您讨厌，我们就不结婚！再说，我只是个流浪人，而您，我的弗比斯，是贵族。简直是做梦，一个街头舞女同一个军官结婚！我八成疯了！不！弗比斯，我就做您的情妇，做您的玩物，供您取乐，随便什么时候！我生来就注定被侮辱，受冷眼，毁名声，这不算什么，我是属于您的。只要您爱我，我就是世界上最幸福、最快乐、最自豪的女人！等到我变老了，变丑了，已经不配被您爱的时候，弗比斯，请您还让我伺候您。其他女人给您刺绣肩带，我就像女仆一样给她们打下手。让我给您擦马刺、洗衣服、掸掉马靴上的灰尘。弗比斯，您会有这种同情心并允许我这样做，是吧？在这些还没发生之前，您把我拿去吧！来，弗比斯，我的一切都属于您，我只要被您爱就足够了。作为一个吉卜赛女人，我们追求的只是空气和爱情！”

她边说着，边紧紧揽着军官的脖子。她上下打量着他，目光中充满了乞求，布满泪痕的脸上又有几许灿烂的笑容。她那丰满迷人的胸脯在军官的粗呢子上衣和粗劣的刺绣上摩擦着，扭动着美丽的半裸的身躯坐在他的腿上。如醉如痴的卫队长，用焦渴的双唇在她那赤裸裸的棕色上身上疯狂地吻着。战栗不已的姑娘向后仰着，迷惘的眼睛望着天花板，心扑通通地跳着，接受着这热烈的吻。

突然，她看见另一个脑袋在弗比斯头顶出现了，那是一张灰里透青，痉挛着的脸，眼睛里闪烁着魔鬼一样的目光。就在这张脸旁边有一只握着匕首的手。这就是神父的脸和手。他把房门打破，来到这里。弗比斯发现不了他。姑娘犹如凝成了冰块一样，动弹不得，就像一只抬起头的鸽子，却发现了一只瞪圆眼睛向窠里窥视的老鹰，这魔影仿佛有一种可怕的魅力，使她想喊却喊不出来。

她连气还没来得及出，就看见匕首朝弗比斯扎来，又拔了出去，血直喷而出。“该死！”卫队长喊了一声，倒了下去。

她也昏了过去。

她合上眼睛，就觉得自己像散架了一样，嘴唇上仿佛被火灼了一般：那是一个比刽子手的烙铁还要烫人的吻。

等她醒过来时，发现巡夜士兵已将自己团团围住，有人正把倒在血泊中的卫队长往外抬，那神父已经无影无踪了，房间底部临河的窗子大开着。有件斗篷被人捡起来，大家还以为是军官的。周围人都在谈论着一句话：“刺杀卫队长的就是她，她是个女巫。”

第八卷

一、枝叶代替了银币

甘古瓦和圣迹区所有的人已有整整一个月不知道拉·艾丝美拉达发生了什么事，这使得他们的心情都很焦虑不安，埃及公爵和他的朋友们也为此而非常忧虑。令甘古瓦加倍苦恼的是，她的小羊如今也下落不明了。从她失踪的那个傍晚之后，就再没有半点迹象表明她还活着。一切努力都是白费。甘古瓦听几个乞丐说，曾经看见她在那个失踪的傍晚同一个军官在圣米歇尔桥一带行走。虽然他是按照波希米亚人风俗结的婚，但却是一个怀疑派哲学家，而且对于他妻子的贞洁性，他比谁都清楚，他完全了解符咒的魔力加上吉卜赛姑娘的贞洁是何等的坚不可摧，而且他也用数学方式计算过这一贞洁观对另一种力量的反抗系数有多大。总之，这方面是不会让他有任何担心的。

但他还是为自己弄不清她失踪的来龙去脉而深感悲苦。如果有可能让他更瘦的话，他一定会因此而瘦下去了。一切都因此而被他淡忘了，包括他对文学的兴趣和他的大作《论正确的和不正确的象》[1]，而后者是他打算一弄到钱就马上印刷的。（他对印刷术的崇

① 原文是拉丁文。

拜是从看了用万德兰·德·斯比尔的最好的活字印成的圣维克多、雨盖斯的《学说》[①]一书开始的。)

一天，悲伤的甘古瓦从杜尔内尔刑事监狱[②]经过时，看见在司法宫的一个大门口聚集了一群人。

“发生了什么事？”他问一个从司法官走出来的年轻人。

“我不知道呀，先生。”那年轻人回答，“好像是要审问一个女人，据说她是刺杀侍卫武官的凶手。这案子好像有巫术成分夹杂在里面，所以参加审问的还有主教和宗教审判官呢。我的哥哥，若扎斯的副主教，在它上面花费了全部的时间。我想和他说句话都到不了他跟前，里面人太多了。这可使我一筹莫展了，我正缺钱呢。”

“哎，先生，”甘古瓦说，“我真是愿意借钱给您，可我却并不是因为装钱才把衣袋装的到处是洞的。”

他不敢把自己认识他哥哥的事实告诉那年轻人。那次在教堂和副主教见面之后，他就再没去找过他，他为自己的这种疏忽而感到过意不去。

那个学生径自走了。甘古瓦随着人群爬上楼梯，向刑事法庭走去。他认为解除烦恼的最好办法，就是观看刑事案件的审讯了，因为一切不开心的事都会被那通常是愚蠢可笑的法官逗得抛到九霄云外。他夹在不声不响的人群中，摩肩擦背地往前走。司法宫那又长又暗的走廊，古老建筑物就像肠子一样蜿蜒曲折。走走停停的甘古瓦感到十分乏味，走了半天才走到一间厅堂的矮门前。这样，身材高大的甘古瓦可以越过人们波动的脑袋，向里面张望了。

宽敞的大厅没什么光亮，也正是因为阴暗才显得更宽敞。时值

① 原文是拉丁文。

② 杜尔内尔刑事监狱：这个监狱是大理院的一部分。

傍晚，阳光从狭长的尖拱窗户透进来时就已经微乎其微，可还没照到大厅的拱顶就消失了。拱顶巨大的桁架上有数以千计的犹如在昏暗中隐隐跳动的雕像。有几张桌子已经点起蜡烛，那些书记官的脑袋被烛光照耀着。观众已经占据了大厅前部，几个穿长袍的人坐在左右两侧的几张桌子前，法官们分成好几排坐在最里面的一张台子前，最后两排被黑暗隐没了。一张张阴沉可怖的脸呆然不动。有数不清的百合花图案雕饰在墙壁上。在法官们头顶上，有一个巨大的耶稣塑像若隐若现；长矛枪戟随处可见，它们的尖端被烛火照得闪闪发亮。

“先生，”甘古瓦问身边的人，“到底发生了什么事，使这么多人跟开主教会似的坐在这里？”

“先生，”那人回答，“大法庭评议官是右边那个，审讯评议官是左边那个，穿黑袍的是神父大人，穿红袍的是法官大人。”

甘古瓦又问：“坐在他们上边的那个满头大汗的穿红袍的胖子是谁？”

“那是庭长先生。”

“他后面的那群绵羊，又是什么人？”甘古瓦继续问道。我们在前面提到过，法官是不被甘古瓦先生所喜欢的。原因也许是上次他的悲剧在司法官上演却惨遭冷遇吧，对此，他余怒未消。

“他们是御前审议官大人。”

“他前面那头野猪呢？”

“是大理院的书记官先生。”

“右边那条鳄鱼呢？”

“那是国王的特别律师菲利浦·勒里耶阁下。”

“左边那只肥肥的黑猫是谁？”

“那是王室宗教法庭的检察官雅克·沙尔莫吕阁下，他身边的那些是宗教审判官。”

“哦，是吗？”甘古瓦说，“这些家伙都在这儿干吗？”

“在审案子。”

“在审谁呢？被告怎么看不见。”

“被告是个女人，先生。她背冲着我们，而且被人群挡住了，所以您看不到她。您看，她就在那一堆枪戟附近。”

“这女人是干吗的？”甘古瓦又问，“她的名字您知道吗？”

“不知道，先生，我也才来不久。我只觉得案情与巫术有关，因为参加审判的还有宗教法庭。”

“好！”我们的哲学家说道，“这群穿长袍的先生吃人肉的场面又可以被我们看到了。这场戏跟往常有什么区别呢？”

“先生，”那人评论道，“您是否觉得沙尔莫吕先生看上去很和善呢？”

“哼！”甘古瓦回答，“我才不觉得那个尖鼻子、薄嘴唇的家伙哪块儿和善呢！”

正在这时，旁边的人要求他们安静。一个人正在向法庭提供一份重要的证词。

讲话的是个老婆子。她的脸被衣服遮着，整个人就像是一堆破衣烂衫。“各位大人，”她说，“我叫法洛代尔，这是个不变的事实。而事情也如我的名字一样千真万确。我在圣米歇尔桥开店已有四十年了，可从没亏欠过房租、买卖税、年贡！我的店门——是朝上游的那座达山·加以雅染房开的。…各位大人，别看我现在是个可怜兮兮的老太婆，以前可是个美丽的大姑娘。……前几天，有人对我说：‘法洛代尔老婆子，你别总在深夜纺线了，你的纺钟会被魔鬼用它的角梳着的。真的，当心它敲你的门，那妖僧去年还在圣殿那边，而如今却在内城游荡呢！’……那天晚上，我正在纺线，门被人叩响了。我问了句，外面却骂骂咧咧的。我把门打开，有两个人走了进来：一个英俊军官，后面还跟着一个穿黑袍的。穿黑袍的只露出两只闪着炭火般红光的眼睛，除此之外，只剩下斗篷和帽子了。他们说要圣玛尔泰的房间，大人们，那可是我楼上最干净的一间房。我把他们给的一个银币塞进了抽屉。心想：可以留着明天到小亭剥皮场去买牛羊下水吃了。我们一块上了楼。刚到那房间，黑衣人在我一转身的功夫就不见了，还把我吓了一跳。那军官体面得很，像个大老爷。我和他又下了楼，随后他就出去了。当我刚纺了不到四分之一的线，他回来了，还带了个玩偶娃娃似的标致姑娘，如果把帽子戴上，还真会像太阳一样让人睁不开眼。她牵着一只挺大的公山羊[①]，至于颜色，我记不清了。我一看，心里就犯嘀咕。姑娘嘛，我不管，可还有只大山羊！……它有胡子，有脚，像个人一样，我可不喜欢。还有，这显得有点妖气。不过，我没说，人家给钱就行呗，您说是吗？法官先生。我把姑娘和军官都领进了那间房。我让他们单独待着，其实还有只公羊。我就下去纺起线来。……应该告诉您，我那是两层楼的房子，和桥上别的房屋一样，是背朝河的，底楼和二楼的窗下也都是水。……也不知为什么，我纺线的时候，总惦记着妖僧。就是那公羊招的我，还有，那姑娘的装扮也有些古怪。突然，楼上一声喊叫传到我耳朵里，仿佛有什么东西掉在地上了，窗户也开了。我赶紧跑到楼下我自己的房间里去，一看，是水里掉进了一个黑乎乎的东西。像个鬼魂，穿的是神父的衣服。借着月光，我看得清清楚楚。他向内城那边游去了。我吓得直抖，赶快把夜巡队喊来了。那十二位先生来了，一进门不知怎么回事，倒把我揍了一顿，因为他们都喝得高兴着呢。我就跟他们解释。我们一起上了楼，天呀！血流得满房间哪儿都是，卫队长的脖子上插了把匕首，直挺挺地躺在地上，姑娘在装死，公羊则凶得要死。……‘好，’我说，‘我至少得把地板洗上半个月。还得狠命擦，真够呛！’……接着，那可怜的

① 公山羊：是魔鬼或巫师的象征。这里是诬称。

队长被抬走了，姑娘的上身脱了个精光！……等一等，最恐怖的是，第二天我想拿那银币去买下水，打开抽屉一看，银币变成了枯叶子。”

老太婆不往下讲了。一阵惊骇的嘀咕声在人群中响起。“那个黑衣人，那只山羊，整个儿看来还真像是巫术。”甘古瓦身边的人说。“还有那片枯叶子！”另一个说道。“没错，”第三个人说，“肯定是女巫和妖僧密谋着去刺杀那个军官。”就连甘古瓦自己也觉得这一切又吓人又像真的。

这时，庭长大人庄严地说：“法洛代尔老妇人，你还有什么话陈述给本庭吗？”

“没有了，大人。”老妇人说，“可是，我的房子却因此而被人看做是肮脏可耻的地方，这是侮辱人呀。虽然房子的外观因住户太多而变得旧了，不好看了，可屠夫们还是喜欢住那儿的，他们可是同正经女人结了婚的有钱人呢！”

“肃静！”甘古瓦说成像鳄鱼的那个官儿在这时站了起来：“我提醒先生们不要忽视了在被告身上发现的那把尖刀。法洛代尔老妇人，你把幽灵给你的银币变成的枯叶拿来了吗？”

“带来了，大人。”她回答，“喏，在这里。”

那片枯叶被传令官递给了鳄鱼，鳄鱼摇了摇头，脸色阴沉沉的，又把它递给庭长，庭长又递给王室宗教法庭检察官，就这样，把整个大厅传遍了。稍后，雅克·沙尔莫吕说：“它是片赤杨叶，这是巫术新的证据。”

“显然，”一个议员发言了，“有两个男人同你一起上了楼，一个是黑衣人，起先你看着他突然消失，后来又跳进了河里；另一个是军官。是哪一个把银币递给你的呢？”

“是那个军官。”老妇思考了片刻答道。人群中“轰”地一下喧闹起来。

“啊，”甘古瓦心想，“这可把我搞糊涂了。”

“我提醒大家，”国王的特别律师菲利浦·勒里耶阁下在这时重新插入道，“那被害军官的床前笔录里讲到，当那黑衣人——八成是那妖僧——和他搭话的时候，他的脑子里乱极了，而且那幽灵又逼他去赴被告的约会，按那军官回忆，由于他身无分文，那幽灵便把那枚银币——也就是由军官给老妇人的那枚——给了他。这样说来，这枚银币是从地狱来的了。”

听了这段结论性陈词，甘古瓦和其他听众的疑云仿佛被驱散了。

“诸位手上都有案卷，”律师坐下时又说，“可以把弗比斯·德·沙多倍尔的证词查一下。”

被告一听到这个名字，便站了起来。她的脑袋也随即从人群中显了出来。甘古瓦惊恐万状，因为他认出被告正是艾丝美拉达。

她的面容憔悴而苍白。头发披散下来，而以前她总梳着非常漂亮的发辫，戴着亮晶晶的头饰。她那发青的嘴唇和深陷的眼睛，让人看了就感到害怕。可怜啊！

“弗比斯！”她懵懵懂懂地说，“他在什么地方？啊，大人，求求你们！在把我杀死之前，告诉我他是否还活着？”

“别说了，女人！”庭长回答，“我们不负责这种事。”

“求求你们，行行好吧！告诉我他是否还活着？”她把美丽而消瘦的双手合十，央求着，只听见铁链顺着她的衣裙银铛作响。

“好吧，我告诉你！”国王的律师说，“他快死了，这下你满意了吧？”

可怜的姑娘跌坐在被告席的小木凳上，不发一言，也不哭，脸色苍白得如蜡像一般。

庭长俯身对脚边一个人说（那人头戴金色帽子，身穿黑色袍子、一条铁链挂在脖子上，一根皮鞭握在手中）：

“传令官，带第二位被告上来。”

所有的目光一齐投向一道小门。门开了，一只金角金蹄的漂亮的母山羊走了进来，甘古瓦的心都快随之跳出来了。那优雅的山羊在门槛上待了一会儿，仿佛站在悬崖顶上，伸着脖子瞭望无垠的天边。可当它一发现吉卜赛姑娘，便纵身从一名书记官的桌子和脑袋上跃过，三跳两跳，便跳到姑娘身边，头贴在她的膝盖上。然后，蹲在主人的脚边，姿态极为优美，似乎在乞求一句话或一阵爱抚；可姑娘连瞥都没瞥加里一眼，一副无动于衷的样子。

“对……就是那只可恶的畜生，”老妇人法洛代尔说，“她们两个就是化成灰我也认得！”

“诸位大人如果没有意见，”雅克·沙尔莫吕站起来说道，“现在我们就把母山羊审一审。”

它就是那第二被告。在当时，审问一只动物怎样施行巫术是不算稀奇的。举个例子说，在一四六六年的总管府账目中有一笔滑稽的开支，那是为审讯吉莱·苏拉尔和他的母猪所花的费用。这一人一畜犯的是“亵渎神灵”罪，并在果尔倍依被处决。账目上记载着：有挖坑放养母猪的费用，有从莫桑港运来的五百捆柴火，还有犯人临刑前与刽子手共同享用的一顿饭——三品脱的红酒和面包，以及那八个德尼埃是看管和喂养母猪十一天的费用。有时还审问牲畜以外的好多东西，如查理曼大帝和忠厚的路易还下过关于严惩那些敢于在空中显形的喷火鬼魂的诏书。

这时，王室宗教法庭检察官突然叫起来：“如果附在山羊身上的正在抗拒驱邪咒令的魔鬼胆敢继续下去，并以此恐吓法庭，坚持行妖作祟的话，我们对它发出警告，将迫不得已对它处以绞刑或火刑。”

甘古瓦出了一身冷汗。沙尔莫吕以一种特别的姿势把从桌上拿起的吉卜赛姑娘的巴斯克手鼓递到母山羊跟前，问道：“现在是几点钟？”

母山羊看着他，目光中闪着聪慧，然后把金色的蹄子抬起敲了七下。此时恰恰是七点钟。人群中一片哗然。

再也控制不住情绪的甘古瓦高喊道：

“它在自己毁灭自己，它根本意识不到自己在做什么，这一点你们明明看得出来的！”

“后面的观众不许喧哗！”传令官厉声喝道。

雅克·沙尔莫吕就这样把手鼓摆来摆去，支使山羊把读者已在前面见识过的几套戏法，什么日期啦、月份啦等等都变过了。虽然，这些观众在街上曾经不止一次地为加里那无害而顽皮的戏法叫好，而现在，在司法宫的拱顶之下，却感到十分恐惧，可能是在司法审讯时特有一种幻想吧，都认为山羊是魔鬼无疑了。

更为糟糕的是，当王室宗教法庭检察官把挂在山羊脖子上的皮囊里面的活字母统统倒在地上时，加里在众人的注视下用前爪在散乱的字母中摆出了这个致人死命的名字：弗比斯。至此，铁证如山，卫队长被巫术所害的事实就无可抵赖了。从前，吉卜赛姑娘总以其绰约风韵而使过往行人目眩，而现在，她已变成一个人见人怕的妖婆了。

不过，她仿佛一点儿生气都没有了。她对加里的出色表演视而不见，对检察官的恐吓和听众的低声咒骂充耳不闻。

为使她清醒过来，一名军警毫不留情地使劲推搡她，连庭长也高声庄严宣告：

“姑娘，你本为流浪人，惯常做一些稀奇古怪的事情。你在三月二十九日夜间，与本案所涉及的山羊一起勾结魔鬼的力量，借助魔法与邪恶的力量谋害并用匕首刺杀了一位御前侍卫队长弗比斯·德·沙多倍尔。你还拒绝交代吗？”

姑娘用双手把脸捂住，喊道：“好可怕呀！我的弗比斯！啊！

这简直如同地狱一般！”

“你仍旧不肯交代吗？”庭长又严厉地问道。

“交代什么？”她猛然站了起来，用震人心肺的声调说道，目光炯炯有神。

“那么，”庭长依旧不肯放松，“你对自己被控告的事实又如何解释呢？”

“我已经说过了，”她断断续续地说道，“我不知道他是谁。是一个我不认识的神父，一直对我穷追不舍的恶魔神父！”

“对，”法官说，“他就是个妖僧。”

“啊，大人们，可怜可怜我吧！我只是一个可怜的姑娘……”

“一个吉卜赛姑娘。”法官说。

“既然被告如此顽固不化，”雅克·沙尔莫吕极为温存地说道，“我建议动刑审问。”

“批准！”庭长说。

可怜的姑娘在那些手执武器的军警的命令下，站起身来，全身颤抖着，在沙尔莫吕和几个宗教法庭神父的带领下，被两排手执武器的警卫护卫着，迈着相当坚定的脚步向一道便门走去。便门忽然开了，她一进去就又关上了。伤心透顶的甘古瓦觉得她仿佛被一张大嘴吞没了。

当她在便门里消失之后，一阵伤心的咩咩叫声传了出来。是小山羊在为它的女主人哭泣。

审问这边的工作基本结束了，一位议员说还要等很长时间才能结束行刑，而大家都已经很累了。庭长说道：“一个官员就应该恪尽职守，而不应顾及个人利益。”

“该死的可恶的贱人！”一个年长的法官说道，“偏偏在人家该吃晚饭的时候去受刑！”

二、枝叶代替了银币（续）

依旧被枪戟包围着的拉·艾丝美拉达，在白天也需要照明的黑暗走廊的楼梯上走了一会儿之后，被司法宫大厅的警卫们推进了一个阴森森的房间。这是个位于高塔底层的圆形的房间，这种高塔如今依旧矗立在把旧巴黎盖没了的现代建筑之上。这是个墓穴一样的地方，没有窗户，只在门口有一道又矮又重的铁门，除此之外再无别的进口。倒是不缺亮光，墙上有个烧得很旺的壁炉，红红的火光把整个地洞照亮了，使一个角落里的烛光显得微乎其微。用来关闭壁炉的铁耙这时被掀在一边上，所以那像一排又尖又稀的黑牙齿般的铁条是从炉口唯一可以见到的东西，这使得壁炉看起来很像传说中口吐火焰的蛟龙。那女犯人借着射出的火光看见房间里堆满了不知用途的可怕的器械，一个皮垫褥放在房间正中的地上，一个系在铜环上的带钩的皮条挂在它的顶部，那铜环被一个刻在穹窿拱顶石上的怪物含着。在火炉里，有烧得通红的铁筷、铁钳和大铁犁。炉火血红色的光在整个房间里唯独照着那可怕的东西。

这个像地狱一样的房间就是所谓的拷问室。

那该下地狱的施刑人比埃拉·多尔得许在床上懒洋洋地坐着，他的助手是两个方脸的矮个男人，穿着皮围裙和麻布短裤，正在把火上的铁器拨弄来拨弄去。

那不幸的姑娘一走进这个房间，原本努力鼓起的勇气还是被吓掉了许多。

警卫们站在一边，另一边则站着宗教法庭的神父们。房间的一个角落里摆着一张桌子，一个拿着纸、笔、墨水的书记官坐在桌子前面，雅克‘沙尔莫吕带着非常温和的微笑，走到吉卜赛姑娘身边，问道：“我亲爱的孩子，你还顽固下去吗？”

“对了。”她回答，声音极其微弱。

“既然这样，”沙尔莫吕说，“我们只好违心地用严厉的刑罚拷问你了，其实我们也不愿意这样。请您到那边的床上坐着去吧。

比埃拉，把地方让给这位女士，关好门。”

比埃拉极不情愿地站起来，“我要是把门关上，”他嘟哝着，“不就把我的火给灭了吗？”

“好吧，亲爱的，”沙尔莫吕说，“那就让它开着吧。”

可是，艾丝美拉达却一动不动地站在那里。有多少个不幸的人曾经在那张皮床上惨遭折磨！一想到这个，她的心头便被极度的恐惧占满了。她惊慌失措、失魂落魄地站着，仿佛骨头都被冻上了一样。两个打手在沙尔莫吕的示意下，把她架到床边，让她坐下。他们没使什么力气，可当他们的手一碰到她的胳膊，她的身子一接触皮床，她就感到自己的血液在向心脏倒流而去。她万般恐惧地向四周看了看，觉得自己仿佛就要被那从四面八方涌来的张牙舞爪的刑具吞没了，它们 会来咬她、钳她。在她所见过的各种刑具中，这些丑恶的刑具仿佛就是昆虫和鸟类之中的蝙蝠、蜈蚣和蜘蛛。

“医生在什么地方？”沙尔莫吕问道。

“在这儿。”一个一直没被她发现的穿黑袍的人说。

她浑身抖个不停。

“姑娘，”宗教法庭检察官和颜悦色地说，“我问您第三遍，您对被指控的罪行仍然拒不承认吗？”

这一次，已经说不出话的她只能点点头。

“你还这样固执？”雅克·沙尔莫吕说，“那我只能履行职责了，你真让我失望。”

“王室检察官先生，”比埃拉冷不丁问道，“我们从哪种开始？”

沙尔莫吕装出一副诗人在推敲韵律的怪模样，迟疑了片刻。最后说道：

“先用夹棍。”

不幸的姑娘就像一个失去自动力的物体一样，脑袋颓然垂下，感到上帝和人类已经把自己彻底抛弃了。

施刑人和医生一齐向她走来，与此同时，那两个助手则在那些恐怖的刑具中乱翻一气。

听到刑具碰撞发出的响声，可怜的姑娘就像一只通了电的死青蛙一样浑身颤抖着。“啊！”她用一种谁也听不见的声音喃喃自语，“啊！我的弗比斯！”接着，她就又一动不动、无声无息地像石头一样了。无论是谁，看到这个悲惨的场面都会心里发酸，可是法官们却是一副无动于衷的表情。她就像是一个被撒旦在地狱血红的门洞里严刑拷问的罪孽深重的灵魂一样。就要遭受钳、轮和拷问架等酷刑折磨，就要被刽子手和老虎钳的魔掌蹂躏，就是这样一个柔嫩、洁白、脆弱的生灵，就像一粒即将被磨盘碾成粉末的谷子，不过她的磨盘却是人间司法的酷刑！

这会儿，她的鞋袜已经被比埃拉·多尔得许那两个助手用粗硬的大手粗暴地扒下去了，于是，她那美丽的腿、脚便裸露了出来，这就是曾经因其美丽而在巴黎市井被过往行人多次赞美过的腿和脚。

“多么可惜！”施刑人凝视着这优美而纤巧的肢体，低声嘀咕。

此时此地，要是副主教也在的话，肯定会回忆起自己所说的那个蜘蛛与苍蝇的象征。

片刻之后，透过眼前朦胧的云雾，不幸的姑娘看见夹棍离自己越来越近，接着，铁片把自己的脚给卡住了，随后就只能看见刑具了。恐惧再次赋予了她力量，她披头散发地坐了起来，狂喊道：“快解下来呀！饶命呀！”

她试图投身于王室检察官脚下，便向床外猛然一跳，但由于两腿被紧紧夹在橡木和铁具的厚重枷锁中，而瘫软无力地昏倒在夹棍上，此时的她比那翅膀上负着沉重铅块的蜜蜂还要心力交瘁。

沙尔莫吕挥了挥手，她又被他们扳倒在床上，她那纤纤细腰被那两只粗壮的手用从拱顶上吊下的皮带系住了。

“最后再问你一次，”沙尔莫吕再次问道，似乎善心不减，“你招认被指控的罪行吗？”

“我冤枉啊！”

“那么，姑娘，你如何解释那被指控的事实呢？”

“大人呀！我真的不知道！”

“你不承认？”

“全都不是我做的！”

“上刑！”沙尔莫吕对比埃拉说道。

夹棍在比埃拉摇动重杆的同时，立刻夹紧，可怜的姑娘惨叫一声，这种声音无法用人类的语言来形容。

“停下！”沙尔莫吕命令比埃拉，然后对姑娘说：“这回你招供吗？”

“我招！我招，全招！”不幸的姑娘说道，“饶了我吧！”

在此之前，她一直过着快乐、甜美、温暖的生活，因此在没用刑的时候，她并不知道自己的忍耐力有多大，没想到，第一阵痛楚就把自己征服了。

“出于人道，”王室检察官指出，“我有责任通知你，招了供，等待你的只有死亡。”

“我宁愿去死。”说完，她的身子便折为两截，奄奄一息地瘫倒在皮床上，任凭腰部被皮带吊着。

“别这样，我的美人，你还是坚持一下吧！”比埃拉边扶起她边说道，“你可真像勃艮第公爵脖子上挂着的那只金绵羊。”

雅克·沙尔莫吕拔高音调说道：

“请记录，书记官先生。吉卜赛姑娘，请回答我，你是否经常和恶鬼、假面人、吸血鬼等在一起，参加地狱的宴会、群魔会，并行妖作法呢？”

“是的。”她回答，声音低得几乎被呼吸声盖住了。

“你是否见过那只倍尔日比特为召集群魔会而放在云端上的，只有巫师才能看得见的公羊呢？”

“见过。”

“你是否为自己曾经崇拜过可憎的圣殿骑士[①]偶像波浮梅的头像而感到忏悔呢？”

① 圣殿骑士：十字军中最凶狠的武装僧侣，他们炮制出一个魔鬼波浮梅，借以进行宗教迫害。

“是的。”

“你是否和那正在当庭同审的化为山羊的魔鬼经常合谋作恶呢？”

“是的。”

“最后，你是否为自己伙同魔鬼和俗称为妖僧的鬼魂在三月二十九日夜间谋害并杀死了卫队长弗比斯·德·沙多倍尔而感到忏悔呢？”

“是的。”她机械地回答着，既无面部肌肉的抽动，也无任何震惊的表情，只是抬头漠然地望着法官，显然，她的精神已彻底崩溃了。

“书记官，快记下来，”沙尔莫吕说。然后，又命令施刑人：“解下女犯，带回大厅。”

王室宗教法庭检察官在女犯被撤去夹棍后，仔细察看了一下她那只因剧痛而变得僵硬的脚，说道：“还好，美人儿，幸亏你喊得及时，还不算太严重，以后你还可以继续跳舞！”

然后，他对宗教法庭的同僚说：“先生们，终于伸张了正义，真是畅快淋漓啊！这位姑娘可以证明，我们对她是尽量从轻处置的！”

三、枝叶代替了银币（续完）

她又回到满是群众的大厅里，脸色苍白，一瘸一拐，迎接她的是一片欢喜的低语声。对于群众而言，虽已经不耐烦，却也为这一结果而感到满意，就像在剧场里看戏，在经历了幕间插曲之后，终于迎了最后一幕戏的开演。对于法官而言，则很快就可以退庭回家吃晚饭了。那只高兴地咩咩叫的小山羊，要不是被绑在凳子上动弹不得的话，早就跳到女主人的跟前去了。

夜幕已经完全降临了，可蜡烛却没有增加，只是原先的那些在闪着微弱的光，就连大厅的墙壁都让人看不清楚。所有的一切都因黑暗而被蒙上了一层薄纱。只能看见法官们模糊的脸孔。在大厅的这头，也就是法官们对面，有一个在黑暗中晃动的朦胧的白影子，那便是被告。

她蹒跚着走到自己的座位跟前。沙尔莫吕本已威严地就座了，这会儿又站了起来，宣告："被告已经全部供认了。"一副生怕自己的成功落空的样子。

"吉卜赛姑娘"，庭长说道，"你对自己的全部巫术罪行，以及用色相勾引和刺杀弗比斯·德·沙多倍尔队长的罪行都招认了吗？"

她的心紧揪着，在黑暗中，人们听见了她的啜泣声。"你们要我招什么，我就招什么，只求你们快点儿杀死我吧！"她回答道，声极其微弱。

"王室宗教法庭检察官先生，"庭长说道，"本庭现在听取您的拷问报告。"

沙尔莫吕打开一本吓人的大备忘录，开始手舞足蹈、语气夸张地宣读拉丁文的公诉状。在这篇演说中，穿插着他心爱的喜剧作家勃拉特的引语，而所有的证据都是用西塞罗式的迂回说法拼凑而成的。我们为不能把这篇绝妙的演说全文奉献给读者而感到深深地遗憾。演讲人用绝妙的动作配合着朗读进行，以至于开场白还没念完就已经大汗淋漓，连眼珠都要从眼眶里跳出来了。念着念着，他忽然在一个句子中间停住了。"先生们"，他喊道（这次是用法语，因为稿子上没有），平时非常温和、甚至有些愚蠢的眼睛里射出了令人震骇的凶光，"与本案有着密切关系的撒旦，居然来参加我们的庭审，而且还做出可笑的模仿动作来亵渎法庭的尊严。大家请看！"

他边说边用手指着小山羊。而山羊看他做出手势，还以为要它表演呢，于是便坐起身来，用前腿和长着胡须的脑袋模仿王室检察官优美的动作。读者也许有印象，小山羊最杰出的技能之一就是模仿。可是，这一插曲被认为是新的证据，在群众中引起了极其强烈的反响。人们把山羊的蹄子捆绑起来。王室检察官那动听的演说继续进行。

虽然演说拖沓繁冗，但结尾却相当精彩。我们把这最后几句奉献给大家，请您结合沙尔莫吕先生干燥嘶哑的嗓音和喘息的气势，好好感受一下：

“因此，诸位大人，罪行既已可充分肯定，犯罪动机既已明了，那么，我们以在这个无瑕的城市中拥有至高无上的司法权的巴黎圣母院的名义，对这个女妖处以以下判决：

一、交纳一定数额的罚款；

二、当众谢罪于圣母院主教堂大门前；

三、判处女妖及山羊死刑，执行地点为格雷沃广场或在伸向塞纳河并与御花园相连的小岛上。[①]”

说完，他把帽子戴上，又坐下了。

“唉，”伤心透顶的甘古瓦叹道，“这家伙的拉丁文是多么拙劣！”[②]

这时，被告身旁站起来一个穿黑袍的人，他是被告的辩护律师。饥肠辘辘的法官们开始抱怨起来。

“律师”，庭长说：“简洁一点！”

“庭长大人，”律师说道，“我只对诸位大人们讲一句话，因为被告已对罪行供认不讳了。我这有沙里克法典中的一项条款：‘遇有一女巫吃掉一男人，并且该女巫供认不讳，可处以八千德尼埃，即两百金索尔之罚款’。我请求法庭按照这条法律执行判决。”

“这个条款已被废除了。”国王的特别律师反驳道。

“我认为不是这样”。律师说。

“表决吧！”一个议员说，“罪行已没什么可怀疑了，天色也不早了。”

于是，开始当庭表决。由于法官们都急着回家，所以就以脱帽与否表示赞成或否定。虽然大厅内昏暗不堪，但还是隐约可见，当庭长向他们低声征求意见时，他们一个接一个地脱下帽子。不幸的

①原文为拉丁文。

②原文为拉丁文。

被告仿佛也在看着他们，其实她那混浊的眼睛的已经什么都看不见了。

书记官在不停地记录，然后把一长卷羊皮书呈交庭长。

再接下来，人们走动的声音和戈予碰击的声音便一并传入姑娘的耳朵里，同时，一个冰冰冰的声音对她说：

“吉卜赛姑娘，在国王陛下钦定的那天中午，你要只穿内衣，光着脚，把绳子套在脖子上，会有一辆大车把你送到格雷沃广场，在本城的邢台上被绞死，这只山羊和你同时执行。你还必须把三块金狮洋交付给宗教法庭，作为对你行妖作祟、卖淫、杀害弗比斯·德·沙多倍尔队长的补偿。愿你的灵魂升入天堂！”

“啊，这是一声噩梦啊！”她自言自语道，同时感到自己被几只粗大的手拖了出去。

四、把一切希望都抛弃

中世纪的每一座竣工了的建筑物，都有着和地上部分几乎同样大小的地下部分。圣母院是建在柱基之上的建筑，除此之外，其他的宫殿、堡垒、教堂等都有双层地基。在主教堂里，还有个位于地面中堂之下的低矮、黑暗、神秘、既瞎又聋的地下主教堂，而光线充足的中堂却日夜回荡着管风琴声和钟声。地下那一层有时会用来作坟墓，而宫殿和城堡里的地下部分却用来做监狱，当然也有用作坟墓的，或者两者兼作。我们在其他章节中已经对这些结实的建筑物的形成和“生长”方式做过解释，它们不仅具有双层地基，而且还生了许多根，向地下分叉，构成和地面建筑一样的房间、走廊、楼梯等。因此，教堂、宫殿、城堡等都可以说是有一半隐藏在地下。一座建筑物的地下室可以说就是另一个建筑物，进去时不是上楼梯而是要下楼梯。地下中层在地上各层的下面向下伸展，宛如湖边的森林与山峰倒映在平静似镜的湖面上。

地下建筑是牢房的典型建筑，有圣安东尼地区的巴士底狱、巴黎司法宫和卢浮宫。那些伸入地下的牢房的梯级被可怕的阴影分成许多地段，而且越往下就越窄、越黑暗，即便但丁要找监狱，也不可能找到比这更合适的了。从上层地面蜿蜒而下的沟道所形成的那一类洞穴，就是牢房的烟囱所在地，但丁就是把撒旦安置在这种地方。当时，只有死囚犯才会被丢在那种地方，一个悲惨的生灵到了那里，就意味着同阳光、空气、生命永远的、完全的隔绝，除了上绞刑架和火刑台外，根本就没有出去的机会，一切的希望都不得不被抛弃，而其中有的人就在地牢里死掉了、腐烂了，人类的司法把它称为“遗忘洞”。置身于那里的囚犯感到自己被头顶上的一堆石头和一群狱吏与人类隔绝开来，那牢固的监狱，那整个牢房，只是一把巨大的锁，而自己则被活生生地锁在世界下面。

被判死刑的艾丝美拉达就是被丢到了这样一个地方，被丢到了圣路易修造的“遗忘洞”里，被丢到了杜尔内尔刑事监狱的这个地牢，其原因只有一个：怕她逃跑。她的头顶上就是雄伟壮观的司法宫，而她不过是连它最小的一块砖石都搬不动的一只可怜的苍蝇啊！

固然，老天爷和人类社会同样的不公道，但也用不着为摧毁一个如此柔弱的人而施加这么多的苦难和酷刑啊！

在那个地方的她，被埋葬、被湮没、被禁锢，如同消失在黑暗中。任何一个见过她在阳光下欢笑、跳舞的人，都会为她如今的这种模样而怵然战栗。她的头发不再有清风的吹拂，耳畔不再有人声的喧嚷，眼中不再有蓝色的天空，感受到的只是黑夜般的沉寂、死亡般的寒冷。折成两段的她，蹲在一点点稻草上，被压碎在枷锁下，陪伴她的只有一个水罐和一块面包。牢房渗出的水已在她的身下汇成了水潭，而她却一动也不动，几乎没有了气息，痛苦对她来说已经不算什么了。弗比斯、阳光、中午、户外生活、巴黎的大街小巷，在掌声中跳舞，向那军官款款诉说爱情，然后是神父、老婆子、匕首、血、酷刑、绞刑架，这一幕幕的往事，有时像是唱着歌的金色的幻影，有时像是奇形怪状的噩梦，一一掠过她的心头。但现在，这一切仿佛只是一场陡然消失在黑暗之中的可怕而缥缈的斗争，只像是在高高的空中演奏着的遥远的音乐，然而，那坠落在深渊里的苦命女子是再也无法听见了。

自从被关到这地牢里，她就一直保持着似睡非睡，似醒非醒的状态。睡眠和清醒，梦幻和现实，白天和黑夜，对于身处苦难的牢房中的她而言，已分不清楚了。在她的脑海里，一切都支离破碎、飘忽不定、模糊不清，被搅混在一起。感觉、意识和思想，她都已不再有。一切对她来说都像是在做梦，从来没有一个活着的人会像她一样陷入那深沉的虚幻之中。

她就这样变得麻木、冷淡、呆滞。头顶上某一地方的一块盖板曾经打开过两三次，她感觉不到，甚至从那里透进来的一点儿亮光，她也感觉不到，一块黑面包被一只手扔了下来，她却连声音都没听见。可这种狱卒按时送饭的方式，算得上是她与外界的唯一联系了。

她的耳朵只能听见一种声音，那就是从拱顶长满青苔的石头中渗出来的水珠，以均匀的间隔滴入她身边的小水潭里，水珠滴入水潭的这种声音，是她唯一的精神依靠。

这个滴水运动，是她周围的唯一声响，她也正是以此来判断时间，在地面上所有的声音中，能被她听得见的也只有这个了。

此外，在这个充满泥浆和黑暗的脏地方，她还常常被一些爬到她手脚上的冰凉的东西吓得直打哆嗦。

她对自己在此待了多长时间是一无所知。她只记得某个人在一个地方被人判了死刑，此后她自己就被关到了这里；只记得自己被冻醒的时候，迎接她的只有黑暗和沉寂。叮当做响的铁链使她意识到自己手上戴着手铐，脚踝上戴着脚镣。她明白了墙壁便是自己周围的全部，滴满了水的石板地和一张草席便是她的床铺，至于灯和通风口，统统没有。她只好坐在草席上，偶尔也会去坐在地牢的最后一级石阶上，这只是为了换个姿势而已。她也曾经试着去数那水滴向她报告的时间，但这个在病弱的头脑中所做的悲惨的努力，很快就自行粉碎了，只留给她一种木呆呆的感觉。

某一天或某一个傍晚（因为在这个坟墓里，中午和半夜是没有什么颜色之分的），她听见头顶上有一种比狱卒给她送饭时开门的声音更响的声音，她抬头望去，只见一丝红红的亮光从寂静的地牢拱顶上的活门缝隙里透了进来，同时那沉重的活门也响了起来。活门在生锈的锁链上咯吱咯吱地磨了一阵便被掀开了，一盏灯，一只手和两个人的下半截身子进入了她的视野，她看不见他们的头，因为门太矮了，那过于刺眼的灯光使她只能闭上眼睛。

当她再次把眼睛睁开时，活门已经被关上了，灯在一个石阶上放着，只剩下一个男人站在她的面前。他从头到脚都被一件黑袍子裹着，还有一块黑头巾蒙在脸上。他全身任何部分，包括脸和手在内都让人看不见，仿佛是一件直立着的长长的尸衣，但又好像有什么东西在尸衣里颤动。她呆定地望着这个幽灵般的东西几秒钟，她和他都不说话，仿佛是面面相对的两尊塑像。这个地牢里还存留点儿生气的东西好像只有两种：那就是潮湿空气引起的灯芯的爆响声和从屋顶滴下的水声——它那单调的淅沥声打破了那有规律的爆响，使灯光映在水潭表面上的光圈抖动起来。

“你是谁呀？”犯人终于问道。

“一个神父”。

这个回答，口音、嗓音把她惊得直抖。

“您都准备好了吗？”神父以沉浊的声音又说。

“准备什么？”

“赴刑场。”

“啊，立刻吗？”她问。

“是明天。”

她原本因高兴而扬起的头一下子又低垂到胸前。

“还早着哩！”她喃喃自语道，“为何不就在今天？”

“这么说，您感到自己很不幸的了？”神父沉默片刻后，说道。

“我只感到很冷。”她回答。

她把双脚用两手握住，——我们已经见过罗兰塔楼的隐修女也这样做，可能这是不幸的人在发冷时惯有的动作吧。同时，她的牙齿直打战。

神父似乎在用风帽底下的眼睛环视四周。

"没有光！没有火！泡在水里！可怕至极！"

"是的"，她惶惶不安地回答，这是灾难给予她的习惯。她说："一切人都可以拥有白昼，而属于我的为什么却只是黑夜？"

神父又沉默片刻，说道："您知道您被搞到这里来是为了什么吗？"

"我想我原来是知道的，"她说，仿佛是帮助自己回忆一般，用瘦削的手指摸摸额头，说道，"可是我现在是一无所知。"

忽然，她像个孩子一样哭了起来。

"先生，我想出去。我冷，我害怕小动物在我浑身上下爬，害怕之极！"

"好吧，跟我走！"

说着，她的胳膊被神父拽住了。那不幸的姑娘的五脏六腑都已经结了冰，可此时却感觉那只手更凉。

"啊！"她低声自语，"这是寒冷彻骨的死神的手。""您到底是谁？"她问道。

神父把他的风帽掀了起来。她一看，居然是那个长期以来跟踪她的阴森森的面孔，是在法洛代尔家里出现在她心爱的弗比斯头顶上的那个魔鬼的脑袋，是她最后一次在匕首边看到的那双露出凶光的眼睛。这个对她来说像个克星一样的魔鬼，接二连三地使她遇到灾难，甚至把她推向刑台，此时，处于麻木状态中的她也因为他的再次出现而清醒过来。她仿佛觉得笼罩着自己记忆的那越来越厚的纱幕开始撕裂了。从那天夜晚在法洛代尔老妇人家的情景直到在小沙特雷法庭中被判处死刑，这所有悲惨的细节，不再是模糊不清，而是历历在目，清清楚楚，暴露无遗，让她心惊肉跳，感到极其恐怖，一切的一切都回到了她的脑海之中。面对这张阴沉的脸，她把那些被抹掉大半的记忆，那些几乎被过度痛苦淹没了的回忆都想了起来，犹如用隐写墨水在白纸上写的字迹，被火一烤就全部清清楚楚了。她感到自己全部的心灵创伤又一次破裂，鲜血往外流个不停。

“啊！”她捂着眼睛失声尖叫起来，全身无法控制地战栗着，“那个神父就是他！”

然后，她双臂无力地垂下，坐在地上，脑袋耷拉着，默默无语地盯着地面，继续颤抖着，再也起不来。

神父注视着她，就像一只在高高的天空里已经盘旋很久的老鹰，紧紧盯着麦地里一只蜷缩成一团的可怜的百灵鸟，然后把飞旋的圈子不声不响地逐渐缩小，突然，它扑了下去，如闪电一般，把那抽搐的百灵鸟死死地用利爪按住。

“把我杀了吧！杀了我吧！”她开始对自己低语，“再给我最后的一下吧！”说完，就像等待着屠夫手中大棒的母羊一样，把头缩进了脖子里。

“这么说，”神父终于开口道，“是我把您吓着了？”

她并不回答。

“您是因我而感到恐惧吗？”他又问。

“是的”，她的嘴唇苦笑般地抽搐了一下，“我这个死刑犯在被这个刽子手捉弄着。这段日子以来，我一直被他追踪着、恐吓着、威胁着！上帝呀！要不是因为他，我该多么幸福！我是被他给推进了这个深渊！啊，天啊！是他，是他，杀死我的弗比斯的就是他！”

说到这里，她抬眼望着神父，不停地抽泣着，“您这个浑蛋！您到底是谁？我怎么得罪您了，以至于您如此恨我？啊，我们之间有什么深仇大恨？”

“我只是爱您！”神父喊道。

她突然不哭了，直愣愣地盯着他。他也盯着她，双膝缓缓下降，眼睛里闪着炽热的火花。

“您听清楚了吗？”他又一次大声喊道，“我爱您！”

可怜的姑娘哆嗦着，反问道：“可这又是一种什么样的爱呀？”

“一个该下地狱的人的爱！”神父回答。

接下来是死一样的寂静。一个精神失常的人，一个呆若木鸡的人都激动得说不出话来。

“听着，”终于恢复了平静的神父说道，“我会让您立刻知道一切，我会毫无保留地告诉您，把我在夜阑人静，连上帝也看不见我们的黑暗中，偷偷扪心自问时，对自己都不大敢说的话告诉您。听着，姑娘，在遇到您之前，我很幸福……”

“我又何尝不是如此呢？”她有气无力地叹息道。

“先听我说完。——我那时真的很幸福，至少，我这样认为。我是纯洁的，我的灵魂像一泓碧水一样清澈。我高傲地昂着头，我精神抖擞，没有人能比得过我。学者们向我讨教学术问题，神父们向我请教如何才能一尘不染。是呀，科学就是我的一切！它像我的姐妹一样，我有这样一个姐妹就足够了。当然这并不意味着我没有产生过杂念，随着年龄的增长，这是无法避免的。当女人从我身旁经过时，我的肉体不止一次地冲动过。我原以为自己早已把性欲和血气扼杀于少年时代，而用誓言的铁锁把自己束缚在神坛冰冷的石块上了，可它们却不止一次地兴风作浪，企图将那誓言的铁链挣断。但是，我的灵魂在修道院的斋戒、祈祷、学习和禁欲生活的磨炼下，又成为我肉体的主宰。而且，我尽量回避女人。再说，头脑中的一切杂念在我打开一本书的瞬间，就会在科学光辉的照耀下而逃之夭夭。用不了几分钟，我的面前就只有永恒真理的柔和光辉，一切尘世浊物都已无影无踪，我为真理而陶醉，我恢复了平静，变得泰然自若。只要被魔鬼派来袭击我的女人始终是分散在教堂里、大街上、草地上的、从我眼前一掠而过的模糊的身影，那它就很难回到我的梦幻中。所以说，我是很容易战胜魔鬼的诱惑的。唉！如果说我没能固守胜利，那也是上帝的错，因为它把和人同等的力量赐予了魔鬼。——听着，有一天……”

说到这儿，神父停了一下，女犯听见他的胸腔里发出了几声就像垂死者痛苦的喘息一样的叹息声。

他接着说道：

“……有一天，我正坐在密室的窗户边读着一本书，什么书来着？唉，这些事在我脑子里被搅成一团，反正我在读书。突然，一阵鼓声和音乐声传入我的耳朵，这声音是从窗户对着的广场发出来的，我的思绪被它打断了，我向那广场投去愤怒的目光。于是我便看见在那边的石板路当中，在中午明媚的阳光的照耀下，一个十分美丽的姑娘在那里跳舞，这幅被我和其他许多人所共同目睹的画面，是不应该进入人类的视野的。那个姑娘美丽非凡，她应被上帝选作圣处女，选作自己的母亲，假若上帝诞生时她早已在世，那他一定会愿意自己成为她生的儿子。她有一双又黑又亮的眼睛，被阳光照耀着的头发，像金丝一般闪闪发光。她的脚跳起舞来就像在迅速转动的车轮的辐条。一些别在她头上和乌黑的发辫中间的金属发针在阳光里闪亮，在她的额头上形成一圈星星。她那天蓝色的缀着许多亮片的衣服，就像夏夜天空中的繁星一样，闪出千万道光芒。她那柔软的浅褐色胳膊就像两带子一样绕着她的身体一收一放。她的身材完美无缺。啊，那光芒四射的肢体，跟太阳光比起来也毫不逊色！……唉，姑娘，您就是那个人呀！被惊异、沉醉、迷惑完全控制住了的我任凭自己一直望着您，望到我觉得自己在战栗，我已经被攥在命运的手掌里了。”

神父过于激动，又停顿了一下，接着说道：

“于是我试着抓住什么，因为自己的一半已经坠下去了，不能完全堕落。撒旦早已向我张开过的罗网在我的脑海中出现了。我眼前的人展现出来的那种美，不是来自天上，就是来自地狱。她不是那种平凡而简单的姑娘，人间的一点儿凡土造就不出她，她内心中闪耀的也绝不是普通女人心中的微弱的光芒，她是一位天使，但却不是从光明里诞生，而诞生于黑暗之中、火焰之中。正当我这样想着的时候，一只坐在她身边的小山羊在笑嘻嘻地看着我，这是一种经常同巫师联系在一起的动物，它的犄角被中午的阳光照得像火一样发光。于是我看到了魔鬼设下的圈套，我对您来自地狱不再怀疑，您是来使我堕落的，这一点我已经深信不疑了”。

神父直视着犯人，又接着说下去：

“直到现在我也仍然相信这一点……同时，您的魔法也渐渐起了作用，我的头脑里始终有您的舞步在盘旋，我感觉到自己的心已被妖术控制了，我灵魂中原本觉醒的一切都沉睡了，就像听任自己睡去却为此感到愉快的雪中濒死的人一样。突然，您又开始歌唱，您的歌声比舞步还要诱人。可怜的我，又能怎么样呢？我想逃走，却又做不到。我就像扎根于土地中一样呆立着。我觉得自己已被上升的石板埋至膝盖了，我无法不站下去。我的脑子发出嗡嗡的响声，两条腿好像被冻住了。终于，您不再唱歌，走掉了，可能是看我可怜了吧！那令人目眩的幻景在我眼前消散了，那使人心迷的音乐在我耳际逝去了。于是，我瘫倒在窗边的角落里，比倒下来的石像还僵硬、脆弱。过了一会儿，我被晚祷的钟声惊醒了。我慌忙站起来，赶快逃走，可不幸的是，从此之后，就有某个东西在我心中倒下，而站不起来了，有件无法逃避的事情发生了。”

他又停了一会儿，继续说：

“打那一天起，我心中就出现了一个陌生的自我。我试图通过修道院、圣坛、工作、读书等各种方法来治疗，可一切都是徒劳！啊，当我绝望地用情欲沸腾的脑袋去向科学撞去的时候，科学显得多么的空虚、无力！您知道吗，姑娘？从此以后，在我和书本之间出现的只是那天出现在我面前的光辉的形象，只是您的影子！但是，这个形象就像因长时间凝视太阳而出现在眼前的一圈黑斑一样阴森、黑暗，它那原来的颜色不复存在了。”

“我再也无法将您摆脱。您的歌声在我的头脑里回荡，您的舞步在我的祈祷书上跳动，您的形体在我身上滑动，您的情景在我的夜梦中闪现，我想知道您是谁，想触摸您，想再见到您，想知道您是否与我心中的理想形象相符合，或许，现实可以将我的幻想粉碎。总之，您在我心中最初的形象已使我无法克制自己，我希望这个形象可以被新的形象抹去，于是我苦苦地四处找您。偏偏我又看见了您。真是不幸啊！当我两次看见您之后，就渴望着千次看见您，希望能永远都看见您。于是，我无法刹住在地狱的斜坡上滑行的自己，于是，我不再属于我自己。我被魔鬼拴在了他的翅膀上，而绳子的另一端却系在您的脚上。我开始漂泊不定，游荡四方，变得和您生活的一样。我在街道的角落里监视您，在大建筑物的门廊下等候您，在我的钟楼顶上窥视您。每当夜深人静，我反省自己的时候，就发现我比从前更着迷，更神魂颠倒，更绝望，更无力自拔。

“您的身份终于被我打听到了。您是埃及人、波希米亚人、茨冈人、吉卜赛人，怎能同巫术没有瓜葛呢？知道吗？为了让您的魔力不再纠缠我，我曾经希望采取起诉您的方式。从前，勃罗诺·达斯特[①]曾被一个女巫施法迷住，他就通过派人烧死她的方法而使自己得到解救。这件事我是知道的，我也想试一试。首先，我设法禁止您涉足圣母院前庭广场，以为您不再来了，我便可以把您忘掉。可是，您又来了，全然不顾禁令。后来，我又萌生了一个念头：把您抢走。于是在那天夜里，我按照这种想法做了。我们有两个人，已经把您抓到手了，却因为那可恶的军官的出现而全部告吹。从此，您、我、他三个人的灾难便开始了。我不知道自己该做什么，也不知道会变成什么样子，于是，我只能向宗教法庭告发您。我原以为自己会痊愈的，就像勃罗诺·达斯特一样。我甚至隐约认为，如果您被起诉，就会被投入监狱，这样，我就能接近您，把你弄到手，得到您，让您无法摆脱我，我已经被您占有了太久，现在轮到我占有您了。一个人既然已经做了坏事，就应该干尽一切坏事，只有傻子才会半途而废！罪恶的另一极是享不尽的快乐！一个神父和一个女巫可以在牢房的草席上融为一体，共享这种快乐！

“于是我起诉了您，一碰见您就吓唬您，我为您而设计的圈套，我摊在您头顶的风暴，分别被威胁和闪电代替了。因为我总是犹豫不决，我因计划中的一些可怕成分而退缩不前。”

“我想过放弃没有结果，到底是继续下去还是撤诉，一直在我心里悬而未决。但是每一种念头都是未实现就不会罢休的，都是十分地执著。我自认为有很大的力量，可却抵不过命运的力量。唉，您是被命运逮住了，并被置于我自制的机器的可怕的齿轮下面了，听着，我快讲完了。”

① 勃罗诺·达斯特（？—1123）：意大利神学家，12世纪初成为蒙卡森的纳主教。

“有一天，一个同样阳光明媚的日子，我看见一个嘴里喊着您的名字的微笑着的男人从我面前经过，他的眼睛色迷迷的。真见鬼，我就跟在了他的后面，以后您就知道事情是怎样的了。”

他不说了，那姑娘只喊了一句：

“啊，我的弗比斯！”

“不许提这个名字！”神父把她的胳膊紧紧地抓住，说道，“不要提到这个名字！啊！我们就是被这个名字毁掉的！我们同为不幸之人！或许我们是被命运安排的那无法抗拒的游戏给毁了！您伤心，是不是？您感到寒冷，您因黑夜而变成了瞎子，您被这重重牢房包围着，可是还有一线光明存留在您的内心深处，虽然那只不过是您对那没有心肝的玩弄自己的男人的幼稚的爱情，但它毕竟也还是光明。而我呢？我的心是一座监狱，我的心像寒冬一样充满了冰霜和失望，黑夜，已将我的灵魂完全占据！我所遭受的一切您清楚吗？您的案子有我的参与，我就坐在宗教审判官的位置上，是的，在那些神父的头巾里，有一块头巾遮掩着一个罪人的怪模样。您被押上法庭的时候，我在场；您被审讯的时候，我也在场。豺狼的洞穴啊！人们把我的罪行，把我应受的惩罚统统安在您的头上。我目睹了每一次旁证，每一次辩护，我甚至能够计算出您在那苦难的历程上所走出的每一个脚步，当那只凶恶的野兽……我也是在场的，只是那种刑罚是我事先所没有预料到的。听着，您被押到拷问室时，我跟着您去了，我看见您的鞋袜被那施刑人的卑鄙的双手脱掉，于是半露着您的腿脚。我看见了您的脚，那让我吻一下便死而无憾的脚，那踩在我的头上都会使我心醉的脚，而此时，我却看见它被人装进了夹棍中，那曾经使多少人的脚变得血肉模糊的夹棍中！当时，我在胸前的衬衣下面藏着一把尖刀，当我目睹这一情景时，我便在胸前划出一道道的伤痕，听到您的第一声叫喊，我便把刀向肉里刺去，听到你喊第二声，我便会用刀刺进心窝。你看看，我相信伤口仍在流着血呢。”

他解开衣服，就像被老虎抓伤了胸口一样，两肋下有一个很大的伤口，至今尚未愈合。

女犯吓得倒退了一步。

“啊”，神父说道，“可怜可怜我吧，姑娘！您只知道自己是不幸的，可您知道什么叫真正的不幸吗？一个神父，一个被人厌恶的神父的心中深深地爱着一个女人！他以自己生命的全部力量来爱她，他可以把鲜血、品德、荣誉、不朽和永恒，今世和后世的生命统统抛弃，只为她能微微地笑一笑；他为自己不是国王、天才、皇帝、天使和神灵，不能成为一个伟大的匍匐在她脚下的奴隶而感到懊恼；他每时每刻都在思想中和睡梦中拥抱着她，可她喜欢的却是军官的制服，自己有的只是让她恐惧和厌弃的肮脏的神父的长袍。当她在一个可恶的笨蛋身上耗费她的青春和美貌时，嫉妒和愤怒的他便出现在她面前。看着那使人产生情欲的身体、那柔软的酥胸，看着她在别人的热吻下浑身颤抖，满面羞红！天哪！爱她的脚、她的手臂、她的肩膀，梦想着她那蓝色的血管，她那浅褐色的皮肤，以至于他为此整夜地蜷伏在自己密室中的石板地上。但当他看到自己所梦想的万般温存却使她遭受刑罚，使她躺在那张皮床上！啊，那真是在用那些被地狱之火烧红的铁钳在烙他的心啊！就算是被劈为两半，被五马分尸，都比这好受呀！他在怎样的痛苦中煎熬，您知道吗？在那些无尽的长夜里，热血沸腾、心灵破碎、头脑胀痛的他把自己的手放在嘴里咬着，残忍的苦刑使他就像辗转在烧红的铁耙上一样，在爱情、妒忌和失望的念头中辗转反侧！姑娘，求您发发慈悲吧！对我宽容一点儿，抹一点药膏在这个伤口上！我求您帮我揩掸额头上冒出的大滴汗珠！请您用一只手惩罚我，而用另一只抚慰我吧，孩子！可怜可怜我，姑娘，可怜可怜我吧！”

神父在石板地上的水坑中痛苦地翻滚，一次次地把脑袋撞在石阶角上。姑娘只是漠然地看着、听着。当神父说累了，喘息着，不吭气了，她仍旧反复低语道：“我的弗比斯呀！”

神父跪在地上，向她爬去。

“我求求您，”他喊道，“您不要拒绝我，如果您有良心的话！啊，我是个不幸的人！我爱您！不幸的姑娘，您念着这个名字，就像把我心脏的全部纤维都用牙齿嚼碎了一样！行行好吧！即便您来自地狱，我也愿随您去！我已经为此付出全部的心血了。您所在的地狱，对我而言就是天堂，因为您的目光比天堂还要诱人！啊！您倒是说话呀！您是拒绝接受我了？如果这种爱情也能被一个女人拒绝的话，我想山峦也可以行走了！啊！只要您愿意，我们将会快乐地生活在一起！我帮您逃跑，我们一起走，去寻找一个有着最明媚的阳光、最茂密的树木、最晴朗的天空的地方。彼此相爱的我们将两个灵魂融合在一起，我们彼此充实，永不厌倦，让我们一同享用这杯永不干涸的爱情之酒，永远地享用下去！"

"神父，快看！"她狂笑着，打断他的话，"鲜血从您的指甲上流出来了！"

神父如石头般地愣住了，目光停留在手上。

最后，他以异常平和的口气说道："啊，是的。您羞辱我、嘲笑我，把我压垮吧！您来呀，来呀！可得抓紧点时间。我告诉您，明天就是行刑的日子了。您知道格雷沃广场上的刑台吗？它在等着您去呢！多么可怕！看着囚车把您带走！啊，可怜可怜我吧！我从来没有像现在这样强烈地感受到对您的爱！啊！随我走吧！等我把您救出去之后，您可以慢慢地来爱我。随便您恨我多长时间都可以。但是，您得跟我走呀。明天！明天！刑台！处决！天哪！救救我吧！原谅我吧！"

气急败坏的他一把拽住她的胳膊，想把她抢走。

她直愣愣地瞪着他：

"我的弗比斯怎么样了？"

"啊，"神父猛地松开她，叫道，"你是个没心肝的女人！"

"弗比斯到底怎么样了？"她又问道，依然冷冰冰的。

"他死了！"神父叫道。

"死了！"她说，还是如冰塑般地一动不动，"那你为何还把什么偷生于世说给我听？"

他并没有听她说了些什么，只是自言自语：

"噢，是的！他必死无疑。刀扎进去那么深！我敢肯定，刀尖

已被我刺进了心脏。啊，我可是把全部精力都用在刀尖上了！”

姑娘突然扑向他，像猛虎一般，以超常的力量把他推倒在石级上，喊道：

“您这个恶鬼，给我滚开！杀人凶手，您给我滚！让我死了吧！让您的额头上永远沾满我和他的鲜血！让我跟您走，神父？您痴心妄想！根本就没有在一起的可能！在地狱中都没有！我绝不这样！您滚！给我滚！”

神父一个趔趄跌倒地石梯上，终于默默地从袍子的卷裹中把 两腿解脱出来，把灯笼提起，慢慢地登上阶梯，向门口走去，走到门口，把门打开，走了出去。

忽然，姑娘见他又探进头来，一种可怕的表情写在脸上，用那因狂怒和绝望而变得嘶哑的声音喊道：

“我再强调一遍，他死了！”

她扑在了地上。除了水滴在黑暗中落在水漂中的叹息之外，牢房里再也没有别的声音。

五、妈妈

我相信对一个妈妈而言，这世界上再没有什么比让她看见自己孩子的小鞋更开心了、假若是在节日、星期日或受洗礼时拿的鞋，是那种连鞋底上都绣着花的鞋，还有孩子还不会行走时 穿的鞋的话，那就尤为这样了，这种又精美又小巧的鞋是无法穿着走路的，妈妈看见这种鞋就像看见了自己的孩子一样。她亲吻着它，对着它笑，同它谈话。她时常自问，人真有那样小巧的脚吗？即便孩子不在身边，她只要看见那美丽的小鞋，眼前就仿佛出现了柔弱可爱的小人儿一样。她以为是自己的孩子出现在视野里，她的整个身体都出现在自己的视野里，是那么的活泼！那么的愉快！那精美的小手，圆圆的脑袋，纯洁的嘴唇，还有那亮晶晶的蓝眼睛！如果是在冬天，在地毯上爬行的她，费好大劲才爬到一张凳子上，那妈妈就吓得发抖，担心她会爬到火炉跟前去。如果是在夏天，就好像她蹒跚着走到庭院里、花园里，去拔石缝里的杂草，天真地、毫无恐惧地看着那些大狗、大马，还与花儿和豆荚一起玩耍，弄得园丁为在花坛上发现了砂子和小径上发现了泥土而抱怨个不停。她周围的一切都在笑着、闪亮着、嬉戏着，和她一模一样，就连空气同阳光也是笑眯眯地、欢快地在她柔软的鬈发中间尽情嬉戏着。小鞋儿使妈妈想起了这一切的一切，她的心几乎都快被熔化了。

可是，自从丢失了孩子之后，环绕着这小鞋的成千个欢乐、妩媚、温柔的形象都被种种可怕的东西代替了。那绣花小鞋变成了一副刑具，使妈妈的心永远无法摆脱疼痛。弹奏的依然是同一根弦，同一根最深刻最敏感的弦，而演奏人却变成了一个魔鬼，而不再是那使人得到安慰的天使了。

一个早上，五月的太阳冉冉升起于湛蓝的天空中，加俄法洛[①]喜欢在这样湛蓝的天空下描绘耶稣从十字架上走下的情景。就在这天早晨，格雷沃广场上铿锵的车轮声，嗒嗒的马蹄声，哐当的铁器声传入了罗兰塔楼的隐修女耳中。对此，她并没往心里去，只是为让声音变得小一点而把头发扎起来捂住耳朵，然后继续把目光投向那件没有生命的东西，这一行为已被她保持了十五年了。我们在前面说过，这只小鞋是她的全部世界之所在。她把自己的思想禁锢在里面，恐怕只有生命终止之后才能从中解脱。只有罗兰塔楼这间阴暗的地下室才会知道她为了这个玩具般可爱的红缎绣花鞋，曾对上天发出过多少感人的哭诉和痛苦的诅咒，曾有过多少祈祷和哭泣！如此绝望的哀诉，恐怕连比这只小鞋更美丽更可爱的东西也没有经历过。

那天早上，她那单调而令人心醉的哀诉在外面就可以听得到，她似乎在被比平日更甚的痛苦折磨着。

---

① 加俄法洛：意大利画家，（1481—1559），模仿拉斐尔，主要作品有《走下十字架》《基督之死》等。

“啊，我的女儿！”她说，“我的女儿！我亲爱的可怜的孩子！难道你再也无法让妈妈看到了吗？一切就这样结束了吗？这就仿佛发生在昨天呀！上帝，我的上帝，早知您那样快地收她回去，还不如当初别把她赐给我。您不知道孩子无法离开我的怀抱，失去了孩子的妈妈，对上帝也就再没有信任可言了。——啊！真见鬼，那天我为什么要离开家！——主啊！主啊！您这样从我身边夺走她，难道就从来没见过我们在一起？没看见我把她的小脚丫放到我的胸前，并一点点移到我的嘴唇上？没看见她被我抱到炉边烤火时有多么的开心？没看见她吃奶时笑得多么甜美？啊，上帝呀！这一切如果被您所见的话，您就会为我的欢乐而欢乐，而不会夺走我心中唯一残存的爱！主啊，难道我真的这样令人讨厌吗？您竟然连看都不看一眼就惩罚我！——唉！唉！鞋还在，可脚在哪里？身子在哪里？孩子在哪里？我的女儿！我的女儿！你被他们怎样了？主啊，把她还给我吧。我已经向您跪着祈祷了十五年，膝盖也磨破了几层皮，难道还不够吗？上帝！把她还给我吧，哪怕是一天、一小时、一分钟、一秒钟也好呀！然后就把我抛向魔鬼，让我永无出头之日！啊！我要是知道您在哪里，我一定紧紧拽着您的衣角不放，让您把孩子还给我！主啊，难道您就不怜惜这只漂亮的小鞋吗？怎能长达十五年地折磨一个可怜的妈妈？大慈大悲的圣母！孩子在我心中就和耶稣在我心中的地位一样啊！她却被人抢走了，被人偷走了，被人在灌木丛中吃了，被他们把血吸干了，被他们把骨头嚼烂了！大慈大悲的圣母，可怜可怜我吧！我的女儿！我要我的女儿！在天堂里的她，又对我起什么作用？您的天使不是我所需要的，我需要的是我的女儿！我是一头母狮子，我要我的小狮子。——啊！主啊，如果您不把孩子还给我，我就在地上打滚，就用额头把石头撞碎，即使把我打入地狱，我也要诅咒您！主啊，您看见了吗？我的两只胳膊都被咬烂了，慈悲的上帝就连一点恻隐之心都没动吗！——啊，只要我能得到像太阳一样温暖的我的女儿，让我吃黑面包和盐都无所谓！唉，上帝！我的主啊！我承认自己是一个可耻的罪人，可是，我的女儿已经使我变得虔诚了，我从她那犹如通往天宫的门户一样的微笑中看见了您，为了爱她，我心里对宗教无比崇敬。——啊！只要我能再次在她那粉红色的漂亮的小脚丫上把这只鞋子穿上，哪怕只有一次，大慈大悲的圣母，我就会在表达完对您的赞美之情后死去！——十五年了，她一定已经长得很高了！——我是真的再也见不到那苦命的孩子了！即使在天堂中也无法相见，因为可耻的我没资格去那里。啊！多么的不幸！我万万没想到她留在我身边的唯一的东西就是一只鞋！”

苦命的女人向这只鞋扑过去，这是她多年来的慰藉和希望。她哭着，哭得肝胆俱裂，就像她刚刚丢失孩子的那天一样。每一个失去孩子的母亲的心情都永远和当初头一天一样。这种痛苦是丝毫不会减轻的。尽管丧服已经穿破了，发白了，可心里的颜色却永远是一片漆黑！

这时，几个孩子从小室前经过，留下了清新的欢声笑语，每逢有孩子路过，这可怜的母亲就好像要把头钻进石头里去一样，赶紧躲进这坟墓中最阴暗的角落，以免他们的声音传入耳中。这次却恰恰相反，她就像被突然惊醒了一样站立起来，如饥似渴地倾听着，一个小男孩的声音进入她的耳朵：“今天有一个吉卜赛女人要被绞死了。”

她就像感到蛛网震动而立刻扑向苍蝇的蜘蛛一样，猛地一跃，跳到了窗洞口。我们知道，这窗洞是冲着格雷沃广场的。果然，在那长年累月竖立在那里的绞刑架跟前，已经靠着了一架梯子，刽子手的助手正在把绞刑架上被雨水淋透的链子调来整去。一群人已经聚集在那里。

那群在窗前嬉笑的孩子已经走远了。隐修女到处张望，想找一个过路人问一问。她瞥见一个神父正在地牢附近装模作样地好像在读公用祈祷书。其实，他对绞刑架的关心程度远远胜于关心“铁栅栏内的圣书”的程度。他时不时地用阴沉、凶狠的目光瞟一眼绞刑架。她认出来了，这原来是那位圣洁的若扎斯的副主教先生。

“神父先生，”她问道，“什么人要在那儿被吊死呀？”

神父看着她，没有说话。她又问了一遍，他才回答：“不知道。”

“刚才几个孩子说一个吉卜赛女人要被绞死了。”隐修女又说。

“我想是这样吧。”神父说道。

巴格特一听到这儿，便发出狼嗥似的狞笑。

“嬷嬷，”副主教问道，“这样说来，您和吉卜赛女人有仇？”

“还用问吗？”隐修女喊道，“吉卜赛女人是偷小孩的恶鬼！我的小女儿，我的孩子，我唯一的孩子被她们吃掉了。我的心也同样被她们吃掉了！”

神父冷冰冰地瞅着她那可怖的面孔。

“她们中有一个是我最恨的，我不停地诅咒她。她和我女儿一样的年龄，是个非常年轻的姑娘。要是我女儿没被她母亲吃掉的话，今年也该有这么大了。每当这条小毒蛇从我窗下经过的时候，我的血液都会沸腾起来！”

“这下好了，嬷嬷，您可以高兴了，”神父就像墓前的死者石像一样冷冰冰地说道，“那个就要在您的目睹下被绞死的，就是她。”

他耷拉着脑袋，缓缓走开了。

隐修女兴奋得直掐胳膊。她喊道：“我早就预言过，她迟早会上绞刑架的！神父，谢谢您！”

于是，她甩开大步在窗洞前走来走去。披头散发的她眼睛冒着火花，用肩膀撞着墙，活像一只被关在笼子里的，已经饿了很久的母狼，现在，给它喂食的时间就快到了。

六、三人各有所思

弗比斯在当时并没有死去，像他这种男人往往具有很顽强的生命力。国王的特别律师菲利浦·勒里耶对拉·艾丝美拉达所说的

“他快死了”，兴许是个口误或开开玩笑而已。向那判了刑的人反复说“他死了”的副主教，只是把他认为、他估计、他确信、他希望的结果表述出来而已，其实他根本就不知道弗比斯死了没有。要告诉那个女人关于他的情敌的好消息，对他来说实在是太不容易了。任何一个处于他的地位的人，都会觉得为难的。

弗比斯的伤势虽然不轻，但却没有副主教渲染的那么严重。一开始，弗比斯被军警们抬到外科医生家时，医生估计他只有一个星期的活头，并且用拉丁语通知了他。然而，年轻力壮还是占了上风。这种事经常会发生，尽管医生已经作了种种诊断和预测，大自然还是乐于把病人挽救过来。当他受到菲利浦·勒里耶的审问和宗教法庭审判官的几次调查的时候，他厌烦不已，因为那时的他还躺在外科医生的破榻上。于是，当他觉得好些了的时候，就在一个早上悄悄地溜走了，当然他还留下了金马刺作为医药费。可是，这并没有影响到案件的预审，当时的司法只是需要把人绞死，而很少关心案件的准确性，何况法官们相信弗比斯一定死掉了，而且又掌握了足够的对艾丝美拉达不利的证据，这就足够了。

至于弗比斯，他也并没有逃得太远。他只是回到了自己的兵营里，也就是仍在法兰西岛内的、离巴黎只有几站路的格·昂·勃里镇的驻防军里。

对他来说，亲自出庭作证毕竟是件不大光彩的事。他可以隐约地感觉到，在法庭上站着会有多么尴尬。说到底，连他自己也不清楚该如何看待整个案件。和其他士兵一样，他也是个头脑简单的武夫，虽然天主不是他所虔敬的，但迷信多少有些难免，当他把这段奇遇的原委拿来问自己时，也一样地感到迷惑不解。那只山羊，与艾丝美拉达奇特的邂逅，她那吉卜赛姑娘的身份，她那奇怪的示爱方式，以及那妖僧，一切都谜一般的令人费解。他隐约觉得她没准就是女妖，就是魔鬼，反正在这段艳情中，魔法总是多于爱情。归根结底，也许这就是出喜剧，或说成是当时很流行的那种圣迹剧，一种倒胃口的圣迹剧，而他在里面则扮演了一个受嘲弄、挨刀子的蹩脚的角色。想到这些，卫队长恨不能找个地缝钻进去。正像拉封丹那绝妙的概括：

羞愧得如同一只被母鸡逮住的狐狸。

而且，他希望可以因他缺席尽量少提他的名字，从而不至于把这件事传得满城风雨，最好连小沙特雷法庭也不要传出去。在这方面，他的想法一点不错。当时，《法庭公报》是不存在的，而且，几乎每周都有一个被煮死的伪币制造者，或是一个被绞死的女巫，或是一个被烧死的异教徒，在巴黎的某个“伸张正义”处亮相。百姓们已经对每一个街口都有的光着膀子、卷着袖子，忙碌在绞刑架、梯子和刑台旁边的代米斯老太习以为常了，已经不太注意这类案情了。当时，只有老百姓才会去关心从街角边走过去受刑的犯人姓甚名谁，而上流社会对这般粗俗的菜肴是理都不会理的。行刑跟烧肉店的烤炉和剥皮场的屠宰坊是没有什么区别的，而不过是公共场所的例行公事罢了，而刽子手不过比屠夫稍稍凶狠点罢了。

这样一来，弗比斯的心情很快就平静了，至于艾丝美拉达或是什么西米娜是不是巫婆，还有他身上挨的一刀究竟是妖僧还是吉卜赛姑娘刺的，以及案子的结果会怎样，对他来说都无关紧要了，他可以把这一切统统抛之脑后。可一旦把这件事放下了，他的心里马上就觉得空落落的，于是孚勒尔·德·丽丝的模样又出现在他的脑海中。弗比斯队长的心就和当时的物理学一样，就是害怕真空。

此外，格·昂·勃里那地方实在是没有什么吸引人的地方，那手上满是裂口的村民不是马蹄匠就是养牛女，那有半里路[①]长的大路两旁排列着一座座棚房茅舍，就像一条细带一样，更像一条长长的尾巴。

孚勒尔·德·丽丝可以算做他的倒数第二个情人，不仅长得漂亮，而且还有一笔诱人的嫁妆。因此，当他认为审理了两个月的吉卜赛姑娘的案子已经完结并应该被人遗忘的时候，当他的健康完全恢复了以后，他就在一个上午急不可待地去敲贡德洛里耶府邸的大门了。

成群的人在圣母院前庭的广场上聚集着，但他对此却并没有在

① 半里路：相当于两公里。

意。他记得这是五月份，人们可能在举行什么宗教游行，或是在庆祝圣灵降临节以及别的什么节日，他在门廊的铁环上把马拴好，然后就喜滋滋地上楼找他的未婚妻去了。

她正和她的母亲在一起。

孚勒尔·德·丽丝总是不能忘记那个吉卜赛女郎、那只山羊和那该死的拼组字母，也总是对长久不露面的弗比斯队长耿耿于怀。可是，当那穿着笔挺军装，系着闪亮的肩带的漂亮队长热情洋溢地走进来的时候，她就立刻高兴得满面绯红了。而这位高贵的小姐本人也比任何时候都更为迷人。她那诱人的编成长发辫的金黄秀发，那把皮肤衬得更加洁白的天蓝色的衣裙（这种俏皮打扮是她的闺中密友高兰布教的），还有那因爱恋而显得迷惘的眼神，这一切的一切，都美妙无比。

弗比斯自从在格·昂·勃里驻防以来，就没有接触过这样的美人。于是，在急切心情的驱使下，他大献殷勤。这样一来，两个人很快就和好了。坐在大椅子上的贡德洛里耶夫人始终保持着慈母般的神态，无心去责备他。至于孚勒尔·德·丽丝小姐的嗔怪之词，自然是在喁喁私语中消失了。

坐在窗口附近的姑娘，依然绣着她那海王的洞穴。靠着椅子背站立着的卫队长，悉心聆听着姑娘那充满爱怜的低声数落：

“您可真坏，都两个多月了，连面都不露一下！”

听到这句话，弗比斯显得相当尴尬，回答道：“我对您发誓，您美得可以让大主教发疯！”

她扑哧一声笑了，说道：

“得了吧，先生，别夸我了！您倒是回答我呀！真是的，扯什么美貌呀！”

“唆，我亲爱的表妹，我是奉命去驻防的呀！”

“那么，在什么地方呢？您为什么连个招呼都不打呢？”

“在格·昂·勃里。”

弗比斯心中暗自为回答前者而回避后者感到庆幸。

“那可并不算远呀，先生。您怎么连看都不看我一次呢？”

这下，把弗比斯给问住了。

“那是因为……因为……工作，还有，我还病了呢。”

“病了！”她吃了一惊。

“是呀，……我受了伤。”

“受伤？”

可怜的姑娘简直慌了神。

“啊，您可别因为这点事着急呀。”弗比斯说道，一副满不在乎的样子，“那不过是一次口角，一场决斗罢了，算不了什么，而且那同您有什么关系呢？”

“同我有什么关系！”孚勒尔·德·丽丝喊道，用充满泪水的双眼望着他。“啊，您知道自己在说些什么吗？我想知道那场决斗是怎么回事，究竟是怎么回事？”

“哎呀，我亲爱的美人，您知道马代·费狄吗？他是圣日耳曼·盎·来伊的陆军中尉。我就是同他打了一架，于是就被对方在身上弄出了点伤痕，就这么回事。”

队长之所以撒这个谎，是因为他明白，光荣的负伤会成倍地抬高一个男人在女人心中的地位。果然，孚勒尔·德·丽丝直盯着他的脸，目光中既有感动、高兴和赞赏，又有一点害怕，好像他并不十分安心。

“我的弗比斯，幸亏您全恢复了！”她说道，“那个马代·费狄一定是个无赖，别看我不认识他。您怎么会同他吵起来呢？”

到这儿，弗比斯便不知该怎样替自己解围了，因为他的想象力实在不怎么丰富。

“啊，……由于一点小事，由于一匹马，一句闲话……我也不知道是怎么回事，好表妹！”为了调转话题，他喊道，“巴尔维广场上闹哄哄地干什么呀？”

“啊，我的上帝！表妹，您看，广场上有那么多人呢！”他走到窗边说道。

“我不知道，”孚勒尔·德·丽丝说道，“好像有一个女巫要于今天上午在教堂前面忏悔，然后会被绞死。”

听了孚勒尔·德·丽丝的话，弗比斯似乎无动于衷，因为他觉得艾丝美拉达的案子早应了结了。这会儿他又向她提出了一两个问题。

“那女巫的名字叫什么？”

“我不知道。”她回答道。

“她被他们定了什么罪？”

“我不知道。”她依旧只是耸了一下雪白的肩膀。

“啊，我的上帝！”她的母亲说道，“现在的女巫可真是随处可见啊！我觉得，她们的名字还不为人知就被烧死了。想知道她们的名字，难得就和想知道天上每一朵云彩的名字一样。不过，有慈悲的上帝掌管生死簿，我们可以把心放下了。”“主啊！”她走到窗前说道，“弗比斯，你说得对，有很多人呢。感谢上帝，连屋顶上都被人挤满了！你知道吗？弗比斯，这使我想起从前，也记不清是哪一年了，那时我还年轻，国王查理七世进京时，也有这么多人！也许你认为我对你说的事都是相当陈旧的了，可对我来说，仿佛就在昨天，不是吗？啊，那时候连圣安东尼城门的城垛上都挤满了人，看来比现在还多得多！王后坐在国王的马后面，爵士们的马后面坐着贵妇们。我记得他们都在笑，因为身材魁梧的曾杀过成群的英格兰人的骑士马特法隆先生旁边坐的是身材矮小的阿马里翁·加尔兰德先生，那才够好看呢！法兰西所有的贵族都在队伍之中，他们的旗帜中有三角形的矛头旗，也有军旗，所有的旗帜像波浪一样在空中飘扬。约翰·德·厦多莫韩的是军旗，古西爵士的也是军旗，他们是那么的精神抖擞，当然，只有波旁公爵除外。……哎，如今再也没有当年的盛况了。想想真是可悲呢！”

可这对情人的心思根本就不在老太太身上。已经回到未婚妻身旁的弗比斯，把胳膊肘撑在椅背上。这个位置的确诱人，他可以肆无忌惮地把目光伸到孚勒尔·德·丽丝颈饰的领口里面。他可以通过那撑开得恰到好处的颈饰，看见许多赏心悦目的美景，从而引发了许多美妙的联想。被孚勒尔·德·丽丝那白缎般光洁的皮肤撩拨得心魂荡漾的卫队长禁不住想道：“怎么会放着白雪公主不爱，而去爱别的女人呢？”两个人都不说话，姑娘不时抬起充满温情和喜悦的眼睛望着他，她美丽的头发和春天的阳光交融在一起。

“弗比斯，”孚勒尔·德·丽丝突然低语道，“还有三个月，我们就要结婚了。您能发誓，您没有爱过我之外的其他女人吗？”

“美丽的天使，我向您发誓！”弗比斯回答。他那情真意切的声音和情意绵绵的目光已经取得了孚勒尔·德·丽丝的信任，甚至连自己都快信以为真了。

看见未婚夫妇情投意合，那位慈祥的母亲不由喜上心头，便出去做家务了。弗比斯看见她走了，而且房间里再也没有旁人，于是这种场合便鼓舞了生就喜欢冒险的队长，使他的脑子里产生了许多奇妙的念头。旁边就是爱他的孚勒尔·德·丽丝，而且自己又是她的未婚夫，此刻除了他俩之外没有别人，况且，他对她的感情已死灰复燃，虽然没有以前那样清澈纯洁，但却像火一般的炽烈，反正他们迟早会结婚的，偷尝禁果也不是什么大罪过。我不敢肯定他脑子里是否掠过了这些想法，但孚勒尔·德·丽丝因看见了他的眼神而吓得骤然失色却是可以肯定的。她向四周看了看，才发现母亲出去了。

“我的上帝！”面红耳赤的她忐忑不安地说道，“天好热呀！”

“是有些热，”弗比斯回答，“我想是临近中午了，让人不舒服的是太阳，放下窗帘就会好的。”

“别，别！”可怜的姑娘嚷道，“正相反，我想呼吸呼吸新鲜空气。”

她站了起来，像一头闻到了猪犬气味的母鹿一样跑到窗口，把落地窗打开，冲到了阳台上。

心里有些不悦的弗比斯也跟着上了阳台。

阳台正朝向圣母院前庭广场，这是大家所知道的。这时候，广场出现了既恐怖又奇特的景象，使生性胆小的孚勒尔·德·丽丝一惊未定，又生一惊。

广场本身已是人山人海，而且连附近几条街道都被人给塞满了。要不是手执火枪的二百二十个军警和火枪手在前庭周围齐肘高的矮墙前站成厚厚的人墙予以加固的话，人流是根本挡不住的，也就无法阻止人们冲向广场。前庭之所以很消停，多亏了林立着的弓弩戈矛，而且还有一队佩带主教纹章的执戟卫兵把守在门口。大门紧闭的主教堂与四周无数洞开的窗户，以及连山墙上的小窗子也开着的广场形成了鲜明的对比。从那些窗口，可以看见成千上万个观众，他们的脑袋就像炮兵仓库里的一堆堆炮弹一样挤在一块。

人们的脸色显得灰蒙蒙的，肮脏而混浊。人们所等待的想必是足以触发和唤起民众心中最龌龊情感的奇景异色。这上千万的土色帽子在攒动、上千万泥污头发蠕动所发出的响声，是任何一种丑恶都无法相比的。人群中不断的笑声把起哄的声音盖过了。这群人中的女人多于男人。

不时有一声颤抖着的尖叫，从这一片嗡嗡嘤嘤之声中传了过来。

“喂！马邪，巴里乎尔！是要把她绞死在这儿吗？”

“蠢猪！是在这儿请罪，只拿着衬衣请罪。从来都是在这儿，是中午。慈悲的上帝将把拉丁话吐你一脸的！你要想着绞刑的话，得去格雷沃广场。”

“把这儿看完就去。”

…………

“听说，布刚勃里太太真的把忏悔师拒之门外了。”

“大概如此吧，倍歇尼太太。”

“也许是吧，倍歇尼太太。”

“真是的，她准是个异教徒。”

“先生，有这样一种习惯，歹徒在被司法官、典吏判决后，如果是尘世间的，就呈交给巴黎总管；如果是神父，就交给主教法庭去处决。”

“先生，谢谢您！”

“我的上帝！”乎勒尔·德·丽丝说道，“多么可怜的人！”

她这样思忖着，充满痛苦地扫视着人群。而卫队长哪有心思去管那帮破衣烂衫的人群，一门心思想的就只有她。于是，他从背后抱住了她的腰，充满了无限柔情。“行行好，弗比斯，放开我！”她扭头笑着对他说：“我母亲一旦走进来，就会看见您的手的。”

这时，圣母院的大钟缓缓地敲了十二下。一阵满意的低语声从人群中响起。第十二下钟声的余音刚刚消失，人们的脑袋就如被风推着的波浪一样翻动起来，一片“她来了！她来了！”的叫喊声从街道上、窗子上、屋顶上同时爆发出来。

胆小的孚勒尔·德·丽丝赶忙用双手捂住眼睛。

“我的美人，”弗比斯说道，“你是不是想进屋去呢？”

“不。”她回答说，刚才因恐惧而闭上的眼睛，此刻出于好奇又睁开了。

在身穿绣着白十字紫色制服的骑兵簇拥下，一辆由肥壮的诺曼底马拉着的囚车，从圣比埃尔·俄·倍甫街驶进广场。在人群中开道的军警们使劲抡着皮鞭。有几个人与囚车同行，从他们的黑色制服和骑马的笨拙模样一眼便可认出他们的身份是法官和警官。雅克·沙尔莫吕先生在前面耀武扬威地走着。

一个反剪着双手的姑娘坐在死囚车里，神父并没有在她的身边。她只穿着衬衣，长长的黑发在胸前和半裸的肩膀上披散着。按照当时的习俗，剪头发是要在绞刑架下进行的。

透过那头波浪式的、比乌鸦羽毛还亮的秀发，可以看见她身上紧紧缠绕着一根灰色的粗绳子，这根勒进她脆弱的锁骨之间的绳子，犹如一条蚯蚓缠过一朵花一样，盘绕在可怜姑娘迷人的脖子上。一个镶着绿玻璃的小小护身符在绳索下闪闪发光。他们之所以让她留着这护身符，可能是因为他们对即将去死的人不好拒绝什么。位于窗边的观众可以看到，在囚车底部，女囚竭力将她光着的腿藏到身下，这可能就是女性最后的本能了吧。一只五花大绑的山羊坐在她的脚下。女囚用牙齿把没扣严的衬衣紧紧咬住，仿佛在她所有的不幸中，她为这次自己在众目睽睽之下衣不遮体而尤为感到痛苦。唉，这般寒碜又岂是一个羞涩的处女所能经得住的呢？

“上帝呀！”孚勒尔·德·丽丝急不可耐地对卫队长说，“快看呀，亲爱的表哥！就是那个带了只山羊的吉卜赛坏女人！”

她边说边转过来看弗比斯，只见脸色煞白的他紧紧盯着囚车。

“是哪一个带着山羊的吉卜赛姑娘呀？”他结结巴巴地问道。

“怎么！”孚勒尔·德·丽丝说，“难道您没什么印象了？……”

“您的话的意思，我却不大懂。”弗比斯打断她，说道。

他想迈进屋去，可是孚勒尔·德·丽丝却用洞察一切的充满不信任的目光向他看了一眼，仿佛前不久被吉卜赛姑娘刺激过的嫉妒心又苏醒了。这时，她忽然隐约记起什么人说过的某个队长同那女巫的案子有瓜葛。

“您怎么啦？”她对弗比斯说，“别人还以为您是因为那个女人而感到不安呢。”

弗比斯傻笑了一下，似乎很勉强。

“我吗？绝对不会！”

“那么留在这里，”她命令道，“一直看到最后。”

被迫停留在这里的队长，看见囚犯的目光一直落在囚车的底板上，才稍稍安了点心。那当然是艾丝美拉达。她的双颊瘦得陷了进去，一双大黑眼睛就显得更大；脸色发青，却显得纯洁而崇高，——在遭遇不幸和蒙受羞辱的最后时刻，她依然是那么的美！她仍旧是原来的样子，就像马沙西奥[①]所画的圣母和拉斐尔所画的圣母那样，不过越发单薄，越发消瘦，越发纤细。

此外，除了羞耻心之外，她内心中的每一样东西都在摇晃，她已经麻木不仁，一切都听之任之，在无尽的绝望之中越陷越深。她的身体像个死人或摔碎的物件一样，随囚车的颠簸而跳动。她的眼神充满忧伤而又飘忽不定。眼眶里唯一的一滴眼泪，就像结冰了一样静止不动。

同时，那骑兵队伍在两边的奇姿怪态中，在欢呼声中，犹如送葬一般在人群中穿过。不过，作为诚实的说书人，我们还必须指出，许多人，甚至不少铁石心肠的人都被她那美丽和因饱受折磨而

① 马沙西奥（1401—1428）：意大利图像。

变得憔悴的面容打动了。最后，囚车来到了广场。

囚车在教堂的正门前停下，押解人员分列两旁。人群中没有一点儿声音。在这充满庄严与不安的寂静中，大门的两扇门扉好像自行打开了，铰链碰撞发出尖锐刺耳的声音。于是，教堂把嘴张开，一个深不可测的，黑乎乎、阴沉沉、挂着黑色帷幔的岩洞仿佛出现在阳光灿烂的广场中间，几支蜡烛在远处主坛上闪烁。在教堂最里面半圆形后殿的阴暗处，一个展现在从穹顶直垂地面的黑帷幕上的巨大的银十字架隐约可见。整个宫殿中连一个人都没有。但是在远处，好像有几个神父的脑袋在唱诗班的祷告席上晃动，大门打开时，庄严、响亮、单调的歌声就从教堂里传出来，不时地在女囚的头上抛上一段段圣诗：

……我不会害怕周围成千上万的反对我的人。起来吧，主啊；救救我吧，上帝啊。①

……上帝，救救我吧，因为我的灵魂快被大水淹没了。②

……我已陷入深深的泥潭，没有立足之地。③

与此同时，在主坛的台阶上，另一个声音在独唱着悲哀的葬礼献经：

……每一个听我的话而且相信派我来的人，都会得到永生；裁决约束不了他，他将从死亡走向永生。④

这是为死人唱的弥撒曲。远处的几位隐没在黑暗中的老者在为这个洋溢着青春和生命的美丽生灵歌唱，她被灿烂的阳光照耀着，被融融的春风爱抚着。

① 原文是拉丁文。

② 原文是拉丁文。

③ 原文是拉丁文。

④ 原文是拉丁文。

不幸的姑娘神色惊慌，仿佛那黑暗幽深的教堂把她的视觉和思想都吞没了。她苍白的嘴唇仿佛在做祈祷一样的微微颤动，扶她下囚车的刽子手的助手听见她喃喃念叨："弗比斯。"

她被松了绑，从囚车上走了下来，身旁跟着的小山羊也被松了绑，因为感到自由而高兴得咩咩直叫。她被命令光着脚走在坚硬的地面上，要一直走到教堂大门的台阶下。她那在身后拖着的挂在脖子上的绳索，仿佛是条紧紧跟随的蟒蛇。

这时，教堂里的歌声戛然而止。黑暗之中，一个巨大的金十字架和一列小蜡烛在闪亮跳动，身着彩服的教堂侍卫手中的铁戟铿锵作响。一会之后，一长列身穿无袖罩衫的神父和身穿法衣的祭司们边唱赞美诗边向女犯庄严地走来，把队列排在了她和观众的眼前。可是，她的目光却一直落在那个紧跟手执长柄十字架的人后面的带头的神父身上。

"啊！"她浑身哆嗦，低声说道，"又是那个神父！"

此人的确是副主教。副领唱人在他的左边，手执指挥杖的领唱人在他的右边。双目圆睁、昂着头走着的副主教，以浑厚的声音唱道：

我从深深的地下呼唤你，
你听见了我的呼声。
我被你抛入海洋的深底，
永远回旋的波涛，吞没了我。

出现在高大而明亮的夹拱门廊里的他，身穿缀绣着黑色十字架的宽大银色罩衫，脸色苍白至极，不止一个观众觉得，他是本应跪在唱诗班基石上的那些大理石主教塑像中的一个，然而现在却站了起来，走到坟墓门口迎接这个就要死去的女人。

她脸色苍白得如同石像一般，连别人递到她手中的一支点燃的黄蜡烛都觉察不到，至于书记官尖声念诵的那要命的忏悔文，她更是听也听不见，让她回答"阿门"，她便机械地回答。可当她看见那神父示意看守她的人闪开，而独自向她走来的时候，她却找回了一点生气和力量。

她觉得头脑中翻涌着热血，愤怒之火义在她那冷却而无力的灵魂内重新燃起。

副主教缓慢地靠近她，她已经到这种地步了，可他居然还用闪着淫欲、嫉妒和希望的目光在她半裸的身体上扫来扫去，接着，他大声问道：“姑娘，您是否请求上帝宽恕您的错误和罪恶了呢？”说完，便俯身到她的耳边（观众还以为那是在听取她最后的忏悔呢）说道：“我还能够救您，如果您愿意要我的话。”

“滚开，恶魔！”她向他怒目而视道，“再不滚我就揭穿你！”

“不会有人相信您的话，”他狰狞地笑了笑，“您只不过是又把一个诽谤的罪名加到自己身上罢了。快回答我，您愿意要我吗？”

“我的弗比斯被您怎么样了？”

“他死了。”神父说。

倒霉的副主教恰在这时抬起头来，望见那个队长正在广场那一头贡德洛里耶府邸的阳台上，和孚勒尔·德·丽丝在一起。他一个趔趄，险些跌倒，又把手搭在额头上望了一会儿，整个脸孔都皱缩成一团，低声骂道：

“行了，您见鬼去吧！”他咬牙切齿地说：“任何一个人都别想得到您！”

于是，他伸手举过吉卜赛姑娘的头顶，哭丧着喊道：

“快快走吧，徘徊不前的灵魂，愿上帝宽恕您！”

按惯例，这是宣告这种阴森仪式结束的可怕套语，是神父和刽子手之间的暗号。

观众们纷纷跪倒。

“愿上帝宽恕我们！”站在尖拱门廊下的神父齐声说道。

“愿上帝宽恕我们！”观众们也跟着说道，在人头之上浮动的嗡嗡声，犹如在拍击海岸的汹涌巨浪。

“阿门！”副主教说道。

他转过身去背朝女囚，双手交叉，头低垂至胸前，回到神父的行列中去。过了一会儿，他和十字架、披肩、蜡烛一起在主教堂雾蒙蒙的拱门中消失了；他唱着绝望的诗句，那洪亮的声音融合在合唱中，渐渐地逝去了：

“主啊！我被你所有的漩涡和波涛淹没了！”

同时，教堂侍卫的铁戟不时发出的撞击声也渐渐消失在中堂石柱间，仿佛是为女囚敲着最后的丧钟。

这时，穿过依然敞开着的大门，可以看见圣母院里面呈现出一派哀悼景象：空空荡荡，烛灭声寂，凄凄惨惨。

站在原地一动也不动的女囚在等候处置。而这又必须由一名执事去向沙尔莫吕阁下请示。在刚才那段时间里，沙尔莫吕阁下一直在仔细观察位于大门两旁的浮雕，它们有的刻着亚伯拉罕的献祭，有的刻着炼金法术，太阳由天使来表示，火由柴堆来表示，术士由亚伯拉罕来表示。

好不容易才使他不再静观冥想，回到了现实中来。他转过身，对那两个穿黄衣服的刽子手的助手做了个手势，让他们重新捆上吉卜赛姑娘的双手。

已经登上死刑车，在向生命的最后一站驶去的吉卜赛姑娘感到了一阵刺心的痛苦，也许她是对生命感到惋惜吧！她抬起干涩红肿的眼睛望着天空，望着太阳，望着把天空切成四边形和三角形的银白色云彩。然后，她又低头环顾四周，望着土地，望着人群，望着房屋。……忽然，就在她的双手被黄衣人捆住的时候，一声惊叫从她的口里发了出来，那是欢乐的叫声。在广场一角的一个阳台上，她又看见了她亲爱的人，她的主人，她一生钟爱的幻影——弗比斯！

法官是骗子！神父也是骗子！她无法怀疑，那就是弗比斯！他依然活着！他头戴羽冠，身着那身色彩鲜艳的军装，腰佩长剑，还是那样的英俊！

“弗比斯！”她喊道，“我的弗比斯！”

要不是她的双手被捆着，她一定会向他伸出双臂！她的胳膊因爱情和狂喜而战栗着。

这时，她见队长的眉头锁紧了。他身旁依偎着一个漂亮的姑娘。那姑娘轻蔑地撇撇嘴，盯着他看，目光中充满了怒气。接着，弗比斯好像说了几句什么，和他相距太远的艾丝美拉达什么也听不见。随后，他们从阳台上匆匆地走进屋里，接着那扇玻璃门就关上了。

“弗比斯！”她发疯般地喊着，“难道你也相信这一切吗？”

突然，她的脑海中出现了一个可怕的念头，她想起自己被判死刑的罪名恰恰是因为谋杀了弗比斯·德·沙多倍尔队长。

直到那时，她把一切都忍住了，可是，这最后的过重的打击把她打倒在地，人事不省。

“快，”沙尔莫吕命令道，“抬到车上去，快把这事了结了吧！”

谁也没有留意到一个奇怪的观众一直在大门尖拱顶上历代国王雕像的走廊上观望着这一切，若不是他穿着半红半紫的奇装异服，单凭那伸长的脖子、奇形怪状的面孔和不动声色的表情，人家肯定会以为他是那些六百年来口吐檐槽雨水的怪物之一。从中午到现在，他把圣母院发生的一切事情都看在眼里。他从一开始就找来了一根打着许多结的绳子，趁大家不注意，把一头拴在走廊的一根柱子上，另一头一直垂到底下的石阶上。之后，他就在那里静静地观看，还不时地朝从他面前飞过的小鸟打个口哨。就在那两个黄衣人准备执行沙尔莫吕残酷的命令时，他就像雨水顺着玻璃流动一样，倏地一跃跨过栏杆，哧溜一声滑到了教堂正面底下，接着，像从屋顶跳下的猫一般飞快冲向刽子手，用两只巨拳把他们抡倒在地，像儿童抱布娃娃那样将吉卜赛姑娘抱了起来，箭一般冲进教堂，把姑娘高高举起，用可怕的声音喊道：“避难！”

顷刻之间，一切就发生了，如果在黑夜，在电光闪烁的瞬间就可以把这些看清楚。

“避难！避难！”群众也一呼而应。卡西莫多为那如雷的掌声感到无比的高兴和自豪，他那只独眼也闪着光芒。

剧烈的震动让女囚清醒过来，她睁开眼睛，看了看卡西莫多，但却好像被吓坏了似的立刻闭上了。

沙尔莫吕瞠目结舌，所有的押送人员和刽子手也全都呆立在那里。因为一旦进入了圣母院，女囚就享有不可侵犯的权利。这座教堂是避难的圣地，它的门槛是人间任何司法都无法逾越的。

跑到大门道下面时，卡西莫多停了下来，站在教堂的石板地上，他那巨大的双脚好像比那些罗曼式建筑还要牢固。他就像一头只有鬃毛却没有脖子的雄狮一样把蓬乱的脑袋缩在两肩之中。他用粗糙的双手托着心跳加剧的姑娘，恰似托着一条洁白的飘带。但他非常小心，怕把她弄伤或怕她受惊。他连碰都不敢碰她一下，甚至不敢对着她呼吸，因为他觉得她是一件娇弱、精致、宝贵的东西，是为别人的手而不是为他这样长满老茧的手而生的。随后他忽然把她紧紧地抱在怀里，就像一个抱着孩子的母亲一样，让她贴在自己瘦骨嶙峋的胸膛上，他低头看着她，那唯一的眼睛里充满了温柔、痛苦和怜悯，忽然他又抬起头，目光炯炯，光芒四射。这时的卡西莫多的确有一种十分特殊的美，于是妇女们又哭又笑，群众都热情地跺着脚。这个孤儿，这个被遗弃的人，这个捡来的孩子，——是美丽的。他面对面地望着那个曾经驱逐自己而此时却明显被自己征服的社会，那因他而失去了战利品的人类司法制度，那些只能空着嘴咀嚼的豺狼虎豹，那些被警官、法官、刽子手和国王控制的全部权力，他感到自己是威武强壮的，因为他凭借上帝的力量把这一切都通通打碎了。

况且，一个丑陋的人竟然去保护一个如此不幸的人，卡西莫多把一个被判处死刑的姑娘挽救了过来，这本身就是一个动人的故事！这是两个分别由社会和自然制造出的不幸的人相濡以沫地会合在一起！

胜利者卡西莫多示威般地站了一会儿，便举着姑娘猛然冲到了教堂里面。一贯热爱英勇行为的群众不停地张望着，试图在黑暗的教堂里发现他的身影，为他这么快就跑掉而没来得及为他尽情欢呼而感到深深的遗憾。忽然，在法兰西列王走廊的另一端，人们又发现了他。他双手托着战利品，疯也似地狂跑，叫喊着：“避难！”群众中再次爆发出雷鸣般的掌声。穿过走廊，他又向教堂里面钻去。不一会儿，他又出现在最高的平台上，始终把吉卜赛姑娘托在手中，始终狂奔着喊叫：“避难！”掌声再次响起。终于，他第三次出现了，是在放置大钟的钟楼顶层。在那里，他向全城炫耀着被他搭救了的姑娘，脸上洋溢着从未有过的自豪；他用雷鸣般的声音狂热地高呼三声：“避难！避难！避难！”这种人们极少听见，他自己也从来听不见的声音响彻云霄。

“太棒了！太棒了！太棒了！”群众积极地响应着。这一直传至对岸的浩大的欢呼声把对岸河滩上的群众和一直在注视绞刑架、一直等待着的隐修女都惊动了。

第九卷

一、疯狂的婚热

当克洛德·孚罗洛用来把埃及姑娘与自己套在一起的命定的活结突然被他的养子猛烈地割断时，他本人并不在圣母院里。一回到更衣室，他便飞快扯下袈裟、围巾、披风，统统扔给了站在一旁目瞪口呆的仆役，然后疯一般地从修道院的旁门逃了出去，吩咐德罕的一个船家渡他到塞纳河左岸，钻进了大学区崎岖起伏的街道里，不知自己该走向何方。他每到一处都会碰见一队队兴高采烈的男女，他们正兴冲冲地向圣米歇尔桥奔去，指望着能赶得上看绞死女巫的好戏。副主教脸色苍白，形容憔悴，那种盲目与昏乱甚至超过了被孩子们放掉又不停追赶的鸱枭，他不知道自己现在在哪儿，在想些什么又梦些什么。他胡乱地在街上跑来跑去，不假思索也毫无目的，遇到哪条街，就走哪条街，一种可怕的感觉——他总是隐约觉得格雷沃广场就在他身后追赶着他，所以他只能直往前奔，甚至慌不择路。总之，他一刻也不能停下来。

就这样，他一直顺着圣热纳维埃夫山向前走，终于从圣维克多门走出了该城。当他回头望见了大学城那些高耸的塔楼的垣墙和几间稀疏的郊区房屋，他便不断地直往前奔。当狰狞的巴黎终于完全被崎岖的地面挡住，使他自以为自己已在百里之外的荒郊乡野中时，他这才停下脚步，呼吸好像也又变得顺畅了。

这时，各种可怕的念头突然涌上他的心头。他清楚地看到了自己的灵魂，不由得浑身战栗。他想起了那个毁灭了他、同时也被他毁灭了的不幸的姑娘。他惊惶不安地回顾命运让他们走过的曲折的历程，一直看到这两条路的交点，在那一点上，命运之手无情地让他们相互撞击、直至粉碎。他想到他曾对上帝许下的誓言是怎样的荒唐；贞洁、科学、宗教、德行是何等的虚无缥缈；上帝是多么的无用！他兴奋地沉湎在这些邪念中，沉得越深，就越清楚地听到灵魂深处撒旦的狞笑。

他审视着自己的灵魂，看到自然天性给了他的情欲以如此之大的心灵空间，他不禁辛酸地冷笑起来。他把内心深处的仇恨和邪恶统统翻了出来，用医生审视病人那样的目光来冷静地审视自己，认识到自己心中的仇恨与邪恶，实质上是堕落了的爱情。爱情——男人们身上一切美德的源泉——可在一个神父心中却会转变成可怖的东西，使他这样一个人从神父变成了魔鬼。于是，他可怕地狞笑起来，接着他又看到这个命中注定的情欲，看到这个有毒的、腐蚀心灵、充满仇恨和难以控制的爱情最阴森可怖的一面，他又突然脸色发白了。正是那种爱情，把一个人引向了绞刑架，把另一个人引向了地狱，她被判处死刑，他被罚入地狱。

随后，当他想到弗比斯还活着时，他又笑了起来。无论怎么说，卫队长还轻松愉快地活着，穿着比从前更加笔挺漂亮的军装，带着新情人去看旧情人被绞死。当他想到在那些他欲置于死地的人当中，唯独埃及姑娘并非为他所憎恨，却也唯独她没能逃出他的手心时，他冷笑得更加厉害了。

从卫队长，他又想到了别的人。一种闻所未闻的嫉妒感从心中升起。他想起那些人，全体民众，竟然也看见了他心爱的那个姑娘穿着内衣，几乎半裸着的身子。想到那个他在黑暗中看到她美好身子便觉得是莫大幸福的姑娘，如今却被迫在光天化日之下，穿着像是特为淫荡的夜晚准备的衣着，暴露在民众眼前，他几乎要扭断自己的胳膊。他痛哭失声，为自己被亵渎、被玷污、被剥露并且永远枯萎了的爱情。一想到那么多淫邪的眼睛盯着她那件没扣好的衬衣并想入非非，一想到那像百合花一样圣洁的美丽姑娘——他只要沾沾嘴唇就会为之颤抖的纯净的美酒，现在却成了公共食盆，就连巴黎最下等的贱民、小偷、乞丐、家仆等都能一同享受、并从中品尝无耻的、污秽的、卑贱的乐趣时，他不禁痛哭失声。

他努力地想象着一种唾手可得的幸福——如果她不是吉卜赛女人，自己也不是神父，弗比斯也并不存在，她也没爱上他，那么他们便可以享受到无比安详、被爱情滋润的生活，想象着就在那个时刻，世界上随处可见幸福的情侣在柑子树下，在小溪边，观赏着夕阳余晖，或是繁星密布的晚空下情话绵绵。如果上帝允许，他和她也可以成为这些幸福情侣中的一对。想到这儿，他的心便在温柔与绝望的冲撞中融蚀了。

啊，是她！就是她！这个在脑海中盘旋不去的形象，不断地在心中徘徊、折磨着他，吸啮他的思想，撕裂他的肺腑，而他并不后悔，对做过的事也无所抱愧，他所做的一切，他还准备再做，他宁愿看见她落入刽子手的掌握，也不愿看到她投入卫队长的怀抱中。然而他十分痛苦，以至于时时揪下一把把头发，看看变白了没有。

这中间有那么一阵子，他脑子里想到，也许正是此刻，他早上见到的那条可恶的铁链正在不断收紧，勒在那柔弱而又优美的颈项上，顿时，他不由得出了一身冷汗。

又有一会儿，他一面像恶魔一样嘲讽着自己，一面回想着他第一次看见艾丝美拉达的情景，那时她穿着美丽的衣服，翩然地舞蹈着，那样的活泼天真，那样的无忧无虑。对比起来，他最后一次见到的艾丝美拉达，穿着衬衫，脖子上套着绳索，光着脚慢慢地走上绞刑架冰冷的阶梯。当这双重景象在他脑中交叠呈现时，他迸发出一声可怕绝望的惨叫。

就在这阵绝望的暴风雨把他灵魂中的一切彻底颠覆、粉碎、撕裂、根除了之后，他环视身边的大自然：他脚前，几只母鸡正在灌木丛中啄食，晶莹的金龟子在阳光下奔跑。在他头顶上，几片灰白的云朵飘浮在碧空中，远方天地相交处，圣维克多修道院的钟楼突兀地矗立着，它那石板方塔仿佛是从地平线中刺出的一般。戈波山冈的磨坊主人则正看着自己那正在转动着的水车。这种生气勃勃、井然有序、安详恬静的生活，在他身边以各种姿态展现出来，这使他非常痛苦。他又开始奔跑起来。

他就这样，一直跑到天近黄昏。整整一天，他都企图用奔跑来逃避自然、逃避生活、逃避自己、逃避人类、甚至逃避上帝。好几次，他面孔向下跌倒在地上，用手拔起新生的绿苗；好几次他在某个村庄阒无人迹的街上停下来，思想的煎熬让他无法忍受，他用双手抱紧脑袋，好像要把它从肩膀上拔出来，扔在地上摔成碎片。

快要日薄西山的时候，他又一次审视自己，发现自己几乎已经疯了。从他知道已没有希望拯救那吉卜赛姑娘时开始，猛烈的风暴就在他心中翻涌，使他几乎没有一条清晰的思路。心中的理智不仅被摧毁而且几乎是已经死去了，他头脑中只有两个形象：艾丝美拉达和绞刑架，背景则是一片漆黑。这两者合在一起，组成可怕的组合。他愈是集中思想去看清这个形象，就愈是发现它们在迅速地奇特地变化着，一个变得更加妩媚优雅，灿烂夺目，另一个则更加阴森可怖。到最后他觉得艾丝美拉达仿佛就是天边一颗闪烁的星星，而绞刑架就好似一只干枯、瘦骨嶙峋的巨臂。

有点奇怪的是，在内心遭受着如此巨大的折磨和煎熬时，他竟从没想到自杀。这个可怜的人啊，他就是这样，生来贪生怕死。也许，他清楚地看到了在他身后敞开着的地狱之门。

太阳越来越西沉。他内心尚存的生之本能，让他朦朦胧胧地想到该回家了。他本以为已经远远地离开了巴黎，可是辨认一下方向之后，他才发现他只是围着大学区的墙垣转了一圈。圣须尔比斯教堂的尖塔和圣日尔曼·代·勃雷修道院的三个塔尖耸立在他右边的地平线上。他向这个方向走去，走到圣日尔曼修道院附近，他听到主持护卫的喝问，便绕到修道院的磨坊和麻风病院之间的那条小路上去，不久就到了神父草场的边上。这片草地以僧侣学生日夜在此吵闹而闻名。这是圣日尔曼修道院僧众们的七头蛇，对于圣日尔曼的僧侣来说，这是一头不断在神父们吵闹之中抬起头来的七头蛇。[1]副主教担心在那里碰到什么人，担心见到任何面孔，因此他避开了大学区和圣日尔曼镇，打算尽量迟一些再回到大街上去。他沿着神父草地向前走，穿过草地与新医院之间的一条僻静小路，最后来到河边。克洛德神父在那里找到一个船夫，给了他几个巴黎德尼埃，便乘船逆流而上，一直航行到城岛岬角处。他在这个荒凉的沙嘴处下了船——这里是读者们在上文读到过的，即甘古瓦在它上面做过梦的地方——这片沙嘴伸展在同渡牛洲平行的国王花园的外面。

小船单调的摇晃和塞纳河潺潺的流水声使这可悲的克洛德多少减缓了痛苦的思想。船夫已经走得很远了，可他仍呆呆地立在沙滩上，呆呆地看着前方。似乎一切事物都在晃动膨胀，一切事物都变成了像怪物一般的幻影。往往是这样的，一个被极度深重的痛苦搞得心力交瘁的人，往往会有这种幻想产生。

夕阳已经落到内斯尔高塔背后去了，已是黄昏时分，天空和河水都是一片白茫茫。在这两片白色之间，他双眼呆望着塞纳河，它的左岸投射出的巨大阴影，在向远方延伸的过程中，变得越来越细，就像一枝射入到天际那白茫茫云雾之中的黑箭。岸那边建满了房舍，却只能在水光天色的明亮背景衬托下看见它们阴暗的轮廓。有些窗子中透出星星点点的光芒，仿佛一堆堆炭火。苍茫的水天之间，那个孤零零的黑色“方尖碑”显得尤其宽大。这让克洛德有一种很奇怪的感觉，就像是一个人躺在斯特拉斯堡大教堂的钟楼脚下，仰望巨大的尖顶刺入黄昏时半明半暗的天空。只不过，这时克洛德是站着的，而那“方尖碑”却是卧着的。但是，那倒映着天空的河水，使克洛德感到特别深，就像是深渊一样，那巨大无比的“方尖碑”也像教堂钟楼的尖顶一般大胆地突出在空中。所以，印象是完全一样的。然而，更加奇特以至于愈发深刻的印象是，你会感到这就是斯特拉斯堡的钟楼。而这座钟楼巨大无比，有八公里、那么高，是人类从未见到过的、前所未有的建筑物，就像是又一座巴别塔。那些房屋的烟囱，墙头的雉垛，屋顶上的山墙，奥古斯丹

① 原文为拉丁语。

的尖顶钟楼，内斯尔塔楼，这所有的突出部分，把巨大的“方尖碑”切割成许多缺口，轮廓好似一个杂乱、怪诞、镶有犬牙般交错边框的雕刻品，让人产生很多幻想。克洛德的眼睛便是如此，他仿佛——不，应该说他相信——他相信自己看见了地狱的钟楼，那可怕的钟楼层峦叠嶂，闪烁着成千种光亮，让他觉得好像是成千个地狱火炉的炉口，里面传出的声音和喧闹，像是亡灵的意号，又像是垂死者的喘息。他恐惧起来，堵住耳朵不再去听，背过身去好像不要再看到那可怕的幻景。他迈开大步，逃也似的离开了。

可是，幻想却一刻也不曾离开他的头脑。

他回到大街上。看到店铺门口灯光幽闪，那熙来攘往的人群让他觉得好似无数的幽灵在身边游荡。耳朵里总是听到古怪的喧闹声，心头总是有奇特的幻象扰动。房屋、街道、车辆、男女行人，他全看不见，眼中只是有一连串模糊、无法言说之物互相融合、渗透，组成一团东西在眼前飘忽不定。制桶场街拐角处有一家杂货店，它的屋门面的周围按照习俗镶有许多白铁，上面悬挂着一圈木制假蜡烛，迎风发出呱达板一样的声音。他仿佛觉得那是隼山刑场上那一串串骷髅头在黑暗中撞击的声音。

“啊！”他喃喃低语道，“夜晚的风吹得它们撞来撞去，铁链的碰击声与骨头的鸣响混杂在一起！她也许会在那里，在它们中间！”

他昏昏沉沉，不知该去向哪里。走了一段路，他发觉自己已到了圣米歇尔桥。一所房子底层的窗口透出一道光亮。他走上前去，透过已出现裂缝的窗户往里看，那是一间肮脏的小厅，这在他心中唤起了一种模糊的回忆。房间里，灯光微弱，一个面色红润的金发青年，正大声笑着搂着一个袒胸露肩的姑娘。灯旁，一个老妇人坐在那里纺纱，并用颤抖的声音唱歌。当那个年轻人偶尔不笑的时候，老妇人的歌声便断断续续传到克洛德神父耳中，这是一支难以明白、而且相当可怕的歌：

格雷沃，叫吧！格雷沃，狂吠吧！

纺呀，纺呀，我的纺锤。
给在监狱庭院里打唿哨的刽子手纺出绞索来，
格雷沃，叫吧！格雷沃，狂吠吧！

漂亮的麻绳，纤维细又长，
天南地北到处弥漫死的气息！
到处都种大麻，不种小麦，
小偷也不会去偷盗，
这漂亮的绞索。

格雷沃，叫吧！格雷沃，狂吠吧！
一扇扇窗子好像眼睛。
看那娼妇待在肮脏的绞刑架上摆个不停。
格雷沃，叫吧！格雷沃，狂吠吧！

年轻人听到这儿，大笑着抚摸那个姑娘。老妇人其实就是法洛代尔，那姑娘是个妓女，而那个年轻人，正是他的弟弟约翰。

克洛德继续观望，眼前的景象也好，别的景象也好，对他来讲并没有什么不同，他已经漠然了。

他见到约翰走到房间一端的窗前，打开窗子，望着远处灯火闪亮的堤岸。只看了一眼，便又关上窗户，说道："我用灵魂担保，天已经全黑了。市民们点燃了蜡烛，看上去像是上帝点燃了星星。"

然后，约翰又坐回那个姑娘身边，把桌上的一个酒瓶砸碎，喊道：

"已经空了，牛角尖！钱也没有了！依莎波，亲爱的，我对朱庇特很不满意，他为什么不能把你这一对雪白的乳房变成两只黑色的酒瓶，让我每天每时每刻都能从中吮吸波纳酒？"

听到这话，那姑娘格格笑了起来。然后，约翰走了出来。

克洛德神父急忙趴倒在地，以免被自己的弟弟迎面遇上，认出他是谁，不过，约翰还是看见了有个人躺在泥泞的路上。幸亏街上很黑，他已喝醉了，他并没认出自己的哥哥。

“啊！啊！”他说道，“看上去，这家伙今天过得挺快活。”

他伸脚踢了踢克洛德，克洛德连气都不敢喘，一动不动。

约翰又说：“醉死鬼！瞧，他可喝饱了，像一条酒桶里掉出来的蚂蟥。咦，他还是个秃头。”他俯下身看了看说：“原来是个老头儿！幸运的老头儿！”①

随后堂·克洛德听见他走开了，嘴里还念叨着：“反正是一回事，理智是个好东西。我的哥哥又有学问又有钱，他是个幸运的人。”

直到此刻，副主教才一跃而起，一溜烟儿地向圣母院跑去。他看见黑暗中圣母院那两座巨大的钟塔在众多房舍中高高地矗立着。

当他气喘吁吁地跑到巴尔维广场时，他停住了，不敢再向前一步，也不敢抬眼去看那阴森可怖的建筑物。他低声说道：“啊！那样的事情真的就在今天、就在上午、就在这里发生过吗？”

终于，他鼓起勇气向教堂望去。门墙是一片漆黑，背后却是灿烂的星空。一弯新月刚从天边升起，这时正停留在右边那座钟塔的顶上，像是一只发光的小鸟从那雕着黑色三叶形花纹的栏杆边上飞出来。

修道院的大门紧闭。不过，副主教总带着钟塔的钥匙，在塔顶上有他的工作室，他拿出钥匙打开门，走进了教堂。

教堂里像地穴一样漆黑静寂。他看到大块的阴影从四周投下便知道，这是为上午的典礼张挂的帏幔还没有拆除。那个巨大的银制十字架在黑暗中时隐时现，好像在坟墓一般的夜空里的银河。几扇长窗在唱诗班的后面，它们的尖拱窗顶露出在帷幔的上端。一丝月光透过窗户的彩色玻璃，玻璃窗显出了夜间特有颜色，一种只有在死人脸上才有的颜色——紫中泛白，白里透青。副主教看着这些唱诗班周围泛白的尖拱，眼前似乎出现了堕入地狱的主教们的法冠。

---

① 原文是拉丁文。

他闭上双眼，待他再次睁开眼睛，又觉得一圈面如死灰的脸孔在盯着他。

他赶紧飞奔穿过了教堂。突然间，他觉得教堂在颤抖、在摇晃，它似乎活起来了，每根巨大的柱子就变成了又长又粗的爪子，用它扁平的脚趾拍打着地面。而整个主教堂仿佛就是一头怪异荒诞的巨象，呼呼喘气，行走着，巨大的柱子是大象的腿，两座钟楼是大象的鼻子，悬挂的黑色帷幔就是它身上的装饰。

他的热昏和疯狂竟然达到了这样厉害的程度，外部世界在这位可怜的人眼中，就像一个可感、可触、令人毛骨悚然的末日。

一瞬间，他有了轻快的感觉。走进里侧，他看见了一点灯亮从几排柱子后面射出，朦朦胧胧闪着红光。他觉得那是他的指路明灯，便飞奔过去。实际上，那不过是日夜照耀在这圣母院内铁栏杆里公用祈祷书上的一盏昏暗的小灯。他急切地跑到祈祷书前，紧紧抓住这本圣书，渴望从中找到一点安慰和鼓舞。祈祷书正好翻开在约伯那一章上，他瞪着眼看着：

我看见一个灵魂从我面前经过，我听见轻微的一声呼吸，吓得毛发竖立。

读着这样阴森的句子，他的感觉就像一个盲人被自己捡来的一根棍棒痛打了一顿。他两腿发软，终于支持不住倒在石板上，想起了白天被处死的那个姑娘。他感到脑子里冒出一股股怪异可怕的黑烟，仿佛自己的脑袋成了地狱的炯囱。

他就一直这样待着，过了好久，什么也不想，像是完全落入了恶魔的手中，无能为力。最后，他恢复了一点力气，想应该回到钟塔 去，躲到忠实于他的卡西莫多身边。他好容易站了起来，因为害怕，便把照亮圣书的小灯拿在手里，这是一种亵渎神灵的行为，可是他再也不可能去顾及这样的小事了。

他顺着楼梯一步步缓缓而上，心里依然充满了恐惧：那神秘的灯光跟着他，向上移动，像是从一个个枪眼里射出，直至钟塔顶端。想必在这样的黑夜，有人从教堂前经过，看过这样的情景也会魂不守舍的。

忽然，他感到了有一丝凉风吹来，发觉自己已经来到了最顶层过道的门前。寒风袭人，夜空中有几朵白云飘浮着，片片云朵彼此覆盖、交错、甚至撕裂，正如在春日的阳光下解冻的冰河。弯弯的月亮搁浅在浮云之中，好似一叶天舟被这些冰块挤压着。他的双眼穿过连结两座钟塔的栏杆，向远方眺望，只见一望无际的巴黎城屋顶隐约在薄纱般的烟雾中，鳞次栉比，不可尽数，好似夏夜平静海面上微微起伏的波浪。

在朦胧的月光下，天地一色，灰蒙蒙的一片。

这时，教堂的时钟发出了嘶哑断续的声音。这是午夜了。神父想起了中午，也是一个十二点。他自言自语："啊！现在她大概浑身冰凉了！"

突然，一阵风刮来，吹灭了手中的油灯，几乎与此同时，他看见钟塔对面的拐角处闪出一个影子，一团白影，一个女人。他不禁浑身战栗，这个女人身旁有一只小山羊，咩咩的叫声掺和着最后一记钟响。

他壮着胆子，凝神望去，正是她。

她苍白的脸忧郁而阴沉，和上午一样，头发依然是披在肩上，但脖子上已没有绳索，手也不再捆绑着。她得到了自由，她死了。

她穿着白裙，蒙着白纱。

她仰望天空，缓缓向他走来。那只超凡的山羊跟在她身旁。他恍若化成了石头，沉重得迈不开步，欲逃而不能。她向前逼近一步，他就后退一步。就这样，他一步步退到阴森森的楼梯门洞里。他暗自思忖，她一定会跟进来，他从心里冒着凉气，倘若她真要进来，他非被吓死不可。

她果然走到楼梯门口，停下脚步，注视着黑暗里的一切，但是没有望见神父，径直走开了。他觉得她比生前更高大，透过她的白裙，他看见了月亮，他听到了她的呼吸声。

她走开后，他开始下楼，脚步缓慢，如同刚才看见幽灵那样。依稀恍惚中，他感到自己也成了幽灵，更是惊恐万分，毛骨悚然。灯早已熄灭，仍擎在手里，他走下螺旋楼梯，耳朵里清楚地响着一个声音在大笑，在念叨：

“……一个灵魂从我面前经过，我听见轻微的一声呼吸，吓得毛发竖立。”

二、驼子、独眼、瘸子

中世纪的任何一个城市都有避难所，法国也是这样，直到路易十二[①]时代。那时候，这些避难所，在淹没城郊的洪水般的刑法和司法之间耸立着，犹如高高屹立于人类司法制度之上的小岛，使得任何一名罪犯一踏进去，便获救了。在任何一个郊区，避难所和绞刑架的数量几乎是一样多的。一面滥用免刑，一面滥用刑罚，这两件坏事还试图互相矫正。国王的宫殿，王公的府邸，特别是教堂，都享有提供避难的权力。有时，为了增添某个城市的人口，便把整个城市作为避难所。路易十一就曾在一四六七年，把巴黎变成了这样的圣地。

一踏入避难所，罪犯就神圣不可侵犯，但无论如何，他千万小心，不能出去，一走出圣地，就会重新落入法网。在避难所的四周，车轮、绞刑架、吊刑[②]严阵以待，虎视眈眈，犹如鲨鱼围绕着船只，时时觊觎着它的猎物。常有一些犯人就这样在修道院里，在宫殿的楼梯下，在寺院的田庄里，甚至在某个教堂的门拱下坐以待毙，直至白发苍苍。这么看来，避难所和监狱一样，没有什么差别。

偶尔，大理寺也会作出庄严的判决，收回避难权，闯入圣地，将罪犯交到刽子手手中。但类似的事情极少发生。大理寺是不敢轻易触怒主教的。当红黑二袍发生了冲突时，法袍是斗不过教袍的[③]。

① 路易十二（1462—1515）：路易十一的孙子，一四九八到一五一五年为法国国王。

② 吊刑：古时酷刑用具。将罪犯双手吊起，突然松开后砸在地上或水果。

③ 红袍指法官的袍子，黑袍为教士的袍子。在法国，教权胜过王权，直至拿破仑一世。

然而有时候，例如暗杀巴黎刽子手小约翰的案子和爱默里·卢梭的案子，司法机关就曾越过教会，执行了自己的判决。当然，除了大理寺，谁要敢侵犯避难权，手持任何器械闯入圣地，就该谁倒霉！大家都知道法兰西元帅罗贝尔·德·克雷蒙和香槟省元帅约翰·德·夏隆是怎样死的。虽然仅仅是为了一个卑贱得微不足道的凶手，一个叫贝兰·马克的家伙，一个货币兑换商的小厮，但是那两位元帅竟闯入了圣梅里教堂，这就成了滔天大罪。

对于避难处，当时的人敬如神明。传说它也曾恩泽动物。艾满就讲过一只被达戈倍尔[①]追猎的牡鹿，躲进了圣德尼教堂的坟墓旁，追赶的猎狗顿时立住狂吠不已，再也不敢向前一步。

通常，教堂内都有一间随时接纳避难者的小屋。一四〇七年，尼古拉·弗拉梅尔就曾花费了四里佛尔六苏十六德尼埃巴黎币，在圣雅克·德·拉·布谢里教堂拱顶上为自己建造了这样一间房。

圣母院里的这间小屋就建在扶壁拱顶下的侧阁楼内，正对着修道院，恰好是现在钟塔看守人的妻子种植花草的地方。这花园与巴比伦的空中花园相比而言，正如用莴苣比作棕榈树，用看门人的妻子去比赛米拉米斯。[②]

卡西莫多得意地在钟塔和长廊内兴奋地狂奔之后，便把艾丝美拉达安顿在这间小屋内。姑娘对刚才发生的事还一无所知，在他飞奔的过程中，她并没有恢复知觉，半昏迷半清醒，只觉得自己飘起来了，升上天空，自由地飞翔着，好像被什么东西托起离开了地面。她被卡西莫多的狂笑声和叫嚷声惊醒，微微睁开眼睛，依稀看见她下面巴黎城内模糊的石板屋顶和瓦屋顶，好似蓝红相间的镶嵌画，头上是卡西莫多那张恐怖的兴奋不已的面孔。她不敢再看了，闭上眼睛，想着一切都已结束了，自己已在昏迷时被绞死了，而这个掌握她命运的丑陋的怪物又抓住了她，正把她带走。现在，只好听天由命了。可是，当披头散发、气喘吁吁的敲钟人把她抱到那间

① 达戈倍尔（600—638）：法兰克国王统治时期保护教会，并修建了圣德尼教堂。

② 塞米拉米斯：传说中的古巴比伦女王，建造了许多空中花园。

避难的小屋时，当她感觉一双温柔的大手替她解开勒破了双臂的绳索时，她不由一阵惊慌，正如在黑夜中行走的船只猛地撞到岸边，旅客们从梦中被惊醒了。她有点清醒了，慢慢地恢复了记忆，发生的事一幕幕呈现在脑海里。她发现自己在圣母院里，开始记起有人把她从刽子手手中抢救出来，记起弗比斯还活着，但弗比斯不爱她了。两个想法同时出现，后一个想法使她心酸不已。她转过身又看到了卡西莫多那张令她胆战心惊的脸，她问道："你为什么要救我？"

他焦急地望着她，似乎在努力地猜测她说了什么。她又说了一遍。于是，他十分凄然地看了她一眼便跑开了。

她一个人待在那里，惊愕非常。

没过多久，他抱了一包东西回来了，放在她的脚前，里面有几件衣服，是几个好心的妇女放在教堂门口给她的。她连忙看自己，发现自己几乎赤裸着身子，不由羞红了脸。生命之火在她身上重新点燃。

卡西莫多似乎也感到了她的羞涩，连忙举起大手捂着眼睛，再次走开了，不过这一次他走得很慢。

她赶紧穿上衣服。那是市医院见习护士的工作服：一件白大褂，一领白色面纱。

她刚把衣服穿上，卡西莫多就回来了，他一只手提着个篮子，另一只胳膊夹着个床垫。篮子里有一瓶水、几块面包和一些食物。他把篮子放在地上，说道："吃吧。"把床垫往地上一铺，说道："睡吧。"原来，敲钟人取来的是自己的食物和自己的褥子。

埃及姑娘想说句感谢的话，便抬起眼睛看着他，可一句话也说不出来。那可怜的卡西莫多的模样实在太吓人了。她一阵哆嗦，又低下了头。

于是他说道："我吓着你了。我很丑，是吧？那就别看我，光听我说就行。白天，您待在这里，夜里可以在教堂内随处走动。不过，千万不要出教堂，无论白天还是夜里。不然，您会没命的，他们会杀死您，那我也活不了。"

她听了很是感动，抬起头想回答他。他却已经不见了。她又是独自一人，她想着那个近似怪物的人的古怪话语，惊奇地发现他的声音虽然嘶哑，却那般的温柔。

随后，她仔细打量这间小屋。这间房大约六尺见方，门窗外面就是微微倾斜的扁平石头屋顶。几个刻着怪兽脑袋的滴水檐好像在四周探着脑袋，伸长脖子，从天窗里窥视她。顺着屋顶的边缘望去，千万个烟囱正把巴黎城内各家各户的炊烟送上天空。在这可怜的吉卜赛姑娘眼中，在这个被抛弃、被判处死刑的、没有祖国、没有故乡、没有家庭的人儿眼中，这景象，真是凄然极了。

正当她比以往更伤心地回想自己孤苦伶仃的身世时，忽然感到有一个毛忽忽的脑袋探入她的手中，倚在膝盖上，她一阵哆嗦（现在一切都令她惊慌），定睛一看，原来是她那只可怜的山羊，那机灵的加里。趁着卡西莫多吓跑沙尔莫吕的队伍的当儿，它也跟着她逃了进来，到了这间小屋。它偎依在主人脚边将近一个钟头了，却未能博得主人一顾。姑娘抱起它，吻了一遍又一遍。“啊！加里，”她说，“我怎么把你忘了！可你还惦记着我！啊！你并不是忘恩负义的。”说着，仿佛有一只看不见的手将长久把泪水压在心里的石头卸去了，顿时，她泪如泉涌，泪水往外流淌，她觉得心中最辛酸、最沉重的痛苦也随之流逝了。

黄昏来临了，她觉得夜晚是这样美丽，月色是这般柔和，于是，她走出小屋，在围绕钟塔四周的走廊上走了一圈。她从高处向远方望去，大地异常宁静，她感到心里轻松了许多。

三、聋子

第二天清晨，艾丝美拉达发现自己夜里睡了觉。她感到不同寻常。很久以来，她已经没有睡觉的习惯了。朝阳升起，从天窗射进屋里的一道欢快的光芒，照在她的脸上，看到太阳的同时，她也从天窗看到一个可怕的东西，那是卡西莫多的丑脸。她不由自主地闭上了眼睛，但无济于事，她觉得，透过自己粉红色的眼皮，仍然看得见那张只有一只眼睛，几颗牙齿的魔鬼的丑陋的面孔。她始终紧闭双眼，只听见一个粗嗓门非常温柔地对她说：

“别怕，我是您的朋友。我是来看您睡觉的。我来看您睡觉，这不会伤害您吧？您紧闭双眼的时候我待在这里，有什么关系呢？现在我即将离开，您瞧，我已经在墙后面了。您可以睁开眼睛了。”

这番话如同痛苦的哀吟，相比之下，说话的声音更显得悲伤，吉卜赛姑娘被深深地感动了，于是，她睁开了眼睛。他果然已在窗口消失了，她走过去，看见可怜的驼子蜷缩在一个墙脚里，痛苦而顺从，她竭力克制住对他的厌恶之情，轻声细语说道：“过来！”从姑娘的口形看去，卜西莫多以为要赶他走，就站起身来，低垂着头，一瘸一拐地、缓慢地走开了。他几乎不敢抬起充满绝望的眼睛，看一眼年轻的姑娘。“您过来啊！”她又喊了一声。可是他继续往前走。于是，她冲出小屋，向他跑去，紧拽住他的胳膊。卡西莫多感觉到姑娘的手，浑身战栗。他抬起哀伤的眼睛，见姑娘要将他拉到身边，脸上泛起欢喜而深情的光芒。她想拉他进屋，但他坚持待在门口不进去。“不，不，”他说，“猫头鹰不能进百灵鸟的窝。”

于是，她斜靠在床垫上，姿势非常优美，山羊睡在她的脚边。两人好一阵子都没有话说，默然对视着。一个是风神绝致，一个却奇丑无比。她每看一次，都会发现卡西莫多身上畸形之处越多。她的目光从他的罗圈腿移到驼背，又从驼背移到那只独眼。她想不通，竟有如此奇形怪状的生灵活在世间。然而，在这丑陋的外形上却笼罩着无限的温柔与哀伤，她也慢慢习惯了。

卡西莫多率先打破了沉默：“刚才，您是叫我回来？”

她点了点头：“是的。”

他明白了点头的意思。“唉！”他叹道，迟疑地说，“只不过……我是一个聋子。”

“可怜的人儿！”吉卜赛姑娘叫了一声，表情慈悲而怜悯。

他痛苦地微笑着。“您只发现我这一样缺陷是吧？是啊，我连耳朵也聋了，我天生就是这副模样，这真可怕，不是吗？而您却是那么漂亮。”

从他这个不幸的人的语调中，可以听出他对自己不幸的深切感受。姑娘听了竟说不出一句话。话又说回来，他也听不见她说话。他又说道：

“我从没有像现在这样自觉丑陋，拿我和您对比，我万分可怜自己。我是一个不幸的讨人厌的怪物！在您眼里，我一定像野兽一般丑怪。您是阳光，是雨露，是小鸟的歌声，而我却是个丑怪的东西，不像人也不像野兽，是个比石子还硬，遭人践踏、不成形的东西。”

说着，他狂笑起来。这真是人世间最催人肝肠、令人心碎的声音。接着他又说：

“是的，我是聋子，不过，您可以用动作和手势和我对话。我有个主人，他就是这样和我说话的。而且，您的眼神和嘴唇的动作会让我懂得你的意思。”

她微笑着说：“告诉我，您为什么要救我。”

她说话时，他凝神看着她。

“懂了，”他答道，“您问我为什么要救您，您一定忘了，有个坏蛋那天夜里，想把您劫走，而第二天，您却救助了他——当他被绑在令人作呕的耻辱柱上时。即使是滴水之恩，即使是丝毫的怜悯，我都将献出生命来报答。您恐怕已经忘了这个坏蛋，而他却记忆犹新。”

她聆听他的话语，内心非常感动。敲钟人的泪水盈满眼眶，然而，泪珠并没有掉下来，他似乎认为强忍泪水是关于荣誉的问题。

当他不再担心眼泪会落下来时，他接着说道：“您听我说，我们这儿的钟塔很高很高，要是一个人从高处落下来，不碰到地面，就死了。如果您要我掉下去，无须说话，只要给我个眼色就行了。”

说罢，他站起身来，尽管吉卜赛姑娘自己已非常不幸，但这个丑怪的人却激起了她的怜悯之情，她示意他不要离开。

"不，不。"他说，"我不该待得太久，您这样看着我，我浑身都不自在。您不转过脸去，仅仅是因为可怜我，我得去找个地方，看得见您，而您却见不到我，那样更好些。"

他从上衣口袋里掏出一只金属哨子，说："给您，什么时候您需要我，想让我来，不厌恶见到我，您就吹这个哨子，这个声音我能听见。"

他把哨子搁在地上，跑开了。

四、陶罐和水晶瓶

日子一天一天过去了。

艾丝美拉达内心渐渐恢复了平静。极度的悲痛和极度的欢乐是这般相似，虽然十分强烈，却不会持续很久。人不可能做到让内心长期处于某一极端之中。吉卜赛姑娘历尽苦难，以至于内心除了惊讶，没有其他的感觉了。

由于这些天来产生的安全感，她的内心重新燃起了希望之火。她隐约感觉到，虽然自己身处社会之外、生活之外，但并不是绝对不可能重新返回社会，投入生活之中的。如感觉自己像一个已经死去的人，可手里还揣着坟墓的钥匙。

她觉得，长期以来盘踞在她心头的那些可怕的恶魔逐渐远去了。那些令人厌恶、面目狰狞的幽灵——比埃拉·多尔得许，雅克·沙尔莫吕，甚至那个神父，统统在她心中消逝了。

况且，她可以肯定，弗比斯还活着，这是她亲眼看见的。弗比斯活着，这便是一切了。在一连串的打击到来之后，她身上一切的一切都被打垮了，犹如死灰一片，但是唯有一样东西还巍然屹立于她的一心灵，那是一份感情，一份对卫队长的至爱。因为爱情好比一棵树，一旦扎根于我们的心田，便能自由成长，尽管心已荒芜，爱情之树仍能抽枝展叶，顽强生长。

更难以解释的是，这种激情越是盲目，就越是顽强。它最坚不可摧的时候，往往是在它最无道理可言的时候。

艾丝美拉达想起心爱的卫队长时，一定也会痛楚万分的。也许。弗比斯也受了欺骗，相信了根本不可能的事情，以为那个宁肯为他舍去千万次生命的姑娘会在背后捅他一刀，这将是多么可怕啊！不过怎么说都怪自己承认了该死的“罪行”，还是不应该太责备他的。她——一个弱女子，不也在酷刑下屈打成招了吗？一切的过错都是她自己引起的。真不应该说出那样一句话，让他们拔掉脚趾甲好了。总之，倘若她能见上弗比斯一面，只消一分钟，一句话、一个眼神，就能让他回心转意，疑虑全消，重新回到自己身边。她对这点深信不疑。但对有些事情她却挺不解的，为什么悔罪的那一天弗比斯恰巧在场，同他在一起的姑娘又是谁呢？一定是她的妹妹吧？她对自己的解释感觉满意，尽管不合情理，但她需要相信这是真的，那就是弗比斯仍然爱着她，并且只爱她一个人。他不是曾经发生过誓吗？她是这样天真，这样轻信，难道还需要别的保证吗？况且，在这件事上，各种表面现象与其说是不利于他，不如说是不利于她自己，这不正好为他开脱了吗？于是她等待着、期望着。

还有，这座宏伟的主教堂本身就是上帝的抚慰，它从四面八方包围着她，护卫着她，拯救着她。这建筑上神圣的线条，姑娘周同的一切事物都散发着一种虔诚的气息，仿佛是从这块巨石的每个毛孔里渗透出庄重安详的情绪，所有的一切都不知不觉地对她发生了作用。这座建筑里似乎还有一些庄严幸福的声响，使得这伤痕斑斑的心灵得到了慰藉。主祭们单渊的歌声，信徒们时而模糊不清，时而震耳欲聋的响应，彩色玻璃窗和谐的共振，管风琴那胜似千百只号角的轰鸣声，三座钟塔那如同几窝巨蜂的翁响声组成一部宏大的交响乐，以雄伟壮丽的旋律，不断地在人群和钟塔间来回跳跃，麻痹了她的记忆、想象和痛苦。尤其是那些巨大的钟声犹如汹涌的波涛向她滚滚而来，席卷着她，这波涛又如磁力一般吸引着她，使她乐而忘忧。

因此，清晨起床，她的心境更加恬静，呼吸更加舒畅，脸色也更加红润了。随着心灵创伤的逐渐愈合，她的优雅和美丽重新在她身上绽放，灿烂无比，只是比以前更加深沉，更加安谧。她又恢复了先前的性格，恢复了先前的欢乐，她那娇媚的撅嘴，对山羊的宠爱，尽情地歌唱，还有那处女的羞涩。每天清晨，她都小心翼翼地躲在小屋的角落里穿衣服，唯恐被附近阁楼上的住客从窗口看见她。

吉卜赛姑娘有时也会想起卡西莫多，当然是在思念弗比斯之余。这是她和外界，和活着的人之间所剩下的唯一的联系、唯一的接触、唯一的交往。哦！她甚至比卡西莫多更加与世隔绝，多么不幸的姑娘！对于这位邂逅相遇的古怪的朋友，她一点也不了解。她不能对他的感谢视而不见，可是，她怎么样也不能习惯敲钟人那张丑陋的脸，为此，她常常责备自己，可是他实在太丑了。

卡西莫多给她的哨子她一次都没碰过，仍在地上放着。不过，卡西莫多在最初几天还是经常来看望她。在他送饭送水来时，她总是竭力克制自己，不表现出厌恶的情绪，不把头背过去不理他。但是他总能觉察到她哪怕最细微的一点表现，每当这时他便会忧伤地走开。

有一次，她正在抚摸加里，他突然来了。他待了好一会儿，在山羊和吉卜赛姑娘这可爱的一对面前沉思了许久。最后，他摇着沉重而畸形的脑袋说道：

“我的不幸在于，我还是太像人了。我宁愿完全是一头牲畜，跟这山羊一样。”

她抬起头，吃惊地望着他。

看到她的眼神，他说道：“啊！我完全知道这是为什么。”说完，他又跑掉了。

另一次，他来到小屋门口时（他从来不进屋内），艾丝美拉达正在唱一首古老的西班牙民谣。歌词的意思她并不懂，但一直记得很清楚，因为从她很小的时候起，吉卜赛女人们一直唱着这首歌哄她睡觉。蓦然间看见了门口那张丑脸，不由自主地做出受惊吓的动作，停住不再往下唱了。不幸的敲钟人扑地跪倒在门槛上，合起那双畸形的大手，用哀求的目光望着她，痛苦地乞求：“哦！我求求您，唱下去吧，别赶我走。”她不愿使他难堪，便抖抖索索地继续往下唱。很快，她不再感到害怕了，她整个身心都沉醉在自己所唱的忧郁而缠绵的曲调中。卡西莫多仍跪在那里，像是祷告似的双手合十，他全神贯注，屏住呼吸，目不转睛地盯住吉卜赛姑娘明亮的眸子，他好像从她的眼睛里明白了她所唱的歌词。

还有一次，他怯生生地来到她面前。好不容易才说出话来：“您……您听我说，我有话跟您说。”她点了点头，乐意他往下说。他却叹了一口气，张开嘴巴，好一会儿，好像要讲了，随后又看了看她，摇了摇头，用手捂着脸，慢慢走开了，弄得吉卜赛姑娘不知所措。

他特别喜爱刻在墙上的一个怪物，似乎常常用兄弟般的目光和它交流。有一回，吉卜赛姑娘听见他对它说：“啊！可惜我不能像你一样是石头做的啊！”

一天早晨，艾丝美拉达终于走到屋顶的边缘，越过圣约翰圆形教堂的屋顶望着广场。卡西莫多尽量不靠近她，远远地跟在她的背后，免得那姑娘看见他会不高兴。突然，吉卜赛姑娘打了一个颤，眼睛里闪出一颗泪珠和一丝欢乐的光芒。她跪在那里，飞舞着双臂向广场喊道：“弗比斯！来呀！快来呀！看在老天的份上，只要一句话！弗比断！弗比斯！”她的表情，她的动作，她的呼喊，她整个人表现出令人心碎的神情，就像一个海上遇难者向在远方地平线上阳光中欢快驶过的大船发出求救的信号。

卡西莫多附身向广场看去，发现是一位年轻英俊的男子引起姑娘温柔热烈、心痛欲绝的呼唤。他是一个队长，骑着马，身佩武器、着华服，春风满面地穿过广场的另一端，举起羽冠，向在阳台上朝他微笑的小姐致敬。可是，那军官听不见可怜的吉卜赛姑娘的呼喊，实在离得太远了。

不过，可怜的聋子却“听”到了。他深深地叹了一口气。他不愿再看了，便转过身去，咽下了悲伤的泪水，那双痉挛的双手握起拳头不停地敲打脑袋，乱抓头发，当他停下来时，每只手掌心里都捏着一把红褐色的头发。

姑娘根本没有注意到卡西莫多。他咬牙切齿，低声骂道："老天真不长眼！人就应该有这样的长相，外表好看便行！"

这时她仍跪在那里，激动地喊着：

"啊！他下马了！……他就要走进屋了！……弗比斯！……他听不见我的喊声！……哦，弗比斯！……那女人真可恶，竟和我抢着跟他说话！……弗比斯！弗比斯！"

聋子看着她。他明白这场哑剧的意思。泪水在可怜的敲钟人眼里打转，但他强忍着不让它流下来。突然，他轻轻拽住了她的衣袖。她回过头来，他极力装出若无其事的表情，对她说：

"要我替您把他找来吗？"

她高兴得叫了起来："啊！您快去，您快跑去！"她说，"那个队长！那个队长！替我把他找来！我会喜欢你的。"

她搂住了他的膝盖。他不禁痛苦地摇了摇头。"我会把他给您带来的。"声音微弱得很。随后强忍着眼泪转身大步冲下楼去。

等他来到广场，人已经不在那了，只见那匹骏马拴在贡德洛里耶府邸门前的柱子上。很显然，卫队长已经进屋了。

他举目往教堂上的屋顶望去。艾丝美拉达还是那个姿势待在原地。他向她忧伤地摇摇头，然后，往贡德洛里耶府门口的柱子上一靠，决心一直等到卫队长出来。

贡德洛里耶府里正在举行婚礼前的盛大庆典。卡西莫多见许多人：进去，但没有一个人出来。他不时抬头望着教堂屋顶，吉卜赛姑娘和他一样，待在那里一动不动。过来了一个马夫，解开缰绳，把马牵进了府邸的马厩里。

整个白天就这样过去了，卡西莫多靠在柱子上，艾丝美拉达跪在屋顶上，那个弗比斯自然是守在了百合花小姐的身旁。

终于，夜幕降临了。这是一个没有月色、漆黑一片的夜晚。卡西莫多竭力注视着艾斯美拉达，但不一会儿，她在苍茫暮色中只剩下了一个白点，然后什么也看不见了。所有的一切都消失了，只剩一片黑暗。

贡德洛里耶府邸正面的窗户上上下下都亮起了灯光。随后，卡西莫多看到挨着广场的其他人家的窗户也一个一个亮起了灯。然后，他又看着这些灯一盏一盏地熄灭——因为一整晚他都守在自己的岗位上。不过，那个军官还没有出来。卡西莫多孤孤单单地待着，街上早已空无一人，当所有其他人家窗户里不再透出光亮时，他完全处在黑暗之中。当时，圣母院前的广场上也没有一丝光亮。

与此相反，一直到了午夜过后，贡德洛里耶府里依旧灯火通明。等了一天的卡西莫多仍然全神贯注，一动不动，看着五彩缤纷的玻璃窗上映出的绰绰人影。要是他的耳朵不聋，随着嘈杂声的渐渐消隐，巴黎城的逐渐沉睡，他能越来越清楚地听见贡德洛里耶府邸内喜庆、欢笑、音乐的声音。

将近凌晨一点，宴席散了，宾客们开始告辞了。躲在黑暗中的卡西莫多，盯着他们一个个从火炬照耀的门廊下经过，但始终没看见那个卫队长。

他忧心忡忡，满脑子都是悲伤的想法。他心里乱极了，不时仰望天空。一块块乌云凝重地紧压头顶，被撕得支离破碎，显现出道道裂痕，像罗纱吊床一般挂在布满星星的夜幕下，仿佛是张在天顶的蛛网。

就在这时，他突然看见阳台上的落地窗神秘地打开了，那石头栏杆剪影似的凸现着。从那轻巧的玻璃里走出一男一女，门在他们身后被轻轻带上了。卡西莫多在黑暗中费了好大劲才认出那男人就是那位年轻英俊的卫队长，那女人则是上午站在阳台上挥手欢迎军官的年轻小姐。广场上一片黑暗，玻璃门关上后垂下来的深红色双层窗帘，使房间里的光线一点儿也透不到阳台上。

那对青年男女似乎正沉醉在甜蜜的情话之中。聋子虽然听不见，但他能感觉出来。姑娘似乎允许军官搂抱着她的腰身，却婉转地拒绝了他的亲吻。

这一幕原不是让人看的，所以显得更加优美，卡西莫多在下面目睹了这一私情。可怜的卡西莫多望着这幸福而美妙的场面，心酸不已。他的身体虽然长得畸形，但毕竟人的本性没有泯灭，忍不住一阵战栗。他想到老天是多么不公平，赋予他永远只能眼睁睁看着别人享受幸福的悲惨命运，什么女人、爱情、肉体的欢娱同他永远没有缘分。然而，最令他气恼和愤慨的、最令他心碎的是，要是吉卜赛姑娘看见了这一幕，该会有多么心痛。好在夜色确实很黑，即使艾斯美拉达还跪在那里（他对此深信不疑），那也离得很远，而他站在那里不过只能隐约看见阳台上的那对情侣而已。想到这里，他不禁略感安慰。

这会儿，那一对的谈话似乎越来越激动了。那小姐好像在恳求军官不要要求更多的了。然而，卡西莫多看见她合起美丽的小手，微笑着仰望天空，眼里仿佛闪着泪光，而那位军官却欲火中烧地盯着她。

就在姑娘快要招架不住的时候，阳台上的门突然打开了，一位老夫人走了出来，姑娘又羞又涩，军官则又气又恼。随后，三人一道进屋去了。

没过多久，一匹马在门廊下尥蹶子，那位英俊迷人的军官披着一件夜行斗篷，飞快地从卡西莫多前走过。

敲钟人让他拐过街角，然后从后面飞快地追赶他，像只猴子一般敏捷。“喂！队长！”他边跑边喊。

卫队长勒住马。

“这小子想干什么？”他瞥见一张丑陋不堪的脸孔一瘸一拐地从黑暗中朝他奔来。

跑到跟前，卡西莫多一把抓住缰绳，说道：“跟我走，队长，有人想见您。”

“见鬼，”弗比斯怒吼道，“这家伙我好像在哪见过，长得怪模怪样。小子，你放开我的缰绳？”

“队长，”聋子答道，“您难道不想知道是谁找您？”

“放开我的马，”弗比斯不耐烦了，“你这浑蛋吊在我的马上想做什么？难道把它当成了绞架不成？”

卡西莫多并不松开双手，反倒拉着马掉转头往回走，他想不通卫队长为什么要拒绝，便急忙对他说：“跟我走，卫队长，有个女人在等着您，”他又吃力地加了一句，“一位爱您的女人。”

“你这浑蛋还真少见，”队长说，“若是要我的或自称爱我的女人一开口，我就都得去不可，如果她也和你一样，长着一张猫头鹰的脸，谁还敢去？告诉打发你来的人，我要结婚了，叫她见鬼去吧！”

“听我说，”他以为一句话就能打消他的犹豫，便喊道，“来吧，是您认识的那位吉卜赛姑娘。”

这句话果然发生了作用，但不像那个聋子所希望的那样。诸位一定都还记得，这位风流的军官是在卡西莫多从沙尔莫吕手中救出女犯之前，同百合花一起回屋里去的。从那时起，每次到贡德洛里耶府邸拜访，他总小心翼翼地不提及这位给他留下痛苦回忆的女人。而百合花当然也知道，告诉他吉卜赛姑娘还活着也是不明智的。所以，弗比斯还一直以为可怜的“西米娜”已死了，已经死了一两个月了。再说，队长心里已有点害怕了，这时已是深更半夜，捎口信的人又长得那么丑陋，声音又仿佛是从墓地里飘出来的，况且，已经过了半夜，街上早就空无一人，就像碰上妖僧的那天晚上一样，而他的马在卡西莫多面前还直喘粗气。

“吉卜赛姑娘！”他几乎吓得魂不守舍，“难道，难道你是从阴间来的？”

他连忙一手握住了刀把。

“快，快，”聋子想把马拽着走，“从这儿走！”

弗比斯用他的大马靴对着他的胸口猛踹一脚。

卡西莫多气愤不已，真想一个箭步扑向队长，但他还是克制住了，说：“噢，您多幸福啊！有个人爱您。”

他着重说了“有个人”，然后松开了手：“您走吧！”

弗比斯骂骂咧咧，双脚一蹬马肚，策马而去。卡西莫多看着他钻进了夜雾之中。可怜的聋子轻声细语：“唉！居然拒绝这样的好事。”

他回到圣母院，点了一盏油灯，上了钟塔。果然如他所料，吉卜赛姑娘还在原地待着。老远就看见他了，急忙跑上前来，“就你一个人！”她叫道，悲伤地合起美丽的双手。

“我没有找到他。”卡西莫多冷冷地说。

“应该等他一整夜啊！”她生气了。

他看着她的手势，知道她在责备他，低下头说道：“下次我会好好盯住他的。”

“你走！”她对他说。

他走了。她对他很不满意。他宁愿被她呵斥，也不愿让她痛苦。他把悲伤留给了自己。

那天以后，吉卜赛姑娘再也没见到他。他不再到她的小屋来了。偶尔几次，她远远看见敲钟人在钟塔上忧伤地盯着她，但只要察觉被发现了，便立刻躲开了。

必须承认，她对可怜的驼背主动回避自己并不怎么伤心，而且还有点感激。何况，卡西莫多在这方面也不抱任何幻想。

她仍能感觉到有个天使在身旁保护着她，虽然看不见他了。一只看不见的手在她睡觉的时候给她送来了新的食物。一天早上她在窗口上发现了一只鸟笼。在她的小屋的上方，有一个雕像很让她害怕。她曾多次在卡西莫多面前提及。又是一天早上（因为这些事情都是在夜里进行的），她发现它不见了。有人砸烂了它。要爬到那样的高度，可得冒着生命危险啊！

有好几个晚上，钟塔的屋檐下传来一支凄凉古怪的歌声，像是在给她催眠。那是一些没有韵律的诗句，正像一个聋子所能编出来的。

别看外表，
姑娘，要看心灵。
英俊青年的心往往是丑恶的，
有许多心不能留住爱情。

姑娘，松柏不美，
没有杨树那般挺拔，
但冬天仍然枝繁叶茂。

唉！说这些又有什么用？
不美的东西就不该存在，
美貌只爱美貌，
阳春不昧寒冬。

美丽至高无上，
美丽无所不能，
美是唯一完整存在的东西。

乌鸦只在白天飞，
猫头鹰只在夜里飞，
天鹅白天夜里都能飞。

一天早晨，她醒来时看见窗台上摆着两个插满花枝的花瓶。一只是水晶做的，晶莹剔透，非常耀眼，但已有裂缝，装进去的水全漏光了，花也早已枯萎。另一只是普普通通的，粗糙的陶罐，但里面贮满了水，插在罐里的花依然娇艳欲滴。

也不知艾丝美拉达有意还是无意，整天把那束枯萎的花抱在胸前。

那天，她没有听见钟塔下的歌声。

她一点儿也不介意，每天她就爱抚加里，盯着贡德洛里耶府邸的大门，低声念唱着弗比斯，掰面包喂燕子，以此来消磨时间。

她再也没看见过卡西莫多，也没听到他的歌声了。可怜的敲钟人似乎从教堂里消失了。可有天晚上，她想念着那位英俊的卫队长，辗转反侧不能入睡时，忽然听见有人在小屋旁叹气。她吓了一跳，爬起来，借着月光，看到一堆东西横躺在房门外。原来卡西莫多就睡在门口的石板地上。

五、红门的钥匙

就在这时候，街头巷尾的传言让副主教知道了吉卜赛姑娘奇迹般获救的消息。乍一听说此事，他心中不知是何滋味。本来，他对艾丝美拉达的死讯已逐渐适应。这使他心情平静，因为他已经承受了最大限度的痛苦。人心（堂·克洛德深思过这样的问题）经受悲伤绝望的程度是有限的。海绵吸饱水之后，即使大海从上面流过，也不能让它再吸进一滴水。

艾丝美拉达已经死了，海绵也就吸够了水。对于堂·克洛德，人世间的一切也就已成定局。倘若觉得她还活着，弗比斯也活着，痛苦煎熬又会重新开始，他又将承受新的震撼，并且是不断反复发展，也就是重新在人世间苟延残喘，而克洛德对这一切已经厌倦。

当他得知这个消息，就把自己关在修道院后的小屋里。他不去参加教士会，也不参加例行圣事。他闭门谢客，即便是主教来了，他也不开门，一连几个星期，他几乎过着与世隔绝的日子。大家都以为他病了。事实上，他的确是病了。

他这样关在小屋里干什么呢？这不幸的人正在被怎样的念头苦苦折磨？他是在和情欲作最后的搏斗吗？还是在设计最后的阴谋，与她同归于尽？

约翰，他最钟爱的弟弟，这个被他娇纵的孩子，有一次来到门口，不停地敲门，又咒骂，又恳求，反复说明自己是谁。克洛德就是不开门。

他整天把脸紧贴在窗子的玻璃上。从后院的这个窗口，他看得见艾丝美拉达的小屋，他经常瞧见那只山羊和她在一起，有时是她和卡西莫多在一起。他留意到那令人讨厌的聋子对艾丝美拉达非常关心，非常顺从，殷勤备至而又温柔体贴。他记起来了（他的记性是很好的，而正是他的好记性折磨着他），有一天夜里，就是这个敲钟人用异样的眼光注视着那街头舞女。他捉摸着卡西莫多救她的动机，他目睹着吉卜赛姑娘与聋子之间正在上演的一幕幕哑剧。放眼望去，以他的情欲加以注释，他认为无一不是情意绵绵的。他对女人是不相信的，早就知道她们会有荒诞乖张之举。因此，他隐约觉得一种始料不及的妒意正从心底涌起，令他羞愤难当："嫉妒卫队长倒还罢了，可是竟为这个蠢物！"想到此，他感到烦乱不堪。

每个夜晚都非常可怕。自从他得知吉卜赛姑娘尚在人间，一度纠缠他的关于幽灵和坟墓的念头消失了，取而代之的是来回撩拨他的情欲。一想到那棕色皮肤的女郎近存咫尺，就让他辗转反侧，无法安睡。

每天夜里，他恍恍惚惚地想象着各种姿态的艾丝美拉达，脑海中呈现出一幕幕令他热血沸腾的场面。他看见她躺在身中一刀的卫队长身上，紧闭双眼，袒露着美丽的胸脯，上面溅满了弗比斯的血。副主教在那幸福的瞬间吻了她苍白的嘴唇，可怜的姑娘虽然昏迷不醒，却也感到这一吻灼热烫人。他又看见行刑吏粗暴地剥掉她的鞋袜，将她的那双小脚，美丽圆润的大腿，光洁如玉的膝盖，裸露出来，并放进铁螺丝拧紧的脚枷。他还看见这个柔软白皙的膝盖暴露在托特律残酷刑具的外面。他又想象着姑娘身着内衣，脖子上套着绳索，赤裸着肩，赤裸着脚，几乎赤身裸体，仿佛是那最后一天见到的情景。他被这一幅幅肉感的图景撩拨得紧捏拳头，浑身发抖。

特别是有一天夜里，他血管里从未尝过情欲滋味的血液被这种种色相极其残酷地熊熊燃烧起来。他拼命撕咬枕头，接着，他猛地跳下床，在衬衣外面披上一件罩衫，抓起灯，冲出房间，几乎是衣不蔽体，神色慌张，眼睛里冒着火。

他知道什么地方可以找到修道院通往教堂的红门的钥匙，而且，我们知道，他总是随身携带着钟塔楼梯的钥匙。

六、红门的钥匙（续）

那天夜里，艾丝美拉达正在小屋里酣睡，带着超脱、希望和甜蜜的思念，进入了梦乡。她已睡着了有一阵子，像往常一样，梦见弗比斯。忽然，她听见附近有什么动静，她睡觉一向都很警觉，像鸟雀一般，稍有声响，就会惊醒。她顿时睁开眼睛，夜黑漆漆的。可是，她发觉了窗口那张窥视的脸，一盏灯照出了那个人影。那人影感觉到被艾丝美拉达发现，赶紧吹灭了灯。然而，姑娘仍然来得及看清那是谁，她惊慌地紧闭双眼。“啊！是神父。”她极其微弱地叫出声来。

过去种种不幸的往事闪现在她眼前，她浑身冰凉，又栽倒在床上。过了一会，她感到全身上下一种令人战栗的接触。于是，她全然清醒过来，无比愤怒地猛地坐起身来。

神父偷偷溜到她的身边，合拢双臂，紧搂住她。

她愤怒而恐惧，想喊却叫不出声，只能颤抖着低声叫道：

“滚开，魔鬼！滚开，凶手！”

“开开恩吧！开开恩吧！”神父一面把嘴唇贴上她的肩膀，一面嗫嚅着。

她使劲揪住他秃头上不多的几撮头发，拼命将他推开，躲闪着他的吻，就像躲避一条冷冰冰的毒蛇。

“开开恩吧！”那倒霉蛋又说，“但愿您知道我是如何爱您！那是火，是熔化的铅，是千把钢刀在剜我的心！”

他力气超人，紧箍着她的胳膊，不让她推开自己。她怒极，喝道：“放开我，否则我会啐你的脸。”

他松开手，说道：“您糟蹋我，打我，对我使坏吧！您爱怎样就怎样！可是，开开恩爱我吧！”于是，她大发脾气，如同孩子一般开始打他。她伸直美丽的双手，用尽力气撕打他的脸，叫道：“滚开。魔鬼！”

“爱我吧！爱我吧！求您发发慈悲！”可怜的神父喊道，滚倒在她身上，任她捶打，他都报之以爱抚。

突然，她感到体力不支。“该了结了！”神父恶狠狠地说。

她被制服了，筋疲力尽，喘得上气不接下气。她被搂在怀里，任他大肆轻薄。她感到他那淫邪的手在她周身乱摸，她奋力作最后的挣扎，高声喊道：“救命啊！救命啊！有吸血鬼！有吸血鬼！”

谁也没有出现，只有加里惊醒，急得咩咩乱叫。

“别喊！”神父气喘吁吁地喝道。

吉卜赛姑娘扭动着在地上乱爬。忽然，手碰着一件东西，冰凉的金属物体。那是卡西莫多的哨子。她满怀希望，抓起哨子放到唇边，用尽剩下的一丁点儿力气吹起来。哨子发出清脆、尖锐而刺耳的呼啸。

“怎么回事！”神父说。

就在这一刹那，他感到自己被一只强壮的手臂举起来。小屋里漆黑一团，他看不清是谁揪住了自己，但他听见那人因为狂怒而将牙齿咬得格格作响。黑暗中透出一丝微光，恰好让他看见头上晃动的一把利刃，宽大的刀口闪闪发亮。

神父好像看见是卡西莫多的身影。他猜想只能是他。他蓦地记起刚才进屋时，被门口横着的东西绊了一下。然而，对方静默着，他就难以断定是不是卡西莫多。他使出全身的劲儿，扑向举刀的那只胳膊，喊道：“卡西莫多！”情急之下，竟忘了卡西莫多什么也听不见。

一眨眼的工夫，神父被扔在地上，感到一只沉重的膝盖压在他的胸口。这膝盖如此棱角不平，让他断定就是卡西莫多。可是，该怎么办才能让卡西莫多认出自己？黑夜把聋子也变成了瞎子。

他快要完了，那姑娘绝不会怜悯他，她就像是一只暴怒的雌虎，根本不会救他。短刀越发逼近他的脑袋。千钧一发之际，突然，对方竟好似犹豫起来，他嘶哑着嗓子：“不能把血溅到她身上。”

果真是卡西莫多的声音。

接着，神父感到一只大手拽住他的脚，拖向室外。得叫他到外边去死，是他的运气，月亮已经出来一阵子了。

他刚被拽出门外，苍白的月光就照在他脸上。卡西莫多定睛细看，惊得浑身哆嗦，赶紧松开他，往后直退。

这时，吉卜赛姑娘也走到门口，惊讶地看到，两人的地位突然颠倒过来，现在是神父在那儿威吓，卡西莫多在那儿哀求。

神父用手势发泄着对聋子的愤恨，怒气冲天，狂暴地挥手让他滚开。

聋子低垂着头，接着，他在吉卜赛姑娘的屋门口双膝跪了下来。他顺从而又庄严地说道：“老爷，您杀死我吧，杀了我您愿意怎样干都行。”

说着，他把刀递给神父。神父恼羞成怒，向刀扑了过去。可是姑娘比他更快，一把从卡西莫多手中夺过了刀，狂笑着对神父叫道：“你过来呀。”

她高高举起刀，神父犹豫不前。她肯定会砍下来。她喊道：“怎么不敢过来了？胆小鬼！”接着，以冷酷无情的声音又说，“哈！我知道，弗比斯没有死。”她心里明白，这句话就像成千根烧红的铁杆，会将神父的心刺出千万个透明的窟窿。

神父一脚踢翻卡西莫多，怒气冲冲地冲进了楼梯的穹隆之下。

他走后，卡西莫多捡起刚才救命的哨子，递还给她：“已经生锈了。”说完就走掉了。

这场激烈的搏斗使吉卜赛姑娘心神俱疲，她精疲力竭地躺倒在床上，痛哭起来。她的一切变得天昏地暗。

神父摸黑回到了自己的小房间。

事情就这样告一段落。堂·克洛德竟真的对卡西莫多嫉妒起来。

他反复地沉思着，又一次重复着那句致命的话：“谁也别想得到她！”

第十卷

一、在倍尔那丹街上甘古妙计不断

皮埃尔·甘古瓦不打算牵连到吉卜赛姑娘的案子中去，因为他看到案情的改变，并且断定等待这出喜剧主角的肯定是绳索绞刑和其他不愉快的结局。对于他混于其中的无赖汉来说就不同了，他们始终关心着吉卜赛姑娘的命运，不管怎样，她仍不失为他们在巴黎最要好的伙伴。他觉得这也没什么可奇怪的，这些家伙的前途无非是迟早去领教沙尔莫吕和刽子手的厉害，就和那姑娘一样，他却不同，他是骑着波戈斯[①]在幻想的王国里驰骋的人。从他们的谈话中，他得知他那摔罐成亲的妻子已经安全地躲藏在圣母院时，便十分坦然了。除了几次想起那只小山羊之外，一点都没有去看望她的打算。更何况，白天他要忙于生计，晚上还要为控告巴黎主教苦苦思索。他一直为那次被主教的水磨溅得满身是水而怀恨在心。同时，他又要给鲁阿雍和杜奈伊的主教波德里·勒呼日的不朽之著《论石雕》[②]作注释，这使他对建筑产生了浓厚的兴趣。这种爱好已经在他心中替代了对炼金术的爱好，况且这不过是炼金术的必然结果，两

① 波戈斯：希腊神话中的双翼神马，缪斯的坐骑，蹄子踏过之处有泉水涌出，诗人可从中获得灵感。

② 原文是拉丁文。

者之间的确存在紧密的联系。甘古瓦从钟情于一种思想转变成钟情于这一思想的形式。

有一天，他正站在圣日尔曼·多克塞尔教堂附近一座名叫主教法庭的府邸拐角处，这座建筑正好与国王法庭相对。在主教法庭内，有一座精致的教堂，是十四世纪的建筑，祭坛部分面临街道。甘古瓦满怀虔诚观看着这座建筑外部的雕刻完全陶醉于一种艺术家所具有的自私的、排他的、至高无上的享受中。在他看来，世上无一不是艺术，只有从艺术中才能看到世界。忽然，他感到有只大手重重地落在他的肩头。他扭头一看，原来是那位老朋友和老师副主教先生。

他一下子愣住了。已经好长时间不见副主教了，堂·克洛德是一位庄重而充满激情的人，任何一位怀疑派哲学家见了他，都很难保持平衡。

甘古瓦趁副主教半天都不开口的机会好好把他打量了一番。他感到克洛德先生变了好多，脸色苍白，犹如冬天的早晨；两眼凹陷，头发几乎全白了。终于，还是神父先开了口，用平静却冷淡的语调问道："皮埃尔先生，近来安好？"

"我的身体！"甘古瓦答道，"哎，哎，马马虎虎吧！总的来说还行，没有什么烦心事。您知道吗，老师？根据希波克拉特的说法，健康的秘诀，在于'适当地节制食物、饮料、睡眠和爱情。'[①]"

"难道您就没有烦恼吗，皮埃尔先生？"副主教牢牢地盯着甘古瓦又问。

"真的没有。"

"这会儿您在干什么？"

"您不是看见了嘛，老师？我在研究这些石块的削切法，以及这个浮雕的刻法。"

神父微微一笑，是那种挂在嘴角的苦笑："您觉得这挺

① 原文是拉丁文。

有趣？”

“当然，犹如天堂一般！”甘古瓦叫道。接着俯身细看雕像，像解释一种生命现象那样，露出赞叹不已的神色：“您不觉得吗？譬如说，这种变形的浮雕不是刻得极有章法，玲珑可爱，精雕细琢么？再看这根小圆柱，您见过哪个柱头周围有雕得如此柔和细腻的叶饰？这儿，您瞧，这是约翰·马那凡刻的三个圆形装饰，它还不是这位伟大天才的最佳作品。即便这样，这些面孔上温文尔雅的纯真表情，人体神态和衣饰流畅的线条，还有这样不可言传的赏心悦目弥补了一切缺点。这一切使得这些人像明快飘逸，甚至生动优美得有些过了头。难道你不觉得这很有意思吗？”

“倒也是。”教士说。

“要是去小教堂里面看看，那更美了！”诗人兴致勃勃地说道，“到处都是雕刻，像卷心菜一样密密层层。圣坛厅更是庄严肃穆，装饰别致，我在别处从来没见过！”

堂·克洛德打断他的话：“那么您挺幸福的喽？”

甘古瓦激动地答道：

“幸福极了！最初我喜欢女人，后来喜欢牲口，现在喜欢石头。石头跟动物、女人一样有意思，而且不会背信弃义。”

神父习惯性地把手举到额前：“一点不假！”

“您瞧，这也很有乐趣。”神父任由他挽起自己的胳膊，把他领到主教法庭的楼梯小塔下。“这是一道楼梯，每次我见到它，都兴奋不已。这楼梯虽质朴，却是巴黎最美的。每一个石级下面都凿成薄片。它的美丽和淳朴在于互相交错，互相衔接，互相镶嵌，彼此吻合得既牢固又优雅。”

“您就没有别的什么欲望吗？”

“没有。”

“您也不为什么惋惜吗？”

“既没有欲望也无惋惜，我的生活都安顿好了。”

克洛德说：“安顿好的事，也会被世事打乱。”

“我是皮浪[①]的信徒，”甘古瓦回答，“凡事我只求保持平衡。”

“那您拿什么维持生计呢？”

“我有时写点史诗和悲剧；但是，挣钱最多的还是您曾见过的那种手艺，也就是用牙齿搭住椅子搭成金字塔。”

“这种行当对于一位哲学家未免太不成体统了吧！”

“这也是一种平衡。”甘古瓦说，“有了一种思想，就会在任何东西里发现这种思想。”

“这我知道。”副主教回答说。

神父沉默了一会儿，又说：“不过，还是很清贫吧？”

“穷是穷了点，但挺快活。”

两人正谈得起劲，传来一阵马蹄声，一队御前侍卫弓手，戈矛高举，由一名军官率领，从街道另一端骑马驰来。骑兵队威风凛凛，石板路上响起一片马蹄声。

“您盯着这位军官干什么？”甘古瓦问副主教。

“我想我认识他。”

“您知道他叫什么名字？”

克洛德说：“我想，他名叫弗比斯·德·沙多倍尔。”

“弗比斯！奇怪的名字！还有一个弗比斯，是法克斯伯爵。我还记得我认识一位姑娘，她只有凭弗比斯的名字才肯发誓。”

“跟我来，”神父说，“我有话想和您谈谈。”

自从这队人马经过之后，副主教冷冷的外表下露出烦躁不安的心情。一向顺从副主教的甘古瓦跟在了他的后面。一旦接触了这个具有慑服力的人，谁都会这样。两人默默地走到了偏僻的倍尔那丹街。堂·克洛德在这里停了下来。

“您要对我说什么，老师？”甘古瓦问道。

“难道你不觉得刚才过去的那队骑兵的服装比我俩都好看吗？”副主教若有所思地答道。

① 皮浪：古希腊哲学家，怀疑论的创造人。

甘古瓦摇摇头。“说实在话，相比之下，我更喜欢这件红黄色的衣裳，而不喜欢铁盔钢甲。他们走路时，发出连铁工场码头都能听见的地震一般的声音，实在是好笑。”

“这么说，甘古瓦，难道您就从没有羡慕过那些披着漂亮战袍的年轻人吗？”

“有什么值得羡慕的，副主教先生？是他们的力气，他们的盔甲，还是他们的纪律？我宁愿作一个哲学家，一个悠游岁月的人，即使衣着褴褛，也胜过他们。我宁愿做苍蝇头，不作狮子尾。”

神父沉思地说：“真奇怪，一身漂亮的军装总归是漂亮的。”

甘古瓦瞧出他在想心事，就撇下他，独个儿去欣赏附近一幢房子的门廊了。他拍着手回来了。

“别再为那些漂亮的军装费神了，副主教先生。我们去看看那座门，我一向说，俄伯里大人的房子有一扇世界上最壮观的大门。”

“皮埃尔·甘古瓦，”副主教说，“您把那位跳舞的姑娘怎么样了？”

“艾丝美拉达吗？您怎么突然改变了话题？”

“她曾经不是您的妻子吗？”

“是的，摔瓦罐缔结的婚约。我们的婚期是四年，那么，”甘古瓦半带嘲讽地说，“您常想着这事儿哪？”

“您呢？您就不想了吗？”

“很少想到，我太忙了！……我的上帝，那只小山羊可真美！”

“这个吉卜赛姑娘不是救过您的命吗？”

“这倒一点不假。”

“那么，现在她怎么样了？您对她怎样了？”

“我没法跟您解释，他们或许已把她绞死了。”

“您真以为是这样？”

“我不敢肯定，在他们要绞死人的时候，我就躲得远远的。”

“您还知道些什么？”

“别急，我还听说她躲进圣母院了。我很高兴，她在里面很安全。但我弄不清那只小山羊是否和她一起逃走了。我就知道这么多。”

“我来告诉您更多的情况。”堂·克洛德原本一直很低、很慢、并且有点嘶哑的声音，突然变得雷鸣一般响亮。他大声说道：“她的确在圣母院避难。但是，三天后，法院会再次将她绳之以法，她将在格雷沃广场被处死。大理寺已经下达命令了。”

“真糟糕。”甘古瓦说。

就在这一瞬间，神父又恢复了平静而冷漠的神情。

诗人接着又说：“是哪个浑蛋无事生非，去请求维持原判的？就不能让大理寺清静一会儿吗？一个可怜的姑娘躲在圣母院屋檐下，和燕子为伴，这有什么关系？”

“世界上总是会有撒旦的。”副主教说。

“真是活见鬼，糟糕透顶。”甘古瓦说。

副主教沉默片刻，又说：“她曾救过您，是吧？”

“当我在那些乞丐朋友中间，差一点儿我就被绞死，真是那样，他们现在想起来会难过的。”

“那么，您愿意为她效些微劳吗？”

“我再愿意不过了，堂·克洛德，可是那样会不会惹麻烦上身？”

“那有什么要紧？”

“什么？没什么要紧？老师？您真是个好人。我刚开始着手写两本巨著呀。”

神父拍了拍额头。在平静的举止下面，随时会有些猛烈的动作，泄露他心头的冲突：“怎样才能救她呢？”

“老师，我来告诉您，il padelt[①]，这是一句土耳其语，意思是：上帝是我们的希望。”

① il padelt：不是土耳其文，而是被讹用的古叙利亚语。

“怎样才能救她呢？”克洛德沉思着，又重复了一次。

“您听我说，老师。我富有想象力，我来给您出个主意。……请求国王陛下特赦如何？”

“请求路易十一特赦？”

“这有什么不行？”

“那还不如与虎谋皮。”

甘古瓦又开始动其他脑筋。

“啊！有啦！您不妨让我请接生婆来看一下，就说姑娘怀孕了。”

神父深陷的眼睛里冒出了怒火。

“怀孕！你这浑蛋，你知道了些什么？”

甘古瓦被他的神色骇住了，连忙回答道：

“啊！不是我！我们的婚事完全属门外婚[①]，我一直是待在门外的。不过为了要求缓刑，我们可以说她怀孕了。”

“胡说八道，无耻的家伙，闭上您的嘴！”

“您冲我发脾气，这毫无道理。”甘古瓦嗫嚅道，“获得缓刑，对谁都有好处，还可以让接生婆挣到四十个巴黎德里埃，她们可都是些穷人。”

神父无动于衷。“无论如何得让她离开那里，”他低声自语，“三天后就要执行，大理寺的判决。何况，没有这个判决，也还有卡西莫多！女人都有堕落的趣味！”接着，他大声说道：“皮埃尔，我仔细考过了，救她的法子只有一个。”

“我可再想不出什么办法了。”

“听我说，皮埃尔，您得用自己的生命去报答她。我可以坦白地告诉您我的意见。教堂有人日夜看守，只允许他们看见进去过的人出来。因此，您可以进去。我会把您领到她身边，您要和她换穿衣服，她穿您的红黄上衣，您穿她的裙子。”

---

① 原文是拉丁文。甘古瓦在流浪乞丐那结婚，而不是在教堂里，因此是“门外婚姻”。

“到目前为止还不错，”哲学家说，“然后呢？”

“然后？她会穿着您的衣裳出来，您就留在教堂里，穿着她的衣服。您也许会被绞死，但她却得救了。”

甘古瓦神色认真，挠了挠耳朵，说：

“嗨，我还真没想到这个主意。”

听到堂·克洛德这个出人意料的建议，诗人开朗平和的脸色阴沉下来，仿佛是讨人嫌的风暴袭击了意大利和美的风景，乌云遮盖了太阳的光芒。

“喂，甘古瓦，这个主意怎么样？”

“我说，老师，他们不是也许将把我绞死，而是毫无疑问地会绞死我。”

“那就不是我们的事了。”

“该死的！”

“她救过您的命，您一定要还这个人情。”

“我有许多债是不打算还的。”

“皮埃尔先生，这笔债一定得还。”副主教斩钉截铁地说。

“听我说，堂·克洛德，”诗人大为吃惊，回答道，“您坚持这个意见，可是您弄错了，我弄不清楚我为何要替人受绞刑？”

“是什么东西使您如此留恋生命？”

“哈，有一千条理由。”

“可以告诉我是哪些吗？”

“哪些？空气、天空、早晨、黄昏和月光，我的乞丐朋友，我们同好脾气的姑娘调情，还要研究巴黎的漂亮建筑，还要写三部巨著，其中一部是针对大主教和他的水磨的……我说不清还有什么理由。安纳克沙戈拉斯曾说，他是为了赞颂太阳而活着。况且，从早到晚，我都有幸和自己这个天才一起生活，这是多么愉快的事。”

“您真是疯了！”副主教咕哝道，“您的生命真的就如您所说的那么可爱？但您要想想，是谁保全了您的生命？您能够呼吸这空气，欣赏这天空，能够胡言乱语，快乐逍遥，来使您那云雀的心灵高兴，这都亏了谁？要是没有她，您现在会在什么地方？正是由于他，您才活了下来，您就愿意她去死？她是如此温柔可爱，没了她，世界就失去了光明，她比上帝还要圣洁。而您这个疯疯癫癫，一无是处，自以为会走路会思想的一株草木，却用从她那窃取的生命苟活于人间，就像晌午点灯白费腊一般毫无用处！行了，行行好吧，甘古瓦，您应该大度一点儿，是她先对您如此慷慨的。”

甘古瓦开始还心不在焉地听着神父的一番慷慨陈词，但越听越是感动，最后，他做了一个悲壮的鬼脸，就像得了肠绞痛的婴儿一般，脸色苍白。

“您真能打动人心。”他抹了把眼泪说，“好吧！让我考虑一下。您想出的这个主意可真怪。……可是，”他沉默片刻，又说，“谁知道呢？他或许不会把我绞死。就好比订了婚不一定得结婚。当他们看见我在那个小屋内，穿着连衣裙，戴着女帽，离奇古怪的样子，也许会哄堂大笑。……好吧！就算他们绞死我，对，绞索！这种死和别的死一样，更确切说，这种死和别的死不一样。这样的死法，是终身犹豫不决的哲人值得一试的，这样的死既不是鱼也不是肉，是一种打上了皮浪的怀疑哲学和犹豫心态烙印的介乎天地之间，悬在空中的死法。这是哲学家的死法，或许是我命中注定的。死也像生时那样，是可歌可泣的。”

神父打断了他的话：“这么说，您同意了？”

“死到底是什么？”甘古瓦依旧兴致勃勃地说下去，“很艰难的一刹那，一道关卡，一段从些许到乌有的过渡。有人曾问过梅加洛波利斯的塞尔西达斯[①]会不会甘心死去，他回答道：‘为什么不乐意？死后我就能看到哲学家中的毕达哥拉斯，历史学家中的埃加德斯[②]，诗人中的荷马，音乐家中的奥兰普[③]，他们都是些伟大的人啊！’”

---

① 塞尔西达斯：公元前三世纪，希腊的犬儒学派哲学家。

② 埃加德斯：公元前六世纪的希腊历史学家和地理学家。

③ 赛兰普：古希腊音乐家。

副主教向他伸过手去："那么说定了？您明天来。"

这个动作使甘古瓦回到了现实中。

"啊！不！"他像是从梦中惊醒似的说道，"给人绞死！太荒唐了要我可不愿意！"

"那么告别了！"副主教咬牙切齿地说，"我还会找您的。"

"我可不愿意这个家伙再来找我。"甘古瓦心里想道，他赶紧追了上去，"等一等，副主教先生，老朋友，千万别生气。您对这个姑娘。对，也就是我老婆很关心，那很好。您想把她安全地救出圣母院，可您的妙计对我甘古瓦也太心狠了。要是我另有良策就好了。哈！告诉您，我突然有了灵感。……真好，要是我能想出一条妙计，不会让任何活结扣住我的脖子，又能把她救出，您以为怎样？对您来说这还不够吗？难道非得把我绞死您才感到满意？"

神父不耐烦地扯着衣服上的纽扣："少废话，你的办法是什么？"

"好吧，"甘古瓦自言自语，一面把食指按着鼻头，似乎在思索，"是这样，流浪乞丐们个个都讲义气。吉卜赛部落都很爱她，一句话就能使他们挺身而出，这再容易不过了。来一个袭击，趁着混乱的当儿，很容易就能把她抢出来。就在明天晚上吧！他们正求之不得呢！"

"什么办法，快说！"神父推搡着他。

甘古瓦一本正经地转过身来，对他说："请放开我！我不是正想着吗？"他又考虑片刻，然后对自己的妙计大为得意，拍手叫道，"妙极了！一定成功！"

"办法！"克洛德神父愤怒地又说。

甘古瓦喜笑颜开，说道：

"您过来，让我悄悄告诉您。这叫将计就计，棒极了，可以使我们统统化险为夷。老天作证，我可不是一个笨蛋。"

他停了一下，又说："啊！那山羊是不是和姑娘在一起？"

"是的。见你的鬼去吧！"

“那么，他们也会把它绞死，是吗？”

“这跟我有什么关系？”

“是啊！他们会绞死它。上个月他们就绞死过一头母猪。这样他们就有肉吃了，他们就喜欢这样。要吊死我漂亮的加里，可怜的羊羔！”

“该死的家伙！”堂·克洛德嚷道，“你才是刽子手！笨蛋，你究竟有什么办法？非要用钳子才能把你的想法钳出来吗？”

“妙极了，老师，我这就说。”

甘古瓦凑近副主教的耳朵，低声说着，一边用不安的目光扫视大街。其实街上连个人影也没有。他讲完后，克洛德冷冷地握着他的手说：“很好，明天见。”

“明天见。”甘古瓦说。副主教朝一边走开，而他向另一边走去，边走边喃喃自语：“这可是值得骄傲的大事，皮埃尔·甘古瓦先生。谁说小人物不能干大事业？比多[①]就曾肩扛大公牛、鹡鸰、黄莺、岩雀飞越海洋。”

二、当你的乞丐爸爸

回到圣母院后院，副主教发现他的弟弟磨坊的约翰站在房门口等他。为了排遣无聊，正用一块木炭将他哥哥的侧面像画在墙上，为了美化它，还加上了一个大鼻子。

堂·克洛德若有所思，几乎没有看弟弟一眼。这小坏蛋那张快乐的脸，曾经多次让神父阴沉的脸开朗起来，可现在却难以驱散这个腐朽发霉、死气沉沉的灵魂上与日俱增的乌云。

“哥哥，”约翰怯生生地叫了一声，“我来看您。”

副主教连眼皮都没有抬一下，说：“还有呢？”

约翰又虚伪地说：“哥哥，您对我这么好，您给我那么多的教

① 比多：按希腊神话，其母西狄帕令比多兄弟俩代替公牛拉车后，比多以此得永生。

诲，我当然要常来看您。”

“再有呢？”

“唉，哥哥，您说的话都是至理名言：约翰啊，约翰！当老师的治学不严，作弟子的纪律松懈。[1]约翰，你可要乖点儿，约翰，你要好好学习。约翰，不要没有正当理由，不经老师许可，就在校外留宿。约翰，不要打皮卡迪人，不要像不识字的笨驴一般傻坐在学校的草料堆上。约翰，要服从老师的责骂。约翰，你每天晚上要去小教堂，唱赞美歌给光荣的圣母玛丽亚听，向她祷告！……唉！这都是您对我的谆谆教诲呀！”

“那又怎么样？”

“哥哥，站在您前面的是一个罪人，一个蠢材，一个坏蛋，一个浪荡子，一个十恶不赦的人！亲爱的哥哥，过去约翰将您的肺腑之言当做干草和鸟粪踩在脚下。仁慈的上帝非常公正，我已得到了应有的惩罚，只要我身上有钱，就胡吃猛喝，花天酒地。啊！从正面看，酒色是多么迷人，但从背后看却令人憎恶！现在我不名一文，我的桌布、衬衫和毛巾都卖掉了。快乐的生活已不复存在。美丽的蜡烛已经熄灭，只剩下肮脏的指捻儿往我的鼻孔里灌烟。姑娘们都笑我，我连买面包的钱都没有，只靠一点凉水度日。但懊悔和债主还是紧追不舍。”

“然后呢？”副主教说。

“唉！我最可亲的哥哥，我非常愿意悔改，重新过上幸福的生活。我无比悔恨，我是一个忏悔者，我来向您忏悔。我狠狠用拳头擂击我的胸膛。您是有道理的，您希望我有朝一日成为学士，成为托尔希学院的训导员。我现在也觉得在这方面自己颇具有天赋。可是，我连墨水也没有了，还得重买；笔也没了，也得重买；纸和书都没了，都得重买。因此，我急需一点儿钱。我来找你，哥哥，我心中满是悔恨。”

“你说完了吗？”

① 原文为拉丁文。

“完了，我要点钱。”学生说。

“我没有钱。”

这时，学生变得严肃而坚决：“那就这样吧。哥哥，我不得不告诉您，有人愿意在别的方面帮助我，向我提出了很好的建议。您不愿给我钱？是吗？那好，我就去当流浪乞丐。”

他吐出这个残酷的词时，脸上装出阿雅克斯[①]等待亚雷轰顶一般的神情。

然而，副主教冷冷地说：“那就当你的乞丐去吧。”

约翰朝他深深鞠了一躬，吹着口哨走下楼去。

当他走到院子里，从他哥哥的窗口经过时，听到窗子开启的声音。他抬头望去，看见副主教从窗口探出严肃的面孔，对他说：“见你的鬼去吧，拿着这钱，下次别指望再有。”

与此同时，神父扔给他一个钱包，学生的前额被砸出了一个大包。

他捡起钱包，又喜又恨，仿佛一只被肉骨头砸中的狗。

三、欢乐万岁

读者或许还记得，圣迹区的一部分是被旧城墙围着的。从那时起，城墙上的许多箭楼就开始倒塌了。其中一处已被乞丐当成寻欢作乐的场所。有个酒店在底层大厅，活动场所在楼上各层。这座箭楼是乞丐们最热闹、最肮脏的聚会之处，就像一个日夜嗡嗡作响的马蜂窝。夜深人静，当乞丐王国的其他人都已沉沉睡去，当广场周围满是污泥的前墙上的窗中灯火都已熄灭，当无数的一窝窝的窃贼、娼妓、偷来的孩子、私生子都已安静下来时，人们从它的喧闹声和猩红的灯光中，就能认出那座快乐的箭楼。从箭楼的气孔、窗户和墙上的裂缝中，猩红色的灯光不断透出来，总之，是从它所有的毛孔往外透。

① 阿雅克斯：希腊神话中的英雄。

地窖就是酒店。下去的时候，要穿过一道矮门，爬一道亚历山大诗句一般陡峭的楼梯。门上当做招牌的画粗陋不堪，上面画着几枚新币和几只宰好的鸡，底下写着谐音双关语："献给为死者敲钟的人。"

一天夜里，巴黎各个钟塔都已敲过宵禁的钟声。此时，如果夜巡队长进入这可怕的圣迹区，他一定会发现，在酒店里，乞丐们的喧闹声更响，喝酒更厉害，叫骂得更起劲。在外面的广场上，人们三五一群，纷纷议论着，似乎有重大的图谋，到处是人，磨着生了锈的钢刀。

然而，乞丐在酒店中大碗喝酒，大肆赌博，仿佛是为了排遣那晚的心事。从他们的言语举止中，猜不出谈论的是啥。但他们比往日更加兴奋，每个人都在两腿间夹着闪闪发光的武器，那是镰刀、斧头、长剑或是旧火铳等东西。

这是个圆形而宽敞的酒店，但桌子紧挨着，酒客混杂，所以里面的一切男人、女人、板凳、酒罐、喝酒的、睡觉的、赌钱的、身强体壮的、残疾的，像一堆堆乱七八糟的牡蛎壳，堆在一起，杂乱不堪。桌子上点着蜡烛。然而，是炉火照亮了整个酒店，仿佛是歌剧院的大吊灯。地窖非常潮湿，壁炉常年燃烧着，连夏天也如此。巨大壁炉的炉台上雕刻着图案，笨重的铁柴架和炊具竖立在炉膛里。木柴和泥炭在炉膛里烧得很旺，在乡村的铁匠铺里就可以看到。夜里，熊熊的火光把街道对面的墙壁映得通红，并向铺子窗户的红色魔影投上去。炉灰里庄严地坐着一只大狗，在炭火前翻动着一把挂满烤肉的铁叉。

尽管屋子里很乱，可是只消看一眼，就能分辨出其中主要的三个团伙，他们各自围在三个首脑身旁。读者早已认识这三个人，其中一个穿着俗气的东方样式的旧衣服，他就是埃及和吉卜赛公爵马蒂亚斯·韩加蒂·斯比加里，这家伙在一张桌子上坐着，跷起二郎腿，举起一根手指头，扯开嗓门，正给别人讲他的黑白魔法，周围的人听得瞠目结舌。

另一群人正站在我们的老伙计、全副武装的土恩王克洛潘·图意弗周围，他正庄严地低声发号施令，监督武器的分发。那只放在面前装满了武器的大桶，已经掀开了盖子，里面倾倒出一大堆斧头、佩剑、火叉、铠甲、短刀、矛头、箭尖、弩弓和箭，就像丰收角里源源流出的苹果和葡萄。人们随意从中挑选武器，有人拿头盔，有人捡长剑，有人抄起十字柄短剑。孩子们也武装起来，甚至连无腿的残废人也披甲戴盔，在酒客们的大腿之间爬来爬去，宛如一只只大甲虫。

最后是第三堆听众，这里人数最多，最热闹，最快活，占满了桌子板凳，中央有一个尖嗓门在高谈阔论，整个人从头盔直至马刺，全身披挂，严严实实，几乎看不见身子，只露出一只通红的厚颜无耻的向上翘的鼻子，一撮金色卷发，一张鲜红的嘴唇和一双天不怕地不怕的眼睛。他的腰带上插满了短剑和匕首，腰侧挂一把长剑，左边是一把生了锈的弓箭，面前放着一个大酒壶，还不算上右边那个衣衫不整的娼妓。他四周的每一张嘴都在笑，在骂，在喝。

除此以外，还有二十来个零散的集团，有捧着酒罐来回忙乎的男女侍者，还有蹲着赌博的人，他们玩弹子，下三子棋，掷骰子，玩小母牛，还有热闹的投圈游戏。还有在角落里吵架的，在那边亲嘴的。把这些加上，大致就是那天晚上酒店里的景象了。壁炉里熊熊燃烧的大火一闪一烁，照亮了整个图景，酒店的墙壁上到处舞蹈着千万个硕大古怪的人影。

还有那声音，恍若置身于一口正在狂敲的大钟里。

一只大煎锅油花四溅，哗哗直响，不停的劈啪声填补着大厅里乱成一团的说话的空隙。

在这片嘈杂喧闹声中，有一位哲学家，在酒店的另一端，壁炉旁边的凳子上沉思，两只脚插在炉灰里，眼睛盯着炉火，冥思苦想。他就是皮埃尔·甘古瓦。

“来呀！快，赶紧武装起来！一个钟头之后出发。”克洛潘·图意弗对他的丐帮兄弟们说。

有个姑娘哼着小曲：

> 爸爸妈妈，晚安，
> 最后走的熄灭灯火。

两个玩牌的吵起嘴来，争得面红耳赤的那位向对方伸出了拳头，喊道："臭家伙，我要在你的脸上打出梅花印子来。你就有资格代替米斯蒂格里[①]参加国王陛下的牌局了。"

"喔唷！这里就跟加育维尔小教堂里的圣像[②]一样拥挤。"一个鼻音很重的诺曼底人吼道。

"孩子们，"埃及公爵用假嗓子对他的听众们说，"法国的女巫师们去参加群魔会，用不着骑扫帚，也不骑牲口，身上也不抹油脂，只消口里念几句咒语。意大利女巫师们的门口总有一只公山羊等着她们。她们非得从烟囱里出去不可。"

那个全身武装的伙计大声嚷叫，声音盖过了所有的喧哗声：

"妙极了！妙极了！今天我第一次武装起来。乞丐！我当上乞丐了！基督的肚子！倒酒给我喝呀！……朋友们，我名叫磨坊的约翰·孚罗洛，我是一名绅士。我认为，如果上帝是警察，他也会当强盗的。弟兄们，我们就要行动了，一次远征。我们都是勇士，去围攻教堂，砸破大门，救出美丽的吉卜赛姑娘，把她从法官的手中、神父的手中救出来，捣毁修道院，把主教烧死在主教府内。所有的一切都在顷刻之间完成，比一个镇长喝一勺汤的时间还快。我们的理由是正当的，我们要抢劫圣母院，一切都会很顺利的。我们还要吊死卡西莫多！小姐们，你们见到过卡西莫多吗？你们见过他气喘吁吁地吊在大钟上，就在圣灵降临周的某个伟大日子里？上帝的角！那才好看呢，简直就像魔鬼骑在兽嘴上。听我说，朋友们，我打心眼里就是一个乞丐，我骨子里就是讲黑话的，生来就是小偷！以前我很有钱，可都被我吃光了。我母亲要我当军官，父亲要

---

① 米斯蒂格里：是扑克梅花的俗称。

② 加育维尔是诺曼底地名，那里的小教堂内存放着四五百个圣像。

我当副助祭，姨妈要我当审讯评议官，奶奶要我当国王枢密官，姑妈要我当短袍司库，我自己却当了流浪乞丐。我告诉了我爸爸这事，他把我臭骂了一顿，告诉我妈妈，这个老太婆痛哭流涕，就跟这根炉架上的这根柴火似的。欢乐万岁！我是一个名副其实的比塞特尔[①]。亲爱的老板娘，再给我来点酒！我还给得起钱。我再也不愿喝这须雷逊酒了，怪呛喉咙的。”

嘈杂的人群发出一阵爆笑。学生们见四周吵得起劲，便大声喊叫起来：“阿！多美的声音！疯狂的民众，民众的疯狂！”[②]于是，他就唱了起来，眼睛沉醉于狂欢的喜悦之中，声调则像神父在做晚祷：

“多美妙的歌声！多美妙的乐器！多动听的歌声！此处乐音不绝，旋律激荡人心！管风琴响着甜蜜的赞歌，这是最优美的天使般的旋律，是赞美曲中最可赞叹的歌曲！”[③]

忽然，他停了下来，大声喊道：“老板娘，给我拿晚饭来。”

有那么一会儿，喧闹声平息了一些。只听见埃及公爵又在用他那尖嗓门教诲他的臣民：“……黄鼠狼名叫安君，狐狸叫蓝脚或林中赛跑者，狼取名灰脚或金脚，熊叫老人或祖父。——戴上地精的帽子，别人就看不见你，你却能看见别人看不见的东西。每只受洗礼的癞蛤蟆应该给它穿上红色或黑色的丝绒衣，脖子、脚上都得挂上铃铛。教父托着脑袋，屁股则让教母托着。只有魔鬼西特亚加沙才能够让姑娘们裸体跳舞。”

“凭弥撒的名义发誓，”约翰插了句，“我宁愿自己就是魔鬼西特亚加沙。”

---

① 比塞特尔：位于巴黎以南的远郊，那里有一座城堡，建于十三世纪末。十五世纪，城堡倒塌，成为鬼怪和强盗出没之地。

② 原文是拉丁文。

③ 原文是拉丁文。

此时，流浪乞丐们在酒店的另一端继续低声策划，选择武器，武装自己。

“艾丝美拉达真可怜！”有一个吉卜赛男人说，“如是我们的姐妹，我们一定得把她救出来。”

“她还在圣母院吗？”一个长着犹太人模样的破产商人问道。

“那当然了。”

“那好！弟兄们，”那个商人喊道，“我们快去圣母院！那里的圣费埃阿尔和圣费于西翁礼拜堂是有两个神像，一个是圣约翰·巴甫第斯特，一个是圣安东尼，那可都是金子做的，一共值十七个金马克和十五个埃斯泰[①]，那镀金的银座重十七马克五盎司。这我很清楚，我是个金银匠。”

这边，有人给约翰送来了晚饭。他往边上一靠，正好躺在身旁那个姑娘的胸脯上，大嚷大叫：

“我以圣·乌特·德·吕格的名义发誓，尽管人们都叫他圣果格吕，我快活极了。前面有个笨蛋，直盯着我看，脸蛋光溜溜得像个大公。左边这个家伙，他的牙齿长得能挡住下巴。此外，我真像那位围攻彭多瓦斯的纪埃元帅[②]一样，右边靠着一个小山丘[③]。——穆罕默德的肚子啊！老兄，你看上去像个网球贩子，竟跟我生到了一块。我是名绅士，是贵族朋友。商人怎能和贵族相容。快给我滚开。——喂！瞧你们这些家伙！别打了！怎么，巴甫第斯特·克罗洛·阿瓦松，你有一个挺好看的鼻子，要是被那蠢货的拳头砸烂了就太可惜了！你这傻瓜蛋，不是人人都有鼻子的[④]。——你真了不起，咬耳朵的雅克林，可惜你没有头发。——喂，我叫约翰·孚罗洛，我有一位当副主教的哥哥，让魔鬼把他抓走吧！我说的全是真

① 埃斯泰、马克为古代金和银的重量单位，一马克等于八盎司。

② 纪埃元帅：是路易十一和查理八世最优秀的将领。

③ 小山丘：这里暗指女人的乳房。

④ 原文均为拉丁文。

话，我做了流浪乞丐，我哥哥答应过将天堂里的那幢房子分一半给我。现在，我心甘情愿地放弃了。天堂一座房子的一半[1]。我引述的可是原文。我在蒂尔夏浦有一块封地，所有的女人都为我着迷，这千真万确，就像圣艾洛阿是个金匠一样，就像巴黎市的五大行业是鞣革工、轻革矾鞣工、皮带工、皮头饰制作工和油鞣工一样，就像圣洛朗是被蛋壳烧死一样。弟兄们，我向你们保证：

如果我撒了谎，
一年内滴酒不沾！

我的美人儿，今晚的月光真美。你从窗孔往外看吧，风正在搓揉着云彩！我也要把你的护胸揉得像云彩一般皱成一团。姑娘们！给孩子们擤把鼻涕，把烛花剪剪。基督和穆罕默德！我吃的是什么啊，朱庇特！嗨，鬼老太婆，你这里的骚娘们头上不长头发，全跑到我的鸡蛋里来了。让魔鬼把你变个塌鼻子。你这酒店别像那陪尔日比特，骚娘儿们全用叉子梳头！”

说完，把盘子使劲往地上一摔，高声唱了起来：

我以上帝的名义发誓，
我既无信仰，也无法律，
既没有炉火，更没有住处，
我不信天主，
也不信国王。

此时克洛潘·图意弗正将武器分发完毕。他来到了双脚搁在炉衬上，正在深思的甘古瓦跟前。“皮埃尔，我的朋友，您在想什么鬼事儿？”土恩王问道。

甘古瓦带着忧郁的眼神微笑地转过身来，对他说：“亲爱的老

① 原文均为拉丁文。

爷，我喜欢火。原因倒不在它能烤暖我们的脚或是煮饭烧汤这些平庸的小事上，而在于它冒出的火星。我时常花上好几个钟头来观察这些火星。黑洞洞的炉膛里闪耀出的火星使我发现了无穷无尽的东西。一颗颗火星便是一个个世界。”

“要是我能明白您的话，就让雷劈了我！”土恩王说道，“您知道现在几点了？”

“不知道。”甘古瓦回答道。

于是，克洛潘向埃及公爵走去。

“马蒂亚斯伙计，”他说，“这个时机不太妙，听说路易十一正在巴黎。”

“那就更有理由把我们的姐妹从他们的魔爪里救出来。”那个老吉卜赛人说。

“这话说得像个男子汉，马蒂亚斯，”乞丐王说，“再说，我们会速战速决的。根本用不着担心教堂里会有什么抵抗。修士们个个胆小如鼠，更何况我们人多势众。等到明天大理寺的那群人来抓她时，准得扑个空。教皇的肚肠！我可不让他们把漂亮的姑娘吊死。”

克洛潘走出了酒店。

这时，约翰又在那里用嘶哑的嗓子嚷道：“我喝呀！我吃呀！我醉了，我是朱庇特！嗨！屠夫皮埃及，你要是还那样盯着我看，我非得用手指头弹你鼻子上的灰不可。”

甘古瓦已经从沉思中醒来，看着四周狂热喧嚣的场面，低声嘀咕着：“酒是使人淫荡的东西，酒醉使人喧嚣。[①]唉！我不喝酒可真是明智之举，圣伯努瓦说得好：‘酒甚至会使哲人背弃学说。’[②]”

这时，克洛潘走了进来，用雷鸣般的声音喊道：“午夜十二点了！”

---

① 原文为拉丁文。

② 原文为拉丁文。

听到这句话，所有的流浪汉，老少男女，就像停止前进的军队听到“上马”的口令一样，成群结队地冲出酒店，响起了一片铠甲和兵器碰击的响声。

月亮已钻进了云层中。

圣迹区里一片漆黑，没有一点光亮。但是，里面还有不少人。一群男女在那里低声交谈。听见那声音嗡嗡作响，看见那各式武器在黑暗中闪闪发亮。克洛潘登上了一块石头，喊道：

“列队，好汉帮！列队，埃及人！列队，加利利帝国的人！”

黑暗中一阵骚动。大队人马似乎已排成纵队。几分钟后，土恩王又用更大的嗓门喊道：“现在，大家安静，准备穿过巴黎！通行口令是：小刀闲游！到达圣母院后才准点火。出发！”

十分钟后，夜巡骑兵们看见一支长长的队伍，黑压压、静悄悄地朝着钱币兑换桥开了过来，见他们穿过菜市场街区一条条弯弯曲曲的小巷，便吓得仓皇逃遁了。

四、好心肠帮倒忙

那天晚上，卡西莫多并没有睡着。他并没有发现副主教从身边经过，就插上了那几道大门。副主教见他将大门紧闭，并且加上了铁门闩，心中非常恼火。比起往常，堂·克洛德似乎更加心事重重。自从那天晚上从艾丝美拉达的小屋中冒险归来，他便时常虐待、威胁卡西莫多，甚至打骂成了家常便饭，但无论如何，都不能动摇忠心耿耿的敲钟人对他的顺从、忍耐和逆来顺受。他苦苦忍着来自副主教的咒骂、威胁和拳打脚踢，最多只是以惴惴不安的眼神看着堂·克洛德有时登上钟塔的梯子。不过，副主教倒是压制住了自己的欲望，没有在吉卜赛姑娘的面前出现过。

这天夜里，卡西莫多去看了一眼那几口被他遗弃的可怜的大钟——雅克琳、玛丽、蒂波，然后就爬到北边那座钟塔的塔顶，把那盏遮得严严实实的隐显灯放在铅皮屋檐上，开始瞭望巴黎的夜色。前面已经说过，夜色很黑。那时候的巴黎还没有路灯，一切看上去都只是杂乱的黑堆，随处为白晃晃的塞纳河河湾所切割。除了远处一个窗口还有灯火，卡西莫多看不见一点亮光。那远处的一点灯火使那座建筑黑乎乎的轮廓显现在圣安东尼门那边的屋顶上，那也有人彻夜不眠。

敲钟人用他的独眼扫视雾色迷蒙的天际，心中感到莫名的焦虑。他已有好几天在这里严阵以待了。他时常看见有些神色凶狠，贼眼溜溜的人在盯着吉卜赛姑娘避难的小屋。他猜想那些人可能正在对避难姑娘策划一场阴谋。他猜想，大家憎恨那个姑娘，正如憎恨他一样，大祸就要临头了。于是他在钟塔上警戒，正如拉伯雷所说，"在梦境中徜徉"。他充满疑虑，谨小慎微，时而关注着小屋，时而窥视着巴黎，仿佛是一条忠实的狗守在那里。

老天爷似是为了补偿他，而使他的独眼具有敏锐的视力来替代卡西莫多缺少的别种器官。当他用那只独眼注视着全城时，突然发现老皮货店码头的形状颇为奇怪，好像有什么东西在移动，泛白的水面上倒映着河边护墙黑色的轮廓，这倒影不像其他河岸一般笔直而平静，看上去像是河水在波动，又像是一支队伍前行时人们晃动的脑袋。

他感到非常奇怪，于是更加小心。那队伍的运动似乎冲着旧城而来，但并不见一星儿火光。队伍在码头上稍稍停留，又逐渐进入城岛，随后便停了下来。这时，河岸又恢复了原先的笔直和平静。

正当卡西莫多打破脑袋也想不明白的时候，那队伍似乎已经移到了前庭街，这是城岛上一条与圣母院垂直的街。夜黑漆漆的，然而，他终于看见已有一队人走上了广场。不一会儿，广场便被挤满了。黑夜里，什么也看不清，只知道那是一群人。

这景象令他感到恐怖，这支神秘的队伍，或许怕被别人知道，躺在暗夜里，尽量不发出一点儿响动，但再小心也会弄出声响，虽然不过是脚步声，不过聋子的耳朵是听不见这些微弱的声音。而对着这咫尺间不断走动的黑压压的一大片，他分不清是什么，也听不到任何声音。他感到那好像是一大堆死鬼，不作声，也摸不着，隐蔽在烟雾中。他好像看见一团人影织成的浓雾在逼近，看见暗夜里的鬼影在移动。

于是，卡西莫多心头涌上阵阵寒意，脑海中再次浮现出有人会谋害吉卜赛姑娘的念头。他隐约觉得，一种严峻的局面正等着他。在这紧急关头，他只好自己思忖着该怎么办。像他这样不健全的头脑，推理如此之敏捷而且正确，几乎是不可想象的。要不要叫醒吉卜赛姑娘？让她逃走？哪里走？街道已被占领，塞纳河封死了教堂的后路，没有船，简直是走投无路！……只有一个法子，那就是拼死守住教堂大门，至少抵抗到救兵赶来，说不定会有救兵，也不必惊醒艾丝美拉达。如果可怜的姑娘注定难逃这一劫，什么时候唤醒都来得及。一旦下了这个决心，他便沉着地开始观察“敌情”。

前庭广场上堆积的人越发多起来，他猜想他们一定尽量不发生任何声响，因为附近街道和广场四周的窗户仍然紧闭不开。忽然，他看见一道亮光，紧跟着又点亮了七八支火把，在人头上晃动，黑暗中摇曳着一簇簇火光。这时，卡西莫多才算瞧仔细了，一群衣着褴褛的男女聚集在广场上，群情激愤，他们举着镰刀、长矛、砍刀和钩镰枪，成千上万把刀剑，闪着凛凛寒光。随处可见黑乎乎的钢叉，仿佛这些可怕的人头上生出的角。他依稀想起了在什么地方见过这些面孔，几个月前，那群人曾称他为丑人王。一个男人，一手举着火把，一手持着一根短木棍，爬上了一个石桩，好像在说什么。就在这时，那支神秘的队伍做了几次调动，似乎在教堂四周布下了阵势。卡西莫多拿起灯盏走到了两座钟塔之间的平面上，这样一来，他能更近地观察情况，考虑抵御的办法。

到达圣母院的克洛潘·图意弗，确实让队伍摆开了战斗的阵势。作为一个谨小慎微的指挥官，尽管他估计不会碰上什么抵抗，但仍然让队伍排成了战斗的队形，以便抵御夜巡队的突然袭击。他把队伍排得非常齐整，由高处和远处望去，简直像埃克罗姆战役的罗马之三角阵，或像亚历山大的猪头阵或是居斯达夫·阿道尔夫著名的楔形阵。那个三角形的底边在广场尽头，把前庭街挡住，一条边对着中心医院，另一条边对着圣比埃尔·俄·倍甫街。克洛潘·图意弗和埃及公爵以及我们的朋友约翰，还有几个勇敢的乞丐，站在了三角形的顶端。

中世纪的城市里，乞丐袭击圣母院的行动极为多见。那时候没有现在所谓的“警察”。在人口众多的城市里，尤其是首都，统一而正规的中央政权是不存在的。封建制度按照奇特的方式建立了由成千个领地聚集而成的大城市。这些领地城市分割成形状不同、大小各异的区域。因此，有成千个相互矛盾的治安形式，也就相当于没有治安。譬如，在巴黎，除了一百四十一个领主声称有权收取年贡，还有二十五个领主要求司法权和领地权。上有拥有一百零五条街的巴黎主教，下有拥有四条街的乡间圣母院院长。这些封建司法者只在名义上承认国王的宗主权，他们各自管理交通，征收赋税，人人各自为政。路易十一，像一个不知疲倦的劳工，广泛开始了拆除封建制那座大厦（黎世留和路易十四为了巩固王室的利益，接着干下去，米波拉[①]为了人民的利益，完成了那项工作）。他曾尽最大努力去捣毁密布巴黎的封建领地网，颁布了几道命令，推行统一治安。具体来说，他于一四六五年规定，居民必须在入夜后在窗口点亮蜡烛并把狗关起来，违者处以绞刑；同年，又命令晚上用铁锁封锁街道，并禁止夜间携带匕首或其他攻击性武器出门。但没过多久，这些与市政立法有关的尝试性禁令都作废了。市民对被夜风吹灭窗口的蜡烛熟视无睹，放任狗满街乱窜；只有在戒严时才把铁索拉起来；而禁止携带武器也没有带来多少变化，只是把割嘴街改成了割喉街，或许这是个明显的进步。古老的封建司法制度毫无变化。领主制度和领地依然庞大，相互束缚、纠缠，彼此重叠交错，压迫着这个城市。夜巡队丝毫不起作用，持刀抢劫和军队骚乱仍旧明目张胆，毫无节制。因此，老百姓在混乱中，在人口稠密的街区，袭击某个宫殿、房邸或是民舍的事层出不穷。只要不在自己头

① 米波拉：法国十八世纪客产阶级立宪派领袖，著名的政治家和演说家。

上动武，邻居一般是漠不关心的。他们紧闭窗户和大门，将枪声阻隔在外面，并不过问搏斗的结局和是否有夜巡队来干预。第二天，巴黎城市人们奔走相告："昨天夜里，艾丁·巴尔倍特家遭抢了"，"克雷蒙元帅遭到了袭击"等等。因此，不仅是卢浮宫、旧王宫、巴士底和杜尔内尔宫，就连领主的府邸如小波旁宫、桑斯府、安古勒姆府邸等，墙头上都有雉堞，大门上也有枪眼。而教堂的神圣足以捍卫自己，但也有几座教堂没有自己的防卫，但圣母院不在其内。圣日尔曼·代·勃雷修道院有男爵城堡一般的雉堞，用来制造大炮的铜比铸钟的铜还要多。一六一〇年还能看到它的炮台，而如今，连修道院本身已快消失了。

还是言归正传，说说圣母院吧。

克洛潘的命令被悄无声息、不折不扣执行后，我们应该赞扬一下乞丐们严格的组织纪律性。最初的安排妥当之后，那位出众的乞丐头儿便爬到巴尔维广场的护栏上，朝圣母院挥舞着火把，用粗劣沙哑的嗓门叫喊着，火光在风中时明时暗，笼罩在自己的烟雾之下，将教堂淡红色的前墙映得忽隐忽显。

"路易·德·皮蒙，巴黎的主教，大理寺的参事，您仔细听着，我，克洛潘·图意弗，——土恩王，大加约斯，好汉帮头人，丑人们的主教要对您说，我们的妹妹被错判了巫术罪而躲在您的教堂里，您应当庇护和解救她。可是，您竟然同意大理寺又去逮捕她，她明天将被绞死在沙滩——倘若没有上帝和我们这帮乞丐。因此，我们要求您把她交出来。大主教，如果您的教堂是神圣不可侵犯的，那我们的妹子也是神圣不可侵犯的。假如我们的妹子不是神圣不可侵犯的，那您的教堂也同样不是神圣不可侵犯的。如果您还想挽救您的教堂，就把姑娘交还给我们，否则，我们将强行带走姑娘，还将抢劫您的教堂，那就更妙了！为此，我们竖起旗帜宣誓。巴黎主教，愿上帝保佑您。"

可惜卡西莫多无法听见这阴沉粗犷的却又十分庄严的演说。一个乞丐将旗帜递给克洛潘，克洛潘将它插在两块石板中间，这是叉着一块带血兽肉的铁叉。

接着土恩王转过身来，扫视他的队伍。那群粗野的人，目光如同手中的矛头一般闪闪发亮。他沉默了片刻，喊道：“冲啊！小子们！干吧，硬汉们。”

三十名虎背熊腰，脸如黑炭的壮汉应声冲出，他们手拿大锤和铁钳，肩扛铁钎，向教堂正门冲去，上了台阶，蹲在尖拱下用锄头和铁钉轰击大门。一帮乞丐跟着过来，或是帮忙，或是看热闹，人群挤满了大门前的十一级台阶。

可是大门非常坚固。“见鬼，它又硬又顽固！”一个乞丐叫道，“它老了，关节也变硬了！”另一个说。克洛潘喊道：“加把劲儿，兄弟们，我敢用我的头去赌一只拖鞋，等到你们救出姑娘，抢空主神坛时，连一个仆役都不会惊醒。加把劲儿，我看，门锁已经松了。”

一个可怕的响声从背后传来，打断了克洛潘的喊声。他转过头。只见凭空掉下了一根横梁，压死了十二个教堂台阶上的乞丐，弹到石板路上还发出炮响般的轰鸣。一路上，又砸伤不少乞丐的腿。他们惊慌失措，如鸟兽散，一转眼，巴尔维广场的人便跑光了。躲在门廊的深处的壮汉也弃门而逃，克洛潘自己也躲到远离教堂的地方。

“我总算躲开了。”约翰嚷道：“牛的脑袋，我感觉到它旋起一阵风！可是屠夫皮埃及给砸死了！”

这根巨梁落下来，砸在盗贼们身上。盗贼们惊慌莫名。他们呆望着天空，像哑了一般。这种恐慌远胜于两万皇家弓手。

埃及公爵自言自语：“撒旦，这里边有妖术。”红发安德里说：“是月亮上掉下的木头在惩罚我们吧。”

“这样的话，”法朗索瓦·尚特普律尼说，“月亮是圣母的朋友了！”

克洛潘喊道：“一千个教皇作证，你们全是些蠢蛋！”虽然他也想不通为啥会落下一根木头来。

然而，教堂正面什么也看不见，火把照不到教堂顶，那根黑沉沉的木头在前庭广场中央横着，那些被木头砸伤或是肚皮被石阶尖角硌破的人，在那里痛苦地哀吟。

一阵手足无措之后，土恩王终于找到了一种可以让人信服的解释："上帝的嘴！难道是神父在抵抗？那好，洗劫他们，洗劫他们。"他的弟兄们听了颇以为然。

"去抢啊！"乞丐们狂吼。弓弩和火枪一齐朝教堂发射。

周围房屋里正在酣睡的居民被枪声惊醒了，好几个窗户打开了。不少戴着睡帽，拿着蜡烛的身影出现在窗口。克洛潘喊道："朝窗口上射击！"随即，窗户纷纷关上了。那些可怜的市民，还来不及看清这一片火光喧嚣的景象，就赶紧回到妻子身旁，吓得浑身直冒冷汗。他们心想，说不准是一群魔鬼在圣母院广场举行聚会，或是像六四年那样，勃艮第人又来袭击。于是，丈夫担心会被抢劫，妻子担心会遭强暴，所有的人都瑟瑟发抖。

"抢啊！"乞丐们叫道，但他们只敢远远望着教堂，看着那根一动不动的木梁。教堂还是那么寂静，连个人影也没有。但总有样东西让乞丐们不寒而栗。

"冲啊！硬汉们！"图意弗喊道，"攻破大门！"

乞丐们一动不动。

"胡须和肚子！"克洛潘说，"可笑男子汉竟连一根椽木也害怕。"

一个年迈的汉子答道：

"头儿，让我们发愁的倒不是那根椽木。而是闩上了好几道铁闩的大门，锄头对它一点儿用也没有。"

"要用什么来撞开门？"克洛潘问道。

"嗯，我们需要攻城用的羊角撞锤。"

土恩王鼓起勇气跑到那根木头跟前，一脚踩在上面。"这就是现成的攻城锤，"他喊道，"是神父送给我们的。"接着，他带有嘲笑意味地向教堂鞠了一躬："谢谢哪，神父们。"

这个勇敢的举动收到了良好的效果。木梁失去了它的魔力，乞丐们重燃信心，像拾起一片羽毛一般，二百来只强壮的臂膀轻松举起了那根笨重的木头，猛烈地撞击着刚才未能动摇的大门。广场被微弱的火光照得影影绰绰，忽明忽暗中，那根大梁柱和抬着它冲向教堂的乞丐们，活像是一头千足怪低头向一个石头巨人猛攻。

半金属的大门被木头撞击发出大鼓一般的轰响，门没有被撞开，但整个教堂在震颤，它的腹腔中发出一阵轰鸣。就在此时，教堂正面高处落下雨点般的石头，砸在进攻者的头上。“见鬼！”约翰叫道，“莫非神塔把它们的栏杆扔到我们头上来了？”但乞丐们气势正盛，土恩王身先士卒。他们都以为是主教在自卫，于是人们冒着被石头砸破脑袋的危险，更加凶猛地轰击大门。

奇怪的是，石头一块接一块密集地落下来，乞丐们有时一下子被两块石头同时砸中，头上和腿上都是伤。很少没有被打中的。死伤狼藉一片。他们流血不止，气息奄奄，还要忍受同伴的践踏。乞丐们更加振作精神，用木头一下一下不停地撞击大门，好像撞钟一般。石如雨下，大门咆哮着。

不用多说，使乞丐们激怒不已的意外抵抗，来自卡西莫多。

只是由于偶然，机缘帮了勇敢的聋子很大一个忙。

当他走到两座钟塔之间的平台上，脑子中一片糊涂。他疯了一般在走廊上跑了一阵，眼见无数的乞丐正要冲进教堂，只好求助魔鬼和上帝救援吉卜赛姑娘。他原本想敲响南面钟塔上的警钟，但又想恐怕还来不及敲响警钟，乞丐们就已攻破大门了。此时，正好撬锁贼带着器械冲了过来，该怎么办?

他蓦地想到泥瓦匠整天在修理南面钟塔的墙壁、屋架和屋顶。他心头一亮，墙是石头的，屋顶是铅皮的，屋架是木头的。那座屋架很大，柱子林立，被称作“森林”。

卡西莫多奔向那座钟塔。果然，里面堆满建筑材料。一堆堆石头，一卷卷铅皮，一捆捆锯好的木头，还有一堆一堆灰渣，活像一个兵工厂。

时间不多了，乞丐们正用锄头和锤子在下面进攻，他使出人在危急关头的巨大力气，扛起一根最大最长的梁柱，从一个窗口抛出去，又从外面抓住它，从平台的栏杆角将它推下去。梁柱从一百六十尺的高处坠下，一路擦破了墙，碰坏了不少雕塑，像风磨的轮子一般在空中翻着筋斗，最后落在地上，引起了一片惊恐的叫声。黑色的木头在石板地上碰来碰去，宛若一条舞动的大蟒。

卡西莫多看到乞丐们被大梁砸得四下飞散，仿佛是被孩子吹散的灰尘一般。当他看到乞丐们惊慌失措，迷信地望着白天而降的大木头，并用乱箭和火枪去摧毁大门上的石雕圣像的时候，他抓住时机，悄悄地把许多瓦砾、石头、小石子乃至泥瓦匠的工具袋统统搬到刚才扔木梁的栏杆角上。

因此，当乞丐们攻打大门时，石块儿暴雨似地砸下来。他们竟以为是教堂坍塌了，砸在他们头上。

只要在那时发现卡西莫多，谁都会吓一跳。除了在栏杆角堆了一堆事物之外，他还堆了一大堆石头在平台上。栏杆角上的用完了，就用平台上的。他的身体不断地蹲下站起，敏捷得让人难以形容。他那侏儒般的大脑袋随时伸出栏杆瞧瞧，跟着便扔下一大块石头，一块接一块。他注意着扔出去的石头，倘若是打中了，他就高兴地哼一声。

然而，乞丐并不灰心丧气。百十号人拼了命似的，抬着橡木槌朝大门进攻。厚实的大门被摇撼二十来次，门板轧轧作响，雕刻四下飞溅，铰链随着撞击在搭扣上不断跳动。门板已被撞裂，铁筋之间的木块被碾成碎粉而脱落。还好，大门上铁料比较多，算是卡西莫多走运。

尽管如此，他已觉得大门摇摇欲坠了。虽然他的耳朵听不见，但每撞一次都会引起教堂内部和他的肺腑的震颤。从高处看，乞丐们正为胜利而得意，朝黑沉沉的教堂挥舞着举起的拳头。他巴不得自己和埃及姑娘就像头顶上盘旋的猫头鹰一样，插翅飞去。

乞丐们丝毫不畏惧冰雹一般的石头，照旧进攻。

正在万分焦急的时候，他发现在他投石砸死乞丐的栏杆下面有两根长长的滴水槽，槽口正好挨着大门。它的内管和平台的石板地连在一块儿。他灵机一动，赶快跑到自己的住处，找来一大捆柴火，放在槽口，并架上许多木条和铜皮，这些都是他尚未动用的弹药。接着，他用马灯将它点着。

因为不再有石头砸下，乞丐也就不再望着空中。强盗们气喘吁吁地，像一群猎犬在围攻野猪窝，在大门前乱成一团。尽管大门被木槌撞变了形，但还是屹立在那里。他们兴奋得直哆嗦，迫切地等待最后一次撞击。当大门被撞开时，谁都争着往前挤，谁都想最先冲进这座堆满财宝的教堂，那是聚积了三个世纪财富的聚宝盆。他们贪婪而高兴地叫嚷着，互相提醒着，里面满是漂亮的银十字架、精美的织锦教袍、镀金的墓碑、唱诗班豪华的装饰。他们回忆着火炮飞舞的圣诞节、阳光明媚的复活节，以及这些节日里，堆积在圣坛上的镶着黄金和钻石的圣骨盒、烛台、圣体盒、圣体柜、圣骨箱等器物。当然，在如此美妙的时刻，强盗和假装残废的人、流氓和无赖更多地想着如何洗劫圣母院而不是营救吉卜赛姑娘。甚至可以这么说，如果抢劫也需要借口的话，那么营救艾丝美拉达不过是强盗所需要的一个借口。

乞丐们聚集在木槌周围，屏住呼吸，憋足了劲，绷紧肌肉，准备作最后关键的一次撞击。突然，一声惨叫传来，这叫声远比木梁砸开脑袋时更为凄厉。没有叫出声的，呆呆地在原地看着。原来是两股溶化的铅水朝人群最密集处迎头浇下。铅水落在人群中，烫出两个冒烟的黑洞，宛如开水淋在雪地上一样。人群大半向后退去。只见快被烫化的人被铅凝住，痛苦挣扎。两股铅水还飞溅着无数可怕的铅雨，像火焰钻子钻入脑袋一般，淋在进攻者头上。可怜的乞丐们被这重逾千钧的火抛出的无数雨滴打得溃不成军。

无论胆大的，胆小的，都被惨叫声骇得肝胆俱裂，全都把木梁扔在尸体上，四下逃避，圣母院广场再次一个人也见不到了。

所有的人都朝教堂高处望去，看见一幅非同寻常的景象。在中央圆格花窗最高层的走廊上，熊熊大火在两座钟塔之间腾起滚滚火星。火苗在时而吹来的风中化作股股浓烟。烈火中，在火花从梅花形空当中喷射的黑乎乎的石栏杆下面，两个像妖怪巨口的滴水槽不断喷出火红的铅雨，两股银色的液流，落向教堂正下方的夜色中。两股铅流越接近地面，便越发向外扩散，仿佛是喷壶的无数洞眼里洒出的水珠一般。火焰将两个巨大钟塔粗犷而清晰的轮廓映得愈发分明：一个黑漆漆一片，另一个火光耀眼，两座钟塔将黑影投向夜空，相互映衬之下，钟塔更显高大巍峨。灯光摇曳之中，钟塔上鬼怪巨龙的雕像，仿佛阴森恐怖地跳动着。那些半狮半鹰怪在狞笑，笕嘴兽仿佛在吠叫，蝉螈似乎在喘息，塔斯拉贡怪兽被烟呛得直打喷嚏。这些被火光和喧哗声惊醒的怪兽，其中有一个在来回走动，他不时在火堆旁晃来晃去，仿佛是烛光前飞来飞去的蝙蝠。

这奇怪的灯塔，大概会引起比塞特山[①]上樵夫的注意。他会心惊肉跳地看着圣母院两座钟塔的巨大黑影在他的灌木丛上晃动。

乞丐们被骇得悄无声息，只听见被封锁在教堂里的教士传来的惊叫声，比失火的马厩里的马匹还要慌乱不堪，还有窗户开口的声音，民宅和市医院骚动的声音，火焰中风声的怒号，垂死者最后的喘息，铅雨溅落在地上的劈啪声，这一切统统交织在一起。

这时，乞丐头头们已经退到贡德洛里耶府邸的门檐下，共同商议对策。埃及公爵坐在一根石桩上，带着迷信的恐惧，抬头望着空中二百尺高处燃烧着的灿烂的柴堆。克洛潘·图意弗怒火直冒，咬着自己的拳头，咬牙切齿地咕哝道："冲不进去！"

"这是座有巫术的教堂。"老乞丐马蒂亚斯·韩加蒂·斯比加里低声吼道。

"凭着教皇的胡须发誓，"一个服过役的头发斑白的家伙说，"教堂水槽里喷射出的铅流比莱克杜尔城墙突堞射出的子弹还凶些。"

"看到了吧，那个在火堆旁晃来晃去的魔鬼。"埃及公爵

① 比塞特山：巴黎以南塞纳河畔的一座山。

喊道。

“老天！”克洛潘叫道，“是天杀的敲钟人卡西莫多。”

埃及公爵摇头道：“我告诉你们，那是河布纳克大侯爵的阴魂，他是掌管城防的魔鬼。他的身子像武装的士兵，脑袋像狮子。他有时骑一匹丑陋不堪的马，能把人变作石头来建造炮台。他统领着五十个军团。就是他，没错，我认得他。他有时穿一件土耳其花纹的漂亮金袍子。”

“信勒维尼·代阿多尔上哪去了？”克洛潘问道。

“死了。”一个乞丐答道。

红发安德里发出愚蠢的笑声：“圣母院让市医院有活干了。”

土恩王急得直跺脚：“这么说来，是攻不破这道门了。”

黑漆漆的正面墙上不停地有两股铅流倾泻下来，宛如两匹闪光的卷纱。埃及公爵焦虑地指着这两股铅流，叹道：

“从前，也有教堂像这样进行防御。四十年前，君士坦丁堡的圣索菲亚教堂就曾连续三次动摇它的圆屋顶，也就是它的圆脑袋，使穆罕默德的新月旗摔在地上。那座教堂是巴黎的居约姆这个巫师建造的。”

克洛潘说：“我们总不成就像大街上的胆小鬼一般落荒而逃吧？把我们的妹子留在里面，让她明天被披着人皮的豺狼绞死！”

“何况还有圣器室的几车金子呢！”一个不知道姓名的乞丐说道。

“凭穆罕默德的胡子作证！”克洛潘嚷道。

“那咱们再试一次。”刚才那个乞丐说。

马蒂亚斯·韩加蒂表示不同意：“我们不攻打大门，而应该去找那老巫婆防御的弱点，比如一个洞穴，一道侧门或一条接缝之类。”

克洛潘说：“那让谁去，还是我再去一趟吧。呃，那个刚才还披着铁甲的小个大学生约翰上哪儿去了？”

“大概已经没命了，再也没听见他笑啦。”有人答道。

“那就算了，不过他在铁甲下面可是有一颗勇敢的心，还有皮埃尔·甘古瓦先生呢？”

“克洛潘首领，”红发安德里答道，“我们刚走到钱币兑换桥，他就没影了。”

“天杀的，”克洛潘顿足道，“是他煽动我们来的，他自己却半道上开了小差。无耻的家伙，胆小鬼，拿拖鞋当头盔的浑蛋！”

红发安德里望向前庭街，突然喊道：“克洛潘首领，那个大学生过来了。”

“普路托[①]开恩，”克洛潘说，“咦，他身后拖了个什么破玩意儿？”

的确是约翰过来了，他披挂着流浪武士的装束，把一架长梯子拖在身后，以最快的速度跑过来，他气喘吁吁，赛得上一只蚂蚁拖着比自己身体长二十倍的草叶。

“胜利万岁！赞美上帝[②]！”大学生喊道，“我拖来了圣郎德里码头的卸货梯。”

克洛潘走到他身边。

“小孩子！上帝的角！你拿这个来干吗？”

约翰喘息着说：“我把它给弄来了。我知道它藏在副长官公署的货仓里。我认识那里的一个姑娘，她说我像丘比特一样英俊。我让她帮我弄梯子，现在弄来了。帕斯克——穆罕默德，她只穿一件衬衣来给我开门。”

“行啦！”克洛潘说，“可是，要这个梯子有什么用？”

约翰用狡黠的无所不能的神气看了他一眼，手指捏得跟响板一样咯咯作响。此刻，他得意洋洋，不可一世。他头戴十五世纪的钢盔，单凭那稀奇古怪的装饰就足以吓跑敌人。头盔上伸出十张铁嘴，使他看起来像荷马笔下的涅斯托尔[③]的战舰要去争夺“十个冲角”[④]的称号似的。

---

① 普路托：冥王。

② 原文为拉丁文。

③ 涅斯托尔：荷马史诗中著名的将领。

④ 原文为希腊文，古代战舯舯首尖利部分。

“您问这能派什么用场？尊敬的土恩王，您难道没看见三座大门上面一排傻子似的石像？”

“看见了又怎样？”

“那是法国列王的走廊。”

“与我有什么相干？”

“您别急，这走廊尽头有一道只上门闩的门，我能用这架梯子爬进教堂。”

“小伙子，让我第一个上。”

“不，伙计，是我弄来的梯子，来吧，您第二个。”

“让信尔日比特掐死你！”脾气暴烈的克洛潘嚷道，“我从不落后于人。”

“那好，克洛潘，自己想法去找个梯子吧！”

约翰拖着梯子跑过广场，边跑边喊：“孩子们，跟我来呀！”

不一会儿，梯子便在一道侧门上方靠着教堂最下边的栏杆架起来了。乞丐们欢欣鼓舞，挤在梯子下面，争先恐后往上爬。但约翰有自己的特权，率先登上了梯子。要爬到顶得费好一阵子功夫。今天，法兰西列王走廊大约有六十尺高，而当时，大门前的十一级台阶增加了走廊的高度。约翰身披的沉重铁甲，限制了他的速度，他一手抓住梯子，一手握着弩弓，慢慢地爬到半中间。他向躺满在台阶上的尸体投去怜悯的一瞥：“哎，尸积如山，就像《伊利亚特》第五章描绘的那样。”随后，他接着向上爬去，身后跟着许多乞丐。梯子的每一级都有一个人。谁看到暗夜里这一行披着铁甲、一起一伏的背影，都会以为是墙壁上攀附的一条有铁鳞的大蛇。约翰就像是蛇的脑袋，他的口哨声更使人以为那是一条长蛇。

大学生终于碰到了走廊的阳台，在全体乞丐的欢呼声中敏捷地跨了进去。他占领了教堂，他刚发出一声欢呼就僵住了。他看见一座国王的雕塑后面，卡西莫多的独眼冒着怒火。

那可怕的驼子不等第二个进攻者踏上走廊，就跳到了梯子跟前。他什么也不说，只用两手抓住梯子两边，用力推出墙外。就在一片惊恐的叫声中，把那从上到下都挤满了乞丐的梯子向广场摔去。这情景连最胆大的人也不能不心惊胆寒：梯子摔到半空，似倒非倒地立了一会儿，接着晃动一下，然后划出一个半径为八十尺的可怕的圆弧，带着满梯的强盗向地面倒下去，比铁链断了的吊桥倒下还要迅速，只听见一阵喧嚣的咒骂声后，顿时沉寂起来。只有几个缺胳膊断腿儿的可怜人从死人堆里爬出来。

围攻者由刚才的胜利的狂喜变成一片痛苦而愤怒的哀嚎。卡西莫多无动于衷，以双肘拄着栏杆，向下观望，仿佛是一个立在窗口，披头散发的老国王在极目远眺。

约翰·孚罗洛处境极为危险，他单独在走廊上面和可怕的敲钟人对峙。一堵高达八十尺的墙壁隔开了他和他的同伴们。在卡西莫多推倒梯子的时候，他已朝暗道跑去。出乎意料，暗道门关着。那是聋子回到走廊上，随手将门关上了。约翰屏住呼吸，躲在一尊石像后面。他惊惶地盯着可怕的驼子，就像一个与动物园看守人的妻子幽会的人，某天爬到了另一个墙头，发现面前正对着一头白熊。

起先那聋子并没有发现约翰，但他终于掉转头，站起身来，他才看见了约翰。

约翰准备挨一猛击，可那聋子却没有动静，只是紧盯着他。

约翰说："嘿，嘿！干吗老用你忧伤的独眼看着我？"

那小伙子一边说，一边狡猾地暗暗准备弩弓。

"卡西莫多，"他高声喊道，"我要你从今后换一个外号，让大家叫你双眼瞎吧！"

一箭射出，箭头呼啸着，射进了敲钟人的右臂。可是，对卡西莫多丝毫没有用，就像法拉蒙王蹭破一点皮而已。他抓住箭柄，拔了出来，若无其事在他粗壮的膝盖上将它折断。他把箭扔在地上，随它们自行往下落。约翰已来不及射出第二箭。卡西莫多喘着粗气，蚱蜢般扑到大学生身上。大学生的铁甲在墙上撞扁了。

于是，人们在忽暗忽亮的火光中，隐隐约约看到了一件可怕的事。

卡西莫多用右臂抓住约翰的两只胳膊，约翰已然绝望，不敢做任何挣扎。接着，那聋子沉默着用右手将他的剑、匕首、头盔、护胸和护臂等武装慢慢解下，一件件扔到脚边，仿佛是猴子在剥胡桃壳。

大学生眼见自己被解除了武装，被扒去了全身披挂，落入到可怕的掌握之下。虽然无可抵挡，但并不求饶，而是放肆地冲着聋子的脸大笑，并且凭着十六岁少年的无忧无虑，唱了一首流行歌谣：

那刚布埃城呀！

穿戴华丽，

马哈番将它洗劫一空……

可他来不及唱完，只见卡西莫多站在走廊的栏杆边，倒提着大学生的两只脚，把他当做投石器在空中旋转。接着，只听见一声响，仿佛骨盒子在墙上炸裂开来，只见一个东西坠落到三分之一的途中然后挂在建筑物的一个尖角上。挂在那里的尸体断成两截，腰肢撞断，脑浆迸裂。

乞丐群中响起一片可怕的喊声。

克洛潘喊道："报仇哇！"众人齐声高呼："抢啊！冲上去！冲上去！"

吼叫声震耳欲聋，里面混杂着各种语言，各种方言，各种口音。大学生的惨死激起了众人的愤怒和狂热。竟然是这么一个驼子把他们阻挡在教堂外面如此之久。他们恼羞成怒，狂怒的人群搬来许多梯子，新添了许多火把。几分钟后，卡西莫多绝望地看见可怕的人群像蚂蚁一般从四面八方涌上来，向圣母院猛攻。没有梯子，就用打结的绳索，没有绳索的，就攀着浮雕的突出部分向上爬，后面的人拽着前面人的衣服。根本无法阻挡那向上涌来的一张张愤怒的脸孔。他们凶恶的脸膛被怒火烧得通红。汗珠顺着泥泞的额头往下流，眼睛里闪着火光。所有奇形怪状的人此刻都向卡西莫多涌来，仿佛另一座教堂派来了妖魔鬼怪和最神奇的雕像来攻打圣母院。圣母院正面墙壁的石头怪兽正被另一层有了生命的怪兽紧紧压住。

此时，广场上的火把比星星还要多。夜幕下的混乱景象终于被照亮了。前庭广场的熊熊火炬，把天空照得一片光亮。平台上依旧燃烧着一堆柴火，使远处都能看见这座光亮的城市。两座钟塔巨大的侧影投射在巴黎屋顶上，成为这一片光亮中的一个硕大阴暗的缺口。喧闹声似乎惊醒了城市，远方的警钟发出阵阵呻吟。乞丐们叫骂着，气喘吁吁地往上涌。卡西莫多面对着这么许多敌人，想不出一个好主意，他为吉卜赛姑娘的安全担忧，怕得浑身直哆嗦。眼前那一张张被激怒的脸离走廊越发逼近，他绝望地扭曲双臂，祈求上天显示奇迹。

五、法王路易十一的祈祷室

读者或许还记得，在卡西莫多发现那群流浪乞丐之前，他从钟塔上眺望巴黎，曾看见一盏灯光在黑暗的城中闪亮。那盏灯在圣安东尼门边一座高大阴暗的建筑物的顶层的一扇玻璃窗内闪烁。那座建筑就是巴士底狱，那颗闪烁的一星光亮，是路易十一的蜡烛。

事实上，国王路易十一来巴黎已有两天了。他已决定三天后动身到他的蒙弟·莱·杜尔城堡。在他心爱的巴黎城，他总是难得露面，而且即便来了，一向只是短期逗留，他总担心周围设置的埋伏和绞刑架不够多，苏格兰近卫弓手也不够。

这一天他在巴士底狱过夜。他不大喜欢卢浮宫里那间五寻[①]方的大寝室，那雕刻着十二头巨兽和十三个伟大预言家的大壁炉，那张十一尺宽、十二尺长的大床。面对这种种宽阔庞大的家伙，他往往会晕头转向，不知所措。相比之下，这位小市民习性的国王更偏爱巴士底狱的小房间和小床。何况，巴士底狱要比卢浮宫更为

① 寻：1寻合1.949米。

坚固。

实际上，国王在这座著名的国家监狱里为自己保留的小房间，还是相当宽敞的，占据了城堡中与主塔相嵌合的一座小塔的顶层。这是一间圆形的房间，四壁悬挂着闪光的麦秸席，天花板的横梁上装饰着镀金锡质百合花，小梁之间的彩绘五颜六色，华丽的护墙板上点缀着白锡玫瑰，并用靛青和纯油漆成了漂亮明快的绿色。

房间里只有一个窗户，是那种尖拱形的上窗，网着铜锌合金网络，外面还有铁栅护着。除此之外，那美丽的玻璃窗上绘制着国王和王后的彩色纹章，因此，更加挡住了光线。每个护窗玻璃值二十二索耳。

房间里也只有一个人口，那是一道相当时髦的低矮的拱形门，门里挂着帷幔，门外是那种爱尔兰式木门道。这是一种精雕细刻的细木结构，一百五十年前可以在许多老式房屋里看见。索瓦尔曾经遗憾地说："虽然它既不美观，又妨碍进出，但我们的老祖宗却不愿意拆毁，仍不顾别人的反对，保留了下来。"

在这个房间里，找不出任何一件普通房间里常见的家具，没有板凳，没有托架，没有软凳，既没有箱子形状的普通矮凳，也没有价值四索耳的一只支柱交叉的漂亮脚凳。只有一张富丽堂皇的安乐椅，漆成红底玫瑰图案，朱红色的羊皮椅座，上面缀着长长的丝绸流苏，还钉了许多金扣。唯一的一张椅子说明，在这间房里只有一个人有权坐着。一张桌子，在椅子的旁边，紧挨着窗户，桌上铺着飞鸟图案的桌布。桌上有个沾满墨迹的墨水瓶，几卷羊皮纸，几支鹅毛笔，还有一只雕刻着花纹的高脚银杯。再过去一点是一个炭盆，还有一只猩红色丝绒的祈祷跪凳，装饰着小金扣。房间的最里面是一张简简单单的床，上铺红黄双色锦缎，既没有金属饰片，也没有金银线镶边，只是很随便地坠了一些流苏。就是在这张著名的床上，路易十一度过了许多不眠之夜。二百年前，我们还可在一名内阁大臣的府邸里观赏到这张赫赫有名的床。那位在《塞琉斯》中以"阿里西第"和"道德的化身"这两个名字著称的老皮鲁夫人就曾在那见过它。

人们所谓的“法王路易的祈祷室”，就是这个样子。

我们把读者带进这间房时，里面正十分阴暗。宵禁的钟声一小时前就敲响了，夜已深，只有一支摇曳着烛影的蜡烛放在桌上，照着房间里分散在几处的五个人。

烛光首先照到的是一位衣着华丽的贵人，下身穿着紧身裤，上身穿银色条纹的猩红半长上衣，外面罩着一件黑花纹的金线呢半截袖外套。在摇曳的烛光下，每一道褶皱似乎都反射着火焰。穿这套衣服的老爷胸襟上绣着一枚色彩鲜艳的纹章：一只黄鹿在一座小山上飞奔；盾牌的右侧有一支橄榄枝，左侧是一只鹿角[①]。他的腰带上挂着一把华丽的短刀，镀金的刀柄刻成了盔尖形，柄端是一顶伯爵冠冕。他一副神志傲慢、趾高气扬的神态，似乎在发着脾气。乍一看，脸上的表情盛气凌人，第二眼望去，便流露出奸诈的神情。

他手中拿着一长卷文书，光着脑袋站在那张扶手椅的后面。椅子上的那个人，衣冠不整，很不雅观地弓着背，跷着二郎腿，胳膊撑在桌子上。读者大可以想象一下：坐在那张华丽的羊皮椅上的人，两只膝盖弯曲着，细瘦的长腿寒酸地套着黑色毛线裤，上身裹着一件丝绒大衣，怪模怪样。那皮领上的毛都快掉完了。最后，他还戴着一顶黑色旧帽，油腻腻的，质地粗劣，帽檐还饰着一串铅铸的肖像，再加上脏兮兮的帽衬儿把头发遮得严严实实，几乎看不见一丝头发。这便是我们从坐着的那人身上看到的一切。他把头埋在胸前，脸部一片阴影，只是正好有一丝光照着他的长鼻子，其他什么也看不见。他的手满是皱纹而消瘦，由此可以猜出他是一个老头。他就是路易十一。

在他们身后不远处，有两个穿着弗朗德勒服装的人在低声交谈。阴影没有完全遮住他们。看过甘古瓦圣迹剧的观众一定不难认出，他们是弗朗德勒使团的两个主要成员，一位是领取刚城市养老

① 这个人的名字叫奥利维埃（Olivier，意为橄榄枝，公鹿），所以他的纹章（盾状）旁有橄榄枝和鹿角。

金的足智多谋的居约姆·韩，另一位是深得民心的袜商雅克·科勃诺尔。大家一定还记得，这两个人参与了路易十一的秘密政治活动。

最后，在房间的另一头，靠近门的地方，在黑暗的最深处站着一个矮胖结实的人，身穿军服和绣有纹章的外套，像石像一般纹丝不动。此人长着一张方脸，两只凸出的大眼睛，咧开一张大嘴，没有额头，平直的头发垂下，把两只耳朵遮住，那模样又像条狗，又像一只虎。

除了国王，其余的人都脱帽而立。

站在国王身后的那位贵人正在给他念一篇长长的账目，陛下似乎专注地听着。那两个弗朗德勒人在窃窃私语。

科勃诺尔嘟囔着："上帝的十字架作证！这难道没有椅子吗？我可站够了。"

韩微微一笑，摇了摇头。

"凭上帝的十字架发誓，"科勃诺尔又说，似乎满腹委屈，"倒不如坐在地上，架着腿，就像在自己的店铺里当老板那样。"

"千万别！雅克老板。"

"哟！居约姆先生，难道这里只能站着？"

"要不就跪着。"居约姆·韩说。

这时，国王说起话来，他俩立刻不做声了。

"这么多！仆役的衣服五十个索耳，教士们的大衣十二索耳！这是把成堆的金子往外倒呀！您疯啦，奥利维埃？"

说着，老头抬起头来，只见他脖子上挂着的圣米歇尔项链的贝壳状金坠子闪闪发光，烛光照亮了他那瘦削阴沉的面容，一把夺过了文书。

"您是要让我们倾家荡产啊！"他用深陷的双眼在那文书上浏览了一下，嚷道："这都是些什么？我们用得着这么奢侈庞大的侍从室吗？两名忏悔师每人每月十利弗！一名小教堂僧侣，一百索耳！一名亲随每年九十利弗！四名主膳师每人每年一百二十利弗！

一名烧烤师，一名汤羹师，一名香肠师，一名大厨师，两名御甲师[①]，两名手下，每人每月十利弗！厨房跑腿的，两名，八利弗！马夫一名和两名助手每月二十四利弗！腿夫一名，糕点师一名，面包师一名，车夫两名，每人每年六十利弗！还有马蹄铁匠一百二十利弗！总账房先生一千二百利弗，房稽核又是五百利弗！——这么多乱七八糟的名目！简直是发疯了！这是在付工资吗？分明是在明目张胆地掠夺法国嘛！卢浮宫的金银财宝再多，也经不起这庞大的开支。长此以往，我们只能变卖餐具了！明年，如果上帝和圣母（说到这里，他举了举帽子）还让我活着，我只好用锡罐子喝汤药了。

说着，他向桌上闪闪发亮的高脚杯望了一眼，咳嗽一声，接着说道：

"奥利维埃老爷，统治大国的君王，同国王和皇帝一样，是不能听任他的侍从室滋生奢侈，因为，它会像火焰一样向外省蔓延。所以，您务必牢记这一点。我们的开支每年都在增加，我不喜欢这样。上帝啊！怎么可能这样！直到七九年，开支从没超过三万六千利弗。八〇年达到了四万三千六百十九利弗，——这些数字我记得一清二楚呢，——八一年是六万六千六百八十利弗；今年呀，我打赌，准得达到八万利弗！乖乖！四年中翻了一番！太可怕啦！"

他歇了口气，继续生气地往下说：

"我周围尽是搜刮我的脂膏养肥自己的人。你们在从我每个毛孔里榨取金钱哪！"

没有谁敢吱声，这样的怒气只有让他发泄出来。他继续说：

"正像法国贵族们在用拉丁文所写的奏折里所说的那样，我们必须重新拟订他们所说的王室的沉重负担！确实是负担！压死人的负担！噢！先生们！你们说我不像个国王，'既无司肉官，又无司酒官'[②]。我要让你们看清楚，帕斯克——上帝，我到底是不是国王。"

① 御甲师：大宴宾客时为武装卸甲的仆役。

② 原文拉丁文。

说到这里，他似乎感觉到了自己的权威，笑了笑，火气稍稍消了一些，便又转向那两个弗朗德勒人说道：

“你看见吗？居约姆伙计，大面包师，大总管，大侍从，大执事，统统不如一个下等仆人。记住我的话，科勃诺尔伙计，他们全是废物，整天围着君王而一无是处，就像围绕着王宫的大时钟钟面的四福音圣徒[①]。这不，刚才还让菲利浦·勃里依去把钟调到九点哩！这四位还镀了金，可根本不能指示时间。”

接着，他思考了一会，晃着那个衰老的脑袋补充道：“唉！唉！圣母啊！我连菲利浦·勃里依都比不上，我不会给我的大臣们镀金的，我同意爱德华的意见——杀死贵族，拯救民众。往下念吧！奥利维埃。”

那个得到指示的人又拿起文书，高声朗读道：

“……给巴黎府总管执印官亚当·德隆镌刻新图章，其旧章已破旧不复能用。十二个巴黎里弗。”

“给居约姆·弗埃尔四个巴黎里弗另四个索耳。奖赏他今年一月、二月、三月间在杜尔内尔宫两座鸽舍内喂养鸽子，并提供鸽食。此外，支付七塞斯捉[②]大麦。”

“付结绳派教士四巴黎索耳，因其为罪犯忏悔。”

国王默默地听着，有时咳嗽一声，把高脚杯举到嘴边，做着鬼脸喝上一口。

“……今年奉司法官之命，在巴黎各大街口吹喇叭，宣读告示，共计五十六次，费用尚待结算。”

“据传，在巴黎及其他地方埋藏财宝，为此寻找发掘花去四十五巴黎索耳，但一无所获。”

“为了一个埋藏的小钱，却花了一个索耳去挖掘！”国王说。

“在杜尔内尔宫放大铁笼的地方安装六块白玻璃，付十三索

① 四福音圣徒：即圣为约翰、圣马太、圣马可，圣路加。装饰钟面，无实际用处。

② 塞斯捉：谷物计量单位，约为六十公斤。

耳。奉旨为陛下制作四枚王徽，四周缀饰玫瑰花冠，鬼怪日呈交，花去六里弗。为陛下的旧上衣换两只新袖子，付二十索耳。给国王的皮鞋上油，购鞋油一盒，十五德尼埃。为国王的黑猪新建猪舍一座，三十巴黎里弗。在圣保尔府附近畜养狮子，建造若干隔间，安装地板和盖板，二十里弗。"

"这些动物可真费钱，"路易十一说，"不过，没关系！这是国王应有的豪华气派。有一头红褐色的大狮子，温文尔雅，我就喜欢它那样儿。您见过吗？居约姆先生？君王们应该有些珍奇的动物。像我们这样的君王，就应该以狮为狗，以虎为猫。帝王就该威严。在信奉朱庇特的时代[1]，老百姓献给教堂一百头牛和一百只羊，皇帝就赏给教堂一百头狮子和一百只鹰。这当然很野蛮，但非常气派。法兰西历代君王的宝座左右都有动物的吼叫声。不过，我在这方面花的钱比他们少多了，用于狮、熊、象、豹的费用也很节省，后世自会公正地评说。继续往下念，奥利维埃先生，这不过是说给我的弗朗德勒朋友听听的。"

居约姆·韩深鞠一躬，而科勃诺尔却一副不高兴的样子，俨然国王刚才提到的熊。不过，国王倒没注意。他用嘴唇在杯子上抿了一口，随即又吐了出来，说："呸！这药水真难喝！"念文书的人继续往下念：

"付给一个拦路抢劫的贱民饮食费用六里弗另四索耳，其在屠宰房监狱关押已逾六个月，听候发落。"

"怎么回事？"国王打断他的话，"还给该绞死的人供饭！上帝！这样的钱，今后一概不给。奥利维埃，您和代斯杜特维尔商量一下，今晚就让那个该死的家伙去同绞刑架结婚！继续！"

奥利维埃用大拇指在"拦路抢劫犯"那笔账目上做了个记号，又继续念道：

"付给巴黎司法刽子手头目昂里耶·库赞六巴黎索耳。该刽子手奉巴黎总管大人之命，购置一把阔叶大刀。如有判处死刑者，

① 朱庇特的时代：指古罗马时代。

一律用这把刀斩首，该刀还配有刀鞘及其附件；同时，还把处斩路易·德·卢森堡[1]时磨损的旧刀磨利并修复，今后可能是充分表明……”

国王再次打断他的话，“行了，我乐意批准这笔费用。这样的开支我从不计较，花了这种钱我也从不心痛。继续念吧！”

“为制作一个大笼子……”

“啊！”国王双手抓着安乐椅的扶手说，“我就知道到巴士底狱从来就是不虚此行。等一等，奥利维埃先生，我要亲自看一下这笼子。我一边看，您一边给我念好了。弗朗德勒先生，你们也一起来看看，很有意思的。”

于是，他站起身来，扶着奥利维埃的肩头，朝站在门边哑巴似的那个人挥挥手，示意他先行带路，让两位弗朗德勒人跟在后面，一起走出了房间。

在小屋的门口，随行的人员中又增添了几位重负铠甲的侍卫和举着火把的瘦小童仆。他们在厚墙内开凿出楼梯和过道的昏暗的城堡内缓缓而行。巴士底狱典狱长走在最前头，给国王打开了一个个小洞门。年迈多病的国王弓着腰，一边走一边咳嗽。

每过一个洞门，所有的人都不得不弯腰低头，除了那老头儿。因为已经上了年纪，腰本来就已经变成两截。他已经没有牙齿，透过牙龈，瘪着嘴说：“我们快要进坟墓的门了，过矮门，就得弯下腰。”

最后一道门上锁了好几把锁，用了一刻钟才把它打开。进了门，他们来到了一间高大而宽敞的拱形大厅。在火把的照耀下，可以看见在大厅的中央，放着一个巨大笨重的箱子，是水泥铁木结构。箱子的里面是空的。这就是专门用来关押要犯的臭名远扬的笼子之一，人称“国王的小姑娘”。笼子的侧壁上开了两三个小窗，装着粗铁条，厚厚的，连玻璃都给遮住了。门像墓门一样，是一块

① 路易·卢森堡：法兰西提督，因勾结勃艮第和英国人谋反，被路易十一斩首。

大石块。这种门向来只进不出。只是这里的死者还是个活人。

国王缓缓地绕着这个小建筑，仔细地观察起来，而奥利维埃先生仍一直跟着，开始高声朗读那份报告：

“为制作一个大笼子，木料选用小梁、肋材、桁木，大小为长九尺，宽八尺，从顶到底高七尺，用榫头连接，并以大铁螺栓嵌合。该笼置于圣安东尼门的巴十底狱的牢房内，奉陛下旨意，囚禁原居于破旧损坏的老笼中犯人一名。该新制笼子共用去九十六根横梁，五十二根柱子，十根桁木，每根长六米；十九名木工在巴士底狱内砍削、制作，并安装上述木料，总共干了二十天。”

“相当不错的橡木心。”国王用拳头敲了敲木架说。

“……这个笼子，”另一个声音继续道，“还用了二百二十根九尺和八尺长的粗铁条，余下的为中等长度。还有用来固定的各种板条、螺帽、铁板等，这些铁制品总重为三千七百三十五斤；外加八千用来系木笼的大铁环，以及铁钩和铁钉，这里又有二百一十八斤铁，不包括放置在窗上的铁条和门上的铁条等其他东西……”

“这么多铁，”国王说，“足以压住轻举妄动的念头了！”

“……合计三百一十七里弗五索耳七德尼埃。”

“上帝！”国王叫了起来。

笼子里似乎有人被路易十一的这个骂人的口头禅惊醒了，只听见铁链拖着地板咣当做响。接着，一个微弱的声音仿佛从坟墓中传出：“陛下！陛下！开开恩吧！”

“三百一十七里弗五索耳七德尼埃！”路易十一重复道。

笼子里传出的声音使包括奥利维埃在内所有的人都毛骨悚然，似乎只有国王一人无动于衷。奥利维埃老爷在陛下的命令下接着往下念，国王则继续冷漠地观察这个笼子。

“……此外，一个泥瓦匠打洞以安插窗栅，并加固笼子所放房间的地板，原有的地板承受不住笼子的重量，支付其工钱二十七个巴黎里弗十四索耳。”

那声音又呻吟起来：

“开开恩吧！陛下！我向您发誓，谋反的是安吉尔的红衣主教，不是我呀！”

“那个泥瓦匠可真够狠的！”国王说，“接着念，奥利维埃。”

奥利维埃继续念道：

“木工安装窗户、床、便桶椅，二十巴黎里弗四索耳……”

那个声音也继续呻吟：

“唉！陛下，您听我说，我向您保证，写那篇东西给居耶恩大人的并不是我，那是红衣主教巴吕！”

“木匠太贵了，”国王说，“完了？”

“没有，陛下！玻璃工给小屋安装玻璃，花了四十六巴黎索耳八德尼埃。”

“开恩吧，陛下！我的财产全给了审判法官，餐具给了杜尔奇先生，藏书给了皮埃尔·杜西阿尔先生，壁毯给了茹两雍的长官，这还不够么？我是冤枉的呀！我在铁笼里已被关了十四年哪！饶了我吧，陛下！在天堂您会得到报答的。”

国王说：“奥利维埃先生，一共是多少？”

“三百六十七里弗八索耳三德尼埃。”

“圣母啊！”国王叫道，“这笼子贵得吓人！”

他一把从奥利维埃手中夺过账本，扳着指头计算起来，一边看账本，一边看笼子。那囚犯仍在呜咽，那声音在黑暗中非常凄惨，众人面面相觑，脸色发白。

“十四年啊！陛下！一转眼十四年了！自一四六九年四月直到现在。看在圣母的份上，陛下，请听我说吧。这十四年来，您享受着阳光的温暖，可我，就无重见天日的机会吗？开恩吧！陛下！发发慈悲吧！宽仁是君王的美德；它能够平息怒火。陛下难道认为必须严惩一切罪犯这样在升天时才感到极大满足吗？再说，陛下，我并没有背叛您啊！那都是安吉尔的主教干的。我脚上锁着一条沉重的大铁链，铁链上还拖着一个大铁球，重得不近情理。唉！陛下！

可怜可怜我吧！”

“奥利维埃，”国王摇了摇头说，“我查出上面的石灰二十索耳一桶，实际上只有十二索耳。你得把这笔账重算一遍。”

他转过身，开始朝大厅外走去。可怜的犯人看见烛光远了，声音静了，知道国王就要离去了。“陛下！陛下！”他绝望地喊道。大门重新关上了。他再也看不见什么，只听到狱卒沙哑的声音唱着歌，传到他的耳边：

约翰·巴吕先生，
他的主教职位
已经没了。
凡尔登先生。
一块领地也不剩。
两个全完蛋。

国王平静地爬上楼梯，同到祈祷室。侍卫们跟在身后，听到了那个囚犯最后的哀诉，个个心惊肉跳。国王陛下转身向巴士底狱的典狱长：“对了，刚才囚笼里有个人吗？”

“当然，陛下。”典狱长愕然答道。

“那么是谁呢？”

“是凡尔登的主教先生。”

其实国王再清楚不过了，只是他有这种怪癖罢了。

“啊！”他装出第一次想起这件事的样子，说：“原来是居约姆·德·阿韩古尔，巴吕红衣主教的好友，一个挺不错的主教哩。”

没过多久，祈祷室的门开了，等到本章开头的给读者介绍过的五个人进去之后，门又关上了。他们回到各自的位置，恢复先前的姿态并低声交谈起来。

国王不在祈祷室的时候，有人在他的案头放了几份紧急公文，国王启开封口，一一过目。他做了一个手势，让那个充当内阁大臣侍立在身边的奥利维埃拿起笔，并不告诉他公文的内容，只低声让他复文。奥利维埃不舒服地跪在桌前写了起来。

居约姆·韩仔细看着。

国王说话声极低，两个弗朗德勒人也听不清口授的内容，只偶尔听到下面几句："……用商业扶持富庶的地区，用手工业扶持贫困地区，……让英国老爷们看着我们的四尊大炮：隆特尔、布拉邦、布尔·昂·伯雷斯、圣阿梅……因为有了炮兵部队，而如今的战争更为合理……致我们的朋友德·倍雷须尔先生……倘若没有粮饷，军队就无法维持……"

有一次，他提高嗓门："天哪！西西里国王竟敢用黄蜡封他的信件，就跟法兰西国王一样，我们不应该允许他们这样做。我的表兄德·勃艮第都不敢用红底的纹章。皇家的尊严要靠维护完整的特权来保证。记下这个，奥利维埃伙计。"

还有一次，他说："啊！啊！这可是主要的消息！我的皇兄又在向我们要求什么？"他一面浏览公文，一面叹道，"当然，尽管德国强大得让人不敢相信，但我们不应该忘记，最美丽的伯爵领地是弗朗德勒，最美丽的公国是米兰，最美丽的王国是法兰西。对吧，弗朗德勒先生们？"

因为国王的话触动了袜店老板的爱国心，这一回科勃诺尔和居约姆·韩一齐鞠躬了。

当看到最后一件公文时，路易十一皱紧了眉头。"这是什么？"他喊道，"控告我们庇卡底的驻军！奥利维埃，快写封信给卢奥元帅先生，就说军纪松弛，王室宪兵、封地贵族、自由弓手，御前卫士对百姓作恶多端。当兵的到农民家里抢劫财货还嫌不够，还要用大棍将他们赶到城里乞讨酒、鱼、香料和其他奢侈的东西。就说国王对这一切了如指掌，他要保护百姓们，不让他们遭受困苦、抢劫和伤害。说圣母在上，这是国王的意志。此外，再写上，国王不同意，乐师、剃头匠和士兵仆从像王子一样穿着天鹅绒或绫罗绸缎，戴金指环，说上帝厌弃这种虚荣。像国王这样的上等人，用十六索耳一尺[①]的衣料做上衣就满足了，士兵仆从也完全能降到这个水平。就按我的吩咐办。致我的朋友德·卢奥先生。”

他用抑扬顿挫的声音高声口授这封信，边念边停。他刚念完，就有人推门而入，慌慌张张地边跑边喊：“陛下！陛下！巴黎发生暴乱了！”

路易十一面色稍变，但一闪即逝。他强抑怒气，平静而严肃地说道：“您不该这样冒昧闯入，雅克伙计。”

“陛下！陛下！是暴乱啊！”气喘不休的雅克说道。

国王站起身来，紧抓住他的胳膊，斜望着弗朗德勒人，低声说道：“别说了，要说，就轻点儿声。”

来人恍然大悟，低声向他报告发生的情况，神色紧张。国王平静地听着。居约姆·韩让科勃诺尔细看来人的神色和衣着，他头戴皮帽，身着短披风和黑天鹅绒袍，一看便知是审计院院长。

这人刚解释了两句，路易十一便大笑起来：“真的！放大声点儿，夸克纪埃伙计，干吗这么小声？圣母知道，当着弗朗德勒的好朋友，有什么需要隐瞒的呢？”

“可是，陛下……”

“尽管大声说。”

夸克纪埃伙计诧异得一个字也说不出。

“喂，”国王又说，“讲吧，先生，有些平民在我们巴黎城里骚乱，是吧？”

“是的，陛下。”

“照您的说法，他们是针对司法宫大法官的？”

“好像是的。”那位伙计丈二金刚，摸不着头脑，他结结巴巴地答道，并不明白国王为何突然莫名其妙地改变了想法。

路易十一又问：“夜巡队是在什么地方遇到那群贱民的？”

“是在从乞丐大本营到钱币兑换桥的途中，我本人也在领旨的

① 尺：古代法国1尺合1.188米。

路上碰见了。他们中间有人喊‘打倒司法宫大法官！’”

“他们为什么对大法官不满？”

“啊！”雅克伙计答道，“大法官是他们的领主老爷呀。”

“真的吗？”

“当然，陛下。他们是圣迹区的贱民，受大法官管辖，早就有所不满。他们从不服从他的审判权和道路管理权。”

“是这样。”国王十分满意，忍不住露出了微笑。

雅克伙计说：“在他们写给大理寺的诉状中，只承认您和上帝是他们的主人。我想他们的上帝多半是魔鬼。”

“嘿！嘿！”国王说。

他搓着手，脸上溢出由衷的笑意，满脸发光。他尽量保持平静，但无法掩饰心底的高兴。谁也弄不明白是怎么回事，连“奥利维埃”也搞不清楚。国王沉默半晌，若有所思，但看上去挺兴奋。

“他们力量强大吗？”国王突然问道。

“是的，很强。”雅克伙计答道。

“有多少人？”

“至少六千人。”

国王忍不住叫了一声“好！”又问，“他们有武器吗？”

“他们有好多可怕的武器，诸如镰刀、长矛、火枪、十字镐之类。”

国王对这种夸张的说法并不担忧。雅克伙计觉得应该做点儿补充：“如果陛下不派兵赴援，那么司法宫大法官就完蛋了。”

国王故作严肃地说：“会派的。这很好，我们一定派救兵去。大法官先生是我们的朋友。六千亡命之徒啊，他们真是胆大包天。我很生气，但今天夜里我身边人手不够。得到明天再说。”

雅克伙计又叫道：“得马上派，等到明天，大法官的府邸将被劫掠二十次，领土早就遭到践踏，他本人也早给绞死了。看在上帝分上，陛下，清晨前发兵吧。”

国王直瞪着他说：“我已经说过了，得等到明天早晨。”

这是一种不容置疑的眼光。

路易十一沉默了一会儿，又提高嗓门说："雅克伙计，您知不知道以往，唔……"他改口道，"现在司法宫大法官管辖着多大的范围？"

"陛下，压布厂街、菜市街、圣米歇尔广场和郊区圣母院（听到这里，国王举了举帽子），附近俗称垣墙的地带，那有十三幢高楼，加上圣迹区和称作郊区的麻风病院，还有麻风病院到圣雅克门的整条街，都是司法宫大法官管辖的区域。在这些地方，他都是路政官，高级、中级和低级审判官，享受充分的领主权力。"

"啊！"国王用右手搔着左耳道："我的城市被占去了好大一片啊！原来，大法官曾是这样多地方的土皇帝啊！"

这次，他不再改口，若有所思地继续说道，"好啊，大法官先生，从前巴黎的好大一块是被您咬在嘴里。"——仿佛在自言自语。

突然，他发作起来。"帕斯克——上帝！都是些什么东西，敢在我家里自称路政官、司法官、领主和老爷。他们到处向我的子民征收路税，随着行使司法权。每个街口都是他们的绞刑架和刽子手。法国人，看到多少绞刑架就以为有多少个国王，正如希腊人看到多少泉眼，波斯人看到多少颗星星，就以为有多少那样。上帝，这太可恶了，我讨厌这样。在巴黎除了国王还有什么路政官，除了大理寺还有别的司法机关，除了我之外，这个帝国还有另一个国王。我想知道，这是不是上帝的恩赐。我凭我的灵魂保证，总有一天，法兰西只有一个国王，一个领主，一个法官，一个法场，就像天堂就存在一个上帝一样！"

国王又举起帽子，仍然像梦呓一般，用猎人挑逗猎犬般的神情说道："好！我的子民们！好样的！打倒这些假领主！好好干！上！上！把他们抢光！把他们绞死！啊！想当国王是吗？老爷们？干吧！我的子民们，干吧！"

说到这儿，他猛地打住，咬咬嘴唇，仿佛要将逃遁的思想捕捉回来。他目光锐利地扫视着身边的五个人，忽然两手抓下帽子，瞪着它，说："我会把你烧掉，如果你知道我在想什么。"

随后，他四处观察，目光机警而不安，仿佛是偷偷回窝的狐狸一般。

"先不管这些，我们还是会去救援大法官先生。可惜现在人手不够，对付不了那许多贱民，得等到明天。那时要在城内恢复秩序，把捕获的人统统绞死。"

"对了，陛下！"夸克纪埃伙计说，"慌忙中，我忘了件事，那伙人中有两个掉队的被夜巡队抓住了，他们就在这里，陛下想见见吗？"

"还问我想不想见见他们？"国王喊道，"怎么！帕斯克—上帝！你怎么会连这件事也忘掉！奥利维埃，你快去，快把他们带来。"

奥利维埃出去不多久便把两个俘虏带上来了，近卫弓手押解着他们。前一个有着一张蠢笨的、醉醺醺的，吓昏了的大脸，穿着破衣烂衫，拖着步子走过来。后面一个面色苍白，脸带微笑，是读者早已熟悉的。

国王默默地打量他们，半晌，突然问前一个：

"你叫什么名字？"

"吉佛华·潘斯布德。"

"干什么的？"

"乞丐。"

"你参加这该死的暴乱想干什么？"

乞丐一面望着国王，一面傻乎乎地晃着胳膊，他的大脑低劣而不健全，智力就像熄烛罩下面将熄的烛光一样。

他说："我不清楚，别人去，我也跟着去。"

"你们不是要去攻打和抢劫你们的领主——司法宫大法官吗？"

"我只知道他们要去某人家拿什么东西，就这么多。"

一名士兵呈给国王一把从乞丐身上收到的砍刀。

“你认识这把兵器吗？”国王问。

“认识，是我种葡萄用的砍刀。”

“你承认他是你的同伙吗？”路易十一指着另一个俘虏问。

“不，我不认得他。”

“行了。”国王说。用手指向那个已经给读者介绍过的一声不吭，一动不动的角色示意，又说：

“特里斯丹伙计，这个人你来发落。”

特里斯丹·莱尔米特躬身行礼，低声命令两名弓箭手把那可怜的人带下去。

这时，国王走到第二个俘虏身边，那俘虏冷汗直流。

“你叫什么？”

“陛下，我叫皮埃尔·甘古瓦。”

“职业？”

“哲学家，陛下。”

“坏蛋，你胆子不小，竟然敢围攻我们的朋友司法宫大法官先生！对这次暴乱，你有何话说？”

“我没去，陛下。”

“什么！下流的家伙！你不是夜巡队从那伙坏蛋里抓来的吗？”

“不，陛下，这是一场误会，也是命中注定。我是写悲剧的。陛下，求您听我说。我是诗人，干我这行的人喜欢晚上没事闲溜达。这真是巧合，今晚我恰好也在街上。是把我错抓了。暴乱跟我毫无瓜葛。陛下，您也知道，那乞丐不认识我。我乞求陛下……”

“住口！”国王喝了一口药汁说：“你吵得我头都快裂了。”特里斯丹·莱尔米特指着甘古瓦说：“陛下，把他也绞死吗？”

这是他第一次说话。

“嗯！”国王随口说道，“我看没什么不行。”

“可我看不好。”甘古瓦说。

此刻，我们的哲学家的脸色青过橄榄。他一看国王的脸色就知道毫无希望。只好指望哀婉动人的言词能感动他。于是他扑倒在路易十一脚下，绝望地挣扎，指手画脚地喊道：

“陛下，求您听我禀告！陛下，不要为我这样的虫蚁天威震怒。上帝的霹雳从不打一颗莴苣。陛下，你是无比强大可畏可敬的君王。求您可怜可怜我这个老实的善良的小民。正如冰块不会迸出火星，我绝不会煽动暴乱。仁慈的陛下，宽容是狮子同君王的美德。严厉只能吓倒人，怒号的北风不能让行人脱下外衣，太阳的光芒使人渐渐热起来，自己把外衣脱掉。陛下，您就是太阳！我的君主，我向您发誓，我不会和乞丐、强盗和无赖混在一起。阿波罗的随从绝不会做暴乱和劫掠的事情，我明知这场乌云会引起暴乱，又怎会卷进去。我是陛下您忠实的臣民。只有具备丈夫为维护妻子的贞节而起的嫉妒心和儿子对父母的孝心，驯良的臣民才能维护君主的荣誉。他必须忠于王室，为君主鞠躬尽瘁。如果有其他任何感情支配他，那就是发疯。陛下，这就是我尽忠国家的座右铭。我的衣袖磨破了，但我并不是强盗和暴乱分子。如果您宽恕我，我将昼夜为陛下祈祷，直到磨破我的双膝。唉！可怜我没有什么钱财，甚至相当困窘，但穷不是我的错，我并不因为贫苦而堕落。谁都知道，写诗并不能致富，饱读诗书的人冬天还不一定能生起炉火。单凭巧舌的律师就能拿走全部谷物，只给其他科学职业的人留下干草。是有四十条绝妙的谚语形容过哲学家的破外套。啊！陛下，只有仁慈才能光照伟大的灵魂。仁慈是引导一切美德的火把。要是没有它，我们只是摸黑寻找上帝的瞎子。宽大也同仁慈一样，它使君王赢得臣民的爱戴，这种爱戴是君王最好的护卫。陛下，您的光辉使万民不敢仰视，世界多一个可怜人，多一个一贫如洗、空着肚子、在悲苦的黑暗中摸索着前行的悲惨而无辜的哲学家，又会妨碍您什么呢？况且，陛下，我是一个文人。伟大君王的王冠上总有一颗保护文化的珍珠。赫拉克勒斯甘愿为诗神拉车，马蒂亚斯·果尔凡恩宠伟大的数学家约翰·德·蒙华亚尔。保护文化最恶劣的行径就是绞死文人。倘若亚历山大把亚里士多德绞杀，那将是败坏他声誉的烂疮。陛下！我曾写贺婚诗献给弗朗德勒公主和尊敬的太子殿下，这并不是煽动暴乱啊！陛下，您知道我并非一个拙劣的诗人，我博览群书，天生善于辩论。求陛下开恩，这么做也是为圣母积一件功德。我向您发誓，一提到被绞死，我就心惊肉跳。”

痛苦万分的甘古瓦一面说，一面吻着国王的拖鞋。这时居约姆·韩低声向科勃诺尔说：“他跪在地上这一招真绝，国王就和克里特岛上的朱庇特一样，耳朵长在脚上。”可是，那袜商对克里特岛的朱庇特一点兴趣也没有，只是一个劲地傻笑，两眼盯着甘古瓦：“哦！确实如此！我像是听见大臣雨果奈在求我开恩呢！”

甘古瓦说得上气不接下气，终于停了下来，他战栗着抬起头望着国王，国王这时正在用指甲刮着短裤膝头上的一个污点。接着，国王开始喝那高脚杯里的药水。他一言不发，这种沉默折磨着甘古瓦。终于，国王看了他一眼。“这家伙可真够啰唆的！”他说。然后转身吩咐特里斯丹·莱尔米特道：“嗨！放了他吧！”

甘古瓦又惊又喜，一屁股坐在了地上。

特里斯丹不高兴地嘟囔着：“放了他！陛下难道不想把他放在笼子里关一关？”

“伙计！”路易十一说：“你以为花三百六十七里弗八索耳三德尼埃制成的笼子，是用来关这种家伙吗？——立刻把这淫棍给我放了（路易十一喜欢这个词，这和帕斯克一上帝一样，都是在他心情愉悦时惯用的），你们给我用拳头把他轰出去。”

“嗬！”甘古瓦叫道，“果真是一代明君啊！”

他唯恐国王反悔，赶紧向房门口奔去，特里斯丹极不情愿地给他开了门。士兵们也拳打脚踢地把他赶了出去，甘古瓦则像一个真正的斯多噶派哲学家那样，毫无怨言地忍受着这一切。

自从得知人们对法官造反的消息之后，国王的心情就很好，而且表现在各个方面。刚才这种异乎寻常的宽大，倒是一个不小的标志。特里斯丹拉长着脸站在那个角落，就像一条猎狗看见了猎物却得不到一样难受。

这时，国王却兴致勃勃地敲着椅子的扶手，敲着俄德梅桥的进行曲的节拍。这是一位善于掩饰的国王，但比掩饰喜悦更善于掩饰痛苦。一听到好消息，他总忍不住喜形于色，而且还会做得很出格。例如，他得知勇敢的查理逝世的消息，他甚至许愿赠给杜尔的圣马尔丹教堂几道银栏杆；在他登基时，竟忘记传旨安葬他的父王。

“噢，陛下！”雅克·夸克纪埃忽然叫了起来，“陛下让我来医治的那种疾病好些了吗？”

“啊！”国王说，“我的确难受极了，老弟。耳朵嗡嗡直响，胸口火烧火燎，像把烧红的铁耙钻得心痛。”

夸克纪埃抓起国王的一只手腕，装出一副很老到的样子给他把脉。

“您瞧，科勃诺尔，”韩轻声说道，“他的整个朝廷都在这儿了。一边是夸克纪埃，另一边是特里斯丹；一个医生，是给自己的，另一个刽子手，这是给别人的。”

夸克纪埃诊着脉，越来越显出惊慌的神色。路易十一焦虑地望着他。夸克纪埃的脸色也越来越阴沉。国王贵体欠安，就是他的摇钱树，他绝不会轻易地放过任何一个机会敲诈勒索。

“啊！啊！”他终于喃喃道，“情况的确很严重。”

“是吗？”国王着急地问道。

“脉搏跳动过快，呼吸短促，声音很响，跳动不规则。”[①]医生接着说。

“帕斯克—上帝！”

“这病在三天之内就会要您送命的。”

国王叫了起来：“圣母啊！有药治吗，伙计？”

“我正琢磨呢，陛下！”

他让路易十一伸出舌头，看后摇了摇头，做了个怪相，装模作

① 原文为拉丁文。

样的当儿他忽然说：

“天啊！陛下，我要向您禀告，有一份主教收益权的空缺，我有一个侄儿。”

“好吧！雅克老弟，我把这空缺留给你的侄儿，不过，你可得把我这心急火燎的鬼病治好！”

医生又说：“既然陛下如此宽宏大量，我正在圣安德烈代·亚克街修建住宅，陛下不会拒绝给我一点帮助吧。”

“嘿！”国王嗯了一声。

“小人实在财力有限，”医生继续说道，“那座房子要没有屋顶，就太遗憾了。倒不是为了那房子本身，那不过是蓬门荜户罢了，而主要是装饰护墙板的那些画，那才能使我蓬荜生辉哪！画上面有在空中飞翔的狄安娜，画得惟妙惟肖，那么水灵，那么温情脉脉，动作天真自然，头发梳得漂亮极了，还顶着一个月牙，皮肤那么白净，不管是谁只要好奇地看一眼都会挡不住诱惑的。还有一个色蕾斯的画像，她也是一位绝色女神，她头上戴着一顶优雅的麦穗花环，坐在几捆麦子上，花环上还点缀了婆罗门参加各式各样盛会的鲜花。我从没见到过比她的眼睛更含情脉脉，比她的玉腿更为圆润秀美，比她的裙子更为轻盈飘逸的美人了。这是画家笔下最纯洁，最完美的美人之一。”

“可恶的家伙！”路易十一怒吼道，“你到底想要什么？”

“我只是想要在这些画上盖个屋顶，虽然这不过是一桩小事，可是我没有钱了。”

“你那屋顶要多少钱？”

“嗯……一个镂花镀金的屋顶，顶多也就两千里弗。”

“啊！凶手，”国王嚷道，“你就把我的牙拔了吧，每颗都是钻石呢！”

“我能得到这个屋顶吗？”

“行！就让魔鬼来收拾你吧！可你得把病给我治好。”

雅克·夸克纪埃深深地鞠了一躬，说道：

“陛下，一副消散剂就能救您的命。您得在腰上敷上用蜡膏、氨胶、蛋清、油和醋做成的大福膏。同时您还要继续喝药汤。您的健康就包在小人身上了。”

一支点燃的蜡烛招引的不仅仅是一只飞蛾，奥利维埃先生看见国王如此慷慨大方，认为机不可失，也趁机凑上来说道：“陛下……”

“又怎么了？”路易十一问。

“陛下，您知道西蒙·拉丹先生去世了吗？”

“那又怎样？”

“他生前是财务司法的御前顾问。”

“那又怎样？”

“陛下，他的职位还空着呢。”

这样说着，奥利维埃先生傲慢的面孔变得卑躬屈节起来。朝臣的嘴脸无非就这两种。国王瞪着他，冷冷地说：“我明白了。”

国王接着说道：

“奥利维埃先生，布西科元帅说过：‘只有在国王那里才有赏赐，只有在大海里才有鱼。’我看你和布西科元帅的想法倒很一致。现在你给我听着！我记性很好。六八年，我让你当了内侍；六九年，当了圣克鲁桥的堡垒管理人，年俸为一百杜尔里弗（您想要巴黎币）；七三年十一月，我们颁诏吉尔日阿尔，让你取代吉信尔·阿克尔，当了万森树林的护林官；七五年，取代了雅克·勒迈尔，当了圣克卢鲁弗莱森林的护林官；七八年，我赐予你双重绿蜡封口的诏书，恩准你和你的妻子每年在圣日尔曼学校的商业广场收取十个巴黎里弗；七九年，接替那可怜的约翰·代兹当上了塞纳尔森林的护林官；然后，是洛奇堡垒的上尉；然后，是圣刚丹的长官；然后，是麦浪桥的队长，你以此让人称你麦浪伯爵。节日里，理发师给人刮胡子，罚款五索耳，其中三索耳归你，余下的才给我。我真不该把你原来的姓‘勒摩维’[1]改掉，它倒是很符合你的尊

① 勒摩维：意为“坏蛋”。

容。七四年，我不顾全体贵族的不满，恩准你佩带五彩缤纷的纹章，让你得以昂首挺胸，如孔雀一般骄傲。帕斯克—上帝！你还不满足？打的鱼还不够大不够多，像奇迹一般么？你就不担心再多捞一条梭鱼，就会把你的船压沉？伙计，过分骄傲会让你倒霉的，紧跟着骄傲的往往是毁灭和羞辱。好好想想，闭上你的嘴巴！”

这番话说得声色俱厉，奥利维埃的表情又重新变得傲慢起来。

“好吧，很显然，陛下今天贵体欠安，把什么好处都赏给医生了。”他几乎高声地嘟囔道。

路易十一对这样的唐突之举并不恼怒，反而温和地说道：“对了，差点儿忘了。还让你出使刚城，在玛丽皇后身边当过特使。是的，先生们，”国王回头对那两个弗朗德勒人说道，“这人可是我的特使啊。”接着，他又对奥利维埃先生说，“嗨，伙计，别生气，我们是老朋友嘛！瞧，天色不早了，活也干得差不多了。来，给我刮刮胡子吧。”

读者想必不用我介绍，就可以从奥利维埃身上看到那个可怕的费加罗[①]的影子。那位名叫“天命”的伟大剧作家技艺高超地把这一角色放进了路易十一那部冗长而血腥的喜剧之中。我在这里不打算对这个奇特的角色作更多的阐述。国王的这个理发师有三个名字。宫中大家彬彬有礼地称他为“奥利维埃·勒丹”[②]；老百姓叫他“魔鬼奥利维埃”，而他的真名叫“奥利维埃·勒摩维”。

奥利维埃·勒摩维呆呆地站着，赌气地望着国王，又斜眼望着雅克·夸克纪埃。“是啊！是啊！这个医生！”

“对！是要给医生，”路易十一心平气和地说，“医生比你更可信。很简单，他掌握着我们的整个身体，而你只能左右我的下巴。算了吧！可怜的理发师，机会有的是。要是我像西尔信里格[③]国

① 费加罗：博马合的名剧《费加罗的婚礼》的主人公是个理发师。
② 奥利维埃·勒丹：原意即公鹿。
③ 西尔信里格：法兰克国王，下文的意思是该国王蓄胡须，就用不上理发师了。

王那样，用一只手捋胡须，你又会怎么说呢？你不就连这份差事也没有了吗？得了，老伙计，当你的正经差事，给我刮胡子吧！去把你的工具拿来吧！”

奥利维埃看见国王决意不生气，也没法子去惹他，只好撅着嘴出去执行陛下的旨意了。

国王站起身，来到窗口前，突然，非常激动地推开窗子，拍手喊道：“啊！果真，内城的上空一片红光，是司法宫大法官的家里起了火，一定是的。啊！我的好百姓！你们终于帮我来消灭领主制度了！”

“先生们，”他转过身来向那两个弗朗德勒人说道，“到这里来，你们看，那红红的一片不是火光吗？”

“是一场大火。”居约姆·韩回答。

“啊，”科勃诺尔突然两眼发亮，“这使我想起了安倍古领主府邸的那场大火。那儿一定发生了大暴乱。”

“是吗？您以为是这样，科勃诺尔老爷？”路易十一的眼神几乎也像袜商一样愉快，“很难抵挡，是不是？”

“上帝的十字架！陛下！您若派兵前往，怕是要损失好几个部队吧！”

“哼，我！那就不一样了，”国王说，“只要我愿意！……”

袜商斗胆地说道：

“假若这次暴动如我所想，您愿意也没有用，陛下！”

路易十一说：“伙计，只要派去两个近卫团和一尊大炮轰他一阵，对付那些贱民简直不费吹灰之力。”

袜商似乎不顾居约姆·韩的一再暗示，决心要和国王顶撞到底。

“陛下，瑞士人也是贱民。勃艮第公爵是位大贵人，他也瞧不起这帮贱民。可是，陛下！在格郎松战役上，公爵高喊：‘炮手们！向这些贱民开火！’他还用圣乔治的名义发誓。然而，那个司法官夏尔纳达尔带着大棒，率领他的手下向那漂亮的公爵冲来。农民的皮厚得像水牛一般，亮闪闪的勃艮第军队同他们一交手，就跟玻璃遭到石头一样被打得落花流水。当场，就有许多骑士被那些贱民杀死，其中就有那位勃艮第最伟大的领主——夏多·居容先生，他和他那匹高大的灰色马一起，死在了一片沼泽地里。”

“朋友，”国王说，“你说的是一场战役，现在这里不过是一次暴动。只要我愿意，随便皱皱眉头就能够把他们收拾了。”

“可能吧，陛下。要是那样，就是说属于人民的日子还没有到来。”

居约姆·韩觉得他应该干预一下。“科勃诺尔先生，您是在跟一位威严的君主说话呢！”

“我知道。”袜店老板郑重地说。

“让他说吧，我的朋友韩先生，”国王说，“我喜欢这种坦率的态度。我父亲查理七世常说‘真话生病了’。而我却相信，真话已经死了，连一个忏悔师都找不到哩！科勃诺尔先生让我清醒起来。”

于是，他亲切地把手搭在了科勃诺尔的肩膀上，说道：

“科勃诺尔先生，刚才您是说……”

“陛下，我说您或许是对的，在您的王国里，人民的日子还没有到来。”

路易十一目光锐利地凝视他。

“照您看，这个日子什么时候会到来？”

“您就快要听到它的钟声敲响啦。”

“请问，是哪个钟？”

科勃诺尔镇定自若地叫国王走近窗口，“听我说，陛下！这里有一个城堡、一座钟塔、数门大炮，还有许多市民和士兵。当城堡上敲起警钟，炮声齐鸣时，城堡将会在喧闹声中坍塌；市民和士兵齐声呐喊，互相厮杀时，就是那一时刻到来的日子①。”

路易十一的脸沉了下来，似乎陷入沉思。他缄默良久，然后像

① 预言一七八九年七月十四日攻陷巴士底狱。

抚摸一匹战马的臀部一样轻轻地拍打着城堡厚厚的墙壁，“啊！”他说，“不会的！我亲爱的巴士底狱，你不是那么容易就倒塌的吧！”

他突然转过身来，对那位胆大包天的弗朗德勒人说道，“您见过暴乱吗，雅克先生？”

“我造过反呢。”

“那您是如何造反的？”国王问。

科勃诺尔回答：“并不难！方法有上百种。首先一点需要城里人心怀不满，这是常有的事。其次是看市民的性格，刚城的市民就适合造反。他们总是喜欢君王的儿子，从来不喜欢君王本人。这么说吧，如果一天早上，有人到我店里来，对我说：科勃诺尔老爹，这样那样地说一遍。比方说弗朗德勒公主要搭救她的宠臣，大法官要加倍增税，或者诸如此类的事情，随便什么都行。那我就丢下手中的活，走出店铺，跑上大街喊道：‘造反啦’！街上总能找到一个破桶。我就爬上去，大声喊话，想怎么喊，就怎么喊。作为平民中的一员，陛下．心里总是有话说的。于是，平民们就会集合起来，高呼口号，敲响警钟，从士兵身上夺过武器，武装自己。市场上的人也参加进来，这不就干起来了吗？今后仍将如此，只要领地上还有领主，城市里还有平民，乡村里还有农民，总会发生的。”

“那你们是造谁的反？”国王问，“大法官的，还是领主？”

“有时造他们的反。不过，也得看情况，有时也造奥地利大公的反。”

“啊！我们这里，”路易十一走开，又坐下，笑着说，“他们在造大法官们的反！”

就在这时，奥利维埃·勒丹回来了。身后还跟着两名侍童，手里捧着国王的梳洗用具。可是，让路易十一奇怪的是，同奥利维埃一起进来的还有巴黎总管和夜巡队队长，神色十分惊慌。满腹怒气的理发师也显得焦急不安，心中却暗暗高兴，他先开了口：“陛下，我请求您宽恕我给您带来了坏消息。”

国王猛地转身，椅子脚蹭坏了铺在地板上的草席子："您说什么？"

"陛下，"奥利维埃·勒丹幸灾乐祸地，用那种由于能狠狠报复一下而觉得满意的神色说："这次暴动并不是针对大法官的。"

"那又是针对谁？"

"是冲您来的，陛下！"

老国王像年轻人一样蓦地站起来，身子直挺挺的："奥利维埃，你给我说清楚，你说清楚！小心掉脑袋，伙计！我以圣洁的十字架发誓，假若你现在对我说半句假话，我就用那把砍过卢森堡先生脖子的刀，砍断你的脖子。"

这个誓言非同小可。路易十一平生只以圣洁的十字架发过两次誓。

"陛下……"，奥利维埃张嘴想答话。

"跪下！"国王愤怒地打断他的话，"特里斯丹，你给我看住这家伙！"

奥利维埃跪了下来，冷冷地说："陛下，有个女巫被您的大理寺判处了死刑。她躲在圣母院里，民众要用武力把她救出来。总管大人和夜巡队队长刚从暴动的地点过来，他们可以证明我说的没有半句假话。民众正在围攻圣母院。"

"哎呀！圣母院！"国王气得脸色发白，浑身颤抖，低声说道，"他们到圣母的教堂围攻我的仁慈的圣母！……起来，奥利维埃，您说得没错，我把西蒙·拉丹的职位赏给你。他们果真是在造我的反。那女巫是受教堂保护的，而主教堂是在我的保护之下。我还以为他们反对的是大法官呢，原来是在反对我！"

狂怒使他变得年轻起来，他大步地来回走着。他收敛了笑容，凶相毕露，不停地踱来踱去，狐狸变成了豺狼。他似乎气得说不出话，嘴唇直哆嗦，消瘦的拳头不断地颤抖着。突然，他抬起头来，凹陷的眼光里充满了愤怒的光芒，喉咙里传出震耳欲聋的声音："结果他们，特里斯丹！把那帮贱民统统杀掉！快去，我的老朋友特里斯丹，杀！给我杀！”

发作了一阵，他走回去又坐了下来，压住怒火，冷冷地说道：

“过来，特里斯丹！在我身边，在巴士底狱，有纪甫子爵的五十名炮兵，三百匹战马，您带去。还有沙多倍尔队长的一队近卫弓箭手，您也带去。您是出宫宪兵司令，把您的部下全部带去。在圣波尔大厦，还有太子殿下的四十名新卫队弓箭手，您一块带去。带上这些人马，火速赶往圣母院。巴黎的平民先生们，你们居然与法兰西国王为敌，与神圣的圣母为敌，想破坏全体臣民的安宁！——把他们斩尽杀绝，特里斯丹！斩尽杀绝！不许让一个人逃脱，除非是送往隼山的。”

“是，陛下！”特里斯丹躬身应诺。

他沉默了一会儿，又问：“那位女巫该如何处置？”

这下把国王给难住了；他想了想说：

“嗯！那个女巫嘛！代斯杜特维尔先生，民众想把她怎样？”

“陛下，”巴黎总管答道，“我想，既然民众想把她从避难所里抢出来，一定是那女巫激起了他们的愤怒，他们想绞死她。”

国王似乎在认真思考，随后吩咐特里斯丹，“好吧！我的老弟，杀尽民众，绞死女巫！”

“应该这样，”居约姆低声对科勃诺尔说道，“民众表示意愿受到惩罚，却还得按民情办事。”

“小的明白，陛下！”特里斯丹应道，“要是那女巫还在圣母院，要不要冒犯避难权，进去抓她呢？”

国王搔搔耳朵说：“帕斯克——上帝，避难权！可是，总得绞死她啊！”

说到这里，仿佛突然想到了什么主意。一下子跪倒在椅子前，摘下帽子，把它放在椅子上，虔诚地注视着帽子上的一个铅制护身符，合掌说道：“啊！巴黎的圣母！我仁慈的女主人，求您宽恕。就这么一回。我必须惩罚这个女巫，我向您保证，那是一个女巫，圣母啊！我仁慈的保护神，她不配得到您的保护。圣母啊！您知道，很多虔诚的君王为了上帝的光荣和国家的需要，曾侵犯过教堂的特权。英格兰的主教圣雨格就曾允许国王爱德华到他的教堂去逮捕一个魔法师。我的尊长，法国的圣路易，为了同一个目的，也曾侵犯过圣保尔教堂。阿尔斯封，耶路撒冷国王的儿子，甚至侵犯过圣莫教堂。巴黎的圣母，请宽恕我这一回吧。下不为例。我要献给您一个美丽的银像，就像我去年献给艾库伊圣母院的那尊一样。阿门！”

他划过十字之后，站起身来，重新戴上帽子，对特里斯丹说：“快去吧，伙计。让沙多倍尔先生和您一道去，你去把警钟敲响，把贱民击溃，还要把女巫绞死。说定了！我要求您亲自办理。办完后一一向我汇报。——奥利维埃，今晚我不睡觉了，给我刮胡子吧。”

特里斯丹鞠躬告退。这时国王挥手示意居约姆·韩和科勃诺尔退下：“上帝保护你们，我的弗朗德勒好友。去休息一下吧！夜已经很深了，天快亮了。”

两人双双退下，由巴士底狱的典狱长带到了自己的房间。在房门口，科勃诺尔对居约姆·韩说：“哼！这国王不停地咳嗽，我可烦透了。我见过喝得酩酊大醉的查理·德·勃艮第，他还没有生病的路易十一这么坏。”

“雅克先生，”韩答道，“这是因为国王的酒没有他们的药水那么厉害。”

六、提着小刀闲游

甘古瓦一出了巴士底狱，便像脱缰的野马向圣安东尼街奔去，径直到了波多瓦耶门。他向广场中央的石头十字架走去，仿佛看见黑暗中有人坐在十字架的台阶上，那人身穿黑衣，带着黑帽。甘古瓦问道：“是您吗？老师。”

黑衣人站起来：“该死的，让我等得真着急。甘古瓦，圣热尔维教堂的钟塔已报过凌晨一点半了。”

“啊！”甘古瓦说，“这怪不了我，我要躲过夜巡队和国王，差点儿断送了小命，命中注定，老是差点儿被绞死。”

那人说：“您什么都差一点。行了，快走吧，你弄到口令了吗？”

“您想不到吧，老师，我遇见了国王，他穿着棉布短裤。我就是从他那里来，真是奇迹！”

“少废话，我可不管什么奇遇，您到底有没有乞丐的口令？”

“您放心，我弄到了：‘提着小刀闲游。’”

“好，要不然我们到不了教堂。乞丐们封锁了街道。要不是他们好像碰上了抵抗，我们就来不及了。”

“是啊，老师，可是我们怎样进教堂呢？”

“我有钟塔的钥匙。”

“我们又怎样出来呢？”

“从后院的小门出来就是滩地，可以通向塞纳河。我弄来了小门的钥匙，并且今天早晨在河边拴了一条小船。”

“我真是差点儿就被绞死了！”甘古瓦说。

“快点，快走吧！”对方说。

两人迈开大步向内城走去。

七、沙多倍尔驰援

读者想必还没忘，卡西莫多这时正处于万分危急的关头。面对重重包围，这个勇敢的聋子就算还没有完全丧失勇气，至少已对获救绝望了。他倒不为自己打算，而是为了吉卜赛姑娘。圣母院就快被乞丐攻陷。他在走廊里狂奔乱跑。突然，大街小巷响起马群奔驰的声音，一长串火炮和一队浩浩荡荡的骑兵冲进广场，怒吼声如同狂风暴雨：“法兰西！法兰西！杀掉贱民！沙多倍尔驰援来到！宪兵司令！司令！”

乞丐猝不及防，四散跑开了。

尽管听不见，但卡西莫多看见了刀剑、火把、长矛和一队骑兵。他认出领头的正是弗比斯队长。只见乞丐们惊慌失措，有的被吓傻了，就连最骁勇的也乱了阵脚。这支意外的援兵使卡西莫多力量倍增，他把已经踏上走廊的几个冒失者扔了下去。

是国王的军队赶来了。

乞丐们英勇无畏，在绝望中奋力抵抗。他的侧翼在圣比埃尔·俄。倍甫街，尾部在前庭街，都受到敌人的攻击，后背黾圣母院。他们还在攻打教堂，卡西莫多也还在坚守。他们进攻，又被围攻，这正如一六四。年都灵被围时的情景。当时，亨利·达果尔伯爵正围攻萨瓦省的多玛王子．又被勒家奈侯爵切断了后路。正如他在信中所说：“围攻都灵同时又被围攻。”

这场混战令人恐怖。正如蒲·马蒂厄斯所说：是狗和狼在互相撕咬。弗比斯·德·沙多倍尔在国王的骑兵中勇猛异常，乞丐们躲过了枪尖躲不过剑刃。他们武器简陋，气急败坏，乱咬乱抓。男女老少像猫一般，扑到马背和马脖子上，用牙齿和爪子紧紧揪住战马不放。还有人用火把攻击弓手的脸孔。还有人用铁钩钩住骑兵的脖子，把他们拉下马来。落马的骑兵被斩为肉酱。

只见一个乞丐挥舞着大镰刀不停地剁马腿，刀锋闪着凛凛寒光，非常骇人。他嗡着鼻子唱一首歌，不停挥动镰刀。刀锋过处，他身边就有一圈马腿被剁下来。他如同农民割麦一般，晃着脑袋，呼吸均匀，一路上不慌不忙，朝骑兵最密集的地方砍去。他就是克洛潘·图意弗。一阵弓弩将他射翻在地。

这时，广场四周的窗子都已打开。居民们听见骑兵的喊杀声，纷纷投入战斗，子弹如雨点般从各层楼房的窗口向乞丐们射去。广场上硝烟弥漫，火铳划出一道道白光。圣母院的正面和破烂的市医院模糊不清，依稀可见市医院屋顶上的窗洞里，有几个苍白羸弱的病人正向外张望。

乞丐们终于退却了。他们精疲力竭、武器匮乏，被突袭带来的恐慌、窗口射来的子弹、骑兵勇猛的砍刀彻底打垮了。他们突破重围，四下逃匿，剩下一大堆尸体扔在前庭广场上。

卡西莫多一刻也没有停止战斗。看见乞丐们溃逃之后，他双膝跪地，朝天空举起双手。然后，他兴奋地，像鸟儿一般，朝他拼死捍卫的小屋奔去。他只想着去跪倒在那个他刚才再次搭救的姑娘面前。

当他走进小屋时，却发现里面竟是空的。

第十一卷

一、红色的小鞋

乞丐们围攻教堂的时候，艾丝美拉达正在熟睡。

可是，没过一会，圣母院周围的喧闹声越来越大，山羊加里先于她被惊醒，不安地叫着。这一切把她吵醒了。她一骨碌坐了起来，仔细一听，又往窗外看了看，被喊声和冲天的火光吓坏了，急忙冲出小屋去看个究竟。广场上景象吓人，幻影骚动，夜袭造成一片混乱：在黑暗中依稀可见的上蹿下跳的人群，像跳来跳去的一大群青蛙，嘶哑的叫声喊成一片；在这群黑影上穿梭着几个通红的火把，像几束鬼火划破沼泽上茫茫雾气，——这一切使她觉得这是群魔会的妖魔在同主教堂的石头鬼怪进行着一场神秘的交战。从小她的脑海里就浸透了吉卜赛部落的迷信观念，所以她首先想到的是，她碰巧撞见了那 在夜间才出现的怪物的鬼把戏。于是，她跑回自己的小屋，吓得心惊肉跳，蜷缩成一团，祈求那简陋的小屋别再给她带来如此骇人的噩梦。

然而，最初鬼怪引起的恐惧逐渐消散。随着那不断增大的喧闹声和其他一些现实的迹象，她慢慢意识到，围攻她的不是魔鬼，而是人。这样一来，她的恐惧虽没有增加，却改变了性质。她想，那或许是一场打算把她从教堂抢救出去而引起的民众的暴动。想到她将又要失去生命希望，失去她昼夜思念仍寄予一丝希望的弗比斯，想到自己如此柔弱、无处逃避、无所依靠、孤立无助、孑然于世，……所有的想法都使她异常悲痛，意气消沉。她跪了下来，双手抱着头伏在床上，惶恐不安，浑身颤抖。虽然她是一个吉卜赛人，是崇拜偶像的异教徒，她还是哭诉着祈求基督教仁慈的上帝的恩典，同时向庇护她的圣母祈祷。一个人即使什么也不信仰，但到了性命攸关之际，也会依附于近在身边的那座庙宇所信奉的宗教。

她就这样在那里跪了好一会儿，其实，她发抖的时间比祈祷的时间更长。她感到狂吼的声音越来越近，吓得不知所措。她不明白这场暴动在策划什么阴谋，外面的人在干什么、在想什么。但是，她能预感到可怕的结局。

正在焦虑不安的时刻，忽然听见身后传来脚步声。她回过头，发现两个男人走进了小屋，其中一个人提着灯笼。她有气无力地喊了一声。

“别怕，是我。”这声音听来很熟悉。

“您，您是谁？”她问。

“皮埃尔·甘古瓦。”

听到这个名字，她放心了。她抬头看了一眼，果然是诗人。但她发现后面一个黑面孔，从头到脚裹得严严的，沉默不语，这使她很惊讶。

甘古瓦语带责备：“啊！您没认出，可加里早认出我了！”

的确，小山羊没等甘古瓦报出名来就认出他了。他一进小屋，小山羊就跑上前，亲热地在诗人的身上蹭来蹭去，弄得我们的诗人一身白毛——因为它正处在换毛期。甘古瓦也不断地抚摸它。

“同您一道来的那人是谁？”吉卜赛姑娘小声地问道。

“您放心好了，是我的一个朋友。”甘古瓦答道。

接着，哲学家把灯笼放在地上，蹲下来把加里抱在怀里，紧紧地搂着，兴奋地说道：“啊！多么迷人的小山羊！不太大，但挺干净洁白，还很聪明伶俐，又有学问，像个语法家！来，我的加里，你那漂亮的戏法还没忘吧！雅克·沙尔莫吕是什么样儿？……”

黑衣人没等他说完就走到他跟前，狠狠地顶了他的肩膀一下。甘古瓦连忙站起来，说：“真的，我忘了我们得赶紧。不过，老师，您也用不着对我发脾气呀。……我亲爱的美丽的小姑娘，您有生命危险，连加里也一样。他们要来抓您。我们是您的朋友，我们来救您。快跟我们走吧！”

“真的？”她慌乱地喊道。

“没错，千真万确，快走吧。”

“我很愿意，”她喃喃道，“我听您的，可是您的朋友怎么不说话呀？”

甘古瓦说：“噢？因为他的父母都很古怪，所以他天生就这副沉默寡言的模样。”

她也只能相信他的话了。甘古瓦拉起他的手，他的同伴抬起灯笼，走在前面。由于恐惧，姑娘已辨不清方向，只好听任他们往前拽。小山羊加里蹦蹦跳跳地跟在后面。因为看见了甘古瓦，欣喜若狂，不时地把犄角伸到他的两腿之间，弄得他跌跌绊绊。“生活便是这样，”那位哲学家每次差点儿摔倒时就说，“让我们摔跟头的往往是自己的好朋友。”

他们飞快地跑下钟塔的楼梯，穿过黑暗荒凉的教堂。教堂也漆黑一片，空无一人，但喧闹声却在回荡，形成了可怕的对照。走出红门，来到了修道院，院内早已没有人了，神父们统统躲到主教府里做集体祷告去了。庭院内空荡荡的，只有几个惊慌失措的仆役蜷缩在阴暗的角落里。他们朝通往滩池的小门走去。黑衣人用那把随身携带的钥匙把门打开了。读者知道，滩池是内城一侧一块狭长的河滩。四周有墙围着，在教堂的后面，小岛的东端，是属于圣母院教务会管辖。那里非常荒凉，喧闹声已小了许多。流浪乞丐们的围攻声传到这里，已变得十分模糊，也不那么刺耳了。滩池的尽头唯一的一棵树，被从水面吹来的寒风刮得沙沙作响。不过，他们还没有完全远离危险。离他们最近的是主教府和主教堂。主教府内显然是一片骚乱。它那阴暗的身躯上不断闪出光亮，从一个窗口跳到另一个窗口，就像刚刚烧过的纸留下一堆堆黑糊糊的灰烬，余烬的火星在上面奔跳嬉戏。旁边，两座巨大的钟塔，这时从后面看去，矗立在长条形中殿之上，在圣母院广场冲天火光的映照下，好像独眼巨人大火炉里的两个庞大的柴架。

巴黎的一切都摇曳在昏暗与光亮交织之中。伦勃朗的绘画中常有这样的背景。

那提灯笼的男人径直往滩池的尖角走去。在那里，紧靠水面的地方有一排钉着木条，早已被虫蛀垮的木桩，上面低低地爬着一些细长的，像是叉开的手指的葡萄藤。在这样网格交错的阴影里藏着一只小船。那人招呼甘古瓦和他的女伴上船。后面的那只小山羊也跟着上了船。那人最后一个上了船。随后，他解开缆绳，用一根长篙一戳，船离开了岸。接着，他拿起两支桨坐在前面，用力向河中间划去。塞纳河的这段水流很急，他好不容易才划离了尖角。

甘古瓦上船后首先把山羊抱到自己的膝盖上，坐在船尾。陌生人的存在使吉卜赛姑娘忐忑不安，她紧靠着诗人身边坐下。

我们的哲学家感到船已开动，拍起手来，并且吻了吻加里的两只犄角之间的部分。“啊！”他说，“我们四个终于获救了！”接着，他又用思想家的语气说：“伟大的事业要想获得成功，有时是靠运气，有时得要点儿手段。”

小船缓缓驶向右岸。吉卜赛姑娘暗自担心，她向陌生人偷偷望去。他小心地将灯光遮住，黑暗中，他黯淡的身影宛若幽灵一般坐在船头。他风帽始终低扣在脸上，仿佛带了假面具。他每次划桨，都将胳膊微微甩动，宽大的黑袖子，像蝙蝠的一对巨翼，从胳膊上搭拉下来。况且，他直到现在也没有吭过声，甚至连一点儿声息都不肯发出。船上一片安静，只听见划桨声和水波冲击船舷的声音。

“我凭着灵魂发誓！”甘古瓦突然喊道，“我们本来应该像猫头鹰一样轻松愉快，但却沉默不语像毕达哥拉斯学派的哲学或是鱼儿一样。帕斯克—上帝！我的朋友们，有个人和我说说话多好。人的声音在人的耳朵里听来就是音乐。这可不是我的名言，是亚历山大的狄丁[①]说的，真可谓是金玉良言，说真的，亚历山大的狄丁可不是平庸之辈。说句话吧，好姑娘，求您和我说句话吧。对了，您从前老爱撅嘴，那真是滑稽，您还这样做吗？哎，朋友，您知道吗？大理寺对任何避难所都拥有司法权，你躲在圣母院的小屋里，就像小鸟在鳄牙齿上筑巢一样危险。老师，月亮又升上来了。我们救这位小姐，可是做了件大好事，但愿别被人看见。倘若我们被抓去，他们会以国王的名义对我们处以绞刑。唉，人的行为都有它的两面性，同样一件事，我来做就会受人指责，您做却会受到赞扬。赞美恺撒的人必定会指责加梯里纳[②]，对吧，老师？您认为这个哲理怎么样？正如蜜蜂懂得几何学一样[③]，我具备学习哲学的天赋。嘿！怎么没人理我。真难忍受你俩的脾气。我只好自言自语了，这就是悲剧中所谓的独白。帕斯克—上帝！我告诉你们，我见到了谁——路易十一。这句粗话就是跟他学的。真是帕斯克—上帝。旧城这里怎么会有这么大的喧闹声。路易十一全身裹着皮大衣，他可真是个难看可恶的老国王。他还欠我婚礼赞歌的稿费呢，所以他今天没有绞死我。我可不愿给绞死，那样我就德·科洛涅的四本《驳吝啬》，这是真的，国王对待文人刻薄而残酷，甚至非常野蛮。他是吸取老百姓血汗钱的海绵。他的积蓄就像肿大的脾脏，却使身体其他部分消瘦。因此，人民不再抱怨时世多艰，转而对国王发牢骚。这个温良笃诚的国王让国家的绞架因为犯人众多而不堪重负，断头台沾满了淋漓的鲜血，监狱里人满为患。他一手搜刮百姓，一手绞死百姓，是盐税夫人和刑台先生的保护者。贵族被夺去爵位，百姓随时受到新的压榨。这个国王太过分了，我可不喜欢他，您呢，老师？”

① 狄丁：古希腊的盲人哲学家。

② 加梯里纳：古罗马贵族，多次策划推翻元老院，事败身亡。恺撒参与和利用了这几次叛乱。

③ 原文是拉丁文。

黑衣人不顾诗人兀自啰唆个不停，继续同激流搏斗着。小船顺着激流转了方向，船头朝向内城，船尾朝着圣母岛，也就是今天说的圣路易岛。

甘古瓦突然问道："对了，老师，您在穿过狂怒的乞丐队伍到达前庭广场时，有没有注意那个被聋子扔到列王雕像长廊摔破脑袋的可怜鬼？我视力不济，没认出他，您知道他是谁吗？"

陌生人没有睬他，但突然两只胳膊断了一般垂下来，头埋在胸前，停止了划桨。他抽搐地长叹一声，让艾丝美拉达听见了，身上一寒，觉得这叹息似曾相识。

无人划桨的小船顺水漂了一会儿。终于，黑衣人重新抖擞起精神，继续向上游划去。船绕过圣母岛，朝着干草港码头驶去。

甘古瓦说："啊！前面就到了巴尔波府邸了。老师，您看那一片黑压压的屋顶的尖脊多么奇特。就在那边，月亮挤在一堆低沉而肮脏的乌云里，就像蛋破了壳，蛋黄流散开来一般。那是一座漂亮的府邸，里面小教堂的穹隆，精雕细琢。在穹隆上面，有一个雕刻精美华丽的钟塔。还有一座可爱的花园，里面有一个池塘、一个鸟棚、一个回声廊、一个槌球场、一片树林、一所猛兽房，还有几条爱神深深喜爱的通幽曲径。还有一处是某位著名的公主与一位风流而富有才华的法兰西元帅幽会的场所——一棵名叫'好色之徒'的大树。唉，像我们这样可怜的哲学家与一位元帅相比较，简直就像一畦白菜萝卜与卢浮宫的花园相提并论。无论是伟人还是我们，人生总是有阴有晴，痛苦总是伴随着欢乐，就像扬抑抑格总是伴着抑扬扬格一般[①]。老师，我一定得跟您讲讲巴尔波府邸的故事，结局相当悲惨。那是一三一九年菲利浦五世在位的时候，他是法兰西在位时间最长的君王。这个故事告诉我们，肉欲的诱惑是危险的、邪恶的。不管邻人的老婆是多么标致，哪怕我们对她的姿色是多么入迷，也尽量不要盯着她看。未婚私通的想法是淫恶的，通奸是对别

① 欧洲古代的一种诗歌格律，扬抑抑格是一长音两短音，抑扬扬格是两长音。

人肉欲的好奇……唉，那边越闹越厉害了。”

的确，圣母院附近越闹越凶了。他们凝神细听，胜利的欢呼声更加清晰。突然，火把在圣母院的神塔上、走廊上、扶壁拱架上亮起来，火光将士兵的头盔映得闪闪发亮。人们在火光下寻找着什么。不久，三个逃亡者清清楚楚地听到远处的叫喊声：“吉卜赛女人！女巫，绞死吉卜赛女人！”

不幸的吉卜赛姑娘垂下头，以手捂脸。陌生人卖力朝对岸划去。我们的哲学家若有所思，他把小山羊紧抱在怀里，试图从吉卜赛姑娘身边移开，可是，吉卜赛姑娘却像是把他当成了避难所，紧贴在他身上。

甘古瓦确实是左右为难。他想，依照现行法律，小山羊抓住后也要处以死刑，这多么可惜，可怜的加里！他又想，身后拖累着两个囚犯，负担太重，好在他的同伴是十分愿意照顾吉卜赛姑娘。他就像《伊利亚特》中的朱庇特，心头非常矛盾，反复掂量着吉卜赛姑娘和小山羊，眼中带泪看看这个又看看那个，低声自语道：“我可没办法同时救你们两个呀！”

船身的一阵剧烈的晃动使他们知道靠岸了。不祥的叫喊声依旧充斥着内城。吉卜赛姑娘推开走到她身旁想扶她上岸的陌生人，紧紧拉住甘古瓦的衣袖。甘古瓦正忙着照看山羊，竟把她甩开了。她于是自个儿上了岸。她惶恐地不知怎么办才好，也不知该往哪儿去。她呆望着河水，当她醒过神来，岸边只剩下她和陌生人。好像甘古瓦一上岸就带着山羊悄悄溜进水上谷仓街那堆房屋中去了。

可怜的姑娘发现自己孤身和那个陌生人一起，忍不住战栗起来。她想说话、想叫喊、想呼唤甘古瓦。可是她舌头却不听使唤，一个字都喊不出来。忽然，陌生人冰冷的但十分有力的手抓住了他。姑娘的牙齿直打架，脸色变得比照在她身上的月光还要苍白。那人一句话也不说，抓起她的手就往格雷沃广场走去。在那一瞬间，她隐约地觉得命运是一股不可抗拒的力量。她已无力反抗，只能听任人家拽着。他在走，而她跟着跑。那一段河堤有点上坡，可她却觉得是在下坡。

她向四周张望，一个行人也看不见。沿着河堤的马路十分荒凉。她听不到一点声音，也感觉不到人的存在，只有内城那边火光通红，人声嘈杂，她与那里只有一条塞纳河之隔，那边传来她的名字，混杂在处死她的呼喊中。巴黎的其他地方就像大片阴影笼罩在她的周围。

这时，陌生人还是一样不出声，仍拽住她往前走。她一点都想不起来是不是走过这些地方。经过一扇亮着灯光的窗口，她使劲想挣脱黑衣人并且高声喊道："救命呀！"

那扇窗子开了，一个穿着衬衣的拿着油灯的人走近窗口，睡眼蒙眬地朝河堤望了望，说了几句，但她没听清说的是什么。接着，百叶窗又关上了。最后的一线希望也破灭了。

黑衣人还是一言不发，却把她拽得更紧了，走得更快了。她无可奈何，有气无力地跟在后面。

偶尔几次，她强打精神，问道："您是谁？您是谁呀？"由于路面不平，跑得气喘吁吁，弄得她上气不接下气。对方却不搭理她。

他们一直沿着河堤跑着，来到了一个相当大的广场上。借着月亮，她发现这就是格雷沃广场，广场中央竖着一个黑黑的像十字架一样的东西就是绞刑架。她认出了这些东西，她知道自己来到了什么地方。

那人停下脚步，转过身来，掀起了风帽，"啊！"她一下呆住了，结结巴巴地说道，"我早就知道又是你！"

正是那个神父。这时他的模样就像自己的鬼魂，那是月光照射的结果。在月光下，什么东西看起来都像是自己的灵魂。

"听着，"他向她说。一听见这种好久没听到的阴惨的催命的声音，她就浑身发抖。那人继续说下去，声音由于内心的激动，显得急促而又断断续续："听着，我们在这里。我告诉您这里是格雷沃广场，这里是终点。命运把您我联系在一起，我将主宰您的生命，而您，您将主宰我的灵魂。这儿除了夜色和广场，什么也看不见。所以，你给我好好听着。我要告诉您……首先，别给我提您那个弗比斯。（说到这里，他像一个一刻也安静不下来的人来回走动，接着，他把她拉到跟前。）不许您提他，明白？您要是说出这个名字，我不知道我会有什么反应，但一定很可怕。”

说完，仿佛一个找到重心的物体，又静止不动了。尽管这样，他的话也没有使自己激动的心情平息下来，他的声音越来越低沉了。

“别把脸背过去。听我说，这是严肃的事情。我得先把发生的事告诉您。——这绝不是开玩笑，我向您保证。——刚才我在讲什么呀？提醒一下！哦！大理寺作出判决要把您送上断头台。刚才，我救您逃脱了他们，可他们还在追捕您。看吧！”

他指着内城，那里的确还在搜索，喧闹声越来越近了。格雷沃广场的正对面，那座陆军中尉府邸的塔楼上灯火通明，许多士兵手拿火把在来回奔跑，大声嚷道：“吉卜赛女人！吉卜赛女人在哪里？绞死她！绞死她！”

“您看见了吧，我没有说谎，他们在追捕您。我，我爱您。别开口，要是您想说您恨我，我不想再听了。——我刚救了您的命。——先让我说完。——我完全可以救您。一切都已准备好了，就看您愿意不愿意了。只要您愿意，我就一定能办到。”

他猛然停住：“不，我要说的不是这些。”

他拽着她又跑起来了，径直来到绞刑架下，指着它，冷冷地说：“在我和它之间选择吧！”

她挣脱他的手，跪倒在绞刑架下，吻着这冰冷的柱脚。然后，她把美丽的脑袋扭过来，从肩头上望着那个神父，就像一个跪倒在十字架下的圣处女。神父的手依旧指着绞刑架，一动也不动，像泥塑木雕一般保持着姿势。

终于，吉卜赛姑娘对他说：“我恨你超过恨它！”

他的胳膊慢慢放了下来，非常沮丧地看着石板。“要是石头能够讲话，”他喃喃地说，“是啊！它会说这个男人多不幸。”

他接着往下说。姑娘仍跪在绞刑架前，任他说，并不打断他，长长的头发披着全身。此刻，他的声音与他那高傲冷峻的表情形成了痛苦的对照，显得又悲苦又温柔。

“我，我爱您，啊，这是真的。外表上虽看不出来，但内心却如烈火在燃烧。唉！姑娘啊！无论黑夜白天都是如此，难道这就不值得一点怜悯吗？告诉您，这种日夜煎熬的爱情是一种酷刑。——啊！我太痛苦了，我可怜的孩子！——我向您发誓，这是值得同情的。您瞧，现在我同您说话那样温柔。我很希望您不再讨厌我。——再说了，一个男人爱上一个女人，这并不是他的过错。啊！上帝！您就永远不能原谅我吗？一点希望也没有了，您肯定会一直恨我，这下完了，这会使我变得很坏，您看吧，连我自己都很厌恶！——您看都不看我一眼！当我站着跟您说话，在我俩的永恒深渊的边缘颤抖时，您或许在想别的事！——不过，千万别给我提那个军官。——我真想扑倒在您的脚下，啊！我要吻您脚下的泥土，而不是吻您的脚，我想那样您是不愿意的。我真想像孩子一样痛哭一场，从我的胸中掏出……不是我的话，而是我的心，我的五脏六腑，向您表达我的爱。可是这又有什么用呢？一切都没有用！——其实，我明白，您的内心只有慈悲和柔情，您全身焕发出的是最美丽最温柔的光芒，您洋溢着青春魅力，又是那样崇高、善良、可爱。哎，您只对我一个人充满恶意。啊！这是怎样的命运啊！”

他双手捂着脸，姑娘听见他在哭泣，这是他生平第一次。他站在那里，哆哆嗦嗦，比跪着恳求更可怜、更悲切。就这样哭了好一会。

“唉！”他哭过一阵后又说，“算了！我也找不出什么话了。本来我倒考虑过要对您说的话。现在，我却只能颤抖，在关键时刻我却没了勇气，我感到有一个什么至高无上的力量在统治着我们，使我结结巴巴。如果您不可怜我，也不可怜您自己，我就要倒在这石板上了。求您不要让我们两人都受到惩罚。但愿您知道我是多么爱您！我有一颗怎样的心！啊！我已背叛了一切道德，不顾一切把自己抛弃了。作为一个博士，我践踏科学；作为贵族，我毁灭了姓氏；作为神父，却把弥撒书当做了淫荡的枕头，往上帝的脸上吐唾沫！这一切都是为了您，您这女妖精！为了更有资格在您的地狱里沉沦！可您却不要我这个罪人！唉！让我全部都告诉你，还有呢，有比这更可怕、更可怕的事啊！……”

说到这里，他完全是副精神错乱的样子。他沉默了一会，继续说着，似乎是在自言自语，声音却很大：“该隐，你把弟弟怎么了？[①]”

接着，又是一阵沉默，然后又说：“上帝啊！我对他做了什么？我收养了他，供吃供喝，把他抚养成人，并爱他、宠他，可我却把他杀了！是的，上帝，刚才在我面前，在您的教堂上，他的脑袋被砸烂了。这都是因为我，因为这个女人，因为她……”

他惶恐不安，又机械地重复了好几遍，声音嘶哑，越来越小，间隔很长，就像一口钟发出最后的颤音：“因为她……因为她……”

随后，他的舌头不再发出清晰的声音，不过嘴唇却始终在颤抖。突然，他两腿一软，像一件东西掉在地上，一动也不动。他坐在地上，头埋在两腿之间。

姑娘轻轻地把脚从他的身下抽了出来，这使他清醒起来。他用手摸摸凹陷的脸庞，呆呆地看着沾湿了的手指，喃喃地说：“怎么！我哭了！”

他猛地转过身，对着吉卜赛姑娘，苦恼万分地说道：

“唉！您居然就这样看着我哭，无动于衷！孩子，您知道吗，这眼泪就是熔浆？那么，人们对自己憎恨的人毫不动心竟是真的了，您一定会很高兴地看着我死去。哦！我可不愿看见您死去！说

---

① 圣经典故，该隐为亚当与夏娃的长子，因嫉妒弟弟深得上帝宠爱而将他杀死。

句话吧！只要是一句求我宽恕的话。不必说您爱我，只要说您愿意就行了，我就会救您。不然的话……时间不等人，我以一切圣物的名义恳求您，说句话吧，不然，我就会像这个要您性命的绞刑架一样，变得冷酷无情。想一想吧！我的手中掌握着我们两个人的命运，而我想我已丧失理智了，这很可怕，我会听任一切的毁灭，我们脚下是个万丈深渊，不幸的姑娘，我会随您一同坠入这深渊。行行好吧，说句话。说一句吧！只要说一句。”

她张开嘴，正要回答。他赶紧跪在她面前，崇敬地听她的话，他想从她嘴里吐出的可能会是动情的话。可她却说：“你是凶手。”

神父发狂似的把她抱住，发出可怕的狰狞的狂笑。说道：

“很好，是的！凶手！可我一定要得到您，您不想让我做奴隶，让我做您的主人好了！我会得到您的。我有一个窝，我要把您拽进去。您必须跟我走，不然，我就把您交出去！美人，您要么死，要么属于我！属于一个神父，一个叛教的人！属于一个凶手！就从今晚起，您听到了吗？来，让我们快活快活！来吧，吻我吧，您这疯狂的女人！不是坟墓，就是我的床铺！”

他的眼睛里冒着淫秽而狂烈的欲火，灼热的嘴唇烫红了姑娘的脖子。她在他的怀中拼命地挣扎着，他疯狂地吻遍她的全身。

“别咬我，魔鬼！”她喊道，“啊！讨厌的肮脏的妖僧！放开我！我要揪下你那可恶的白头发，大把大把地扔到你脸上。”

他脸上一阵红，一阵白，然后只好把她放了，阴郁地看着她。姑娘以为自己胜利了，又说：“我要告诉您，我属于我的弗比斯，我爱的是弗比斯，弗比斯多么漂亮，而您，神父，您又老又丑，您滚吧！”

他像是一个被施加了酷刑的不幸的人，狂叫了一声。“那您就死吧！”他咬牙切齿地说。他的目光凶狠恶毒，让她看了直想逃。他一把抓住她，使劲摇晃着，又把她摔倒在地，拽起她美丽的双手，在地上拖着，朝罗兰塔拐角处大步走去。

到了那里，他转身问道：

“最后一遍问您，到底愿不愿意属于我？”

她使劲回答：

“不！”

于是，他高声喊道：

“居第尔！居第尔！这就是那个吉卜赛女人！快报仇吧！”

姑娘觉得自己的胳膊突然被拽住了。她定睛一看，一只骨瘦如柴的胳膊从墙上的窗口伸了出来，像铁腕一样擒住了她。

神父说：“抓紧了，这就是那个逃跑的吉卜赛女人，别松手，我去叫警官，你会看见她被绞死的。”

“哈！哈哈！”墙内传来了一阵发自喉部的笑声，那是对神父这番血淋淋的话的回答。吉卜赛姑娘看见神父朝圣母桥那边跑去了，一阵马蹄声从那边传了过来。

姑娘认出那是一个凶恶的隐修婆。她惊恐万状，气也喘不过来了，她试图挣脱出来。她扭动着身子，绝望地像垂死的人那样跳了几次，但是，对方的力气大得吓人，紧揪着她不放。那瘦骨嶙峋的手指头掐进她的肉里，慢慢又合拢起来，仿佛那只手牢牢地钉在她的胳膊上了，简直比链条、手铐、铁箍还紧，这是一只从墙内冒出来的有生命有知觉的大铁钳。

她精疲力竭地靠在墙上，内心充满了对死亡的恐惧。她想到美好的生活，想到青春、天空、美丽的大自然，想到了爱情和弗比斯，想到就要失去的一切和即将来临的一切，想到告发她的可恨的神父、就要来到的刽子手和近在眼前的绞刑架。她觉得所有的恐惧一直渗透到发梢。她听见隐修婆凄厉地狞笑着，低声说道：“哈！哈！哈！你就要被绞死了！”

她如死人一般回头朝窗口看，透过窗栅，她看见麻袋女凶恶的面孔。“我什么事得罪了您？”她有气无力地问着。

隐修婆并不回答她，只是嘀嘀咕咕，像唱歌一般，激动地嘲笑：“吉卜赛女人！吉卜赛女人！吉卜赛女人！”

不幸的艾丝美拉达明白了同自己打交道的并不是一个人，只好垂下蓬头散发的脑袋。

那隐修婆好像过了好一会儿才反应出吉卜赛姑娘的问话，忽然叫了起来：

“你做的好事，你还问我。啊！吉卜赛女人，你的确对不起我！好吧！你给我听着，我有过一个小孩！你懂吗？一个小孩！我跟你说，一个漂亮的小女孩！我的阿涅丝！”她茫然若失地喊着女儿的名字，黑暗中似乎还吻着一件什么东西，接着，她又恶狠狠地说道，“嗨，你知道吗，吉卜赛女人！有人把我的孩子弄走了，把我的孩子偷走了，把我的孩子吃掉了。这就是你做的好事！”

姑娘像一只可怜的小山羊，回答道：“那时我也许还没出生呢！”

“不，不对！”隐修婆抢着说，“那时你一定出生了，你就是他们那些人中间的一个。她的年龄跟你差不多！我在这里已经十五年了，受了十五年的苦，祈祷了十五年，我的头在墙上也撞了十五年……告诉你，是几个吉卜赛女人把我的孩子偷走的，你听见了吗？她们把她吃了……你有心肝吗？你想象一下孩子玩耍、吃奶、睡觉的样子，简直可爱极了！……呵！她们夺走的、杀死的，就是这个呀！仁慈的上帝看得一清二楚！……今天，终于轮到我了，我要吃你这吉卜赛女孩的肉了……啊！要是没有铁条护着，我就可以咬你了，我的头太大了，过不去！……我可怜的孩子，是在睡着的时候！她们把她惊醒，她该怎样无助地哭着，是我不在家呀！……啊！吉卜赛女人们，你们吃掉了我的孩子，你们也来看看你们的孩子的下场吧！”

说着，她大笑起来，或许还在咬牙切齿。在她那张愤怒的脸上简直无法分清她是在笑还是在咬牙。天渐渐亮起来了，青灰色的曙光照在广场上。那绞刑架也愈来愈清晰了。从圣母桥那头传来的马蹄声在可怜的女犯人耳朵里也越来越近了。

“夫人，”她抬起双手，跪倒双膝，披头散发，惊慌失措地喊着，“夫人，饶命！他们来了。我没做过任何一件对不起您的事。难道您愿意看着我惨死在您的面前？我敢保证您是富有同情心的。让我逃命去吧，这太可怕了，求您开开恩，我可不愿意这样死去！”

“还我孩子！”隐修婆说。

“求您，开开恩吧！”

“还我的孩子！”

“看在老天的份上，放开我吧！”

“把孩子还给我！”

姑娘又一次筋疲力尽地跌倒，眼光像墓穴里的死人一般呆滞。

她哽咽着说道：“唉！您在找您的孩子。我却在找我的父母。”

“还我的小阿涅丝！”居第尔继续说，“你不知道我的孩子在哪里，你就去死吧！……我告诉你，那时我是个妓女，我有一个孩子，我的孩子被人偷了……是吉卜赛女人干的。所以这很清楚，你一定得死。等你的吉卜赛母亲来找你时，我会告诉她：瞧那绞刑架吧！……要不，你就把孩子还给我。你知道我可爱的女儿在哪里吗？瞧，这边来看看，这是她留下的唯一的东西，她的鞋子。你知道另一只在哪儿吗？要是知道，你就告诉我，哪怕天涯海角，我也要爬着去找。”

说着，她的另一只手拿起一只绣花小鞋伸出窗外。天已经亮了，姑娘完全可以看清鞋的颜色和形状了。

吉卜赛姑娘哆嗦着：“哦！上帝！把鞋给我看看。老天！”

同时，她那只空着的手迅速打开挂在脖子上的一只镶着玻璃片的小荷包。

居第尔喝道：“去！去！就放弃你那魔鬼的护身符吧！”突然，她猛地停住，浑身发抖，从她的肺腑深处发出一个声音：“我的女儿！”

原来，吉卜赛姑娘刚才从她的小荷包里拿出了一只一模一样的小鞋。这只小鞋上还别着一张羊皮纸，上面写着两句话：

同样的鞋子找到时，
母亲向你伸出双臂。

一转眼工夫，隐修婆已经仔细比较了两只鞋，察看了上面的文字，她带着上苍赐给的欢乐，把脸凑到窗栅上，喊道："我的女儿！我的女儿。"

母狮，一言不发地用双手凶猛地摇撼窗上的铁条，但铁条毫无动静。于是，她拿起墙脚作枕头的石板，用力砸向铁条，其中一根迸闪着火花，断开了。她又来了一下，那挡住窗口的古老的十字形铁栅彻底裂开了。她用力拗断生锈的铁条，将它们统统拔去。——有时候，女人有着异乎常人的力量。

不到一分钟就把道路打开了，她一把把女儿抱起，拖到小屋里，嘴里咕哝道："来吧，让我把你救出深渊。"

她把女儿抱进屋，轻轻放在地上，就像抱着小阿涅丝一样，将她搂在怀里。她在狭小的屋里来回踱步，边走边吻女儿，边走边和她说话，欣喜到了极点，如中疯魔，又哭又笑，又喊又叫，这一切都同时爆发出来。

"我的女儿！我的女儿！"她说道，"我的女儿就在这里，我找到她了。感谢仁慈的上帝把她还给我。喂！你们，大家都来吧，有人想看着我找到了我的女儿吗？我主耶稣，她多么美丽！上帝啊！您让我等了十五年，是要还我一个美丽的姑娘。是谁造的谣，说吉卜赛女人把她吃掉了。我的小女儿，我的小女儿，吻我吧！那些吉卜赛女人真善良，我喜欢吉卜赛女人。——真的是你呀！难怪当你经过这里，我的心就怦怦作响。我还以为是因为仇恨的缘故。原谅我吧，我的阿涅丝，原谅我吧。你一直觉得我挺凶，是吧！我爱你，你脖子上的那颗痣还在吗？让我看看，哦，它还在。啊！你真漂亮，你这么大的眼睛是我给的。小姐，吻我！我爱你。别的母亲有自己的孩子，现在我不稀罕了。我也可以嘲笑她们了。让她们来看看，我也有女儿，看看她的脖子，她的眼睛，她的头发，她的手。上哪儿去找这么漂亮的姑娘？啊！我打赌还有很多人爱她。我哭泣了十五年，她集中了我身上的美貌。亲吻我吧！”

她还给女儿说了一大堆荒唐话，语调动听极了。可怜的姑娘衣裳被弄乱了，羞得面色通红。她用手梳理姑娘丝一般的光滑油亮的头发，亲吻她的脚、膝盖、额头、眼睛，一切都让她赞叹不已。姑娘任凭她爱抚，不时用轻轻的柔情的声音呼唤：“我的母亲。”

隐修婆说：“你看，我的姑娘，"一边说，一边吻着她，声音时断时续，“你看，我多么爱你。我们离开这个地方，我们会得到幸福的。我在我的家乡兰斯继承了一点遗产。你知道兰斯吗？啊！你不会知道的，那时你还小。但愿你知道你四个月时多么漂亮！那好看的小脚丫，人们从七里外的埃佩尔奈来看你的小脚丫呢！我们会得到一块田地，一所房子。我要让你睡在我的床上。我的上帝！我的上帝！我找到了我的女儿，说起来谁会相信呢？”

“啊！我的母亲！”姑娘好容易平静了激动的心情，有了说话的力气，“那个吉卜赛女人曾经告诉过我，她是我们那群人中一个善良的女人，去年死了。她对我就像奶妈一样好，就是她在我脖子上挂了这个小荷包。她说：‘小姑娘，这东西你要好好保存，这是宝贝。它将保佑你们母女重逢。你这是把你的母亲挂在脖子上哪！’真给那个吉卜赛女人说中了。”

隐修婆又把女儿紧紧搂住。“来，让我亲亲你！你说得多好。等我们回到家乡，就给教堂的主婴穿上这双鞋。感谢仁慈的主母让我们重逢。我的上帝，你的声音真动听！你和我说话时就像唱歌一样。我的上帝，我终于找到了我的女儿。但这天大的喜事真不敢相信是真的。人是不会轻易死掉的，这不是，我这么高兴也还没有死掉嘛。”

随后，她拍起手，笑着喊着：“我们将会过上好日子的。”

此时，小屋里传来了兵器的碰撞声和嘚嘚的马蹄声，听上去是从圣母桥上沿着河堤传过来。吉卜赛姑娘不安地扑进隐修婆的怀中。

“救救我！救救我！妈妈！他们来了！”

隐修婆的脸色骤然变得惨白。

“啊！老天！你说什么？我倒忘了！有人追捕你，你到底干了什么？”

那可怜的孩子答道：“我不知道，可是他们判我死刑。”

“死刑！”隐修婆如五雷轰顶，抖动起来，“死刑。”她瞪着女儿，缓缓说道。

“是啊，妈妈，”女儿惊慌地说，“他们要杀我，他们来抓我了，那个绞刑架正在那里等着我。救救我！救救我！他们来了！救救我！”

隐修婆象变成了石头一般半响一动不动，随后摇头表示怀疑，继而又恢复了可怕的狂笑，“嗬！嗬！不会是真的！你说的是一场梦。是呀！我丢掉她长达十五年，现在找到她还不到一分钟，就又有人想将她夺走。她现在长大了，这么漂亮，她和我说话，她爱我，现在他们当着我这个做母亲的面又要来吃她了！啊！不行！这样的事不可能发生，仁慈的上帝绝不会答应这样做。”

这时，马蹄声停了下来，远处有个声音喊道：“特里斯丹大人，从这边走。那个神父说她躲在老鼠洞那儿。”马蹄声又响起来。

隐修婆站起身来，绝望地叫了一声：“快逃吧！快逃吧！我的孩子！我想起来了，你说得对，他们是来处死你的。太可怕了，诅咒他们，你快逃吧。”

她把头伸出窗外，又立刻缩了回来。

她用急促而低沉的声音说道：“你就待在这里！”她痉挛地抓住吉卜赛姑娘的手。吉卜寨姑娘已经吓得形同死人。“到处都有士兵，你就待在这里，千万别出去。天太亮了，你出不去。”

她干涸的眼睛中似有火在燃烧。她半响不作声，在小屋里来回走动，有时停下来，扯下斑白的头发，用牙齿拼命啃啮。

她忽然说道："等他们过来，你就躺在角落里，他们看不到你，我上去答话，告诉他们说你已经跑了，是我放走的，就这样！"

她把一直抱着的女儿放了下来，把她安顿到外面不易发现的角落里。她让她蹲下，仔细地布置了一番，使她的手脚都躲在阴影里。解开她乌黑的长发覆在白长裙上，不让人看见，她又在姑娘前面放了水罐和石板。她只有这两件家当可以遮挡姑娘。她安排好之后，心里平静了点儿，就跪下来祈祷，天色微明，老鼠洞依旧黑沉沉的。

就在此时，神父地狱般阴森的声音响彻小屋附近。他喊道："从这边走，弗比斯·德·夏多佩队长。"

听到这个名字和这个声音，蜷缩在墙脚的艾丝美拉达轻轻动了一下。"别动！"居第尔说。

语音刚落，就听见一片嘈杂的人声、刀剑声和马蹄声在小屋周围停了下来。母亲赶紧站起来，跑去堵住窗洞口。她看见一大堆徒步的或是骑马的武装士兵，排列在格雷沃广场上。领头的翻身下马，向她走来，面目狰狞地对她说："老东西，我们在找一个女巫，要把她绞死，听说她在这儿。"

可怜的母亲装出事不关己的样子，答道："我不清楚你在说些什么。"

那人又说："上帝的脑袋，副主教失了魂了，胡说八道些什么？他人到哪儿去了？"

"大人，"一个士兵说，"他不见了。"

"嗳，疯老婆子，"领头的又说："你可别扯谎，有人将女巫交给你看管的，你把她藏到哪儿去了？"

隐修婆不想全部抵赖，引起别人的怀疑。于是，她坦率地粗声粗气地说道："如果您说的是刚才有人交给我的高个子姑娘，我可以告诉您，她咬了我一口，我只好松手。就是这样，别再打扰我了。”

领头的失望地做了个鬼脸。

“别跟我说谎，老怪物，”他又说，“我是国王的老友特里斯丹·莱尔米特。听说过吗？特里斯丹·莱尔米特。”他望了望格雷沃广场，说：“这个名字在这一片十分响亮。”

“就算您的名字叫撒旦·莱尔米特，”重新燃起一线希望的居第尔说，“我也无话可说，我一点儿也不怕您！”

“上帝的脑袋！”特里斯丹说，“真是个多嘴婆！唔！你说女巫逃匿了，逃到哪儿去了？”

居第尔用满不在乎的口气答道：

“大概是从羊肉街逃走的吧。”

特里斯丹转过头，用手势示意队伍离去。隐修婆松了口气。

一个弓箭手忽然说：“大人，您问问老巫婆，窗上的铁栅怎么会断成这个样子。”

这个问题又让可怜的母亲焦虑不安起来，但她还保持了一点儿镇静。她结结巴巴地说：“它一直就是这个样子。”

“呸！”那弓箭手又说：“十字铁栅昨天还令人肃然起敬地立在那里。”

特里斯丹瞥了隐修婆一眼。

“我相信你这多嘴婆慌了手脚。”

可怜的女人知道事情的成败全靠她能否保持镇静。她心中虽然无比痛苦，但仍然冷笑着——当母亲的就有这种本领。“呵！”她说，“这个人喝醉了吧，一年前，一辆满载石头的马车把我窗户上的铁栅给撞散了，那个车夫还被我臭骂了一顿。”

另一个弓箭手说：“这倒真有其事，当时我在场。”

到处都有这种仿佛什么事都曾亲眼目睹的人，那个弓箭手出人意料的见证使隐修婆又有了一点儿勇气，刚才那场盘问让她觉得踩着刀尖跨过了万丈深渊。

可是，希望和惊恐注定要轮番折磨她。

第一个弓箭手说："如果是马车撞的，铁条应该朝里弯，怎么它们反倒是朝外弯呢？"

"嘿嘿！"特里斯丹对那个士兵说："你的鼻子倒真灵，就跟城堡里的审讯官一样。老东西，快回答他的话。"

"我的上帝！"她绝望地带着泪水喊道："大人，我可以发誓，是马车将窗栅撞坏的。您也听那人说是他亲眼看到的，话又说回来，这跟您那个吉卜赛姑娘又有什么关系？"

"哼！"特里斯丹咕哝了一下。

"见鬼！"那个士兵受到上司的夸奖，得意洋洋地说："可铁条明明是新断的。"

特里斯丹摇摇头。隐修婆的脸刷地一下白了。"你说，马车到底是什么时候撞的？"

"一个月，或许是半个月吧，大人，我也记不清多长时间了。"

"刚才她还说是一年以前。"士兵指出。

"这里面一定有鬼！"那宪兵司令说。

"大人啊！"她喊道，身子始终贴着窗子，提心吊胆，生怕他们怀疑，把脑袋伸进小屋，"大人，我向您发誓，是一辆马车撞坏这些铁栅的。我以天堂里天使的名义向您发誓。如果不是马车，我情愿永世下地狱，永远背弃上帝！"

"瞧你这誓发得多起劲！"特里斯丹用咄咄逼人的目光看了她一眼。

可怜的女人觉得自己越来越无法支撑下去了。她已经到了语无伦次的地步，她发觉自己说了不该说的话，心里非常恐惧。

就在这时，另一名士兵跑上来喊道："报告大人，老妖婆在说谎。那女人没有从羊肉街逃走。街上的铁链响了一整夜，看守人没见一个人过去。"

特里斯丹的脸色越来越阴沉，他转身质问隐修婆："你怎么解释？"面对这新的变故，她试图应付过去："我不知道，大人，也许我搞错了，我想，她过了河吧！”

“那就是对岸了！”特里斯丹说，“她怎么可能再回内城去，那里早就在追捕她了。你撒谎，老家伙。”

“况且，”那个发现窗栅损坏的士兵帮腔说，“河两岸一条船也没有。”

“她大概游过去的呢。”隐修婆步步设防，寸步不让地反驳道。

“女人会游泳吗？”那士兵问。

“上帝的脑袋！老家伙！撒谎！你撒谎！”特里斯丹气愤地说，“我真想撇下那女巫，先把你绞死！只消一刻钟刑讯，我就会把实话从你喉咙里掏出来，走！跟我们走。”

她正巴不得，立刻抓住这句话：“随您的便，大人。快点，来呀！刑讯，我愿意。把我带走，快呀！马上走。”她想，“趁这个机会，我女儿就可以逃跑了。”

宪兵司令说：“天杀的！我真搞不明白，这疯婆子是怎么回事，居然对拷问台感兴趣。”

一个头发斑白的夜巡警从队列中走了出来，对宪兵司令说：“大人，她确实是个疯子。要是她真的放走了那个女巫，也不能怪她，她是不喜欢吉卜赛女人的。我干巡防已经十五年了，天天晚上都听见她在恶语咒骂那些吉卜赛女人。如果，我们追捕的是那个带着小山羊跳舞的小姑娘，那是她特别仇恨的一个。”

居第尔竭力控制住自己，说道：“特别仇恨那一个！”

夜巡队的队员都一致作证，证实了老巡警的话。特里斯丹·莱尔米特从隐修婆口中没掏出半点线索，非常失望，就转过身走了。她看着宪兵司令缓缓地朝他的马走去，心里仍十分不安。“出发！”他咬牙切齿地说：“继续搜寻。不把那个吉卜赛姑娘抓住绞死，我绝不睡觉！”

可是，他在上马之前还是犹豫了一阵，目光不断地扫视广场，像猎狗嗅出藏在附近的猎物一样，舍不得马上离开。隐修婆吓得心惊肉跳，就像处在生死之间。最后，他摇了摇头，跳上马去。居第尔心头的石块总算落下来了。自从他们来了以后，她始终不敢朝女儿看一眼，这时才偷偷看了一眼，轻声说：“你得救了。”

可怜的孩子一直待在角落里，感觉死神就在跟前，不敢呼吸，也不敢动弹。她看清了居第尔和特里斯丹之间对话的所有细节，母亲的一举一动在她心中回响。她听到那根把她吊在深渊上的绳子不断地轧轧作响，仿佛好几次那根绳已经断了。现在终于可以喘口气了，觉得脚踏实地了。就在这时，她听见一个声音对特里斯丹说：

“牛的角！宪兵司令先生，绞死女巫不是我们当军人的事情。暴乱已经平息，绞死女巫的事就留给您了。我想您不会反对我回我的队伍去吧，他们不能没有队长带领。”

这是弗比斯·德·沙多倍尔的声音。她一时的心情真难以形容。他来了，就在跟前，她的朋友，她的保护人，她的依靠，她的避难所，她的弗比斯！她站了起来，母亲还没来得及阻挡，她就冲到窗前，喊道：

“弗比斯！快来救我，我的弗比斯！”

弗比斯已经不在那里了，他骑马刚刚拐进了刀剪街。可是特里斯丹并没有离开。

隐修婆叫着扑向女儿。她一把拽住女儿的脖子往后拉，指甲都掐进她的肉里。她像母老虎护仔一般，不顾一切，但为时已晚。特里斯丹已经看见了。

“哈！哈！”他大笑起来，露出了狼一般的牙齿，他叫道：“老鼠洞里有两只老鼠。”

那士兵说：“我早猜到了。”

“你真是一只好猫！”特里斯丹拍拍他的肩膀，“……来呀！昂里耶·库赞！”

一个人从队列中走了出来，长得不像士兵也没穿军装。他穿着一件半灰半褐色的衣服，袖子是皮的，头发梳得直直的，手里拿着一捆绳子。这个人总是跟着特里斯丹，就像特里斯丹从来也伴随在路易十一左右一样。

“伙计，”特里斯丹说，“我想那就是我们要找的女巫。你去给我把他绞死，带梯子了吗？”

“柱子房的厂棚里有一架，”那人回答，又指着不远处的石头绞刑架说，“是在那上面干吗？”

“没错。”

“嘿，嘿！”那人大笑一声，笑得比特里斯丹还残酷，“那就费不了多少工夫。”

自从特里斯丹看见女儿之后，隐修婆就知道一切都完了，一直没有说话。她把半死不活的吉卜赛姑娘扔到屋子的角落里，又回去站在窗口，如同两只利爪般的手紧抓住窗台，用凶狠昏乱的眼光盯着全体士兵，一点儿也不畏惧。她面目狰狞地看着昂里耶·库赞走近小屋，吓得他直往后退。

他回到特里斯丹身边问道：“大人，抓哪一个？”

“年轻的那个。”

“太好了！那老的不太好对付！”

“可怜的牵着山羊跳舞的姑娘。”那个老巡警说。

昂里耶·库赞走近窗口，被那母亲的目光吓得不敢抬眼，他胆怯地说：

“夫人……”

她打断他的话，声音低弱但充满愤怒：“您想干什么？”

“不是抓您，是另外那个。”

“另外哪一个？”

“那个年轻的。”

她摇着头嚷道：“没有人！没有人！没有人！”

“有人！”刽子手说，“您很清楚，我只抓那个年轻的，并不想为难您。”

她怪声怪气冷笑道：“您还说不想为难我！”

“让我抓走那个年轻的吧，夫人，是司令的命令。”

她神气疯狂，又重复了一遍："没有人！"

"我告诉您有人！"刽子手说，"我们都看见了，你们有两个人。"

隐修婆冷笑道："伸进你的脑袋来看吧！"

刽子手看了看隐修婆的指甲，不敢上前半步。

特里斯丹喊道："抓紧点。"他刚把队伍排成半圆形将老鼠洞包围起来，自己策马站在绞刑架旁。

昂里耶毫无计策，只好又去请示特里斯丹。他把那捆绳子放在地上，双手笨拙地转动帽子。他问："大人，从哪儿进去。"

"从门口。"

"可是没有门。"

"那就从窗口。"

"窗子太窄小了。"

"挖大些。"特里斯丹有些生气了，"你不是有镐头吗？"

母亲依然站在洞穴里，惊呆了，她一动也不动望着外面。她已经绝望了，不知道如何是好，但她下定决心，不让自己的女儿被人抢走。

昂里耶·库赞到柱子房的厂棚里找来了刽子手的工具箱，和一架双层梯。他将梯子支在绞刑架旁。拿着镐的五、六名士兵和特里斯丹一块走向窗口。

"老东西，"特里斯丹凶巴巴地说道，"老实把姑娘交给我。"

隐修婆就像什么也听不懂似的望着他。

"上帝的脑袋！"特里斯丹又叫道，"你干吗妨碍我们绞死这个女巫，这可是国王的旨意。"

可怜的女人又像往常那样粗野地狂笑起来。

"干吗？她是我的女儿。"

她说话的那个腔调令昂里耶·库赞禁不住毛骨悚然。

"把墙挖开。"特里斯丹说。

只需把窗洞下面的石头挖掉一块，就能在墙上打开一个大口。那母亲听见镐头和撬棒在挖墙脚，怒吼着像一头长期关在笼里的野兽在屋里急速转来转去。她一言不发，眼中闪着怒火。士兵们心底冒起一阵阵寒意。

她突然举起那块做枕头用的石板，砸向挖墙的人。她的手在发抖，石板没有砸准，谁也没砸到，滚到特里斯丹的马腿旁才停下来。她咬牙切齿，咯咯作响。

这时，尽管太阳还没有出来，天已经大亮。柱子房那几根古老破旧的烟囱辉映着灿烂的朝霞。此时，这座大城市里最早起床的人朝着房顶欢快地推开窗户。几个村民、几个水果贩子骑着毛驴穿过河堤，来到荣市。他们看见士兵们围着老鼠洞，便惊奇地驻足观看，不多久，又径直离去。

隐修婆坐在女儿身边，用自己的身体，从前面遮挡住她。她目光呆滞，看着可怜的女儿一动不动，听她低声叫道："弗比斯！弗比斯！"随着挖墙工作的进展，母亲下意识地朝后退，把姑娘挤在墙脚。忽然，她看到石头松动了（因为她的眼睛从来没有离开过那块石头），同时又听见特里斯丹给挖墙人鼓劲的声音。她强打精神，从无声的消沉中振作起来，大声喊着，声音如锯子一般刺耳，时断时续，仿佛所有的诅咒都涌到嘴边，一下子爆发出来：

"嗨！嗨！多么可恶！你们这些强盗！你们竟要从我手中夺走我的女儿？我跟你们说，她是我的女儿，呵！胆小鬼！呵！刽子手！呵！可恶的卑鄙的家伙！救命啊！救命啊！快来人！救火！他们当真要这样抢走我的女儿？所谓仁慈的上帝到哪儿去了？"

接着，她四肢着地，毛发直立，宛如一头豹子。她目光散乱，口吐白沫，转向特里斯丹，说道：

"来呀！把我的女儿抢走啊！难道你听不懂这个女人的话吗？她是我的女儿。你知道有个孩子是什么意思吗？嘿！你这豺狼，难道你没和你的母狼睡过吗？你难道就没有狼崽子吗？如果你有狼崽，当它们嗥叫时，你就不心痛吗？"

“撬下石头！”特里斯丹说，“它已经松了。”

那块沉重的石头终于被撬棒掀下来了。我们以前说过，这是母亲最后的城堡。她扑上去，用身子顶住石头，并用手指抠抓着。可是。六个男人掀动着巨石，她根本抓不住，巨石顺着撬棒慢慢滑到地上。

母亲见入口已打开，就横倒下来堵住洞口，双臂扭曲着，脑袋在石板地上碰得直响，用她那由于精疲力竭而听不清的声音嘶哑喊道：“救命呀！失火啦！失火啦！”

特里斯丹理都不理，冷冷地说道：“现在把姑娘带走。”

那母亲用异常可怕的目光瞪着士兵，吓得他们不敢向前，直往后缩。

宪兵司令又说：“快去！昂里耶·库赞，你去！”

谁都没有动。

特里斯丹骂了起来：“耶稣的脑袋！算什么当兵的！居然怕起一个女人来。”

“她长了一圈狮子般的鬃毛！”一个士兵说。

“去呀！”特里斯丹又喊道：“洞口相当大，三个人一道走，就像突破彭多瓦斯一样。快点干，该死的东西！谁先后退，我就把他砍成两段！”

士兵们夹在司令和那个母亲之间，两边都受到威胁。他们犹豫了一会，终于下定决心，向老鼠洞挺进了。

隐修婆看见这种情形，忽然直挺挺爬了起来，跪在地上，把脸上的头发掠开，让两只瘦骨嶙峋的手垂到腰下，大颗大颗的眼泪夺眶而出，泪珠顺着两颊上的皱纹往下淌，犹如溪流顺着河床往下流。她边哭边说，但声音那么哀婉、那么恳切、那么温顺、那样令人感动，说得特里斯丹周围的那几个连人肉都敢吃的家伙，也在抹眼泪。

“大人们！巡警先生们，听我说句话！我必须对你们说这件事，她是我的女儿。知道吗，是我失散了十五年的女儿。听着，我要告诉你们一段往事。你们想想，我和巡警先生们是很熟的。从前，孩子们因为我是妓女向我扔石头时，巡警先生对我很照顾。你们知道吗？当你们知道后，会把我的女儿留给我的！我是一个可怜的妓女。是吉卜赛女人把她拐走的。可我把她的小鞋一直保存了十五年。您瞧，就是这只，她那时脚多小啊！那是在兰斯！拉·尚特乎勒里！在困难过多街。你们或许知道那里，认识那个人，那就是我啊！那时你们还年轻，那是美好的时光，日子过得多快活啊！你们会同情我的，是吧，大人们？那些吉卜赛女人把她从我家里拐走，把她藏了十五年。我还以为她已经死了呢。你们想想，朋友们，我竟以为她已经死掉了。我在这个不见天日的洞穴里熬了十五个年头，冬天没有炉火。多艰难啊！可怜的亲爱的小鞋！我天天都在哭喊，连仁慈的上帝都听见了。今天夜里他就把女儿还给了我。这是上帝给予我的恩赐。她没有死。你们肯定不会把她从我身边再次夺走的。要是抓我，我什么话都不说，但你们抓的是她，——一个十六岁的孩子！给她时间让她享受阳光吧！——她什么地方冒犯了你们？什么也没有！我也没有。要知道，除了她，我一无所有，我已经老了，这是圣女给我的赏赐。再说，你们大家都有一副好心肠，原先你们不知道她是我的女儿，现在你们知道了。啊！我爱她！大司令先生，我宁肯在自己的五脏六腑上捅一刀，也不愿看见她手指划破一道口子！看您的样子就是一个仁慈的老爷！我已把事情给您讲清楚了，不是吗？噢！您自己也有过母亲，老爷！您是司令，把孩子留给我吧！您瞧，我跪着向您求情，就像在求耶稣基督一般！我不求别的什么。我是兰斯人，大人们，我的叔父马蒂尔·布拉东给我留下一块田地。我不要乞丐。我只要我的孩子！啊！我要留下我的孩子！上帝啊！我的上帝！仁慈的上帝不会无缘无故把孩子还给我的！国王！你们说国王！他把我的女儿杀了，也不见得会增添多大的快乐！况且，国王也是仁慈的！这是我的女儿！是我的女儿！是我的！她不是国王的！不是你们的！我们想离开这里，我们想离开！两个女人——一个是母亲，另一个是女儿。

让我们走吧！我们是兰斯人。啊！你们都是大好人，我喜欢你们大家。你们不会把我亲爱的孩子抓走，那是不可能的呀！那是不可能的，是不是？我的孩子，我的孩子！”

她的手势，她那声调，她一边说一边强咽泪水，她怎样合掌祈求，怎样搓弄着双手，还有她那令人心酸的苦笑，泪汪汪的眼睛，痛苦的呻吟和叹息，语无伦次中不时发出可怜的揪心的疯狂的喊叫，这一切，我们很难描绘出来。她终于停了下来，特里斯丹·莱尔米特皱了皱眉头，不过那只是为了掩饰他那双凶残的眼睛中的一滴眼泪。不过，他克制了自己，生硬地说道：“这是陛下的旨意！”

然后，他凑在昂里耶·库赞的耳边，低声说：“快干，快干！”或许这可怕的司令也觉得，他的心也快要支持不住了。

刽子手同巡警们一道闯进了小屋。那个母亲只是向女儿爬过去，不作任何反抗，拼命地扑在她身上。吉卜赛姑娘看到士兵走了过来，她感到死亡的恐怖，这使她重新振作起精神。

“母亲，”她喊道，“我的母亲！他们来了！保护我呀！”声音悲哀凄凉。

“我的宝贝，我保护你！”母亲回答道，声音已十分微弱。她把女儿紧紧地搂在怀里，不住地亲吻着。她们两人都躺在地上，母亲护着女儿，此情此景令人悲痛万分，催人泪下，谁见了都会心软。

昂里耶·库赞从姑娘的肩下，将她抱起。姑娘感觉到了这只手，“哎哟”了一声，随后便晕过去了。刽子手流下了眼泪，一滴滴眼泪洒落在她身上。他想抱走姑娘，试图掰开母亲的手，可母亲的两只手抱得那么紧，像是绑在了女儿的腰上，根本无法分开。于是，昂里埃·库赞只好把姑娘拖出小屋，连带着也把母亲拖了出去。母亲也紧闭着双眼。

这时太阳正冉冉升起。越来越多的人聚集到了广场上，远远地看着士兵们把什么东西拖向绞刑架。特里斯丹向来不允许看热闹的人走近绞刑架，这是宪兵司令行刑时的怪癖。

周围各户人家的窗口上都没有人。只是在远处，格雷沃广场对面的圣母院的钟塔顶上似乎有两个人在张望，他们的身影在朝晖的映衬下清晰可见。

昂里埃·库赞把那堆东西拖到了那致人死命的梯子脚下，停了下来。他觉得气也喘不过来了，心中充满了怜悯。他把绳子套在了姑娘美丽的脖子上。不幸的孩子感觉到了麻绳可怕的接触，睁开眼睛，看见头顶上那石头绞架向她伸出了消瘦的胳膊。于是，她浑身摇晃着，用肠断肝裂的声音高呼："不要，不要！我不要！"那母亲的脑袋埋在女儿的衣服里，一句话也说不出来，只看到她全身都在发抖，更加疯狂地亲吻着自己的孩子。趁着这个机会，刽子手用力把她紧抱女犯人的胳膊掰开。或许是因为筋疲力尽，或许是因为心如死灰，她丝毫没有反抗。于是，刽子手把姑娘扛在肩上，这漂亮的姑娘在他那宽大的肩膀上优美地折成两截垂落下来。随后，他跨上梯子，向上爬去。

这时，蹲在地上的母亲突然睁开双眼，站了起来。她一声不吭，但神情极为恐怖，然后像一头猛兽扑向刽子手，咬住他的手。这一切快如闪电一般，刽子手痛得嗷嗷直叫。其他人跑了过去，费了好大的劲才把他那血淋淋的手从母亲的牙齿间抽出来。她始终一句话都不说。她被人猛地一推，只见她的脑袋重重地摔在了石板地上。别人把她扶了起来，她又重新倒了下去。她已经死了。

剑子手一直都没有松开姑娘，现在，他又扛着她重新沿着梯子向上爬。

二、美丽的白衣姑娘[1]

卡西莫多看见小屋里空荡荡的，一个人也没有，吉卜赛姑娘已不在里面，有人趁他拼命抵抗时，将她抢走了。于是，他用手撕扯

① 原文引自但丁《神曲》，为意大利文。

自己的头发，吃惊而痛苦地跺起脚来。接着，他满教堂寻找吉卜赛姑娘，教堂的每个角落响起他古怪的叫声，到处撒满了他红棕色的头发。这时，已开进圣母院的国王的弓箭手们正在四处搜寻吉卜赛姑娘。卡西莫多也帮着他们到处找。可怜的聋子以为乞丐是吉卜赛姑娘的敌人，哪里想到弓箭手们的险恶用心。他亲自带特里斯丹·莱尔米特到所有可以藏人的地方察看，替他们打开包括圣坛夹层和圣器室在内的所有的暗门。如果不幸的姑娘真躲在那些地方，“出卖”她的正是卡西莫多。当左寻右找依然无所收获，连难得厌烦的特里斯丹都疲倦了，卡西莫多只好自个儿去找。他前后左右在教堂里搜索了几十遍，奔跑着、呼唤着、叫喊着、嗅闻着、搜索着。把头伸进每个暗洞里察看，用火把照亮每一个拱顶，绝望而疯狂。他像失去了母兽的公兽一般咆哮着，惊慌失措。最后，他肯定她已被人抢走，不在教堂里了。找到她的希望已经落空。他踩着楼梯缓缓爬上钟塔。当她被救进教堂时，他是怀着多么喜悦多么激动的心情走上这道楼梯。现在，重新走过那些地方，又是何等失意，没有一点声音，眼泪已流干，甚至连一丝气息也没有。教堂没有人迹经过，显得寂静起来。弓箭手们早已离开，去老城的其他地方搜捕女巫去了。刚才被重重包围、喧闹不堪的圣母院里，只留下卡西莫多孤零零一个人。吉卜赛姑娘在他的庇护下在那里度过了好几个星期呢！他走进小屋时还幻想着能在里面找到她。当他走到教堂两条过道顶上的走廊拐角处，看见了那间狭小的屋子连同它的小门小窗，像挂在树上的鸟窝一般缩在那道巨大的扶壁拱架下。可怜的卡西莫多头晕目眩，靠着一根柱子才不致跌倒。他想象她又回来了，被一位好心的天使送回来。她不会不在那间恬静、安全、可爱的小屋里。他不敢前进一步，生怕幻想破灭。“是的，”他告诉自己，“她也许睡着了，也许在祈祷，别打扰她。”

他终于鼓起勇气，踮着脚尖走到小屋跟前，四处看看，走进了小屋里，空无一人！那小屋依然空空荡荡。可怜的聋子在屋里慢慢转着，掀起床看看，以为她会藏身于床垫和石板之间。他摇摇头，呆呆站在原地。突然，他疯狂地踩灭火把。一句话不说，也不叹气，全速跑去，一头撞在墙上，随即晕倒在石板上。

当他苏醒过来，便扑倒在床上，打着滚，发疯似的吻着姑娘睡过的尚有余温的地方。他在那儿静静地躺了一会儿，仿佛没了呼吸似的，随即站起身来，大汗淋漓，气喘不已，失去理智地把头朝墙上撞去，一下接一下，像敲钟那样很有规律，似乎存心要把脑袋撞裂。他力气耗尽，再次倒在地上。他用膝盖爬出房门，蹲在房屋对面，一副痴傻的样子。

他就这样待了一个多钟头，纹丝不动，眼睛紧盯住那间空荡荡的小屋，悲哀地沉思着，比一个母亲面对空空的摇篮和装着孩子尸体的棺材还要难过。他一声不发，间或抽咽一声，全身震颤。那是无泪的抽泣，仿佛夏日无声的闪电。

他在悲痛的思索中自问，是谁出人意料地劫走了吉卜赛姑娘？他想起来了，是副主教，只有堂·克洛德有通向小屋楼梯的钥匙。他又想到，曾经有两个夜里，堂·克洛德对姑娘欲行非礼。第一次卡西莫多曾帮过忙，第二次他阻止了克洛德。这些细节使他很快断定是副主教劫走了吉卜赛姑娘。但他是那么尊敬神父，对他的感激、忠诚和敬爱早在心中扎了根，即使此时，他还努力地抗拒着嫉恨和绝望。

一旦想到是副主教做下这件事，他的愤恨只有转化成无边无际的痛苦，要是换了别人，他会感到不共戴天的仇恨。

当他正把思绪集中在副主教身上时，曙光已经照亮了教堂扶拱。他看见一个人影在圣母院的最高层，在环绕半圆形的殿的外部石栏的拐角处移动。这个人影正朝着他走来。他认出是副主教。克洛德沉重而缓慢地朝北钟塔走来，扭着头望着塞纳河右岸。他高昂着头，视线越过屋顶，似乎在寻找什么东西。猫头鹰经常采取这样斜视的姿态。飞向一个地方，眼睛却盯着另一处。神父斜着眼经过圣母院最高层，并没有瞥见卡西莫多。

卡西莫多惊诧于神父的突然出现。他瞧见神父钻进了北边钟塔楼梯的门道里。大家知道，在这个钟塔上可以看见市政大厦。卡西莫多站起身来，跟在神父后面。

卡西莫多为了弄清神父为何去那里便跟踪而去。此时，这个可怜的敲钟人根本不知道自己会干些什么，说些什么，也不知道自己想干什么。愤怒和恐惧充溢着他的心灵。副主教和吉卜赛姑娘在他心头冲突着。

他来到钟塔顶上，先小心翼翼地看了看神父在哪里，然后从黑暗的楼梯走上平台。神父背朝着他，前胸靠在朝圣母桥的镂空栏杆上，俯瞰着全城。

卡西莫多蹑手蹑脚走到神父身后，想知道他究竟在瞧什么。他专注地看着，没有发现聋子已经走到身后。

巴黎，尤其那时的巴黎，在夏天黎明清新的曙光中，从圣母院钟塔上鸟瞰下去，真是壮丽雄伟，动人极了。可能是7月的第一个清晨，几颗残星在碧空中渐渐隐去，东边的一颗特别耀眼，挂在天空的最亮处。巴黎在冉冉升起的朝阳照耀下，慢慢苏醒过来。成千座房屋东面的景致被洁白明净的曙光勾勒出来，呈现在你眼前。钟塔的巨大阴影，从这个屋顶挪到那个屋顶，从城市的一头挪到另一头。许多街区已听得见说话的声音。不时这边传来一声钟响，那边传来一声锤击，要不就是大车路过街上发出的辘辘声。几缕炊烟从屋顶密集的表面升起，如同火山口的气孔喷出气流。塞纳河在流经的一个个桥拱和小岛尖角处激起无数浪花，波光粼粼。城市周围，向外眺望，可见一片片絮状薄雾，透过薄雾，依稀可见辽阔的旷野，无尽伸延，其间起伏的山峦，显现出优美的轮廓。各种声音飘荡在半梦半醒的城市上空。晨风驱赶着山上羊毛般的几团白絮一样的雾气，向东飘去。

前庭广场上几个拎着牛奶罐的妇女，惊讶地对圣母院破损的大门、墙上凝固的两道铅流指指点点，议论纷纷。夜间骚乱就只留下这么多痕迹。卡西莫多在两座钟塔间燃起的柴堆早已熄灭。特里斯丹把广场清理得干干净净，将尸体全抛进了塞纳河。路易十一这样的国王，在每次屠杀之后，总把路面立刻清洗干净。

在钟塔栏杆外面，在神父驻足的地点下面，有一个哥特式建筑上常见的造型怪诞的石头水槽，水槽的裂缝里长出两朵盛开的妖娆的紫罗兰，摇曳在晨风中，仿佛两个人嬉笑着互相点头致意。钟塔上空的远方，不时传来鸟的啁啾声。

神父对这一切视若无睹，充耳不闻。他是不知道有早晨、鸟雀和花朵的那种人。尽管他周围天空无边无际，景物多姿多彩，他的眼光只集中在一点上。

卡西莫多急于追问他把吉卜赛姑娘弄到什么地方去了。但副主教此刻却失魂落魄。显然，天崩地陷他也会置之不理，他此刻正处在生命中最激动的一刻。他一动不动、一声不吭地凝神盯着那一点。在这静默中，有着令人恐怖的东西，就连粗野的敲钟人也不寒而栗，不敢莽撞。他只好顺着副主教的视线望去（这也是询问副主教的一种方式）。于是，聋子可怜的目光停留到了格雷沃广场上。

他就这样看到了神父所看的事物。梯子已竖起在常备的绞刑架旁。几个市民和一群士兵聚集在广场上。一个男人拖着一件白乎乎的东西，那东西后面还拖着一个黑色物体，走过来，停在绞刑架旁。

这期间，卡西莫多没有看清那里发生了一件什么事。并非他只有一只独眼看不到，而是因为一大堆士兵挡住了视线。况且，太阳已经升起，一时彩霞万丈，使巴黎的所有尖顶、尖塔、烟囱、山墙似乎都像着了火一般燃得通红。

卡西莫多看清楚了！那人肩上扛着一个女人、一个身着白衣的姑娘，爬上了梯子。姑娘颈上系着绳套，卡西莫多认出来了，正是她！

那人就这样爬到梯子顶上，调整了一下绳索。神父双膝跪在栏杆上，以便看得更清楚。

突然，那人用脚猛地蹬掉梯子。卡西莫多好一阵子屏住了呼吸。这时他看见那可怜的姑娘被绳索吊着，离地两寻高，身体不住晃动。那男人脚踩着姑娘肩膀，绳索转动了两下。卡西莫多看见姑娘全身可怕的一阵抽搐。至于神父，他伸长了脖子，眼珠似要跳出眼眶，凝神看着那男人和姑娘之间的可怕场面，仿佛是在看着蜘蛛吞吃苍蝇。

就在这最恐怖的时刻，神父铁青的脸上发出魔鬼般的狞笑，这不再是人才能发出的笑声。虽然听不见笑声，但卡西莫多看见了神父恐怖的笑容。敲钟人在副主教身后退了几步，一个猛扑，伸出两只巨手，将神父从他俯视的地方推了下去。

神父大叫一声“该死的”，就摔了下去。

下面的石头水槽正好将他托住。他绝望地抓住水槽，正想发出第二声喊叫，只见栏杆扶手处，他的头顶上，卡西莫多复仇者一般可怖的脸探了出来，就不再做声了。

底下是离地两百余尺的深渊，下面是石板地面，身处绝境的副主教一声不吭，一声也不呻吟。他在水槽上，扭动着身子想爬上去。可是他的手抓不牢花岗石，他的脚在黑黑的墙上划出一道道痕迹，却无处着力。登上过圣母院的人都知道，紧接着栏杆下面的一块地方是向外凸出的，副主教正好在凹进去的地方挣扎着想要落脚。他要对付的不是一堵陡直的墙，而是从他脚下遁走的墙。

卡西莫多只要一伸手，就可以把他从深渊里救出，可是，他连看也不看他一眼。他还望着格雷沃广场，望着绞刑架，望着心爱的吉卜赛姑娘。聋子就待在副主教刚才待着的那个地方，靠在栏杆上，目不转睛地盯着一个目标。现在，这个世界上对他来说只有一个东西是存在的。他像一个遭天雷劈了的人似的，一动也不动，一声不吭。他那只独眼仅仅掉过一次眼泪，这时泪水像长长的溪流默默地从眼里流出来。

此时，副主教气喘不已，秃脑门上汗水涔涔，指甲在石头上磨出了血，膝盖在墙壁上蹭得血淋淋的。每挣扎一次，他都能听见挂在水槽上的教袍撕裂的声音。更为糟糕的是，水槽末端的那根铅管已经被他的身体压弯了。副主教已经能感觉到这根铅管在慢慢地下垂。这可怜的家伙在想，等到他的手累得抓不住水槽，等到他的教袍被撕成两半，等到铅管支持不住时，他一定会掉下去。想到这些，他就吓得肝胆俱裂。有好几次，他心神错乱地看着身下十来尺远的地方，有一个像是平台的突出物的东西，那是凹凸不平的雕刻形成的。他从心底绝望地祈求上苍，让他就在这二尺见方的狭窄平台上了此残生，即使让他在那待上一百年。还有一回，他朝身下那如同深渊的广场看了一眼，就赶紧闭上眼睛，抬起头来，头发也直立起来了。

这两个人都不说一句话，都相当恐怖。副主教在他数尺之下做着垂死挣扎，卡西莫多泪流满面地遥望着格雷沃广场。

副主教已下决心不再挣扎了，因为每一次用力只不过使那原本就不牢固的支点摇晃得更加厉害。他紧紧抱住水槽，简直没有呼吸，也不再动弹了，身体没有其他动作，只有肚子在颤抖，就像一个人梦中感到自己掉下去一样。他的眼睛呆滞地瞪着，就像吃惊时目瞪口呆的样子。渐渐地，他觉得体力不支，手在水槽上一点一点往下滑。他感到身体越来越重，胳膊越来越无力，支持他的铅管越来越向深渊弯下去。他看到下面圆形的圣约翰教堂的屋顶小得如同一张折做两半的纸牌，感到触目惊心。他注视着钟塔上那些漠然的毫无表情的雕像，它们也和他一样悬挂在空中，但它们并不为自己担心，也不对他表示半点同情。他周围的一切全是石头。在他面前的是大张巨口的石头怪物，在他下面，最底下，是广场的石板地，在他头上，是正在哭泣的卡西莫多。

圣母院广场上有好几堆好奇的人，他们正在不慌不忙地猜测，是哪个疯子，拿这么奇怪的方法来消遣取乐。神父听见了他们的议论，因为他们的声音既清晰又尖锐，一直传到他耳边：“他非得把脖子摔断不可！”

卡西莫多仍在哭泣。

副主教既愤怒，又恐惧，但他心里明白，一切都无济于事。但是，他还是竭尽全力作最后一次挣扎。他在水槽上挺直身子，双膝抵在墙壁上，两手抠住一条石头缝，使劲往上爬了大约一尺左右。但这一震动使支持他的铅管往下一弯，同时教袍也被撕成了两半。这时他觉得脚底下完全没有了依托，除了那僵硬无力的双手还抓着点什么。那倒霉的家伙终于闭上了眼睛，手也放弃了水槽，跌下去了。

卡西莫多看着他跌了下去。

从这样的高度掉下很少能垂直的。被抛在空中的副主教先是头朝下，两臂向前摊开，随后又在空中翻了几个筋斗。风把他刮到了一幢房屋的顶上，不幸的人碰断了几根骨头。然而，他还没摔死。敲钟人看见他还试图用手抓住那堵山墙。但是，山墙的斜坡太陡了，他已经毫无力气了。很快地，他又从屋顶上滑了下来，像是屋顶上脱落的瓦片，弹到了石板地上。他躺在那里不动了。

这时，卡西莫多抬起眼睛朝吉卜赛姑娘望去。远远的，他看到她的身体吊在绞刑架上，她还在白衣裙里作临死前最后的颤抖。接着，他又低头看看副主教，他直挺挺地躺在神塔下面，摔得不成人样。他从心里发出了一声哀嚎："啊！我曾爱过的一切！"

三、弗比斯的婚事

那天傍晚，巴黎主教的司法人员来了，从前庭广场将副主教摔裂的尸体收走。此时，卡西莫多已经从圣母院消失了。

人们纷纷传闻着这段奇事。谁也不怀疑，按照他俩事先的约定，卡西莫多，即是那魔鬼，带走了克洛德·孚罗洛，那个巫师的期限已经到了。正如猴子砸开核桃壳吃里面的果仁一样。人们猜想是卡西莫多砸碎了他的身体，取走了他的灵魂。

因为这个缘故，副主教未能进入圣地安葬。

路易十一于第二年——一八四三年八月去世。

至于皮埃尔·甘古瓦，他终于救出了那只小山羊，而且在悲剧创作上颇有成就。他尝试了星相学、哲学、建筑学、炼金术这些疯狂的行业之后，还是回到最疯狂的悲剧创作上。这即是他所说的“得到一个悲剧的收场”。

一八四三年王室的流水账上记载着甘古瓦戏剧方面的成就：“付约翰·马尚和皮埃尔·甘古瓦，木匠和剧作家。他们曾制作和编写了欢迎教皇特使先生莅临巴黎在大堡演出的圣迹剧，为置办该剧人物所需服装，建造所需舞台，共花费一百里弗。”

弗比斯·德·沙多倍尔结婚了。这也是个悲剧的收场。

四、卡西莫多的婚事

上面曾提及，卡西莫多在吉卜赛姑娘和副主教死去的那一天，就从圣母院消失了。谁也没有见过他，谁也不知道他的下落。

艾丝美拉达受绞刑的那一天，刽子手的手下从绞刑架上解下她的尸体，按惯例葬在隼山的墓穴里。

正如索瓦尔所说，隼山是“王国里最古老最漂亮的刑台”。它位于主殿镇和圣马丁镇之间，距巴黎城墙一百六十米，距古尔第耶只有数箭之遥，有一个平缓起伏的山坡，相当高，方圆几里内都能瞧见。山上有个类似凯尔特人环形大石台的古怪建筑，那也是杀人献祭的地方。

大家不妨想想看，一个石灰石的小山丘顶上有一个平行六面体建筑，高十五尺，宽三十尺，长四十尺，有一道门，一圈围栏和一个平台。十六根粗石砌成的大石柱在平台上竖立着，高三十尺，排成柱廊，环绕在支撑它们的平台的三面，巨大的横梁在柱顶之间起着连结作用，横梁上每隔一段就垂下一条铁链，上面各吊着一具死人骸骨，在附近平原上，一个石头十字架和两个较小的绞刑架，好像是中央树桩上长出来的树杈。永远有乌鸦盘旋在这一切上空。这就是隼山。

那座可怕的绞刑架建造于一三二八年，到十五世纪末，早已破损不堪。横梁已被虫蛀，铁链长满锈斑，青苔遍布整个柱子。料石砌成的地基的接合部已经裂开。久已无人走过，青草长满了平台。这些可怕的建筑矗立在空中，夜里朦胧月色照着白色的头颅，或者晚风吹过，铁链和骷髅嚓嚓作响。那座绞刑台立在那里，足以使周围变得阴森恐怖起来。

这个丑恶的建筑的台基是石头砌成的，中空的。底下是一个铁栅破朽的地窖。隼山铁链上解下的尸体和巴黎其他绞刑架上处死的尸体都葬在这里。许许多多人类的尘埃和形形色色的罪恶都一齐腐烂在这陈尸的墓穴里，世上许多伟人和屈死者留下了他们的尸骨。头一个送到隼山去的是昂格安·德·马意尼①，最后一个是郭里尼②海军司令，他们都是正直的人。

下面是我们所能披露的关于卡西莫多失踪的全部情况。

大约这段故事结束后的两年或十八个月之后，人们去隼山墓穴里寻找奥利维埃·勒丹的尸体（他两天前被绞死，后来查理八世又恩准他葬在圣洛昂，和好人同葬在一处）。在可怕的骸骨中，发现了两具尸骨，一具紧搂住另一具。一具是女的，上面残留着白裙的残片，一串念珠树种子的项链挂在脖子上，上面系有一个嵌有绿玻璃片的丝绸小荷包，荷包里什么都没有，这些东西不值几个钱，是刽子手不愿要才留下的。紧抱住这具尸骨的是另一具男人的尸骨。人们留意到他弯曲的脊椎骨，头骨缩在肩胛里，一条腿比另一条腿短。他不是被绞死的，脖子上没有半点伤痕。可见那男子一定是自己跑去死在里面的。人们想把他和他抱着的尸骨分开，他顿时化作了灰飞去。

---

① 马意尼：法王菲利浦四世的财政总监，被非法处死在隼山。

② 郭里尼：在查理九世对新教徒的屠杀中被暗杀，尸骨抛在隼山。